錢基博集

現代中國文學史

XIANDAI ZHONGGUO WENXUESHI

傅宏星／主編
郭璋／校訂

華中師範大學出版社

新出圖證(鄂)字 10 號

圖書在版編目(CIP)數據

現代中國文學史/錢基博著.郭璋校訂.—武漢:華中師範大學出版社,2011.5
(錢基博集)
ISBN 978-7-5622-4850-7

Ⅰ.①現… Ⅱ.①錢… ②郭… Ⅲ.①中國文學:現代文學—文學史
Ⅳ.①I209.6
中國版本圖書館 CIP 數據核字(2010)第 045426 號

現代中國文學史

傅宏星主編　郭璋校訂

責任編輯:郭志剛　**責任校對:**皮　明　**封面設計:**甘　英
出版發行:華中師範大學出版社
社址:湖北省武漢市珞喻路 152 號　**郵編:**430079
電話:027—67863426(發行部)　027—67861321(郵購)
傳真:027—67863291
網址:http://www.ccnupress.com　**電子信箱:**hscbs@public.wh.hb.cn
印刷:湖北恒泰印務有限公司　**督印:**章光瓊
字數:455 千字　**印張:**28.25　**插頁:**4
開本:787mm×980mm　1/16
版次:2011 年 5 月第 1 版　**印次:**2011 年 5 月第 1 次印刷
印數:1—2500　**定價:**49.00 圓

歡迎上網查詢、購書

1925 年攝於北京清華園

1940年與長子錢鍾書合影於光明山麓

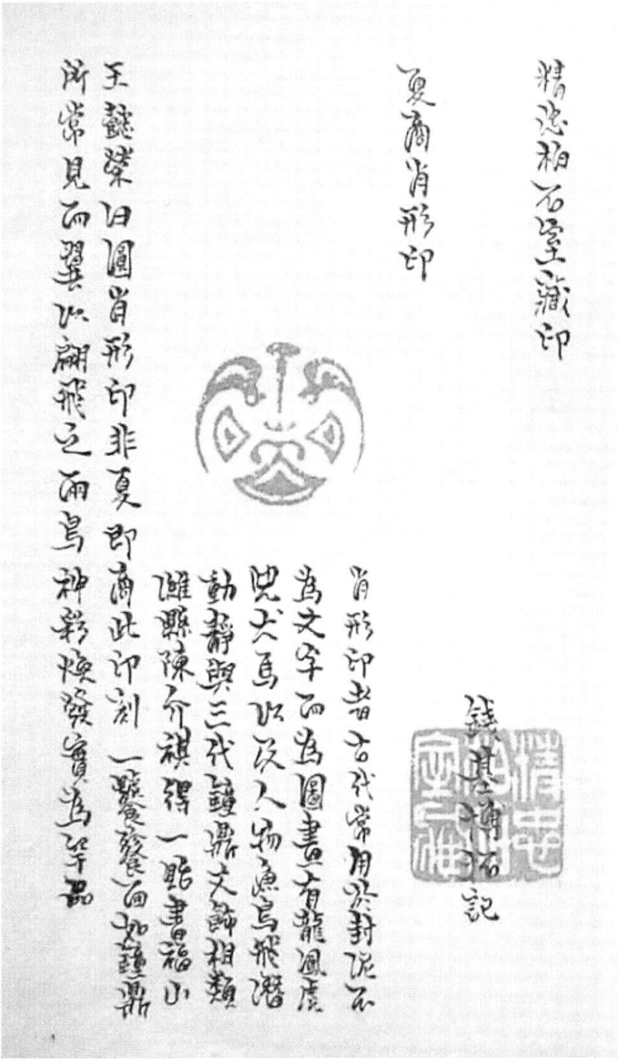

精忠柏石室藏印
夏商肖形印
錢基博拓記
肖形印者古代常用於封泥不
為文字而為圖畫有龍鳳虎
兕犬馬以及人物魚鳥飛潛
動靜與三代鐘鼎文飾相類
濰縣陳介祺得一[illegible]書福山
王懿榮舊圖肖形印非夏即商此印刻一饕餮面如鐘鼎
所常見而翼以翻飛之兩鳥神彩煥發實為罕品

錢基博先生手蹟

錢基博先生武昌故居

出版説明

錢基博先生（一八八七——一九五七），字子泉，號潛廬、老泉，江蘇無錫人。現代著名學者、文史專家和教育家。他一生勤奮讀書，博涉古今中西，治學領域極其廣泛，曾自述："基博論學，務爲浩博無涯涘，詁經譚史，旁涉百家，抉摘利病，發其閫奧。自謂集部之學，海内罕對。子部鈎稽，亦多匡發。而爲文初年學《戰國策》，喜縱横不拘繩墨。既而讀曾文正書，乃澤之以揚馬，字矜句鍊；又久而以爲典重少姿致，敘事學陳壽，議論學蘇軾，務爲抑揚爽朗。所作論説、序跋、碑傳、書牘，頗爲世所誦稱；碑傳雜記，於三十年來民情國故，頗多徵見，足備異日監戒。論説書牘，明融事理，而益以典雅古遒之辭出之，跌宕昭彰。序跋則以生平讀書無一字滑過，故於學術文章得失利病，多抉心發奥之論。"誠爲先生終生治學生涯的實録。可是對於當今一般學人而言，恐怕衹會注意錢老先生"文在桐城陽湖之外，别闢一塗"和"集部之學，海内罕對"兩個方面，殊不知他在史學、經學、子學等方面亦造詣宏深，不僅著作數量多，而且門類齊全，幾乎無人能及。而錢先生生前，雖未能對自己的所有著作進行彙編出版，但從目前僅存的八册綫裝本《潛廬集》钞稿中，仍可以看出他對於出版文集是有所考慮和規劃的。據説，上世紀五十年代初，江蘇古籍出版社就擬議出版《錢基博全集》，可惜由於歷史的原因未能實現。一九六一年，先生之弟錢基厚亦曾爲之編訂《潛廬家藏遺文集》，可惜現在下落不明。最可歎者，"文化大革命"運動中，先生遺留的五百餘册、綿歷數十寒暑的《日記》，遭到查抄、批判，並被付之一炬。因此，二十多年前，吴忠匡、周振甫、石聲淮等前輩學人就曾呼籲社會和有關學術團體、出版單位趕緊整理出版錢先生遺著，使其人其學不至湮没無聞。

一九八六年，臨近"錢基博先生誕辰百周年"的紀念日子，華中師範大學在章開沅先生的支持下，由錢先生弟子彭祖年、石聲淮、吴忠匡等人牽頭，做了大量富有成效的工作，如一九八七年底，華中師範大學以學報特刊的形式，首次將部分遺著結集面世，爲我們瞭解錢基博提供了極大的方便。同時，湖南嶽麓書社又重新出版了錢先生的《現代中國文學史》、《近百年湖南學風》等著作。十年之後，我校曹毓英先生以此次整理工作爲基礎，精心策劃，於一九九七年十二月編輯出版了《錢基博學術論著選》，此書對推動國内錢基博研究的深入開展可謂功不可没。此後又是一個十年期，我們委托傅宏星先生陸續對錢基博遺著在全國各大圖書館的保藏情況進行了一番細緻的普查，一份相對完善詳備的著作編年目録也隨之形成了。

綜觀錢先生一生，出版各類學術專著二十六部，編撰各類教材十二部，雜著十二部，稿本、油印本等未公開發行的著作二十一部，約計七十一部，目前均分藏於全國各大圖書館、大学和民間私人手中；而他的大量學術論文、碑傳雜記、書信則散見於解放前出版的地方報紙、學術刊物、鄉賢著述、譜牒家乘和私人手中，無人問津，漸致散佚。雖然先生逝世至今，大陸方面，他的一些代表性著作多次再版，甚至影印出版，如《經學通志》、《版本通義》、《〈周易〉解題及其讀法》、《〈四書〉解題及其讀法》、《現代中國文學史》、《（增訂新戰史例）孫子章句訓義》、《近百年湖南學風》等。港臺方面，臺灣商務印書館等出版機構亦有多部錢著多次重印出版。但這些重版的著作還不到錢先生公開出版物總數的五分之一。

華中師範大學是中國真正具有百年以上歷史的少數知名大學之一。在其一百多年的發展過程中，有一批又一批篳路藍縷、披荆斬棘的先驅者，他們嘔心瀝血，殫精竭慮，爲華中師大的奠基與成長作出了無可磨滅的貢獻。

随着我們對大學學脈與傳承精神的感悟日深，出版社已將把挖掘百年老校豐富的學術資源作爲未來工作的重心之一。整理出版一代國學大師錢基博先生的文集，華中師範大學出版社責無旁貸。可以這麽説，正是在幾代學者的共同關心和努力下，經過二十年的醖釀和籌劃，二〇〇六年六月，我們才正式將《錢基博集》列爲我社在"十一五"期間的重點出版選題，計劃分輯推出。同時，精心組織，合理安排，從資料蒐集、點校、專審和圖書設計四個方面加大資金和人員的投入，努力打造好此項精品工程。

華中師範大學出版社

二〇一〇年十二月

凡 例

一、《錢基博集》以公開出版著作爲基礎，增補了目前已發現的未公開發表的手稿本、油印本等，還包括大量散落在《新無錫》、《無錫新報》、《錫報》、《通海新報》、《南通報》、《力行日報》、《江蘇民報》、《武漢日報》等報紙，以及《婦女雜誌》、《小説月報》、《教育雜誌》、《新教育》、《東方雜誌》、《無錫縣教育年刊》、《約翰聲》、《甲寅週刊》、《國學叢刊》、《清華學報》、《清華週刊》、《光華大學半月刊》、《青鶴》、《國立師範學院季刊》、《國立師範學院旬刊》等雜誌上的散文、小説、方志、序跋、書牘、碑傳等佚文。當然還包括目前我們能夠見到的地方教育雜誌、譜牒家乘、鄉賢著述中的序跋文函、碑傳雜記等，亦予以收録。

二、關於底本的選擇和確定。專著方面，有修訂本、增訂本的，以修訂本、增訂本爲底本；如果没有修訂本、增訂本，則需要比較初版、再版，取其較優者爲底本。當然，港臺的重印本、盜印本也在此遴選範圍之内。散篇方面，某一篇文章可能會在多處發表，文字或不盡相同，則酌情取捨，若影響到對句意的理解，則用脚注説明，以利讀者判斷。部分油印本還有復本，則取其較優者爲底本。各卷所據底本，一般無標點或僅用舊式圓點者，均重新標點；底本未分段者，一般不予分段。

三、各册散篇在前，專著在後。卷内各篇（專著和散篇），一般均按成文（成書）時間先後編次。凡有年月可考而日無可考者，列於各月之末；凡有年可考而月、日無可考者，列於各年之末；年份不詳者，列入各卷之末。爲節省篇幅，避免重複，凡已經被收入專著中的篇目，又没有必要單獨歸類或按單篇發表時間分列的，則只收録一次。有改動處，酌加注釋。凡輯入《錢基博集》者，一般仍採用原有標題，個别的酌加改動。新收録的論著亦遵此例，但未經發表的書信短箋則由編者根據内容或收信人另加標題。

四、各册部分專著，注明出版机构名稱、版期。凡輯於報刊之散篇者，注明所據報刊雜誌之名稱、版期。所標時間一律採用西曆。

五、凡收入本文集的作品，均不做删改；作者的原用字、原譯名，習見的异體字、通假字，原則上保持原貌；標點符號用法，多依從作者習慣，未予改動。

六、《錢基博集》除署名主編之外，校訂者不一，亦同署名。各册由校訂者標點、校勘。底本原注用小字或（　）標明；錯别字、脱字、衍字等則用脚注予以説明；缺字用□標出。

序

余讀班、范兩《漢書·儒林傳》分經叙次，一經之中，又叙其流别；如《易》之分施、孟、梁丘，《書》之分歐陽、大小夏侯，其徒從各以類次，昭明師法；窮原竟委，足稱良史。是編以網羅現代文學家，嘗顯聞民國紀元以後者，略仿《儒林》分經叙次之意，分爲二派：曰古文學，曰新文學。每派之中，又昭其流别；如古文學之分文、詩、詞、曲，新文學之分新民體、邏輯文、白話文。而古文學之中，文有魏晉文與駢文散文之别；詩有魏晉、中晚唐與宋詩之别，各著一大師以明顯學；而其弟子朋從之有聞者，附著於篇。至詩之魏晉，其淵源實出王闓運、章炳麟，而闓運、炳麟已前見文篇，則詳次其論詩於文篇，以明宗旨；而互著其姓名於詩篇，以昭流别；亦史家詳略互見之法應爾也。特是學者猥衆，難以悉載。今但録其卓然自名家者，著於篇。

又按《漢書·儒林》每叙一經，必著前聞以明原委；如《班書》叙《易》之追溯魯商瞿子木受《易》孔子，《范書》之必稱《前書》是也。是編亦仿其意，先叙歷代文學以冠編首；而一派之中，必叙來歷，庶幾展卷瞭如；要之以漢爲法。特是規模粗具，而才謝古人。《漢傳》經師，人繫短篇，簡而得要。僕纂文士，傳累十紙，詳而蘄盡。聞之前人：粵在明季，南潯莊氏爲《明書》，中王陽明一傳，有上下卷，共三百餘頁；其冗長無體裁可知已！陳寅清《榴龕隨筆》傳者以爲笑。《書》曰："辭尚體要。"言史之論纂，貴簡不貴煩也。然史筆貴能簡要，而長編不厭求詳。昔在鄞縣萬斯同季野草《明史》，每爲一傳，必就故家長老求遺書，考問往事，旁及郡志邑乘，雜家志傳之文，靡不網羅；參伍而爲長編，纚纚數十紙，傳寫者爲腕脱；每語人曰："昔人於《宋史》已病其繁蕪，而吾所述將倍焉，非不知簡之爲貴也。史之難言久矣。非事信而言文，其傳不顯。李翱、曾鞏所譏魏晉以後賢奸事迹，暗昧而不明，由無遷、固之文是也。而在今則事之信爲尤難。蓋俗之偷久矣。好惡因心而毁譽隨之，一家之事，言者三人，而其傳各異矣。言語可曲附而成，事迹可鑿空而構。其傳而播之者，未必皆直道之行也；其聞而書之者，未必有裁別之識也。吾恐後之人務博而不知所裁，故先爲之極，使知吾所取者有可損，而所不取者必非其事與言之真而不可益也。”錢大昕《潛研堂文集·萬先生傳》可謂有嘅乎其言之！然則詳者簡之所自出也。會稽章學誠實齋亦言：“古人一事，必具數家之學；著述與比類兩家，其大要也。班氏撰《漢書》爲一家著述矣；劉歆、賈護之《漢記》，其比類也。司馬光撰《通鑑》，爲一家著述矣；二劉、范氏之《長編》，其比類也。古人云：‘言之不文，行而不遠。’‘文不雅馴，薦紳先生難言之。’爲職故事、案牘、圖牒之難以萃合而行遠也，於是有比次之法！”章學誠《文史通義·外篇·報黄大俞先生》① 僕少耽研誦，粗有覩記；信余言之不文，幸比次以有法。徵文，則揚、馬侈陳詞賦，《漢書》之成規也。叙事，則王、謝詳徵軼聞，《晉書》之前例也。知人論世，詳次著述，約其歸趣，迹其生平，抑揚咏歎，義不拘虚，在人即爲傳記；在書即爲叙録，吾極其詳，而以俟後來者之要删焉。署曰長編，非好爲多多益善也。吾爲劉歆、賈護，而聽人之爲班孟堅焉；吾爲二劉、范氏，而蕲人之爲司馬君實焉。不亦可乎？

抑史家有激射隱顯之法。其義昉於太史公，如叙漢高祖得天下之有天幸，而見意於《項羽本紀》，借項羽之口以吐之曰：“非戰之罪也，天也。”叙平原君之好客，而見意於《魏公子列傳》，藉公子之言以刺之曰：“平原君之遊，徒豪舉耳！”事隱於此而義著於彼，激射映發，以見微恉。是編叙戊戌政變本末，詳見《康有爲梁啓超篇》；而戊戌黨人之不饜人意，則見義於《章炳麟篇》，藉章氏之論以暢發之，如此之類，未可更僕數；庶幾史家激射隱顯之義爾。至若林紓之文談，陳衍之詩話，況周頤之詞話，以及吴梅之曲話，其抉發文心，討摘物情，足以觀文章升降得失之故，並删其要，著於篇。亦《班書·賈誼傳》裁《政事諸疏》，《董仲舒傳》録《天人三策》之例也。要之叙事貴可考信，立言蕲於有本。聊疏纂例，以當發凡。

中華民國十九年十一月十日

無錫錢基博叙於光華大學

① “古人云”以下出自章學誠《文史通義·内篇五·答客問中》。

現代中國文學史

目録

XIANDAIZHONGGUOWENXUESHI

上編　古文學

下編　新文學

緒　論

1. 文　學

治文學史，不可不知何謂文學，而欲知何謂文學，不可不先知何謂文。請先述文之涵義：

文之含義有三：

（甲）複雜。非單調之謂複雜。《易・繫辭傳》曰："物相雜，故曰文。"《説文・文部》："文逪畫，象交文。"是也。

（乙）組織。有條理之謂組織。《周禮・天官・典絲》："供其絲纊組文之物"，注："繪畫之事，青與赤謂之文。"《禮・樂記》："五色成文而不亂。"是也。

（丙）美麗。適娱悦之謂美麗。《釋名・釋言語》："文者，會集衆綵以成錦繡，會集衆字以成辭義，如文繡然。"是也。綜合而言：所謂文者，蓋複雜而有組織，美麗而適娱悦者也。複雜，乃言之有物。組織，斯言之有序。然言之無文，行之不遠，故美麗爲文之止境焉。

文之涵義既明，乃可與論文學。

文學之定義亦不一：

（甲）狹義的文學。專指“美的文學”而言。所謂美的文學者，論内容，則情感豐富，而不必合義理；論形式，則音韻鏗鏘，而或出於整比；可以被絃誦，可以動欣賞。梁昭明太子序《文選》：“譬諸陶匏爲入耳之娱；黼黻爲悦目之玩”者也。“若夫姬公之籍，孔父之書……老莊之作，管孟之流，蓋以立意爲宗，不以能文爲本；今之所撰，又以略諸。若賢人之美辭，忠臣之抗直，謀夫之話，辯士之端，冰釋泉涌，金相玉振。所謂坐狙丘，議稷下，仲連之卻秦軍，食其之下齊國，留侯之發八難，曲逆之吐六奇，蓋乃事美一時，語流千載，概見墳籍，旁出子史，若斯之流，又亦繁博，雖傳之簡牘，而事異篇章；今之所集，亦所不取。至於記事之史，繫年之書，所以褒貶是非，紀别異同，方之篇翰，亦已不同。若夫贊論之綜輯辭采，序述之錯比文華，事出于沈思，義歸乎翰藻，故與夫篇什雜而集之……名曰《文選》云耳。”所謂“篇什”者，《詩》《雅》、《頌》十篇爲一什。後世因稱詩卷曰篇什。由《蕭序》上文觀之，則賦耳，詩耳，騷耳，頌贊耳，箴銘耳，哀誄耳，皆韻文也。然則經姬公之籍，孔父之書非文學也，子老莊之作，管孟之流非文學也，史記事之文，繫年之書非文學也，惟贊論之“綜輯辭采”，序述之“錯比文華”，“事出沈思”，“義歸翰藻”，與夫詩賦騷頌之稱“篇什”者，方得與於斯文之選耳。梁元帝《金樓子·立言篇》以“揚榷前言，抵掌多識者謂之筆；咏嘆風謡，流連哀思者謂之文”，又云：“至如文者，惟須綺縠紛披，宫徵靡曼，脣吻揺會，情靈揺蕩。”劉勰《文心雕龍·總述①篇》曰：“今之常言，有‘文’有‘筆’，以爲無韻者‘筆’，有韻者‘文’也。”持此以衡。雖唐宋韓、柳、歐、蘇、曾、王八家之文，亦不得以廁於文學之林；以事雖出於沈思，而義不歸乎翰藻；蓋以立意爲宗，不以能文爲本者也。夫文學限於韻文，此義蓋有由來；然而非其朔也。大抵六朝以前，所謂“文學”者，“著述之總稱”，所包者廣。六朝以下，則“文學”者，“有韻之殊名”，立界也嚴。其大較然也。然吾人儻必持狹義以繩文學，則所謂文學者，殆韻文之專利品耳。儻求文學之平民化，則不得不捨狹義而取廣義。

---

① “述”應爲“術”。

（乙）廣義的文學。“文學”二字，始見《論語》，子曰：“博學於文”。“文”指《詩》、《書》六藝而言，不限於韻文也。孔門四科，文學子游子夏，不聞游夏能韻文也。韓非子《五蠹篇》力攻文學而指斥及藏管、商、孫、吴之書者，管商之書，法家言也；孫吴之書，兵家言也；而亦謂之文學。漢司馬遷《史記·自序》曰：“漢興，蕭何次律令，韓信申軍法，張蒼爲章程，叔孫通定禮儀，則文學彬彬稍進。”舉凡律令、軍法、章程、禮儀，皆歸於文學。班固撰《漢書·藝文志》，凡六略：六藝百三家，諸子百八十九家，詩賦百六家，兵書五十三家，數術百九十家，方技三十六家，皆入焉。儻以狹義的文學繩之，六略之中，堪入藝文者，惟詩賦百六家耳；其六藝百三家，則《蕭序》所謂“姬公之籍，孔父之書”也；至《國語》、《國策》與夫《楚漢春秋》、《太史公書》之并隸入《春秋》家者，則《蕭序》所謂“記事之史，繫年之書”也。諸子、兵書、方技、術數之屬，則《蕭序》所謂“老莊之作，管孟之流，蓋以立意爲宗，不以能文爲本”者也。然則“文學”者，述作之總稱，用以會通衆心，互納羣想，而表諸文章，兼發智情：其中有偏於發智者，如論辯、序跋、傳記等是也。有偏於抒情者，如詩歌、戲曲、小説等是也。大抵智在啓悟，情主感興。《易》、《老》闡道而文間韻語，《左》、《史》記事而辭多詭誕，此發智之文而以感興之體爲之者也。後世詩人好質言道德，明議是非，作俑於唐之昌黎，極盛於宋之江西，忘比興之恉，失諷諭之義，則又以主情之文而爲發智之用矣。譬如舟焉，智是其柁，情爲帆棹；智標理悟，情通和樂，得乎人心之同然者也。

文學與哲學科學不同：

哲學解釋自然　乃從自然之全體觀察，復努力以求解釋之。

科學實驗自然　乃爲自然之部分的觀察，以求實驗而證明之。

文學描寫自然　科學家實驗自然之時，必離我於自然，即以我爲實驗者之謂也。文學家描寫自然之時，必融我入自然，即我與自然爲一之謂也。

2. 文學史

文學之義既明，請論史之爲物。

《説文·史部》：“史，記事者也，從又持中，正也。”然則史之云者，又

《説文》:"又，手也。"持中以記事也；中者，不偏之謂，章炳麟曰："記事之書，惟爲客觀之學。"夫史以傳信，所貴於史者，貴能爲忠實之客觀的記載，而非貴其有豐厚之主觀的情緒也，夫然後不偏不黨而能持以中正。推而論之，文學史非文學。何也？蓋文學者，文學也。文學史者，科學也。文學之職志，在抒情達意。而文學史之職志，則在紀實傳信。文學史之異於文學者，文學史乃紀述之事，論證之事；而非描寫創作之事；以文學爲記載之對象，如動物學家之記載動物，植物學家之記載植物，理化學家之記載理化自然現象，訴諸智力而爲客觀之學，科學之範疇也。不如文學抒寫情志之動於主觀也。更推是論之，太史公《史記》不爲史。何也？蓋發憤之所爲作，工於抒慨而疏於記事：其文則史，其情則騷也。胡適《五十年來之中國文學》不爲文學史。何也？蓋褒彈古今，好爲議論，大致主於揚白話而貶文言；成見太深而記載欠翔實也。夫記實者，史之所爲貴；而成見者，史之所大忌也。於戲！是則偏之爲害，而史之所以不傳信也。史之云者，又持中以記事也。《周書·周祝》、《荀子·性惡》注："事，業也。"又《荀子·非十二子》注："事業謂作業也。"然則記事云者，記作業也。史之云者，持中正之道記人之作業也。文學史云者，記吾人之文學作業者也。然則所謂中國文學史者，記中國人之文學作業云爾。

中國無文學史之目，文史之名，始著於唐吴競《西齋書目》，宋歐陽修《唐書·藝文志》因之；凡《文心雕龍》、《詩品》之屬，皆入焉。後世史家乃以詩話文評别於總集後出一文史類。《中興書目》曰："文史者，所以譏評文人之得失。"蓋重文學作品之譏評；而不重文學作業之記載者也。有史之名而亡其實矣。

自范曄《後漢書》創《文苑傳》之例，後世諸史因焉；此可謂之文學史乎？然以余所睹記：一代文宗往往不廁於文苑之列。如班固、蔡邕、孔融不入《後漢書·文苑傳》，潘岳、陸機、陸雲、陳壽、孫楚、干寶、習鑿齒、王羲之不入《晉書·文苑傳》，王融、謝朓、孔稚圭不入《南齊書·文學傳》，謝靈運、顔延之、鮑照、王融、謝朓、江淹、任昉、王僧孺、沈約、徐陵不入《南史·文學傳》，元結、韓愈、張籍、李翱、柳宗元、劉禹錫、杜牧不入《舊唐書·文苑傳》，歐陽修、曾鞏、王安石、蘇軾、蘇轍、陳亮、葉適不入《宋史·文苑傳》；宋濂、劉基、方孝孺、楊士奇、李東陽不入《明史・文苑傳》，然則入文苑傳者，皆不過第二流以下之文學家爾。且作傳之旨，在於鋪叙履歷，其簡略者僅以記姓名而已，於文章之興廢得失不贊一辭焉。嗚呼！此所以謂之"文苑傳"；而不得謂之"文學史"也。蓋文學史者，文學作業之記載也；所重者，在綜貫百家，博通古今文學之嬗變，洞流索源，而不在姝姝一先生之説；在記載文學作業，而不在鋪叙文學家之履歷。文學家之履歷，雖或可藉爲考證之資，歐西批評文學家嘗言："人種、環境、時代三者構成藝術之三要素也；欲研究一種著作，不可不先考究作者之人物、環境及時代。"質而言之：即不可不先考證文學家之履歷也。然而所以考證文學家之履歷者，其主旨在説明文學著作。舍文學著作而言文學史，幾於買櫝還珠矣。

文學著作之日多，散無統計，於是總集作焉。一則網羅放佚，使零章殘什，並有所歸。一則删汰繁蕪，使莠稗咸除，菁華畢出。是固文章之衡鑒，著作之淵藪矣。昔摯虞始作二書：一曰《文章志》，一曰《文章流别》，《文章志》四卷，《文章流别》三十集，見《晉書》本傳。今其書佚不見，而體裁猶可懸揣而知；蓋《志》如今之嚴氏《全上古三代文》，以人爲綱；而《流别》疑如姚氏《古文辭類纂》，以文體爲綱者也。爾後作者，代不乏人；梁昭明太子之《文選》，宋姚鉉之《唐文粹》，吕祖謙之《宋文鑒》，真德秀之《文章正宗》，元蘇天爵之《元文類》，明唐順之之《文編》，黄宗羲之《明文海》，清嚴可均之《全上古三代秦漢三國六朝文》，姚鼐之《古文辭類纂》，姚椿之《國朝文録》，李兆洛之《駢體文鈔》，曾國藩之《經史百家雜鈔》，王先謙、黎庶昌之《續古文辭類纂》，王闓運之《八代文選》，其差著者也。然有文學著作而無記載；以體裁分而鮮以時代斷；於文章嬗變之跡，終莫得而窺見焉。則是文學作品之集，而非文學作業之史也。獨嚴氏書仿明梅鼎祚《文紀》，起皇古迄隋，博蒐畢載，是爲總集家變例；然與史有别者，以所孜兀者，不在文學作業之記載，而在文學作品之集録也。此祇以與文史、文苑傳，供文學史編纂之材料焉爾。

昔劉知幾謂作史有三難，曰才，曰學，曰識。而余則謂作史有三要，曰事，曰文，曰義，孟子謂"其事則齊桓晉文，其文則史，其義則丘竊取之"者也。夫文學史之事，采諸諸史之文苑；文學史之文，約取諸家之文集；而義則或於文史之屬有取焉。然設以人體爲喻：事譬則史之軀殼耳，必敷之以文而後史有神彩焉，樹之以義而後史有靈魂焉。余以爲作中國文學史者，莫如義折衷於《周易》，文裁則於班、馬。《易·繫辭傳》曰："聖人有以見天下之動而觀其會通。"又曰："《易》有聖人之道……以動者尚其變……通其變，遂成天下之文。"而文學史者，則所以見歷代文學之動，而通其變，觀其會通者也。此文學史之所謂取義也。至司馬遷作《史記》，於六藝而後，周、秦諸子，若孟、荀、三鄒、老、莊、申、韓、管、晏、屈原、賈生、虞卿、吕不韋諸人，情辭有連，則裁篇同傳；知人論世，詳次著述，約其歸趣，詳略其品，抑揚咏嘆，義不拘墟，在人即爲列傳，在書即爲叙録。其後班書合傳，體仍司馬而參以變化；一卷之中，人分首尾；兩傳之合，辭有斷續；傳名既定，規制綦密。然逸民四皓之屬，王、貢之附庸也；王吉韋賢諸人，《儒林》之别族也；附庸如顓臾之寄魯，署目無聞；别族如田陳之居齊，重開標額；徵文，則相如侈陳詞賦；辨俗，則東方不諱諧言；蓋卓識鴻裁，猶未可量以一轍矣。此儘可取裁而以爲文學史之文者也。然而世之能讀馬、班書而通其例者鮮；讀《周易》而發其義於史者尤鮮。太史公上稽仲尼之意，會《詩》、《書》、《左傳》、《國語》、《世本》、《戰國策》、《楚漢春秋》之言，通黄帝堯舜至於秦漢之世，可謂觀其會通者矣！所惜者，觀會通於帝王卿相之事者爲多，觀會通於天下之動者少；不知"以動者尚其變"耳。

3. 現代中國文學史

吾人何爲而治文學耶？曰：智莫大於知來。來何以能知？據往事以爲推而已矣。故治史之大用，在博古通今，藏往知來。蓋運會所届，人事將變，目前所食之果，非一一於古人證其因，即無以知前途之夷險；此史之所以爲貴。而文學史者，所以見歷代文學之動，而通其變，觀其會通者也。民國肇造，國體更新；而文學亦言革命，與之俱新。尚有老成人，湛深古學，亦既如荼如火，盡羅吾國三四千年變動不居之文學，以縮演諸民國之二十年間；而歐洲思潮又適以時澎湃東漸；入主出奴，聚訟盈庭，一鬨之市，莫衷其是。権而爲論，其蔽有二：一曰執古，一曰鶩外。何爲鶩外？歐化之東，淺識或自菲薄，衡政論學，必準諸歐；文學有作，勢亦從同，以爲"歐美之學，不異話言，家喻户曉，故平民化。太炎、畏廬，今之作者，然文必典則，出於爾雅；若衡諸歐，嫌非平民。”又謂：“西洋文學，詩歌、小說、戲劇而已。唐宋八家，自古稱文宗焉；儻準則於歐美，當擯不與斯文。”如斯之類，今之所謂美談；它無謬巧，不過輕其家丘，震驚歐化，降服焉耳。不知川谷異制，民生異俗，文學之作，根於民性；歐亞別俗，寧可强同？李戴張冠，世俗知笑；國文準歐，視此何異。必以歐衡，比諸削足；屨則適矣，足削爲病。玆之爲蔽，謚曰“鶩外”。然而茹古深者又乖今宜；崇歸、方以不祧，鄙劇曲爲下里，徒示不廣，無當大雅。玆之爲蔽，謚曰“執古”。知能藏往，神未知來，終於食古不化，博學無成而已。或難之曰：“子之言自論文耳。儻文學言史，舍古何述？寧不稽古，即可成史？”請曉之曰：史不稽古，豈曰我思。然史體藏往，其用知來；執古御今，柱下史稱；生今反古；謚以“愚賤”。文學爲史，義亦無殊；信而好古，祇以明因；闡變方今，厥用乃神；順應爲用，史道光焉。吾書之所爲題“現代”，詳於民國以來而略推迹往古者，此物此志也。然不題“民國”而曰“現代”，何也？曰：“維我民國，肇造日淺，而一時所推文學家者，皆早嶄然露頭角於讓清之末年；甚者遺老自居，不願奉民國之正朔；寧可以民國概之？而別張一軍，翹然特起於民國紀元之後，獨章士釗之邏輯文學，胡適之白話文學耳。然則生今之世，言文學而必限於民國，斯亦廑矣。”治國聞者，儻有取焉。

編首

1. 總論

昔清儒焦循以爲一代文學有一代之所勝，欲自《楚騷》以下，撰爲一集：漢則專取其賦，魏晉六朝至隋則專録其五言詩，唐則專録其律詩，宋專録其詞，元專録其曲。而胡適亦謂："一時代之文學，周秦有周秦之文學，漢魏有漢魏之文學，唐、宋、元、明有唐、宋、元、明之文學。"披二十四朝之史，每一鼎革，政治、學術、文藝，亦若同時告一起訖，而自爲段落。然事以久而後變，道以窮而始通。殷因夏禮，周因殷禮，其所損益者微也。秦燔詩書，漢汲汲修補，惟恐不逮；其所創獲者淺也。六代駢儷沿東京之流。北朝渾樸啓古文之漸。唐之律詩，遠因陳隋。宋之詩餘，又溯唐季。唐之韓柳，宋之歐蘇，欲私淑孟、莊、荀、韓以復先秦之舊也。元之姚虞，明之歸柳，清之方姚，又祖述韓柳歐蘇以追唐宋之遺也。是則代變之中，亦有其不變者存。然事異世變，文學隨之，積久而著，蹟以不掩；而衡其大較，可得而論。茲以便宜分爲四期：第一期自唐虞以迄於戰國，名曰上古；駢散未分，而文章孕育以漸成長之時期也。第二期自兩京以迄於南北朝，名曰中古；衡較上古，文質殊尚。上古之文，理勝於詞。中古之文，漸趨詞勝而詞賦昌，以次變排偶，馴至儷體獨盛之一時期也。第三期自唐以迄元，謂之近古。中古之世，文傷於華。而近古矯枉，則過其正，又失之野；律絶之盛而詞曲興，駢文之敝而古文興，於是儷體衰而詩文日趨於疏縱之又一時期也。第四期明清兩朝以迄現代。唐之韓愈，文起八代之衰，宋之言文章者宗之；於是唐宋八大家之名以起。而始以唐宋爲不足學者，則明之何景明、李夢陽也。爾後譚文章者，或宗秦漢，或持唐宋，門户各張。迄於清季，詞融今古，理通歐亞，集舊文學之大成而要其歸，蜕新文學之化機而開其先。雖然，中國文學史之時代觀，有不可與學術史相提並論者。試以學術言：唐之經學，承漢魏之訓詁而爲正義；佛學襲魏晉之翻譯而加華妙；似不宜與宋之理學比，而附於陳隋之後爲宜。而自文學史論：沈宋出而創律詩，韓柳出而振古文，温韋出而有倚聲，則開宋元文學之先河；而以居宋元之首爲宜。故謂學術史之第二期，始兩漢而終五代，與文學史同其始而不同其終。而第三期則始於宋而終明，與文學史殊其終，并不同其始。蓋明之學術，實襲宋朱陸之成規而闡明之；不如文學之有何李王李復古運動，軒波大起也。試得而備論焉。

2. 上　古

嗚呼！文章之作也，其於韻文乎？韻文之作也，其於聲詩乎？聲詩之作也，其於歌謡乎？蓋生民之初，必先有聲音而後有話言，有話言而後有文字。故在六書未興之前，人稟七情以生，應物斯感；感物吟志，情動於中，而形於言；言之不足，故嗟歎之；嗟歎之不足，故咏歌之；咏歌之不足，不知手之舞之，足之蹈之也。情發於聲，聲成文謂之音；譬之林籟結響，調如竽笙；泉石激韻，和若球鍠；夫豈外飾，蓋自然耳。朱襄《來陰之樂》，包犧《罔罟之章》，葛天之《八闋》，媧皇之《充樂》，其聲詩之鼻祖也。惟上古之時，文字未著，徒有謳歌吟詠，縱令和以土鼓葦籥，必無文字雅頌之聲；如此，則時雖有樂，容或無詩，譬之則猺獞之跳苗歌耳。是以縉紳士夫，莫得而載其辭焉，厥爲有音無辭之世。是後鳥跡代繩，文字初炳，作始於羲皇之八卦，大備於黄帝之六書，而年世渺邈，則聲采莫追。唐虞文章，則焕乎始盛！堯時有《康衢歌》、《擊壤歌》，虞舜有《卿雲》、《南風》、“明良喜起”等歌，始有依聲按韻，誦其言，詠其聲，播之篇什而爲詩歌者！

虞舜詩之可信者，獨見《尚書》之“明良喜起”歌，《尚書大傳》之《卿雲歌》。《南風歌》見稱《禮·樂記》，而不著其詞；見《尸子》，而辭氣諧暢，疑若不類。然當日詩歌之屬，必已多有。孔子於《帝典》録舜命夔之言曰：“詩言志，歌永言。”是詩教之始也。“明良喜起”歌者，《虞書》帝庸作歌曰：“股肱喜哉！元首起哉！百工熙哉！”皋陶賡歌曰：“元首明哉！股肱良哉！百工康哉！”又曰：“元首叢脞哉！股肱惰哉！萬事墮哉！”凡三章，章三句，每句一音，雖以四言成句，而句有“哉”字語助；其實三言也。《卿雲歌》曰：“卿雲爛兮，糺縵縵兮！日月光華，旦復旦兮！”凡三句，每句一韻，雖以四言八言成句，而句有“兮”字語助；其實三言七言也。惟二典三謨記言之文，四言成句而寡將以助語；用“也”、“矣”、“與”、“耶”字者絶無；而“哉”字之語助亦止一二見。蓋詩歌主音節，故成句之字數奇，而綴以語助，用以叶響。而言論則非同於歌詠；故典謨記載，多四言句而不用語助。此可以證韻文散文之殊，在音節而不以句之奇與偶也。

後世有作，韻文多爲偶，而散文多用奇。然三代以上，韻文不盡偶，而散文不必奇。凝重多出於偶，流美多出於奇。體雖駢，必有奇以振其氣。勢雖散，必有偶以植其骨。儀厥錯綜，致爲微妙。試以《堯典》爲例：“欽明文思”一字爲偶。“安安”疊字爲偶。“允恭”“克讓”二字爲偶。偶勢變而生三，奇意行而若一。“光被四表，格於上下”，語奇也而意偶。“克明峻德”四字一句奇。“以親九族”十六字四句偶。“協和萬邦”十字二句奇；而“萬邦”與“九族”、“百姓”語偶；“時雍”與“黎民於變”意偶；是奇也而偶寓焉。“乃命羲和”一段奇；而“昊天”“授時”隔句爲偶；中六字綱目爲偶。“分命”、“申命”四段，章法偶而辭悉奇。自“帝曰咨”至“庶績咸熙”一段奇；“期三百”十七字參差爲偶；“允釐”八字顛倒爲偶；而意皆奇。故雙意必偶；“欽明”“允恭”等句是也。單意可奇可偶；“光被”“允釐”等句是也。其中“以親九族”四句，“慎徽五典”四句，凡數目之字，已無不對待整齊矣。“流共工於幽州”四句，竟居然以人名對人名，地名對地名焉；但不調平仄而已。然《關雎》“關關雎鳩”四句，以雎鳩雌雄相應和，興君子之必得淑女爲好逑；意似偶而句法不偶。“參差荇菜”四句偶，而承之曰“求之不得，寤寐思服，悠哉悠哉，輾轉反側”，則又奇矣。首尾奇而中間以偶，駢文絡乎散文之間，猶之偶數絡乎奇數之間也。文之初創，駢散間用。數之初創，奇偶間用。厥後數理日精，奇數與偶數遂各立界説。文法日備，駢文與散文乃自爲家數。喜駢，則成詩賦一流。嗜奇，則爲散韻一派。又或合樂則以韻語，記事則以散行；而純主偶者爲駢體；純主奇者稱散文。然則駢散古合今分者，亦文字進化之一端歟！

惟聲律之用，本於性初，發之天籟。故古人之文，化工也；多自然而合於音，則雖無韻之文，而往往有韻；苟其不然，則雖有韻之文而時亦不用韻，終不以韻而害意也。《詩》三百，有韻之文也；乃一章之中，有二三句不用韻者；如“瞻彼洛矣，維水泱泱”之類是矣。一篇之中，有全章不用韻者；如《思齊》之四章五章，《召旻》之四章是矣。又有全篇無韻者；《周頌》、《清廟》、《維天之命》、《昊天有成命》、《時邁》、《武》諸篇是矣。説者以爲當有餘聲；然以餘聲相協，而不入正文；是詩亦有不用韻者也。伏羲畫卦，文王繫之辭也，凡卦辭之繫者時用韻，《蒙》之“瀆”“告”，《解》之“復”“夙”，《震》之“虩”“啞”，《艮》之“身”“人”，皆叶韻也。孔子贊《易》十篇，其《彖》《象》傳、《雜卦》五篇用韻；然其中無韻者亦十之一。《文言》、《繫辭》、《説卦》、《序卦》五篇不用韻；然亦間有一二；如“鼓之以雷霆，潤之以風雨，日月運行，一寒一暑；乾道成男，坤道成女。”“君子知微知彰；知柔知剛；萬夫之望。”此所謂化工之文，自然而合者，固未嘗有心於用韻也。《尚書》之體，本不用韻；而《大禹謨》“帝德廣運：乃聖乃神，乃武乃文；皇天眷命，奄有四海，爲天下君”；《伊訓》“聖謨洋洋，嘉言孔彰。惟上帝不常：作善，降之百祥；作不善，降之百殃”；《太誓》“我武惟揚，侵于之疆；取彼凶殘，殺伐用張；于湯有光”！《洪範》“無偏無黨，王道蕩蕩；無黨無偏，王道平平；無反無側，王道正直”；皆用韻。禮之爲體，據事制範，章條纖曲；好禮君子，隨所聞見，得即録之，名曰《禮記》；方放廢是懼，遺文掇拾，奚遑協音成韻，金聲而玉振之乎？然《曲禮》“行，前朱鳥而後玄武；左青龍而右白虎；招摇在上，急繕其怒”；《禮運》“元①酒在室，

---

① “元”，《禮記》通行本作“玄”。

醴醆在户；粢醍在堂，澄酒在下；陳其犧牲，備其鼎俎；列其琴瑟，管磬鐘鼓。修其祝嘏；以降上神，與其先祖；以正君臣，以篤父子，以睦兄弟，以齊上下，夫婦有所，是謂承天之祜”；《樂記》“夫古者天地順而四時當；民有德而五穀昌；疾疢不作，而無妖祥；此之謂大當；然後聖人作爲父子君臣以爲紀綱”；此其宫商大和，翻迴取均。聲不失序，音以律文，如劉彦和所謂“標情務遠，比音則近；吹律胸臆，調鐘脣吻”者，庶幾得之。左氏傳經，亦多叶韻；見於近人著述中所舉者更難以悉數。即如四子書中，子思、孟軻之書皆散文；而《中庸》曰：“故君子不可以不修身；思修身，不可以不事親；思事親，不可以不知人；思知人，不可以不知天。”又曰：“大哉聖人之道！洋洋乎發育萬物，峻極於天；優優大哉，禮儀三百，威儀三千。”七篇曰：“今也不然；師行而糧食；飢者勿食，勞者勿息；睊睊胥讒，民乃作慝；方命虐民，飲食若流；流連荒亡，爲諸侯憂。”至如諸子之書，亦多有韻者，今試舉《老》、《莊》而言；《老子》：“元①牝之門，是謂天地之根；綿綿若存，用之不勤。”《莊子》：“巧者勞而智者憂；無能者無所求；飽食而遨遊；汎若不繫之舟。”子思、孟軻、老子、莊子，斷非有意於用韻者也；而讀其所作，謂非用韻而不可也。蓋衝口而出，自爲宫商；此即《樂記》所謂“聲者由人心生”者也。故曰：“有歌謡而後有聲詩，有聲詩而後有韻文，有韻文而後有其他諸體文。”

《詩》三百之用韻，於不規律中，漸有規律，而爲後世一切詩體之宗。其用韻之法有三：首句次句連用韻，隔第三句，而於第四句用韻者，《關雎》之首章是也；凡漢以下詩及唐人律詩之首句用韻者源於此。一起即隔句用韻者，《卷耳》之首章是也；凡漢以下詩及唐人律詩之首句不用韻者源於此。自首至末，句句用韻者，若《考槃》、《清人》、《還》、《著》、《十畝之間》、《月出》、《素冠》諸篇，又如《卷耳》之二章三章四章，《車攻》之一章二章三章七章，《車②發》之二章三章四章五章是也；凡漢以下詩，若魏文帝《燕歌行》之類源於此。自此而變，則轉韻矣。轉韻之始，亦有連用隔用之别，而錯綜變化，不可以一體拘，於是有上下各自爲韻，若《兔罝》及《采薇》之首章，《魚麗》

① “元”，《老子》通行本作“玄”。

② “車”爲“長”之誤字。

之前三章，《卷阿》之首章者。有首末自爲一韻，中間自爲一韻，若《車攻》之五章者。有隔半章自爲韻，若《生民》之卒章者。有首提二韻而下分二節承之，若《有瞽》之篇者。此皆詩之變格，然亦莫非出於自然，非有意爲之也。

孔子博學於文，好古敏以求之。子貢曰："夫子之文章，可得而聞。"蓋繼往開來，而集二帝三王文學之大成者也。稽之載籍，可考見者五事：

（甲）正文字。孔子在衛，曰"必也正名"，鄭玄以正名謂正書字也。蓋孔子將從事於删述，則先考正文字。春秋之時，文字雖秉倉史之遺；而古之作字者多家，其文往往猶在，或相詭異；至於别國，殊音尤衆。孔子之至是邦也，必聞其政；又觀於舊史氏之藏，百二十國之事，佚文祕記，遠俗方言，盡知之矣。於是修定六經，將擇其文之近雅馴者用之以傳於學者，故以周公《爾雅》教人，其餘亦頗有所定。六經文字極博，指義萬端；間有倉史文字所未贍者，則博稽於古，不主一代；刑名從商，爵名從周之例也。春秋異國衆名，則隨其成俗曲期；物從中國，名從主人之例也。太史公往往稱孔氏古文，以雖同是倉史文字，而經孔子考定以書六經，則謂孔子古文焉。意孔子當日必别有專論文字之書，其見引於許慎《説文》者不一。孔子曰："一貫三爲王。"孔子曰："推十合一爲士。"孔子曰："黍可爲酒，禾入水也。""儿，仁人也。孔子曰：'在人下故詰屈。'"孔子曰："烏，眄呼也，取其助氣，故以爲烏呼。"孔子曰："牛羊之字，以形舉也。"孔子曰："狗，叩也，叩氣吠以守。"孔子曰："視犬之字，如畫狗也。"孔子曰："貉之爲言惡也。"孔子曰："粟之爲言續也。"許慎謂孔子書六經皆以古文。《論語》"《詩》、《書》，執禮"謂之"雅言"；文字自孔子考定，始臻雅馴也。此孔子定文字之證。

（乙）訂詩韻。孔子曰："吾自衛反魯，然後樂正，《雅》、《頌》各得其所。"蓋古詩皆被絃歌，詩即樂也。近世言古音者，如顧炎武、江永以來，並以《詩》爲古之韻譜。夫《詩三百》删自孔子，是即孔子之韻譜也；以殊時異俗之詩，其韻安能盡合；意孔子就原采之詩，不惟删去重複，次序其義；而於韻之未安者，亦時有所正；故曰"樂正，《雅》、《頌》各得其所"也。《史記·孔子世家》曰："《三百五篇》，孔子皆絃歌之以求合《韶》、《武》、《雅》、《頌》之音。"則孔子未正以前，或不協於絃歌；既正以後，學者即據之爲韻譜，故《易象》、《楚辭》、秦碑、漢賦用韻與《詩三百》合，皆本孔子矣。

（丙）用虛字。上古文字初開，實字多，虛字少。周誥、殷盤，佶屈聱牙，虛字不多，然木强寡神。至孔子之文，虛字漸備；贊《易》用“者”“也”二字特多。而《論語》、《左傳》，其中“之”“乎”“者”“也”“矣”“焉”“哉”無不具備；作者神態畢出，尤覺脱口如生；此實中國文學一大進步。蓋文學之大用在表情；而虛字者，則情之所由表也；文必虛字備而後神態出焉。

（丁）作文言。“文言”者，孔子之所作也。孔子以前，有話言而無文言。近人蔡元培稱：“文言用古人的話傳達今人的意思。”雖然，古人之話，果足當今之所謂“文言”乎？余不能無疑也。不知古人自有古人之話，古人自有用話所作一種通俗之白話文學書，即《尚書》、《詩經》是也。夷考《尚書》之《堯典》、《皋陶謨》、《高宗肜日》、《西伯戡黎》、《微子》、《洪範》、《康誥》、《無逸》、《君奭》、《立政》、《顧命》、《文侯之命》諸篇，當日對話之文也。《甘誓》、《湯誓》、《盤庚》、《牧誓》、《多士》、《費誓》、《秦誓》諸篇，當衆演説之辭也。《大誥》、《多方》、《吕刑》諸篇，當日演説之文也。太史陳詩以觀民風，而十五國風，則採自民間歌謡，斯二者，在當日義取通俗，文不雅馴。“格”之訓至也，來也。“殷”之訓中間之中也。“采”之訓事也。“肆”之言於是也。“劉”之言殺也。“誕”與“純”之言大也。“台”與“卬”之言我也。“莫莫”之言茂密也。“揖揖”之言會聚也。“薨薨①”之言羣飛也。“惄”之言飢也。“旁旁”之言馳驅也。“邁”之言去也，行也。“監”之言終了也。“伾伾”之言有力也。如此之類，古人用語，隨在可以考見。然則《尚書》者，古人之白話文也。《詩經》者，古人之白話詩也。惟話言不能無隨時變遷，後人讀而不易曉，遂覺爲佶屈聱牙焉。《爾雅》一書，有《釋詁》、《釋言》、《釋訓》三篇；是即以中古以來通用之文言，而注釋《詩》、《書》之古語也。蔡元培云：“司馬遷《史記》……記唐虞的事，把‘欽’字都改作‘敬’字，‘克’字都改作‘能’字；記古人的事，還要改用今字。”若自余觀之：司馬遷以“敬”改“欽”，以“克”改“能”，乃是依孔子以來通用之文言，改訂唐虞之古語；而非如蔡氏所云“記古人的事，改

① “薨薨”當作“薨薨”。

用今字”也。此爲中國最古之白話文學。此外十三經之中，如《春秋》、《左氏傳》、《孝經》、《論語》、《孟子》、《禮記》之類，作於孔子之後者，皆文言而非白話；與《尚書》、《詩經》不同。所以字句之間，後人讀之易曉，便不似《尚書》、《詩經》之聱牙澀舌；此可以見今之所謂“文言”，是從孔子以來到今通用，而不似古人之話之受時間制限。《書·盤庚》：“乃話民之弗率。”東坡《書傳》曰：“民之弗率……以話言曉之。”是《盤庚》之爲古人之話，明也；而《盤庚》之佶屈聱牙特甚。孔子作《易》《乾》、《坤》兩卦《文言》，明明題曰“文言”而不稱做“話”；然而句法字法，與今之所謂“文言”無大殊。更可見古人之話，自别有一種，而非即今之所謂“文言”也。自孔子作《文言》以昭模式，於是孔門著書皆用文言。左丘明受經仲尼，著《春秋傳》，文言也。有子、曾子之門人，記夫子語，成《論語》一書，亦文言也。曾子問孝於仲尼，而與門人弟子言之，門弟子類記而成《孝經》，亦文言也。《檀弓》、《禮運》，皆子游之門人所記，亦文言也。可見仲尼之徒，著書立説，無不用夫子之文言者；故曰：“夫子之文章，可得而聞也。”雖然，夫子之文章，不曰“誦”而曰“聞”者；蓋古用簡策，文字之傳寫不便，往往口耳相授。阮元曰：“古人以簡策傳事者少，以口舌傳事者多；以目治事者少，以口耳治事者多；故同爲一言，轉相告語，必有衍誤，是必寡其詞，協其音以文其言，使人易於記誦，無能增改；且無方言俗語雜其間，始能達意；始能行遠。此孔子於《易》所以著《文言》之篇。”然則“文言”非古人之話，明也。大抵孔子以前，爲白話文學時期；而孔子以後，則爲文言文學時期，孔子曰：“辭達而已。”“達”即《論語》“己欲達而達人”之“達”。達之云者，時不限古今，地不限南北，盡人能通解之謂也。如之何而能盡人通解也？自孔子言之，祇有用文言之一法。孔子曰：“書同文。”又曰：“言之無文，行之不遠。”此之所謂“遠”，指空間言，非指時間言；是“縱横九萬里”廣遠之遠，而非“上下五千年”久遠之遠。推孔子之意，若曰：“當今天下各國，國語雖不同；然書還是同文。倘使吾人言之無文，祇可限於方隅之流傳；而傳之遠處，則不行矣。”所謂“言之有文”者，即阮元所謂“寡其詞，協其音……無方言俗語雜於其間”之言也。時春秋百二十國，孔子三千弟子，七十二賢，所占國籍不少；當日國語既未統一，如使人人各操國語著書，則魯人著書，齊人讀之不解。觀於《公羊》、《穀梁》，已多齊語魯語之分，更何論南蠻鴂舌如所稱吴楚諸國。此孔子於《易》所以著《文言》之篇而昭弟子之法式者歟？蓋自孔子作文言，而後中國文學之規模具也。

（戊）編總集。古者《詩》三千餘篇；及至孔子去其重，取可施於禮義，上采契后稷，中述殷周之盛，至幽厲之缺，始於衽席；故曰："《關雎》之亂以爲《風》始，《鹿鳴》爲《小雅》始，《文王》爲《大雅》始，《清廟》爲《頌》始。"三百五篇，厥爲詩之第一部總集。孔子觀書周室，得虞夏商周四代之典，乃删其善者，定爲《尚書》百篇，所以宣王道之正義，發話言於臣下，故其所載，皆典謨訓誥誓命之文。厥爲文之第一部總集。則是總集之編，導源《詩》、《書》，而出於孔子者也。惟《詩》者《風》《雅》《頌》以類分，而《書》則虞夏商周以代次。則是《詩》者，開後世總集類編之先河；而《書》則爲後世總集代次之權輿也。子以四教，而文居首。及游夏並稱文學之彦，而子夏發明章句。懿歟休哉！此所以爲六藝之宗，稱百世之師歟。

3. 中　古

凡經之《易》、《詩》、《禮》、《春秋》，傳之《左》、《公》、《穀》，子之《墨》、《老》、《孫》、《吴》、《孟》、《荀》以及《公孫龍》、《韓非》之屬，集之《楚辭》，莫非戛戛獨造，自出機杼。是上古之世，文學主創作；而中古以後，則摹仿者爲多。《史記·律書》仿《周易·序卦》；司馬相如《大人賦》仿屈原《遠游》；揚雄爲漢代文宗，而其《太玄》摹《易》，《法言》摹《論語》，《方言》摹《爾雅》，《十二箴》摹《虞箴》，《諫不許單于朝》摹《國策·信陵君諫伐韓》，《甘泉賦》摹司馬相如《大人賦》，幾於無篇不摹；而班固《漢書·地理志》仿《禹貢》；陸機《辨亡論》、干寶《晉紀·總論》仿賈生《過秦論》。如此之類，不可悉數。

章學誠曰："西漢文章漸富，爲著作之始衰。然賈生奏議入《新書》，相如詞賦但記篇目，皆成一家之言，與諸子未甚相遠；初未嘗彙次諸體，裒焉而爲文集者也；諸子衰而文集之體盛。"吾則謂文集興而"文""學"之途分。何也？韓非子《五蠹篇》力攻文學，而指斥及藏管、商、孫、吴之書者。秦丞相李斯請悉燒所有文學詩書百家語，而以“文學”二字冠“詩書百家語”之上。太史公自序其書，舉凡一切律令、軍法、章程、禮儀，皆稱之爲“文學”。蓋兩漢以前，文與學不分。至兩漢之後，文與學始分。六藝各有專師，而别爲經學。諸子流派益歧，而蔚爲子部。史有馬、班，而史學立。文章流别分於諸子，而集部興。經史子集，四部别居，而“文”之一名，遂與集部連稱而爲所專有。

李延壽《北史·文苑傳·序》曰：“江左宫商發越，貴於清綺。河朔詞義貞剛，重乎氣質。氣質則理勝於詞，清綺則文過其意。理勝者便於時用，文華者宜於詠歌。此則南北詞人得失之大較。”蓋北人擅言事之散文，而南人工抒情之韻語也。然戰國以前，如《經》之《易》、《書》、《禮》、《春秋》，傳之《左》、《公》、《穀》，子之《老》、《莊》（老子楚苦縣人，苦縣即今河南鹿邑縣。莊子蒙人，蒙縣在今河南商丘縣之東北。本柳詒徵説）、《孟》、《荀》等，其體則散文也；其用則叙述也，議論也；皆北方文學也。獨《詩》三百篇，《楚辭》三十餘篇，爲言情之韻文耳。《楚辭》之爲南方文學，固也。考《詩》之所自作，《吕氏春秋》載：“禹行功，見塗山之女。禹未之遇，而巡省南土。塗山之女，乃令其妾候禹於塗山之陽。女子乃作歌曰：‘候人子①猗！’實始作爲南風。周公、召公取風焉以爲《周南》、《召南》。”而鄭樵爲之説曰：“周爲河洛，召爲岐雍，河洛之南瀕江，岐雍之南瀕漢，江漢之間，二南之地，《詩》之所起在於此。屈宋以來，詩人墨客多生江漢，故仲尼以二南之地爲作《詩》之始。”然則《詩三百》之始自南音，有明證矣。戰國以前，所謂言情之韻文，可考見者，惟此與《楚騷》耳。未能與散文中分天下也。是爲北方文學全盛時代。漢興，而南人如枚叔、劉安、司馬相如、王褒、揚雄之徒，寖與賈誼、鼂錯、董仲舒、劉向輩抗顔行。而司馬遷撰《史記》，以史筆抒騷情；班固作《兩都賦》，以賦體羅史實；且融裁南方文學以爲北方文學矣。此實南北文學消長之一大樞機也。爰逮晉之東也，篇製溺乎玄風；嗤笑殉務之志，崇盛亡機之談。孫綽、許詢、桓、庾諸公雖各有雕采，而辭趣一揆，所以景純《仙篇》挺拔而爲俊矣。宋初文詠，體有因革。黄老告退而山水方滋，儷采百字之偶，争價一句之奇，

① “子”爲“兮”之訛字。

情必極貌以寫物，辭必窮力而追新，顔謝騰聲，驂以鮑照，尤足啓後代之津途。自漢以來，模山範水之文，篇不數語；而謝靈運興會標舉，重章累什，陶寫流峙之形；後之言山水也，此其祖矣。晉之陸雲，對偶已繁；而用事之密，雕鏤之巧，始顔延之；齊梁聲病之體，後此對偶之習，是其源矣。然較其工拙，延之雕鏤，不及靈運之清新，亦遜鮑照之廉儁！延之嘗問鮑照己與靈運優劣，照曰："謝五言如初發芙蓉，自然可愛；君詩若鋪錦列繡，亦雕繢滿眼。"延之終身病之。照以俊逸之筆，寫豪壯之情，發唱驚挺，操調險急，史稱其文甚遒麗，信然！然其所短，頗喜巧琢，與延之同病；至其筆力矯健，則遠過之；與謝並稱，允符二妙。然《國風》好色不淫，《楚辭》美人以喻君子，五言既興，義同《詩》、《騷》，雖男女歡娱幽怨之作，未極淫放。至鮑照雕藻淫豔，傾側宫體，作俑於前。永明天監之際，顔謝寖微而鮑體盛行，事極徐庾，紅紫之文，遂以不反。既而徐陵通聘，庾信北陷，北人承其流化，"矜一韻之奇，争一字之巧，連篇累牘，不出月露之形，積案盈箱，惟是風雲之狀。世俗以此相尚，朝廷據此擢士"。李諤上隋高祖《革文華書》嘗慨乎言之，厥爲南方文學全盛時代。物極則反，《唐書·韓愈傳》載："愈常以爲魏晉以還，爲文者多相偶對，而經誥之旨，不復振起。故所爲文抒意立言，自成一家。後學之士，取爲師法。"論者謂"文起八代之衰"，實則唾棄南方文學，中興北方文學耳。

燕趙多慷慨悲歌之士，江左擅綺麗纖靡之文，自古然矣。顧有不可論於三國者：魏武帝崛起稱伯，開基青豫，以文武姿，掞藻揚葩，把酒臨江，横槊賦詩，固一世之雄也。子桓、子建，兄弟競爽，亦擅詞采；然華而不實，上有好者，下必殆甚。陳琳、阮瑀以符檄擅聲，王粲、徐幹以詞賦標美，劉楨情高以全采，應瑒學優以得文，皆一時之秀。已萌晉世清談之習，開江左六朝綺麗之風矣。夫江左六朝，建國金陵，阻長江爲天塹，與北方抗衡，其端實自孫氏啓之。孫權稱制江東，號吴大帝，然文筆雅健，不爲綺麗；《與諸將令》、《責諸葛瑾詔》，卓犖有西京之風焉。虞翻《諫獵》之書，簡而能要。駱統《理張温表》，語亦詳暢。而諸葛恪救國之論，慨當以慷，尤吴人文之可誦者。吴之末造，韋曜《博弈論》，華覈《請救蜀表》，漸近偶麗；然質而不俚；以視魏武父子之風情儁上，詞采秀拔，固有間矣。誰則謂南朝文士盡華靡者乎？至蜀爲司馬相如、揚雄詞賦家産地，而陳壽稱

“諸葛亮文不采豔①”，范頵謂“陳壽文豔不及相如，而質直過之”。是南人之文質直，轉不如北人之藻逸工言情矣，可謂變例也。

自魏文帝始集陳徐應劉之文，自是以後，漸有總集；傳於今者，《文選》最古矣。昭明太子序《文選》也，其於史籍，則云“不同篇翰”。其於諸子，則云“不以能文爲貴”。蓋必文而後選，非文則不選也。六朝之人，多以文筆對舉。《南史·顔延之傳》：“竣得臣筆，測得臣文。”劉勰《文心雕龍》云：“無韻者筆，有韻者文。”或疑“文筆區分，《文選》所集，無韻者猥衆。夫有韻爲文，無韻爲筆，是則駢散諸體，一切是筆非文。”近儒章炳麟氏之所爲致誚於昭明者也。不知六朝人之所謂“有韻者文”之“韻”，乃以語章句中之韻；非如後世之指句末之韻脚也。六朝不押韻之文，其中奇偶相生，頓挫抑揚，皆有合乎宫羽。故沈約作《宋書·謝靈運傳論》曰：“五色相宣，八音協暢，由乎元②黄律吕，各適物宜；欲使宫羽相變，低昂合節。若前有浮聲，則後須切響。一簡之内，音韻盡殊；兩句之中，輕重悉異。妙達此旨，始可言文。”其指實發於子夏《詩大序》，謂：“情發於聲，聲成文，謂之音。”又曰：“主文而譎諫。”鄭玄曰：“聲，謂宫商角徵羽也。”“聲成文”，宫商上下相應。“主文”，主與樂之宫商相應也。此子夏直指詩之聲音而謂之文也，不指翰藻也。然則《詩·關雎》“鳩”“洲”“逑”押脚有韻，而“女”字不韻；“得”“服”“側”押脚有韻，而“哉”字不韻；此正子夏所謂“聲成文之宫羽也”。此豈詩人暗與韻合，匪由思至哉？子夏此序，《文選》選之，亦以抑揚詠歎，其中有成文之音也。六朝人益衍暢其指而爲韻之説。《南史·陸厥傳》云：“王融、謝朓、沈約等文，將平上去入四聲制韻，有平頭、上尾、蜂腰、鶴膝，世呼爲永明體。”所謂“平頭”者，前句上二字與後句上二字同聲；如古詩：“今日良宴會，歡樂難具陳。”“今”“歡”同平聲；“日”“樂”同仄聲，是“平頭”也。又如古詩：“朝雲晦初景，丹池晚飛雪。”“朝雲”“丹池”同平聲，是“平頭”也。所謂“上尾”者，上句尾字與下句尾字俱用平聲，雖韻異而聲同；如古詩：“西北有高樓，上與浮雲齊。”“樓”“齊”平聲，是“上尾”也。所謂“蜂腰”者，每句第二字與第五字同聲；如古詩：“聞君愛

---

① 《三國志》通行本作“文采不豔”。

② “元”當作“玄”。

我甘，竊欲自修飾。”“君”“甘”皆平聲，“欲”“飾”皆入聲，是“蜂腰”也。所謂“鶴膝”者，一句尾字與三句尾字同聲；如古詩：“客從遠方來，遺我一詩札。上言長相思，下言久離別。”“來”“思”皆平聲，是“鶴膝”也。然則後世之所謂韻者，以句末之同爲適而求其大齊；而六朝人之所謂韻者，則以句中之同爲犯而求其不齊。是以聲韻流變而成四六之駢文，亦衹論句中之平仄，不謂韻脚也。而章氏乃謂“《文選》所集，無韻猥衆”；特以其無句末之韻脚耳。安知六朝以前之所謂“韻”者，非此之謂哉？

4. 近　古

唐之興也，文章承江左遺風，陷於雕章繪句之敝。貞元元和之際，韓愈、柳宗元出，倡爲先秦之古文；一時才傑如李觀、李翺、皇甫湜等應之，遂能破駢儷而爲散體，洗塗澤而崇質素。上踵孟荀馬班，下啓歐蘇曾王，蓋古文之名始此。古文者，韓愈氏厭棄魏晉六朝駢儷之文，而返之於六經兩漢，從而名焉者也。其文章之變，即字句駢散之不同；而駢散之不同，則詩文體制之各異也。文勢貴奇；而詩體近偶。重駢之代，則散文亦寫以詩體。重散之世，則詩歌亦同於散文。即如范曄生劉宋之時，增損東漢一代，成《後漢書》，自謂“無慚良直”；而編字不隻，捶句必雙，修短取均，奇偶相配；故應以一言蔽之者，輒足爲二言；應以三句成文者，必分爲四句；彌漫冗沓，不知所裁。初唐襲南朝之餘，《晉書》作者，並擅雕飾，遠棄史班，近宗徐庾。夫以琢彼輕薄之句，而編爲史籍之文，無異加粉黛於壯夫，服綺紈於高士；著譏《史通》，非虐謔也。近世趙翼則謂：“以文爲詩，自韓愈始。至蘇軾益大放厥詞，别開生面；天生健筆一枝，有必達之隱，無難顯之情。”故曰：“重駢之世，則散文亦寫以詩體；重散之世，則詩歌亦同於散文”也。詩有六義，其二曰賦。賦者鋪也；體物寫志，鋪采摛文，濫觴於詩人，而拓宇於文境者也。是以重駢之代，賦中詩體多於文體。重散之世，賦中文體多於詩體。試觀徐庾諸賦，多類詩句；而王勃《春思賦》則直七字之長歌耳。此重駢之代，詩體多於文體也。若歐陽修之《秋聲賦》，蘇軾之前後《赤壁賦》，則又體勢同於散文。蓋宋襲韓柳之古文，而歸於質；重散之世也。論古文之流别：韓愈以揚子雲化《史記》，柳宗元以《老》、《莊》、《國語》化六朝，王安石以周秦諸子化韓愈，曾鞏以《三禮》化西漢，蘇洵以賈誼、鼂錯化《孟子》、《國策》，蘇軾以《莊子》、《孟子》化《國策》；於此可悟文學脱胎之法；而唐以後之言古文者，莫不推韓柳爲大宗。然唐宋八家，韓柳並稱；而繼往開來，厥推韓愈。獨愈之文安雅而奇崛：李翺斆其安雅，皇甫湜得其奇崛。其衍李翺之安雅一派者，至則爲歐陽修之神逸；不至則爲曾鞏、蘇轍之清謹。其衍皇甫湜之奇崛一派者，至則爲王安石之峻峭；不至則爲蘇洵、蘇軾之奔放。其大較然也。

惟駢儷之文，雖摧廓於中唐之韓柳；而駢儷之詩，則大成於初唐之沈宋。夷考其始，漢魏六朝詩，祖述《風》、《騷》，陶寫情性，篇無定句，句無定聲，長短曲折，惟意所從；世號曰古體。唐調以聲律，加以排整，句有繩尺，篇有矩矱，謂之近體，以别於古體也。古體近體，唐代始劃立鴻溝。近體詩者，合五七言律、五七言絶而稱也。然詩之化散爲駢，至唐而要其成耳。蓋自沈約創聲病之説，爾後諸家遵軌，競爲新麗，益與律體相近。陳隋之間，江總、庾信、虞茂、陸敬、薛道衡、盧思道等所作，往往見五律七律排律之體，此可以證六朝之散體趨駢，詩亦不在例外。然其初非出有意，不過偶合新調，故未能别成一格。凡其集中用律詩格調者，或僅六句，或至十句。至沈佺期、宋之問出，揣其聲韻，順其體勢，始與六朝以前之古詩，判然分途而爲律詩。蓋前者之作，不期而成八句。後者之律，則立意而爲四韻。詩之有沈宋，猶文之有徐庾也。絶之聲調，與律同，或不與律同亦可；章四句，有全體屬對者，有前二句或後二句屬對者，蓋由律詩中截來，故又號曰截句。然李白、杜甫，唐推詩聖；運古於律，縱横揮斥。李白五言律，穠麗之中，運以奇逸之思；而杜甫更能於四十字中，包涵萬象。七言律，李白所短；而工於絶，純以神行，獨多化工之筆。杜不工絶，而善七言律；八音和鳴，濟以沈雄。後世之言律絶者莫尚焉。是律絶之極工者，不拘於聲律對偶；而鏗鏘鼓舞，自然合節，所以爲貴也。然唐詩之有李杜，猶唐文之有韓柳。韓柳並稱，而繼往開來，韓愈之力爲大；李杜競爽，而入雅出風，杜甫之傳稱盛。一傳而爲元和，得韓愈、白居易焉，皆學杜甫者也。特韓更欲高，白更欲卑，韓得其峻，白得其平。自白衍而益爲綺，則爲温、李温庭筠、李商隱，爲宋之西崑。自韓流而入於奥，則爲郊、島孟郊、賈島，爲宋之西江。杜詩之有韓愈、白居易兩派，猶韓文之有李翺、皇甫湜兩家矣。請得而備論之。

唐以詩名一代，有初、盛、中、晚之分。大抵高祖武德元年以後百年間，謂之初唐。唐玄宗開元元年以後五十年間，謂之盛唐。代宗大歷元年以後八十年間，謂之中唐。宣宗大中元年以後至於唐亡，謂之晚唐。初唐詩人，王勃、楊炯、沈佺期、宋之問承陳隋之後，風氣漸轉而骨格未完；齊梁濃豔，尚有沾濡；排比之迹，蓋益精整。而陳子昂特起於王楊沈宋之間，始以高雅沖澹之音，奪魏晉之風骨，變齊梁之俳優，力追古意。後代因之，古體之名以立。杜審言、劉希夷、張説、張九齡，亦各全渾厚之氣於音節疏暢之中。盛唐稍著宏亮，儲光羲、王維、孟浩然之清逸，王昌齡、高適之閑遠，常建、岑參、李頎之秀拔，李白之朗卓，杜甫之渾成，元結之奥曲，咸殊絶寡倫。而李白、杜甫獨以雄渾高古，稱盛唐之宗。其次當推王孟高岑。王維詩豐縟而不華靡，秀麗疏朗，往往意興發端，神情傅合，由工入微，不犯痕跡，所以爲佳；七言律尤臻妙境。孟浩然專心古澹，句法章法，雖僅止於五言四十字，而悠遠深厚，超以象外，不犯寒儉枯瘠之病。高岑不相上下。高適軼宕，一起一伏。岑參遒勁少遜高，而婉縟過之。選體，岑差健也。儲光羲有孟浩然之古而無其深遠。岑參有王維之縟而掩以華靡。李頎工七言律，稱與王岑並駕。然李有風調而不甚麗。岑參才甚麗而情不足。惟王差備美爾。中唐彌矜卓練；劉長卿以古樸開宗，韋應物、錢起以雋邁擅勝。而韋應物尤工五言，閑澹簡遠，境界絶高。大抵應物詩韻高而氣清，王維詩格老而辭麗，並稱五言之宗匠；然互有得失，不無優劣。以體韻觀之，王維詩格老，而味遠不逮應物。至於詞不迫切而耐人咀味，應物自不可及也。下暨元和，則有柳宗元之超然復古，韓愈之雄深博大，元稹、白居易之清新，張籍、賈島、孟郊之峻刻，李賀之奇詭，尤稱一時之傑也。張籍工樂府，與元稹、白居易並稱，專以道得人心中事爲工。但白才多而意切，張思深而語精，元體輕而詞躁爾。晚唐體愈雕鏤。杜牧高爽欲追老杜；而温庭筠李商隱婉麗自喜，開宋初西崑之體；皮日休陸龜蒙鹿門唱和，亦爲西江拗體之先河。斯皆晚唐之勝矣。晚唐人單辭片語，一聯數句之間，實有精到之處；然格局未完，雕鑱愈工，真氣彌傷，此其短也。

律絶莫盛於唐，然律絶盛而詞興；而詞者，則又律絶之破整爲散者也。考詞之濫觴，厥推李白之《憶秦娥》、《菩薩蠻》，及張志和之《漁歌子》，實破五七言之絶句爲之。如《菩薩蠻》云：“平林漠漠烟如織，寒山一帶傷心碧。暝色入高樓，有人樓上愁。玉階空佇立，宿鳥歸飛急。何處是歸程，長亭更短亭。”合五言七言而成。而張志和之《漁歌子》曰：“西塞山前白鷺飛，桃花流水鱖魚肥。青篛笠，緑蓑衣，斜風細雨不須歸。”則裁七言絶一字者也。至《憶秦娥》云：“簫聲咽，秦娥夢斷秦樓月。秦樓月，年年柳色，灞陵傷别。樂遊原上清秋節，咸陽古道音塵絶。音塵絶，西風殘照，漢家陵闕。”長短錯落，亦裁之於七言或有餘，或不足，皆以協和其調也。明楊慎云：“唐人之七言律，即填詞之《瑞鷓鴣》也。七言之仄韻，即填詞之《玉樓春》也。”然則詞不惟破絶，並破律爲之矣。

詞上承詩，下啓曲，亦唐代一大創製也。蜀趙崇祚編有《花間集》十卷。其詞自温庭筠而下十八人，凡五百首，爲後世倚聲填詞之祖。陸務觀曰：“詩至晚唐五季，氣格卑陋，千人一律；而長短句獨精巧高麗，後世莫及，此事之不可曉者。”至於宋以詞爲樂章，熙寧中，立大晟府，爲雅樂寮，選用詞人及音律家，日製新曲，謂之《大晟詞》。於是小令中調之外，又出長調，而其體大備。故詞之有宋，猶詩之有唐。宋初沿《花間》舊腔，以清切婉麗爲宗；至蘇軾出，始脱音律之拘束，創爲激越之聲調，一洗綺羅香澤之態，擺脱綢繆婉轉之度，使人高瞻遠矚，舉首高歌，逸懷浩氣，超乎塵垢之表；或以其音律小不諧，自是横放傑出，曲子内縛不住者；比之詩家之有韓愈，遂開南宋辛棄疾等一派。辛棄疾才氣俊邁，好爲豪壯語，即法蘇軾，爲南宋詞家大宗。然姜夔、張炎仍以清切婉麗爲主。故宋詞分二派：一派詞意藴藉，沿《花間》之遺響，稱曰南派，是爲正宗；一派筆致奔放，脱音律之拘束，稱曰北派，號爲變格。遺集尤著者：南派有晏殊《珠玉詞》一卷，晏幾道《小山詞》一卷，柳永《樂章集》一卷，張先《安陸集》一卷，歐陽修《六一詞》一卷，秦觀《淮海集》一卷，李清照《漱玉詞》一卷以上北宋，姜夔《白石道人歌曲》四卷、《别集》一卷，張炎《山中白雲詞》八卷，吴文英《夢窗稿》四卷，《補遺》一卷，高觀國《竹屋癡語》一卷，史達祖《梅溪詞》一卷，王沂孫《碧山樂府》三卷，周密《草窗詞》二卷。北派有蘇軾《東坡詞》一卷，黄庭堅《山谷詞》一卷，辛棄疾《稼軒詞》四卷，劉過《龍洲詞》一卷，皆傳誦人口者也。獨周邦彦於南北宋爲詞家大宗，有《片玉詞》二卷、《補遺》一卷，所作皆精深華豔，而長調尤善補叙，用唐人詩語，隱栝入律，渾如己出，實兼綜南北之長焉。

宋詞至蘇軾而變《花間》之舊腔，宋詩至蘇軾而胚江西之詩派。宋初詩人如潘閬、魏野規規晚唐格調，寸步不敢走作。楊億、劉筠則又專宗李商隱，詞取妍華，而倡所謂西崑體者。歐陽修、梅堯臣始變以平淡豪俊，而規模未大。及蘇軾出，乃以曠世之逸氣高情，出入韓白，驅駕萬象，雄偉軼蕩，故是宋詩人之魁也。其門下客有江西黄庭堅者，得其疏宕豪俊之致，而益出之以奇崛，語必驚人，字忌習見，蒐羅奇書，穿穴異聞，得法杜甫而不爲蹈襲，自成一家；鍛煉勤苦，雖隻字半句不輕出；世以其詩與蘇軾相配，稱曰蘇黄，所謂江西詩派者宗之，是爲宋詩一大變。而黄之所爲不同於蘇者，蘇詩曲折汪洋，如長江千里。而山谷險峻奇崛，如太華三危。一深一闊，一難一易，故不同也。彭城陳師道者，亦遊蘇軾之門，喜爲詩，自云學黄庭堅。然庭堅學杜，脱穎而出。師道學杜，沈思而入。寧拙勿巧，寧樸勿華，雖非正聲，亦云高格。後來惟吕本中克肖師道，棄所學學黄庭堅；黄致廣大，陳極精微，天下詩人北面矣。乃作《江西宗派圖》，遂以師道次庭堅之後，而並稱開宗之祖焉。

夷考六朝之駢文，一變而爲唐宋之散體古文，又一轉而爲宋元之語録及章回小説，文之破整爲散則然也。唐之律絶，一變而爲宋之詞，又一轉而爲元之劇曲，詩之破整爲散則然也。然則中古文學之由散而整者，近古文學則破整爲散，其大較然矣。雖然，近古文學之破整爲散，特爲社會士夫言之耳；要非所論於朝廷功令。唐以詩賦取士，宋以經義取士，皆儷體也；遂爲近代取士模楷。然則近古而後，社會士夫既厭儷體之極敝而救之以散行；而朝廷功令，方挽儷體之末運而欣之以禄利；而朝廷之禄利，不足以易士夫之好尚；此則不可不特筆也。

5. 近　代

夷考明自洪武而還，運當開國，其文章多昌明博大之音。永、宣以後，安享太平，多臺閣雍容之作。作者遞興，皆沖融演迤，不事鉤棘，而楊士奇文章特優；一時制誥碑版，出其手者爲多。仁宗雅好歐陽修文，而士奇文得其髣髴，典則穩稱，後來館閣著作，沿爲流派，所謂臺閣體是也。廟堂之上，郁郁乎文。弘、正之間，茶陵李東陽出入元宋，溯流唐代。擅聲館閣，推一代文宗；而門下士北地李夢陽、信陽何景明，乃起而與之抗曰："文必秦漢，詩必盛唐，非是者弗道!"曰："古文之法亡於韓。"爲文故作艱深，鈎章棘句，至不可句讀；持是以號於天下，而茶陵之光燄幾燼。洎北地信陽之派，轉相摹擬，流弊漸深。論者乃稍稍復理東陽之傳以相撑拄。蓋宋元以來，文以平正典雅爲宗；其究漸流於庸膚；庸膚之極，不得不變而求奥衍。王李之起，文以沈博偉麗爲宗；其極漸流於虚憍；虚憍之極，不得不返而求平實。一張一弛，兩派迭爲勝負，蓋皆理勢之必然。然漢魏之聲，由此高論於後世，而與韓歐争長。唐宋之文運，至此乃生一大變化矣。然較其得失：秦漢之文，玉璞金渾，風氣未開。後世文明日進，理欲其顯，故格變而平；事繁於昔，故語演而長；此亦天演自然之理。而何李以其偏戾之才，矯爲聱牙詰屈，無其質而貌其形，爲文彌古，於時彌戾。故何李之徒卒爲委罪之壑。至嘉靖之際，歷城李攀龍、太倉王世貞踵興；更衍何李之緒論，謂"文自西京，詩至天寶而下，俱無足觀"。而世貞才最高，地望最顯，聲華意氣，籠蓋四海。獨崑山歸有光紹述歐、曾，毅不爲下，至詆世貞爲妄庸巨子。自明之季，學者知由韓、柳、歐、蘇沿洄以溯秦漢者，有光之力也。雖然，有光之文，亦自有其别成一家而不與前人同者。蓋有光以前，上而名公巨卿，下而美人名士之奇聞雋語，劌心怵目，斯以厠文人學士之筆。至有光出而專致力於家常瑣屑之描寫。桐城方苞謂："震川之文，發於親舊及人微而語無忌者，蓋多近古之文。至事關天屬，其尤善者，不事修飾，而情辭并得，使覽者惻然有隱；其氣韻蓋得之子長。"而姚鼐亦以爲："歸震川之文，於不要緊之題，説不要緊之語，卻自風神疏淡，是於太史公深有會處。"其尤惻惻動人者，如《先妣事略》、《歸府君墓誌銘》、《寒花葬志》、《項脊軒記》諸文，悼亡念存，極摯之情而寫以極淡之筆，覩物懷人，户庭細碎，此意境人人所有，此筆妙人人所無。而所以成其爲震川之文，開韓、柳、歐、蘇未闢之境者也。

讓清中葉，桐城姚鼐稱私淑於其鄉先輩方苞之門人劉大櫆，又以方氏續明之歸氏而爲《古文辭類纂》一書，直以歸、方續唐宋八家，劉氏嗣之；推究閫奥，開設户牖，天下翕然號爲正宗。此所謂桐城派者也。方是之時，吾家魯思先生實親受業於桐城劉氏之門，時時誦師説於陽湖惲敬、武進張惠言。

二人者，遂盡棄其考據駢儷之學而學焉。於是陽湖古文之學特盛，謂之陽湖派。而陽湖之所以不同於桐城者：蓋桐城之文，從唐宋八家入；陽湖之文，從漢魏六朝入。迨李兆洛起，放言高論，盛倡秦漢之偶儷，實唐宋散行之祖；乃輯《駢體文鈔》以當桐城姚氏之《古文辭類纂》；而陽湖之文，乃別出於桐城以自張一軍。顧其流所衍，比之桐城爲狹。然桐城之説既盛，而學者漸流爲庸膚，但習爲控抑縱送之貌而亡其實；又或弱而不能振。於是儀徵阮元倡爲文言説，欲以儷體嬗斯文之統。江都汪中質有其文，熔裁六朝，導源班蔡，祛其縟藻，出以安雅；而儀徵一派，又復異軍突起以樹一幟。道窮斯變，物極則反，理固然也。厥後湘鄉曾國藩以雄直之氣，宏通之識，發爲文章，而又據高位，自稱私淑於桐城，而欲少矯其懦緩之失；故其持論以光氣爲主，以音響爲輔；探源揚、馬，媲宗退之，奇偶錯綜，而偶多於奇，複字單詞，雜廁相間；厚集其氣，使聲彩炳焕而戛焉有聲。此又異軍突起而自爲一派，可名爲湘鄉派。一時流風所被，桐城而後，罕有抗顔行者。門弟子著籍甚衆，獨武昌張裕釗、桐城吳汝綸號稱能傳其學。吳之才雄，而張則以意度勝；故所爲文章，宏中肆外，無有桐城家言寒澀枯窘之病。夫桐城諸老，氣清體潔，海内所宗！徒以一宗歐、歸，而雄奇瑰瑋之境尚少；蓋韓愈得揚、馬之長，字字造出奇崛。至歐陽修變爲平易；而奇崛乃在平易之中。桐城諸老汲其流，乃能平易而不能奇崛；則才氣薄弱，勢不能復自振起，此其失也。曾國藩出而矯之，以漢賦之氣運之，故能卓然爲一大家，由桐城而恢廣之，以自爲開宗之一祖，殆桐城劉氏所謂“有所變而后大”者耶？

自明以來，言文學者，漢、魏、唐、宋，門户各張，一闔一闢，極縱横軼宕之觀；而要其歸，未能别出於漢、魏、唐、宋而成明之文學，清之文學也；徒爲沿襲而已。清初詩家有聲者，如錢謙益、吳偉業、龔鼎孳爲江左三大家，皆承明季之舊，而曹溶詩名，亦與鼎孳相驂靳。大抵皆步武王、李也。明末公安袁宏道矯王、李之弊，倡以清真。竟陵鍾惺復矯其弊，變爲幽深孤峭，與譚元春評選唐人詩爲《唐詩歸》，又評隋以前爲《古詩歸》。鍾、譚之名滿天下，謂之竟陵體，亦一時之盛也。新城王士禛肇開有清一代之詩學，枕葄唐音，獨嗜神韻，含蓄不盡，意有餘於詩，海内推爲正宗。與秀水朱彝尊、宣城施閏章、海寧查慎行、萊陽宋琬所彙刻者，曰《六家詩》。彝尊學富才高，始則描摹初唐，繼則濫泛北宋，與士禛齊名，時人稱爲“朱貪多，王愛好”。又有南施北宋之目；蓋閏章以温柔敦厚勝，琬以雄健磊落勝也。當是時，商丘宋犖亦稱詩宗，與士禛頡頏；而詩主條暢，又刻意生新，其源出於蘇軾；遊其門者，如邵山人長蘅等靡然從風，亦於士禛之外自樹一宗；獨王士禛名最高，然清詩之有王士禛，如文之有方苞也。清初詩人皆厭王、李之膚廓，鍾、譚之纖仄；談詩者頗尚宋元，而宋詩之質直，流而爲有韻之語録；元詩之縟豔，化而爲對句之小詞。王士禛崛起其間，獨標神韻，所選古詩及《唐賢三昧集》，具見其詩眼所在；如《三昧集》不取李、杜一首，而録王維獨多，可以知其微旨；蔚然爲一代風氣所歸。但士禛之詩，富神韻而餒氣勢，好修飾而略性情。汪琬戒人勿效其喜用僻事新字，而益都趙執信本娶士禛女甥，習聞士禛論詩，謂“當如雲中之龍，時露一鱗一爪”，而執信作《談龍録》糾之，謂：“詩當指事切情，不宜作虛無縹渺語，使處處可移，人人可用。”論者以爲足救新城末派之弊。大抵士禛以神韻縹渺爲宗，而風華富有。執信以思路巉深爲主，而刻畫入微。王之規模闊於趙，而流弊仍傷膚廓；趙之才力鋭於王，而末派再病纖仄。兩家並存，其得失適足相救也。執信既著《談龍録》，發難士禛；而山左之詩一變。錢唐厲鶚《樊榭山房詩》，精深峭潔，參會唐宋，於王士禛、朱彝尊外，又别樹一幟；而兩浙之詩一變。錢唐袁枚、鉛山蔣士銓、陽湖趙翼並起，號江左三大家；而大江南北之詩無不一變矣。然乾、嘉之際，海内詩人相望，其標宗旨、樹壇坫、争雄於一時者，要推沈德潛、袁枚、翁方綱。王士禛之詩，既爲人所不饜，於是袁枚倡性情以矯士禛之好修飾而涉於泛。翁方綱拈肌理以救士禛之言神韻而落於空。沈德潛論格調以藥士禛之工詠歎而枵於響。袁枚論詩，以爲“詩者，人之性情也。性情之外無詩。王士禛主修飾而略性情，觀其到一處必有詩，詩中必用典，此可想見其喜怒哀樂之不真”。此袁枚論詩之旨也。翁方綱以學爲詩者也。其論詩，謂：“士禛拈神韻二字，固爲超妙，但其弊恐流爲空調。”故特拈肌理二字，蓋欲以實救虛也。所爲詩，自諸經注疏以及史傳之考證，金石文字之爬梳，皆貫澈洋溢於其中。王士禛之後，詩有翁方綱，猶桐城之後，文有曾湘鄉乎？然言言徵實，亦非詩家正軌；故其時大宗，不得不推沈德潛。德潛少從吴縣葉燮受詩法，其論詩最崇格律。嘗曰：“詩以聲爲用者，其微在抑揚抗墜之間。”此説本發之趙執信，謂：“漢魏六朝至唐初諸大家，各成韻調；談藝者多忽不講，與古法戾。”乃爲《聲韻譜》以發其祕；亦猶曾湘鄉論文從聲音證人，以救桐城懦緩之失也。德潛又曰："詩貴性情，亦須論法。所謂法者，行所不得不行，止所不得不止；而起伏照應，承接轉換，自神明變化；貴能以意運法，而不能以意從法。"及自爲詩，古體宗漢、魏，近體宗盛唐，尤所服膺者爲杜，選《古詩源》及《三朝詩別裁》以標示宗旨。天下之譚詩者宗焉。踵其後而以詩名者：大興有舒位，秀水有王曇，昭文有孫原湘，世稱三君。四川有張問陶，常州有黄景仁、洪亮吉，江西有曾燠、樂鈞，浙中有王又曾、吴錫祺、許宗彦、郭麐，嶺南則有馮敏昌、胡亦常、張錦芳三子，而錦芳又與黄丹書、黎簡、吕堅，爲嶺南四家。大率皆唐人之是學，未嘗及德潛門，而實受其影響者。其中以舒位、孫原湘、黎簡三家，尤爲特出。位與原湘皆自昌黎、山谷入杜；而簡則學杜而得其神髓者也。於是宋詩之徑塗漸闢。道光而後，何紹基、祁寯藻、魏源、曾國藩之徒出，益盛倡宋詩；而國藩地望最顯，其詩自昌黎、山谷入杜，實衍桐城姚鼐一脈。鼐每詔人，謂"學詩，須先讀昌黎，然後上泝杜公，下采東坡，於此三家，得門徑尋入，於中貫通變化，又係各人天分"；及其自爲詩，則以清剛出古澹，以遒宕爲雄；由韓學杜，已開輓清同光體之先河，與文之蕭然高寄者異趣；而特爲文所掩抑不甚著。至國藩乃昌言"姚氏詩勁氣盤折，能以古文家之義法通之於詩"；而用其法，旁參山谷，益恣爲生崭奥衍。洞庭以南言聲韻之學者，稍改故步，而湘潭王闓運則爲騷選盛唐如故，比之古調獨彈矣。王闓運始與武岡鄧輔綸、鄧繹，長沙李壽蓉，攸縣龍汝霖四人者相善也，喜吟詠，日夕賡和；而輔綸尤工五言，每有作，皆五言，不取宋唐歌行近體，故號爲學古，標曰湘中五子。而五子之中，闓運獨推服鄧輔綸云。

清詩有唐宋之殊；而詞則宗宋。詞學至南宋之季，幾成絶響；知比興者，金之白樸、元之張翥而已。樸詞曰《天籟集》，清雋婉逸，意愜韻諧，可與張炎《玉田詞》相匹。而翥《蜕巖詞》，婉麗風流，亦有南宋舊格。惟樸所宗者，多東坡、稼軒之變調；而翥所宗者，猶白石、夢窗之餘音；門逕微有不同。明初作者，猶沾溉張翥之舊，不乖於風雅。永樂以後，南宋諸名家詞，皆不顯於世。盛行者，爲《花間集》、《草堂詩餘》二選。楊慎、王世貞輩之小令、中調猶有可取，長調皆失之俚。惟陳子龍之《湘真閣江籬檻詞》，直接唐人，可謂特出。明社既屋，京兆士大夫雖依新朝，猶慨滄桑，特假長短之句，藉抒抑鬱之氣，始而微有寄託，久則務爲諧暢。而吴越操觚家聞風興起，作者選者，妍媸雜陳，遂不免有怪詞、鄙詞、遊詞之三大蔽。王士禎之數載廣陵，實爲斯道總持。蓋皆祖述南宋，唯《草堂詩餘》是規，罕及北宋以上；殆若文之禰唐宋八家而祧東西京；詩之學蘇、黄而不知有蘇、李十九首；未可謂善學也。洎士禎在朝，位高望重，絶口不談倚聲；獨朱彝尊、陳維崧兩人並世齊名，妙擅倚聲，合刻《朱陳村詞》，而清朝詞派始成。惟朱才多，不免於碎。陳氣盛，不免於率。朱之情深，所作詞高秀超詣，綿密精美；其蔽爲餖飣。陳之筆重，所作詞天才豔發，辭鋒横溢；其蔽爲粗率。繼之而起，名重一時者，實惟納蘭成德，門地才華，直越北宋之晏小山而上之。其詞纏綿婉約，能極其致，南唐墜緒，絶而復續；故論清初詞家，當推成德爲一把手；朱、陳猶不得爲上。所惜享年不永，門户未張耳。然乾隆以前，言詞者莫不以朱、陳爲範圍。錢塘厲鶚，吴縣過春山，近朱者也；興化鄭燮，鉛山蔣士銓，近陳者也。其後作詞者遂分浙西、常州兩派。浙西派始於厲鶚，鶚詞宗彝尊，而數用新事，世多未見，故重其富；後生效之，每以捃摭爲工，後遂浸淫而及於大江南北。然抄撮堆砌，音節頓挫之妙，未免蕩然。特是綺藻韻致，詞家之有厲鶚，如詩之有王士禎。有《樊榭山房詞》一卷，《續集》一卷，生香異色，超然神解，如入空山，如聞流泉，節奏精微，輒多弦外之音；然標格僅在南宋，以姜夔、張炎爲登峯造極之境；流極所至，爲餖飣，爲寒乞。亦與詩之漁洋末派同。武進張惠言乃起而振之，與其弟琦選唐宋詞四十四家百六十首，爲《詞選》一書，闡意内言外之旨，推文微事著之原，比傅景物，張皇幽渺，雖町畦未闢，而奥窔已開；蓋以深美閎約爲主，其意在尊清真而薄姜、張，視蘇、辛尤爲小家，貴能以氣承接，通首如歌行然，又須有轉無竭。嘉慶以來名家，大抵自張惠言而出。其學於惠言而有得者，歙縣金應城金式玉也。其以惠言之甥而傳其學者，則武進之董士錫也。此常州派之所由起也。荆溪周濟稍後出，嘗謂："詞非寄託不入，專寄託不出。"其所立論，實足推明惠言之説而廣大之。蓋自濟而後，常州派之壁壘益固矣。詞之有常州，以救浙派俳巧之弊；猶之文之有湘鄉，以矯桐城懦緩之失也。桐城之文，富神韻而餒氣勢，略如詩之有漁洋，詞之有浙派；然而有不同者，蓋崇雅澹而排塗飾，不如漁洋詩、浙派詞之好修飾而略性情。此以流派論；若就詞論詞，南宋而還，極盛於清；然惟納蘭成德、項鴻祚、蔣春霖三人爲當家耳。成德《飲水詞》，哀感頑豔，得南唐後主之遺；雖長調多不協律；而小令則格高韻遠，極纏綿婉約之致。鴻祚《憶雲詞》，甲、乙、丙、丁稿。古豔哀怨，如不勝情；盪氣回腸，一波三折，有白石之幽澀而去其俗；有玉田之秀折而無其率；有夢窗之深細而化其滯；殆欲前無古人。其《乙稿自序》云："近日江南諸子競尚填詞，辨韻辨律，翕然同聲，幾使姜、張頫首；及觀其著述，往往不逮所言。"云云，婉而可思。《丁稿自序》云："不爲無益之事，何以遣有涯之生。"亦可以哀其志矣！以成德之貴，項氏之富，而填詞皆幽豔哀斷，異曲同工，所謂別有懷抱者也。浙中填詞爲姜、張所縛，百年來屈指惟項鴻祚有真氣耳。蔣春霖爲詩，恢雄骯髒，若《東淘雜詩》二十首，不減少陵秦州之作；乃易其工力爲長短句，鏤情劌恨，轉毫於銖黍之間，直而緻，沈而姚，曼而不靡。文字無大小，必有正變，有家數；春霖《水雲詞》，固清商變徵之聲，而流別甚正，家數甚大；與納蘭成德、項鴻祚二百年中，分鼎三足。咸豐兵事，天挺此才，爲倚聲家杜老；而晚唐、兩宋一唱三歎之意則已微矣。或曰："何以與成、項並論！"應之曰："清初王士禎、錢芳標錢芳標，字葆馚，華亭人，所著《湘瑟詞》有"驚才絶豔"之譽。一流，爲才人之詞，張惠言、張琦、周濟一派，爲學人之詞。惟三家是詞人之詞，固不以流派限矣！"

此近代文學之大略也。現代文學者，近代文學之所醞酵也。近代文學者，又歷古文學之所積漸也。明歷古文學，始可與語近代；知近代文學，乃可與語現代。既窮其源，將竟其流，爰述歷古文家爲編首。

上编　古文学

GUWENXU

一　文

1. 魏晉文

王闓運（附：廖平、吴虞）——章炳麟（附：黄侃）——蘇玄瑛

方民國之肇造也，一時言文章老宿者，首推湘潭王闓運云。

王闓運，字壬秋，又字壬父。生時，父夢神榜其門曰“天開文運”，因以闓運爲名。顧天性愚魯，幼讀書，日誦不及百言，又不能盡解。同塾者皆嗤之。師曰：“學而嗤於人，是可羞也。嗤於人而不奮，無寧已！”闓運聞而泣。退益刻勵，昕所習者，不成誦不食；夕所誦者，不得解不寢。年十五，始明訓故。十九補諸生，與武岡鄧輔綸、鄧繹等結蘭陵詞社，號湘中五子。二十通章句。二十四而言《禮》，作《儀禮講》十二篇。二十八達《春秋》。其治學初由《禮》始，考三代之制度，詳品物之體用；然後通《春秋》微言，張公羊，申何休，今文家言於是大盛也。時則讓清之季，學者承乾、嘉以來訓詁章句之學，習注疏；爲文章法鄭玄、孔穎達，有解釋，無紀述，重考證，

略論辨，掇拾叢殘，而不知修辭爲何事；讀者竟十行，輒隱几卧。而闓運不謂是，因嘅①然曰："文者，聖之所託，禮之所寄；史賴之以信後世，人賴之以爲語言；詞不修，則意不達；意不達，則藝文廢，俗且反乎混沌。况乎孳乳所積，皆仰觀俯察之所得；字曰文，言其若在天之星象，在地之鳥獸蹏跡，必其燦著者也。今若此，文之道或幾乎息矣。"故其爲文悉本之《詩》、《禮》、《春秋》，而溯莊、列，探賈、董，旁涉釋乘；發爲文章，乃蕭散似魏晉間人；大抵組比工夫，隱而不現，浮枝既削，古豔自生。平湖張金鏞方督學湖南，科試録遺才，得闓運卷，驚曰："此奇才也！他日必以文雄天下。"急延見，稱勉之，且曰："湖嶽英靈，鬱久必發，其在子乎？"

中咸豐癸丑舉人；應禮部試，入都。肅順柄政，待爲上賓。一日，爲草封事，文宗歎賞，問屬草者爲誰。肅順對曰："湖南舉人王闓運。"上問："何不令仕？"曰："此人非衣貂不肯仕。"上曰："可以賞貂。"故事，翰林得衣貂。時闓運在公車，意不欲他途進也。既，文宗崩，孝欽皇后驟用事，誅肅順。而闓運方客山東，得肅順書招之，將入都，聞肅順誅，臨河而止，有《人日寄南昌高心夔伯足詩》曰："當時意氣各無倫，顧我曾爲丞相賓。俄羅酒味猶在口，幾回夢哭春華新！"即詠肅順也，不勝華屋山邱之感。後數十年，闓運老矣；而主講船山書院時，一夜朗誦此詩，説肅順故事，曰："人詆逆臣，我自府主。"淚涔涔下。某歲走京師，託言計偕，而實未與試，陰以賣文所獲數千金，卹肅順之家云。闓運詼諧善謔，獨於朋友死生之際，風義不苟如此。

肅順既敗，迺踉蹌歸，伏匿久不出。旋參兩江總督曾國藩軍事。國藩，闓運通家也；其初簡屏儀從，延納士人，重法以繩吏胥，嚴刑以殛奸宄，皆納闓運議。闓運謂"國藩之文，欲從韓愈以追西漢，逆而難。若自諸葛忠武曹武王以入東漢，則順而易。"而國藩不能用也，獨謂闓運文有慧業，極稱其《秋醒詞序》。其辭曰：

> 戊午中秋既望之次夕，余以微倦，假寢以休。懷衿無温，憬焉而寤。方醒之際，意謂初夜；傾聽已久，乃絶聲聞。攬衣出房，星漢照我。北斗摇摇，庭院垂光。芳桂一枝，自然勝露。秋竹數莖，

---

① "嘅"同"慨"。

依其向月。青扉半開，知薄寒之已入。堊牆如練，映苔地以逾陰。象床低彩鳳之帷，金缸續盤龍之燄。羅幬輕颺而已驚蚊宿，瑣窗無聽而坐聞蟲語。湛湛之露，隔鴛瓦而猶涼。瑟瑟之風，送雞聲而俱遠。遼落一聲①，旁皇三嘆。豈象罔三求之後，將鈞天七日之終？憮然自失，旋云有得矣。

嗟乎！鏡非辭照，真性在不照之間；川無停流，静因有不流之體；然則屢照足以疲鏡，長流足以損川；推移之時，微乎其難測也。且齊有穿石之水，吴有風磨之銅。油不漏而炷焦，毫不墜而穎秃，積漸之勢也。筍一旬而成竹，松百年而穿天，遲速之效也。人或以百年爲促，而不知積損之已久。或以耄期爲壽，而不知佚我之無多。是猶夏蟲之疑冰，冬鶡之忌雪矣。一年已來，偶有斯覺，未覺之頃，相習爲安。況同景異情，覺而仍夢；庸得不即機自警，依影冥心者哉！於斯時也，從静得感，從感生空；意御列風之是非，寃軒雲而升降，接盧敖之汗漫，入李叟之有無，猶陳思之登魚山，茂陵之嘆敝屣也。

俄而侍娃旋起，閨人已覺，一庭之内，羣籟漸生。似華胥之頓還，若化城之忽返。是知安閨房者，苦人之擾天；棲空山者，必静而慕動。神仙縱可以學至，儻非智慧之士所得而息機焉。居塵途而談玄寞，在金門而希隱遯，縣車之願徒設，拂衣之效無聞。與夫北山軒眉，終南捷仕，牛巢論禪代之事，武陵知漢晉之遷，亦有欣哀，未容相笑也。若出而思隱，將隱而思出乎？子思所以有素行之箴，許行所以有一瓢之累也。但幸契遐心，堪袪勞慮，信有爲之如六，悟還真之用九。蓋夢在百年之中，而愁居七情之外，由是澂心眇言，然脂和墨，聊賦其意，命曰《秋醒詞》。

浣筆冰盂，叩聲霜磬，飛螢入户，引幽想以俱明；早雁拂河，聞秋吟而不去。人間風月之賞，别有會心；道場人天之音，切於常聽也。

自詑以爲生平妙文，無過此者。

---

① “聲”當作“身”。

文章雍容，遨游羣帥間。而是時，天下大亂，將帥各開幕府，招致才俊。曾國藩尤稱好士。賤人或起家爲布政，裸身來，歸資鉅萬，士争自效。闓運獨爲客，不受事，往來軍中，或旬月數日即歸。後國藩益貴，賓客皆爲弟子，闓運仍爲客。嘗至江寧謁國藩。國藩未報，遣使招飲。闓運笑曰："相國以我爲餔啜來乎！"即攜裝乘小舟去。國藩追謝之，則已歸矣。撰《湘軍志》，叙曾國藩之起湘軍，及戡平太平軍本末；雖表揚功績，而言外見意，於國藩且有微辭；不論其它；文辭高健，爲唐後良史第一。惟驕將憚其筆伐，造作蜚語，謂得暮夜金，所纂有乖故實，購毁其板，欲得而甘心焉。然闓運自以爲記事追太史公，趫趌不多讓也。

其記事之流傳者，《湘軍志》而外，有《録祺祥故事》，其辭曰：

恭忠王母，文宗慈母也；全太后以託康慈貴妃；貴妃舍其子而乳文宗，故與王如親昆弟。即位之日，即命王入軍機，恩禮有加；而册貴妃爲太貴妃。王心慊焉，頻以宜尊號太后爲言。上默不應。會太妃疾，王日省視，帝亦省視，一日，太妃寢未慼，上問安至，宫監將告。上摇手令勿驚。妃見床前景，以爲恭王，即問曰："汝何尚在此？我所有，盡予汝矣！它性情不易知，勿生嫌疑也！"帝知其誤，即呼額娘。太妃覺焉，回面一眂，仍鄉内卧不言。自此始有猜，而王不知也。又一日，上問安入。遇恭王自内而出。上問："病如何？"王跪泣言以竺，意待封號以瞑。上亶曰："哦！哦！"王至軍機，遂傳旨令具册禮。所司以禮請，上不肯卻奏，依而上尊號；遂愠王，令出軍機，入上書房；而减殺太后喪儀，皆稱遺詔减損之；自此遠王同諸王矣。

庚申之難，令王留守。至熱河，帝疾。獨軍機諸臣在，王及醇王皆不侍。八月初，王具奏請省視。帝疾竺①，以不能坐起，强起倚枕手批王奏曰："相見徒增傷感，不必來覲！"其猜防如此。故肅順擬遺詔，亦緣上意，不召王與顧命也。肅順本鄭王房，以功世爲親王；與襲鄭王異母；以才敏得主知，自輔國將軍爲户部尚書，入軍機，專斷不讓。怡王即世宗弟，亦以寵世王；襲王載垣與襲鄭王

① "竺"同"篤"。

端華皆依肅順爲用。初詔謁陵出都，實辟夷兵，而諱其行。行日之朝，猶有詔言“君死社稷”。獨肅順先具行裝，備路費。自都啓行，供張無辦；后妃不得食，帷以豆乳充飯；而肅順有食擔，供御酒肉。后御食有膳房，外臣不敢私進。孝貞、孝欽兩后不知其由，以此切齒於肅順。及之熱河，循例進膳。孝貞又言：“流離羈旅，何用看席？請蠲之。”文宗曰：“汝言是也，當以告肅六。”明日，詔問云云。肅順知上旨，則對以：“費亡几。若驟減膳，反令外驚疑。”上心喜所對，即詔后曰：“肅六云不可。”后益惡肅順矣。

已而大行，遺詔八臣受顧命如故事。孝貞詔顧命臣，以防雍閣爲詞；日進章疏，仍由内發；軍機擬旨，上后覽發，以小印爲記；小印曰“同道堂”，不知何時人刻；漢玉爲之。漢玉者，汗玉也；殉葬玉皆假名漢。文宗初晏朝，后至御寢，問侍寢何人，升坐責數之。上既視朝，心念后未還，恐有變；即還寢，則宫監森然侍立；知后升坐，即戒毋報知皇后；潛步入，則后方上坐，侍妃跪前。后見上至，下迎；帝即坐后坐，跪者猶未敢起；后立帝旁。帝陽指跪者，問后：“此何人也？”后跪奏：“自祖宗以來，寢興有定法。今帝以醉過辰不出朝；外間不知，皆以奴無教；故責問彼何以多勸上酒。”帝嘆曰：“此自我過，彼何能勸我？且宜恕之！”后奉詔，因曰：“此主子宥汝。以後無論何處醉，惟汝自①問。”帝慚，即索所佩，唯一玉印，解賜后以謝。“同道”章自此始，今乃以爲信；而或説不知，安有傳僞云。既而御史高延祜上請垂簾，本后意也。以示顧命臣。肅順即言：“按制當立斬。”孝貞心怍焉，即曰：“我輩不用其言足矣，不必深求。”及票擬上，議斬。奏下，獨留高摺不發。於是軍機三日不視事；孝貞問，則以對前摺未盡下。於是孝貞涕泣，自起檢奏予之；擬高摘爲披甲奴。

越日大臨，后見醇王福晉而泣。醇王福晉，孝欽妹也；孝貞亦妹之，故相親善，訴其事，曰：“欺我至此，我家獨無人在乎!”福晉言：“七爺在此!”孝貞喜曰：“可令明晨入見!”及明，醇王入直

① “自”應爲“是”。

廬前。肅順問：“何爲?”對以“召見”。肅順哂曰：“焉有此!”斥令退。王退，立外階。俄宫監來窺直房，旋去；而軍機至晏，竟不叫起。叫起者，召見分班，一見爲一起；軍機則皆同入爲頭起；此日不召頭起，先召醇王。宫監來窺者三，終不見醇王至；三至，乃自語曰：“七爺何不來?”王在外聞之，即應曰：“待久矣!”來監亦曰：“待久矣!”遂引王入。肅順在内坐，不能阻王。既對，孝貞訴如前。醇王曰：“此非恭王不辦!”后即令往召恭王。醇王受命，馳還京。三日，與恭王至，軍機前輩也，至則遞牌入。謁梓宫；因見后。后訴如前。恭王對：“非還京不可。”后曰：“奈外國何?”王奏：“外國無異議。如有難，惟奴才是問。”后即令王傳旨回鑾，令肅順護梓宫繼發。既之京，即發詔罪狀顧命八臣，俱拏問。怡、鄭二王猶在直房，恭王出詔示之，皆相顧無語。王問：“遵旨否?”載垣曰：“焉有不遵!”王即拱之出，則以備車送宗人府。於是遣醇王迎提肅順，即廬殿旁執詣刑部。肅順駡曰：“坐被人算計，乃以累我!”臨刑，駡不絶；卒以攔阻垂簾斬於市，而賜二王死。一時無識者謂之“三凶”。即詔旨亦不知垂簾之當斬也。

先是改元祺祥，至是改同治。設三御坐，召見聽政如常儀。名治肅黨，以常酒食往來者當之。而恭之任事，委權督撫，朝政號爲清明。頗采外論，擢用賢才能特達者，不爲遥制。然宫監婪索；親王密邇，時有交接，輒加犒賚，則不足於用；而國制，王、貝勒不親出納，奉給莊産，皆有典主者，率盗侵以自給；及入樞廷，需索尤繁。王恒憂之。福晉父，故總督也，頗習外事，則以提門包爲充用常例。王試行之而財足用。於是府中賕賂公行，珍貨猥積，流言頗聞。福晉亦患之，而不能止矣。

王既被親用，每日朝，輒立談移晷，宫監進茗飲。兩宫必曰：“給六耶茶。”一日，召對頗久。王立御案前，舉甌將飲，忽悟此御茶也，仍還置故處。兩宫哂焉。蓋是日偶忘命茶。而孝欽御前監小安方有寵，多所宣索。王戒以：“國方艱難，宫中不宜求取。”小安不服，曰：“所取爲何?”王一時不能答，即曰：“如瓶器盃盤，炤例每月供一分，計存者已不少，何以更索?”小安曰：“往後不取矣!”

明日進膳，則悉屏御磁，盡用郇店粗惡者。孝欽訝問，以“六耶責言”對。孝欽愠曰：“乃約束及我日食耶！”於時蔡御史聞之，疏劾王貪恣。它日，詔王曰：“有人劾汝。”示以奏。王不謝，固問“何人？”孝欽言：“蔡壽祺！”王失聲曰：“蔡壽祺非好人！”於是后積前事，遂發怒，罪狀恭親王，有“暖昧不明，難深述”之語。朝論大驚疑。而外國使臣亦詢軍機事所由，用是得解。復召見，王痛哭謝罪，復直如初。以疑忌擠去者八人，軍機有前後八仙，與前顧命者爲對，皆以目恭王云。然恭王自是益謹。而安得海以擅出京師，誅於歷城。李聯①英繼用事，烜赫過於小安，而謹飭慎密，竟終事孝欽。恭王亦以功名終，得謚曰賢，不遇禍敗。然王大臣納賄之風，及孝欽頗留意進獻，皆自王倡之。五十年來，議和主戰，終歸於服從，亦孝欽之過慮也。恭王、孝欽皆有過人之敏知，而俱爲財累。乃至德宗末年，天下惟論財貨；及禪讓亦以賄成；用兵惟先言餉，動至千百萬；和款外債遂鉅兆。舉古今不聞之説，公言之而不怍。開辟以來未有之奇，蓋又咸、同以來所不料者。以前史論之，戰國、秦、楚之際，庶几肇兹。自非張四維，革澆風，吾烏知其所底哉！

蓋作於國變以後；然婉而章，盡而不汙，與《湘軍志》同爲遜朝大掌故文字也。

既以肅黨擯不用於時，大治羣經；出所學以開教授。謂：“文章之道，詞不追古，則意必循今。率意以言，違經益遠。是以文飾者胥尚虛浮，馳騁者奮其私知！故知文隨德異；寧獨政與聲通！欲驗流風，尤資總集。但蕭樓留《選》，僅存梗概。梅紀旁搜，未區門目。自餘撏撦，莫識津涯。蔽所稀聞，咻於衆楚。”因輯《八代文粹》，廣甄往籍，類分仍夫《蕭選》，正副略仿《李鈔》，要以截斷衆流，歸之淳雅；并爲述其本由，使必應於經義。四川總督丁寶楨欽其賢，延爲成都尊經書院院長。至之日，則進諸生而告之曰：“治經要道，於《易》，必先知‘易’字含數義，不當虛衍卦名。於《書》，必先斷句讀。於《詩》，必先知男女贈答之詞，不足以頒學官，傳後

① “聯”當作“蓮”。

世。一洗三陋，乃可言《禮》。《禮》明，然後治《春秋》。”又曰：“説經以識字爲貴，而非識《説文解字》之爲貴。”又曰：“文不取裁於古，則亡法。文而畢摹乎古，則亡意。”“然欲取裁於古，當先漸漬乎古。先作論事理短篇，務使成章；取古人成作，處處臨摹，如仿書然，一字一句，必求其似；如此者，家信賬記，皆可摹古。然後稍記事，先取今事與古事類者，比而作之；再取今事與古事遠者，比而附之；終取今事爲古所無者，改而文之；如是者，非十餘年不成也。人病欲速。”遂教諸生以讀《十三經注疏》、《二十四史》及《文選》之法。諸生日有記，月有課，暇則習禮，若鄉飲投壺之類，三年皆彬彬進乎禮樂。厥後廖平治公羊、穀梁《春秋》、《小戴記》；戴光治《書》；胡從簡治《禮》；劉子雄、岳森通諸經；皆有師法，能不爲《阮氏經解》所囿，號曰蜀學。既還，主長沙校經書院，移衡州船山書院、江西大學堂。弟子數千人。學者稱爲湘綺先生。

湘綺先生者，蓋因闓運自署所居之樓而稱也。闓運閑雅廣達，饒文史之樂，蚤歲偕妻賃廡，殊逼仄不甚適，自署曰湘綺樓，誦謝儀曹詩曰：“高文一何綺，小儒安足爲!”自以“好爲文而不喜儒生，綺雖未能，是吾志也”。故以爲名。然是時實未有樓也。後於長沙定王故臺之旁，得三楹而居，有樓甚廣，開窗即見湘水接天，山巒起伏，蒼波無際，悠然景物，悉納户牖。闓運於是大樂，欣得其所也，曰：“此真湘綺樓矣!”夫人蔡氏名菿生，亦知書，能誦《楚辭》以娛媚於闓運。先是闓運之少也，謁於蔡氏。有女貞不字，闚簾見以爲豐裁獨秀。其父微測其意，告於祖母，問曰：“湘潭王生尚有文才，惜太貧耳。”女默然久之，第曰：“貧亦何害!”祖母曰：“然則汝肯嫁若耶?”女益默然。父友丁取忠方善闓運，繩而媒焉。闓運少喜標置，不樂土風，未之許也。他日丁取忠乃言蔡女高傲，或勸勿媒。闓運遽曰：“女中安得高者?”請願娉焉。問名之夕，夢通謁者紅錦金書，唯媞字朗然；旦得庚貼；越二歲來歸，故字以夢媞。既習禮容，尤矜風格，明眸廣額，㐱髮稠如。姻家黄嘗大會族親，滿堂巤佩。或問誰爲王嫂，黄母笑曰：“劉婦萊妻，一望識矣。”自以居貧，恒嚴取受；頃歲絶食，有餽金求闓運文者；笑曰：“當作則與，文可鬻耶?”已而闓運果卻之，相視輾然。

闓運居湘綺樓之一年，而太平軍作難，曾國藩起湘軍。闓運奮焉有用世之志，出參軍謀，歸讀我書。鄰園有鶴夜鳴，輒起徘徊，賦詩曰：“鶴唳華池邊，氣與空秋爽。平生志江海，低羽歸塵鞅！”翛然有世外之致也。既，兵久不解，瘡痍遍地，白日閉城，但有師旅，干戈之光映月，而哭聲盈野，變故陳沓。闓運乃絜妻避兵明岡，六年還城，則困甚！自言：“家無儋儲，月供房稅；靡菽水之福，有泉刀之苦。”乃身之廣州，寫所經涂，有《到廣州與婦書》，其辭曰：

吾自度揭嶺，日遠故國。下灘乘瀧，并值冬涸，川石露列，溪流清弱，瀧船柔脆，篙師拙獰。自平石至樂昌，乃昔遷客涕泣驚怖之地。凡有六瀧，酈道元所謂“崖壁干空，交柯晦景”者也。瀧原由溱入洭。漢桂陽太守周昕疏鑿巨石，始通舟楫；舊有祠祀昕；今惟祠禱韓愈。素湍激雪，風濤凜厲；估舟驚望，歎若天塹。然觀其水勢，淺陜殊甚。徒極奔濺之狀，實無浩洶之奇。吾舟下瀧時觸破來舫，移岸遷貨，纖毫得濟；非有江湖稽天之浸，風濤呼吸之危也；而衆人吟①惜衣裝，愳②於濡没，重載輕發，自取碎破。清水白石，遂受惡名！耳口相傳，自爲眩惑，致使衣帶之水，與吕梁齊險。禱求謫臣而使君廢祀。以愈生時，猶不自濟，欲其爲福，不亦難乎？

由樂昌下大舟，東至曲江，五嶺之口也。縣以曲紅岡而名；“江”“紅”聲同，因改字矣。設府建關，控引吴楚；浮橋横江，以榷舟税。大艑巨艦，駢闐於此。韶石在其北，酈生所記二仙分憩之處也。自唐以前，傳虞舜奏樂於此，乃英德亦有堯山。道元引耆舊之言，云“堯行宫”。王韶之記亦謂“堯故亭”。又曰：“父老相傳南巡登此。”然則禹迹以前，斯爲内地。且金銀輪王治四天下；唐虞二聖，豈局步於五嶺乎？從英德至清遠，經歷三峽，即湞陽大廟中宿也。大廟介二峽之間，趙佗築萬人城；楊僕伐破尋狹，亦此岸地。然是陸地之要區也。江行之奇，則在湞陽。道元云：“兩岸傑秀，壁立虧天。”張子壽亦言：“晴晝山陰，先秋水冷。”後人始開棧

① “吟”爲“矜”之訛字。

② “愳”同“懼”，原訛爲“嬰”，兹據《湘綺樓全集》（光緒三十三年墨莊劉氏長沙刻本）改正。

道①峽山寺於上。縣崖長嘯，江帆蕭瑟，雖詞客尋玩，淹流忘俗；而旁山剥落，翠秀靡依；以吾卧觀，未爲佳勝也。且南州炎德，草木恒青；藻麗山川，宜增幽映。而石壁竦仄，勢若火燎，丹皮赭骨，寸莖不附；孰如蒸湘，巖樹葱蘢，松竹杉柏，陵冬鮮碧；故過嶺以南，無可瞻悦。但此峽擅名既久，未躋絶壁；江山嘉會，步步異形；若登臨俯觀，或當有異。故周夔云："碧瀾之下，寸寸秋色，乳枝磬落，松風瑟縮。"得此石室，題爲難到矣。《吴都賦》以閩禺楫師，習御長風。今老龍河西等船，實爲蠢陋。舟形彭亨，水手粗疏，每下篙竹，喧呼叫跳，足若蹏踣，號聲慘烈；清旦黄昏，聞者駭悸。兼劫盗肆出，人人自危。

下至三水，乃稍稍清曠。三水今縣，《漢地志》所謂"洭水南至"，四會之地也。洭水自清遠來，曰湞江；牂牁水源流萬里，自肇慶來，曰西江；晉康水自廣寧來，曰綏江；均會昆都，故爲縣號。綏江至縣，復分二派；同爲一川，故昔言四會矣。冬水盡涸，舟楫無利；始以季冬六日至於廣州。此州實四宅之南交，荆州之下徼。自漢迄今，繁富有名。往在他方，聞彼土人，説其物産，矜炫殊絶，云甲天下。及躬覽風物，考之圖志，要其土俗，可得而言焉！州爲秦南海郡地。《山海經》所謂賁禺，郭景純云："今番禺也。"姚文式言："城東南偏有水坑陵，此縣人名之爲番；城倚其上，在番山之隅也。"城始築自越人公孫隅，號曰南武；楚威王時，有五羊銜穀穗之瑞，乃增築楚亭，城周十里，號五羊城。及任囂趙佗始成都會。吴步隲又廓番山之北。及宋，築子城甕城，又增兩翅以衛居民。明永嘉侯朱亮祖始連三城爲一，即今省城制也。市廛逼窄，第宅堅陜，街衢垢穢，無潔清之容。民言侏儞，貪利好奢，自外中國，别爲風氣。地性蒸暖，易生疾疫，蚊蠅乘其昏運，蛇鼠充其毒食。瘴癘風淫，尤多盲女。昔人言之詳矣。島夷雜糅，詭服殊形；刀劍火槍，縱横於路。民無正業，習爲博盗，白晝攫金，露刃連隊，不知其非法也。俗取周興嗣《千字文》，列字八十，分爲一章，

① "道"後脱"建"字。

四分取一，任人射覆；凡出三錢，許射一條；由一至百千萬，不限字數；全中，其利千倍；一錢之資，償以十金。國人若狂，夢想顛倒，號曰白鴿標，此斂財之巧術也。意錢擲骰，割肉懸壺，藏鈎㒒牌，皆供賭輸；愚者傾家，智者疲神，古博徒所未聞也。

凡倡女冶容，多樂隱蔽；獨此邦中，視同商賈，或連房比屋，如諸生齋舍之制；或聯舟並舫，仿水師行營之法；卷髮高尾，白足著屐；燕支塗頰，上連雙眉；當門坐笑，任客擇視。家以千計，人以萬數；弦唱撮聲，盡發鴂音。遠遊之人，窈窕之性，入於其間，若抱虎狼；斯實男女之一厄乎。異物恒產，來自番舶，土人所甘，良亦奇詭。菜必生辛，羹必稠甜。若夫檳榔酸澀，蕉子甘爛，藷重十斤，芥高七尺，君遷小柿，新會大橙，不含霜雪，多復皺腐。醃橄欖以鹽豉，取蟻糞爲奇南，容樹不可爨，木棉不可絮。奇器巧制，則故賤其直；水火菽粟，則盡昂其賈。陸生所記"南越之境，五穀無味，百花不香"者，信非他方之所取也。冬至初過，桃棠梅落，餘花生紅，多不辨名，但有其質，聊無其姿，亦何取於長春乎？

邦人市海鮮，别爲廚館，則有鯊魚之翅，海蛇之皮，章舉馬甲，鯅鱇天蠔，鹹蟹龍蝦，雄鴨臘鵝，腥穢於市井，紛錯於樓館者，不可勝計。又俗好燒炙，物喜生割，操刀持叉，千百其徒，乞人待肉食而飡，賓筵以多殺爲豪；婚禮燒豬，輒列數百。俗無羞恥，取婦以得女爲奇；牀第之私，守宫之驗，明告六親，誇以爲榮。知禮之家，亦復隨俗。"亦既覯止，我心則降"，此猶可笑歎者也。通商之夷，何止百種。蟠据城府，傲兀大官；屈心事之，惟恐不歡；況敢設備豫乎？外郡土客，仇殺未已；且不受官勸，誰能用武。鄉村族居，多建炮臺。縣官催科，動必發兵；幸而戰勝，愳乃納税。省中録囚，日屠百人，皆無辜之窮老，受泉而代死。子賣其父，如犬羊然。輕命嗜貨，三綱絶矣。蚤富則爲大豪，夕貧則充盜魁。昔南漢劉鋹奢僭自雄，樂裸逐之戲，制燒煮之刑。今久漸皇風，猶爲惡俗；若非猛厲廉正，貴士賤商，先教禮讓，後禁淫盜；則伊川之野，不百年而爲戎乎！尉佗文理以止鬥，陳祖奮武而勤王，彼何人哉！彼何人哉！

吾鄉遊宦士大夫，多懷歸思。亦有强壯，無瘴而夭，柳生夏凋，翁君冬亡，雖會冥數，誠可悲悶也！容兄以卑官居韶，十口飢寒；其妻與妾居，比肩鈞敵，呼嫡子爲兒，視所生如奴。山農新取南女，以爲繼妻。此女矜其華年，輕鄙老夫，動即叫罵，坐必偃蹇；同之南海，便褰裳而去，獨坐夷船，還其母家；雖馮敬通之悍妻，賈公閭之妬婦，以今方古，未足云奇。亦近世之新聞，女史之一鑒也。夫陰教不修，夫妻同過；但責女德，豈足云乎①？想卿聞斯，達此誼也。吾好爲遠遊，何必樂土；優遊自如，身心無患。比讀莊生之文，悟其元旨，知物論生於是非，生死累於形骸，頗欲逍遥以化成虧，何覺哀樂之殊境，離合之異軌乎？惟恐淑子獨處幽憂。聊書所經，以爲笑噱。冬寒日輕，春物方妍，起坐眠食，勉當自慎；時復手書，以慰勞勤。

誦者謂"辭章之美，情必極貌以寫物，辭必窮力而追新"；先民有作，鮑照《大雷》差相擬也。

詩才尤牢罩一世，各體皆高絶。而七言近體則早歲尤擅場者。其重悼帥芳（闓運女，適鍾，未逾年夭。）詩曰：

初月無端入玉欞，露痕如白又如青。不成眉樣依明鏡，遥想啼痕染素馨。自是長愁甘解脱，未應多慧語娉婷。文姬死後知音少，吟盡傷心只自聽！

又《泰安岱祠》曰：

三重門閣敞清暉，碧殿丹墀對翠微。路入仙壇孤影静，氣通天座百靈歸。秦碑古蘚青成字，漢柏神風緑暈衣。祠令奉高嚴祀久，不同諸嶽倚巖扉。

《斗姥宫尼院》曰：

瑶階翠柏不知霜，仙地宜分玉女房。鏡裏雲霞烘月影，川中脂粉帶天香。靈宫定有珠爲蕊，塵世應知海未桑。朱鳥窗前幾人到，等閑邪見莫思量！

---

① "乎"爲"平"之訛字。

《雪霽登玉皇頂》曰：

黄河如線海如杯，表裏泱泱四望開。戰國曾嫌天下小，登封常見聖人來。扶桑浴日光先照，匹練浮雲首重回。一片空明盡冰雪，便疑身在九璜臺。

雅健雄深，頗似陳卧子，有明七子之聲調而去其庸膚；此其所以不可及也。顧其集中所存，無七言近體；蓋晚年手訂全稿時删去者；惟湘中舊刻本内有七言律絶二卷，曰《杜若集》、《夜雪集》。而七言古最著者，莫如所作《圓明園詞》一篇；韻律調新，風情宛然，乃斅唐元稹之《連昌宫詞》，不爲高古，於《湘綺集》爲變格；然要其歸引之於節儉，而以監戒規諷終其篇；亦仿元稹《連昌宫詞》之體也。罔羅園故，序而行者，則署名長沙徐樹鈞焉。其詞曰：

圓明園在京城西，出平則門三十里，暢春園北一里許；世宗皇帝藩邸賜園也。聖祖常遊豫西郊，次於丹棱沜，樂其川原，因明武清侯李偉清華園舊址，築暢春園。藩邸賜園故在其傍。雍正三年，乃大官殿朝署之規，以避暑聽政；前臨西山，環以西湖。湖水發原玉泉山，曰甕山；度宫牆，東流入清河；《水經注》所謂“薊縣西湖，緑水澄淡，燕之舊池”者也。東流爲洗馬溝，東南合高粱之水，故魚稻饒衍，陂泉交綺。高宗皇帝嗣位，海宇殷阗，八方無事；每歲締構，專飾園居。大駕南巡，流覽湖山風景之勝，圖畫以歸。若海寧安瀾園、江寧瞻園、錢塘小有天園、吴縣獅子林，皆仿其制，增置園中；列景四十，以四字題扁者爲一勝區，一區之内，齋館無數。復東拓長春，西闢清漪，離宫別館，月榭風亭，屬之西山；所費不計億萬。園地多明權璫別業；或傳崇禎末，諸奄皆以珍寶窟宅於茲；乾隆間濬池，發金銀數百萬。每歲夏幸園中，冬初還宫。内廷大臣賜第相望；文武侍從並直園林，入直奏對，昕夕往來，絡繹道路。歷雍、乾、嘉、道，百餘年於茲矣。文宗初，粤寇踞金陵，盜賊蠭起。上初即位，求直言，得勝保、曾國藩、袁甲三三臣，既以塞、程、徐、陸先朝重望，相繼傾覆，始擢用前言事者，各畀重任。三臣支柱，賊不犯畿；然迭勝迭敗，東南數省，蹂躪無完土。主上憫蒼生之顛沛，慨左右之無人，九年冬，郊宿於齋宫，夜分痛哭，侍臣悽惻；大考翰詹，以宣室前席發題，憂心焦思，傷於禍亂；然後稍自抑解，寄於文酒；以宮中行止有節，尤喜園居；冬至入宮，初正即出。時園中傳有四春之寵，皆漢女，分居亭館；所謂杏花春、武陵春、牡丹春、海棠春者也。然上明於料兵，委權閫外，超次用人，薄內稱哲；而部院諸臣，無所磨厲，頗襲舊敝；晚得肅順，敢言自任，故委以謀議。先是道光二十年，英吉黎夷船至廣東香港，求通商不得，又以燒煙起釁；執政議和，予海關税銀千八百萬。英夷請立約，廣督耆英與期十年；届期而徐廣縉督兩廣。夷使至廣州，拒不許入以受封爵。夷酋恨焉，志入廣州。

咸豐元年，英吉黎、佛朗西、米利堅各國，乘粤寇鴟張，中國多故，復以輪船直入大沽口。台王僧格林沁託團練之名，焚其二船，盡擊走之。夷人知大皇帝無意於戰，特臣民之私憤；乃潛至海岸買馬數千，募羣盜爲軍，半年而成。再犯天津，稱西洋馬隊。聞者恐栗。夷馬步登岸，我未陳而敵騎長驅矣。十年六月十六日，上方園居，聞夷騎至通州，倉卒率后嬪幸熱河；道路初無供帳，途出密雲，御食豆乳麥粥而已。十七日，英夷帥叩東便門；或有閉城者，聞炮而開。王公請和，和議將定。十九日，夷人至圓明園宮門，管園大臣文豐當門説止之。夷兵已去，文都統知奸民當起，環問守衛禁兵，一無在者；索馬還内，投福海死。奸人乘時縱火，入宮劫掠；夷人從之；各園皆火，三晝夜不熄；非獨我無官守詰問，夷帥亦不能知也。初英夷使臣巴夏里已拘刑部，和議成，以禮釋囚；於是巴夏里與夷帥各陳兵仗，至禮部，訂約五十七條，予以海關税銀三千六百萬；而夷人抵償圓明園銀二十萬。……十一年七月，文宗晏駕熱河。今上即位，奉兩宮皇太后還京，垂簾十載，巨寇削平；而夷人通商江海，往來貿易，設通商王大臣以接夷使。然常言“某省士民燬天主教堂”，“某省不行其教”，“某省民教挑釁”，日以難我，應之不暇；蓋岌岌乎，華夷雜處，又忽忽十有一年；園居荒虛，鞠爲茂草；西山大寺，夷婦深居。予旅京師，惻然不敢過也。

同治十年春，同年王壬父重至輦下，追話舊遊；張子雨珊亦以計偕來，約訪故宮，因駐守參將廖承恩許爲東道主，四月十日，命僕馬，同過繡漪橋，尋清漪園遺跡，頹垣斷瓦，零亂榛蕪，官樹蒼蒼，水鳴嗚咽。由輦路登廓如亭，望萬壽山，但見牧童樵子，往來林莽間。暮從昆明湖歸，橋上銅犀卧荆棘中，犀背御銘，朗然可誦。明日訪守園者，得董監，自言："年七十餘，自道光初入侍園中，今秩五品。居福園門旁。"導予等從瓦礫中循出，入賢良門而北，指勤政、光明、壽山、太和四殿遺址，至前湖，圓明寢殿五楹，後爲奉三無私殿，九州清晏殿，各七楹；壞壁猶立，拾級可尋。董監言："東爲天地一家春，后居也。西爲樂安和，諸妃嬪貴人居也。洞天深處，皇子居也。"清輝殿爲文宗重建，與五福堂、鏤月開雲臺、朗吟閣，皆不可復識。鏤月開雲者，即所謂牡丹春也。世宗爲皇子，當花時迎聖祖至賜園；而高宗年十二，以皇孫召侍左右。三天子福壽冠前古，集於一堂，高宗後製詩，常誇樂之；經其廢基，裴回愍焉。東渡湖爲蘇隄、長春仙館、藻園；又北爲月地雲居、舍衛城、日天琳宇、水木明瑟、濂溪樂處；僅約略指視所在。東北至香雪廊，階前葦荻蕭蕭，廢池可辨。復渡橋，循福海西行，爲平湖秋月，水光溶溶，一瀉千頃；望蓬島瑶臺，島上殿宇，猶存數楹；惜無方舟，不達其下；流水潺湲，激石成響。董監示余，"此管園大臣文公死所也。"西北至雙鶴齋，又西過窺月橋，登綺吟堂，經采芝徑，折而東，仍出雙鶴齋，園中殘燬幾遍，獨存此爲劫灰之餘，亂草侵階，窗櫺宛在，尤動人禾黍悲爾。雙鶴齋西，爲溪月松風，翠柏蒼藤，沿流覆道；斜日在林，有老官人驅羊豕下來。東過碧柳書院，地跨池，東爲金鼇，西爲玉蝀，坊楔猶存。又東去，皆敗壞難尋，遂不復往，暮色沈沈，棲鳥亂飛，揖董監出福園門，還於廖宅。廖，澧州人，字楓亭；少從塞尚阿、僧格林沁軍，亦能言行間事；感予來遊，頗盡賓主之懽。既夕言歸，則禮部放榜日也。雨珊既落第南去，余與壬父每相過從；言念園遊，輒网网①不自得。壬父又曰："園之盛時，純皇勤記，必殷殷踵事之戒。然仁宗始罷南幸，宣宗尤憂國貧，秋獮之禮，輟而不舉。惟夫張弛之道，宜及嘉、道

① "网网"應作"罔罔"。

時，補純皇倦勤之功；而內外大臣惟務慎節；監司寬厚，牧令昏庸，諱盜容奸，以爲安静。八卦妖徒，連兵十載；無生天主，教目滋繁；由游民輕法，刑廢不用故也。江淮行宫既皆斥賣；國之所患，豈在乏財!”又曰：“燕地經安、史戎馬之迹，爰及遼、金，近沙漠之風矣。明太宗以燕王舊居，不務改宅，仍而至今，地利竭矣。又園居單外，非所以駐萬乘；廢而不居，蓋亦時宜。”余曰：“然！前年御史德泰請按户畝𨽻次捐輸，復修園工。大臣以侈端將啓，請旨切責；謫戍未行，忿悔自死。自此莫敢言園居者。而比年備辦大昏，費已千萬，結彩宫門，至十餘萬；公奏朝廷，動用錢糧。婚以成禮，豈在華飾？若前明户部司官得以諫争，余且建言矣。又余聞慈安太后在文宗時，有脱簪之諫；《關雎》、《車舝》之賢，中興之由也。又園宫未焚前一歲，妖言傳上坐寢殿，見白須老翁，自稱園神，請辭而去。上夢中加神二品階。明日至祠，諭祠之。未一稘而園毁，豈前定歟？子能詩者，達於政事，曷以風人之意，備繇霜雲漢之采?”於是壬父爲《圓明園詞》一篇；而周學士、潘侍郎見之，並歎其傷心感人，筆墨通於情性。余以此詩可傳後來，慮夫代遠年逝，傳聞失實；詞中所述，罔有徵者；乃爲文以序之。同治十年立秋日，長沙徐樹鈞撰。

宜春苑中螢火飛，建章長樂柳十圍。離宫從來奉游豫，皇居那復在郊圻？舊池澄緑流燕薊，洗馬高梁游牧地。北藩本鎮故元都，西山自擁興王氣。九衢塵起暗連天，辰極星移北斗邊。溝洫填淤成斥鹵，宫廷映帶覓泉原。渟泓稍見丹棱沜，陂陀先起暢春園。暢春風光秀南苑，蜺旌鳳蓋長游晏。地靈不惜罄山湖，天題更𠛱圓明殿。圓明始賜在潛龍，因爲邸第作郊宫。十八籬門隨曲澗，七楹正殿倚喬松。軒堂四十皆依水，山石參差盡亞風。甘泉避暑因留蹕，長楊扈從且弢弓。純皇纘業當全盛，江海無波待游幸。行所留連賞四園，畫師寫放開雙境。誰道江南風景佳，移天縮地在君懷。當時只擬成靈囿，小費何曾數露臺。殷勤《無逸》箴驕念，豈意元皇失恭儉！秋獮俄聞罷木蘭，妖氛暗已傳離坎。吏治陵遲民困痛，長鯨跋浪海波枯。始驚計吏憂財賦，欲賣行宫助轉輸。沈吟五十年前事，厝火薪邊燃已至！揚竿敢欲犯阿房，探丸早見誅文吏。此時先帝見憂患，詔選三臣出視師。宣室無人侍前席，郊壇有恨哭遺黎。年年輦路看春草，處處傷心對花鳥。玉女投壺强笑歌，金杯擲酒連昏曉。四時景物愛郊居，玄冬入内望春初！嫋嫋四春隨鳳輦，沈沈五夜遞銅魚。内裝頗學崔家髻，諷諫頻除姜后珥。玉路旋悲車轂鳴，金鑾莫問殘鐙事。鼎湖弓劍恨空還，郊壘風烟一炬間。玉泉悲咽昆明塞，惟有銅犀守荆棘。青芝岫裏狐夜啼，繡漪橋下魚空泣。何人老監福園門，曾綴朝班奉至尊。昔日喧闐厭朝貴，於今寂寞喜游人。游人朝貴殊喧寂，偶來無復金閨客。賢良門閉有殘甎，光明殿燬尋頹壁。文宗新構清輝堂，爲近前湖納曉光。妖夢林神辭二品，自注曰：咸豐九年，文宗一日獨坐若瞑，見白鬚老人跪前。上問何人。對曰："守園神。"問何所言。云："將辭差使耳。"問汝多年無過，何爲而去。對以彈壓不住，得去爲幸。上曰："汝嫌官小耳，可假二品階。"未一年而亂作矣。佛城舍衛散諸方。湖中蒲稗依依長，階前蒿艾蕭蕭響。枯樹重抽盗作薪，游鱗暫躍驚逢網。别有開雲鏤月臺，太平三聖昔同來！寧知亂竹侵苔出，不見春花泣露開。平湖西去軒亭在，題壁銀鈎連倒𩌏。金梯步步度蓮花，绿窗處處留嬴黛。當時倉卒動鈴駝，守宫上直餘嬪娥。蘆茄短吹隨秋月，豆粥長飢望熱河。上東門開胡雛過，正有王公班道左；敵兵未爇雍門荻，牧童已見驪山火。自注曰：夷人入京，遂至宫園，見陳設巨麗，相戒勿入，云恐以失物索償也。及夷人出，而貴族窮者倡率奸民假夷爲名，遂先縱火，夷人還而大掠矣。應憐蓬島一孤臣，欲持高潔比靈均！丞相避兵生取節，徒人拒寇死當門。即令福海冤如海，誰信神州尚有神！百年成毁何悤促，四海荒殘如在目。丹城紫禁猶可歸，豈聞江燕巢林木。廢宇傾基君好看，艱危始識中興難！已懲御史言修復，休遣中官織錦紈。錦紈枉竭江南賦，鴛文龍爪新還故。總饒結彩大宫門，何如舊日西湖路！西湖地薄比郇瑕，武清暫住已傾家！惟應魚稻資民利，莫教鶯柳鬥宫花。詞臣詎解論都賦，輓輅難移幸雒車。相如徒有《上林頌》，不遇良時空自嗟。

蓋同治十年所作；詩出，輦下争寫。大學士周祖培、侍郎潘祖蔭見之，並歎爲傷心感人也！獨普定姚大榮議之曰："杜子美《曲江行》、白樂天《長恨歌》、元微之《連昌宫詞》，皆歌詠天寶遺事，大率據事直書，細微曲折，羅縷盡致。惟《長恨歌》託言漢皇，楊家有女，養在深閨，稍從曲筆。然文宗誦《曲江行》，輒思復昇平故事，命濬曲江池，營宫殿於四岸以狀之。宣宗吊白居易詩，有‘童子解吟《長恨曲》’之句；文人之榮極矣。元相遭逢尤奇！其《連昌宫詞》流播禁掖，妃嬪近習皆誦之，目爲元才子；中官崔潭峻録以奉御。穆宗大悦，遽召見，迭加拔擢，遂參政事。可見唐時公論猶重，是非昭著，天子不得曲護其私；而名流詩歌，並得於君父之前，指陳既往以警將來，尚有古代陳詩觀風之遺。余自少喜誦元白詩歌，《連昌宫詞》尤讀之爛熟。竊疑所述宫殿景物，歷歷如繪，當是曾經目擊；恐得諸人言者，不能如是親切也。顧乃託於宫邊老人之言以生文。及觀鄭賓光《津陽門詩序》，述其‘開成中，下帷石甕僧院，甚聞宫中陳迹’云云。‘甚聞’者，巨細備悉之寓詞；蓋有不僅耳聞而兼得之目驗者；及其裁刻爲詩，則又託諸旅邸主翁口授，與元相同一用意。豈故蹈前人窠臼耶？蓋皆有所避忌，而懍然於刑名之不敢干也。按《唐衛禁律》：‘闌入宫門者徒二年；殿門，徒二年半；守衛不覺，減二等；主帥又減一等；故縱者各與同罪。’當二家作詩時，連昌、華清二宫曠閉已久，雖循例守衛；而頹廢之餘，糾察從寬，典守者自不必齗齗與遊人爲難；而徇隱疏縱，容或有之。蓋人情於名勝之區，往往神遊目想，冀得親嘗其境以爲快。况先朝離宫，陳迹故事，熟在人口，垂諸記載，豔溢心目。苟機會可乘，混迹得入；較之他項冒不韙觸禁令者，情殊可原。雖糾察不及，而播爲詩歌，則須衷法度；書而不法，後嗣何觀！此二家詩詞，所以必託諸人言，而未敢自承親見之微意也。

昔宋崇寧中，崔德符以擅入景華御苑，爲主者劾奏罷職，事載《容齋隨筆》。光緒丙申，合肥李文忠公奉使俄羅斯，回國入覲頤和園行宫覆命，便道至圓明園遊觀，爲所司糾舉干譴。蓋御苑非公園之比；主帥守衛，無許人出入特權；往遊者即不自爲計，獨不爲主帥守衛計乎？曩閲喬重禧《陔南池館遺稿》有《敬瞻避暑山莊前後七十二景恭紀詩》，甫展卷，即詑其未嫻禁令，不啻自具枷杖供招。今湘綺此詞，亦未檢點及此。而彼周學士、潘侍郎乃翕然稱之。嗟乎！禮、刑相爲表裏，士大夫不知律，即不知禮，亦實不恤國體，又何怪其後外部溺職，不嚴引律條以拒絶外人遊觀之請乎！且湘綺方嘅然於遊民輕法，刑廢不用；抑思士大夫爲民表率，尚自弁髦刑章，又何責乎小民？此甚關文章體要，非其他小疵可比。嗟乎！有唐詩人之不可及，豈徒以其詩哉！即以詩論：首二句‘宜春’‘建章’‘長樂’並用，似涉填湊，合下二句‘離宮’云云，意殊凡近。起勢平弱，入後便難振奇。中間‘山石參差盡亞風’句法出自老杜；然杜係題畫，風鼓洪濤，山木自偃，轉似洪濤在上，山木在下，畫中風色，確有此狀；故云‘山木盡亞洪濤風’。若山石是不動物，云何‘亞風’？此等死句，殊難索解。然尚係小疵，其巨謬則在不考事實；就所見聞，一斷以心，而爲莫須有之案證。既作詩，慮故實不詳，傳聞或失，復自序之，而託名於同遊之主事徐樹鈞。第詩以紀事，敘以明詩，如二者皆非紀實，則不足徵信。且紀事之文，最重年月日；年月日一不分明，則事實可臆造，必啓虛誣顛倒之弊。庚申之役，衅起換約。先是咸豐八年戊午四月，英、法、俄、美四國以兵輪至天津議款。英、法聯兵攻陷大沽礮臺，挾兵要撫。文宗命大學士桂良等至天津查辦，津民遮謁道左。初髮匪北竄，擾及畿南諸地；津郡團練禦賊有功，至是乃請率民團助官軍拒敵。桂相不允，慰遣之。嗣津民與洋人鬥毆，有英使行營參贊李國太在場幫助。李國太者，廣東嘉應州人，世通番，爲英人爪牙。津民惡之，糾衆生禽，謀殺之。桂相恐誤和局，設法解散，釋李國太回船，此咸豐八年五月事也。文宗以津沽密邇宸垣，海防緊要；特命蒙王僧格林沁爲欽差大臣，駐津督辦海防事宜。九年己未五月各國至津换約。英人背約，闖入大沽口，且用礮炸裂我截港鐵鎖；僧邸飭防軍擊之；英衆殲焉。《中西紀事》所謂大沽前後之役，是也。而序以爲‘咸豐元年，僧邸託團練之名擊走之；夷人知大皇帝無意於戰，特臣民之私憤’云云；蓋誤以津團剿匪，暨禽李國太之事，并爲一談。而不知文宗歷年宵旰憂勤，選將籌防，意在決戰；其和乃不得已耳。十年庚申六月，英法大舉北犯；二十六日，闖入大沽口，陷騎兵防營；七月五日，襲踞北岸礮臺；提督樂善戰死；初七日，陷天津，畿輔大震，遂有駕幸木蘭，舉行秋獮之議。八月初一日，洋兵逼通州，文宗命怡親王載垣馳往議款。英使額羅金遣其參贊巴夏里督帶散衆數十人來會。巴夏里狂悖無理，或告洋人有異志。怡邸密商僧邸，以計禽巴酋及其衆二十六人，解送京師。兵端復起。初七日，洋兵長驅而北。僧邸及大學士瑞祺、副都統勝保迎擊，皆敗。僧邸不及具摺，馬上書片紙飛奏御園，請暫幸熱河；遂定北狩之計。初八日寅卯間，文宗詣安佑宫行禮，啓蹕。六宫及諸王從焉。

《東華録》及《中西紀事》所載年月日皆同。《中西紀事》於此役皆據當時公牘纂輯，故悉與奏案合，而序乃以爲‘十年六月十六日’；與上所述‘咸豐元年’事直接；於此役本末，尚在雲霧之中；而又傳述脱節，信筆舞文；議論可以自爲，豈年月日與事實亦可以自爲乎？至洋軍攻海淀、焚御園及景山、昆明湖一帶，先後凡二次；初次在八月二十二、二十四等日，二次在九月初四等日，湘綺以爲六月十九日，大繆。皆因巴夏里被釋出獄，挾被捕及虐殺其從者十三人之恨捕繫及監斃人數，《中西紀事》不詳。兹據日本岡本監輔《萬國史記》。意圖泄忿，乃爲此不道之行。先是有建議殺巴夏里者，幸而未殺；若果殺之，則英人仇我愈甚，豈僅焚掠淀園而已乎？吾淀園之焚，由巴夏里積怨深怒所致。設當時操縱得宜，抑或命有學問閱歷之漢大臣主持其事，不拘辱巴酋并致死其從人，則圓明園至今猶在，何至後來别築頤和園，糜盡天下膏血，府怨召釁，以賈無窮之禍哉！謀國者不慎於一日，其禍必及於百年，非偶然也。世多以淀園之焚爲仁和龔孝珙奇計，不然，英兵將且屠都城，此特孝珙妄言，不衷事實。而湘綺於事實不屑屑討論；其柱意衹謂朝廷不當有郊外遊觀之樂；若徒侈遊觀，必失民心；民心既失，必乘機構亂；淀園之焚，由姦民縱火，洋兵乃從之。置巴酋修怨之師不講，衹歸獄於園居過侈以垂炯戒；豈非言之成理，而隔膜太甚！譬諸村媪出入侯門，雖復醉卧泉石，指陳亭館，頌德陳箴，均違事實，無當芻蕘之採也。夫愚民迫於飢寒，乘亂劫掠，誠所不免！至於御園，在當時有恭邸及桂相率禁旅駐守；事棘時，僧、瑞二軍並移往偕守；何物姦民，敢揭竿倡亂乎！庚子義和拳之亂，姦民聚衆殺人放火無算，然不敢擾及官署或公所。至於御園，尤其不敢。庚子之亂，甚於庚申；以後證前，其誣立辨。不斥洋酋挾屢勝之威，縱火焚掠；而歸罪於孱弱之貧民，何其不衷於事實乎！《萬國史記》云：英法聯軍聞清兵據圓明園，進攻；又走之，蹂躪宫殿，掠奪寶貨。自是此案公論。傳曰：‘俗語不實，流爲丹青。’其湘綺之謂歟！”然闓運此詩，模範唐賢，踵武梅村，淫思古意，流播輦下，傳寫紙貴，觀其竊比相如，恨不遇時，自負亦不淺矣。

然所自憙者尤在五言古。宗尚庾、鮑，上窺建安，華藻麗密，詞氣蒼勁，自詫不作唐以後詩。蓋其沈酣於漢、魏、六朝者至深，雜之古人集中，真莫能辨也。訶之者則云：“惟莫能辨，故不必自成湘綺之詩矣。”然闓運則自以盡古人之美，鎔鑄以出；其教人亦從摹擬入手；以爲：“詩則有家數，易摹擬；其難在於變化；於全篇模擬中，能自運一兩句，久之可一兩聯，久之可一兩行；則自成家數矣。”有《詩法一首示黄生》。其辭曰：

詩有六義，其四爲興。興者，因事發端，託物寓義，隨時成詠；始於虞廷《喜起》及《琴操》諸篇，四五七言無定而不分篇章，異於《風》、《雅》；亦以自發情性，與人無干；雖足風上化下，而非爲人作；或亦寫情賦景，要取自適；與《風》、《雅》絶異，與《騷》、《賦》同名。明以來論詩者動稱《三百篇》，非其類也。太白，能詩者，而其説曰：“五言不如四言，七言又其靡也。”太白四言如《獨漉篇》，其靡殆甚，豈古法乎？無亦以大言欺人，託於《三百篇》。而不知五言出於虞時，在《三百篇》千年前乎？漢人四言乃是箴銘一類，有韻之文耳，非詩也。嵇康四言則誠妙矣，然是從五言出，蓋五言之靡者也。七言出於《離騷》，開合縱横，可謂靡矣；而其氣足以振靡，故與五言亦分兩途；非出於五言也。

今欲作詩，但有兩派：一五言，一七言。五律則五言之别派，七律亦五律之加增。五絶七絶，乃真興體，五言法門，皆從此權輿。既成五言一體，法門乃出，要之祇蘇、李兩派。蘇詩寬和，枚乘、曹植、陸機宗之。李詩清勁，劉楨、左思、阮籍宗之。曹操、蔡琰，則李之别派。潘岳、顏延之，蘇之支流。陶、謝俱出自阮；陶詩真率，謝詩超豔。自是以外，皆小名家矣。山水雕繢，未若宫體，故自宋以後，散爲有句無章之作，雖似極靡，而實興體；是古之式也。

李唐既興，陳、張復起，融合蘇、李以爲五言；李、杜繼之，與王、孟競爽。有唐名家，乃有儲、高、岑、韋、孟郊諸作，皆不失古法，自寫性情。才氣所溢，多在七言歌行，突過六朝，直接二曹，則宋之問、劉希夷道其法門；王維、王昌齡、高、岑開其堂奥；李頎兼乎衆妙，李、杜極其變態。閻朝隱、顧况、盧仝、劉義①，推宕排闔，韓愈之所羡也。二李賀、商隱、温岐、段成式，雕章琢句，樊宗師之所羡也。元微之賦《望雲騅》，縱横往來，神

① “義”爲“叉”之訛字。

似子美，故非樂天之所及。張、王樂府，效法白傅，亦推①於《新豐》、《上陽》諸篇乎？退之嫭尚詰詘，則近乎戲矣！宋人披昌，其流弊也。詩法既窮，無可生新。物極必反，始興明派，專事模擬，但能近體；若作五言，不能自運。不失古格而出新意，其魏源鄧輔綸乎？兩君并出邵陽，殆地靈也。零陵作者，三百年來，前有船山，後有魏、鄧；鄙人資之，殆兼其長。比何李、李王，譬之楚人學齊語，能爲莊岳土譚耳。此詩之派别，自漢至今之雅音也。今則從容爾雅，自然同聲；天下作者，無復鄙音庸調，雖工拙不同，而趣向已一；斯則風會使然，不由人力矣。

詩既分和勁兩派，作者隨其所近，自臻極詣；當其下筆，先在選詞，斐然成章，然後可裁。詩者，持也，持其志，無暴其氣；掩其情，無露其詞。直書己意，始於唐人，宋賢繼之，遂成傾瀉；歌行猶可粗率，五言豈容屠沽？無如往而復之情，豈動天地鬼神之聽！故曰"先王作樂，後哲爲詩"，觀《樂記》之言，即知詩之體用。功成作樂，學成作詩，詩之終也。十三舞勺，能言作詩，詩之始也。樂必依聲，詩必法古，自然之理也。欲己有作，必先有蓄；名篇佳制，手披口吟，非沈浸於中，必不能炳著於外。故余遇學詩人，從不勸進，以其功苦也。古人之詩，盡美盡善矣；典刑不遠，又何加焉。但有一戒，必不可學元遺山及湘綺樓。遺山初無功力，而欲成大家，取古人之詞意而雜糅之，不古不唐，不宋不元，學之必亂。余則盡法古人之美，一一而放之，鎔鑄而出之，功成未至而謬擬之，必弱必襍，則不成章矣。故詩有家數，猶書有家樣，不可不知也。甲寅五月，書以貺黄生鐵臣。

蓋議論偏至如此。起自孤童；未冠之時，即與諸貴人遊，恐不禮焉；則高自標置，一生不受人慢；而成名之後，彌以夸誕；貌似逍遥，意實矜持；牢落不偶意，壹以諧謔出之。至京師，恭王奕訢慕其名，造問政。闓運曰："國之治也，有人存焉。今少荃之洋務，佩蘅之政事，人才可覩矣，何治之足圖哉！"少荃者，直隸總督李鴻章；佩蘅者，大學士寶鋆；一世所推偉人長德

① "推"爲"雅"之訛字。

也！而闓運譏之如此。奕訢曰：“是處士之徒爲大言者！”遂不復請謁。然闓運則自以爲賢。其鄉人左宗棠總督甘陝，方拓土西域，朝論倚重。而闓運與之書，怪其不以賢人見師，謂：“天下之大，見王公大人衆矣！皆無能求賢者。今世真能求賢者，闓運是也！而又在下賤，不與世事，性懶求進，力不能推薦豪傑；以此知天下必不治也。”又嘗謁兩江總督曾國荃，詒以詩有：“若論上將功多少，試問長江水淺深。”誦者問是何義諦，闓運曰：“汝意云何？”曰：“歸功水師。”闓運笑曰：“否，此乃見景生情也。是時曾餽余五十金；余報之以詩，身在江船，對水賦此耳。”宣統之世，岑春蓂撫湘，以闓運老儒，上所著書，賜翰林院檢討；鄉試重逢，晉侍讀。至辛亥革除，士大夫爭剪髮，西冠西服；而闓運不改裝。會八十壽辰，湖南都督譚延闓以鄉後生，具大禮服往賀。闓運則紅頂花翎，衣袍襲褂，拕辮髮而出；延闓不得已屈膝焉。既坐，闓運謂之曰：“子毋詫，吾胡服垂辮，子西裝髡首，皆外國制也，有何文野？若能優孟衣冠，乃真覩漢官威儀矣。”相與一笑。

總統袁世凱致聘問；復書謂：“今之弊政在議院，而根由起於學堂。蓋椎埋暴戾，不害治安；華士辯言，乃移風俗。其宗旨不過弋名求利，其流極乃至無忌憚！此迂生所以甘跧伏而閉距也！”持論不根，好惡拂人，大率如此。世尤盛傳其民國總統之聯曰：“民猶是也，國猶是也，何分南北！總而言之，統而言之，不是東西！”額曰：“旁觀者清。”諛之者曰：“此所謂戲笑怒駡，皆成文章者也！”闓運則彌以自喜。以民國三年入都，就職國史館館長。年八十有三矣。步履飲食談諧，健如五十許人；童姿鶴髮，攜姬周招搖上道。時段芝貴爲湖北將軍；便道謁焉，指語周曰：“汝欲看段大少爺，即此人也；有何異相？”芝貴恧然。既而抵京；袁世凱以自用車迎入公府，集百官大開筵宴以寵之；宴罷，互相道故，世凱辭極卑謙。闓運退而語人曰：“袁四的是可兒。”過新華門，仰視太息曰：“何題此不祥字耶？”同行者大駭而詢之。曰：“吾老眼花，額上所題，得非‘新莽門’三字乎？”聞者不敢膺也。都下諸貴人争張燕相逢迎。以前賞翰林院檢討，頗用沾沾，願以後輩禮見諸老大前輩。大會於江亭，賦五言古一章。亭有遼壽昌幢；石屏袁家穀賦一律，中有云：“車聲蘆蕩人如海，花影槐廳夢化烟！白髮漫談天寶事，金幢兼感壽昌年！”一座稱雅切也。同坐者問公集中前後《憶梅曲》、《紫芝歌》何爲而作？闓運曰：“昔年十八九時，在長沙與左氏女相愛，欲娶之。左女亦誓非我不嫁，乃格於其母，不得。左女抑鬱以死。此三詩及《采芬女子墓誌》、《吊舊賦》，皆爲伊人作者。”因戲言：“此事不足爲外人道；恐笑我八十老翁，猶有童心也。”一日，謁國務卿徐世昌，袖出一額曰：“以此爲贈，可乎？”展視，則“清風徐來”四字也。世昌爲之軒渠不置。旋歸，得病，知不起；命兒孫持紙筆陳卧榻，倚枕疾書自輓曰：“《春秋》表未成，幸有佳兒傳《詩》、《禮》；縱横計不就，空餘高詠滿江山。”擲筆而逝。次子代功，能傳其學，懸諸靈右，泣語吊者曰：“此吾父實録也！”年八十五。所著有《周易説》、《尚書箋》、《尚書大傳補注》、《詩經補箋》、《禮經箋》、《小戴記箋》、《周官箋》、《春秋公羊箋》、《春秋例表》、《論語訓》、《湘軍志》，注《墨子》、《莊子》、《列子》，正諸史《藝文》，纂《春秋遺傳》。門弟子輯其詩文箋啓，爲《湘綺樓集》，凡若干卷。晚年文章稍頹喪，而氣矜之隆不減。所作《華山遊記》，假酈善長《水經注》徵證以記山遊，自詡“結構之奇，直千年來未嘗見也”。闓運既以主講成都尊經書院，開蜀學，廖平獨稱高第弟子，名尤著。

廖平，原名登廷，光緒己丑進士，以知縣即用，自謂才不勝百里，請改教，選授綏定府教授。嘗分校廣州廣雅書院、成都尊經書院。著有《公羊論》、《穀梁義疏》、《周禮考》、《論語徵》等書；師王闓運而欲以自名一家；所著《公羊論》，與闓運《公羊箋》陳義多不侔。闓運賞之曰：“覩君此作，吾愧弗如。”而平則哂闓運經學爲半路出家。其書最先成者曰《今古學考》，據漢許慎《五經異義》，專裁禮制，定今學主《王制》孔子，古學主《周禮》周公。然不久即變其説，謂六經皆新經，非舊史，以尊經者作《知聖篇》，闢古者作《闢劉篇》。方分校廣雅書院，乃與義烏朱一新蓉生及康有爲遇。一新以御史疏劾内侍李蓮英，爲慈禧太后所惡，降官主事；而張之洞爲兩廣總督，延爲廣雅書院山長；既有直節高名，爲定院規，先讀書而後考藝，仿古顓家之學，分經、史、理、文四者，延四分校主之。而平則主經，所居室與一新鄰；一日，聞一新與客言：“學問須自作主人，勿爲人奴隸！”因亟叩户問：“如何方能作主人？”一新謂：“近世漢與宋分，文與學分，道與藝分。豈知聖門設教，但有本末先後之分，初無文行與學術、治術之别。”其論學術，一以宋儒義理爲主；而亦不非休寧戴氏、高郵王氏之漢學，謂：“訓詁通而義理益明。”平則笑之曰：“此仍奴隸之奴隸也！高郵王氏，惟談校勘，但便學僮，實不知學；故其所著之書，牽引比附，望文生義，絶不知有師説。近日俞蔭甫樾講學衍高郵，而知《穀梁》一家喜用某字；王氏則不知也。自陳蘭甫澧主講廣雅，調和漢宋，王湘潭謂之‘漢奸’。朱蓉生即其一派。蓋略看數書以資談助，調和漢宋以取俗譽，又多藏漢碑數十種以飾博雅。京師之爛派，大抵如此；其實中無所主，不中作人奴僕。”於是一新意大迕。而康有爲則聞其説而大喜，遂從問學焉，乃述《闢劉篇》以作《新學僞經考》，述《知聖篇》以作《孔子改制考》。平歎“倚馬成書真絶倫也!”顧有爲諱所自出；而平則又詆《僞經考》外雖炳琅，而内無底蘊，不出史學目録學之窠臼。既舉進士，以覆試停科，不准殿試，遂出京，漫遊之武昌。張之洞爲兩湖總督，因謁見，歷指所著《書目答問》之誤。之洞憮然久之曰：“吾老矣，豈能再與汝遞受業帖子耶?”平遂爲論陳左海父子壽祺、喬樅所著書，皆今學；陳卓人立則有八分今學，二分古學。之洞問：“卓人所著《公羊義疏》何如?”譍①曰：“專心講禮制，不知經例；以注《白虎通》之法注《公羊》，故凡傳中言禮制者，必詳證博引；至言經例處，則承用舊説。凡考據家不得爲經學家。真正經學家，即當以經爲根據；由經例推言禮制；凡禮之條例，必由經而生，此乃爲專門經學。蓋十四博士所言，皆由經文而生，彼此不同。若不根據經文，但詳典禮，如説《公羊》而牽涉《詩》、《易》舊説，則於本經爲贅説，每至矛盾矣。漢學乃惠、戴出死力探求而得者，如尋美洲之哥倫布也。清初諸老，皆宋學而參漢學者耳。清代今學，無成家者。孫淵如星衍以《今古文尚書疏證》合而爲一，此必不可通之説；晚年自悟其非，於是將原著《今古文尚書》中古文家説，別提出爲一書，曰《尚書古文説》；而今古文之説始分。陳左海父子則集爲今文《尚書歐陽夏侯師説考》，此本乃專爲今學；特其書又於文字專詳聲音訓詁，不知今古典制之別。又其書但鈔古説，不能推考，融爲一片，所謂‘明而未融’。至於張皐文惠言、魏默深源、龔定菴自珍妄詆康成爲操莽，實則於經傳少有心得。王湘潭半路出家，所爲《春秋例表》，至於自己亦不能尋檢。世或謂湘潭爲講今學，真冤枉也。康長素本講王陽明學，而熟於《廿四史》、《九通》，蓋長於史學者；於今學則門外漢。章太炎文人，精於小學及子書，不能謂爲通經

① “譍”同“應”。

也。”詞波瀾翻，揚榷今古，其中多非常異義可怪之論。之洞爲之色動神移。仁和譚獻復堂、瑞安孫詒讓仲容在之洞幕；而詒讓治《周官》，獻憙譚《公羊》，今古異學；然皆不饜平説。湘潭趙啓霖方從闓運學，以平之高自標置，故與闓運立異，亦大不洽。而平則自言：“居蜀時，未敢自信其説；出游後，會朱蓉生、俞蔭甫諸公，以所懷疑質之，皆莫能解，膽乃益大。”而於闓運之學，亦更不爲依違。闓運每語人曰：“楊度但以慕名之心，轉而慕利，暗爲梁啓超所移而不自知。前之師我者，亦以名也，非求益者也。與夏時濟同，與廖登廷異。廖登廷者，王代功類也，思外我以立名。楊、夏思依我以立名；名粗立，則棄余如遺矣。故康、廖猶能自立；而楊、夏則隨風轉移。”康，指康有爲也。

入民國，平游京師，而有爲既不慊於共和，敢爲異説而不讓，刊行《不忍》雜誌，遂以相詒而通書問焉。平則答書曰：

長素先生足下：

羊城分袂，倏忽廿年，音書未通，情感常切，想同之也。世運變遷，浮雲蒼狗；台端以高騫而見疑；鄙人潛伏，亦不能免咎。國事差池，忽焉揖讓；個人升沈禍福，亦何足云。頃因事北游，詢悉近況；妙悟任公，積愫良慰。君未肯渠來；我不能驟往，東望茫茫，彌切怛耳。憶昔廣雅過從，談言微中，把臂入林，彈指之頃，七級寶塔法相莊嚴，得未曾有。巍然大國，偪壓彈丸；志欲圖存，别構營壘。太歲再匃，學途四變：由西漢以進先秦；更由先秦以追鄒魯；言新則無字不新，言舊則無誼非舊。前呈《四變記摘本》一册，求徵高明；周璞鄭鼠，不知何似。子雲言：“高者入青天。”自非同遊舊侣，恐山陰道上，轉成迷惑耳。惠頒《不忍》二册，流涕痛哭，有過賈生。然中外優劣，後起者勝；積非成是，浛髓淪肌，非有比較，難決從違。間嘗判五洲爲昆弟，推世界於中華；據撥亂言之，禮爲孔創，使别獸禽；《春秋》所譏，《坊記》所防，皆與海外程格相同。中人日用，舊疾久痼；藥方流傳，博施同病，洋溢蠻貊，今當其時。前陳《倫理約編》，頗爲申叔、無量所許，以爲戰勝攻取，非此莫由。特鉤深索隱，難得解人；以石投水，端在足下。政學中外，同剖野文，指揮若定，進退裕如，所謂深入黄泉者非耶？以是爲救時保教奇策，台端其許之乎？鄙人畢生勞瘁，晚成二編，一以尊孔，一以救國。尋行數墨，世不乏人；若此祕微，唯恃知我。獨是臣精衰竭，亡力擴充；非藉羣才，難肩鉅任。匠門多材，何止七十！深望閲兵秣馬，分道守攻；大功告成，克副素志；敢不撰奉凱歌，驩逆大纛，亦世界未有奇樂耳。倉卒臨穎，不盡所懷。廖平再拜。

平自明所學如此。其弟子蒙文通著《議蜀學》一文以褒大其師曰："清儒述論，每喜以小辯相高，不務守大體，碎辭害義，野言亂德，究曆數，窮地望，卑卑於章句文字之末；於一經之大綱宏旨，或昧焉。雖矜言師法，又未能明於條貫，曉其義例。道窮則變；迨其晚季，井研廖先生崛起，乃一屏碎末支離之學不屑究，發憤於《春秋》，遂得悟於《禮制》，於是廖氏之學，自爲一宗。蓋三百年間之經術，其本在小學，其要在聲韻，其詳在名物，其道最適於《詩》、《書》，其源則導自顧炎武者也。廖氏之學，其要在《禮經》，其精在《春秋》，不循昔賢之舊軌；其於顧氏，固各張其幟以相抗者也。廖氏本《五經異議》以考兩漢學説。《今古學考》成，而昔人説經同異之故，紛紜而不決者，至是平分江河，若示諸掌。尋廖氏之學，則能推知後鄭之異乎賈馬，而賈馬之别乎劉歆，劉歆之别乎董伏二戴；漢儒説經分合同異之故，可得而言。廖氏既成《今古學考》，遂欲集多士之力，述《十八經注疏》以成蜀學；而自致力於《春秋》，匡何范杜服之注以闡傳義；復推《公》《穀》之文，孰爲先師之故義，孰爲後師所演説，本之於經以折中三傳之違異。蓋自五家並馳以來，言《春秋》，固未有盛於廖氏者也。漢儒窘於師法，是謂知傳而不知經。宋儒於傳，猶有未喻，則經於何有。清儒之高者，或能發明漢師之説，是謂知注。惟先生本注以通傳，則執傳以匡注；由傳以明經，則依經以決傳；七十子喪而大義乖。《穀梁》屬傳，當尸子、孝公之世。蓋自子夏之殁，徒人各安其意以離其真，而《春秋》晦。先生起數千載之下，獨探其微緒，申其本義，不眩惑於三家之言；六國而後，未易比擬。嗚呼偉矣！"文通，字□□，四川□□①人；曾任北京大學教授，著有《經學導言》，亦以闡明師説；蓋平弟子之尤稚齒者也。方清末

① 闕文當爲"鹽亭"。

造，儀徵劉師培以《左氏春秋》世家，講學來蜀，而不以平之導揚今學爲嫌；獨稱“廖氏長於《春秋》，善説禮制，足以名一家”云。

平不屑意爲詞章；然論文則頗申闓運引而未發之旨；渭："《白虎通》爲十四博士專門之説，實諸經之精華。此書即十四博士之講義；而録講義者爲班孟堅，文筆尤妙。當時招集十四家博士講説，其事體重大，用度繁巨，非皇帝之力量殆難辦到。而所論皆今學，真中國僅存之書。詞章家不能深研經學，能精此書，殆可横行天下。專精之書，一部已足；豈在多乎！然看《白虎通》，宜先看陳左海《五經異義疏證》，方易了晰。今人讀書，務博而不求精；不知精之中自有博；即如《史記》、兩《漢書》注中，人跡不到之地正多。老僧寸鐵殺人，豈在多也。一部《楚辭》，所用事實，不出《山海經》。昔年看《文選》，每日看文一篇，請湘潭講之。湘潭喜謝詩，《通蔽互相妨》一篇，尤所酷好。《文選》之佳勝，在每一文，李善必詳注其作此文之原因及其關係；唐以來之選本，未有佳於《文選》者。欲爲有才識之文，宜從史書中所録文觀之，然後能詳其此文之關係何在，而其文之妙處始可求；但看選本則不能。如屠京山寄爲文專學《宋書》，是其例也。史書所録之文，非於當時有關係之作，必當時最有名者，讀之增人才識；視姚鼐、林紓選本，自有天淵之異。屈、宋、揚、馬諸人，皆出道家，觀《大人賦》可見。故詞章有源於道家者，有源於儒家者，《易》與《詩》所衍一派，是也；觀《大招篇》後半，實具皇帝之學術，而有撥亂世反之正之思，則詞章一道，何可輕哉！一部《文選》，不用道家之意，必用道家之詞，如劉孝標《辨命論》，全本《淮南·俶真訓》；而讀《文選》之佳者，觀其注，必係《老》、《莊》、《列》文之語可悟；殆直可以《文選》合於道家也。湘潭重徐而不滿於庾，後學深信其特識。蓋學徐可上合於任、沈諸家；學庾則不能，因庾既自立一幟，與古人大異，不能復合也。後來學庾者，多不再向上求，故從而尊庾；猶李、杜並稱，而後人尊杜是矣。學汪容甫、洪稚存文者，宜熟於《文心雕龍》、《水經注》、《列子注》、《淮南子》、《世説新語》、《宋書》。至桐城派古文，天分低者可學之。桐城派文但主修飾，無真學力，故學之者無不薄；其欲求亂頭粗服之天姿國色，於桐城派文，不可得也。吴伯朅及宋芸子育仁兩先生，其文實出《淮南》，但自諱之耳；故其文多紆徐漫衍，須多看數行，乃能知其意之所在也。曾季碩彦詩，爲四川第一。季碩伏案既勤，且未讀唐以後書也；

沈雄壯邁，不及男子，則會朋友閲歷少之故。凡人伏處山林，詞章斷難造成；蓋人闊，然後詞章乃得佳也。季碩在四川時，篆書并未寫成；出游後，始工矣。”所稱吴伯朅者，名某，四川名山人，亦闓運尊經書院弟子也，熟精選理，尤好誦説司馬相如、揚子雲之文，曰：“吾蜀人，當爲蜀文爾。”平以民國二十一年卒，年八十三歲。

吴虞，字幼陵，四川成都人；學爲文章於吴伯朅，問鄉人卿雲之學；又奉手問業於廖平。蜀處奥壤，風氣每後於東南，自中外互市，上海製造局譯刊西書，間有流布；蜀中老宿，蹈常習故，指其政治輿地兵械格致之學爲異端，厲禁綦嚴，不啻鴆酒漏脯。虞則不顧鄙笑，搜訪弆藏，博稽深覽，十年如一日；蓋成都言新學之最先者也。以光緒三十一年，遊學日本，始抗言非孔。回國以後，潛心讀東西洋法律哲學之書，益明儒家之非；著有《李卓吾别傳》、《家族制度爲專制主義之根據論》、《儒家大同之義本於老子説》、《儒家重禮之作用》、《儒家主張階級制度之害》、《消極革命之老莊》、《讀荀子》諸篇；旋以所纂《宋元學案粹語》例言，引李卓吾之説；學部飭四川學政禁止發行；護總督王人文移文逮捕。顧虞持非孔之説益力；入民國，主《新羣報》筆政；内務部電令制止。會陳獨秀主編《新青年》，以非周孔、廢禮教爲天下號，錢玄同、胡適從而和之，聲生勢張。虞則大喜，貽書陳獨秀以明所見之同，且示以著書。獨秀亦大喜，以爲得强佐，刊布其説於《新青年》；遂以騰譽，歷任國立北京大學及成都大學、四川大學教授。其論學，疑六經，非孔子，非孝非禮；以爲：“孔學之助張君主以行專制，借禮制法制而確立；其專制不平，直接關係於吾人之生命財産權利義務者極大。苟由禮制法制之精神，以推論其得失，而再以各立憲共和國家之憲法民法刑法所規定者，一一比較對勘之；而後孔子之學説，二千年來貽禍於吾人者昭然若揭。”世儒之非孔者，多以倫理道德爲依據；而虞獨以法制立論。又謂：“六經皆出荀子，漢唐以來所傳之孔學，皆荀學。”又極稱諸子而非孔孟；諸子中最崇老子，以爲：“孔子問禮於老子。老子或告以大同小康之説。但孔子背其師説，舍道德而崇仁義，不説大同之道，而偏主張小康之天下，以重差别的禮，謂‘貴賤有等，長幼有差’；曲學阿世以媚顯貴。”大抵襲章炳麟、康有爲、梁啓超早年之餘論。康有爲疑六經而不非孔。梁啓超非孔而不澈底。虞則非孔疑經，徹始徹終，放言不淪；而笑章炳麟、梁啓超之不澈底，謂：

“章炳麟《諸子學略説》，攻孔子最有力；其《訄書》并引日本遠藤隆吉‘支那有孔子，爲支那禍本’之言。梁啓超《新民叢報》攻孔子誅少正卯，以爲吾國歷史之最大汚點。而炳麟於後著之《檢論》，每去前説。啓超於近年講演，不復攻孔。蓋炳麟於革命之頃，啓超於變法之際，幾不保首領，追怨專制壓力之由來，多本孔學；切身之痛，故言之不憚其詳。其後炳麟雖欲爲籌邊使而未得，然求田問舍，油碾之業，已足安居；遂受賄而與孫傳芳擬電，投降軍閥而不惜；豔羡尊貴，故不復攻孔。啓超自任司法總長時，即非雙馬車不坐；王淩波之香巢，流連忘返；近則汽車如電，財産增多，安富尊榮，咀嚼孔學有餘味焉！逃亡之危險，六君之授命，已忘之久矣。至於尊孔之人，其行爲多不足道。試舉其著者：王闓運五經皆有著述；身入民國，不改滿清衣冠；乙卯十一日，首先電請袁世凱稱帝，附會讖語，一錢不值。康有爲著《大同書》、《孔子改制考》，昌明孔教；而保皇之會，復辟之謀，皆反抗民國；甚乃侵占西湖，盜竊經卷，穿窬之智，尤爲可醜。”虞爲王闓運再傳弟子。闓運好爲荒唐之言，無端崖之辭，上説下教，時恣縱而不儻；一轉手而爲蜀學之廖平，粤學之康有爲；再轉手而爲吴虞，決棄一切，喜爲異説而不讓，敢爲高論而不顧，如石轉厓，不墜地不止。同光間，一時稱大師者三人，曰興化劉熙載融齋、番禺陳澧蘭甫及王闓運。劉、陳務平實，其學不顯；王獨好振奇，厥道乃光。固由人情之厭舊而喜新，亦適會世運之窮而欲變也。

虞文章以儷爲體，依倣《文選》，兼拾周秦，詆韓愈之抒意立言爲不足法，而主李兆洛《駢體文鈔》之説，其實亦衍王闓運《八代文粹》之餘論；刊有《吴虞文録》、《續録》、《别録》，而《文録》中《愛智廬同香祖虞之妻曾氏，有文采玩月詩序》，即依倣闓運《秋醒詞序》也。余獨愛誦其《重印曾季碩桐鳳集序》，不爲組比，自然朗秀。辭曰：

> 勝清之世，文學丕興，遠軼前古。康、乾、嘉、道之際，作者如林；而吾蜀之士，乃闃然莫預。至同治十三年，始建尊經書院於省城以造士。張香濤、譚叔裕、朱肯夫先後督學，振拔淹滯，宏獎風流；而吴仲宣、丁稚璜、易笏山諸當道，愛才樂士以左右之；又得王壬秋先生高才碩學爲之師表；於是蜀士彬彬向學，同風齊魯矣。其時則有若吾師名山吴伯朅先生、井研廖季平、德陽劉建卿、

富順陳元叡、新津周雨人、酉陽陳子京、華陽顧印愚、成都胡念孫、漢州張子馥、綿竹楊叔嶠，靡不洋洋炳炳，蔚然並著；其它瓌瑋淹雅之材，不可勝數。於時，王壬秋先生之女帥芳，易笏山之女玉俞，俱擅才藝。季碩乃起而與之相應和，直出其右。嗚呼盛已！季碩通經術，工文辭；篆書倣鄧石如，秀氣靈襟，獨得天然之孅；畫尤妍麗，傳其家法；風流文采，爲一時之冠。吾觀近世女士，如王采薇、金五雲、席道華、歸珮珊，皆最有名；比於季碩，遠不逮矣。夫何地無才，左思所歎。巴蜀文雅，文翁始興；顧居上者之教養何如爾。吾頃用暇日，游於尊經閣下，覽其題名碑記，睹縹帙之凋殘，悼蒿萊之勿翦，朋徒息散，風景頓殊，念益部之耆舊，慕華陽之士女，未嘗不眷眷於懷，悵吾生之不及見也。季碩是集，初刻於吴中；蜀中罕見，故重爲印行。在昔蔡琰之作，僅附於《范書》；徐淑之詩，不登於《蕭選》；季碩方之，斯爲優矣。後之覽是集者，其亦將有感於斯文盛衰之故，而爲之掩卷三歎歟！

詩之取逕，則與闓運頗殊；獨文章爲合轍。其自叙學詩學文之途轍曰："湘潭主講尊經書院，其七言古詩以李東川爲宗。而吾師名山吴伯朅則以《楚辭》、《漢郊祠歌》、鮑照、吴均、薛道衡、盧思道、李白、杜甫爲宗；其言曰：'李杜之體清剛，故罕有長篇；元白之詞鋪叙，故特乏勁氣。惟合二派而融化之，則大或千言，小或數百，兼二派之美，無二派之短矣。'予學七言古詩，大抵本於名山而加變化耳。湘潭五言古詩，以陸士衡、謝康樂爲宗。友人鄒受丞以爲教人學陸、謝，不如教人學阮、鮑。予極以爲然。故予以曹子建、嵇叔夜、阮嗣宗、左太沖、張景陽、郭景純、陶淵明、鮑明遠、謝玄暉、江文通、李太白爲宗，與湘潭頗殊。名山不屑爲近體詩；而予五言律詩宗李太白、杜少陵、王摩詰、孟浩然、劉文房；七言律詩宗杜少陵、劉文房、劉夢得、李義山、温飛卿、陸天隨、皮襲美、吴子華、韋端己、韓致光、陳卧子、吴梅村；此其大校，固異於今日之言江西派者也。名山爲文出於周秦諸子。劉申叔謂名山人品文學，當於周秦間人求之。湘潭之文，上規范史，下摹徐庾；而予之文，則僅上法沈休文、蕭子顯二家之書，下逮汪容甫、洪稚存而已，於名山門下爲小卒矣。戊戌以後，兼求新學；乙巳東游，習其政法。廿年來所講學術，劃然懸絶。即爲詩文亦取達意而止，非復當年謹守師法，刻意爲文苦心矜練矣。”虞利口有筆舌，於當世學人，何所不譏彈。雖以王闓運之先生長者，亦在不免，顧獨稱闓運與章炳麟爲皆有以自成其學而獨立；以爲：“章太炎，王湘潭，皆一代之怪人也。太炎國學既深，又富於世界知識；在日本時，讀其高等師範講義，悉能理解；高等師範生與之談，恒爲所窘。常評嚴幾道之知識深，梁任公之知識寬，則自負可知矣。故其學識去國家社會最近。湘潭長於文學，而頭腦極舊，貪財好色，常識缺乏；而自待甚高，唇吻抑揚，行藏狡獪，善鈞虛譽，故其學説去國家社會最遠。遠則遨遊公卿，不爲所忌，依隱玩世，以無用自全；近則影響政治，易惹波瀾，激切人心；引起赞成與反對，其力至偉，而常不免賈禍。蓋王怪屬於舊，章怪屬於新，要皆有以自成其學而獨立；與夫近來口談名教，依草附木，毫無新舊學之可言者，誠有鳳凰雞鶩之别矣。”虞謂“王怪屬於舊”；然闓運晚年惓惓遜朝，致譏民國；而不知其張《公羊》以言改制，爲今文學者固其壁壘，即不啻爲革命家言導其前茅；此固闓運所不及料也。大抵晚清學者，有言《公羊》改制而嫌革命者，王闓運是也。亦有斥言《公羊》改制而革命非所嫌，則章炳麟是也。章炳麟稍後出，治經持古文，言《周官》、《左氏》，不言《公羊》，所學與闓運違異；而論文乃喜闓運，致以爲闓運能盡雅者；則以闓運文出《蕭選》而散朗，不貴綺錯；與炳麟之衡文魏晉者意有契焉。

章炳麟，原名絳，字太炎，浙江餘杭人也。清末，嘗及事經師德清俞樾，又嘗問業於定海黄以周，謹守古學，以治《左氏春秋》見知於兩湖總督張之洞。之洞自負在當日督撫中，恢廓有意量，能汲引天下士；見炳麟所爲《左氏書》，故謂有大才，可治事。其幕客侯官陳衍又力爲言。之洞曰：“此君信才士，然文字譎怪。余生平論文最惡六朝；蓋南北朝乃兵戈分裂，道喪文敝之世，效之何爲？凡文章無根柢詞華，而號稱六朝，以纖仄拗澀字句，强湊成篇者，必斥之。書法不諳筆勢結字，而隸楷雜糅，假託包派者亦然。嗟嗟！此輩詭異險怪，欺世亂俗，習爲愁慘之象，舉世無寧宇矣。”衍力爲解曰：“雖然，終是能讀書人！”因屬其鄉人錢恂羅致，索得炳麟上海。而炳麟方在《時務報》館，與梁啓超及順德麥孟華鬩。啓超、孟華，皆康有爲弟子，以其師爲教皇，又目爲南海聖人，謂：“不及十年，當有符命。”舌鋒所及，目光炯炯如巖下電，聞者慴而崇信。獨炳麟而①訶之，以爲此病狂語，何值一笑！而好之者乃如蛣蜣轉丸，則不得不大聲疾呼，直攻其妄。嘗謂：“鄧析、少正卯、盧杞、吕惠卿輩，咄此康瓠，皆未能爲之奴隸。若鍾伯敬、李卓吾狂悖恣肆，造言不經，乃真似之。”私議及此，屬垣漏言，啓超之徒銜次骨矣。啓超門人曰梁作霖者，憤欲毆炳麟，昌言於衆曰：“昔在粤中，有某孝廉，詆諆康氏；於廣坐毆之。今復毆章某，足以自信其學矣。”炳麟呵曰：“噫嘻！長素有若數輩，其遂如仲尼得由，惡言不入於耳耶？”持不下。恂至，則攜之赴鄂。炳麟意氣甚盛，憙爲高睨大譚，與之洞幕客朱某言革命。朱以告武昌守梁鼎芬。一日，鼎芬晤之，問曰：“人傳康祖詒欲爲皇帝，有諸？”炳麟曰：“我聞其欲爲教皇，未聞皇帝也。其實帝王思想，人皆有之；而以教皇自居，未免想入非非矣。”鼎芬聞之大駭，將縶而榜之。炳麟聞，倉皇逃走，之上海，遺書别陳衍，告其事，且曰：“之洞非英雄也！”

亡何，以序巴縣鄒容《革命軍》一書，偕逮繫西獄罰作；迺究心釋典，治因明有所入。謂容曰：“學此可以解三年之憂矣。”蓋因明之學，以分析名相始，以排遣名相終；從入之途，與平生古學相似，易於契機也。既出獄，東走日本。嘗寓小石川，集留學國人二十許，爲講書，因以干食。覩國事敗壞，大憤，思適印度爲浮屠，資斧困絶，不能行；寓廬至數日不舉火，日以百錢市麥餅果腹而已。或饋以魚肉；則亦恣啖，一餐而盡，不爲隔宿計也。開講之前一日，共議講何書。有人言講《白虎通》爲佳。炳麟默然而罷。衆不曉所以。一人歸語友，友曰：“是其中多《公羊家》言，非所願。盍以許慎《五經異議》請？”翌日，其人如言。炳麟即欣然登座，敷演不倦。既多涉獵西籍，以新知附益舊學，日益閎肆。而治《説文》尤精，嘗繙閲《大徐本》數十過，一旦解悟，的然見語言文字本原，以音韻爲骨幹；於是初爲《文始》。而經典專崇古文，記傳删定大義，往往可知。由是所見與箋疏瑣碎者殊矣。顧好盛氣攻辨，言革命而不讚共和，治古學而兼稱宋儒，放言高論，而不憙與人爲同。

時論多詆秦剬制；而炳麟不然，曰：“人主獨貴者，其政平；不獨貴，則階級起。秦皇負扆以斷天下，而子弟爲庶人；所任將相，李斯、蒙恬，皆功

① “而”爲“面”之訛字。

臣良吏也。後宫之屬，椒房之嬖，未有一人得自遂者。富人如巴寡婦，築臺懷清；然亦誅滅名族，不使并兼。夫其卓絶在上，不與士民等夷者，獨天子一人耳。天子以秉政勞民貴，帝族無功，何以得有位號？授之以政而不達，與之以爵而不衡，誠宜下替與布衣黔首等。夫貴擅於一人，故百姓病之者寡；其餘蕩蕩，平於浣準矣。明制貴其宗室，孽子諸王，雖不與政柄，而公卿爲伏謁；耳孫疏屬，皆氣稟於縣官。秦皇無是也。漢世遊俠兼并，養威於下，而上不限名田，以成其厚。武帝以降，國之輔拂，不任二府，而外戚竊其柄。秦皇無是也。要以著之圖法者，慶賞不遺匹夫，誅罰不避肺腑，斯爲直耳。秦制本商鞅，其君亦世世守法；要其用意，使君民不相愛，塊然循於法律之中。秦皇固世受其術，雖獨制，必以持法爲齊。藉令秦皇長世，易代以後，扶蘇嗣之；雖四三皇，六五帝，不足比隆也；何有後世繁文飾禮之政乎！”

時論方崇漢黨錮；而炳麟不然，曰：“黨錮之名自漢始。迄唐、宋、明皆有黨人。原其用心，本以渴慕利禄之心，務求速化；一朝擯斥，率自附於屈原、韓愈之徒；蓋魏公子牟有云：‘身在江湖之上，心在魏闕之下。’莊周述之以爲熱中之戒；而是族反舉此以爲美談。觀葛洪《抱朴子·外篇·漢過篇》曰：‘歷覽前載，逮乎近代，俗微道敝，莫劇漢末也。’然又云，‘嬾看文書，望空下名者，謂之業大志高。結黨合譽，行與口違者，謂之以文會友。’則黨錮諸公皆在所譏矣。《刺驕篇》曰：‘聞之漢末諸無行自相品藻次第，羣驕慢傲，不入道檢者，爲都魁雄伯；四通八達，皆背叛禮教，而縱肆邪僻，訕毁真正，中傷非黨，口習醜言，身行敝事；凡所云爲，使人不忍論也。’《名實篇》曰：‘聞漢末之世，靈、獻之時，品藻乖濫，英逸窮滯，饕餮得志，名不準實，賈不本物，以其通者爲賢，塞者爲愚。’則知黨人之口，變亂黑白，甚於青蠅；其視閹尹，亦齊楚伯仲之間耳。若鄭康成以山東大師，傳授經術，未嘗問王朝治亂之事，名在黨中，實由株連所及；此本不得以黨人論者。若夫汝南許劭有臧否人倫之鑒，而與其兄許靖不協，擯之馬磨；則知朋黨相傾，不足以協人望，久矣。郭林宗以在野之士，昵邇公卿，雖不應徵辟，終不出於浮華競名之域。是以葛洪正之曰：‘聖者憂世，周流四方，猶爲退士所見譏彈。林宗才非應期，器不絶倫；出不能安上治民，移風易俗；入不能揮毫屬筆，祖述六藝；行衒自耀，亦既過差，收名赫赫，受饒頗多。然卒進無補於治亂，退無迹於竹帛，街談巷議以爲辯，訕上謗政以爲高。時俗貴之歙然，猶郭解、原涉見趨於曩時也。’雖然，黨人之所以自高者，率在危言激論；而亦藉文學以自華。今之新黨，於古人固不相逮。若夫夸者死權，行險徼幸以求一官一秩，則自古而有之。明之黨人，名爲與逆奄相抗。然自江陵、新鄭之時，朝士已分省自植。以熊廷弼之長於兵略而不附東林，則鄒元標、魏大中輩必欲置之死地，其私心有可見者。會魏忠賢用事，廷弼、東林同時俱盡。海内黨人，不得不解仇相助。忠賢既誅，而分省之事復亟。乃者東林之汪文言，復社之張溥，皆以善行賄賂，爲黨人所依賴；此漢、唐、宋之黨人所不爲者。若其内行黠污，瞑瞞聲色，則又前世清流之所未有。張溥喜服房中之藥，見於醫師喻昌書中。如瞿式耜之忠純而猶有内寵五姬；臨命桂林，欲與妾訣，爲張同敞所引止，況復延儒、謙益之流乎。明思文帝有言：‘北都覆於東林，南京亡於馬阮，厥罪維均！’信哉，黨人之死權而忘國事也！今之新黨，與古人挈長則相異；與古人比短則相同。自弘歷殁而黨人絶，百年之間，朝野士庶，寂然寧息，國政軍實，墮於暗昧。洪王起於金田，虜始震動，旋踵亦滅。外有皙人之禍，北露、西歐交征諸夏。迄於載湉嗣位，醜聲起於禁掖之間。李鴻章擁兵於外，朝士譁然，皆謂其有異志。梁鼎芬以劾李鴻章罷官，朱一新以言李蓮英廢黜，天下冤之，則新黨之萌芽始作。甲午遼東之役，喪師靡財，疆埸日蹙。臺灣之割，旅順之割，青島之割，威海之割，接踵而至。大酋垂拱於上，失其帝天之尊；而宫掖亦時有詬誶。康有爲乘七次上書之烈，内資翁同龢之力，外藉張之洞之援，設强學、保國諸會以號召天下。當是時，有鄭孝胥、陳三立之徒，以詩歌目録聞於世；而湯壽潛善持論，爲吏有聲，世比之陳仲弓；數子者，名爲通達時事，並相和會。嘉應黄遵憲與有爲交最深；元和江標以掇拾中外末流之學，視學湖南；熊希齡輩和之於下；皆更相驅馳爲一朋。有爲既用事，欲收物望，樹楊鋭、劉光第於軍機；以宫闈相擠之故，復結二妃。時文廷式既廢，亦扼腕欲自發舒。其外則有俞明震者，與陳三立父子有連；嘗佐唐景崧稱副總統於臺灣，世人稱其忠義，與有爲亦相引爲重。而諸貴游爲京朝官者，各往往參錯其間。新黨自此立矣。惟譚嗣同、楊深秀爲卓厲敢死。林旭素佻達，先逮捕一夕，知有變，哭於教士李佳白之堂。楊鋭者，頗圓猾知利害；既入軍機，知其事不可久；時張之洞子爲其父祝壽京師，門生故吏皆往拜。鋭舉酒不能飲，徐語人曰：‘今上與太后不協，變法事大，禍且不測。吾屬處樞要，死無日矣。’吾嘗問其人曰：‘鋭之任此，固爲富貴而已。既覩危機，復不能去，何也?’其人答曰：‘康黨任事時，天下望之如登天。仕宦者争欲饋遺，或不可得。鋭新與政事，饋獻者踵相接，今日一袍料，明日一馬褂料，今日一狐桶，明日一草上霜桶，是以戀之不能去也。’嗚呼！使林旭、楊鋭輩皆赤心變法無他志；頤和之圍，或亦有人盡力；徒以縈情利禄，貪著贈賄，使人深知其隱；彼既非爲國事，則誰肯爲之效死者！有爲既敗，楊、劉死。張之洞、梁鼎芬始與有爲抵拒，其黨人亦稍稍引去；而江標以連蹇死。惟黄遵憲終始依之。傾側擾攘，至於庚子漢口之役，有爲以其事屬唐才常。才常素不習外交，有爲之徒龍澤厚爲道地。其後才常權日盛，凡事不使澤厚知，又日狎妓飲燕不已。澤厚憤發，争之不可得，乃導文廷式至武昌發其事。才常死，其軍需在上海，共事竊之以走。有爲再敗，則同黨始有告密於諸藩，自戕其氣類者。然新黨之萌芽，本非自有爲作，挾其競名死利之心，而有爲所爲，足以達其所望，則和之；不足以達，則去之；足以阻其所望，則畔之。故有爲雖失助，而新黨自若。綜觀十餘年之人物，其著者或能文章，矜氣節；而下者或苟賤不廉，與市儈伍；所志不出交游聲色之間，人心不同固如其面，吾亦不敢同類而共非之；特其競名死利則一也。幸其用事日淺，穢行不彰。不然而康氏事成，諸新黨相繼柄政；吾知必無葉向高、高攀龍輩；而人爲謙益，家效延儒，可無待蓍蔡而決矣。猥俗之論，多以晚明方比後漢，此未得其情。後漢可慕，蓋在《獨行》、《逸民》諸傳及夫雅俗孝廉之士而已；其黨錮不足矜。然則孝弟通於神明，忠信行於蠻貊，居處齊難，坐起恭敬，道塗不争險易之利，冬夏不争陰陽之和，見利不虧其義，見死不更其守；此後漢賢儒所立著於鄉里，而本之師法教化者也。晚明風烈，獨有直臣！直臣可式，獨有楊繼盛。餘瑣瑣皆黨人矣。義色形於在公，流湎彰於退食；骨鯁聞於王路，庸行闕於草茅；而世以歸厚，則過矣。”

時論咸薄宋程朱；而炳麟不然，曰：“戴震生清雍正末，見其詔令謫人不以法律，顧摭取雒、閩儒言以相稽，覘伺隱微，罪及燕語。九服非不寬也，而迾之以叢棘；令士民摇手觸禁，其傷已多。震自幼爲賈販，轉運千里，復具知民生隱曲，而上無一言之惠；故發憤著《原善》、《孟子字義疏證》，專務平恕，爲臣民愬上天，明死於法可救，死於理即不可救。又謂衽席之間，米鹽之事，古先王以是相民，而後人視之猥鄙。其中堅之言盡是也。究極其義，及於性命之本，情欲之流，爲數萬言。夫言欲不可絶，欲當即爲理者，斯固隶政之言，非飭身之典矣。辭有枝葉，乃往往軼出閾外，以詆雒、閩。紀昀攘臂扔之，以非清淨潔身之士，而長流汙之行。輓世或盜其言以崇飾湣淫；今又文致西來之説，教天下奢，以菜食裘衣爲恥，爲廉節士所非。誠明震意，諸竅言豈得託哉。雒、閩所言，本以飾身，不以隶政；震所訶又非也。凡行己欲陵而長民欲恕。陵之至者，止於釋迦，其次若伯夷、陳仲；持以閲世，則《關雎》爲淫哇，《鹿鳴》爲流湎，《文王》、《大明》爲盜言矣。不如是，人不與鳥獸絶；雒、閩諸儒躬行雖短，其言頗欲放物一二，而不足以長民。長民者使人人得職，篠蕩其性，國以富强。上之於下，如大小羊羚相羵猜而已！本不可自别於鳥獸也。徒以禮義厲民猶難；况遏其欲？民唯有欲，故刑賞可用；鄉若以此行己，則終身在鶉鵲之域也。……雒、閩之學，明以來稍敝蠹。及清，爲佞人假借，世益視之輕。然刁苞、應撝①、張履祥之徒，修之田舍，其德無點。至今草野有習是者，雖陋，猶少虛②詐。屬之以事體，而無食言；寄之以財賄，幸而無失，期會無妄出入；雖娽娽無奇節，亦以周用。往者程、朱既廢，古籍又不恒諷誦，行誼已薄；然野士猶不駘蕩逾軌。自頃談者以鄒、魯比德蠻俚；謂顔回乞兒，孫卿屠家公，老聃木偶行尸，古籍復盡不誦；十稔之間，雖總角之僮，鼓篋之子，已狂狡不自攝矣。世人頗以東國師任王學，國以富强；此復不論其世。東國者，初脱封建，人習武事，又地狹而性摶固，治王學固勝；縱治程、朱之言，猶自振也。夫其民志彊忍，足以持久；故藉王學，足以粉墨之。中國民散性媮久矣；雖爲王學，奚所當匡敝捄衰？且夫本王學以任事者，不牽文法，動而有功，素非可以長世也。觀自文成以後，徐階復習其術以僕嚴嵩，輔主數年，而政理昏惰，子姓恣軼，又未能去嵩絶遠；此則其術足以猝起制人，不足以定天保，僕大命明矣。其飛箝制伏之術，便習之，則可以爲大佞；校其利害之數，而程、朱寡過矣。古之所謂成人者，見利思義，見危授命，久要不忘平生之言；其本要將在斯也。"

時論方蔑道德，獎革命；而炳麟不然，曰："今與邦人諸友同處革命之

---

① 後脱"謙"字。

② "虛"爲"虘"之訛字。

世，偕爲革命之人，而自顧道德，猶無以愈於陳勝、吳廣。縱令瘏其口，焦其脣，破碎其齒頰，日以革命號於天下，其卒將何所濟？道德者，不必甚深言之，但使確固堅厲、重然諾、輕死生可矣。雖然，吾聞古之言道德者曰：'大德不逾閑；小德出入，可也。'今之言道德者曰：'公德不逾閑；私德出入，可也。'道德果有大小公私之別乎？於小且私者，苟有所出入矣；於大且公者，而欲其不逾閑；此乃迫於約束，非自然爲之也。政府既立，法律既成，其人知大且公者之逾閑，則必不免於刑戮；其小且私者，雖出入而無所害；是故一舉一廢，應於外界而爲之耳。政府未立，法律未成，小且私者之出入，刑戮所不及也；大且公者之逾閑，亦刑戮所不及也。如此，則恣其情性，順其意欲，一切破敗而毀棄之，此必然之勢也。吾輩所處革命之世，此政府未立，法律未成之世也。方得一介不與，一介不取者；而後可與任天下之重。若曰：'有狙詐如陳平、傾險如賈詡者，吾亦可以因而任之。'此自政府建立後事，非今日事也。今世之言革命者，則非直以陳平、賈詡爲重寶，而方欲自效陳平、賈詡之所爲，若以此爲倜儻非常者；悲夫，悲夫！方今中國之所短，不在智謀而在貞信，不在權術而在公廉；其所需求，乃與漢時絕異。楚漢之際，風尚淳樸，人無詐虞，革命之雄，起於吹簫編曲。漢祖所任用者，上自蕭何、曹參，其下至於王陵、周勃、樊噲、夏侯嬰之徒，大抵木彊少文，不識利害。彼項王以勇悍仁彊之德，與漢氏爭天下，其所用皆廉節士。兩道德相若也，則必求一不道德者而後可以獲勝；此魏無知所以斥尾生、孝己爲無用，而陳平乃見寶於漢廷矣。季漢風節，上軼商、周。魏武雖任刑法，所用將士，愍不畏死；而帷幄之中參豫機要者，鍾、陳、二荀，皆剛方皎白士也。有道德者既多，亦必求一不道德者而後可以獲勝；故賈詡亦貴於霸朝矣。其所以貴者，以其時傾險狙詐之才，不可多得而貴之也。……風教陵夷，機械日構，至於今日，求一質直如蕭、曹，清白如鍾、陳、二荀，奮厲如王陵、周勃、樊噲、夏侯嬰者，則不可得；而陳平、賈詡，所在有之。盡天下而以詐相傾；甲之詐也，乙能知之；乙之詐也，甲又知之；其詐亦即歸於無用。甲與乙之詐也，丙與丁疑之；丙與丁之詐也，甲與乙又疑之；同在一族，而彼此互相猜防，則團體可以立散。是故人人皆不道德，則惟有道德者可以獲勝。此無論政府之已立、未立，法律之已成、未成，而必以是爲臬矣。今之習俗，以巧詐爲賢能，以貞廉爲迂拙，雖歃血蒞盟，猶無所益。是故每立一會，每建一事，未聞其有始卒。其或稍畏清議而欲食其前言，則曰：‘吾之所爲，乃有大於此者。’知禍患之將至，則藉口於遠求學術，容身而去矣。見異己之必勝，則遁辭於大度包容，委事而逸矣。‘言必信，行必果，久要不忘平生之言’，貫四時而不改柯易葉者，蓋有之矣，我未之見也。若能則而行之，率履不越，則所謂確固堅厲、重然諾、輕死生者，於是乎在。嗚呼！端居讀書之日，未更世事，每觀管子所謂‘四維’，孔子所謂‘無信不立’者，固以是爲席上之腐談爾；經涉人事，憂患漸多，目之所覩，耳之所聞，壞植散羣，四海皆是。追懷往誥，惕然在心；反是不思，亦已焉哉！”

時論方慕共和，稱代議；而炳麟不然，曰：“代議政體者，封建之變相。其上置貴族院，非承封建者弗爲也。民主之國，雖代以元老，蛻化而形猶在。其在下院：《周禮》有外朝詢庶民，慮非家至而人見之也，亦當選其得民者以叩帝閽。春秋衛靈公以伐晉，故徧訪工商。訖漢世去封建猶近，故昭帝罷鹽鐵榷酤，則郡國賢良文學主之，皆略似國會。魏晉以降，其風始息，至今又千五六百歲，而議者欲逆反古初，合以泰西立憲之制；庸下者且沾沾規日本。不悟彼之去封建近，而我之去封建遠；去封建遠者，民皆平等；去封建近者，民有貴族黎庶之分。與效立憲而使民有貴族黎庶之分，不如王者一人秉權於上，規模廓落，則苛察不徧行，民猶得以紓其死。蓋震旦亦無他長耳。旁睨鄰國，與我爲左右手者，印度以四姓階級亡。西方諸國，上者藩侯，下者地主，平民皆不得與抗禮；其廢君主立總統者，以貧富爲名分，若天澤冠履然；彼其與印度興亡雖異，以階級限民則同。獨震旦脫然免是。必欲闓置國會，規設議院；未足佐民，而先喪其平夷之美。他國未有議員時，實驗未著，從人心所縣揣，謂其必優於昔。今則弊害已章，不能如向日所懸擬者。其被選不以功賢，有權力者能以勢藉結人，大佞取給於口舌，譁衆嘯羣，其言卓犖出疇輩，至行事乃絶異。家有閻妻，又往往以色蠱人，助夫眩惑；既與舉者交驩，騁辯未終，令聽者魂精顛沛，俄而使其良人上遂矣。美國之法，代議士在鄉里，有私罪不得舉告；其尊與帝國之君相似；猥鄙則如此，昌披則如彼，名曰國會，實爲奸府。徒爲有力者傅其羽翼，使得腰臘齊民。震旦尚不欲有一政皇，况欲有數十百議皇耶？民權不藉代議以伸，而反因之掃地。他且勿論。君主之國有代議，則貴賤不相齒；民主之國有代議，則貧富不相齒；橫於無階級中增之階級，使中國清風素氣，因以摧傷；雖得宰制全球，猶弗爲也。吾儕所志，在光復宗國而已；光復者，義所在，情所迫也。光復以後，復設共和政府，則不得已而爲之也；非義所任，情所迫也。世人矜美、法二國以爲美談。今法之政治以賄賂成，美人亦多以苞苴致貴顯；而爲代議士者，營求入選，所費金無慮鉅萬，斯與行賄得官何異？舉總統者又踊是。且衆選者，誠民之同志哉？馳辯駕説以彰其名；人爲之樹旗表，使負版販夫皆勸譽；民已愚無知，則以爲誠賢。賢否之實，不定於民萌，而操於小己；此猶出之內府，取之外府；求良田大宅者，持人短長，而辭苛奪之名，使人署券以效其地也。既選，又樹其同己者以爲陪貳；下及茸騎騶伍，亡不易位；不考功實，不課疲能，而一於朋黨。下者乃持大賂名琛，田之租賦，市之幣餘；適妻薦席，外婦奉匜以求得當。議官司直，交視而莫敢議其後。然則政制之可鄙厭；寧獨專制？雖民主立憲，猶將撥而去之。藉令死者有知，當操金椎以趣冢墓，下見拿破崙、華盛頓，敲其頭矣。”

時論方興學校，廢科舉；而炳麟不然，曰：“昔漢時舉博士，年五十，始應科。今之世，有晨朝卒業，比暮已爲父師者矣。而學官弟子，復以其業爲足。循是以往，懼猶不如科舉之世。何者？科舉文辭至腐朽；得科舉者猶自知不爲成學；入官以後，尚往往理羣籍、質通人；故書數之藝，六籍之故，史志之守，性命之學，不因以蠹敗；或乃乘時間出，有愈於前。今終以學校之業爲具，則畫地不能進一武。老聃有言：‘天下皆知美之爲美，斯惡已。’彼學校者豈不美於科舉耶？猶曰未已，而在學者以奸政。學校諸生，非吏也，所習不盡刑名比詳；雖習之，猶未從政，輟業不修，以奸當途之善敗，則士侵官而吏失守。士所欲惡不盡當官成；又不與齊民同志；上不關督責之吏，下不編同列之民，獨令諸生橫與政事，恃夸者之私見以議廢置，此朋黨所以長。蓋昔鄭公孫僑不毀鄉校者，期其私議橫舍之中，以風聞者而理察之；不期其公議於廷。僑雖不毀，當是時，校士好議，忘其肄業，不嗣管絃之音而佻達於城闕，猶詩人所譏也。”

自詡前識，其言往往而中。然世儒之於炳麟，徒贊其經子詁訓之劬，而罕會體國經遠之言；知賞窈眇密栗之文，未有能體傷心刻骨之意。世莫知炳麟，而炳麟紛綸今古，益與世爲迕；剽剥儒墨，雖老師宿學不能自解免焉。

炳麟論文，右魏、晉而輕唐、宋，於古今人少許多迕。顧盛推魏、晉之論，謂漢與唐、宋咸不足學；獨魏、晉爲足學而最難學；述《論式》。其大指謂："雅而不核，近於誦數；漢人之短也。廉而不節，近於彊鉗；肆而不制，近於流蕩；清而不根，近於草野；唐宋之過也。有其利，無其病者，莫若魏、晉。魏、晉之文，大體皆埤於漢，獨持論彷彿晚周；氣體雖異，要其守己有度，伐人有序；和理在中，孚尹旁達，可以爲百世師矣。效唐宋之持論者，利其齒牙；效漢之持論者，多其記誦；斯已給矣。效魏、晉之持論者，上不徒守文，下不可禦人以口，必先豫之以學。"斯其盛推魏、晉也。於清儒推汪中、李兆洛；並世推王闓運、吳汝綸、馬其昶三人。此外雖其師俞樾之文亦致不滿。因著《校文士》以見意曰：

近代學者率椎少文，文士亦多不學。兼是兩者，惟陽湖之張生張惠言，又非其至者也。然學者不習通俗之文；而特雅馴可誦，視歐、曾、王、蘇將過之。先戴戴震《句股割圜記》，吐言成典，近古之所未有。邇者黃以周以不文著；惟黃氏亦自謂鈍於筆語，觀其撰述，密栗醇厚，庶幾賈、孔之遺章，何宋文之足道。戴君戴望在樸學家，號爲能文；其成一家言者，則信善矣。造次筆札酬對之辭，顧反與宋文相似。故知世人所謂"文"者，非其最上；而"椎少文"之云，特以匪色不足，短於馳驟曲折云爾。惟俞先生俞樾文窳濫，不稱其學；此則軼出於恒律者也。史家若章、邵二公章學誠、邵晉涵記事甚善；其持論亦在《文心》、《史通》間；然史家固無木訥寡文之誚，故不悉論。若通俗不學者，其文亦略有第次；善叙行事，能爲碑版傳狀，韻語深厚，上攀班固、韓愈之輪；如曾國藩、張裕釗，斯其選也。規法宋人，而能止節淫濫；時以大言自衛，亦不敢過其情；如姚鼐、梅曾亮，則其次也。聞見雜博，憙自恣肆，其言近於縱橫，視安石不足，而擬蘇洵爲有餘；如惲敬輩，又其次也。自放塵埃之外，傲睨萬物，而固陋不能持論；載其清静，亦使窮儒足以娱老；如吳敏樹輩，又其次也。又夫文質相扶，辭氣異於通俗，上法東漢，下亦旁皇晉、宋之間；而文士以爲别裁異趣，如汪中、李兆洛之徒，則可謂彬彬者矣。魏源、龔自珍，則所謂僞體者也。源故不學，惟善説滿洲故事；晚乃顛倒詩書以釣名聲；凌亂無序，小學尤疏謬；而詡詡自高以爲微言大義在是。其持論或中時弊，而往往近於怪迂。自珍承其外祖之學，又多交經術士，其識源流，通條理，非源之儕，然大抵剽竊成説而無心得，其以經爲史，本之《文史通義》而加華辭；觀其華，誠不如觀其質者。若其文辭側媚，自以取法晚周諸子，而佻達無骨體，視晚唐皮、陸且弗逮；以較近世，猶不如唐甄《潛書》之近實。而後生信其誑耀以爲巨子；誠以舒縱易效，又多淫麗之辭，中其所嗜；故少年靡然鄉風。自自珍之文貴於世，而文學塗地將盡；將漢種滅亡之妖耶！孔子云："觚不觚，觚哉！觚哉！"

大率衡論諸家，猶以爲得失互見；而於後生崇信之龔自珍，極口詆排，致以爲"漢種滅亡之妖"焉；世或不以爲允也。既而入民國，炳麟故以文字張革命而有成功；譽望高，講學推爲大師。而持論逾峻厲。閩縣林紓方以能文章治桐城家言，爲士論所歸；尤遭炳麟嫉訶。其《與人論文書》曰：

來書疑僕持論褒大先梁而損置徐、庾以下，又稱中唐韓、吕、劉、柳諸家，次及宋世宋祁、司馬光等，然上不取季唐，下不與吴蜀六士，謂歐陽、曾、王、蘇。若兩取容於姚、李二流者。僕聞之"修辭立其誠"也，自諸辭賦以外，華而近組則滅質，辨而妄斷則失情；遠於立誠之齊者，斯皆下情所欲棄捐；固不在奇耦數。徒論辭氣，太上則雅，其次猶貴俗耳。主意。俗者，謂土地所生習，《地官·大司徒》注。婚姻喪紀舊所行也；《天官·太宰》注。非猥鄙之謂。孫卿云："有雅儒者，有俗儒者。"李斯云："隨俗雅化。"夫以俗爲縵白，雅乃繼起以施章采，故文質不相畔。世有辭言襲常而不善故訓，不綦文理，不致隆高者；然亦自有友紀。佻儇側媚之辭薄之，則必在繩之外矣，是能俗者也。先梁雜記，則隨俗而善，文盡雅；陳已稍替，乃南北掍合，其質大撓。故有常語盡雅。畢才技以造瑰辭，猶幾不及俗者，唐世顔師古、許敬宗之倫，是也。致文則雅，燕閒短語，有所記述題署，且下於俗數等，近世阮元、李兆洛之倫，是也。且北朝更喪亂久，文章衰息，浸已絀於江左。魏收、邢子才刻意尚文，以任、沈爲大師，終不近。會江左文體亦變。徐陵通聘，而王褒、庾信北陷，北人承其蜚色，其質素醜，外自文以妖冶，貌益不衷。傳曰："白而白，黑而黑。"夫《賁》，有何好乎？

陵夷至於唐世，常文蒙雜，而短書媟慢，中間亦數改化。稍稍復古以有韓、吕、劉、柳，自任雖夸，顧其意豈誠薄齊、梁耶？有所歆於徐庾；而深悼北人之效法者失其軼麗，而祇黨莽，不就報章；欲因素功以爲絢乎？自知雖規陸機，摹傅亮，終已不能得其什一；故便旋以趨彼耳。北方流勢本擁腫也，削而礱之，大分不出後漢；碑誄尤近；造辭竄句，猶兼晉、宋賦頌之流。宋世能似續者，其言稍約；亦獨祁、光諸子。今夫韓、吕、劉、柳所爲，自以爲古文辭；縱材薄不能攀姬漢，其愈隋、唐末流猥文固遠。宋世吴蜀六士，志不師古，乃自以當時决科獻書之文爲體；是豈可并哉？曩嘗與足下言："僕重汪中，未嘗薄姚鼐、張惠言。"姚、張所法，上不過唐、宋；視吴蜀六士爲謹。原注云：夸言稍少，此近代所長。若惲敬之恣，龔自珍之儇，則不可同論。僕視此雖不與宋祁、司馬光等；要之文能循俗，後生以是爲法，猶有壇宇，不下墮於猥言醲辭；茲所以無廢也。並世所見：王闓運能盡雅，其次吴汝綸之下，有桐城馬其昶，爲能盡俗。原注云：蕭穆猶未能盡俗。下流所仰，乃在嚴復、林紓之徒。復辭雖飭，氣體比於制舉，若將所謂曳行作姿者也。紓視復又彌下，辭無涓選，精采雜汙；而更浸潤唐人小説之風。夫欲物其體勢，視若蔽塵，笑若齲齒，行若曲肩，自以爲妍，而祇益其醜也。與蒲松齡相次，自飾其辭而祇敬之曰："此真司馬遷、班固之言!"原注云：紓弟子記師言，援吴汝綸言以爲重。汝綸既没，其言有無不可知。觀汝綸所爲文辭，不應與紓同其謬妄。或由性不絶人，好爲獎飾之言乎？若然者，既不能雅，又不能俗，則復不得比於吴蜀六士矣。僕固不欲兩取容於姚、李，而惡夫假託以相争者。揚子曰："見弓之張弛而不失其良，曰檠之而已矣。"夫先梁與中唐者，勢有張弛；豈其爲良異哉？使奇耦之言，文章之議，日競於世；失其所以檠，而詭雅異俗者據之，斯亦非足下之所懼耶？

蓋斥嚴復、林紓爲詭雅異俗云。而訶林紓尤甚。又以林紓小説爲世俗稱道，於是明述作之意，又署後曰：

小説者，列在九流十家，不可妄作。上者宋鈃著書，上説下教，其意猶與黄老相似；晚世已失其守。其次曲道人物、風俗、學術、方伎，史官所不能志，諸子所不能録者；比於拾遺，故可尚也。宋人筆記尚多如此，猶有江左遺意。其下或及神怪，時有目覩，不乃得之風聽；而不刻意構畫其事，其辭坦迤，淡乎若無味，恬然若無事者，《搜神記》、《幽明録》之倫，亦可以貴。唐人始造意爲巫蠱媟嬻之言，晚世宗之，亦自以小説名，固非其實。夫蒲松齡、林紓之書，得以小説名者，亦猶"大全"、"講義"諸書，傅於六藝儒家也。

炳麟詞意刻急，大率視此。惟炳麟之所貶絶者，特林紓耳。未嘗貶絶桐城家言也。人問："桐城義法何其隘耶?"曰："此在今日，亦爲有用，何者？明季猥雜佻脱之文，霧塞一世，方氏起而廓清之。自是以後，異喙已息，可以不言流派矣。乃至今日，而明末之風復作，報章小説，人奉爲宗。幸其流派未亡，粗存綱紀。學者守此，不至墮入下流；故可取也。若諦言之：文足達意，遠於鄙倍，可也。有物有則，雅馴近古，是亦足矣。"然則炳麟之所貶絶者，固非桐城而林紓也。顧林紓不平於炳麟之斥絶，往往引桐城家以自障焉。錯具林紓篇中。

炳麟論文，謂當以文字爲主，不當以彣彰爲主；而"文"之爲名，包舉一切著於竹帛而言；故有成句讀之文，有不成句讀之文；而成句讀者，復有有韻無韻之别；無韻文中，當有學説、歷史、公牘、典章、雜文、小説六科；而欲以書志疏證之法，施之於一切文辭。命其形質，則謂之"文"；狀其華美，則謂之"彣"。凡彣者必皆成文，而成文者不必皆彣，援經據典，述《文學論略》一篇，博辨彊證，洋洋萬餘言；茲以繁不能具録，僅節約其旨曰：

《論衡·超奇篇》云："能説一經者爲儒生。博覽古今者爲通人。采掇傳書以上書奏記者爲文人。能精思著文，連結篇章者爲鴻儒。"又曰，"州郡有憂，有如唐子高、谷子雲之吏，出身盡思，竭筆牘之力；煩憂適有不解者哉。"又曰："長生死後，州郡遭憂，無舉奏之吏，以故事結不解，徵詣相屬；文軌不尊，筆疏不續也。豈無憂上之吏哉？乃其中文筆不足類也。"又曰："若司馬子長、劉子政之徒，累積篇第，文以萬數；其過子雲、子高遠矣。然而因成前紀，無胸中之造。若夫陸賈、董仲舒論説世事，由意而出，不假於外；然而淺露易見。觀讀之者猶曰傳記。陽城子長作《樂經》，揚子雲作《太玄經》，造論①助②思，極窅冥之深；非庶幾之才，不能成也。桓君山作《新論》，論世間事，辯照然否，虛妄之言，僞飾之辭，莫不證定。彼子長、子雲説論之徒，君山爲甲！自君山以來，皆善鴻眇之才，故有嘉令之文。”據此所説，所謂文者，皆以作奏記爲主。自是以上，乃有鴻儒。鴻儒之文，若司馬子長、劉子政所著，則爲歷史；陸董陽城楊四子所著，則爲經説；君山所著，則爲諸子。是歷史、經説、諸子三者，彼方目以最上之文；非如後人擯此於文學之外，而沾沾焉惟以華辭爲文，或以論説記序碑誌傳狀爲文也。

或言：“學説文辭之所以異者，學説在開人之思想，文辭在動人之感情；雖亦互有出入，而大致不能逾此。”此亦一偏之見也。就彼所説，則除學説而外，一切有韻無韻之文，皆得稱爲文辭。而一以激發感情爲主，則其誤亦已甚矣。無韻文中，專尚激發感情者，惟雜文小説耳。歷史之中，目録學案，則於思想有關，而於感情無涉。其他敘事之文，固有足動感情者；然本非以是爲主。蓋敘事者，在得其事之真相耳！其事有足動感情與不動感情之異，故其文亦有足動感情與不動感情之異。若强事而就辭，則所謂削足適屨者也。至於姓氏之書，列入史科，此則無關思想，亦無關於感情者也。公牘之中，詔誥奏議，亦有能動感情者；然考績升調之詔，支銷舉劾之書，則於感情固無所預；其取動感情者，惟爲特别事端，非其標準在此也。訴訟之詞狀，録供之爰書，當官之履歷，經商之引帖，此足動感情乎，抑不足動感情乎？典章之中，思想感情，皆無所預。若評論典章，與尋求其原理者，此則諸子之法家，當在學説，非彼所謂文辭矣。然則無韻之文，除學説外，有歷史、公牘、典章、雜文、小説五科；而三科皆不以能動感情爲主。惟雜文、小説，則以是爲標準耳。有韻之文，誠以能動感情爲主矣；然則蓍龜彖象之文，體皆韻語，命曰占繇；《周易》而外，見於《左氏》者

① “論”，《論衡》通行本作“於”。

② “助”當爲“眇”之訛字。

多。乃如揚子之《太玄》，焦贛之《易林》，東方朔之《靈棋》，其文古雅有餘，而於感情實無所動。其他詩賦、箴銘、哀誄、詞曲之屬，固以宣情達意爲歸；抑揚宛轉，是其職也。雖然，儒家之賦，意存諫戒，若荀卿《成相》一篇；固無能動感情之用。毛公傳《詩》，獨標興體；所謂“興”者，即能動感情之謂；則知比、賦二式，宜不以此爲限。傳稱“登高能賦，謂之德音”。然則原本山川，極命草木，若相如之《子虛》，揚雄之《羽獵》、《甘泉》，左思之《三都》，郭璞、木華之《江》、《海》，奥博翔實，極賦家之能事矣；其感情動耶否耶？其專賦一物者，若荀卿之《蠶賦》、《箴賦》，王延壽之《王孫賦》，禰衡之《鸚鵡賦》，侔色揣稱，曲盡形相；讀者感情亦未動也。今之言詩，與古稍異；故詩、賦分爲二事。漢世《郊祀》、《房中》之歌，沈博絶麗；而莊敬之情，覽者曾不爲動；蓋其感人之處，固在被之管絃，非局於詞句也。若夫《柏粱》聯句，語皆有韻，後世遵之，自爲一體；今試細繹其辭，惟是夫子自道；而《上林令》詩則以“桃李橘柚枇杷梨”七字垛積成言，無異《急就篇》中文句。若以《柏粱詩》爲不善，則固詩人所尊奉也；若以《柏粱詩》爲善，則無可動人之感情也。然則謂文辭之妙，惟在能動感情者；在韻文已不能限，而況無韻之文乎？彼專以雜文小説之能事，概一切文辭者；是真知其一而不知其二也。或云壯美，或云優美，學究點文之法，村婦評曲之辭，庸陋鄙俚，無足掛齒，而以是爲論文之軌，不亦過乎？吾今爲一語曰：一切文辭，體裁各異：以激發感情爲要者，箴銘、哀誄、詩賦、詞曲、雜文、小説之類是也；以濬發思想爲要者，學説是也；以確盡事狀爲要者，歷史是也；以比類知原爲要者，典章是也；以便俗致用爲要者，公牘是也；以本隱之顯爲要者，占繇是也。其體各異，故其工拙亦因之而異；其爲文辭則一也。

夫以學説與文辭對立者，其失在惟以彣彰爲文，而不以文字爲文；故學説之不彣者，則悍然擯之於文辭之外。惟《論衡》所説，略成條理。先舉奏記爲質，則不遺公牘矣；次舉叙事、經説、諸子爲言，則不遺歷史與學説矣。有韻爲文，人所共曉，故略而不論；

雜文漢時未備，故亦不著。不言小説，或其意存鄙夷；不列典章，由其文有缺累。此則不能無失者也。雖然，王氏所説，雖較諸家爲勝，亦但知有句讀文，而不知無句讀文，此則不明文學之原矣。

吾今當爲衆説：古者書籍得名，由其所用之竹木而起；此可見語言文學，功用各殊；是文學之所以稱文學也。且如“經”之得稱，謂其常也；“傳”之得稱，謂其轉也；“論”之得稱，謂其倫也；此皆後儒訓説，未必覩其本真。欲知稱“經”、稱“傳”、稱“論”之由：則“經”者，編絲綴屬之謂也；是故六經而外，復有緯書，義亦同此；如《佛經》稱素怛纜，亦云修多羅。素怛纜者，直譯爲線，譯意爲經；蓋彼貝葉成書，故不得不用線聯貫；此以竹簡成書，亦不得不編絲綴屬；其必舉此爲號者，異於百名以下，專用版牘者耳。蓋經本官書，故《吴語》有“挾經秉枹”之説。韋昭解：“經，兵書也。”此説未確也。豈有臨陣而讀兵書者？蓋尺藉伍符之屬，臨陣攜之，取便檢點。字既繁多，故用策而不用版也。“傳”者，專之假借也；《論語》“傳不習乎”，是其明證。《説文》訓專爲六寸簿，簿則手版，古謂之忽今作笏，書思對命以備忽忘，故引伸爲書籍記事之稱。書籍名簿，亦名爲專；專之得名，以其體短，有異於經。鄭康成序《論語》云：“《春秋》二尺六寸，《孝經》一尺二寸，《論語》八寸。”則知專之簡策，當更短於《論語》，所謂八寸者也。《漢書·藝文志》言：劉向校中古文《尚書》，有一簡二十五字者。而服虔注《左氏傳》則云：古文篆書一簡八字。蓋二十五字者二尺四寸之經也。八字者六寸之傳。古官書皆長二尺四寸，故云二尺四寸之律。舉成數言，則曰三尺法。經亦官書，故長如之。其非經律則稱短書，皆見《論衡》。“論”者古祇作“侖”；比竹成册，各就次第，是之謂侖。籥亦編竹爲之，是故龠字從侖，引伸則樂音之有秩序者，亦稱爲侖，“於論鼓鐘”是也。言説之有秩序者，亦稱爲侖，“坐而論道”是也。推尋本義，實是“侖”字。《論語》爲師弟問答，而亦略記舊聞，散爲各條，次編成帙，故曰侖語。要之“經”者，繩線貫聯之稱；“傳”者，簿書記事之稱；“論”者，比竹成册之稱；各從其質以爲之名，亦猶古言“方策”，漢言“尺牘”，今言“劄記”也。雖古之言“肄業”者，《左氏傳》：‘臣以爲肄業及之也’亦謂肄版而已。《釋器》云："大版謂之業"，所習之書，各有篇第；而習者移書其文於版，故云肄業，《管子·宙合篇》云："退身不舍端，修業不息版。"以此證之，則"肄業"之爲肄版明矣。學業之名，由此引伸；與事業功業異義。據此諸證，或"簡"或"牘"，皆從其質爲名；此所以别文字於言語也。其所以必爲之别者何也？文字初興，本以代言爲職；而其功用有勝於言者。蓋言語之用，僅可成綫，喻如空中鳥跡，甫見而形已逝；故一事一義得相聯貫者，言語司之。及夫萬類坌集，棼不可理，言語之用，有所不周，於是委之文字。文字之用，可以成圖，故表譜圖書之術興焉。凡排比鋪張，不可口説者，文字司之。及夫立體建形，向背同現，文字之用，又有不周，於是委之儀象。儀象之用，可以成體，故鑄銅雕木之術興焉。凡望高測深，不可圖表者，儀象司之。然則文字本以代言，而其用則有獨至；凡無句讀之文，皆文字所專屬者也。文之代言者，必有興會神味。文之不代言者，則不必有興會神味。不代言者，文字所擅場也。故論文學者，不得以感情爲主。今分無句讀文爲圖畫、表譜、簿録、算草四科。而有句讀文則分有韻、無韻；有韻文者：賦頌、哀誄、箴銘、占繇、古今體詩、詞、曲；無韻文者：學説、歷史、公牘、典章、雜文、小説也。其中學説、歷史、公牘、典章、雜文又當區爲各類。以此分析，則經典亦當散入各科：如《周易》者，占繇科也。如《詩》者，賦頌科也。如《周禮》者，典章科之官禮類也。如《儀禮》者，典章科之儀注類也。如《禮記》者，典章科之儀注類（《曲禮》、《内則》、《投壺》、《公冠》諸篇皆是）、書志類（《祭法》、《明堂》、《月令》諸篇皆是），學説科之諸子類（《中庸》、《禮運》、《三朝》諸篇皆是）、疏證類（《昏義》、《冠義》、《鄉飲酒義》諸篇皆是）、歷史科之記傳類（如《五帝德》篇是）也。《春秋》者，歷史科之編年類；《世本》則表譜科；《國語》則歷史科之國别史類；"二傳"則學説科之疏證類也。《論語》、《孝經》者，學説科之諸子類也。《爾雅》、《説文》者，學説科之疏證類也。至於正史，一書之中，分科各異：如紀傳，則歷史科之紀傳類也；書志，則典章科之書志類也；年表，則表譜科也；若《百官公卿表》，則又典章科之官禮類也；《宰相世繫表》，則又歷史科之姓氏書類也。於書志中，有《藝文》、《經籍》等志，則又歷史科之目録類也。文人所作總集别集之屬，大抵多在雜文科中；而碑志，則歷史科之款識類；傳狀，則歷史科之行狀類、别傳類也；若《翰苑集》，則公牘科之奏議類也；若《順宗實録》，則歷史科之紀傳類也。凡自成一家之書，名爲諸子。然《别録》、《七略》，兵書、方技、數術，皆爲獨立，不入《諸子略》中。晉荀勖《簿録中經》分爲四部；而兵書、數術，遂與諸子合符。梁阮孝緒作《七録》，子、兵爲一，而技術復在其外。隋《經籍志》始以兵家、天文家、歷數家、醫方家盡入諸子，自今以後，科學漸興，則諸子所包，其數將不可計；儒家、道家，同爲哲學；墨家、陰陽家，同爲宗教；似亦不須分立矣。此與歷史、公牘、典章、小説諸科皆相涉入；惟於雜文則遠耳。其次或自成一家，或依附舊籍，而皆以實事求是爲歸者，則通名爲"疏證"。上自經説，下至近世之札記，此皆疏證類也。其最古者，若《尚書》有《太誓故》；見《周語》。《管子》有《形勢解》、《立政九敗解》、《版法解》、《明法解》；《韓非》有《解老》、《喻老》；此亦疏證類也。而近人别集，如戴震、錢大昕、段玉裁、阮元輩，其間雜文甚少，而關於考證者多；是亦疏證類也。此類與歷史、公牘、典章、雜文、小説諸科，則皆相涉入者也。其有商度文史，自成一家者，名曰"平議"；若荀勖之《雜撰文章家集敘》，摯虞之《文章志》、傅亮之《續文章志》、《隋書》皆列入《史部・簿録篇》中，皆爲近似；而後人則於"别集"、"總集"而外，又立一"文史"類，搜集此種，録入其中；則名實相去遠矣。今之史評，若《史通》是也；今之文評，若《文心雕龍》是也。其關於款識者，若《金石要例》是也。其關於古今體詩者，若《詩品》是也。其通評文史者，若《文史通義》是也。此則與無句讀文、有句讀文皆相涉入者也。故凡有句讀文，以典章爲最善，而學説科之疏證類，亦往往附居其列；文皆質實而遠浮華，辭尚直截而無蘊藉，此於無句讀文最爲鄰近。魏、晉以後，珍説叢興，文漸離質，作史者能爲紀傳而不能爲表譜書志。今觀陳壽之《三國志》，范曄之《後漢書》，姚思廉之《梁書》、《陳書》，令狐德棻之《周書》，李百藥之

《北齊書》，李延壽之《南史》、《北史》，惟存紀傳，而表志絶焉。惟沈約《宋書》、蕭子顯《齊書》、魏收《魏書》有志。若《續漢書》之志，則司馬彪作，非范曄所能作也。《隋書》成於官撰，紀傳與志分任纂修，蓋作紀傳者亦不能作志也。《晉書》亦官撰，故得有志。江淹所以歎“作史之難，莫難於作志”也。中唐以後，“三傳”束閣；降及北宋，論鋒横起，好爲浮蕩恣肆之辭，不惟其實；故疏證之學漸疏。劉攽、劉奉世、洪适、洪邁、婁機、吴曾、王應麟之徒，雖能考證叢殘，持之有故，言之不能成理；屬文者便於荒陋，反以疏證爲支離；此文辭所以日趨浮僞也。雖然，既已謂之文辭，則書志必不容與表譜簿録同其繁碎；疏證必不容與表譜簿録同其冗雜。故書志之要必在訓辭翔雅；若《漢志》、《隋志》、《通典》之文則得矣；宋、元、明《志》，《通考》，《續通考》輩，非其任也。疏證之要，必在條理分明；若江永、戴震、段玉裁、王引之、金榜、黄以周之文，則得矣。余蕭客、王昶、洪亮吉輩，非其任也。以典章科之書志，學説科之疏證，施之於一切文辭；除小説外，凡叙事者尚其直叙，不尚其比況；若云：“血流漂杵；”或云：“積干曳甲與熊耳山齊；”其文雖工，而爲偭規改錯矣。凡議論者尚其明示，而不尚其代名；若云：“顔淵雖篤學，附驥尾而行益顯。”或云：“足歷王庭，垂餌虎口。”其文雖工，而爲雕刻曼辭矣。乃若疊韻雙聲，連字連義，用爲形容者，惟於韻文爲宜；無韻之文，亦非所適。所以者何？韻文以聲調節奏爲本，故形容不患其多。無韻之文，便與此異。前世作者用之符命，是爲合格；其他諸篇，儻見則可，過多則不適矣。相如、子雲湛深於古文奇字；《移檄》、《解嘲》之屬，用此亦多。後人當師其奇字，不當師其形容語也。乃如舉地稱官，皆從時制；雖當異族秉政，而亦無可詭更，所謂“名從主人”也。近世爲文例者，祇以此爲金石刻畫之程式，其實雜文亦爾。特歷史、公牘諸科，需此尤切耳。夫解文者，以典章學説之法施之歷史、公牘，復以施之雜文，此所以安置妥帖也。不解文者，以小説之法，施之雜文，復以施之歷史、公牘，此所以骫骳不妥也。或曰：“子前言一切文辭體裁各異，故其工拙亦因之而異；今乃欲以書志疏證之法施之於文辭，不自相剌繆耶?”答曰:“前者所説,以工拙言也。今者所説,以雅俗言也。工拙繫乎才調,雅俗者存乎軌則。軌則之不知,雖有才調而無足貴;是故俗而工者,無寧雅而拙也。雅有消極、積極之分。消極之雅,清而無物;歐、曾、方、姚之文是也。積極之雅,閎而能肆;揚、班、張、韓之文是也。雖然,俗而工者,毋寧雅而拙;故方、姚之才雖駑,猶足以傲今人也。吾觀日本之論文者,多以興會神味爲主,曾不論其雅俗,或其取法泰西,上追希臘,以‘美’之一字横梗結噎於胸中,故其説若是耶?彼論歐洲之文,則自可耳;而復持此以論漢文。吾漢人之不知文者,又取其言以相矜式;則未知漢文之所以爲漢文也。日本人所讀“漢籍”,僅中唐以後之書耳。魏、晉、盛唐之遺文,已多廢閣;至於周、秦、兩漢,則稱道者絶少;雖或略觀大意,訓詁文義,一切未知,由其不通小學耳。夫中唐文人,惟韓、柳、皇甫、獨孤、吕、李諸公爲勝。自宋以後,文學日衰,以至今日。彼方取其最衰之文比較綜合,以爲文章之極致,是烏足以爲法乎!”或曰:“子之持論,似明世七子所言,專以唐爲封域;而蔑視宋後諸公,寧非一偏之論耶?”答曰:“七子之弊,不在宗唐而祧宋也,亦不在效法秦、漢也;在其不解文義而以吞剥爲能,不辨雅俗而以工拙爲準。吾則不然,先求訓詁,句分字析而後敢造詞也;先辨體裁,引繩切墨而後敢放言也。此所以異於明之七子也!”或曰:“子謂不辨雅俗,則工拙可以不論。前者已云:‘以便俗致用爲要者,公牘是也。’彼公牘者,復何‘雅’之足言乎?”答曰:“所謂‘雅’者,謂其文能合格。公牘既以便俗,則上準格令,下適時語,無屈奇之稱號,無表象之言詞,斯爲雅矣。《漢書·藝文志》曰:‘書者,古之號令;號令於衆,其言不立具,則聽受施行者弗曉。古文讀應爾雅,故解古今語而可知也。’是則古之公牘,以用古語爲雅;今之公牘,以用今語爲雅。或用‘軍門’、‘觀察’、‘守’、‘令’、‘丞’、‘倅’以代本名,斯所謂屈奇之稱號也。或用‘水落石出’、‘剜肉補瘡’以代本義,斯所謂表象之言詞也。其餘批判之文,多用四六,昔在宋世,已有龍筋鳳髓之書;近世宰官,相率崇效,以文掩事,猥瀆萬端。此弊不除,此公牘所以不雅也。公牘之文,與所謂高文典册者，其積極之雅不同，其消極之雅則一，要在質直而已；安有所謂便俗致用者，即無‘雅’之可言乎？非獨公牘然也，小説之文，與他文稍異矣；然亦有其雅者，《史記·滑稽列傳》、《漢書·東方朔傳》，此皆小説所本；而《漢書·藝文志》之稱小説，則云‘街談巷語、道聽途説者所造’，是所謂詢於芻蕘者也；故如邯鄲淳之《笑林》，劉義慶之《世説》，多當時實事也。其有意構造者，則如《漢志》所載小説諸家，多兼黄老；而其後亦兼鬼神，若《搜神記》、《幽明録》者，非小説之正宗矣。然猶不以譎怪恢奇相尚，雖云‘致遠恐泥’，而無淫汙流漫之文；是在小説，猶不失爲雅也。自明以來，文人夸毗，惟懷婚姻，自詡風流，廉恥道喪，於是有《祕辛雜事》、《飛燕外傳》諸作，浸淫至今，而其流不可遏矣。反古復始，故亦有其雅者。近世小説，其爲街談巷語，若《水滸傳》、《儒林外史》；其爲神怪幽祕，若《閱微草堂》五種；此皆無害爲雅者。若以古豔相矜，以明媚自喜，則無不淪入惡道。故知小説自有雅俗，非有俗無雅也。公牘小説，尚可言雅；況典章學説歷史雜文乎？若不知世有無句讀文，則必不知文之貴者，在乎書志疏證。若不知書志疏證之法可施於一切文辭，則必以因物騁辭，情靈無擁，爲文辭之根極。宕而失原，惟知工拙，不知雅俗；此文辭所以日弊也。”

炳麟生平論文之旨大略具是矣，然未及文之所由生也。炳麟以爲文生於名，名生於形，修辭必原本小學；而自以造辭先求故訓，窮理能爲玄言，高出時輩，不欲爲伍。與鄧實書曰：

昨聞上海有人定近世文人筆語爲五十家，以僕紆廁其列。僕之文辭爲雅俗所知者，蓋論事數首而已，斯皆淺露其辭，取足便俗，無當於文苑。向作《訄書》，文實宏雅；篋中所藏，視此者數十首；蓋博而有約，文不掩實，以是爲文章職墨；流俗或未之好也。定文者以僕與譚復生、黄公度耦。二子志行，顧亦有可觀者；然學術既疏，其文辭又少檢格。復生氣體駿利；以少習儷語，不能遠師晉、宋，憙用雕琢，犉而失粹，輕佻之病，往往相屬。公度憙言經世，其體則同甫、貴與之儕；上距敬輿，下摧水心，猶不相逮。僕雖樸陋，未敢與二子比肩也。近世文士王壬秋，可謂遊於其藩，猶多掩襲聲華，未能獨往。康長素時有善言，而稍譎奇自恣。僕亦不欲與二賢參儷。謂宜刊削鄙文，無令猥厠；大衍之數，虚一不用，亦何傷於蓍卦哉？故非欲掎摭利病，泛僄時彦以自崇也。以爲文生於名，名生於形；形之所限者分，名之所稽者理；分理明察，謂之知文。小學既廢，則單篇槪落；玄言日微，故儷語華靡，不揣其本而肇其末，人自以爲卿、雲。家相譽以潘、陸，何品藻之容易乎？

僕以下姿，智小謀大；謂文學之業，窮於天監；簡文變古，志在桑中；徐、庾承其流化，澹雅之風，於茲沫矣。燕、許諸公，方欲上攀秦、漢；逮及韓、劉、吕、權、獨孤、皇甫諸家，劣能自振。晚唐出以譎詭，兩宋濟以浮夸；斯皆不足劭也。將取千年朽蠹之餘，反之正則；雖容甫、申耆，猶曰"采浮華，棄忠信"爾。臯文、滌生尚有諼言，慮非修辭立誠之道。夫忽略名實，則不足以説典禮；浮辭未翦，則不足以窮遠致。言能經國，詘於籩豆有司之守。德音孔膠，不達形骸知慮之表。故篇章無計簿之用，文辨非窮理之器。彼二短者，僕自以爲絶焉。所以塊居獨處，不欲寄羣彦之數者也。夫代文救僿，莫若以忠；撰録文辭，諒非急務。然彼之爲是，亦云好尚所至而已。遂事既不可諫；僕之私著，出内在我，宜告以鄙懷，無令署録，玉石朱紫，庶其有分。

炳麟故意高自標置；並世文人，獨稱王闓運能盡雅。或問如何能雅？曰："抒所欲言，成章以達；而汰其虚字，不厠筆端，則盡雅矣。"爲文章尤憙以古字易今字，曰："六書本義，廢置已夙，經籍仍用，通借爲多。舍借用真，兹爲復始。"然盡雅而不便俗，後生小子讀其文者，罕能竟焉。徒震其高名，相爲矜耀而已。

炳麟論文，薄宋六士；而言詩又不取宋詩，作《辨詩》。其大指以爲"宋世詩勢已盡，故其吟詠情性，多在燕樂。今詞又失其聲律，而詩尨奇愈甚。考徵之士，覩一器，説一事，則紀之五言，陳數首尾，比於馬醫歌括。及曾國藩自以爲功，誦法江西諸家，矜其奇詭。天下騖逐，古詩多詰詘不可誦，近體乃與杯珓讖辭相等。江湖之士，豔而稱之，以爲至美；蓋自《商頌》以來，歌詩失紀，未有如今日者也！物極則變，今宜取近體一切斷之；古詩斷自簡文以上；唐有陳、張、杜、李之徒，稍稍删節其要，足以繼風雅，盡正變。”以故生平爲詩不作近體；五言古最多。蚤歲亡命日本，因詠《東夷詩》以譏之，其第一首曰：

昔年十四五，迷不知東西；曾聞“太平人，仁者在九夷。隴首餘餱糧，道路無拾遺”。少壯更百憂，負紲來此畿。車騎信精妍，艨艟與天齊。窮兵事北狄，三載熸其師。將率得通侯，材官既山雞。帑藏竟塗地，算賦及孤兒。天驕豈能久，愁苦來無沂。偷盗遂轉盛，妃匹如隨麋。家家懷美疢，骭間生瘍微。乃知信虚言，多與情實違。

誦者歎爲實録。然炳麟爲詩，擬古之迹太甚；往往意以詞敚，卒不可通曉，蓋與文章同病云。刊有《春秋左氏傳讀叙録》、《劉子政左氏説》、《文始》、《新方言》、《小學答問》、《説文部首韻語》、《莊子解故》、《管子餘義》、《齊物論釋》、又重定本《國故論衡》、《檢論》、《太炎文録》、《葑漢微言》凡四十八卷，曰《章氏叢書》；而《葑漢微言》最晚出。炳麟負氣自高，又挾所學。辛亥國變，孫文以首倡革命，被推爲臨時大總統，又組國民黨而爲之魁，雖袁世凱亦屈意交親。而炳麟不爲之下，創設統一黨，組織《大共和日報》，自爲總主筆，爲文多相繩糾。及袁世凱代孫文爲臨時大總統。炳麟則與以書曰：“以光武遇赤眉之術，解散狂狡；以漢高封雍齒之術，起用宿將；以宋祖待藩鎮之術，安慰荆吴。大端既定，然後政治可施。當法紀之未成，惟人才爲急務。徇故吏，則不才者任事；安反側，則無賴者入官。殊途同歸，皆以紊政。夫變革之世，貴跅弛才。興作之時，尚精白士。”世凱答曰：“至理名言，親切有味。”特授勳二位。而炳麟性不受羈縻，一出任籌邊使，高談大論，漸爲世凱不耐，召入京，錮之龍泉寺，慮其以文字煽亂，欲殺之。内史監阮忠樞諫曰：“武曌讀駱賓王之檄布，猶許爲人才；燕王受方孝孺之口誅，尚欲其不死。章之文章學術，不可多得；無罪而戮之，公之智豈下於燕王、武曌乎！”世凱動容，乃止。世凱死，乃釋出。及國民軍之再起也，孫傳芳撫有蘇、浙、皖、贛四省之衆，剬制江以南，割地自封。國民軍將致討焉。而炳麟則藉辭於孫文之聯俄容共，詬厲國民軍以爲不道，大放厥詞；孫傳芳亦以自張其壘而卒無救於敗。於是孫傳芳走，炳麟隱，杜門却客。有晤論學，則憮然曰：“論學不在多言，要於爲人。昔吾好爲《葑漢微言》，闡於微而未顯諸用，覈於學而未敦乎仁；博溺心，文滅質，雖多亦奚以爲！欲著《葑漢昌言》以竟吾指也。”生平有章瘋子之目，而彌爲詭誕，題署多名，初本名炳麟，後私淑崑山顧亭林氏，而易名絳，於是字曰太炎；以亭林名絳，又名炎武也；既則自以治漢學，而所服膺者在劉歆，輒署“劉子駿之紹述者”。迨研《大乘起信論》，每作梵文叙言，後題“佛滅度後二千三百八十三年，震旦優婆塞章絳序”，或署“震旦白衣章炳麟序”。及爲袁世凱所幽，邏卒在門，從遊者皆不得見，至以爲苦。既而世凱亦知炳麟徒書生好大言，實無它；意解，移之錢糧胡同，稍弛其禁，然仍不得出，則慨然曰：“余惟待死矣！”與其弟子黄侃書，則署“待死人章某”也。每慨然曰：“吾死，諸夏文化亡矣！”既以國民黨用事而擯於世，無所發憤。會前大總統黎元洪死，則輓以聯曰：“繼大明太祖而興，玉步未更，綏寇豈能干正統。與五色國旗同盡，鼎湖一去，譙周從此是元勛。”弦外之音，令人驚異。而下署“中華民國遺民章炳麟輓”也。繼而孫總理奉安新都，寄輓一聯曰：“舉國盡蘇俄，赤化不如陳獨秀！滿朝皆義子，碧雲應繼魏忠賢！”以總理前停櫬北平碧雲寺，舊傳出魏閹建也，則又公然誹謗，擬不於倫。誦之者譁曰：“此真瘋子矣！”既而主張讀經救國；以民國二十三年，講學蘇州之錦帆路，設章氏國學講習會。鋭意治《書古文》，以太史公爲準繩。其弟子汪柏年親聞微言，迻録成書。蔣中正方當國，以其一代大師，邦人矜式而佐以萬金。又欲聘之主國史館；而炳麟謝不就。以二十五年六月十四日卒，年六十九歲。弟子數百人，錢玄同、黄侃最著。而玄同中塗畔去，獨侃稱高足也。

黄侃，字季剛，號運甓，别號病禪，一作病蟬，湖北蘄春人。炳麟逃難日本，與侃遇；侃數稱道《毛詩傳》、《説文解字》，自言受父四川按察使黄君雲鵠爲《兒時書笘》誦之，以更《千字文》。遂受學炳麟稱弟子。讀書多神悟，尤善音韻；文辭澹雅，上法晉宋。炳麟亟稱之曰：“季剛清通練要之學，幼眇安雅之辭，並世吾未見有比也！”嘗著《夢謁母墳圖題記》，炳麟尤所賞異！辭曰：

> 乘撥逆蘄水而上，可百三十里，溪水清泊，平渾彌望，有水自東來會，是爲白水；其右有市，名曰包茅；對溪孤山，孽然高舉，峭不可上；則螭堆也。山麓精廬，云洗心閣；寒泉步徛，所在深窈。渡此以上，隄縣半里；松檜棽映，中有豫章，繚以周垣，扶疏四布，

幹可十圍；與溪西一樹相直；悉是三百年物。隄外廣陂，扶渠滿中；小渚二三，雜植槐檉。循池東走，得黃氏祠墓，前直螭堆，若樹重表。黃氏始自江西，占籍此地；有信甫是其初祖，鄉人謠俗以人表地，及其自署，乃云螭堆黃氏。蓋山水清邃，錯以腴壤，良宜聚族而居者矣。先人相宅，在山之陰。前有三丘，駊騀相屬；右爲章丘，亡母周孺人墓在焉；面西背東；水出其北；白石爲塋，碑崇三尺。隴首長松，高可二丈，下覆冢兆，有如羽蓋。升虛反望，便見吾家。墓下田舍庳隘，藉以守冢，山田數畝，有圃有池；其前溪袤十里，琁環可覩，俠溪遠阜，青蒼撽天。臨溪一面，重巘峻削，與螭堆齊。自爾向下，隄皆樹柳；墓前單椒，斗入溪脅；隄則盡矣。先時卜葬，神靈聽從；意母之潛魂，睠懷舊地；煢煢孤子，可以朝夕顧守斯墳。曾不幾時，違患遠遊，既流竄東夷，恐遂不得反鄉里，上先人冢墓，一旦溘死，復不能依母泉下。宵中魂夢，恒來是丘，既寤悲傷，至於昒旦。因請沙門曼公繢爲是圖，粗存較略，藉用寄思，但望之匪遥，遠則萬里，詩曰："豈不懷歸？畏此罪罟。"每念斯言，所以零涕沾衣者也。黃侃題記。

侃入民國，歷北京大學、武昌師範大學、南京中央大學文科教授；以民國二十四年十月八日卒，年五十歲。平生於當代老宿，多譏彈；惟於炳麟則始終服膺。儀徵劉師培學贍文高，爲炳麟所敬服；師培在北京大學，而侃與商量學術，心折靡已，亦師事焉。徒以生性狷潔，恒與人忤。而詞筆高簡，初見方訝其奇字澀句，細玩又覺雋永深醇；小賦可追魏、晉；五言詩有晉、宋之遺；則固足以繩徽於炳麟而爲高第弟子焉。顧有炳麟同時交好，不稱弟子，而造辭傀麗，依於炳麟，以言譯事者，蘇玄瑛也。然玄瑛志潔而行芳，超然塵埃之表，可以儀刑澆世；則軼乎炳麟矣。

蘇玄瑛，字子穀，號曼殊，即所稱"沙門曼公"爲黃侃繢《夢謁母墳圖》者；小字三郎，始名宗之助。其先日本人也。王父忠郎，父宗郎，母河合氏，生數月而父歿，母子煢煢靡所依，而河合氏綜覽季世，漸入澆漓；思攜所生託根上國，會粵人香山蘇某商於日本，因歸焉，遂籍香山而父蘇某。蘇某固香山甲族，在國內已娶妻生子矣。至是得玄瑛母子，並挈之歸國；

時玄瑛方五歲也。居三年。河合氏不見容於蘇婦，走歸日本。玄瑛依假父獨留，顧蘇婦惎玄瑛甚，族人亦以玄瑛異類，羣擯斥之。假父無如何，則分資遣就外傅於香港，從西班牙羅弼氏、莊湘處士治歐羅巴文。莊湘奇賞焉。學二載而假父亦歿。迺歸於蘇；則蘇婦遇玄瑛益虐。年十二，遂爲沙門，始從慧龍寺主持贊初大師披鬀於廣州長壽寺，法名博經，號曰曼殊。旋入博羅，坐關三月，詣雷峯海雲寺，具足三壇大戒；嗣受曹洞衣鉢，任知藏於南樓古刹。亡何，以師命歸廣州。值新學方張，争言毀寺；而長壽寺亦被其厄！玄瑛則特筆記之曰："不意長壽寺已被新學暴徒，毀爲墟寺，法器無存。"乃東渡日本，依河合氏，居神奈川，顧自居中國人而樂重其風土。學泰西美術於上野二年，學政治於早稻田三年，皆無成。清使汪大燮以使館公費助之學陸軍八閱月；卒不屑竟學；則思爲遠遊，發抒其意志。得故師莊湘資助，整裝之暹羅，隨喬悉磨長老究心梵章二年。初玄瑛以漢土梵文作法，久無專書；其存於龍藏者，惟唐智廣所撰《悉曇字記》一卷；然音韻既多齟齬，至於語格一切未詳；蓋徒供持咒之用而已。嘗欲有志造述而未果也。至是喬悉磨長老勖以成書；而見西人撰述《梵文典》，條例彰明，與慈恩所述八轉六釋等法，正相符會；因成《梵文典》八卷，章炳麟爲序焉。遂盡通梵漢暨歐羅巴諸國典籍；嘗謂"世界文字簡麗相俱者，莫若梵文；而梵文之典麗閎雅，莫如《摩訶婆羅多》、《羅摩衍那》二章，爲長篇叙事詩，雖吾震旦《孔雀東南飛》、《北征》、《南山》諸什，亦不足比其閎美。考二詩之作，在吾震旦商時；此土嚮無譯本，惟《華嚴疏鈔》中述其名稱，有云《波羅多書》、《羅摩延書》，謂出馬鳴菩薩手，文固曠劫難逢，特玄奘當日以其無關正教，而不之譯也。然二詩於歐土早有譯本，《婆羅多書》以梵士哆君所譯爲當。"更援《婆羅多書》以證"支那"之音非"秦"轉；其大指謂："中夏國號曰'支那'。有謂爲'秦'字轉音者；歐洲學人皆具是想，而不知其非然也。嘗聞天竺遺老之言曰：'粤昔民間耕種，恃血指，後見中夏人將來犁鋤之屬，民咸駭歎，始知效法，從此命中夏人曰'支那'。'支那'者，華言巧慧也。是名亦見《摩訶婆羅多書》，前此有王名婆羅多，其時有大戰，後始統一印度，遂有此作，王言：'嘗親統大軍，行止北境，文物特盛，民多巧智，殆支那分族'云云。考婆羅多朝在西紀前千四百年，正震旦商時；當時印人慕我文化，稱智巧耳。證得音非'秦'轉矣。"旋至上海，從陳獨秀、章士釗遊，爲《國民日日報》翻譯，譯法人囂俄書，名曰《慘社會》，刊諸報端；蓋獨秀之所删潤也。時玄瑛雖博學而不工爲文章，造辭多乖律令；而獨秀殷勤牖迪，不啻師之於弟子焉。而於是玄瑛中國文學之天才始濬發也。

已而玄瑛赴蘇州，任吴中公學教授。繼渡湘水，登衡岳以吊三閭大夫，主講實業、崇正、明德、經正諸學校。授課以外，終日杜户。忽一日，手筇杖著僧服而出，云將遊衡山；則飄然去矣。尋重遊暹羅之盤谷，時讓清光緒二十九年癸卯，玄瑛年二十矣。明年甲辰，主講盤谷青年學會；旋赴錫蘭，駐錫菩提寺。暹羅古稱扶南；錫蘭則法顯《佛國記》所謂師子國也；遂作《法顯佛國記》、《惠生使西域記地名今釋》及《旅程圖》。乙巳之南京，會池州楊文會仁山方創秪桓精舍，招玄瑛及李世由爲講師。而玄瑛則大喜過望，與友人書曰："瑛於此亦時得聞仁老談經，欣幸無量。仁老八十餘齡，道體堅固，聲音宏亮。今日謹保我佛餘光，如崦嵫落日者，惟仁老一人而已。"德國柏林大學教授法蘭居士者，適來遊，遇玄瑛譚及英人近譯《大乘起信論》，以爲破碎過甚。玄瑛喟然歎曰："譯事固難，况譯以英文，首尾負竭，不稱其意，滋無論矣。又其卷端謂馬鳴此論，同符景教，是烏足以語大乘者哉!"法蘭屬玄瑛爲購《法苑珠林》，版久蠹蝕，無以應其求也。因語法蘭曰："震旦萬事藷墜，豈復如昔時所稱天國？亦將爲印度、巴比倫、埃及、希臘之繼耳!"感喟身世；發嘔血疾，東歸，隨河合氏居徑子櫻山，侍母之餘，唯好嘯傲山林。一日，夜月照積雪，泛舟中禪寺湖，歌拜輪《哀希臘》之篇，歌已哭，哭復歌，抗音與流水相應，蓋哀中國之不競而以拜輪身世自况。舟子惶駭，疑其癡也。亦以其間從章炳麟學爲詩焉。丙午，輯《文學因緣》二卷成，自爲序。之蕪湖，主講皖江中學，識懷寧鄧繩侯。已復之南京，主講陸軍中學，識丹徒趙聲。旋以病起胸鬲，遄歸將母，與黄侃同譯《拜輪詩》；而意趣所寄，尤在《去國行》、《大海》、《哀希臘》三篇；則玄瑛與黄侃草創之，而章炳麟潤色以成篇者也。玄瑛重系之贊曰："善哉，拜輪以詩人去國之憂，寄之吟詠；謀人家國。功成不居；雖與日月爭光可也！夫詩歌之美，在乎氣體，譯之所不能概；然其情思幻眇，抑亦十方同感。如予舊譯《頞頞赤牆靡》、《去燕》、《冬日》、《答美人贈束髮毰帶詩》數章，可爲證已。"所稱《答美人贈束髮毰帶詩》者，亦拜輪之作也。凡六章，章四句，辭曰：

何以結綢繆？文紕持作緄。曾用繫卷髮，貴與仙蜕倫。

繫著羼衣裏，魂魄還相牽。共命到百歲，殉我歸重泉。

朱唇一相就，汋液皆芬香。相就不幾時，何如此意長！

以此俟偕老，見當念舊時。埶情如根荄，句萌無絕期。

㐱髮迺如銑，波文映珍㲋。頳首一何佼，舉世無與易。

錦帶約鬑髮，朗若炎精敫。赤道瞢無雲，光景何鮮暐！

歐詩之譯，自玄瑛始；而出以五言，辭必典則；髣髴晉宋，不爲鄙倍，斯可謂王闓運、章炳麟之同調也已。至《去燕》者，英人師梨①詩也；玄瑛常言："英人詩句，以師梨最奇詭而兼疏麗；蓋合中土義山、長吉而鎔冶之者。"乃譯以五言四章，章四句，辭曰：

燕子歸何處？無人與別離。女行𡡅誰見，誰爲感差池？

女行未分明，蹀躞復何爲。春聲無與私，尼南欲語誰？

遊魂亦如是，蜕形共驅馳。將翱復將翔，隨女天之涯。

翻飛何所至？塵寰總未知。女行諒自適，獨我棄如遺。

玄瑛有《師梨詩》一册，稱爲西方美人之貽，甚寶貴之。炳麟題其端曰："師梨所作詩，於西方最爲妍麗；猶此土有義山也。其贈者亦女子，展轉迻被，爲曼殊闍黎所得，或因是懸想提維與佛弟難陀同轍。於曼殊爲禍爲福，未可知也。"師梨與拜輪咸以詩人多愁善感，又年少美風儀；蛾眉曼睩之流，多傾心焉。而玄瑛以飄泊流徙之軀，東西南北，隨人㝵其情絲；瓣香所在，意以自况身世；各題以一絕曰：

秋風海上已黄昏，獨向遺編吊拜輪。詞客飄蓬君與我，可能異域爲招魂？《題拜輪集》

誰贈師梨一曲歌，可憐心事正蹉跎。琅玕欲報從何報？夢裏依稀認眼波。《題師梨集》

詩人寄託，別有懷抱，每謂："拜輪猶中土李白，天才也。師梨猶中土李賀，鬼才也。"然拜輪豪放，師梨悽豔，而玄瑛字擬句倣，譯以五古，晦而不婉，啞而不亮，衡其氣體，似傷原格。其譯拜輪《星耶峯耶俱無生》一章，則幾不成語矣。不特於譯學三事，皆未周匝也！所自爲詩，又不爲譯

① 師梨，今譯雪萊。

詩之奥古，而以七絶最爲工。然亦僅足備司空表聖所云“窈窕深谷，時見美人”一格；而往往有故作虛神，其實無遠味者。散文蕭閒有致，小品彌佳，而長篇皆冗弱，無結構，無意境，無情趣，筆舌散漫；所謂雋人而非大才也。徒以抗心希古，依於炳麟，沾溉所被，所譯遂稱高格。而後生覩其古體，相驚漢、魏，又多淫麗之詞；中於所嗜，推崇過當，異議亦起。然玄瑛詞旨雅令，自稱雋才。

丁未，爲譯學會譯師，交遊婆羅門憂國之士；願捐所有舊藏梵本，與陳獨秀、章炳麟議建梵文書藏；人無應者，卒不成。已而劉師培爲《天義報》，倡無政府主義，邀玄瑛同居，刊其畫於報端。師培婦何震則從玄瑛習繢事，號稱女弟子；震爲玄瑛輯刊書譜；玄瑛自有序；又思刊布所著《梵文典》，印度波羅罕學士暨炳麟、師培爲序，獨秀爲題詩，震爲題偈。顧咸未集事，僅於《天義報》刊其序跋諸作而已。别取《文學因緣》刊布之，亦僅成其半。戊申，刊《拜輪詩選》成；復廣爲《潮音》一書，即迻録《拜輪詩選序》弁其首。己酉，南巡星加坡，值莊湘處士及其女雪鴻於舟次。初，莊湘欲以雪鴻妻玄瑛。玄瑛垂淚曰：“吾證法身久，辱命奈何!”遂已。顧猶以文字寄情款，《與友人書》曰：“衲謂凡治一國文學，須精通其文字。昔瞿德逢人必勸之治英文；此語專爲拜輪之詩而發。夫以瞿德之才，豈未能譯拜輪之詩？以非其本真耳。太白復生，不易吾言。此次南渡，舟中遇西班牙才女羅弼氏，亦以此説爲當；即贈我西詩數册，每於榔風椰雨之際，挑燈披卷，且思羅子，不能忘弭也。”時玄瑛方譯《燕子箋傳奇》爲英吉利文；甫著稿而雪鴻約以相詒，刊行歐土，欲以誌文字因緣。顧玄瑛好言譯事而致難其詞，以爲未易！每稱“譯事之劇，莫難於詩；而歐土詩伯，無過拜輪、師梨。拜輪足以貫靈均、太白；師梨足以合義山、長吉；而沙士比、彌爾頓、田尼孫以及美之郎弗勞諸子，只可與杜甫争高下。此其所以爲國家詩人，非所語於靈界詩翁也。近世學人均以爲泰西文學精華，盡集林、嚴二氏故紙堆中。嗟夫，何吾國文風不競之甚也！嚴氏諸譯，我未經目。林氏説部，獨《魯濱孫飄流記》、《金塔剖尸記》二書，以少時曾讀其原文，故售誦之，服其精能。餘如《吟邊燕語》、《不如歸》，皆譯自第二人之手。而林不解英文，可謂譯自第三人之手，所以不及萬一。甚矣，譯事之難也！獨辜鴻銘氏譯《癡漢騎馬歌》，可謂辭氣相副。惜乎辜氏之無意文學也。至其中土之美，轉迻歐方；獨誦莊湘師譯《葬花詩》，詞氣湊泊，語無增減。若法譯《離騷經》、《琵琶行》諸篇，雅麗遠遜原作。夫文章構造，各自含英；有如吾粤木棉素馨，遷地弗爲良。况歌詩之美，在乎節族長短之間，慮非譯意所能盡也。文章之美，身毒爲最，漢文次之；歐洲番書，瞠乎後矣。漢譯佛經，自然綴合，無失彼此。蓋梵、漢字體，俱甚茂密；而梵文八轉十羅，微妙傀琦；斯梵章所以爲天書也。”旋之爪哇，主講噫班中華會館；庚戌，始遊梵土，居中印度芒碣山寺。辛亥夏，歸日本，詣王父墓所；會其遠親金閣寺僧飛錫爲删定《潮音集》，與蓮華寺主刊印流通，囑玄瑛重證數言，玄瑛曰：“余離絶語言文字久矣。當入鄧尉，力行正照，吾子其毋饒舌！”時玄瑛年二十有八也，復渡爪哇，得莊湘處士書，爲序所譯《燕子箋》，并論佛法。而玄瑛答書千餘言，其中極論懺之非佛法，大指謂：“應赴之説，古未之聞。昔白起爲秦將，坑長平降卒四十萬；至梁武帝時，誌公智者，提斯悲慘之事，用警獨夫好殺之心，並示所以濟拔之方。武帝遂集天下高僧，建水陸道場，凡七晝夜；一時名僧咸赴其請，應赴之法自此始。檢諸内典，昔佛在世，爲法施生，以法教化。一切有情，人間天上，莫不以五時八教，次第調停而成熟之；諸弟子亦各分化十方，恢弘其道。迨佛滅度後，阿難等結集《三藏》，流通法寶。至漢明帝時，佛法始入震旦，風流嚮盛。唐、宋以後，漸入澆漓，取爲衣食之資，將作販賣之具。嗟夫異哉！自既未度，焉能度人？譬如落井救人，二俱陷溺。且‘施’者，與而不取之謂。今我以法與人，人以財與我，是謂貿易；云何稱‘施’！况本無法與人，徒資口給耶？縱有虔誠之功，不贖貪求之過。若復苟且將事以希利養，是謂盗施主物，又謂之負債用；律有明文，呵責非細。誌公本是菩薩化身，能以圓音利物。唐持梵唄，無補秋毫；矧在今日凡僧，相去更何止萬億！田延雲棲廣作懺法，蔓延至今，徒誤正修，以資利養，流毒沙門，其禍至烈。至於禪宗本無懺法，而亦相率崇效；非但無益於正教，而適爲人鄙夷。思之寧無墮淚！”並著其説於《斷鴻零雁記》，辭意悲慨，而出之大聲疾呼，如聞獅子吼矣。

既聞漢土光復，而玄瑛亦以興會飆舉，航海來歸，遂之上海。臨時大總統孫文，亦香山人也，初亡命日本，以與玄瑛鄉里雅故；海内才智之士，望風慕義者，鱗萃輻湊，人人願從玄瑛遊，自以爲相見晚。玄瑛翱翔其間，若莊光之於南陽故人焉。及是南都建國，諸公者皆乘時得位，争欲致玄瑛。玄瑛冥鴻物外，謂：“山僧日醉卓氏爐前，則亦已耳；何遂要山僧坐緑呢大轎子，與紅鬚碧眼人爲伍耶？明末有童謡曰：‘職方賤如狗，都督滿街走。’不圖今日滬上所見，亦復如是！”徒以稟性孤潔，悄然獨往，不肯爲翕翕熱，每謂：“南雷有言：‘人而不甘寂寞，何事不可爲？’‘籠雞有食湯刀近，野鶴無糧天地寬。’特爲今之名士痛下箴砭耳！”時章炳麟方持節爲東三省籌邊使，意氣洋洋，甚自得也。而玄瑛則語人曰：“此公興致不淺，知不慧進言之緣未至；不欲見之矣。”然而炳麟則稱之曰：“廣東之士，儒有簡朝亮，佛有蘇玄瑛，可謂厲高節、抗浮雲者矣。若黄節之徒，亦其次也；豈與録名黨籍，矜爲名高者同日語哉！”而玄瑛遠矣。

玄瑛工愁善病；顧健飲啖，日食摩爾登糖三袋，謂是茶花女酷嗜之物，又嘗一日飲冰五六斤，比晚不能動，人以爲死，視之猶有氣；明日仍飲冰如故，以是得腹疾。尤嗜吕宋雪茄煙；偶囊中金盡，無所得資，則碎所飾義齒金質者，持以易煙。其他行事都類此，人目爲癡。然談言微中，玄瑛不癡也。嘗過張園，有女如雲，競爲歐妝以相炫耀；因悲嘆曰：“‘豔女皆妒色，静女獨檢蹤；任禮恥任妝，嫁德不嫁容；君子易求聘，小人難自從；此志誰與諒，琴絃幽韻重。’此孟郊《静女吟》也。所見吾女國民，皆競邪侈，新妝袨服，招摇過市，殊自得意，以爲如此則文明矣；又奚望其有返樸還淳之日哉？衲敬語諸女同胞，此後勿徒效高乳細腰之俗，當以静女‘嫁德不嫁容’之語爲鏡臺格言，則可耳。”又謂：“吾國今日女子殆無貞操，猶之吾國殆無國體之可言；此亦由於黄魚學堂之害。女必貞而後自繇。昔者王凝之妻，因逆旅主人之牽其臂，遂引斧自斷其臂。今之女子何如？若夫女子留學，不如學毛兒戲。”或問“黄魚學堂”何意。曰：“衲效吴中語耳。蘇稱女子大足者曰黄魚。”又謂：“吾國多一出洋學生，則多一通番賣國之人。”又告友人曰：“吾在滬見各國麪包遠不及法蘭西人所製者，惟牛肉牛乳，勸君不宜多食。不觀近日少年之人，多喜牛肉牛乳，故其情性類牛？不可不慎也。吾發明一事，以中華腐乳塗麪包，又何讓外洋癡司牛油哉！”傷心之言，出以戲笑；言之無罪，聞者足戒也。《國風》好色而不淫，《小雅》怨悱而不亂，若玄瑛者，可謂兼之矣。癸丑以還，袁世凱既擅政，翦滅異己，孫文、黄克强皆亡命出國；而玄瑛棲遲上海，顧偵者則指爲黄克强之間也。玄瑛既躬更喪亂，乃垂涕曰：“嗟夫！四維不張，生民塗炭，寧有不亡國者！吾但奉承阿母慈祥顔色可耳。”遂東歸養疴。一日，之上海，與友人握手道故，形容憔瘁甚，但言：“邑廟新闢商場極絢爛；顧求舊時擔餳粥者弗可得，蓋大商壟斷之術工，而細氓生計盡矣。天下之所謂新政者，類如此耳!”玄瑛生平絶口論政事，獨其悲天憫人之懷，流露於不自覺，有如此者。七年戊午，再之上海，卧病金神父路廣慈醫院數月，竟不起。卒年三十有五。少時假父爲聘女曰雪梅，假父殁，女家絶玄瑛婚，雪梅侘傺死。既東渡，河合氏有姊，欲以女静子嬪玄瑛，卒謝之。顧美利加有肥女重四百斤，脛大如汲水甕，玄瑛視之，問：“求耦耶？安得肥重與君等者?”女曰：“吾故欲瘦人。”玄瑛曰：“吾體瘦，爲君耦何如?”傳者以爲笑。玄瑛獨行之士，不儕流俗；而遭逢身世，有難言之痛，間爲小詩，多綺語，自言有《無題》三百首；索閲，乃弗肯出，卒亦無見其稿者。尤工繢事，精妙奇特，自創新格。既交丹徒趙聲，索爲《荒城飲馬圖》，未赝；聲起兵廣州事敗，嘔血死；玄瑛則繢寄所好，焚之墓上。自是遂絶筆，不復作也。玄瑛既殁之十年，其友吴江柳棄疾亞子始蒐其遺著，刊成《蘇曼殊全集》，凡七類，曰《詩集》、《譯詩集》、《文集》、《書札集》、《雜著集》、《譯小説集》、《小説集》，旁采博搜，加以考證，而於是玄瑛之文章，乃大白於天下也。玄瑛交遊滿四海，尤多賢豪長者。而一死一生，乃見交情；獨藉棄疾以不朽其文章云。棄疾，字安如，别號亞子，江蘇吴江人，蓋南社之發起人也；别著於篇。

2. 駢　　文

劉師培——李詳（附：王式通）——孫德謙（附：孫雄）——黄孝紓

王闓運弘宣今學，章炳麟敦尚古文，蘇玄瑛皈心釋典，所學不同；而文尚魏、晉，以澹雅爲宗，則蹊逕略同。顧有敦崇古學，與炳麟契合，而文章不同者，劉師培是已。

劉師培，字申叔，江蘇儀徵人；曾祖文淇，祖毓崧，伯父壽曾，均以治《左傳春秋》，名於清道、咸、同、光之世，列傳國史；三世傳經，世稱儀徵劉氏者也。父貴曾，亦以經術發名東南。師培少承先業，服膺漢學，以《春秋》三傳同主詮經;《左傳》爲書,説尤賅備;審其義例,或經無傳著,或經略傳詳;以傳勘經,知筆削所昭,類存微恉。漢儒説《左氏》,據本傳以明經義,凡經字相同,即爲同指;又引月冠事,明經有繫月不繫月之分;創獲實多,亦校"二傳"爲密。爰闡厥科條,著之凡例,成《春秋左氏傳例略》一卷。

又據《漢志》、《禮古經》五十六卷,卷與篇同;謂於今文十七篇外,增多三十九篇,故合五十六篇言,則曰《古經》,亦曰《古文禮》;即三十九篇言,則曰《逸禮》。至五十六篇所自出,劉歆移書太常博士云:"魯恭王得古文於壞壁之中,《逸禮》有三十九篇,《書》十六篇。天漢之後,孔安國獻之,藏於祕府,伏而未發。"據是,則祕府所藏,即係孔壁所得。《志》云出於魯淹中及孔氏;孔氏,即安國也;是則《古經》篇目,當據《班書》;《逸禮》原流,當宗歆説。西漢之時,其古文舊簡,蓋惟藏於祕府,民間亦私有傳授;然其説不昌,是以絶無師説。東漢古經之行於民間者,别本滋多,然《逸禮》三十九篇,當世經師,均不作注,計其散亡,蓋在東晉以前;而遺文佚句,時見鄭氏及諸家稱引;宋王應麟、元吴澄并事考輯,所采未備,爰舉佚禮篇名之確可徵信者,成《佚禮考》一卷。又以《禮經》十九篇目,大小戴及劉向《别録》所次不同;鄭注據《小戴》本,其篇次則從《别録》;《既夕》、《有司徹》二篇,篇名仍從《小戴》。魏、晉以下,推崇鄭本;三家舊誼,遂以湮没。考鄭氏《目録》,於經文十七篇分屬吉、凶、嘉、賓四禮,前此禮家並無此説。鄭義雖合古文,然不得目爲此經舊誼;爰廣徵兩漢經師之説,爲《禮經舊説考略》如干卷。

又以《周禮》先師説六鄉之吏,即冢宰六官,亦即六軍之將,知者,賈公彦引賈逵説:"以爲六鄉之吏,則冢宰以下是。"《説文》"鄉"字注云:"封圻之内六鄉,六卿治之。"勘以《五經異義》所引古《周禮》之説,符契適合。自馬鄭始以鄉吏别六官,則王國之卿十有二人;併數三孤,則爲十五,迥異古説。近孫詒讓爲《正義》,一是折衷馬、鄭,疹發實鮮;爰申古誼,正其違失,著《周禮古注集疏》二十卷。

又以《古文尚書》,安國所得,既獻漢廷,因藏祕府。仁和龔自珍顧云:"秦燒天下圖書。漢因秦宫室,不應獨藏《尚書》;假使宫中有《尚書》,不應安國獻孔壁書,始知增多十六篇。"不知漢收圖籍,非謂《詩》、《書》;若實有書，安國無緣再獻；史公云“獻”，則是未有其書。是知中祕古文，藏自武帝。既爲孔壁之書，即匪嬴秦之籍，觀劉歆言：“安國獻古文!”又言：“藏於祕府，伏而未發，成帝乃陳發祕籍，校理祕文。”所云“祕藏”，即謂“中文”之屬；所云“校理”，蓋即劉向所司；是則劉向所觀，安國所獻，既無殊本，應即一書；龔氏所疑，不析自解，著《駁太誓答問》一卷。

又以《漢志·書類》著録《周書》七十一篇；自注云“孔子所删百篇之餘”，近儒每援之以説羣經；爰参校同異，詳加編次，成《周書補正》六卷。若五官、三監、五服、濮路、月令、明堂諸考，則别著爲篇，成《周官略説》一卷。

清代經師治古文者，自高郵王氏父子以降，迄於定海黄以周玄同、德清俞樾曲園、瑞安孫詒讓仲容，各揭厥識，匡微補缺，闡發宏多。若夫廣徵古説，足諍馬、鄭之違，且鉗今師之口，則諸家未之或逮。故述造視前師爲媎，而精當寖寖過之。信乎研精覃思，持之有故者矣。又歷檢羣籍，至於《内典》、《道藏》，無不究宣；嘗取老、莊、荀、董之書，讎正譌脱，獨創新解。按文次列，成《老子斠補》一卷，《莊子校義》一卷，《荀子斠補》若干卷，《吕氏春秋斠補》一卷，《楚辭考異》八卷，《賈子新書斠補》一卷，《春秋繁露斠補》三卷，計所發正，凡數百事，均王、洪、俞、孫之所未詮；一事論定，必旁推交通，百思莫能或易，乃著簡畢；而術業專攻，則在《周官》、《左氏春秋》。

生平精力斂於著述，世變紛綸，匪所能悉。而蚤歲過從，獨契章炳麟。炳麟治《周官左氏春秋》，其説多取之師培，而有不同，輒下己意。師培無以難也。炳麟著《新方言》，師培爲疏數十事。師培説“有”字，疑《説文》從“月”不諦，炳麟曰：“‘有’者，本義爲日月食。《開元占經》引西方説，言月日食者，阿修巨靈所爲；浮屠書謂手遮蔽之；上古諸神怪語，多自西域來。‘有’從月，又兼會意也，不然者，《春秋》書日食；必言‘日有食之’，辭繁不殺，何也？日月蔽遮爲‘有’，凡有所蔽曰囿，或謂之‘宥’；反‘宥’則謂之别，皆‘有’字也。言有無者，當作‘宥’；莊子所謂‘在宥’矣。”師培曰：“《釋詁》‘賚、畀、卜’皆訓‘予’，義云何?”炳麟曰：“‘畀’與‘鼻’同聲，古文‘鼻’但作自，畀借爲自。《説文》：‘吾，我自稱也。’‘我，施身自謂也。’《春秋》有郳畀我，季芊畀我，即自我也。‘卜’者，僕也；

《記》卜人師，注改爲‘僕’，是古‘卜’‘僕’通也。王侯稱‘不穀’，‘不穀’合音即爲‘僕’，世以‘不善’爲説，無由知爲‘僕’字，亦鬷矣。不粸不來，‘來’‘以’一聲；‘賚’即‘台’字，是故‘賚’‘畀’‘卜’訓‘予’，非付予也。”炳麟問師培：“魯冉雍字仲弓，義云何?”師培曰：“辟雍，泮宫類也，河間獻王奏對三雍宫，‘弓’借爲‘宫’，‘宫’從‘躳’省聲，‘躳’又作‘船’，明‘弓’‘宫’聲通也。”

炳麟説：“劉氏向、歆，父子治《左》。”著《劉子政左氏説》。師培曰：“《漢書》本傳言：‘歆以爲左丘明好惡與聖人同，親見夫子，而公羊、穀梁在七十子後，傳聞之與親見之，其詳略不同。歆數以難向；向不能非間也，然猶自持其《穀梁》義。’辭意明白如此。胡云：‘父子治《左》也?’”炳麟曰：“是有説。君山《新論》明言劉子政、子駿、伯玉父子，呻吟《左氏》，下至婢僕，皆能諷誦。君山親見二劉，語當可信。而君以《漢書》爲疑。僕則以爲仲任論次人材，‘鴻儒’‘通人’，本與‘儒者’有别。漢世儒者，墨守一先生之説，須以發策決科，此專持家法者也。向、歆本好博覽，左右采獲，自在鴻儒通人之列，與墨守者有異。即觀子駿之説《左氏》，猶多旁引《公羊》，則向之兼通二家，未爲異也。《穀梁》與《左氏》義少違戾，與《公羊》復非同趣。上自孫卿，下至胡常、翟方進輩，皆以《左氏》名家，而亦兼治《穀梁》，蓋二家本皆魯學；異夫《公羊》齊學，絶不相通者，則子政貫綜二氏，宜也。《新論》本書，今已亡佚，所引數語，見於《論衡》；素丞相之遺迹，猶可蒐尋，量其時代，本在叔皮之前，似不應信《漢書》而疑《新論》也。《説苑》、《新序》所舉《左氏》成文，多至三十餘條，慮非徵據他書者；其間一字偶易，適可見古文《左傳》不同今本。且子政之改易古文，代以訓詁者，亦皆可觀。太史公《世家》所述，大略同兹。蓋字與今異者，則可見河間古文；訓與今異者，則本之賈生訓故；籀繹古義，斷在斯文。”師培説：“杜預《春秋釋例》，以經之條貫，必出於傳；傳之義例，歸總於凡。《左傳》稱‘凡’者五十，其别四十有九，皆周公之垂法，史書之舊章，仲尼因而修之以成一經之通體。然頗疑五十凡例，不足盡傳文之旨。”炳麟曰：“君言誠是。而劉、賈、許、潁復於傳文之外，自爲枝梧，則不足致意者。今欲作疏，惟就征南《釋例》，匡救其違，先於篇首爲條例數十篇，然後隨事疏證，各附其年，斯綱紀秩如矣。康成箋《詩》，必先作譜。輔嗣説

《易》，亦有《略例》。此則揭示大義，自與隨文訓説有殊，可據以爲法者也。征南《釋例》，惟拘於赴告者必當匡救，其餘可采者多。即賈侍中言，‘《左氏》義深君父’，此與《公羊》反對之詞耳。若夫稱國弑君，明其無道，則不得以‘義深君父’爲解；征南於此最爲宏通。而近世鯫儒多謂借此以助典午，如沈小宛、焦理堂輩；則所謂‘焦明已翔乎寥廓，弋者猶視乎藪澤’也！”師培曰：“賈、服雖善説經，然於五十凡例，間有所補，或參用公、穀，不盡左氏家法，宜存而弗論。”炳麟曰：“然也，僕懷斯疑甚久。始謂劉、賈諸儒，曾見左氏微言，或其大義略同二傳；而杜征南不見，遂疑諸儒詭更師法。後復紬繹侍中所奏，有云‘《左氏》同《公羊》者什有七八’，乃知《左氏》初行，學者不得其例，故傅會《公羊》以就其説；亦猶釋典初興，學者多以老、莊皮傅。征南生諸儒後，始專以五十凡例爲揭櫫，不復雜引二傳，則後儒之勝於先師者也。然以是爲周公舊典，抑又失其義趣。其間固有史官成法，如赴告諸例是也。自茲而外，大抵素王新意，賓禮有會盟而無宗覲，官職汰孤卿而存大夫，其非周、魯舊史，固已明白。《公羊》以殷禮自文，誠辭遁；《左氏》末師又謂當時霸制，其於會盟之禮則從矣。抑豈孤卿之秩，亦霸制所無乎？故知酌損《周官》，裁益齊、晉，亦素王之制也。”

二人者，皆書生好大言，負所學以自岸異，不安儒素；而張皇國學，誦説革命，微詞諷諭，託之文字；又假明故，以稱排滿。師培《書曝書亭集後》以見意曰：

> 秀水朱氏博極羣書，雖考古多疏，然不愧博物君子。夫朱氏以故相之裔，值板蕩之交；甲申以還，蟄居雒誦，高栗里之節，卜梅市之居，東發深寧，差可比跡。觀於《馬艸》之什，傷滿政之苛殘；《北邙》之篇，吊皇陵而下泣。亡國之哀，形於言表，此一時也。及其浪遊嶺嶠，回車雲朔，亭林引爲知音，翁山高其抗節；雖簪筆傭書，争食雞鶩；然哀明妃於青塚，吊李陵於虜台，感慨身世，跡與心違。此一時也。至於獻賦承明，校書天禄，文避北山之移，徑誇終南之捷。甚至軺車秉節，朵殿承恩，仕莽子雲，豈甘寂寞；陷周庾信，聊賦悲哀，此又一時也。後先異軌，出處殊途；冷落青門，憶否故侯之宅；蕭條白髮，難沽處士之稱。此則後凋松柏，莫傲歲

寒；晚節黄花，頓改初度者矣。秋風戒寒，朗誦遺集，因論其行藏之槩，以備信史之采焉。

二人者，既高儒雅望，緣飾經術；與鄧實、黄節諸人，創國學保存會於上海，刊行《國粹學報》，放言高論，語有據依；而後無君不爲叛亂，排滿即云匡復，持以有故，言之成理，胥爲囂暴鮮事者之所欲藉寵。而師培儒生修邊幅，不習劍客；雅步從容，動遭陵懱；意恒鞅鞅。而與炳麟則競名分崩；又好内，婦何震敏給通文史，而悍鋭能制其夫，以師培亡命日本久，不獲志於同盟會，遂牽以入兩江總督端方之幕，而爲之偵伺也。炳麟恨焉，詒之書曰：

申叔足下：

與君學術素同，蓋乃千載一遇；中以小釁，翦爲仇讎；豈君本懷？慮亦爲人詿誤？兼以艸澤諸豪，素昧問學，夸大自高，陵懱達士。人之踐忿，古今所同；鋌而走險，非獨君之過也。天美其衷，公權殞命。君以權首，衆所矚目；進無博擊彊禦之用，退乏山林獨善之地。彼帥外示寬弘，内懷猜賊，閑之遊徼之門，致諸干掫之域。臧穀扈養，由之任使；賃舂執爨，莫非其人。猜防積中，菹醢在後；悲夫悲夫！斯誠明哲君子，所爲嗟悼者也！夫恩素厚者怨長，交之親者言至。僕之於君，藝術素同，氣臭相及。猥以形壽有逾恒人，視之若先一飯；精義冥思，亦有多算。君雅好聞望，不台於先我；自謂文學緒業，兩無獨勝，懷此觖望，彌以恨恨。然僕豈有雝蔽之志哉？學業步驟，與年相將，悠悠之譽，又非由己。疇昔坐談，蓋嘗勤攻君過；時有神悟，則推心歸美；此蓋朋友善道之常，而君豈忘之耶？自頃輈張，退息墳典，胸懷相契，獨有黄生，思君之勤，使人鬢白。何意株附，乃尋斧柯，令中夏無主文之彦，經術有違道之謗，獨學少神解之人，干禄得鼎烹之悔，以此思哀，哀可知已。君雖絓離鞅絆，素非愚闇，内奉慈母，亦聞史家成敗之論。潔身遠引，雖無其道；陽狂伏梁，爲之由已。蓋聞元朗、沖遠，皆嘗爲凶人索引矣，先迷後復，無滅令名。況以時當遯尾，經籍道息，儉德避德，則龍蛇所以存身；人能弘道，而球圖由之不隊；禍福之萌漸，廢興之樞機，可不察乎！然則唐棣之華，翩然如反，未之思也，何遠之有？

師培得書不報。以舉人揀選知縣，保洊知府。會王闓運以端方之迎，來遊江寧。師培寫文百篇以眎。闓運曰："非但爲人所不能闡發；即索解人亦未易得。"師培大喜過望。既而端方去兩江，後來者不致餼焉。師培惘惘失志，則去而之四川，爲國學院講師。端方以督辦粤漢川鐵路入川，聘師培爲顧問官。及端方之被殺也，川人縶師培而囚焉，欲以逞志。炳麟則以書爲解，師培廑乃得脱。既抵滬，其仇又將肆志焉。炳麟慨然曰："今者文化陵遲，宿學凋喪。一二通博之才如劉師培輩，雖負小疵，不應深論。殺一人無益於中國；而文章道盡；使禹域淪爲夷裔者，誰之責耶！"又爲之道地以主講北京大學文科，曰："劉生儒林之秀；使之講學而不論政，亦足以敭明國故，牖迪我多士；未可以一眚廢也！"既袁世凱欲以大總統稱帝，而未有以發。師培則以參政楊度之提挈，與孫毓筠、嚴復、李燮和、胡瑛等六人，發起籌安會，推楊度爲理事長，孫毓筠爲副理事長；而師培則與嚴復、李燮和、胡瑛爲理事，欲以研究君主、民主國體，二者以何適於中國？世稱籌安六君子；而師培名次嚴復，在第四也。乃著《君政復古論》以明勸進之指，曰：

夫國無强弱，視乎其政；政無良窳，視乎其人。是故千里之勝，決於廟堂；萬化之原，基於用舍。至於創制天下，賓屬四海。至大之統，非至辨者莫之能分；至重之業，非至强莫之能任！伊古膺期贊世之主，必有顯懿翼天之德。德象天地謂之帝，仁義所在謂之王，斯必竹帛以載之，金石以昭之，立天下之美號，制天下之大禮。表明功德，故立名正度；繼天治物，故以爵事天。緬尋謨典，歷聽風聲，損益雖殊，其揆一也。是以天生烝民，無主則亂。事弗稽古，無以承天。往者清承明祚，天地板蕩，斗機絶綱，攝提無紀，黄炎之後，踣弊不振。被髮之痛，甚於伊川；左衽之悲，興於微管。迄夫季末失馳，帝命殞越，内外混淆，庶官失職；國政迭移於親貴，强鄰窺伺夫衽席；綴旒之喻，未足爲方！守府之靈，於斯亦泯。上失其道，民背如崩。用是雄桀揚聲，雷動電發。偕亡之歎，兆生於革夏；雲集之衆，事浮於張楚。斯實金火相革之交，抑亦天命去就之會也。天祚有聖，纂作民主，懸三光於既墜，揚清風於上列，萬姓廓然，蒙慶更生。誠宜踵蹟靈區，扶長中夏，顯章國家竺古之制，以拒間氣殊類之災，紹胤漢勳，俾知族類，保育生人，使得蘇息。其在《詩》曰："民亦勞止，迄可小康。"厚下安宅，靡切於斯。顧復虛建極之尊，遵與能之典，宸位曠而不居，皇統替而弗續。是蓋繼變化之後，示撥亂之法；深惟厲揭隨時之義，以慰遠方瞻望之觀；非謂王政乏致治之圖，世及非經國之術也。惟是舍澄鑒沫，未爲善鑒；揚湯弭沸，計劣抽薪。故道術之要，百世不移；行權反經，《春秋》所疾。今也以一朝之計，違萬世之軌；委成功之基，造難就之業；道乖於經始，義昧於慎終。卒之巨猾竊靈，下陵上替；侵弱之釁，綿歷歲年。凌夷之禍，曾不終日。雖曰天命，豈非人事。得失之故，可略而言：夫民生有欲，假物斯爭。好惡無節，致亂之源。然峻城十仞，樓季弗踰。鑠金百鎰，盜跖不搏。蓋必爭之情，民所恒具。無冀之利，衆所弗干。先王因民之情以爲之節。名以定分，分以止爭，爰峻其防，俾無或潰；譬之户必有墉，器必有範。襄陵之浸，制以金隄；覂駕之馬，驅以銜策；所以重齒路之防，定逐鹿之分，成長久之計，定永年之功也。是以大寶之位，必屬大德之君。斗筲之器，不經棟梁之任；藪澤之夫，弗希雲龍之軌。下無覬覦之望，上無偏謬之授，人心專壹，風化以淳，觀化上機，於是乎在。撫民定業，恒必由茲。遭時垝絶，諸夏無君，元后之尊，下儕匹豎。九服之廣，民無定主。火澤易位，數見換易。蕩滌等威，墮損威重，改玉改行，習爲固常。用是徒步之人，繩樞之子，曾無體睿之明，合元之德，十室之資，百乘之賦，拔於陪隸之中，俛越什伯之際，挾負舟之力，忘折足之凶，功遜强晉，不戢請隧之圖；地劣荆楚，思假九鼎之問；則是神器可以力征，而天鈞可由竊執。是必分威共德；禍成於耦國；比知同力，釁兆於土崩；雖無下人伐上之疴，必有炕陽動衆之應；湘贛之難，自是而生；滬寧之師，勢有必至。至於黨爭之弊，則又可得而説矣。夫醜言異計，見恥前志。阿黨比周，先聖所戒。自古善言庸違之衆，必生滔天泯夏之凶。以黨舉官，適滋姦倖。往者邦朋枋政，列士養交；一閧之市，不勝異意；頻頻之黨，甚於鸒斯；傾動輔頰之間，反覆齒脣之内；下以受譽，上以得非。陰行取名，則伐技以憑上，取予自已，亦肆意而陳欲。及夫私議成俗，名器雙假，授位乖越，署用非次：詆訐之民，密通要契；賕納之政，更共飭匿；出入踰侈，犯太上之節；溪壑靡厭，峻大半之賦；民萌之命，危於累卵。刑屋之凶，生於喜怒。民神痛怨，億兆悼心。蔔墨覆車，其跡弗遠。今者約法更新，頗易前敝。垂石室之制，頒金匱之法，斯蓋應時偶變之具，詘伸濟用之術，杯水之益，其與幾何！釋根務枝，孰云有濟。至於存名漏跡，損敝襲新，張歙失序，既昧彝憲；真僞相貿，尤爽昔談；非所以昭示國典，垂無窮之制也。是以羣才大小，咸斟酌所同，稽之典經，假之籌策，静惟屯剥，延首王風，亦猶羣流之歸巨壑，衆星之拱北辰。夫積力所舉，無弗勝之業；衆知所爲，無或隳之功。邦命維新，屬當今會。世之論者，則以昭功之本，莫尚於寧民；懷遠之經，莫先於體信。若復法禁屢易，位號數革，信不可知，義無所立，轉易之間，慮滋民惑。知弗然者，昏明相遞，晷景恒度。豹變之義，《大易》所著。流之濁者澄其源，景之枉者正其表，是蓋自然之物理，抑亦前世之明鑒也。方今百姓，盛歌元首之德，股肱貞良，庶事寧康，吏各修職，復於舊典，雖復屯沴屢起，金革亟動；幸蒙威靈，遂振國命，畢殲羣醜，載廓氛祲；《采芑》之什，弗足譬其功；《戕斧》之歌，未足喻其捷。葛其戎謀，民服如化，此實天下乂安刑措之時也。顧復邦國殄瘁，惠康未協，野澤有兼并之民，江介有不釋之備，賦發充於常調，生人轉於溝壑，上貽日昃之憂，下重倒懸之厄，失不在人而在於制，是可知已。夫臨政願治，莫如更化。創制改物，古以顯庸。追觀季末傾覆之戒，宜有蠲法改憲之道。緬維逐兔分定之義，深慰瞻烏知止之情，外植國維，内疇人望，正受始之大統，乘握乾之靈運，用協大中之法，俾抑禍患之端；則磐石之安，易於反掌，休泰之祚，洪於來業矣。

文出，好者以爲《劇秦美新》，子雲之亞也。袁世凱敗，而師培望實並隳，痛爲士論所鄙；然文章爾雅，澤古者深，人亦以此多之。

師培與章炳麟並以古學名家，而文章不同。章氏澹雅有度而枵於響。師培雄麗可誦而浮於豔。章氏云追魏晉，與王闓運文爲同調。師培步武齊梁，實阮元文言之嗣乳。此其較也。師培於學無所不窺；而論文則考型六代，探源兩京，嘗謂："積字成句，積句成文。欲溯文章之緣起，先窮造字之源流。上古之時，有語言而無文字。未造字形，先有字音，以言語流傳難期久遠，乃結繩爲號，以輔言語之窮。及黄帝代興，乃易結繩爲書契，而文字之用以興。故'字'訓爲飾，《廣雅》、《玉篇》並言：'字，飾也。'《廣韻》注引《春秋緯説題詞》亦云：'字，飾也。'與'文章'之訓相同。文章取義於藻繪，言有組織而后成文也。足證上古之初，言與字分，以字爲文。然文字初興，勒書簡畢，有漆書刀削之勞，抄胥匪易，傳播維艱。故學術授受，仍憑口耳之傳聞，又慮其艱於記憶也，必雜於偶語韻文以便記誦。阮芸臺《文言説》云：古人以簡策傳事者少，以口舌傳事者多；以目治事者少，以口耳治事者多。故同爲一言，轉相告語，必有愆誤。是必寡其詞，協其音以文其言，使人易於記誦，無能增改。且無方言俗語雜其間，始能達意，始能行遠。而語言之中有文矣。故《易》言《文言》。及以語言著書册，而書册之中亦有文。是則上古之前，文訓爲字；故許書稱《説文》。中古以降，'文'訓爲章；故出言之有章者爲文，《詩》曰：'出言有章。'著書之有章者亦曰文。觀於三代之書，諺語箴銘，實多韻語。若六藝之中，《詩》篇三百，固皆有韻之詞，即《易》、《書》二經，亦大抵奇偶相生，聲韻相叶；而《爾雅·釋訓》'子子孫孫'以下，用韻者亦三十條；惟《戴禮》、《周官經》言詞簡質，不雜偶語韻文，則以昭書簡册，懸布國門；猶後世律例公文，特設專門之文體也；故與文言不同。降及東周，直言者謂之'言'，論難者謂之'語'，見《説文》。修詞者謂之'文'。而《易》曰：'修詞立其誠'。《説文》：'修，飾也。'詞之飾者，乃得爲文；不飾詞者，即不得謂之文。不獨言與文分，亦且言與語分；故出言亦分文質，言之質者，純乎方言者也。方言者，猶今俗語也。《説文·序》云：秦代以前，諸侯各邦'文各異形，言各異聲'，是三代以前各邦之中皆有特别之語言文字矣。言之文者，純乎雅言者也。阮芸臺曰：雅言者，猶今官話也。'雅'與'夏'通。夏爲中國人之稱，故'雅言'即爲中國人之言。'爾雅'者，乃方言之近於官話者也。《春秋》之時，言詞惡質，故曾子斥爲鄙詞，曾子曰：'出辭氣，斯遠鄙倍矣。'荀子譏爲俚語，而一語一詞，必加修飾。《左傳》曰：'言之無文，行而不遠。'又曰：'非文詞不爲功。''文辭'，猶言'文言'也。'文言'者，即文飾之詞也。孔子言'詞達而已'，即不文飾之詞也。言'詞達而已'，不言'文達而已'；足證'詞'與'文'不同；詞，非文也。至春秋時代之書册，亦大抵文與語分。文近於經，語近於史。故曾子作《孝經》，觀《孝經》雖無韻語，而偶語實多。如‘加於百姓，刑於四海’，‘非法不言，非道不行’，‘口無擇言，身無擇行’，皆偶語也。其語句互相爲偶者尤多。老子作《道德經》，其中多韻文，且多偶句。揚氏《太元經》亦然。屈原作《離騷經》，如《太素》、《靈樞經》等書，皆多偶句韻文也。皆雜用偶文韻語者也。若《春秋左氏傳》以及《國語》、《國策》諸書，乃史官記言記事之遺；非雜用偶文韻語者也。至諸子之書，有文有語。《荀子·成相篇》、《墨子·經》上下篇，皆屬於文者也。莊、列、孔、孟、商、韓，皆屬於語者也。‘文’猶後世之文詞，‘語’猶後世之演稿。惟古人言詞，一經書册之記載，或加潤色之功，致失本文之舊。俞氏蔭甫謂左氏一書，由丘明潤色，非其本文之舊也；則語而飾以文矣。又古代之初，虚字未興，罕用語助之詞，故典謨誓誥，無抑揚頓挫之文。後世以降，由實字假爲虚字，渾噩之語，易爲流麗之詞，文士互相因襲，致偶文韻語之體，亦稍變更；則文而涉於語矣。西漢代興，文區二體：賦頌箴銘，源出於文者也。論辨書疏，源出於語者也。然揚、馬之流，類湛深小學，故發爲文章，沈博典麗，雍容揄揚，注之者既備述典章，箋之者復詳徵詁故，非徒詞主駢儷，遂足冠冕西京。東京以降，論辯書疏之作，亦雜用排體，易語爲文。魏晉六朝，崇尚排偶，而文與筆分，偶文韻語者謂之‘文’，無韻單行者謂之‘筆’。觀魏晉六朝諸史，各列傳中多以‘文’‘筆’並言；則當時所謂‘筆’者，乃直樸無文之作也，或用之記事之文，《唐書·蔣楷傳》：‘踵修國史，世稱良筆。’亦爲記事之文。張説稱‘大手筆’，亦指其善修史及作碑版耳，亦記事之文也。故孔子作《春秋》，必言筆削。陸機《文賦》不及傳誌碑版之文，蓋以此爲史體非可入之於文也。或用之書札之文，《漢書》稱谷永‘善筆札’，而《晉書》亦言‘樂旨潘筆’，皆指書札之文而言之也。體近於語，復與古人之語不同。蓋魏晉之時尚清談，即古人所謂‘語’也；而‘筆’則著之書册，故又與古人之‘語’不同。梁元帝《金樓子》云：‘至如不便爲詩如閻纂，善爲章奏如伯松，若此之流，泛謂之筆，吟詠風謡，流連哀思者，謂之文。’劉彦和《文心雕龍》云：‘今之常言，有文有筆，無韻者筆也，有韻者文也。’文筆區分，昭然不爽矣。故昭明之輯《文選》也，以沈思翰藻者爲文；凡文之入選者，大抵皆偶詞韻語之文；即間有無韻之文，亦必奇偶相成，抑揚詠歎，八音協唱，默契律吕之深，見阮芸臺《文韻説》所引《宋書·謝靈運傳論》及沈約《答陸厥書》，甚爲的當。故經子諸史，悉在屏遺。是則‘文’

也者，乃經史諸子之外，别爲一體者也。齊、梁以下，四六之體漸興，以聲色相矜，以藻繪相飾，靡曼纖冶，文體亦卑；然律以沈思翰藻之説，則駢文一體，實爲文體之正宗。降及唐代，韓、柳嗣興，始以單行易排偶，由深趨淺，由簡入繁，由駢儷相偶之詞，易爲長短相生之體；與詩歌易爲詞曲者，其理相同。昔羅馬文學之興也，韻文完備，乃有散文；史詩既工，乃生戲曲；而中土文學之秩序，適與相符；乃事物進化之公例，亦文體必經之階級也。韓、柳之文，希蹤子史，即傳志碑版之作，亦媲美前賢；然繩以文體，特古人之語而六朝之筆耳。故唐代之時，亦稱韓文爲筆。劉禹錫《祭韓侍郎》文云：‘子長在筆。’趙璘《因話録》曰：‘韓公文至高，時號韓筆。’是唐人不以散行者爲文也。至北宋蘇軾，推崇韓氏，以爲‘文起八代之衰’。明代以降，士學空疏，以六朝之前爲駢體，以昌黎諸輩爲古文，文之體例莫復辨。而近代文學之士，謂天下文章，莫大乎桐城；於方、姚之文，奉爲文章之正軌。由斯而上，則以經爲文，以子史爲文。由斯以降，則枵腹蔑古之徒，亦得以文章自耀；而文章之真源失矣。惟歙縣凌次仲先生以《文選》爲古文正的，與阮元《文言説》相符。而近世以駢文名者，若北江、容甫，步趨齊、梁。西堂、其年，導源徐、庾。即穀人、彝軒、穉威諸公，上者步武六朝，下亦希踪四傑。文章正軌，賴此僅存。而無識者流，欲别駢文於古文之外，亦獨何哉！”此論小學爲文章之始基；以駢文實文體之正宗也。又曰：“六朝以前，文集之名未立，及屬文之士日多，後之君子，欲觀其體勢，以見性靈，乃彙萃成編，顔曰文集。然古人學術，各有專門；故發爲文章，亦復旨無旁出，成一家言，與諸子同。試即唐宋之文言之：韓愈、李翺之文，正義明道，排斥異端；歐、曾繼之，以文載道；而下逮南宋朱、陸，闡發性天；儒家之文也。子厚永、柳游記，善言事物之情，出以形容之詞，而知人論世復能探原立論，核覈刻深；如《桐葉封弟辨》、《晉趙盾許世子議》、《晉命趙衰守原論》諸作，是也。宋儒論史，多誅心之論，皆原於此；名家之文也。明允之文，最喜論兵，謀深慮遠，排兀雄奇，兵家之文也。子瞻之文，以粲花之舌，運捭闔之詞，往復卷舒，一如意中所欲出；而屬詞比事，翻空易奇；縱横家之文也。南宋陳同甫之文，亦以兵家兼縱横家者也。介甫之文，侈言法制，因時制宜，而文辭奇峭，推闡入深；法家之文也。若夫邵雍之徒，爲陰陽家。王伯厚之徒，爲雜家。而葉水心之徒，亦近於法家兵家。近代以還，文儒輩出。望溪、姬傳，文祖韓、歐，闡明義理，趨步宋儒；此儒家之支派也。慎修、輔之，綜核禮制，章疑別微。近儒治三禮者，如秦蕙田、凌廷堪、程瑶田之流，咸有文集，集中一多論理①之作。考《漢志》言名家出於禮官，則言禮者必名家之支派也。若膺、伯申考訂六書，正名辨物，近儒喜治考據，皆從《爾雅》、《説文》入手。而諸家文集亦以説經考字之作爲多。古人以字爲名，名家綜核名實，必以正名析詞爲首。故考據之文亦出名家。皆名家之支派也。叔子、崐繩，洞明兵法，推論古今之成敗，疊陳九土之險夷，落筆千言，縱橫奔肆；此兵家之支派也。子居之文，取法半山，喜論法制，而文章奇峭峻悍，亦頗髣髴。安吴之文，洞陳時弊，兵農刑政，酌古準今，不諱功利之談，爰立後王之法；此法家之支派也。朝宗之文，詞源横溢；簡齋之作，逞博矜奇，若決江河，一瀉千里；此縱横家之支派也。若夫詞章之家，侈陳事物，嫻於文詞，亦當溯源於縱横家。雍齋沈濤、于庭之文，雜糅讖緯，靡麗瑰奇，凡治常州學派者皆然；此陰陽家之支派也。大紳、臺山之文，妙善玄言，析理精微，彭尺木亦然；此道家之支派也。維崧、甌北之文，體雜俳優，涉筆成趣；凡文人之有小慧者，其文皆然；此小説家之支派也。旨歸既別，夫豈强同，即古人所謂‘文章流别’也。惟詩亦然。子建之詩，温柔敦厚，近於儒家。淵明之詩，澹雅沖泊，近於道家。陶潛雖喜老、莊，然其詩則多出於《楚詞》，若嵇康之詩，頗得道家之意。郭景純詩亦有道家之意。康樂之詩，琢磨研煉，近於名家。凡六朝之詩，喜用煉句以狀事物之情，且工於刻畫，如何遜，陰鏗之詩皆是也。然康樂之詩，其濫觴也。太沖之詩，雄健英奇，近於縱横家。蓋在心爲志，發言爲詩，諷詠篇章，可以察前人之志矣。隋、唐以下，詩家專集，浩如淵海，然詩格既判，詩心亦殊。少陵之詩，惓懷君父，希心稷、契，是爲儒家之詩。杜詩云：許身亦何愚，竊比稷與契。又云：法自儒家有。此杜詩出儒家之證。太白之詩，超然飛騰，不愧仙才，是爲縱横家之詩。後世惟辛稼軒、陳同甫之詞，慷慨激昂，近於縱横家。襄陽之詩，逸韻天成。出於陶淵明。子瞻之詩，妙善玄言，是爲道家之詩。儲光羲王維之詩，備陳穡事，追擬《豳風》，是爲農家之詩。山谷、后山之詩，喜用瘦削之語，出以深峻，是爲法家之詩。由是言之，辨章學術，詩與文同矣。要

① “理”應爲“禮”。

而論之：西漢之時，治學之士，侈言災異五行；故西漢之文，多陰陽家言。東漢之末，法學盛昌；故漢、魏之文，多法家言。西漢之文，無一篇不言及天象者。三國之文，若鍾繇、陳羣、諸葛亮之作，咸多審正名法之言，與西漢殊。六朝之士，崇尚老、莊；故六朝之文，多道家言。隋、唐以來，以詩賦爲取士之具；故唐代之文，多小説家言。觀唐代叢書可見矣。宋代之儒，以講學相矜；故宋代之文，多儒家言。明末之時，學士大夫多抱雄才偉略；故明末之文，多縱横家言。近代之儒，溺於箋注訓故之學；故近代之文，多名家言。此特舉説經之文言之。雖集部之書，不克與子書齊列，然因集部之目録，以推論其派别源流，知集部出於子部，則後儒有作，必有反集爲子者；是亦區别學術之一助也。會稽章氏、仁和譚氏稍知此義，惟語焉未精，擇焉未詳，故更即二家之言推論之，以明其凡例焉。”此論文章流别，同於諸子也。又曰："古人詩賦俱謂之文，阮芸臺《咸秩無文解》云：古人稱詩之人樂者曰文。故子夏《詩大序》'聲成文謂之音'。孟子'不以文害辭'。趙注：'文，詩之文章也。'然詩賦之學，亦出行人之官。蓋賦列六藝之一，乃古詩之流。古代之詩，雖不别標賦體；然凡作詩者，皆謂之賦詩；見左氏隱三年、閔二年及文六年傳。誦詩者亦謂之賦詩。見左氏襄二十八年傳。《漢志》叙《詩賦略》，謂：'古者諸侯卿大大交接鄰國，以微言相感，當揖讓之際，必稱詩以喻其志，蓋以别賢不肖而觀盛衰；故孔子言不學詩，無以言。'夫交接鄰國，揖讓喻志，咸爲行人之專司；行人之術，流爲縱横家；故《漢志》叙縱横家，引'誦《詩三百》，不能專對'之文以爲大戒；誠以出使四方，必當有得於詩教；則詩賦之學，實惟縱横家所獨擅矣。試考之古籍，則周代之詩非徒因行人而作，且多爲行人所賡誦。有知行人之勤勞，而賦詩以慰恤者。見《詩・周南・卷耳篇》序及鄭序。有獎行人之往來，而賦詩以褒美者。見《詩・小雅・四牡篇》序及'四牡騑騑'句毛傳。《小雅・皇皇者華篇》序及'駪駪征夫'句毛傳。或行人從政，而室家賦詩以勸行。見《詩・周南・殷其雷》序及鄭箋。或行人于役，而僚友賦以寄念。見《王風・君子於役篇》序及正義。或行人困瘁，賦詩以抒其情。見《詩・小雅・北山篇》序及'或不已於行'句毛傳，又見《緜蠻篇》序及鄭箋。或行人閔憂，賦詩以述其境。見《詩・王風・黍離篇》序及'行邁靡靡'句毛傳，又見《小雅・小明篇》'我征徂西'句孔疏。是古詩每因行人而作矣。又以《左氏傳》證之：有行人相儀而賦詩者；見襄二十六年傳。有行人出聘而賦詩者；見襄八年傳。有行人乞援而賦詩者；見襄十六年傳。有行人蒞盟而賦詩者；見襄二十七年傳。有行人當宴會而賦詩者；見昭元年傳。有行人答餞送而賦詩者。見昭十六年傳。是古詩每爲行人所誦矣。蓋採風侯邦，本行人之舊典；見《漢書·食貨志》。故詩賦之根源，惟行人研尋最審；吴季札以行人觀樂於魯，此其證。所以賦詩當答者，行人無容緘默；而賦詩不當答者，行人必爲剖陳。由是言之，行人承命以修好，苟非登高能賦者，難期專對之能矣。兩漢以前，未有别集之目，《漢志》所載詩賦，首列屈原；而唐勒、宋玉次之；其學皆源於古詩，《漢志》言'屈原作賦以諷，咸有惻隱古詩之義'。而《史記·屈原傳》亦言《離騷》兼《國風》、《小雅》之長。雖體格與《三百篇》漸異，然屈原數人，皆長於辭命，有行人應對之才；《史記·屈原傳》云：'嫻於辭令，出則接遇賓客，應對諸侯。屈原既死之後，楚有宋玉、唐勒、景差之徒者，皆好詞而以賦見稱；然皆祖屈原之從容詞令。'其確證也。西漢詩賦其見於《漢志》者，如陸賈、嚴助之流，並以辯論見稱，受命出使，是詩賦雖别爲一略，不與縱横同科；而夷考作者之生平，大抵曾任行人之職。則後世詩賦，皆縱横家之支與流裔矣。欲考詩賦之流别者，盍溯源於縱横家哉?"此推詩賦根源，本於縱横也。凡所持論，見《文説》、《廣文言説》、《文筆詩筆詞筆考》。蓋融合昭明《文選》、子玄《史通》以迄阮元、章學誠，兼縱博涉，而以自成一家言者也。於是儀征阮氏之《文言》學，得師培而門户益張，壁壘益固。論小學爲文章之始基，以駢文實文體之正宗，本於阮元者也。論文章流别同於諸子，推詩賦根源本於縱横，出之章學誠者也。阮氏之學，本衍《文選》。章氏蕲嚮，乃在《史通》。而師培融裁蕭、劉，出入章、阮，旁推交勘以觀會通。此其秖也。又裒次所爲辭賦詩文如干首，成《左菴文集》五卷。以民國八年十一月二十日卒，得年三十有六，特其生平文章之譽，掩於問學；而同時揚州文士，駢儷名家，揭幟阮元、汪中以自標置者，則有興化李詳焉。

李詳，字審言，揚州府興化縣廩生，與師培諸父名富曾者遊，名輩特先，而迍邅過之。其爲人聰穎夙成，甫六歲倍諷異常兒，父增親督教之，攜誇坐賓。比長，瞻顧非常，泛嗜羣言。於詩，唐則少陵、昌黎、義山，宋則東坡、荆公，靡不精熟，假館戚氏許。許爲鹽城大姓，藏書富；而詳見《汲古閣十七史》、《十三經注疏》、《文選》，乃大喜，而於《文選》尤篤嗜焉；日盡十頁，夜則繞案背誦。聞者笑以迂；而詳不顧也。羞爲功令之文。年二十，江蘇督學使者瑞安黃體芳漱蘭始録爲附學生員；詳銜感次骨，爲作《思君子賦》。出游落落無所合，羈貧失志。聞淮揚海道桂林謝公好士，往謁之；留門下爲書記。謝居京師久，於廠肆搜羅故籍，四部略備。詳得縱觀，常云："僻處海隅，學無師承，至是始識門徑，尤喜四劉之學。"人莫解所謂，蓋言《漢書·藝文志》、《世説》、《文心雕龍》、《史通》也；皆有所發明。而於乾嘉先輩，則極稱汪中《述學》，服膺拳拳，每效其體。阮元之《研經室集》，錢大昕之《潛研堂集》，亦所篤好；謂之"二研"，以名其堂。合肥蒯光典禮卿，以道員候補南京，陰求文士談諧爲樂。詳以介往見。光典欽其學行，厚禮焉。詳感其意，從之遊。而光典以名公子宦達，過其門者皆一時名公貴人，詳衣冠粗樸，揖讓其間；而傖父輩指摘禮數，借爲口實；意鞅鞅不自得，謁石埭居士楊文會仁山，參究生死。文會湛深佛典，謂曰："爾亦頭陀，墮落受苦。"詳爲悚然。既以蒯光典之介，得識江陰繆荃孫藝風，一見如舊相識；荀、陸覿面，不作常談；蘇、李知心，託諸詩句。言之兩江總督端方，委充江楚編譯官書局幫總纂。時實無書可纂，支官錢，治私書，即端方之《陶齋藏石記》是也；總纂本爲荃孫，以爲端方撰《銷夏記》，論列書畫，不遑兼顧；舉臨桂況周頤夔笙領之。周頤擇拓本無首尾，及漫漶模糊不辨字跡者，一以屬詳，而時刺探釋文何若；將以抵巇送難，顧詳於王述庵侍郎《金石萃編》及錢少詹、阮文達、翁覃溪、武授堂集，精研有素，周頤無以中也。然詳目耗精銷於此書矣。其記經詳所編凡一百六十餘種，擇其釋文略經考定者，別輯爲《分撰陶齋藏石記釋文自定本》。端方視詳，頗加敬禮。丹徒某妬詳之進，與長洲朱孔彰仲我皆爲所齮齕，以爲"名士"，非學人也。詳以膺曰："是何害！"撰《名士説義》以解。其辭曰：

《小戴記·月令》："季春之月，聘名士。"鄭君注："名士，不仕者。"孔沖遠疏引蔡氏云："名士者，德行貞純，道術通明，王者不得臣，而隱居不在位者也。"按此"名士"之稱，自足高式人表，矯排浮競。故潁川仲達持此以目卧龍；瑯琊茂宏下教而尊衛虎。求之於古。必如魯儒卓立，萬變不窮；郢臣好修，九死靡悔；始能民譽允孚，昭示來代。自唐而後，俗化澆訛，鄉曲猥子，江湖小集，李赤胡生之流，游神火馬之輩，並得揖讓公卿，驕穉裏閈。飲酒作達，率師嗣宗；躡屐通訊，强附子敬。致使往昔榮名，降淪輿隸。三椏五葉，乃得蕪菁；千里一曲，遂積濁渭。黎邱冒形，欺魄失質，集矢巧詆，有自來矣。然有高世絶俗，砥礪廉隅，好奇服而不衷，稟幼清而未沬，特以宗尚有别，旨趣稍殊，比黨交攻，詫爲異類；陰擠下流，陽奉此號；一若鴞服適集，惡其鳴聲；魑魅可禦，宜投絶遠。昔之君子，今直不肖。九變復貫，孰云可回？溯游相從，《周禮》宛在。是以耿介之士，側身人間，容止不改其常，風雨貞於如晦。脱有相輕，偶蒙品目；方如寵錫之膺，慚負嘉貺；詎敢引爲繆醜，縱斧本根？嗟乎！苟令大嵬狂易，勿蹈藩籬；二三有道，力行不惑；則揆厥所元，其朔可考也。

文出，益以兀傲見嫉。而詳不顧。王闓運以端方之召，來遊江寧，爲文士之宴。與會者數十人，迭相問難。詳獨默坐。會論《文選》，闓運曰："明遠、元暉，已開唐初律體。"詳舉"朔風吹飛雨，蕭條江上來"句以證。闓運喜甚，寫小幅爲贈，惟詳稱"先生"；其餘或"弟"或"兄"，皆兒子輩畜之；未有稱"先生"者也。既而端方移督直隸，詳與朱孔彰往送，時值盛暑，兩衣冠拱立；端方微頷之。孔彰以爲大辱。詳曰："第忍之何妨！世方譽陶齋爲畢鎮洋，即此慢士一端，去畢已不如遠甚。"尋端方以驕蹇無狀褫官；其再起也，特以鐵路大臣督師入川，抵資州，爲革命軍所殺。事聞，詳見《陶齋藏石記》印本，感賦三絶以哀之：

槐影扶疏紅紙廊，冶城東畔又滄桑。摩挲石墨人空老，憶到金陵便斷腸。

脱略曾非禮數苛，上官有女妬脩蛾。濮陽金集儒書客，那得揚雄手載多！

鯱鯱含憲出重闉，傳命居然奉勑尊。輕薄子玄猶並世，可憐不返蜀川魂！

情見乎詞，蓋猶不忘前恨也。自嗟迍邅，媲於汪中，宗尚所寄，以况身世。嘗爲其文箋注，語必溯源。上元周鉞左麾亦好汪文。詳以《廣陵對》"忠孝存焉"四字出陳壽《三國·蜀志·諸葛瞻傳》注。後鉞舉示座客，謂："李某强識絶人，能尋不經意處。"儀徵劉富曾謙甫一日談汪《黄鶴樓銘》，詳言："'桃花緑水，秋月春風'，出蕭子顯《南齊書》，而李延壽襲之。"富曾驚起曰："先兄恭甫昔校《南齊書》，得汪語所出，喜慰數日；不意君一叩即應也!"詳彌以自喜。每謂"容甫之文，出范蔚宗《後漢書》；而承祚《國志》，先於范氏；裴松之注所采諸家，規模如一；觀其約疏爲密，繼以閎麗，文之能事，盡於此矣。容甫闚得此祕，節宣於單複奇偶間，音節遒亮，意味深長；又甚會沈休文、任彦昇之樹義遣詞，而不敢輕涉鮑明遠、江文通之藩籬；此其所以獨高一代而推爲絶學也"。仁和譚獻仲修撰《師儒表》於汪氏稱爲"絶學"。"駢文一道，清初以來，名輩迭出。浙派初宗雲間，後亦别開户牖；穀人以後，彌共畦畛。仲瞿楳伯，披猖無已。稚威閎覽，虬户篠驂，隸事詭越，學渠者死，誠亦不免。定庵錯綜金石，其弊日甚。湖口、碧湄，刻意模放，眩目湏耳，語至累譯；《卷葹》之體，鑽仰猥積，胠篋探囊，非止旁采；舉其偏詞，即揣對句。凡此之類，僕所不喜。僕論駢文，以自然爲宗，以單複相間爲體，以貌爲齊梁僞體爲戒，以胡稚威爲不足法，而以孔巽軒不薄初唐，阮儀徵、孫淵如簡澹高古爲趨嚮。容甫生小倉氣矜之隆，後又鑒同郡吴園次之流靡，異軍突起，衍爲宗派；惟我能尋得容甫所出之塗而改轍避之。我行我法，何嘗於容甫集中作賊!"意思牢落，託之文章；而州郡交契，最稱顧碩石孫，爲《顧石孫四十生日壽序》以寄慨曰：

今之生日何昉乎？履端於《楚騷》，祝延於《顔訓》。唐宋而嬗，墨儒藻士，往往肸飾華曼，剿詩摘文，以是爲頌禱焉；蓋亦雅材之憲典，伐木之幽贄也。余與顧子石孫生幸同歲，交傾輩流。龐、馬不問主賓，殷、劉至陷輕薄，窮則撫翼濡沫，懽則揚眉抵掌；西陵弭棹，辛苦相詒；南館鳴葭，起居互訊。三年不見，綿思憯於風霜。一夕九逝，勞結紆於書疏。違離之感，爾我同之。比遘多幸，適君遠歸。灑練神明，沐浴膏澤。彌年疢疾，贈并州之一丸；永日譚諧，預泉明之三益。君則意氣干雲，余則坎壈失職，榮悴寒暑，未足相儺。顧景徂年，各登卅九。置酒見屬，爲慶更生。值君初度，詎能默息？昔陳遵、張竦，志趣小異；阿瞞、伯業，孟晉各殊。咸履涂軌，同躡好尚。敬相比附，用資嗢噱。君詞宗累葉，門第蟬嫣。夜光專曜，良璧獨翫。北海年少，居龍腹而不慚。東國人倫，附驥尾而立顯。余植根異所，藉蔭柯條。汝南應瑒，略有著書；陳留阮瑀，雅善筆札。傻指宗衮，俱非一貫。此不如君一也。

君幼稟挺至，噪譽髫辰。慧析楊梅，玄參荷棘。炊糜忘箄，聽長者之談。盜酒不跽，動家尊之喜。余少役里衖，荃蕙爲茅；蹴踘意錢，間侶甲乙；司空城旦，屢廢研尋；逮解裳衣，升堂嗟晚。魯國男子，逢盛憲而已遲，槐里朱生，師蕭倩而不獲。此不如君又一也。君瞻矚異等，卓犖冠時。元龍置上下之牀，嗣宗爲青白之眼。魏其坐次，讋氣要人；金閶亭前，斂迹羣小。余箝舌弭謗，危行仄視，裁量月旦，揚抑時流，片言積忤，誚安國之寒灰。微文見刺，近支離之攘臂。此不如君又一也。君鴻篇巨製，喬宇旁魄，長河一寫，修桐百尺。宋玉口多微辭，江總尤工側體。銅蠡麗製，持喻瓊瑰；碧玉倡家，結言環佩。余役才苦短，顛躓宫商；仲宣不足起文，子雲常病少氣。閨中邃遠，悱側揚靈；陌上徘徊，昌丰輟詠。譬之工臏不屬先施，賣侶終非陽五。此不如君又一也。君任俠自喜，豪舉稱雄。設醴以款穆生，揮金以希疏傅。鄰女炳燭，往就徐吾；修齡乞米，唯在謝尚。余胥疏人世，雅志開拓；亦嘗質衣䘏隱，解佩盱衡；銅山之賚未賡，歸墟之水旋燋。以至王陽衣被，微徼輕名；陳湯匄貸，取譏無節。此不如君又一也。總此五慚，謬蒙心賞。流波析引，寒谷煕春。鄱陽暴謔，欣與平叔爲曹。敬禮小文，輒付陳思是定。稱藥量水，棲屑曾經；泛舟褰裳，懽情自接。申四海之敬，各存斷金；獻三託之辭，請賡溉釜。粗窺厓涘，略挈都凡。佐公感知己之賦，願君不行兮夷猶；顔遠思友人之詩，慰余自憐兮惆悵。善保黄髮，勉貽令名！

借題抒慨，以己度人。又爲《自序》一文以撫汪氏，至云：“容甫比於孝標，已爲不逮。余於容甫，又愈下焉。是知九淵之深，未及劫灰；餐荼之苦，劣於含鴆。”辭意激楚，可概見焉。

詳論文不主桐城，論詩又薄西江，與時流異趣；而特心折侯官陳衍石遺。衍著書，揭幟西江以成詩派；而詳之砭西江特甚！每謂：“余學詩五十年，初嗜《文選》，繼宗杜、韓，又復流連義山；而深以宋派傷於徑直，涪翁、后山學杜，直可謂之生吞活剥。半山一老學究語。陳簡齋乃涪翁之肖子。誠齋、後村，質僿樸野，太無興會。放翁稍有雅人深致。南宋始終，皆西江派所流衍而不能自成一隊。北宋之初，自西崑體後，不失唐人正軌。

歐公學韓，冗長馳騁，毫無歸宿。蘇長公出，傷盡，傷巧，傷譬喻太多，傷聰明太露；心知爲一大家，意所重者，不在是也。乃清道、咸以降，涪翁派曼延天下；又以定庵恢奇鬼怪，殽亂聰明子弟；如聚一邱之貉，篝火妄鳴，爲詳爲制，至於亡國；聲音之道，不可不正也。余論詩好從實處入，又喜直起直落，而略致情款；不喜作僞語及仙佛一切雜碎比於奸聲者。”語詳所著《拭觚》。而陳衍見詳篇什，謂非近日詩人妙手空空者可比。詳聞之，意不足，謂石遺殆未知余論詩之說見於《拭觚》者，記以一詩曰：

偶聞北海知劉備，惜未任華遇少陵。儇薄自迷三里霧，煩歊誰辨一柈冰。遊吴物論惟輕宋，自注：趙秋谷遊吴，事阮吾山，謂所指者西陂耳。朝魯宗盟竟長滕。心折長蘆吾已久，别材非學最難憑。

陳衍見之曰：“滄浪論詩，以謂别材非學，余所不憑；曾於羅癭菴詩叙暢言之。惜審言所著《拭觚》，終未見之；至此詩使事雅切，仍以非妙手空空兒評之耳。近人能詩者，皆好自欺欺人語；又千篇一律，語熟口臭，閱之不一行，使人欲睡。”詳賡之曰：“有子部雜家之學，偶爾爲詩，必有可傳。若就詩求詩，架上堆得《隨園全集》、《湖海詩傳》，交不出鄉里，材料皆家人匡篋中物。鍾記室以任昉爲戒，但揭‘羌無故實’，‘詎出經史’，相爲裁量。因之一千餘載之後，白話詩出，爲大革命。公詩避俗好奇，直高於我；而僕敢執弭以從者，以好爲子部雜家之學，詩格雖不同，内函子部雜家語；即和意不和詞，亦箭鋒相直；絶非若盧子幹之酬劉越石、李謫仙之嘲杜少陵也。沆瀣一氣，久而加敬，如文殊師利之叩維摩詰，爲二士之談道。兩家弟子，各處一方。公託閩海，弟家淮澨，天公不捉在一處囚，泥鰌專制，孽狐作祥，各傳其學而已。”顧所自憙者，尤在文章。自謂初好容甫，又嗜昭明《文選》之序，日加三復；阮太傅《文言説》，尤所心醉也。然詳駢文，精隸事而乏韻致。特其書札，詞筆疏俊，而氣調岸異；繁采既削，古豔自生，乃正蕭散似魏晉間人作。答《江都王翰棻論文書》曰：

渥然仁兄足下：

日者之集，以有坐客，不能暢談。客未來時，某已略陳狂瞽。兹奉來書，洋洋盈耳，色然以駭；不意足下少年，所造至此，殊可羨仰。足下起自孤童，與某相等。其無師承，一以古人爲歸。足下尚居郡城；某則村落僻左，求一卷之師不得也！又苦無書可借。蚤歲自致，不能如足下百分之一；而困學則同。稍觀古人文字，喜蔚宗《漢書》、昭明《文選》，以求申阮氏《文言》之旨。阮氏之言，亦昭明立意能文之區畫也。文章自六經、周秦、兩漢、六代以及三唐，皆奇耦相參，錯綜而成。六朝儷文，色澤雖殊；其潛氣内運，默默相通，與散文無異旨也。其散文亦爲千古獨絶。試取《三國志注》、《晉書》及《南》、《北》兩史、酈善長《水經注》、楊衒之《洛陽伽藍記》與釋氏《高僧傳》等書讀之，皆散文之致佳者；至今尚無一人能承其緒。蓋誤以雕琢視之，而未知其自然高妙也。唐之肅、代以下，文字亦多追嚮南北兩朝；特韓、柳稍異耳。夫韓、柳亦耦也，觀其全集，何曾有子家言連犿恣肆，渺無岸畔，參廁其内？北宋初元，爲師承未墜。自穆伯長、柳仲塗、蘇子美、尹師魯倡爲古文，胸中初無所儲，而務紆其詞以爲古，曳其聲以爲韻，裁複爲單，改短爲長。歐陽兖公雖師昌黎，而小變其體；未爲背師法也。蘇老泉以布衣求之於縱横、名、法家言，冀以自達。二蘇繼之，馳騁而好爲策士議論，重以比况爲長，文遂往而不返！後雖别爲一派，而文章正宗不在是也。本朝自望溪以古文自命，惜抱擁護於後，曾文正又演程魚門言，比於禪林宗派。後生小子，粗有見地，一若文非桐城，即爲畔道；比於漢人，且有甘背師法以求禄利。於是天下靡然嚮風，相逐於不悦學之一途，而摹其章法起訖，以爲古文在是。滄海横流，其誰主之？異代必有推原禍始者，某不敢盡言也。足下涉獵諸書，已見一斑。惟近人文字，相戒弗觀，其害人如鴆，著人如膩。求之於古則得矣，安有今人之足師耶！治經治小學亦不易。但觀大意與訓詁假借引申，用之於文字不謬；若精研之，非數十年功力不可。且必求勝於諸老，否則公然剽襲，可勿爲也。某所嗜者，《左氏傳》、《文選》、《杜詩》、《韓集》、《容齋隨筆》、《困學紀聞》、《曝書亭集》、錢少詹《潛研堂》、阮文達《揅經室集》、汪容甫《述學》、高郵王氏諸書、《説文》段氏注、《郝氏遺書》，此皆某之師也；敢以薦於左右。足下今持盛意，欲執贄衰朽以爲論文之地。在昔昌黎好爲人師，其門下皇甫湜、張籍、李翱，未有以師稱之者。翱又娶其兄女，尚稱退之爲兄。某何敢屈足下爲弟子？謙必稱“受業”，尊必稱“夫子”，噫！此市道交也，奈何效之！且韓門至劉叉；况今之鑫蒙、吕步舒比比耶？《通鑒》某亦好此；胡注於地理最佳，其他亦有望文生義者；足下如有所見，可互相推勘。相距甚遠，以書往來，不異面談；毋以未相推奉，謂有隔閡。某非讓以鳴高，亦以古人論學，不規規於是也。某再拜。

蓋持論不慊桐城如此。而一時揭幟桐城以號於天下者，則爲侯官林紓畏廬；而詳則訶之曰：“觀林氏所譯小説，重在言情，纖穠巧靡，淫思古意。三十年來，胥天下後生，盡驅入猥薄無行，終以亡國。昔人言王、何之罪浮於桀紂；畏廬之罪，應科何律？畏廬既以此得名，可以已矣；而又强論文章，因擇舉世所宗，又爲時貴傾嚮，遂復附和其説，張之無已，氣矜之隆，寖至不可嚮邇。畏廬本佳人，而入迷途。其初多文爲富，炫鬻自媒，致敗風俗；後又出其緒餘，高論文章，取究韓、柳文法，復起桐城之燄，鼓以爐鞴，勢令海内學子，從風而靡，一與其小説等；而其富厚之願始畢。此僕七十老公，所爲不平，而欲義形於色者也。”國變以後，嘗謁嘉興沈曾植子培於上海。曾植以名士爲達官，座客常滿；輒指詳稱説曰：“此江淮選學大師李先生也。”嘅然謂：“光緒中葉，李順德文田及翁文恭、潘文勤迭主文柄，公車之士，無不識者。何獨不見此君！”金壇馮煦夢華總纂《江蘇通志》，引詳爲佐；所上條陳，無不曲納；綜其議論，署爲《碎金》，别有《藝文志商例》；煦尤極賞之，函令采訪分纂，依例覈真；而衆畏其難。惟松江、南通、太倉如所云云，著見本末；餘則重𫍲𢽙謬而已。它如江都、甘泉、儀徵三縣《人物》、《儒林》、《文苑》及《藝文》，又《輿地沿革表》，皆詳所修定也。煦於志事，深相委重；而詳以煦之鄉里姻親，熒惑視論，羞與分謗；遂膺東南大學之聘，教授《文選》及《陶淵明集》、《韓昌黎集》。尚氣好攻辯，人畏其口，亦以此累不得志。而文章自矜重，駢文尤所得意，以爲“駢文全貴隸事，不可拾人唾餘。揚雄賦甘泉，爲之病悸少氣，曾爲一駢文，汗出不止，幾殆；服參附乃免。”因改定潤列，凡求駢文，要先兩月通問，先奉潤金三百元；不依此格者，付之不答，其自矜貴如此。論者亦以相推，冒廣生鶴亭言：“方今駢文，北王南李。”王謂汾陽王式通書衡，讓清光緒戊戌進士，入民國，官大理院推丞；亦以駢文有名，而與李詳不同。李詳以雕藻，式通以秀潤。而馮煦之叙孫德謙《六朝麗指》也，仿陳思王《與楊德祖書》，以爲“並世作者，可得而言；夔生鷹揚於嶺表况周頤；芸子猿吟於蜀都宋育仁；静山鴻冥於毘陵屠寄；審言鶴峙於淮左；並抽祕騁妍，標新領異。今益葊異軍突起，獨秀江東。”與冒氏品藻不同；而以詳所爲，固已躋之作者，名以一家矣。以民國二十年四月三日卒，年七十三歲。

孫德謙者，益葊其字，一號隘堪，江蘇元和人，歷任東吴、大夏、交通諸大學教授；其論學究心流别，以治會稽章學誠《文史通義》有盛名。李詳嘗以語曰：“會稽之學，君與錢唐張爾田孟劬，海内稱爲兩雄；有益一人而不得者。”自稱少而從事聲音訓詁，好高郵王氏之學，久之，病其破碎，遂有事於會稽之學，以上溯《班書》六略，旁逮周季諸子，考其源流，觀其會通，成《諸子要略》五十篇。而目録家言，三十以前，即有偏嗜；《班書》六略，《隋志》四部，時用鈎稽。徒見世之講版本者，得宋、元以矜奇祕，而於書之義理，則非所知；又齗齗在字句之間，以爲劉氏向、歆之所長，祇此瑣瑣辨訂，未克條其篇目，撮其指歸；於是纂《〈漢書·藝文志〉舉例》、《劉向校讎學纂微》兩書。蓋生平得力，在周秦名家之術，於一切學問異同得失，咸思覈實以求其真；與世之穿鑿附會者不同科矣。然生平志在千秋，以爲：“詩文戔戔，何足稱不朽絶業?”弱冠之歲，有友箴之曰：“君子之學，所貴文質相宜，學貫天人，尤貴潤以文章。”意有感發。而文之爲體，駢散而已；自以散文非性所近，遂致功於儷偶；日取武進李兆洛申耆所選《駢體文鈔》專壹誦習，苦不得其奥窔，第領其音節氣息而已。既讀朱一新《無邪堂答問》，論六朝文云：“上抗下墜，潛氣内轉。”大悟，創血脈之説；以爲：“顔黄門謂文有心腎筋骨皮膚，而不知有血脈。血脈者，以虚字使之流通；亦有不假虚字而氣仍流通，乃在内轉。劉成國訓‘脈’爲幕，謂幕落一體，則其貴尤在於通體之氣韻。”以故爲文不尚塗澤，唯務氣韻天成。尤喜讀范蔚宗《後漢書·叙論》，愛其遒逸；而濟之以江文通，欲更加研煉。一時論儷體者，以李詳爲第一，德謙次之。而海寧王國維静安則語之曰：“審言過於雕藻，知有句法而不知有章法。君得疏宕之氣；我謂審言定不如君。”德謙每引自重。而以儷體必溯六朝，因撰《六朝麗指》一書而叙其端曰：

麗辭之興，六朝稱極盛焉。夫沿波者討源，理枝者循幹。作爲斯體，不知上規六朝，非其至焉者矣。唐、宋以來，各擅其勝。爰迨近彦，頗亦爲工。然北江傑材，别成其派衍；南城輯略，羣奉爲正宗。六朝之氣韻幽閒，風神散蕩，飆流所始，真賞殆希。亦由任陸楷模，得世纘而顯；魏邢優劣，唯孝徵則知。未有下帷鑽堅，升堂覩奥，需逮來哲，譬曉密微故也。夫論文之製，託始子桓。厥後宏範謂之翰林，仲治條其流别；士衡詮賦，曲盡於能言；公曾撮題，雜撰乎集敘。自是孳多於世矣。其在六朝，往往間出，彦昇《緣起》，乃原六經；休炳一編，備稽江左。若夫隱侯述志，水德博徵；仲偉周遊，風謠自局。其古今隱括，體用圓該，東莞《雕龍》，可云殆庶。然宋、齊而下，不復詳言；則以世近易明，無勞甄叙；六朝盛藻，嗣響尠聞。將師曠知音，且期異代；惠施妙處，未獲傳人。意者豈其然乎？加以昌黎崛起，古文代雄。後來辭人，遞相師祖，震起衰之説，近蔽眉山；矜載道之華，遠承泗水。語乎六朝富豔，方且俳優黜之。夫迭相奇偶，前良所崇；雖簡文嗤其懦鈍，士恢訾其華僞，爾時氣格，或不免文勝之歎！然其縟旨星稠，逸情雲上，綴字通《蒼》《雅》之學，馭篇運騷賦之長，駢儷之文，此焉歸趣。又况王筠妍煉，獨步名家；仲寶典裁，騰芬當世者焉。余少好斯文，迄茲靡倦，握睇籀諷，垂三十年，見其氣轉於潛，骨植於秀；振采則清綺，淩節則紆徐；緝類新奇，會比興之義；窮形抒寫，極絢染之能。至於異地儁才，剛柔昭其性；並時齊譽，希數觀其微；凡皆成誦在心，借書於手，符羊子百章之數，準馬談六家之論，亦已著之篇中，茲蓋試言其略也。評非月旦，敢覬乎高名。禮毋雷同，豈資於勦説。因知言不盡意，恒患攸存，庶六朝之閎規密裁，於是焉在。若乃鏡鑒源流，銓綜利病，善文之士，類能道之，斯則非所急矣。

籀其歸趣，大指主氣韻，勿尚才氣；崇散朗，勿嬗藻采。其論以爲："駢文之有任、沈，猶詩家之有李、杜。彦昇用筆，稍有質重處；不若休文之秀潤，時有逸氣，爲可貴也。《詩品》云：'昉既博物，動輒用事，所以詩不得奇。'然則彦昇之詩，失在貪用事，故不能有奇致；吾謂其文亦然，皆由於隸事太多耳。語曰：'文翻空而易奇。'以此言之，文章之妙，不在事事徵實；若事事徵實，易傷板滯。後之爲駢文者，每喜使事，而不能行清空之氣；非善法六朝者也。六朝之文，無不用頓宕之筆；後人但賞其藻采，而於氣體散朗，則不復知之。故即論駢文能入六朝之室者，殆無多矣。”此崇散朗，勿嫿藻采之説也。又謂：“長沙王益吾選《駢文類纂》若干卷，其持論大旨，則在不分駢散，而以才氣爲歸。夫駢文而歸重才氣，此固可使古文家不復輕鄙，無所藉口。惟既言駢文，則當上規六朝；而六朝文之可貴，蓋以氣韻勝，不必主才氣立説也。《齊書·文學傳論》曰：‘放言落紙，氣韻天成。’若取才氣横溢，則非六朝真訣也。昌黎謂：‘惟其氣盛，故言之高下皆宜。’斯古文家應爾；駢文則不如此也。六朝文中，往往氣極遒練，欲言不言；而其意則若即若離；上抗下墜，潛氣内轉，故駢文蹊徑與散文之‘氣盛言宜’，所異在此。”此主氣韻，勿尚才氣之説也。主氣韻，勿尚才氣；則安雅而不流於馳騁，與散行殊科。崇散朗，勿矜才藻；則疏逸而無傷於板滯，與四六分疆。德謙以爲：“駢體與四六異。四六之名，當自唐始；李義山《樊南甲集序》云：‘作二十卷，唤曰《樊南四六》。’知文以四六爲稱，乃起於唐；而唐以前，則未之有也。且《序》又申言之曰：‘四六之名，六博、格五、四數、六甲之取也。’使古人早名駢文爲四六，義山亦不必爲之解矣。《文心雕龍·章句篇》雖言：‘四字密而不促，六字格而非緩’，此不必即謂駢文。不然，彼有《麗辭》一篇，專論駢體，何以無此説乎？吾觀六朝文中，以四句作對者，往往祇用四言，或以四字五字相間而出。至徐、庾兩家，固多四六語，已開唐人之先；但非如後世駢文，全取排偶，遂成四六格調也。”而駢文又與律賦異。以爲：“駢文宜純任自然，方是高格；一入律賦，則不免失之纖巧。《文心雕龍》，《詮賦》與《麗辭》各自爲篇，則知駢文且不同於賦體。賦體出以雕纂，而駢文尤貴疏逸。”疏逸之道，則在寓散於駢。以爲：“駢體之中，使無散行，則其氣不能疏逸，而叙事亦不清晰。故庾子山碑誌諸文，述及行履，出之以散。每叙一事，多用單行，先將事略説明，然後援引故實，作成駢語以接其下。推之别種體裁，亦應駢中有散文。儻一篇之内，始終無散行處。是後世書啓體，不足與言駢文矣。”德謙之書，此爲精覈；其他著有成書，曰《古書讀法略例》、《諸子通考》、《孫卿子通誼》、《吕氏春秋通誼》、《太史公書義法》、《古書録輯存》、《補南北史藝文志》、《文選學通誼》，各若干卷；而駢偶文特以餘事爲之而已。李詳以爲駢文全須隸事，不可拾他人唾餘。而德謙則病任彦昇隸事太多，不如沈休文之秀潤有逸氣，以爲“文章之妙，不在事事徵實”。此可以徵兩家蹊逕之不同。李詳以隸事新穎自夸，德謙以逸氣清空爲尚。《北齊書·魏收傳》，見邢子才、魏之臧否，即任、沈之優劣。吾則謂任、沈之優劣，即是李、孫之優劣爾。然德謙好自標置，特工議論，而所作或不逮。若論秀潤有逸氣，蓋不如同郡孫雄云。以民國二十四年九月十五日卒，年六十三歲。

孫雄，早歲治經宗東漢，願學鄭玄，以玄字康成，原名同康，字師鄭，亦號鄭齋；别號樸盦，以明蕲嚮所在也；昭文人。高祖原湘，爲清代乾隆、嘉慶間詩人，世稱子瀟先生；著有《天真閣詩文集》六十四卷。雄幼承家學，十歲即能詩。弱冠以後，從德清俞樾、定海黄以周遊，始知服膺東漢大儒鄭康成之學，而治三《禮》、《毛詩》尤邃。中式光緒甲午進士，授職吏部主事。大學士張之洞管京師分科大學，奏派爲文科大學監督。輯近人詩，約得二千餘家，爲《道咸同光四朝詩史一班録》；無貴賤老幼與相識不相識，旁搜博采，每人綴以小傳，其題《薛褧銘詩稿》後有云：“朱子論作文，勿使差異字。選言戒鈎棘，説理尚平易。《朱子語類》卷一百三十九云云。詩文體縱殊，探源靡二致。”又云：“謫仙曠世才，逸足追風驥。落筆撼五嶽，絶塵飛六轡。少陵鬱忠肺，字字流血淚。高歌泣鬼神，獨醒唤衆醉。慷慨南董筆，從容北山議。天若假之鳴，詞取達其意。蛇神牛鬼徒，形穢三舍避。”又云：“詩中隱有我，詩外更有事。回甘道味濃，叩寂餘音嗣。古云貂裘雜，不如狐裘粹。見《淮南子》。哂彼飣餖儒，獺祭誇多識。作詩如用兵，操縱身使臂。奇兵不在衆，敢戰推驃騎。”即此可見論詩宗旨；蓋所貴達意，而無取使事也。其爲駢文不以逋峭爲古；而氣味自淵懿。年二十許，遊京師，客其鄉人尚書翁同龢所，與會稽李慈銘莼客相過從。慈銘工駢文，又宿學；索觀所作，亟賞之；謂曰：“君文精潔簡雅，淵乎經籍之光。妙在命意遣詞，必以盅粹爲本，龤和爲節；視世之矜奥衍，逞才情者，或雕飾以爲古，或恢詭以示奇，正宗旁門，判若涇謂。此經生之文，異乎瑰士也。”爲加點定，因輯爲《師鄭堂駢體文存》上下二卷，都十七篇；而慈銘尤推其《居庸關至宣化府行記》、《賀曾孟樸新昏序》、《讀元祕史注書後》、《與胡复修書》四篇，辭趣淵雅；匪徒苟爲炳炳琅琅而已。若論懷文抱質，徵見性情，則莫如《與翁師漢書》，其辭曰：

執别數日，相思千里，冬序忽來，秋思彌甚。北地苦寒，冰厚寸許。車聲雷奔，馬足霧亂；黄塵飛揚，兩目爲障；紫沙堆積，半體若塑。昨日之午，爰抵深州；征驂甫停，即覺疾首。寒氣侵骨，倚枕不寐。遥念足下，瀓慮經史，削迹家衖。入有吹壎之雅，出有盍簪之歡。委蛇偃仰，誠足悆樂。僕本乏技能，唯耽文史。謬蒙長者推獎，爲之先容。羈鳥借一枝之安，勞魚得蹄涔之水。静言思之，已爲非分。矧以順德先生中朝冠冕，海内斗山；幕府羣才，孔多鴻碩；相與推襟送抱，佩韋質弦，證古史之對音，論駢文之異體。松盟柏悦，生幸同時。月落參横，談猶未倦。以此稍慰岑寂；暫忘離憂。然南望之心常縣，北堂之膳誰侍。門前别子，何限歔欷；夢裏覲親，難酬顧復。每當魚更三躍，掩卷就寢；魂遊江南之國，身在華胥之鄉。婢僕賀其速歸，弟妹喜而起舞。高堂扶杖，話面目之瘦肥。良友叩門，問著作之多寡。鄰僮解事，樂聞笑言。山妻賦詩，互相贈答。恍惚自思，疑爲幻境。頽然而醒，仍復獨處。呼僕舉燭，亦在睡鄉。仰視東方，天光已白。一夜十起，衹益悵然。嗟呼！北江先生有言："積瘁之士，寡至四十者。"僕之年齒，已近三十；而學問事業，迄用無成。儻得策名清時，委質京國，竊懷負石赴河之義，力挽琅湯淩鑠之風，破柱求姦，作守天之一鶚；開城創制，爲南溟之大鵬。此乃上願所存，不可必也。若夫輯高密之遺書，申汶長之奥説，誦龍門之雄文，校蘭陵之異字，含毫邈爾，思通古人；伸紙斐然，精騖八表。休息經籍之圃，馳驟文雅之囿。百家雜語，淵匯乎一編。六籍微言，囊括夫萬象。覃思以終其業，咀華以潤其流。則我心區區，亦竊慕乎是。昔北齊劉孔昭云："使我數十卷書傳於後世，不以易齊景之千駟也。"僕嘗歎此達言，以爲美談。至乃以科舉爲性命，視富貴若神仙。驁嚮而尋聲，承意而揣色。牡羣牝友，殷殷沄沄。齒豁頭童，灌灌蹻蹻。偶邀顧盼，如登天而坐雲。略失援繫，便墜心而危涕。百年倏忽，時不我與。幸得稟乾坤之至靈，承鞠育之遺體，寧忍驅役魂夢，眩惑耳目，隨草木以同腐，動朋友之茹歎哉？吾鄉諸子，並雄於學！敻修研思乎

《國策》，謙齋振響乎《淮南》，孟樸殫勤乎《漢志》，秉衡覃精乎《晉書》，隱南肆力乎古文，木彊疲神乎目録。開篋而視，咸有成書；閉門而造，無非確論。足下又淹貫衆長，自成絶學！惟善蓄光彩，益彰令名。道遠言略，各自努力耳。十日以後，使車返都，再達箋繒。發函於邑，不盡所云。同康再拜。

時雄未舉進士，以翁尚書之介，隨侍郎順德李文田仲約按試承德府，文字賞會。初文田實以光緒戊子主江南鄉試，號能得士；題爲《論語》"可與共學"兩章。雄主反經行權古説，合兩章爲一章；通篇散體，不拘拘八比格，中有云："君臣者，天地之常經也；而讀'鷹揚'之詩，有以臣伐君者矣。兄弟者，亦天地之常經也；而讀《鴟梟》之詩，有以弟殺兄者矣。是何也？曰反經以行權也。蓋經爲已定之權，而權實未定之經；反經者，非離乎經，乃合乎經耳。"卷由房考吴承志呈薦。文田擊節歎賞，而以語意過激，未敢取中；至是追述前事，引爲大恨，如東坡之失李方叔也。文田熟精《遼》、《金》、《元》三史，及碑版地理考證之學；以長春真人《元祕史》晚出，於蒙古立國疆域世系，頗具梗概；乃廣搜紀載，兼采近世泰西譯籍，辨析考訂，作注十六卷；成書以示雄，此《讀元祕史注書後》之所爲作也。文田誦之，歎曰："拙著《元祕史注》，本極猥鄙，然經通人一覽，抉摘無遺；惟博聞彊記於平時，故能提要鈎玄於一日！"蓋雄之學，兼綜條貫，而於文章流别，辨之尤嚴。故其文篤雅有節，光氣黝然。而不尚雕藻，與孫德謙辭趣一揆；然未能以駢文上説下教，發凡起例如德謙所云爲也。亦於民國二十四年九月卒，年七十三歲；别有《師鄭堂散文存》、《舊京詩存》、《舊京文存》行世。

馮煦論近世能爲漢魏六朝文者，自李詳及德謙外，尤稱閩縣黄孝紓警煉俶詭，後出居上。孝紓靈悟天挺，弱而好文，通習訓詁，多識奇字；根柢經史，皐牢百家，瓌辭奥義，亭蓄萬有。於清代喜汪中、洪亮吉，因以上窺六朝，尤致力於范曄、酈道元、庾信諸家。嘗與馮煦書論文曰："輓近士夫，驅騖耳學，掞張目論；譁衆取寵，乃市詅癡之符；飾智矜愚，私竊狄鞮之説；抵掌於裨瀛，而茫昧於衣履之近；哆口於經濟，而乖舛乎人倫之常；左書而右契，北轍而南轅，是謂浮夸。吾無取焉。亦有胸臆是任，溝瞀爲懷，《鄘書》視犬之字，斥爲委談，揚雲雕蟲之文，謂之小技；祖韓柳而祧徐庾，軒秦漢而輕齊梁；究之方聞樸學，但屬空談；販舌張頬，取飾儉腹；自蔽益深，誤人彌甚，抑亦近世之通病也。若夫廣麗製之規，繹文言之義，千金享帚，謂有其人，則又目營兔園之册，耳習鼃蛙之音，金鍼單慧，誤迦陵之讕言；繡裾諸干，溺隨園之僞體；凡諸骫骳，曾何足云！紓家有賜書，少聞庭誥，治經之暇，竊好斯文。嘗以六朝人士，祖尚玄學，吐屬清拔，高在神境；譬夫車子轉喉，有聲外不言之悟；湘靈鼓瑟，得曲終無人之妙。以才雄者，類物賦形。以情勝者，言哀已歎。潘、陸聯鑣於典午，江、鮑驂靳於蕭齊；道元經注，山水方滋；蔚宗史才，論贊獨絶；曹思王之誄碑；吴季重之箋奏；庾信多蕭瑟之思；劉峻得雋上之致。各顓一體，並有千秋。求之昭代，容甫北江，雅稱復古。平生證向，略罄斯言。”可以覘孝紓蘄嚮矣。

孝紓，字頵士，號匑厂。父某，光緒中以翰林轉御史，出爲守，歷官皖魯，更世嬗變，傫然以遺佚隱勞山，年幾八十矣。孝紓服習庭訓，潔身養志，濱海一樓，朝夕相慰藉於風雨瀟晦之會，其心亦良苦焉。嘗仿庾信《哀江南賦》體，撰《哀時命》一文，低徊家國盛衰之故，驚心動魄，傳播逮大江南北。其辭曰：

西漢嚴忌遭時不偶，賦《哀時命》一篇；後世讀其言而悲之。余涉歷囏屯，蹉跎歲路，仰視先哲，其境尤戚；而古人之間，獨以梁之庾信，庶爲近之。爰仍嚴生之舊名，兼用子山《哀江南賦》體並韻，暇日抽思，更爲新製。嗟乎！茫茫來日，誰可晤言？瞢瞢彼蒼，豈云可問？橘植江浦，非可假以逾淮。玉熸崑岡，或當同夫焦石。卷葹之心已死，鷦鷯之枝未安；自非茂陵銅狄，武擔石人，疇能無身世之感，俯仰之慨哉？削藁潸然，薄抒胸肊。勞者自歌，無嫌鄙屑；知我罪我，亦無瞢焉。辭曰：

横艾紀歲，元冥涖官。日薄無色，雲流有瀾。時逼歲暮，土靡寸安。亂脊脊而胡底，意回回而無主。家竄梁鴻，神傷衛虎。摶沙何常，斷梗靡聚。翳蘭錡之舊族，爰肇興於我祖。廁七姓以從王，入八閩而宅土。作流舊於侯官，甄勳格於軍府。文無曠僚，武無律竭。奕世簪纓，嬗家鉞節。或宰邑而稱循，或殫忠而蒙烈。陸浚儀揭像而表圖，杜元凱臨流而湛碣。猗惟大人，啓躍秀民。通籍俠陛，勵志埋輪。烏臺論列，玉府浮筠。重甿作牧，申命詞臣。南溢皖服，北來濟濱。翔旟起隼，綰佩鏤麟。作郡十載，頌聲在人。余隨侍於丱歲，值開元之季年。雖外侮之間至，乃國事其猶賢。玉棓隱耀，寧鐲列筵。鐘鼓周序，歌吹沸天。家頌塞晏，國安幅圓。朝夜無事，薰風泛絃。運極熾則中屯，天降疵於下武。道竟失於夷庚，厄乃丁於典午。摧躪四維，昌言九主。杞人憂天，仲尼歎魯。涕出未央之鍾，袄鳴歷陽之鼓。西望川陝滇黔，南極湖湘江浦。地覆坤維，天傾乾柱。券裂十華，讖興三户。鍾離廩君，宣宫巽羽，莫不共驚封而宵熸，與貜疏而晝舞。頹垣有雲，洗兵無雨。武昌首義，遂覆天下。鼙鼓乏死節之臣，軺車恥觀軍之使。責干城於剩員，假閫寄於僨帥。部曲星離，將士麻沸。閫外有執冰公徒，軍中號摸金校尉。廟堂偷樂，士皆不學。上下周章，老成凋落。習媚高尻，偷容崩角。清談則夷甫，元老則長樂。腰扇者竊附褚公，捫蝨者自矜景略。志士顔汗，尸臣氣索。人爲藏窟之兔，士半乘軒之鶴。曹社鬼謀，吴宫塵濁。國改宗祊，野多壁壘。漢失靈蛇，秦亡寶雉。值銅駝於棘中，屑金人之鉛水。九廟之祀忽諸，八紘之禍兆矣。本初竊命，爲蜮爲猘。安忍無親，㑹張蠱性。伏地咶天，瞽實聾正，仲家自爲，東綯自縻。嗟雞尸而牛從，亦羊質而虎皮。九世卿族，百年宗枝。醜不勝載，僨無俟吹。促威斗於一瞬，問神鼎其何窺。時則方鎮阻兵，精迺擐胄。勤軍則燒掇焚杅，逐帥則仆表決漏。韜未諳於孫吴，譎不逮於賈寇，亦復很逾貪羊，酷如鷙獸。赤眚降天，妖霧蔽宿。肆函谷之鯨吞，駭鄭城之虵鬥。原燎簸扇，畇畇禹甸。摟趙連齊，跨州并縣。路習槍雷，士狃被練。望鮲鹽而逋誅，據貊盤而歡宴。遂乃稱戎畿輔，搶攘契箭。火徹諺門，矢驚朵殿。范陽魏博之卒，犯闕而合圍。函箱背嵬之軍，乘勢而激變。十二年中，輦轂五戰，日空返於揮戈，軍難銷於揮扇。權則上替，策靡遠綏。發號不越十步，施令詎式九圍。金雌告讖，鐵牡宵飛。乃有兩戒分裂，榱崩棟折，舟沮南檣，車迷西轍。儵爚旄頭，張皇箕舌。奮旅番禺，窺兵武穴。屍積洞庭，甲齊大别。勍敵五嶺飛芻，將軍三湘馳節。城堡榛曠，兜烽冥滅。地殫蒻茭，國罷丁壯。不聞繫纓之評，坐見僨軍之將。鞭臨江而可投，籌無糧而奚唱。楚氛甚惡，吴師齊喪。楓林化械，鬼聲愀愴。始滇池之易幟，乃致歎於鞭長。疽潰非針鍉所治，川決非石楗所防。緜延萬里，禍起蕭牆。尉佗左纛，半壁云亡。草寇竊發，雲屯霧勃。揭竿有知世之郎，斬木則漁陽戍卒。狐火千村，鴟苕萬窟。四序遊魂，三軍暴骨。鋌險呼號，負隅出没。天醉難言，毒痡誰假。擾擾海岱之郊，茫茫荆河之埜。隖列賊衆，城高人寡。環伊洛而爲墟，攻即墨而竟下。里第巢烏，飍車繫馬。兔竄頹垣，獸嘷破瓦。於是民力殄瘁，生計傾覆。火熱八鴻，水深獨鹿。千危萬困，上慘下黷。暴烈風禽之災，禍甚日烏之酷。小民不遑假寐，君子無望旻睦。加以政密秋茶，家空杼軸。人之無良，穿窬技熟。上多掊克之臣，野有中宵之哭。秉筭牢盆，設征要塞。杓欄並徵，桁楊相對。苛羲和之五均，值楊炎之兩税。賈肆錢荒，通途壅礙。矧復巨浸掀舟，河傾下流。彼淮海與閩越，又頻患於江流。溢潊浦之故道，漂利津之譙樓。誰堙息壤，高築哀邱。巢居架竈，陸行用舟。嗟我黎獻，湛茲陽侯。有邑皆沼，何地非洲。人聚化於魚鱉，里無鎮於犀牛。風雪載路，人靡生趣。泣單複而無衣，望慈航而不渡。築堰徵徭，防河設戍。大旱繼之，烏靡栖樹。埜稿穜稑，鄉刊桑梓。連歲爲災，呼天孰恃。豫陝燕齊，赤地千里。禱剪爪而不靈，慣刺泉而無水。極目傷心，民焉逃死！永嘉板蕩之辰，王粲流離之始，朝改鈞維，家謝宦仕。寄命瘻楊，脱身安史。遇逢萌而愴三綱，從箕餘而訊九洛。徘徊死生，崎嶇靡託。載钀籠而憂來，泣露車而淚落。傔從飄零，輕裝蕭索。始則窮島鏟迹，荒陬杜扉。與蟄燕而分食，更茅龍而乏衣。舄惟吟越，臘不從王。溷茶坡之逆旅，采薇蕨於首陽。打頭有屋，蹬步無堂。腸折羌笛，夢縈歸檣。北不見鐵嶺，南不見琴江。地則僑置鹿督，臺則惟登雁王。海氣鑠肌，寒冰擘泗。鴻雁寡飛，蛟龍大至。言半雜於侏儒，居近鄰於魑魅。謂僻陋之可居，復甘寢之莫冀。突未黔於寒灶，兵忽訛於兇器。氈屋彌山，佉苴匝地。城郭蟲沙，樓臺蜃氣。東播西流，心力交瘁。若乃指南郭之柳泉，傍東門之瓜圃。海岱大郡，稱名自古。賃廡有伯通破舂，卜宅有太初焦柱。雖無榱題之觀，自慰室家之聚。然而避秦不入於武陵。障塵恐汙於元亮。杜陵瀼西，介推緜上。境迫愈艱，神摧難曠。彼濰陽之被兵，又百里而可望。不聞中翼稍兵，屢見恔公對仗。驚禽墮飛繳，潛鱗泣游綸。獨閉門而任命，徒運甓而習勤。去國有鶗鴂之恨，偷生皆蟣蝨之臣。霸陵醉尉，貴於漢李廣。吳門市卒，溷於梅子真。與木石而爲友，逃蓬藋而無人。呂肆販蒽，眷言已遠。高臺落葉，長謡恨晚。晞髮風前，行吟喈然。難迴長沙之袖，誰贈繞朝之鞭。鬢亂搾鶴，肩削異鳶。蕭綜之北歸無日，王褒之南渡何年！家世清貧，甑塵竊恥。以蟣梠而佐餐，無魚菽以供祀。點金之術未諳，吹玉之憂方始。侯光但熱不因人，伯龍則鬼竊笑己。静言思之，慨其歎矣！平原之雅志典墳，思公之與爲卧起。慕書淫於北地，仰文棟於東吴。雕蟲等視，覆瓿之徒。資髭而適蠻越，貨冠而索戎渝。辱正平以俳優之伎，嘲張紘於大小之巫。但敝帚之自享，幸瓜硎之得娱。文不能磨盾作檄，武不能盤馬彎弧。譬命宫於磨蝎，等骯髒於豬都。世路艱難，積憂百端。擯桂林而移植，雜橘枳而爲安。檀公則餓麟不噬，應生之枯魚已殘。言語獨忤，笑啼亦難。俗則蒙蛕集蜮，身則疊棋累丸。跬步足躓，伏念心寒。雖使盼馬角於一日，招猿鶴於故山。而兵燹屢經，交視凋殞。鍾墅侵於强宗，陋巷轥於車軫。中條之墅已荒，下濮之田復盡。茲復祅氛澒洞，罔氣經冤。晉楚不睦，鄭息違言。馬江兵鬨，獅巖軍屯。帳啓環玉之館，馬繫還珠之門。迸肉籬於碧海，鏖下瀨之弋船。八閩則彌望狼烟劣汙汙，三山則流離雁户。星指牽牛，雲愁參虎。目空擊於漁滄，夢漸迷於霞浦。未斬鯨鯢，空占狐蠱。徐陵則歸去無家，鮑照則憂來擊柱。昔之豪氣縱横，霞起赤城。八極口侈，四海目營。返烏桓於羲御，探驪珠於墨兵。講道藝者慕王子，談武略者陋士行。親戚嘉樂，友生嚶鳴。令原啓花樹之宴，祇路寢桴鼓之聲。曾幾何時，栖屑無地！家以亂離，志難氣帥。等孤篷之無依，共秋蔕而吹沸。侘傺屏營，憂思潮沸。欲賡同谷之歌，長下窮途之淚。哀天下之瞢瞢，已濁亂於渭涇！喻紛謀於道室，譬聚訟於竈陘。衆僉昧夫飛幕，泣誰愴夫新亭。枯木生蠹，腐草爲螢。上則置君如棋弈，下則貪劣汙汗青，燕雀高飛而刺天，鵾鶬難馴於集泮。等周鼎於康瓠，謂白徒爲黄散。已成五代之風，難弭九州之亂。滄海乃昔日之桑田，深谷爲當年之高岸。北邙夜長，南山石粲。孟敏有破甑之悲，魏牟動敗縱之歎。仳離山河，飄若逝波。内亂方亟，外患孔多。魯仲連之蹈海，申屠狄之沈河。見被髮者識瓜分之先兆；問故國者起《黍離》之哀歌。嗚呼！國家之維曰廉恥，上下之别有等威。道背馳而絶遠，《詩》何怨於《式微》。棼絲孰斬，遊騎無歸。陸沈則四海共盡，劫灰則六合俱飛。哀此道否，孰爲禍始！雖黨人之不競，亦亂階之自起。始則鑄錯一時，終則流毒萬祀。奉侏離爲功令，侈遊談於學子。喫詬以多力遺珠，渾沌以鑿竅而死。杞侯下恥於用夷，鼂錯幸逃於肆市。大道既亡，皇運不昌。置仁義於屎溺，棄蕉萃於姬姜。故秦之賊是爲公孫鞅；趙之覆由於武靈王。雖復暉台返鼎，乾宫正位。革囊之運未幾，敝屣之業旋棄。朽索非奔馬之駕，深山黯輿龍之氣。嗟乎！天道難言，人心如醉。屯不極者剥不復，否不甚者泰不旋。俯仰身世，感慨係焉。歎緯繣於大化，消余身於逝川。日詭月異，千變萬遷。邁宗慤破浪之日，追陸機入洛之年。拔劍斫地，呵壁問天。加以髀肉復生，前程杳然。月窮星紀，春回歲始。萬慮迫於窮冬，百憂叢於茂齒。警鳴雞於中宵，歌闉蛙於下里。欲援雍門之琴，何處燕臺之市。誤我儒生，伊誰國士！長言當哭，屬辭代史。豈直感哀時命，獨有西漢嚴生；蓋亦蕭瑟文章，竊擬江南庾子。

孝紓以盛年富才藻，而奉親孤往，與山林枯槁之士同其微尚；識者悲之。刊有《蜩厂文稿》六卷；大抵融情於景，而抒以警煉之詞，斅鮑照以參酈道元；夾議於叙，而發以縱横之氣，由庾信以闚范蔚宗，辭來切今，氣往轢古；以視李詳之好雕藻而乏韻致；孫德謙又尚氣韻而或緩懦；其於孝紓，當有後賢之畏焉。孝紓亦善畫，工詩，善倚聲，有三絶之譽。以民國十三年來鬻畫上海，遂有人介以主吴興劉承幹之嘉業堂者十年，遍讀所藏書，四方請業者踵系，隱然爲東南大師矣！至其治偶文，則又力主因聲求氣，毗陰毗陽之説；默契桐城諸老緒論。紀述山水，數稱柳子厚；而爲散文特雅潔遒粹，則又不爲桐城之故爲閑情眇韻云！

3. 散　　文

王樹枏——賀濤（附：張宗瑛、李剛己、趙衡、吴闓生）——馬其昶（附：葉玉麟）——姚永概、永樸——林紓

民國更元，文章多途；特以儷體縟藻，儒林不貴。而魏晉、唐宋，駢騁文囿，以争雄長。大抵崇魏晉者，稱太炎爲大師。而取唐宋，則衍湘鄉之一脈。自曾國藩倡以漢賦氣體爲文，力追韓昌黎雄奇瑰偉之境，欲以矯桐城緩懦之失；特是冗字縟句，時傷堆砌；所幸氣沉而力猛，掉運自如，故不覺耳。桐城吴汝綸、武昌張裕釗衍其緒。而裕釗筆遒而氣未雄；汝綸則氣恢而力未渾；然造語潔適，特爲簡練，不如國藩之縟也。武强賀濤，北方之强，得法汝綸；而步趨韓軌，特爲樸厚，章妥句適，自然雄肆，不同曾氏之爲縟瑰，亦異張、吴之少遒變，渾灝流轉，大力包舉，以視師門，可謂出藍。其次新城王樹枏，體勢宏遠，辭筆警鍊，而出以沉鬱跌宕，生拗奮勃，得韓公風力之駿邁，而不徒尋章摘句之瑰偉；此其所以勝曾氏而爲張、吴之所畏也。

王樹枏，字晉卿，光緒丙戌進士，以主事分户部，改官知縣，選授四川之青神，改署資陽新津，治邑有威惠。初入川，王闓運之學方熾；其弟子井研廖平曼衍其説，多士風動；自節帥以下，罔不致敬，聲生勢張。而樹枏下邑宰，無氣力，獨抗不爲下，昌言排之，發憤而道曰："蜀學之興，始自南皮張之洞。自湘潭倡爲新學；而廖平今古文之説，鑿空虚構，益以猖披；決盪屏棄一切先儒之説，敢爲無忌憚大言，淫蠱以眩當世；至謂東西海國大通而後，始悟"六經"皆孔之假設之辭，舉《詩》之所謂十五國者，一一實之於五洲諸地。其説荒唐曼衍，奇離誕怪，不可思議。嗚呼，孔學之不明久矣！其下焉者不具論。而今之所謂老師巨子，或錮守經生家法，支言割裂，破道無術。而矯其弊者，又復專言理性，過爲幽深要眇之詞。視孔學若帝天之不可方物。廖氏者出，乃更創爲皇帝王霸之世以分配六經；於是孔子之學，幾等於《齊諧》志怪之書。誣聖蠹經，説愈奇而道愈裂。瞽者遂謂孔子之學，疏闊迂耎，不切於國家之用；至欲取聖人之微言大法，所以垂教萬世者，一

切抹殺而糞除之，悲夫！此孟子之所謂自伐人伐，不能不爲今之學者咎也。”平聞之，乃更低首輸心於樹枏。樹枏岸異自多。其爲政也，不憚禮接士民，而未嘗爲上官屈；因事罷職，而從戎於甘肅。總督陶模器其能，奏復其官，而以佐其幕府。尋出知中衛縣，歷遷鞏秦階道；以光緒三十二年三月，補授新疆布政使。自海國通市，而中外接搆，皆謀於海；故海防議起，朝廷以全力注之。新疆西北接俄境，狡焉思逞，禍且甚於東南；當事者未嘗不引爲深憂，而終以海防爲重，不能畢力於西陲。日俄之役，日帥在遼東壘中，得俄人祕册；於是其國豪俊智勇有志之士，聯袂接武，争赴新疆，覘俄人動静安危，以定外交政策之所在。樹枏既之官之明年正月，日本上原英東偕南州少佐日野强遠蹈北庭，匝遊西域五十餘國，圖其山川險要；因得出入布政使署，每雪夜過從，置酒抽劍畫地，縱談西北大局，輒相與奮衣起舞，感喟歌呼。樹枏因爲論："新疆大勢：天山之北，地氣寒冽，宜於牧；天山之南，地氣暑濕，宜於耕。然觀全疆土宜，皆殖五穀；黍稷稻粱麥菽胡麻之屬，長穗碩實，滿車滿篝。而大藪具區，豐草彌望無際；南北郡邑，所在皆是。蓋全疆之地，皆宜耕牧，而牧之利尤大且厚。若夫莎車、英吉沙爾、葉城、皮山、和闐、洛浦之蠶桑，吐魯番之麻棉葡萄，哈密之瓜，焉耆、庫車之梨杏，葉城之石榴，綏來甯遠之蘋婆，類皆垂名西域。中外商賈販易絲棉毛革者，迹屬於道。洵土著之佳植，物産之巨宗。而鹽澤之利，家給人足，不假財力。生之有道，爲之得法，庶富之效，可馴致也。曾子曰：'有人此有土，有土此有財，有財此有用。'今考世界地理諸書，新疆面積四百四十九萬一千一百方里；以五百四十畝爲一方里計之，現墾之田，僅一千七百七十五分之一耳。此其故不在於無土，在於無人。無人，則雖有土與無土等耳。財出於土，而土出於人。新疆地廣民稀，勞來生聚。實邊之策，蓋莫有先於此者。方前大學士左宗棠聚天下財力兵力以事西域；若及是時，專撥十營壯勇，仿漢時田卒之制，開渠墾荒，招徠流散，分給田畝耕植以爲生聚之計；十年之間，舉天山南北，可以盡地利，無復棄土。乃舍此不圖，安於苟簡，坐失良會。今則關内諸行省協金不繼，府庫空匱，歲入不能當所出；求曩日財力，舉此大政，不可復得；是足惜耳！”言下慨然。又謂："西域自古不通中國。自漢鑿空開四郡，闢南北大道，斥堠亭障，出長城數千里，上下相望。唐時，踐漢舊迹，置過郵六十八所，具羣馬湩肉以待使客；瞭望之卒，更番之吏，不絶於路。其所以開通荒服，鞏衛邊圉者，其機全在於此。蓋新疆爲四塞天塹之國，不患其不能守，而患其不通；通則强，不通則弱；通則富，不通則貧。况夫環我邊界之上，俄人輪軌，包絡西北，風馳電掣，朝駕夕至，我苟不謀所以通之，一旦禍發，必有束手受困之勢。夫一國，猶一身也。人之一身，血脈貫通，筋絡條達；則百體厭然，無復殗殜痿躄之虞。鐵路者，一國之血脈筋絡也。將以告於大府，謀所以通之之道；而先仿西人汽車之制，由古城以達歸化，爲將來鐵路之先驅。”顧財匱而未暇以爲。慨然念前人沐櫛之勞，文治武功，歷時愈遠，愈益湮没墜失，無可徵信；迺招集二三博雅同志之士，網羅文獻，分纂《新疆圖志》，而自以意潤色，成書八十册，考之上古，驗之當今，殫見洽聞，洵創前古之所未有，而足爲後來殖邊者之考監；不徒文章之典茂淵懿，獨翹然而出其類也。

樹枏少善駢偶之文。吴汝綸之知冀州也，延主州之信都書院，索觀其文，笑曰：“此非晉卿之文也。”樹枏始不服，已取《太史公書》以下治之數月，試操筆爲之，以示汝綸。乃曰：“此真晉卿文矣。”於是盡屏駢偶之文不爲；益浸淫於兩漢，而出入於昌黎、半山之間。及其成就，乃一掃桐城末流病虚聲下之习；氣骨遒上，其文戛戛獨造，一洗俗嚣；而生枬奮勃處，尤得力於昌黎者爲多。樹枏爲文不規規桐城，而亦不悖其義法，以謂：“義法者，文之質幹也；舍義法，則無以言文。知義法者，質幹立矣；由是進而上焉，而各就其性之所近，專壹其蕲向，以廣己於深造之域。毗於陽者其文雄以直。毗於陰者其文紆以和。陰陽相翕，則如樂之諧而克幾於大成。故當其始之端吾嚮者，雖桐城是適，可也。若詣乎其極，則神明變化，充然塞天地，横古今而無乎不至；夫豈姝姝焉守一成之迹者所能自振於其間?”樹枏居常所自勉，而亦以勉人者，大略如此。刊有《陶廬文集》九卷。集中《代李傅相爲合肥張靖達公墓誌銘》，又《琴師黄勉之墓碑》，皆直叙作一氣奔放之勢，極似王荆公《田太傅墓誌》、《兵部員外郎馬君墓誌》；而選字造句，又似昌黎《曹成王碑》、《貞曜先生墓誌》。《祭曹子清先生文》，《祭鄧景亭軍門文》，奇章瑰句，噴薄迸出，四言韻文至此，直欲方駕昌黎。而《祭曹子清先生文》中寫釣獵處，最有逸致，實脱胎昌黎《祭河南張員外文》。方其時在冀州書院，一日放聲大哭。門人駭而問焉，則得曹訃書也。樹枏篤於交友，此文可見。其辭曰：

嗚呼！君往規我，“身若膏煎。膏以火熔，身以心朘！”君胡蹈此，一蹶而顛！君昔聆學，大父之門。頻於先子，又申以姻。予輩儔儔，君獨仁我。我儐我翼，方齔而鬌。予謏多問，繞几嘈啁。君誶我數，掩聽交眸。君貢於鄉，我餼於學。鏖藝鬬策，載牙載角。交嘲互聖，淫愓騰踔。顧謂時榮，如俯而噣。君熟不穫，乃墮於泥！亦罔我食，鄙棄爲稊。自此相失，我别君啼。風摇雨蕩，南北東西。我貽君詩，君寄我簡。一有不嗣，目裂至眲。光緒初載，訪君於郊。衰草彌原，風烈沙飄。椎馬彎弧，獵彼豐毛。勁矢脱把，兔殪狐號。間歲顧君，偕釣於水。波流澄夐，叢草生沚。巨餌長綸，手登大鯉。飛觥狂嚼，揺喉裂齒。一噉而踣，君舞我歌。何鬱於中，有涕滂沱。去歲之冬，君來我顧。逾年相期，一再晤語。夜卧一榻，加股於腹。君返故里，我來冀州。誰謂一訣，遽爾千秋！君始漸癘，繼痤於頭。我往哭君，乃蘗而粤。余嘗語人，天右吉士。今胡不仁，遘虐至死！余性狂拙，百啄是唁。知我誨我，惟君一人。今忽我棄，一厝成塵。搏膺大慟，洟涕沾脣。涿水之南，督亢之土。琢辭馳哀，以告終古。嗚呼哀哉！尚饗！

其《琴師黄勉之墓碑》曰：

琴師黄勉之者，不知何許人也。或曰“本姓章氏，初坐法逃金陵某寺爲僧，繼又與人遘訟，變姓名走匿燕市。”而勉之則自言：“金陵僧有枯木禪師者，善彈琴，非其徒不傳。於是始削髮從之學，學成復還俗。”然卒無能道其詳者。京師人無識與不識，皆呼黄勉之云。勉之以其琴學教授弟子，惟寧遠楊詩伯得其傳，知之最深。丙寅之冬，吾友章曼仙招飲其室；詩伯、勉之皆先在。勉之兀坐枯寂，貌如溼灰，終夕默默，不出一語；既檢容授琴，雄峻凝整，若武夫按劍危坐凜凜然不可肆以干也；其用指力重能透木，聲清而響堅，觸搋櫟捋，以神爲宰，以氣爲使，安趨詭赴，貫以始終；古人所謂疾而不速，留而不滯者，勉之皆能罄其妙，不可以名狀言也。勉之時時自稱其法得廣陵正宗；其教人也，以對彈法反復啓迪之；雖其愚且拙，苟好而習之，無不得其意以去。丁巳，湘人賓楷南玉瓚聘往長沙，集校中聰穎子弟數十人，專授琴法，年餘而歸。己未正月二十八日，以疾歿於宣南之寓廬，享年六十有六。閩縣劉崧生謀諸馮君公度，即以其年二月十一日，葬於龍樹寺張文襄公祠之西偏；文襄公，蓋亦嘗從勉之學琴者也。銘曰：

昔吾聽勉之之彈琴也，座中之客，大都先朝遺老，去國覊臣，莫不收目注耳，長欷累呻，愴怳慘悽，橫臆霑脣，初不知涕泗流湎之何因也。嗚呼，《廣陵散》於今亡矣。然有不亡者存。刊石松下，以妥幽魂。後之人過其墓者，流連慨慕，當有感於余文。

碑入民國作，亦以發身世滄桑之感。大抵恢詭以發其沉鬱，恣肆而出之頓挫，生氣遠出，蔚成奇觀。而奇不爲難，氣能舉之爲難。然樹枏文亦有茂情遠韻，含毫邈然，而用熙甫之質澹，得永叔之芳逸者，集中《漱芳園記》、《書鈔本金剛經後示青生資生兩兒》、《奉貞葬誌》、《六兒衛官葬誌》、《孫女存壙誌》、《送日本上原英東之伊犁序》諸篇是也。其《漱芳園記》曰：

余性喜藏碑，不喜藏帖；以碑足以備經史考證，故余所收唐以上碑至數千種。至於通儒碩夫，殘墨敗紙，雖書不工，亦不惜出重貲購之。顧頗不喜丐書於人；其能即甚赫著耳目，獨以其爲今人，不足輕重。若其人已往，則又常百計搜訪其遺跡，什襲之有若珍寶。獨往者於武昌張廉卿之書，不能守此。廉卿書法，一矩漢隸，巧力變化，自爲一體；視之，若古衣冠人環列揖讓；又若怪石古木，肥瘦蠢秀之不假鑿飾也。向嘗求其書，不可即得；因作書與廉卿，謂："予以古人待君，而君乃以今人自處。"故廉卿喜余之知言，爲余書甚多。而往來書簡及詩歌唱酬之什，皆篋藏之，雖千金之寶，不以易也。宣恩李君彰五者，廉卿之同里人也，宦游四川，通敏達政體，爲當世大人所器。余始至蜀，人争稱其能書。戊子七月，余奉分校秋闈之檄，來居成都凡七十餘日，始與彰五相晤；又見其所摹晉帖，形解神合，通於自然，始所謂天機闔闢而不知其故者。於是乃自笑向之不丐書於人，皆其能之不足移吾性而奪吾守者也。因復作書以求書於廉卿之意，請之彰五。彰五則曰："余昔年買宅於成都之南城，拓其隙地爲園，蒔花種竹，構書室數楹，窮晝夜爲書自娱於其間；取陸士衡《文賦》'漱六藝芳潤'之語，名曰漱芳；亦以書爲六藝中之一事云爾。子善爲文者，其爲我記以易吾書，其可乎?”余曰：“唯唯。”爰於返任青神之十日，述吾兩人相要之詞，爲之文馳寄其園，並以索其所以易吾文者。

紆徐委備，於質澹中出波瀾，機神湊泊，韻味盎然，乃熙甫勝境；而文筆之拗折，仍出荆公。其它《書鈔本金剛經後示青生資生兩兒》、《奉貞葬誌》、《六兒衛官葬誌》及《孫女存壙志》，叙瑣事有生氣，以氣遣情，情至文生，故拉雜叙之，無一不應節諧聲，蓋脱胎熙甫《先妣事略》、《項脊軒記》、《寒花葬誌》，而自出變化；中間聲情迸出，悲哽欲絶；乃知能者無所不可。而樹枬尤才高意奢，羣經子史，皆有撰説；又廣爲詩文以經緯世事。而於外國載籍，搜討最勤；嘗欲取彼制度器物，提扼綱領，推類以求，包括萬有，作《西雅》。取彼用弱爲强大有爲之君，捃摭政迹，顯揭其功，而歸本君術，作《海國君鑒》。而尤自喜者，《希臘春秋》八卷，《歐洲列國戰事本末》二十二卷。《希臘春秋》以年爲經；《戰事本末》以事爲經；辭筆雅練而發之鏗訇，斅左丘明，神到秋毫，雅壯多風，亦瑰作也。其文無所不學，亦無所不似；而提頓折轉，意象渾雄，要以昌黎、荆公爲歸宿云。

樹枬爲詩，雄恣怪瑰，亦以昌黎爲宗，而特參以孟東野之淒苦，李昌谷之警麗，則與曾國藩之由黄山谷以學昌黎者，蹊逕微不同。自記稱：“詩凡屢變，然每爲詩，必守昌黎‘念難須勤追，悔易勿輕踵’二語，不敢以輕率出之。”亦可知宗尚所在矣。至於律絶，渾樸而不爲槎枒，頓挫而饒能沉著，直可追蹤老杜，不止步趨韓軌也。刊有《文莫室詩》八卷，中《紫水集》一卷、《樊輿集》一卷、《信都集》一卷、《西征集》三卷、《幽裝集》一卷、《隴塵集》一卷。而《西征》以下，益臻渾化，則從戎甘肅以後之作。如《入子午谷》曰：

薄曉發石泉，冬日含春暉。行行入層巖，草木青不腓。夜來北風勁，吹起雲千堆。天女剪寒花，撒手片片飛。漫天三日雪，不辨山徑蹊。攀藤陟崖巍，下臨千丈溪。麻鞵蹋冰石，性命懸微絲。一谷通秦喉，萬險無一夷！當關塞丸泥，諸葛不敢窺。老亮慎用兵，善正不善奇。天心久去漢，空作鷸蚌持。惜哉魏延策，一失不可追！

《雞頭關》曰：

寒風出陰崖，吹我度雞頭。重關倚層雲，下顧猿狖愁。衆水彙一泉，滚滚東南流。漢中大如丸，萬舍隨沈浮。南瞻漢王城，片瓦不可抔！當時逐鹿人，零落同山邱！英雄一骸骨，千載空悠悠！

《龍門關》曰：

兩日山中行，複沓如平垣。崎嶇百餘里，巍然見龍門。修棧蹋蒼虺，首尾雲中蟠。並峯祖羣峭，羅列高曾孫。陰柯舞魑魅，矗壁愁猱猿。頑龍穴山腹，穿破盤古根。一水入無底，哆口汩汩吞。西出吐涎腥，駛入長江奔。女媧補天能，失手塞漏坤。吾欲探其幽，趑趄喪精魂。

《望朱圉山過羲皇故里》曰：

伏羌之西朱圉山，先儒傳注相流傳。朱圉反在鳥鼠下，導山次序毋乃顛？昔與陶君拙存討山脈，陳子子康爲說洮西偏。中有一山類伏虎，兩峯夾之雄且殷。"朱圉""祝敔"本同義，卓尼字變音流遷。土司取名實可證，有若"豬野"訛"居延"。古來地輿失圖學，《禹貢》誤說尤連篇。行行廿里近城郭，羲皇故里豐碑鐫。曾聞羲都在天水，遺址又復留秦安。世儒嗜古好附會，名人名地爭依攀。驅車訪古日已暮，下馬四顧心茫然。

其他類是。侯官陳衍得而讀之，謂："如讀岑參之《涼州》、《北庭》、《隴頭》、《磧西》、《交河》、《臨洮》、《輪臺》、《燕支》、《熱海》、《火山》，杜陵之《赤谷》、《寒峽》、《鐵堂峽》、《木皮嶺》、《泥功山》、《石櫃閣》、《桔柏渡》諸詩也。能詩者不必至其地；至者不能詩，能之亦才力不稱其景物之壯遠；安得如晉卿者，歷少陵、嘉州所歷之地，而爲少陵、嘉州所爲之詩哉！"遂以序其詩焉。

樹枏早惠夙成，既通籍，由牧令以躋監司，躓而再奮，夙夜在公，鍥學不舍。已而民國肇建，樹枏年則六十矣。自傷終不得有爲於世，乃棄官走京師，而母夫人猶在堂，細弱數十口，無所投止，每與知交言之太息也。袁世凱爲大總統；而樹枏以宿望爲參政院參政。既清史館開，徐世昌方柄用，屬取畿輔先正遺集，蒐討而論述之，以備一方文獻。而其時賀濤死；獨樹枏健在；北方之學者，最推老宿云。始吳汝綸官直隸也，以興學爲務，尤重擇師；其知冀州，欲得樹枏以主書院，而黃子壽方主修直隸通志，倚樹枏，靳不肯與，騰書互爭。總督李鴻章爲和之，令樹枏居冀與志局各半歲，乃解。而樹枏既去；繼之者則賀濤，號大師，教冀士最久。然賀濤執業張裕釗、吳汝綸稱弟子；而樹枏獨抗顔爾汝。自裕釗、汝綸主講保定之蓮池書院，先後十餘載，北方學者多出於其門；此兩人者，皆嘗親承緒論於曾國藩，於是燕薊之間，始有湘鄉之學。惟樹枏亦適以文學崛起於是時，且於義理、考據、詞章三者皆有深得；其爲文尤有合於國藩標舉之旨。裕釗、汝綸並皆引爲畏友，不在弟子之列。而樹枏生平亦雅不欲標榜門户，謬托師承。顧當北學絶續之交，獨能異軍突起，以與東南争一席之長；非卓卓克自樹立者，烏能若是？嗚呼！可謂豪傑特立之君子者已！

賀濤，字松坡；先世自山西洪洞遷武强之段家莊，移居北代。世以文學有聲於時。曾祖雲，舉進士，江寧督糧同知。祖式周，四川瀘州州判。父錫璜，以舉人官故城訓導，孝友敦謹，有學行。濤少承家學，與弟沅以文字相砥礪，中式同治庚午順天鄉試舉人，兄弟同榜。而濤考取國子監學正，改官大名縣教諭；又與沅同榜舉光緒丙戌進士，濤以學使按郡至大名，不及殿試而歸。吴汝綸知冀州，邀之主講信都書院，因調署冀州學正。十五年殿試，以主事分刑部。而自以不樂爲官，刑部尤非所宜。而時勢所值，又不能決然舍去；仍兼冀州講席，凡十有八年。汝綸在蓮池書院久，且辭去。會袁世凱督直隸，堅留。汝綸舉濤自代曰："賀君在，斯文之傳可以不絶。某去，猶不去也。"既而世凱因蓮池書院故址，創文學館，請濤主之；語所屬曰："賀先生不至，則館可廢也。"再三聘，始應。南皮張宗瑛願來受業爲弟子焉。宗瑛，字獻羣，狂士也；後慕揚雄爲人，以《玄》之尚白也，更字雄白。負氣好奇。生五六歲，習聞古名將兵法，畫地聚沙石爲營陳以戲；稍長，采取歷代史傳，自《左氏》以來，凡言兵事者，繪圖案書，懸擬其進退攻取拒守所道，與奇正開闔變化張弛之機，口狀手摹，雖窒困不已。既又研求法律及國家典章制度，山海輿地形勢險要。學爲詩於膠州柯劭忞，亦習爲訓詁音韻之學。西學入中國，又徙爲之。其爲學數遷，然不數月輒棄去；獨言兵刑最久，幾十年。性急隘婞直，不見容於世，發憤走海外國，踔海西邁，出亞丁灣，之柏林，遂踪巴黎，躡英倫，經大西洋，入華盛頓，窮探恣覽，浮東海，躪日本，自僞終得當以歸；而觸忤逾多，又遭父喪，故彊力自負，至是益困憊。私居歎詫，悔向時馳騖繁碎，鑠精挫鋭，終無所成。偶見張裕釗、吴汝綸所爲文，則驚叫大喜。求其門人，得濤。濤曰："此怪物也！

世不能容；吾當寶有之爲已私。”宗瑛乃痛自折屈，抑抑諸生後，執卷從濤問難，一志爲文，抗心追韓，豪情侈志，遏謐屏絶；而波濤光怪，璘彬駭幻，炎爍熠爛，紛藉紙墨，苞英涵靈，神趡鬼伏，孤往复出，蠲寢與饘。時既莫之知；顧益自喜曰：“吾其幾矣！”删定所著，曰《雄白文集》。其時宗人太保張之洞方柄國，能以文章奔走天下士，號有氣力。嘗進宗瑛，詢説術業。宗瑛以所學對。之洞無言；既退，之洞目之曰：“此子爲吴摯甫所誤！”摯甫者，汝綸字也。或以告宗瑛。宗瑛如故也；而自謂得法於濤。濤之主文學館也，宗瑛實首從。初汝綸之官畿輔，倡爲古文之學；其知深州也，見濤所爲《反離騷》，大奇之；遂進而詔以所學。“奇寶遺我”，濤深德之。及張裕釗北行，來主蓮池書院。汝綸復使往受學於裕釗。裕釗歎曰：“北行得松坡，吾道爲不孤矣！”益勖之使進宏肆之境。濤欣然意會，而於裕釗之歸也，乃爲序以送之曰：

> 經詞質，《詩》獨爛然而華。楚人既侈其體以爲賦。而賈誼、司馬相如、枚乘、揚雄、班固、張衡之倫，用以薦功諷時，抒懷愫，狀物變，益瑰放詭怪而不可窮。承效者多，沿用僞體，其弊也庬蕪而纖僞。唐韓愈氏急起而持之，汰繁抑浮，一歸於樸。羣天下學者，惟韓之從。自漢迄唐，曠數百年而文章始復於古。習傳之既久，或孤抱韓氏之義法而不敢他有所涉，其弊也意固而言俚。國朝姚姬傳氏纂録古文，益以楚辭漢賦，其説既美矣。曾文正公取其説，而益恢之以自治其文。而宋後數百年沿用之體，於是始變。漢文偉麗矣，而所謂質者固在也，末流汩焉耳。韓文簡樸矣，而漢文氣體固在也，末流靡焉耳。韓氏振漢氏之末流，反之古。曾公振韓氏之末流，反之漢。先生師曾公，嘗取姚氏所纂録，而獨説其辭賦以示學者。濤既蒙不棄，以爲可與於兹事，而數進以閎肆之境。夫閎肆之境，舍先生所説，固莫由達也；而孰思之而莫窺其涯。於先生之歸也，敬以問之。

裕釗受之，告曰：“‘無望其速成，無誘於勢利’，兩語盡之矣；吾固無以易韓愈氏之説也。”濤既從裕釗遊學，益摶精於古人之文，六經子史以逮唐宋八家，心維口誦，深有契於姚氏、曾氏義理、考據、詞章三者不可偏廢之説，尤必以詞章貫徹始終，而兢兢於因聲求氣之説，日與從學者討論，不厭不倦，以爲："古之論文者以氣爲主。桐城姚氏創爲'因聲求氣'之説。曾文正論'爲文以聲調爲本'。吾師張、吴兩先生亦主其説以教人；而張先生與吴先生論文書，乃益發明之。聲者，文之精神，而氣載之以出者也；氣載聲以出；聲亦導氣以行；聲不中其竅，則無以理吾氣；氣不理，則吾之意與義不適，而情之侈斂，詞之張縮，皆違所宜而不能犂然有當於人。質幹義法可力索而具也；聲不能强搜而得也。冶金以爲鐘，斲桐以爲琴，截竹以爲管，依古譜而奏之，伶人樂工蓋可學而能矣。至於感陰陽，動萬物，而辨治理之盛衰，則伶倫夔曠之外，蓋無幾人。以其神解妙會，無法之可傳，不能據成迹以求之也。後之學者，將取合乎古，必取古人之文，長吟反覆而會其節奏；其徐有得也，含而咀之，毋操毋忘，薰炙浸灌，而漸而進焉以契乎其微而幾於自然。然後吾之氣，與古人之氣相翕合；而吾之文乃隨其意之所嚮，措焉而皆得其安。此之不能，羅列纂排，章摹而句仿之，其精神意象，豈有合哉!"及爲文章，導源盛漢，氾濫周秦諸子，唐以後罕厝意也。其規橅藩域，依仿曾吴，宏章巨製，差欲相埒；而矜練生摋，意境渾化，則欲過之。大抵方姚之文，由歐陽修、歸有光以斅史公，擯絶班固，而欲以潔其辭，淵其味；其聲色格律，務以簡澹寂寞爲歸。而曾、吴所作，則斅韓愈、王安石以闚史公，旁及班固，而務欲茂其氣，偉其辭；其句調聲響，必叶鏗鏘鼓舞之節。此曾、吴之所以不同方、姚也。然曾國藩矯爲雄而厲之已甚，又好襲成語，時有脱支失節之處；所幸氣足以載其辭。吴汝綸則片段較整，又失之描頭畫角，不如國藩之高視闊步，舉止岸異。桐城馬其昶與濤皆早受業於汝綸。汝綸矜寵之甚，亦通之於張裕釗，以故兼受兩家學，雖與濤同，而辭筆則異。其昶矜慎以斂，濤則雄峭以渾；其昶之學粹，而濤之才高，於汝綸皆有出藍之譽。義寧陳三立題其昶《抱潤軒集》目後曰："曾、張而後，吴先生之文至矣。然過求壯觀，稍涉矜氣，作者之不逮吴先生，而淡簡天素，或反掩吴先生者以此也。"然其昶之不逮汝綸者，在矜慎而未能雄峭。而濤之所以智過其師，則在雄峭而出以渾厚，沛然出之；言厲氣雄，行所無事；不如汝綸之跌宕頓挫，捫之有芒。然濤誦説汝綸，以爲得法所自；謂："吴先生論文，每推崇曾文正公及張廉卿先生。自吾觀之，先生所造，殆出曾張之上；宋以來一人而已。其記近事、闡新理，尤可師法。"又曰："文章固爲宋以後所無；而尺牘尤能瀹發新知，激厲志氣。"汝綸之歿也，濤既推本深、冀二州人士之意以爲之狀；又以其子闓生之請，表於墓；所以揚詡學行者，如恐不及。其《吴先生行狀》曰：

先生，諱汝綸，字摯甫，姓吴氏，安徽桐城人。曾祖諱太和，候選府經歷。祖諱廷森。父諱元甲，以諸生舉孝廉方正；武昌張廉卿先生嘗表其墓，所謂吴徵君者也。母氏馬，其卒也，張先生又有馬太淑人祔葬之誌。自先生貴，封贈兩世如其官。先生幼喜讀書；少長，以文章見知於曾文正公，遂從受學。同治甲子，舉於鄉。乙丑，成進士；文端公倭仁見其廷試策而奇之，拔置一甲。先是今湖廣總督南皮張公以第三人及第，其策不用當時體；先生所爲策，其體亦異。某公曰："此有所效而爲之者。"抑置三甲，以中書用。曾公督兩江，奏調先生至金陵；移督直隸，又調先生北來，補深州直隸州知州。以父憂歸，又丁母憂；服除，署天津府知府，補冀州。先生之言曰："不可於上，守吾法。不可於法，利吾民。不可於民，行吾志與學。"故其爲政可博美政，取上考，而實無裨於民，且擾之者，一不厝意；逆民之情，實則利之，則毅然而行；雖觸上官之怒，不顧也。初治深，布政使錢敏肅公令復廢倉積穀；州縣趨爲之。先生爲言其弊，以爲擾民，獨置不復。州舊有義學二百四十餘區，其學田，豪氏攘有之；前知州多注意於此，屢變其法而弊不除，先生曰："上務其名，民私其利，不責實之過也。"乃廢義學，没入其田千四百餘畝，歸之書院；又爲書院追償二十年負員五千金，厚給師生，廣置書籍，而書院以興。道光初，議均減繇役。知州張傑以爲宜用攤丁法均之田畝，乃三分所轄村而更取之。同治十二年，謁東陵；吏以故事白。先生曰："均繇於畝，張傑之議善矣。村户改變不常；而班分而更取，仍以故籍爲率，猶之不均也。"於是統境内田畝，依徵糧册而一均之，而均繇之法遂簡易而無弊，垂爲永式焉。其在冀，開冀衡六十里之渠，洩積水於滏，變沮洳斥鹵之田爲膏腴者且十萬畝。時財用匱竭，官錢不易得。先生既上言大府以請；苟可出力以助吾謀，無不通以書，情感勢劫，與相違復；牘牒書問，日數十發，卒得白金十萬兩，而功以成。功之未成，先生與人書曰："百計哀求，情同無賴。"既成，則又曰："吾於事百無一能，至於籌款，可謂有作金之術矣。”其於書院，如在深州時；故二州人士，皆知務實學。先生在冀久，成材尤多；兩書院遂爲畿輔冠。冀之役法，合若干村爲一官村，官村歲出錢若干。官取之官村；官村，村取之；村，户取之；官不問也，已有不均之患。村之豐嗇，户之貧富，今昔不同，而官與官村之遞相科斂者，不改其舊；而民之苦樂，遂至敻絶。先生一以深州均繇之法均之；民以爲便。在深，代游公智開；在冀，代李公秉衡；皆世所稱廉能吏也！而今之稱道先生所爲者不容口；於二公之治，顧忽焉；以先生所施皆實政也。先生既受學曾公；曾公國士目之，與聞大謀，輒爲草奏。李文忠公代曾公總督直隸，尤倚重焉。與外國互市通好之始，中國人不知外事，輒召侮受欺；李公出而外交之道始明；其後交際事繁，有疑難，必取決於李公；故外交之政，皆所建立；而仿效西法，歲有興改；其造端發難，惟先生是咨，而以章奏屬之。張靖達公，劉壯肅公，亦皆虚懷接納，訪以救時所急。中國建築鐵路，劉公發其端；先生實勸之；其疏，先生所屬藁也。先生數與諸公議天下事，既行其言矣；顧不樂仕進。在冀八年，引疾乞退。李公繫時安危，故先生竭誠贊畫，知無不言。數爲李公辨謗，遭口語，而未嘗有所求。嘗一入幕府，已而辭不往。李公以先生天下才，説從計聽；其居官，所請無不允。屢欲薦之，而先生辭，不强。故先生入仕二十年，未嘗遷官增秩，而品服如初。及乞退，李公問其故。先生曰：“無仕宦才。”李公曰：“才則有餘；性剛，不能與俗諧耳。”先生笑不言；遂聽其去官，而留主蓮池書院；其倚辦於先生者如前。李公失勢，先生爲盡力有加於初；故《祭李公文》，有曰：“不佞在門，或仕或止。跡疏意親，謂公知己。”嗚呼，賢者之相與，固不易測度哉！先生之學，何所不究，而以能濟時變爲歸宿；於古人書，率以文衡之；以謂：“文者，精神志趣寄焉；不得其精神志趣，則辭之輕重緩急離合失其宜，而不能得其要領；或悖其旨而旁趨。”又嘗言：“古人著書，未有無所爲而謾言道理者。”故治羣經子史，必因文以求其意；於古今衆説，無所不采，亦無所不掃。文法司馬子長，旁逮諸家以極其變；其論事之文，無高論膚説，不爲苟快意之詞，必使言之可行，行之可久。海外諸國，近百年，日出其所得新理，施之政事，遂致富强；挾其術東來，相逼日甚。中國相沿之政俗，不足以當之，非講求其術，殆無以自立。三十年前，先生固嘗以新學倡天下矣；近更旁搜廣取，窮險闡幽，大暢厥旨；而文益博奥醇懿。侯官嚴幼陵先生博學能古文，精通外國語言文字，所譯西書，自譯書以來，蓋未有能及之者，而必就質於先生。先生每爲審正，輒歎而服曰："非所及也！"其教人，既以古學進之；又必語以當世之務，奪其舊習。故自外交事起，士大夫毀所不見，以無所挾之驕，不自量之憤，爲進退失據之説，謂之正論，散布於朝野上下間，使當事者有所牽率，不敢恣所爲；民氣亦因之不靖，禍亂屢生。而從先生游者，則類能通知世變，不爲時論所揺，而以息嚚厖，啓愚昧爲己任。於古學，亦能破除庸陋，以所獨得發爲文章。先生於學者引掖奬薦。既出於至誠；故學者多樂從而愛慕之，意久而彌篤。在保定十餘年，深、冀之人，歲時往謁者不絶於途。嘗有急需，二州人醵金以進；先生不能卻也。光緒二十六年，外釁開，諸國兵並至，京師不守，先生避地至深。李公受命與諸國議和，以書招先生；先生遂至京師。和議成，天子憂世變之靡有届也；大新庶政，與天下更始，而以作育人才爲先；詔天下用西國法立學，建大學於京師以統攝之；而命吏部尚書長沙張公爲管學大臣。於是張公聘先生爲大學總教習。先生辭；固請不可。直隸搢紳魏鍾瀚等千二百人，上書先生，請就張公之聘；猶未應也。張公欲遂其事，遽聞於朝。天子許之，命以五品京堂充大學總教習。先生既受命，思報張公之知遇，而慮學校初立，其法未能盡善也，日本用西法久，學制尤明備；自請赴日本考求之；既至，自長崎、神户、大阪與東西京所有之學校，無不往也！自文部大臣以及教師學徒，與凡以教育名家者，無不晤語也！自大學下至村町之學，其學地、學舍，與於學事之人、學所應具之器物，無不博稽而詳察也。教授之法，論學之旨，則必深求其所以然之故；求而不得，思之至困。日行數十里，日接數十人，而文部聽講，尤必日至不少間；舉所聞見之涉乎學制者，編以爲《東游叢録》，既備既精。在日本，凡百日而歸；便道桐城，至數日，又如安慶，謀立桐城小學堂；議定乃還，還數日而病，病數日而卒，二十九年正月十二日也；春秋六十有四。先生聲播中外，歐美名流皆喜與過從，推爲東方一人。日本人尤信慕；學者或航海西來，執弟子禮受業；其居中國者，無不造門請見，贈珍物，通殷勤，而乞詩文以夸示其國。及先生東渡，傾一國人，無貴賤男女，皆以得一見爲幸；更進迭來，或伺候言動以登報紙。有譏其國人趨謁不時，使不得休息，爲不愛客者。其國君亦延見致敬愛。而有識之徒，則争出所有自效，曰："吾國維新之初，號稱多才，無先生比者。"見所纂録，則又以爲吾國人自爲論次，不能如此精審。先生之始至，其士大夫及中國人之居游是邦者，結會相迎，謂之歡迎會。及其卒也，則又相與吊祭，爲追悼會云。先生友于兄弟；伯兄病，屏去僕役，躬執煩辱。季弟病羸，服食藥餌，必具必精；苟可以娱其意，竭財力爲之；得閒，則守視不去；積十餘年，不怠。叔弟官山東，亦多病；先生時在保定，歲走千里往省之，爲經紀其公私所應爲者。兄弟歿，孤寡皆依焉。配汪氏，封淑人。女四人：長適直隸候補知縣薛翼運。次適舉人汪應張。次適翰林院編修、湖南學政柯劭忞。次適直隸候補知縣王光鸞。側室歐氏。子闓生，年少有軼才，遊學日本，學且成矣；聞先生病，乃歸。女一。所著書有《書説》三卷、《易説》二卷、《寫定尚書》一卷、《詩文集》五卷、《深州風土記》二十卷、《日記》十二卷、《東游叢録》四卷。所讀書皆章乙句絶；其文辭之美，以丹黄識别之，而評騭其醇疵高下；其考證校勘，亦雜識其中；書數萬卷，皆有手迹。先生雖不樂久宦，未嘗以忘世爲高；李公事業，嘗以所學濟之；又將佐張公以新教法。雖未獲竟其志，聲光所被，已足增重國家，激厲士氣。而所采録，法明義闡，尤可據以措施。厥功偉矣。其吏治於法不必；而紀二州政績，必詳且盡者，二州人皆以先生私我，輒欲私報之；故備書焉，以慰我二州人之私也。門人賀濤謹狀。

《送張先生序》，歷叙文章之變，提頓折轉，而義必相輔，氣不孤伸，自是國藩法脈；然氣體閎遠，而獨發以高簡之筆，則非國藩所能。至《吴先生行狀》，則尤氣厚色穆，靠實發揮，雄贍而歸於樸，絶不張皇，其神鬱動，寫一人而當時政治之得失與其習尚所趨，皆歷歷如繪在目前；而究其極，不立間架，循其人之生平，直叙作一氣奔放之勢，而起伏照應，意象渾融，一望不能窮其際；此境惟退之有之；宋以後人不能爲也。及其卒也，徐世昌爲刻《賀先生文集》四卷，而序其首。濤以張裕釗、吴汝綸爲師，以徐世昌爲友；而讀其文集所載，涉於三人者不少。《送張先生序》、《武昌張先生七十壽序》、《上張先生書》、《祭張廉卿先生文》，皆爲張裕釗作也。《上吴先生書》、《送吴先生序》、《復吴先生書》、《吴先生六十壽序》、《再上吴先生書》、《吴先生行狀》、《吴先生墓表》、《吴先生點勘史記序》，皆爲吴汝綸作也。至《吴熙甫先生墓表》，則吴汝綸之季弟也。《馬太恭人墓表》，則熙甫之妻，而汝綸之弟婦也。《吴宜人傳》，則汝綸之第四女也。《歐太淑人墓表》，則汝綸之妾，而闓生之母也。《復吴辟疆書》、《復吴辟疆送籍亮儕之日本序後》、《送吴辟疆序》，則汝綸之子所謂闓生，而嘗問學於濤者也。其它若《徐君少珊墓誌銘》，則徐世昌之父也。《徐母劉太宜人六十壽序》，則世昌之母也。《北江舊廬記》、《書天津徐氏族譜後》、《題江樓送别圖》、《題御制十臣贊册》、《送徐尚書序》、《上徐制軍書》、《復徐制軍書》、《上徐尚書書》，皆爲世昌作也。世昌起自孤寒，而與濤爲同年進士，文章賞會，道義切磋，氣類之感，匪徒以勢利相結云。

濤既精於爲文，以爲："國之積弱，由於人才之消歇；欲起而振之，必有賴於文學。"而又深喜西儒學説，欲以彼國之法，匡我之所不逮，蓋汝綸之教然也。乃作《國勢篇》，推世界進化之理，以啓吾國改革之基。逮見西學大興，舉國從風；則又憂吾道之將墜，斯文之將喪，而思有以存國粹，立大本。集中《復吴辟疆書》，尤深切言之，不隨時俗爲轉移。其教弟子，必以博通世務爲有用之才；深以取近名、謀小利爲大戒；一方一時之事，不爲喜戚；而精力趨注，尤在文學。自幼至老，卷册不去手，雖舟車逆旅，人事叢雜，而不以溷所學。中歲以後，病目失明，仍講學不輟；日令從學者誦説中外羣籍，爲之解説；而評騭古書，及所爲文章，亦得諸病目者造詣爲多；而冥思孤往，彌臻神解，足以發作者之奥旨，詔後生以楷式。其論古之立言者曰："《易》不可爲典要，以變動不居也。微獨《易》；凡書皆然，其時、其人、其事各有取爾也。孔子答門人各異。觀其以父兄退由而不知進；及觀其進求，則又見人之退者而疑之；其可乎？孟子論湯武放伐，以爲‘誅獨夫’，抑齊王之侈心耳；使問者爲人臣，必曰‘有湯武之志則可，無湯武之志則篡也’；語以語齊王者，豈非助之亂乎？論放太甲，歸本伊尹之志；使人君問之，則必如師曠之對晉悼公矣。兩説相輔，理乃具；知其一焉，惡有無蔽之言乎？《三傳》述春秋時事各異；而諸子雜紀古人言行尤不合；或有激而寓之古人；或據古人素行以爲宜爾，而撰具其事與言；其託迹以示義也，殆如《易》之取象，隨地與時而變；豈有常形之可泥乎哉？荀子曰：‘持之有故，言之成理。’孟子曰：‘以意逆志，是謂得之。’據是而求，庶乎其無抵滯。而韓非乃取古人之事，一一難之；作《難》篇，誠多事矣；然吾觀非所爲書，其徵引古人，亦輒遷就其事以佐吾説；則其所謂‘難’者，固將假之以抒所蓄，意不在難古人也。柳子厚好《國語》，爲文輒效之，而作《非國語》六十餘篇，其意蓋與韓非同。蘇氏之文長於辨，往往間古人所爲而代之謀，殆亦抵觸於事，而謬託古人以見意歟？不然，以事後爲人籌萬全之策，蘇氏固若是之矯誣哉！”其讀《國語》曰：“《吴語》以越事爲主，所述越事，又詳言大夫種之謀，而不及范蠡；越之上篇亦如之；其下篇則專言范蠡而不及大夫種；既皆非史法所宜，而造端摛辭，亦不類史氏所纂，而近於晚周諸子之所爲。《漢·藝文志·兵·權謀家》有《大夫種》二篇，《范蠡》二篇；疑後人取此二書，附之《國語》。”其論《史記》曰：“《太史公書》輟輯舊聞，既創爲記敘之體；而敖睨古今，揮斥萬有，孤行其意於若隱若見之間，乃一如諸子所爲。故其體，史也；後人名其書爲《史記》；實則以其文鳴不平於姬周以後。劉子政、揚子雲、班孟堅，稱其‘有良史才’，以爲善敘事理，又以爲實録；其於論史盡矣；而未爲知史公。至韓退之儕其書於莊周、屈原、司馬相如、揚雄之列，而上與諸經相衡量，乃歸重於文，不以史稱矣。然自漢以來，歷二千年，史家既沿用其體以爲例，莫之或踰；而文士代興，殫智竭才，卒不能入其堂室；則以史有法可據；文無定勢而其妙難窺也。歸熙甫、方望溪以文字之説發明其旨趣，乃稍有塗轍可尋；其後知文者，各有平議。而桐城吴先生研説之尤深，章疏句櫛，鉤玄闡幽，益精以備；其參考異同，訂正譌謬，亦惟取適於文；至是而文之奥窔乃大豁露。濤嘗以爲《左氏》，傳經也；舍經以求之，而左氏之文乃見。《史記》，史家言也；離史以求之，而史公之文乃見。”其論《三國志·蜀志》曰：“蜀無史可徵，其志略。諸葛公海内所仰，咨説者衆；故述之特詳。自二牧、二主、妃子、諸葛外，僅十篇，亦往往託於諸葛以傳；其人之臧否高下，既多取其言以爲斷；而生平識趣功用，與夫言論書教，本傳不及載者，則雜載之諸傳。諸傳闕不具矣，以諸葛事經緯其中，隨所指稱，輒能得其大者；合觀之，爲諸葛一傳，可也。陳氏於三國時，所伏膺惟諸葛一人，至擬之咎繇、周公；故言之不厭如此。因事制義法，破除舊常，此其閎指孤詣，固宜肩隨馬班；而非蔚宗以下所能追步也。”其論古文之淵源曰：“張籍勸退之爲書排釋老，劉秀才勸之作史，退之皆推而卻之。其心期殆他有所屬；答書云云，特詭遁其詞，非其實也。《答孟簡書》云：‘使其道由愈而粗傳，雖滅死萬萬無恨。’何恤身之有？抗疏觸天子之怒，譴死不顧，而畏嘵嘵之口乎！《上李巽書》所謂‘舊文一卷，扶樹道教’；當指《原道》諸篇；時永貞元年，退之年三十八，不待五十六十，而所以排釋老者，固已有成書矣。《順宗實録》，於當時權倖小人罪狀，直書無所憚；何云畏禍乎！且其初志固非無意於史也。‘求國家之逸事，考賢人哲士之終始，非唐之一經’；嘗與崔立之言之矣；今何自謝不能？古之作者，皆自闢區宇嶤然而特立，不相師放；而後乎我者，胥於是取則焉。使退之爲史，則司馬子長而已；爲書距異端，則孟子而已；二子者，固退之所亟稱而宗奉之者也；然遽蹈循途軌，而爲其所爲，猶不甘也。漢魏以來，多能文者，彙所雜著爲一編，名曰文集；循俗應世之文耳。退之獨約羣經、子、史之義法則而爲之；其標類也不易其故，而辭體則由我造焉；而‘古文’之名以稱。故六經之外，爲編年之史者，本左氏；爲志傳之史者，本司馬子長；指事揭義，傍問設辭，意盡語止，不標體格，本孔孟門人所記述；不隸於事，不離於人，不淆於數度，探根構空以論道，本老子；辭賦，本屈原；而古文則本退之。退之之文出，凡從事於此者，舉不能外所爲而別啓塗逕；而其文遂與左、馬、孟、屈諸家並峙於天地；此退之所以敖睨古今，獨抱偉志而不肯告人者也。退之文多以奇勝；而少年與晚年之作尤奇。少作之奇，由於陳言務去，力爲其難。晚年之奇，則涵育珍怪，積而愈多，不能自蔽遏。是固韓公之特質也。孫可之才學不能過絶人，特求奇於句調，故不免後人之譏。奇澀不可不常用，欲其習也；然用之不可太多，恐人疑我以此見長也，且恐傷我自然之元氣。”其論治古文之法曰：“《春秋》旁事設辭，而文之屬乎辭者，即事而異，遂以得事情而盡其變；辭如事；是非如辭。歉焉則不達；侈焉則辭侈而事晦；偏焉私焉則失平。韓退之文本諸經，而於《春秋》則取其謹嚴。太史公謂孔子制義法以次《春秋》；謹嚴，其義法也。其稱《儀禮》，以爲考於今無所用之，而獨取其奇辭奥旨，殆亦慕乎其文耳。吾嘗以爲諸經皆綴輯而成，獨《禮》與《春秋》成於一聖人之手，尤學者所宜究心。《春秋》者，聖人治事之書也。《儀禮》者，聖人盡性之書也。春秋時，公卿大夫習於儀矣。孔子處朝廟鄉黨，亦衹如經所言，而《論語》詳志之，若志所獨者。其儀，夫人習而能之；而情隨事變，發乎容色，不待勉强而中乎其節，則非聖人能盡其性者不能也。非聖人能盡其性者不能行，則亦非聖人能盡其性者不能言也。其書誠無所用之；而讀其書而神遊其時，不覺肅然自斂其侈邪，而愛敬哀樂之心怦然動於中而不能自已焉，豈非其文之至耶？旌要以題事，節屬以備典，標一以類餘，參通旁達以盡變，貌所形而情著，斷所不然而義顯，稱名舉物以隸乎事而麗乎辭，相所宜命之，奇而雅，典而不居，則於所謂義法，乃廣而益備矣。治古文者，以謹嚴爲之基，以禮之詳博拓其規，然後合衆材以具體焉，則庶幾乎大雅之林矣。”其論《左文襄公年譜》曰：“今山東提學使湘潭羅公知兵能古文；所纂《左文襄公年譜》言兵事甚精。其言兵分四事：佐湖南幕爲一事；東征爲一事；而西征，則關内外各爲一事，皆具事之本末而自爲一文；於西事尤注重焉。自文襄始受命西征，至功成還朝，其籌畫之見於章奏書牘者，既擇精提要而備載之矣；而公所撰輯，洪贍堅重，一如譜所載文襄之文。昔趙充國降服西羌，言兵事利害及屯田諸奏，翔實矜慎，一洗賈、晁浮誇之習；於漢文中爲最知體要。班氏論次其傳，亦即仿效之；而其文乃與充國諸奏無異。文襄勛伐大於充國，而謀略則同；公所爲譜文，如文襄，與《班傳》之仿充國諸奏亦同，‘惟其有之，是以似之’。桐城吴先生撰《深州風土記》自謂篇篇成文。公所爲譜，挈大拾零，捃摭遺佚，至繁博矣；而融以精意，經緯成章，如吴先生所云。因論其大旨以歸重於文。”其論《深州風土記》曰：“《深州風土記》，《河渠》、《賦役》、《兵事》三篇，嚴密而縱宕，蓋兼《漢書》、《史記》之長，而遠識孤懷，傲睨今古，則子長所獨擅；孟堅不能也。自餘諸篇，亦皆奇而法，正而譎。而論黄彭年、張映樞及肄禮堂三事，尤爲神妙。其論人物，或不立體格，任舉一二事，澹蕩似《五宗世家》；或以數語括其人之生平，簡要似《先友記》。《物産後序》仿《貨殖傳》，

《序目》仿《法言》，奇古皆足與埒，而識力過之。總之，體例皆自我創，而變動不居；文辭則翕受古人，而並攘其美。至於貫串往籍，抉精指誤，亦非國朝考據家所能。”其詔學者，必以文字爲入德之門，亦以此要其歸，不惟喻其理而已；安章宅句之法，必深挈而詳討之。以爲義法明，而古人之精神乃可見。自周孔以降，若左丘明、孟軻、莊周、太史氏、韓氏之書，未嘗一日不致其思而誦於口，通微合莫，若躬處其間而相唯諾也。然於羣經尤觀其通；每誦汝綸“於學無所不采，無所不掃”之說。於《易》、《書》則手録諸家説，積成巨帙。《儀禮》、《周官》講之尤精；宮室車服之圖，登降拜跪之節，與後生解説，一若身與其事而周旋之者。以爲《儀禮》非聖人不能行，亦非聖人不能言；故編次古今文章而首《儀禮》；實以古聖自著之書，傳至近世無僞訛者僅此。又謂：“左氏非解《春秋》之書；太史公固與《虞氏春秋》、《吕氏春秋》同稱；取經文而釋其例，蓋漢劉歆所爲；後人誤入之傳耳，不得與《公羊》、《穀梁》比。”爲説甚具。又爲天算輿地之學。於天象，凡割圜曲線諸新理新術，皆録其要而會通之；行星軌道邃遠，觀象以求其密合，輒因圖而悟其理。輿地爲治史要術；乃探源《禹貢》、《水經》，下采歷代地志，於顧氏祖禹諸人所言形勝，李氏兆洛諸人所爲考證，近世江防海防中外疆界險要，尤極注意；自州縣山水方域以至大地渾圓，皆爲之圖，細書精繪，纖如毛髮，别以五色，依其犬牙鉤縮裁翦之，使行省自爲圖可分合；與學者説《史記》、《漢書》，輒取所圖，上溯春秋戰國，以爲沿革明，文章乃可讀也。嘗曰：“吾無過人之才，惟不敢爲無益之學擾其神明而費時日。爲人爲學，尤宜善養其氣象。使淵然穆然爲不可測；宋程氏每求古人之氣象，可謂善學矣。”以民國元年五月一日卒，年六十一。

門下著籍弟子數百人；獨張宗瑛最爲高第弟子，刊有《雄白集》。今觀其文，專志於韓，得其雄奇，而橅擬之迹太甚，尚未臻於渾化。然體簡詞足，自然老健。大抵選字造句，務於奇崛，學韓之《曹成王碑》、《許國公神道碑》、《貞曜先生墓誌銘》一路。運氣使筆，刻意横恣，學韓之《與崔羣書》、《答崔立之書》、《贈太傅董公行狀》一路。軼宕陵跨，從茂厚出莽蒼，遠勝孫樵、王安石之以刻削爲峻峭。集中《鈔三十以前所爲文書後》云：“我不肯爲文；苟爲，則非靡退之之壘，抉介甫之藩不止。”可謂言有大而非夸。然稟命不融，年止三十有三。而造詣至此，於吴門弟子，駸駸與濤争後先矣。其次南宫李剛己。剛己以字行，爲吴汝綸官冀州時所得士，俾受學於通州范當世及濤。汝綸每歎剛己詩文雄肆淋漓，殆爲絶足；贈聯曰："奇文間出漢三輔。閎識下視禹九州。"然得科第早，以光緒甲午進士，補官山西大同知縣，詩文不自檢拾；傳有《李剛己遺集》五卷，乃其死後桐城吴闓生蒐刻而爲序之。其文大抵由王安石以斆韓愈，亦衍曾國藩一脈；雖未臻韓公之雄奇瑰偉，而頗得介甫之瘦折拗勁，其在師門，雄茂遜張宗瑛，而清遒則勝趙衡；蓋衡縟蕪不免填砌；而剛己瘦硬乃饒風力也。其詩則由李長吉以斆韓愈，略似王樹枏早年作，往往警麗，而不免雕琢傷樸。以民國二年卒。張宗瑛死尤早，爲讓清宣統二年；皆未能以所學傳授其徒。賀濤既死，獨吴闓生、趙衡克承父師之緒，以文章爲北學所宗。衡字湘帆，冀州人，爲濤之弟子；又嘗奉手問業於吴汝綸、王樹枏；亦從徐世昌受所謂顔李之學。及世昌當國，衡出入其門，筦書記；受世昌指，取顔習齋存人、存性、存學、存治語，倡四存學會。而論文，則壹宗韓愈、曾國藩以導揚吴汝綸、賀濤之説；刊有《叙異齋文集》八卷。大抵碑傳文以瑰奇窮筆勢，髣髴皇甫湜、孫樵學韓一流；而氣不能運掉，不免硬砌。議論文以拗折入深際，差似王安石學韓一流；而理不見精透，亦時膚絮。在濤弟子中，不如張宗瑛之鮮明緊健；而視韓門弟子，差勝皇甫湜之膚縟庸絮也。吴闓生者，汝綸之子也，字辟疆；早濡家學，作文呈父，奇許之曰："琢煉警聳，可與學韓！"俾受學於濤。及爲文章，縱恣轉變，能究極筆勢；辭氣噴薄，而出以醖釀深醇；興象空邈，而能爲沈鬱頓挫。其勢沛然，其容穆然。震蕩錯綜，是真能得父師之血脈者。濤每歎曰："文章，天下公器；自今日觀之，已爲吾師家事。"闓生既以守汝綸遺緒，窮數十年之力，傳寫父書，盡布於世；復以餘力平騭各家之文，摘其微詞奥義，開導後學；而抒發所蓄，著之於文。論文以奇爲主，獨稱張宗瑛；以爲："文章苟無淵懿之思，沈博之氣，而徒炫奇於字句間，皆爲識者之所棄。雖然，沈博矣，淵懿矣，則其字句光采，自爾不凡，有不求奇而自奇者。此境未可驟幾，但當積功力以俟之爾。如張獻羣文，豈易效耶？彼浸漬於《史》、《漢》、揚、馬，步武於昌黎、永叔者，工力至深；非世俗之貌爲高古而中無有者所可襲似於萬一也。龍川所謂'不爲詭異之體而自宏富，不爲險怪之辭而自典麗。'若韓公以鐫鑱造化爲能事，艱窮變怪得而後造平淡，則從險怪入手，又何不可之有？但懼不得師承而失古人規矩準繩之法耳。蓋沈潛於古人者深，而神明於矩矱者熟，則平易可也，險怪可也；非然者，險怪不免支離，平易亦入流俗矣。退之曰：‘文無難易，惟其是爾。’是真知言。魯直以好奇語爲一病，殊不盡然。彼魯直，固好奇語者也。”刊有《北江先生文集》七卷行世。

馬其昶，字通伯；先世居六安，姓趙氏；始祖明永樂中贅桐城馬氏，遂爲桐城人。父起升，爲諸生，務益發名成業；從同縣戴鈞衡、方東樹受學，爲詩古文，守鄉先輩方、姚義法；有《趣園詩文稿》八卷。四體勢宗懷寧鄧山人完白，有《慎菴字範》四卷。而篤學媚古，尤服膺韓、歐、朱、王四家；韓、歐文宗，朱、王道統，極詣而互通，有《載道集》十二卷，稽討義例，終其身不厭；謂文與道，不得而離也。其昶少承家學，刻意爲古文詞，請業於吴汝綸。汝綸則戒作宋元人語，曰：“是宜多讀周秦兩漢時古書。”又言：“今天下宿於文者，無過張廉卿；子往問焉，吾爲之介。”則賦詩一篇，諧莊雜出，謂：“得之桐城者，宜還之桐城。”其昶持往江寧，謁裕釗於鳳池書院。裕釗則大喜，賦詩爲答；且詔之曰：“文之道至精。古之能者，義不苟立，詞不苟措；陳義必取其最高而尤雅者；造言必深古，不使偏詞雜乎凡近；其句調聲響，必在在叶乎鏗鏘鼓舞之節。”又曰：“培其源，無速厥成。善學者宜俟其自至。”其昶欣若有會，方年二十一歲，意氣甚盛，自以守其邑先正之法，禮之後進，義無所讓也。潛思力探，每有所作，益復勁悍矜練，力矯凡庸。汝綸誦之，歎曰：“某老朽，於文事已無可望。朋友中，范肯堂困於貧病；賀松坡目已失明；唯吾通伯，尚精進不懈。”而裕釗亦引歐陽修語，謂：“老夫當讓此人出一頭地矣。”惟其昶自以始學文時，受知愛於汝綸最深；而開闢徑途，不迷其源，不阻其修，其得力於汝綸者爲多。汝綸之殁也，賀濤既爲之狀，且表其墓；而其昶則更爲《吴先生墓誌銘》以章之，其辭曰：

光緒二十六年，畿輔民肇亂，搆外釁。八國連兵内犯。京師不守。既和議成，朝廷喟然，圖所以自立，更庶政；詔郡縣罷書院，用西國法立學；而建大學堂京師，命吏部尚書長沙張公爲管學大臣。於是張公奏薦桐城吴先生學行高，兼綜中西，可以師多士。天子俞其請，命以五品卿銜，充大學總教習。先生堅辭不得，則請赴日本，考學制。既至日本，自其國君相，下至教育名家，婦孺學子，皆備禮接款。海内外欽遲風采；而先生亦素以興學育才濟時變自詭，博蒐精諮，窮日夜不怠息；思彼族所以驟盛，而度吾力之所能及，與時所宜，必得當以稱天子明詔，塞知遇；歸未及返命而卒。嗚呼，悲夫！先生諱汝綸，字摯甫。祖庭森，縣學生。父元甲，以諸生舉咸豐元年孝廉方正。母馬太淑人，兩世皆以先生貴，贈如其官。徵君孝友博愛，養育宗親數十人，家日以貧。先生幼刻苦，向嘗得一雞卵，不食，易松脂以照讀書；篤嗜古文詞。少長，受知曾文正公，文益宏肆高潔；以同治甲子舉於鄉，明年，成進士，用内閣中書。曾公督兩江，奏調至金陵；移督直隸，隨調至北，補深州直隸州知州；連丁外内艱，服除，署天津府知府，補冀州，所至有迹。先生既師事曾公，與聞大謀，參章奏。曾公薨，李文忠公繼督直隸，尤倚重焉。初在官，凡有請必得。任冀州八年，方敘遷，一旦投劾去；李公留之；不可；則處以賓師，聘爲蓮池書院山長；機要疏牘，必就咨視草；自是十餘年不離直隸，遂與李公相終始。先生爲政，於世所矜尚爲名高者，一不屑；獨留意教化，經畫書院；苟力所能至，不憚貴勢；籍冀州已廢學田爲豪民所攘奪者千四百餘畝充書院經費；聚所屬之高材生，求賢師而教之。深冀二州書院，遂爲畿輔冠。其在冀州，成材尤多。又時時求其士之賢有文者禮先之，凡得十許人；自謂“每得一士，雖戰勝而得一國，不足喻其喜”也。此十許人，皆守高不喜親官府。先生强起之；與此十許人者，月一會書院；凡所施爲便不便，興革於民，必與此十許人者共之。開冀衡六十里之渠，洩積水於滏，以溉田便商旅，費白金十萬兩；公私無一儲，百方斂輸，勢劫情化，功卒以成。民或初不便其所爲，既去而人思之。先生爲人簡易佚蕩，不矜持威儀爲曲謹；其宏獎好士出天性。始爲吏，繼爲師，一以文術誘進之；以謂：“文者，天地古今之至粹；苟入之不深，其精神意脈一有失，則所載道無幸焉。”其教始學，必本周秦古籍，由訓詁以求通其文詞；而要以能知當時之變，備緩急。其於西國新法，冥心孤探，得其旨要。歐美名流，皆傾誠締結。日本學者，踔海請業。遠近以文字求是正者，四面而至；又瘉益以其暇，裨助李公謀略。李公操國柄久，其防海、交鄰、購器，皆前古所未有。拘學恣意妒毁。先生憤國勢弱，李公牽於異議，不克盡其能；爲之剖析疑謗。李公嘗失勢，先生尤爲之盡。其實先生入仕二十年，李公國士目之；而顧未嘗有所遷官增秩；其於李公無分毫私也。先生既不樂仕宦，隨李公媾和至都；李公薨，益浩然思歸；不得已於張公之薦，殊亦無意教授；獨欲考究學制得失，釐爲定法，竢能者。其歸自日本也，自乞先返籍省墓，因興辦桐城小學堂；數月，學堂成，北行有日矣！卧疾遂不起；二十九年正月二十日也，春秋六十有四。嗟乎！處數千年遞積遞敝之俗，非大有以奪其故習，其勢不足以振起。世方懲任事鋭往之失；以先生之所挾，而揆時之須，其遂能有合耶？則不幸中駕而税，使夫朝野上下，以逮殊鄰絶域之區，歔欷鬱悼，謂"其人若存，其所爲何遽若是"！以爲斯世之不幸；而其於先生，猶未爲不幸也。此其尤可慨痛者已。先生配汪氏，封淑人，前卒；側室歐氏。子啓孫有軼才，能世其學。女五人，長適候補直隸州知州薛翼運。次適舉人汪應張。次適翰林院編修湖南學政柯劭忞。次適直隸候補知縣王光鸞。幼女許聘姚氏。所著書有《易説》、《書説》、《深州風土記》、《詩文集》、《日記》、《東遊叢録》，凡若干卷。啓孫將以某年月日，營葬某所。門人馬其昶爲銘。銘曰：

宋後儒賢，晲之亡有。道吾不知，文抑何朽！嘲嚎風發，而行則修！我昆我弟，萬古殊尤。苟恣其好，身命可漚。真性結牢，鬼愉神泣。惟其大偏，乃匪能及！箝姬鍥孔，高蹠遠晞。亦圖於新，造莫追微。競存强力，救我民痱。凡此二行，世謂二反。饌德鑱辭，九幽是炬。

昔唐韓愈死，其弟子李翱爲行狀，皇甫湜爲墓銘。而李《狀》演迤條暢，自然渾成；湜則句鑄字煉，讀者即以覘二人造詣之攸異。今觀其昶此誌，以與賀濤《吴先生行狀》相衡。其昶綜括一生，筆力堅淨；拗峭之筆，饒有嫵媚；瀏亮之詞，妙能頓挫；不爲雄邁驅馳，而爲瘦削拗折，是誠得王安石學韓愈之神者。然不如濤之出以高渾，而提折頓挫，在筆墨蹊逕之外也。其昶承汝綸斯文之傳，與濤爲南北兩宗，皆由王安石以斅韓愈，而衍湘鄉一脈。特濤則積健爲雄，欲追韓愈。而其昶由拗得勁，乃比安石；氣脈不如濤之大，骨節不如濤之渾，不敢出大筆重筆，而好用瘦筆拗筆。其昶嘗以《上孫方伯書》就質於張裕釗。裕釗謂曰："學介甫文已甚峭似；此後便可上窺昌黎。介甫之瘦硬精勁，誠爲罕儔；恨意境少陋。更進以他家恢廓之，使不窘於邊幅，則善之善者已。"今觀所作，則終其身於介甫，而未臻渾化者也。特以身丁喪亂，蒿目瘵心，常岌焉若不克終日，故其思深，其辭婉，其言雖簡而意有餘，往往幽懷微旨，感喟低徊；令人讀之，而摩戛之音、醇醲之味，沁入心脾。刊有《抱潤軒文集》二十二卷。

其昶性澹泊，貌莊而氣醇；自少於俗尚外慕，一不屑意；而刻苦鋭進於學。三十以前，治古文辭；既而悼世變日亟，未可以文章經國；自識涯分，絶意進取，閟聲光一室之中，十餘年不出；所治自《易》、《書》、《詩》、《禮記》、《大學》、《中庸》、《孝經》，旁及諸子史暨梵典之説，編摹撰述，尋躡要眇，而壹衷於斯文。每謂："學之始，利在實；其成也，利在虚。虚也者，所以超萬類而莫滑其靈者也。自堯舜之事業，鄒魯之道術，千古所震駭；而其自睇，常廓然不有其一物。文之爲方也亦然；不實，則植幹不立；不虚，則氣爲之累。居常讀顧亭林先生書，甚好。又嘗喜讀陸桴亭《思辨録》，私謂國朝諸儒之學，平湖、楊園，步趨朱子，至矣。顧氏之博，桴亭之通，近代曾文正之大，此三家者，不專主朱子，實與朱子爲近，綜賅本末，確然可施行。顧氏獨好五經及宋人性理書，其自述蓋如此。惟其論學論治，鋭於自信，詞旨矜高；且鑒明季空言之失，矯枉或過；其後學者遂祖其説，稱述漢京，輕詆宋賢，風尚變焉。乃吾觀其書，務求經世之業，固非章句小儒所可託也。夫古之君子，自任以天下之重者，深知事變無窮，故嘗有退讓審慎之意；矜其所學，而概欲施之天下，古若今操此而蹶者有矣。吾讀《文正集》，歉然於學問之不足，事功之未可易言，其識固有過人者哉！抑更事多而後知量遠也。然文正生平頗致力文事，務推大之。顧氏則一以禮教風俗爲己任，於文若有不屑意。二者不同之致，果孰爲得失乎？"又曰："佛經譯自梵文，誠不可律以常格；然立一意於此，宣之口，布之簡册，言必有其序，義必有所歸。無古今中外，人情一而已！况佛説法，普度愚智；豈故曼衍其辭，使人不能瞭其意緒之所在乎？余讀《金剛經》，仍以章句文字之法求之；向之苦其繁複者，今見其親切也。諸家之解，不免鑿之使深；正如説《易》

者之見智見仁，引《詩》者之斷章取義，非不自成其説；然按之本文，或遼遠矣。古人超悟自得，全在行解相應，不恃文字，亦不離文字也。文字明，而受持誦讀者便焉。昔之人讀是經而證悟者不可勝數；今則分晝章段，條理晰，誦讀便矣，而自反身修，乃無異常士。獲者不必求知；知者又未必獲；既不獲矣，則其所謂知者，果有當乎？一日，讀《圓覺》云：‘末世衆生，希望成道；無令求悟，惟益多聞；增長我見，但當精勤；降伏煩惱，起大勇猛；未得令得，未斷令斷；貪瞋愛慢，諂曲嫉妬，對境不生；彼我恩愛，一切寂滅。佛説是人，漸次成就。’釋之者曰：‘求悟，則有攀援心，則必於經論文句間理會；理會益明，衹益識妄耳。’然後知吾之爲説，雖明於文句，皆有攀援也，益多聞也，長我見也；成就之道，固在彼不在此！”每有詮論，聽者咸犂然當於心。廣西巡撫合肥李經羲者，李鴻章從子也；乃延其昶於家，教諸子弟；其中國松字木公者最知名，號能傳其學，爲刻所著《周易費氏學》、《莊子故》、《屈賦微》、《法言章義》等書。光緒三十三年，詔求人才。安徽巡撫馮煦以經明行修薦辟。其昶自以“少無殊邈之操，粗解文句，亦嘗從諸生後求舉，累進累躓；今年逾五十，智能才力，無一可效用於世，因自退伏；非以此爲高節，閒居無聊，其平素之所業，不欲中廢。時時有所述作；而亦曠觀當世之變，爲開剖以來所未有；應之者不得持故常，阻道化不進；既羣天下之才争新於其際，而數百千年先聖留遺之籍，爲舉世所不爲者，亦必有人焉賡續而保存之。揣己度分，願以自任。”上書辭不應。宣統二年，學部聘之編輯《禮經課本》，遂入都。會吏部奏請考驗續到人才，隨同報到；特旨以學部主事補用，觀政兩月，即實授。其昶睹當國之操切，哀民生之況瘁，《上皇帝疏》不啻痛哭言之。

時朝論厲行新政，而其昶不謂然，曰：“方今朝廷發憤圖治，罷科舉，興學校，獎遊學，設巡警，廣徵兵，勸工業，啓商會，變刑律，改官制，開諮議局，許地方自治；甚至損獨裁威福之柄，定九年立憲之期；宜若富强之效可覩矣；而天下乃反岌岌不終日。此何故也？則以凡事務其虚名，而百姓受其實禍也。蓋天下之窮甚矣。《王制》曰：‘國無九年之蓄曰不足；無六年之蓄曰急；無三年之蓄曰國非其國。’今非特無三年之蓄；每歲出入相較，虧四千餘萬，逐年籌備憲政，則逐年增出，又不啻數十百鉅萬。夫無三年之蓄，已曰國非其國；況虧短至數十百鉅萬而可以爲國乎？夫辦事必先籌款。度支無款應付，固一事不能舉行；倘度支竟能應付，其爲禍烈更不忍言。何則？度支總全國之財政；請款於度支，度支無款也，則索之於督撫；督撫亦無款也，而事又非款不辦，則其所應付者，仍是多方搜括，虐取於民耳。天下之患，莫大乎是非利害，顯然明白，而朝野上下，知之而不言，言之而不盡。吾國舊政，是古聖君賢相及我祖宗所行之而效者；然流弊至今日而極；不以實心行實政，此其失，人人能言之。今之新政，亦東西各國行之而效者；然而不以實心行實政如故也。此其失，人人知之而勿敢言；言之即被阻撓新政之名，而目爲狂怪。今上自樞臣疆吏，下逮文儒搢紳之彥，莫不私憂歎息，以爲未來之效，茫如捕風；必至之患，危如厝火；而奉行猶恐不力者，督之以至嚴之功令，限之以至迫之時日，困之以至窘之財政，劫之以至新之學説，而莫可如何也。張皇耳目之舉，其聲譽騬騰於報章；慎固邦本之圖，則譏嘲已徧於衆口；如是而求免於罪戾，其政策之出敷衍也必矣。夫變法，大事也；立憲，尤創舉也。今欲變法而創古今未有之舉，而上下承以敷衍之心，誠不知其可也。舊政之失，失之因循。新政之失，失之紛擾。因循之失，聽民之自生自死，而不爲之所。紛擾之失，日日爲民謀所以生，而實迫之以死。何則？苛斂重而民不堪命也。《傳》曰，'長國家而務財用者，必自小人矣。小人之使爲國家，災害並至。'又曰：'與其有聚斂之臣，寧有盗臣。'今災害亦可謂並至矣。炸彈起於輦轂；民變兵叛，時有所聞；水火旱蝗，疊見層出；歷稽天人相與之故，必有感召致此之由。當今在位之公卿大臣，其存於心者，未嘗無公忠體國之志；觀其設施，則皆財用聚斂之謀，豈得已哉？百端待舉，兼營並進，不務財用而不得也。利之所在，上與下争，内與外争，紳民與官争；争之而民窮，親民之官亦窮。國家愈窮，遂成災害。夫以公忠體國之人，迫之使務財用而爲災害於國家，臣誠惜之。而説者且曰：'歐美納税重於吾國，人民應盡義務，多取之不爲虐。'凡此皆亡國之言，不可聽也。今日中國之民，其應享利益，何一事可比泰西？而獨欲效其納税。竊恐憲政成而民無孑遺矣。人莫不有室家妻子之愛；其欲就安利，去危殆，含生之倫，殆有同情；今不顧室家妻子，奮然一逞以阻遏新政，非其勢萬不容已，詎肯出此？諭旨何嘗不嚴切責之曰：'是皆不肖州縣辦理不善之所致？'州縣，亦人也；豈真甘爲不肖哉？責以就地籌款，而又以籌款激變罪之。籌款未有不滋怨毒者。民間無衣無食，無以爲生；而朝程一法，出費若干；暮釐一事，出費若干；曰‘爲爾圖治安’；養生救死之不暇，而責之費無已時；治安未覩，而民死已久矣。州縣親民之職，古時所貴，今所甚賤。自新政興，上下之言籌款者，莫不以州縣爲質的，同心而射之。於是其職非獨賤也，貧乃益甚。夫人生仕宦，固以試其所學，亦欲自贍身家；若官累私虧，因而加重，自謀無術，何暇治民。賢者乃潔身思退；中材碌碌，豈能自守？是直迫之使爲不肖。賢者退，而中材不能自守；察吏之術，至此益窮，此真天下之大患也。是故今日之四民，至窮者農人也；今日之百官，至窮者親民之官也。親民之官窮，而民愈不聊其生矣。堯舜禹相授受曰：‘四海困窮，天禄永終。’四海困窮而天禄遂終，可不懼哉？自古喪亡之道不一，皆由暴君汚吏虐政害民之所致；未有圖强而反得弱，圖富而反得貧如今日者。”

時朝論亟練新軍；而其昶不謂然，曰：“今夫生計蹙而盜賊起；謀國者始惶然以養兵爲要圖。民以無所養而爲盜。不悟其然，乃括民財以養兵；養兵，則民愈貧而盜賊愈熾；仍不寤，又益增兵。今之養兵如驕子，會操如兒戲，用財如泥沙。剥膚敲髓以練三十六鎮之兵，而叛者四起。陸軍不足恃，更謀海軍。夫練兵平亂，而亂者即兵，兵可易言乎？故大學士曾國藩論湘軍之功，在一二督兵大臣，能以忠誠爲天下倡。聞忠誠能倡天下；不聞虚憍之氣可以鎮天下、慑四夷。内治不修，人才不出，縱竭全國之力，專供海軍，猶未堪一戰！況財力竭，外人即藉口債權而攫財政；亂民起，又藉口保商而干涉兵事；在在可以亡國，奚暇海戰？則何如移其費以辦實業，使内亂不作，猶可以圖存乎？耗財莫甚於養兵。生財莫要於實業。危急存亡之秋，財者民命，豈堪浪擲？有識引爲大戚，而皇上曾不聞知者，以海陸軍政皆寄之親貴，天下遂緘口結舌而不敢道也。從來親貴用事，流弊滋大。位高，則窮於賞。親近，則窮於罰。魁柄久持，趨附者衆，勢不能復就閑寂，緣竿百尺，有上無止，豈不至危？裁之，則生怨；斷之，則傷恩；縱之，又無以善其後。我朝開國之初，專征秉鉞，實賴親藩；然皆起自艱難，有雄偉蓋世之略。自後皇子概不預聞朝政。中興以還，主少國疑，親王輔政，事非得已。醇賢親王以非成憲爲言。今貝勒載洵、載濤慨然欲救危亡，以練兵爲急務。然兵事變化，必資實驗，非可坐談；出洋考察，匆遽一過，豈遂得其深際！彼鄰邦接待之優崇，皆其外交之機智，争欲售船炮於我耳。而海軍一經開募，用費既廣，用人尤多。急功喜事之徒可以坐致通顯，自必肆其營求。夫以生長貴富之王公，受外人優待，則不免有自是之心；樂羣下推崇，更有勿能中止之勢。聚無數急功喜事之徒，奉少不更事之王公，而握全國之軍政，遊歷考察，靡費無已，徒豪舉耳。西國王子，肄習軍事，與齊民同編伍，勞瘁不辭；若一望能了，又何爲自苦哉！”

時朝論放廢禮教；而其昶不謂然，曰：“立國於天地之間，能傳嬗數千年之久，必有其所以存立不敝之道，是曰國粹。吾國開化最早，自堯舜至於孔子，文教大備；其遞相講明而爲法於天下後世者，無他，亦曰人倫道德而已！君臣，父子，兄弟，夫婦，朋友，五者相維繫，相親愛，而天下治矣。此真所謂國粹。若夫析陰陽造化之微，窮制作之巧，此泰西之能事矣。吾聖人非不重之。《易》曰：‘備物致用，立成器以爲天下利。’是聖人未嘗不以開物利天下爲亟亟；特聖人啓其端，後之學者不能極而精之。然泰西制作之巧，其發明亦多在近世，不以是而輕其耶穌也。今乃以科學疑聖教，何其妄也！泰西之學，析理誠微，制作誠巧，要其國之所以存立不敝，必不僅此；而於人倫道德之意，亦必有其合者矣。謂其不如聖人之詳備，可也；因其禮俗之異，謂其一無當焉，不可也。吾所未能極而精者，不可不效法於彼；幸而聖人之所講明詳備者，而顧可棄之歟？效法於彼，可也。皮傅，不可也。皮傅西學者，見吾國勢之不振，遂疑聖人之教不宜於今。不知世變雖大，而人倫道德不能變也。試問今國勢之不振，果束於聖人之教而然乎？皮傅聖人之教，以至成爲今之天下；又皮傅西學而毀棄聖教，更不知成爲何等世宙！今之學堂，特造成皮傅西學之士，驅天下之在位，以爲災害於國家；更驅天下之學者以毀棄聖教，視三綱爲桎梏，等六經爲弁髦；大亂之道，其在此矣。向使專務富强，置人倫道德於不顧；則是舉天下唯利是趨，强陵弱，衆暴寡，臣不知有君，子不知有父，妻不知有夫；當是時，雖船堅炮利，能一日安乎！”心所謂危，語語警惕；疏上忤旨，以謂迂闊而遠於事情也。然驗之後日，有如蓍蔡。“維此老成，瞻言百釐”，其昶有焉。

尋充京師大學堂教習。吴汝綸既逝，世之歸仰桐城者，必曰：“是馬通伯先生，當世之能古文者，承方、姚道脈而且見淑於吴先生！”其昶則自謂爲文而不求之經，是無本之學也。時方治《費氏易》既卒業，復治《毛詩》，治《尚書》，及秦漢諸子，乃於文若有所不暇爲者。民國肇造，其昶則六十矣。雖爲教習如故；而自以不獲安鄉里，孤寄京師；廁搶攘囂鬨之場，危禍交乘，聽覩皇惑；怏鬱之極，浸淫佛乘，覃精窮思，鬚髮盡白；然神完氣凝，老而不衰。以民國十三年，領清史館總纂；無日不到館屬稿，晨出夕返，風雨寒暑不少間；退值，則注《尚書》，成《尚書誼詁》八卷，夜半不輟，如是以爲常；既而握管稍久，戰悸不寧。醫者曰：“心血盡矣。”遂以十五年夏南歸養痾。四方問學者日至，酬對移晷，娓娓忘倦。肢體久不仁，而與人短札，猶力疾自書，密行小楷，無一筆苟者。十七年戊辰冬十一月十四日卒，年七十四歲。先卒之四日，疾已不支，告家人曰：“無害。吾將以十四日行。”及期，天未明，命侍者扶起更衣，移坐於椅，南嚮合掌，自卯至午不少欹；親友誦佛號於前；其昶注視，神定色夷，漸以目瞑。釋徒聞之，歡喜贊歎曰：“往生淨土矣！”

其昶既死，而號能傳其學以授徒者，曰同縣葉玉麟，字浦蓀；諸生，與李國松受業其昶最早，爲高第弟子；刊有《靈貺軒文鈔》一卷，中有《含純女士傳》，題下注代通伯師，而其昶《抱潤軒集》亦收之。其昶晚年文，多以屬玉麟代筆；亦甚矜寵之矣。今觀其文，樸而不茂，宕而欠逸；意盡於言，故少味；語不免絮，斯傷潔；喜爲閒情眇狀，摇曳其聲，以取姿媚，而乏高識遠韻；又控御縱送，用筆未極伸縮轉换之妙。此誠桐城之支與流裔，而獨抱逸響以歿齒不貳者矣。然未足以紹其師也。

其昶及賀濤皆不爲詩，而文亦不規規桐城姚氏義法。獨桐城姚永樸、永概兄弟爲古文，亦兼能詩，禪其家學；爲文澹宕而坦迤，每不欲盡；其詩清刻而峭發，又不害盡；蓋篤守姚鼐之教也；而永概名尤著。

永概，字叔節，號幸孫。五世祖範，字南青，乾隆壬戌進士，官編修，著有《援鶉堂文集》六卷；學者稱薑塢先生。姚鼐以從子受業焉；姚氏之學所由起也。祖瑩，字碩甫，以諸孫受學於鼐；嘉慶戊辰進士，官終湖南按察使，著有《後湘詩集》二十一卷，《東溟文集》二十六卷。父濬昌，字慕庭，承累世宦業，而貧困幾不能自存；獨以詩受知於曾國藩，遂佐戎幕；洊保知縣，終湖北竹山縣知縣，爲治一本經術；自少至老，書未嘗一日去手；而尤深於《易》，著有《讀易推見》三卷；喜爲詩，晚年自訂其集爲十二卷。姚氏自範以詩古文義授從子鼐；嗣是海内言古文者，必曰桐城姚氏。而鼐之詩，則獨爲其文所掩。自曾國藩昌言其能以古文之義法通之於詩，特以勁氣盤折；而張裕釗、吴汝綸益復張其師説；以爲天下之言詩者，莫姚氏若也。於是桐城詩派始稱於世。有清一代自王士禎以神韻言詩；其敝也，綽約而無實。而矯其失者，則又慓悍以騁才，儻蕩以使氣，而温柔敦厚之旨蕩然無復存餘；識者蓋益病焉。獨範之爲詩，事料醲郁，善於儷事；蕭子顯所謂“以新變爲雄”者也。瑩既焯有祖風，又師事鼐久，詩文之美，頗亦兼擅；然其中多感慨沈鬱之音。濬昌則一秉家法，屬辭比事，蔚然與董塢同風；而骨力之清遒，神情之俊朗，則鼐之遺也。其昶早爲濬昌女夫，獨工文而不爲詩。其次女夫，則通州范當世，尤以詩有大名；恨其昶不爲詩而愧厲之。其昶發憤欲試一爲。汝綸解之曰：“子毋然！子爲詩，徒見短耳；終莫能勝彼。”因相與一笑而罷。先是其昶甫逾冠，就婚姚氏；永概則十一歲耳。其長兄曰永楷，次永樸，每從其昶商論文史；以永概幼，未遽語也！永概則愠見辭色，謂：“奈何輕我！”永概以其昶及范當世爲姊壻，以永樸爲兄，耳目濡染，神與古會。年十八，補諸生。二十有三，中式光緒戊子江南鄉試舉人，實爲解首。考官李文田、王仁堪皆負時望；病科舉文日即靡敝，以江南多才雋，思得老儒宿學；振起多士；得永概文，置第一；謂耆碩也。撤卷，頗訝其年少；及觀其先祖父有高名，乃喜相告，慶得士矣。後屢試禮部不第。既以家貧衣食於奔走，所主如長沙王先謙，婺源江人鏡，皆當世名公；而依吴汝綸冀州最久，得力亦最深。汝綸嘗稱其詩才氣俊逸，足使辭皆騰踔紙上，雖百鈞萬斛，而運之甚輕；故能出入於李、杜、蘇、黄諸家，而自成體貌也。嘗以大挑二等，選授太平縣教諭；又舉博學鴻儒；皆不就。當是時，變法之議興，朝旨既罷科舉，各行省皆興學，以永概充安徽高等學堂教務長，改師範學堂監督。永概爲人孝友篤至，其教士必根本道德，以文藝科學爲户牖；與人友，披瀝肝腑無不盡；廣坐高談，音響震越。安徽數更大吏，咸欽才望；有大計，輒就決，是非得不謬，鄉里往往被其惠。而謗議滋起，於是浩然無用世之志矣。會范當世亦以興學通州，卒遭謗侮，遂病不起。乃爲之墓誌銘以發其指曰：

太史公曰：“《詩》三百篇，大抵皆聖賢發憤之所爲作也。”豈不誠然乎哉？詩體至唐而大備。然世之論者，每稱李白、杜甫；二人者，途轍不同，其憂時疾俗之情則一。厥後以詩鳴者至多；而蘇軾、黄庭堅、陸游、元好問爲之最。四子之爲詩，猶白、甫也。自是以降，競競於格律聲色，公然模襲；其發憤也不深，則立乎中者不誠；中不誠，則氣不昌；氣不昌，則不足震動而興起。孔子曰："《詩》可以興。"興於發憤也。惟我清載逾二百，五洲交通，藝術競勝，僅持一國窳敗不振之故習，不足敵彼族之方新；而朝野之論，又齗齗不可合并，故釀爲甲午、庚子之再亂。於時，范君起江海之交，太息悲傷，亡所抒泄，一寫之於詩；震蕩開合，變化無方。讀者雖不能全喻精微，無不知愛而好之；以一諸生名被天下，噫，何其盛也！君，諱當世，字無錯，號肯堂，世爲江蘇通州儒族。祖某，父某，皆不仕。君少出語驚長老，壯而益奇！武昌張先生裕釗有文章大名，客江寧。君偕張謇、朱銘盤謁之。張先生大喜，自詫一日得通州三生，茲事有付託矣。其後君弟鍾、鎧相繼起；世又稱三范，而稱君爲大范云。吴先生汝綸官冀州，見君與謇、銘盤唱和詩，貽書鈎致。君亦樂依吴先生，遂之冀。而張先生亦來主講保定，益相與論定古聖賢人微言奥誼，學更大進。是時，君方喪前夫人。吴先生爲介，聘吾仲姊；因就昏先子安福署中。先子故能詩；吾姊亦嫻吟咏，君往來二年，得詩益多。其後吴先生居保定，吾往從之。君方攜吾姊客李文忠公所，見即飲酒賦詩，詼調間作；别十日不見君寄詩，即寄聲誚責以爲樂。迨甲午戰敗，文忠公得罪；君與吾皆東歸，又復北游，視曩時游燕如易世矣。君初在冀，所教諸生，多爲通才，知名於世。家居及道途所遇人士，有一語之善，必扶植之。其經承君講授者，悉有成就，收科第者相望。兩弟一成進士，爲令河南；一拔貢朝考一等，爲令山東；而君卒以諸生終。學堂令下，君已病肺卧，慨然强起，以助國家長育人才爲己任。迂儒老生，極口訾敖；至投書醜詆。君一接以和，面論文諭，使有端序。病且篤，就醫上海，遂以光緒三十年十二月初十日卒，年五十一；踰年，葬於通州東門外范氏之阡，前夫人吴之右。吴夫人生二子，罕，况，皆諸生，有文學，足以推大君志；以况爲弟鍾後。一女適義寧陳衡恪，早卒。後夫人姚。君所爲詩，嘗自寫定爲十八卷，合文十卷，藏於家。方今海宇學術棼起，雲變川增，治斯事者，材力已患不給；而吾國文至繁奥，習之尤費時日，議者乃欲更張之就淺易。君詩雖至工，真知其意者無幾人；數世以後，又孰能測君所用心乎？然巴比倫、埃及之古碑，希臘、印度之詩，西士好古者搜醳之不餘力也。以吾國文字精深微妙，實有不可磨滅者存。慮必有魁桀之士，寶貴而研索之，殆可決也。於君詩，又何憂乎？君事親教弟，極於孝友；待朋友有終始。將葬，弟鐘來問銘，未敢應也。既久，乃寫所得於君者以紓吾哀，而系之以銘。銘曰：

猗與仁人，世有范君。大本既立，發爲高文。若最其行，以儒而俠。友死孤稚，娟娟者妾！君引任之，以濡以沫。囊亡一泉，求者踵門，計子而貸，女裈女飦。胸中恢恢，齊其仇恩。欺不女疑，背不女怨。有李生者，嘗爲人言：豈大奸歟，不即聖賢？何奸何賢，有韞弗宣。吾銘未信，曷讀詩篇。

意以自抒感慨，而跌宕昭彰，其它未能稱是；往往寂寥短章，聲幾欲下，詞不敢盡，而未能以發其意。刊有《慎宜軒文集》若干卷。侯官林紓則序之曰："氣專而寂，澹宕而有致，不矜奇立異，而言皆衷於名理，是固能禰其祖矣。"特詩則秀爽而爲警鍊；沈鬱而能頓挫；早喜梅宛陵、陳後山，晚乃出入遺山，語必生新，而意在獨造；是則曾國藩所謂勁氣盤折，欲以古文義法通之於詩；亦其家風然也。方爲安徽師範學堂監督時，布政使沈曾植嘗爲刊《慎宜軒詩》八卷；其中如《寒夜寄肯堂》曰：

西風吹芭蕉，片片都成絲。蟋蟀辭碧野，唧唧鳴霜閨。感物遽如此，懷君結夢思。海水淨霜空，狼山矗崔巍。蒲團一龕内，坐對維摩師。原注：來書云近借鄰菴養疴。梅花繞紙帳，香氣砭膚肌。惝恍捫我手，喃喃頗有辭。伸足忽夢斷，天雞風送悲。恩情同骨肉，款曲未一時。明年君當來，我轅又北馳。但祝身長健，會面自有期。寄此當尺素，莫作揚雄麾！

又《書梅宛陵集後》曰：

《梅集》六十卷，買自武昌市。刻者明嘉靖，宋君巡按使。屬工宣城令，字大殊可喜。惟其訛謬多，又闕數十紙。借得道光本，彌月事校理。所闕抄使完，其訛難訂矣。我思文字貴，在切時與己。要使真面目，留與千秋視。時爲何等時，士爲何等士。當其入微妙，不在文字裏。閱歷助胸襟，天姿加踐履。四事不關詩，詩固得此美。

俗士動誇古，終身寄人籬！一體效一家，自矜工莫比。乞人衣百寶，不稱徒爲嗤。揚眉譏杜韓，况説宋諸子。告以先生詩，笑口或大哆。孰知六一翁，低首直到趾。古董何人賣，病在古入髓。東坡尚嫌酸，餘賢可知爾。檢之笥篋中，我歡獨在此！

又《贈陳静潭澹然》曰：

有田不能耕，有屋不能住；七尺不貲軀，竟爲漂泊具。昨日金陵潮，今朝瓜口路。眼中三百里，未必當虎步。天門蕩蕩開，白日昭宿霧。帝旁玉女多，妒此修眉嫭。山廬鮮芳草，江徑饒蘭杜。著述百千言，蟠胸猶鬱怒。呼叫千秋亭，癡人愕相顧。信陵骨已朽，肝膽向誰露？但取意氣傾，錢刀何足慕！

侯官陳衍尤極稱其《方伯豈仲斐招遊天壇觀古柏作歌》一首，以爲音節蒼涼，氣息沈鬱，極近遺山者也。辭曰：

天壇鎖鑰放三日，士女長安空巷出。琉璃廠内鞭影驕，正陽門外車聲疾。方生邀客及衰朽，微醺莫放斜陽失。未到先驚勢駿雄，出門已覺情蕭瑟。繞壇一碧皆種柏，羅列駢生咸秩秩。元耶明耶世不知，百株千株數難悉。陰森奪日色悽涼，慘澹生風寒凜慄；怪根直下渴重泉，霜皮縐裂蟠修綷。真宜虎豹據爲宫，恐有狐貍攫作室。旁幹猶承累葉露，中枝折爲前宵颮。無情樹木尚如此，繫日長繩知乏術。祈年殿上望西山，金碧依然暮靄間。王氣已隨龍虎盡，夕陽衹見雁烏還。往聖千秋垂教澤，嚴祀昊天威百辟。彼蒼視聽悉依民，精意分明存簡册。大道原爲天下公，此心不隔耶回釋。齋宫肅穆水環垣，想見千官助駿奔。中夜燔燎半空赤，連營宿衛萬夫屯。五千運過蒼天死，更聞開作公園矣。倚天拔地之古柏，願與游人重愛惜！

此歌八卷本未收，蓋民國改元後作矣。方段祺瑞爲國務總理，以高等顧問官聘；總統徐世昌招入晚晴簃，選詩；皆笑謝曰："吾如處女，少不字，老乃字耶！"顧殫心教學，一出應北京大學之聘，爲文科學長。蕭縣徐樹錚方佐段祺瑞用事，尤相禮敬，創正志學校，延爲教務長；而永樸及馬其昶、林紓爲教師，皆一時宿學；士風肅静，出京師諸校上，天下無異詞。清史館之開也，永樸、永概皆從事爲協修焉。永樸故短視，步行趦趄；每適館，永概則肩隨扶持。趙爾巽方以前朝大老領館長，見之，迎永樸笑曰："吾年八十矣。儻與君競走，未知孰爲後先。他日君逮吾年，欲無顛蹷，將終若弟是賴乎?"衆爲粲然。永概少秉先訓，長博覽羣書，徧交海内賢士大夫，其論學不分門户，而制行一以宋賢爲歸。初以解元計偕入都，父猶在官，方年少氣盛，顧恂恂自飭，無纖毫矜夸之習。姚氏風規：凡令節若誕辰，弟於兄必四拜；兄揖之而已。及永概之老也，永樸止無拜，曰："白首兄弟，何尚乃爾?"永概率禮如故。人第服其彊記多聞，議論雄辯；豈知修己之謹，乃如是耶！晚年耽心内典，得趣頗深。以民國十二年癸亥夏六月十九日卒，年五十八歲。而永樸亦以老病歸。趙爾巽聞而唏曰："今海内學人，求如二姚者，豈易得乎！"

永樸，字仲實，光緒甲午舉人。少與永概以文章相礱切；年二十五歲，北行，過上海，遇同縣蕭穆，諄諄然勗以經史之學；既抵都，復與遷安鄭杲遊，於是鋭意治經。吴汝綸知冀州，聞其名，延而賓禮之。永樸遂請業焉，始知精誦爲學文始事；因取古人之文，悉心讀之，久之乃涣然有得。顧自謂治學之塗徑，穆實開之；又以穆論議與汝綸異同，而交久益敬；乃作《蕭先生傳》曰：

蕭先生，諱穆，字敬孚，桐城諸生；少謁曾文正公於安慶。文正語人曰："異日纘其邑先正遺緒者，必此人也。"先生屢應江南鄉試，不售；客上海製造局廣方言館，得俸，輒購書，築小樓於家，庋之，不戒於火，燼焉。踵求不怠，久乃逾其舊；猶謂未足，踔海至日本求之。所儲皆善本，或孤行於世，人未見者。蓋先生所至，書賈每盈座焉。是時，吾邑先輩如方先生宗誠著書多談性道，及軍國利病、吏治得失。徐先生宗亮亦究心邊事。吴先生汝綸尤喜以泰西學説爲吾國倡。惟先生壹意編摩古籍，與後生言，於字句異同，刊本良否，以及前聞軼事，歷歷然如數室中物；而無一語及世務。吴先生每思廣以異域之事，見必極論。先生意不與之合，譏嘲轟發；然吴先生退，未嘗不重先生。在上海，凡數十年，四方賢公卿，下逮游客，語及聞見洽熟，必曰蕭君。先生既篤意文獻，見有力者，必誘之刊書，所刊數十種，皆躬爲讎校，不取酬。初先生嘗從市中得邵陽魏公光燾先世遺稾。其家無副本，聞之，輦金以求。先生笑曰："父祖之業，固宜傳之子孫，何言財乎！"卒歸其書。及光緒末，先生老矣，而家益貧。總辦製造局者不相知，奪其事。會魏公總督江南，過上海，首詣先生，縱談三日。總辦大驚，急謝過增俸至倍。先生歎曰："是謂我將不利於若而貨之也。"仍受故俸，而稱其所長於魏公。人以爲長者。先生於光緒某年月日卒，年六十有幾；所著曰《敬孚類稾》，嘉興沈子培提學，合肥蒯禮卿觀察爲鳩貲刊行，凡十六卷。

論曰：當今之世，如先生，有不以爲迂闊者乎？顧其學於古，深有所得，宜乎愛之篤而護之周也。永樸少學古文辭。一日，過上海，先生勸之用力經史，謂匪是無以爲文章根本，語意肫勤；由是始知從事樸學。今先生亡久矣！天下多故，聞所藏書散佚殆盡。而永樸浮沈斯世，深夜懷舊，愧負先生；撰次遺事，慨焉不知涕下也。

其文隨手起落，不爲張皇，坦迤平直中，自然感激頓挫；不如並世諸公之好做段落，狠其容，亢其氣，硬斷硬接；而我用我法，餘味曲包；此真姚鼐血脈也。刊有《蜕私軒詩文集》五卷，《續》一卷。其詩則無意雕琢，而簡括堅琢，能以清遒出醲郁。如《夜起》曰：

雨過山氣涼，虛室夜增爽。搴帷忽窗明，孤峯月初上。林疏竹螢流，石冷壁蟲響。微風動高簷，暗香入幽幌。披衣下前除，悠然絕塵想。

又《雪中戲作呈大兄時將之湖口》曰：

人生聚散何所似？正如池萍闔復開。有時暫聚當痛飲，一舉定須累百杯。幽居況逢三日雪，山川皓潔無塵埃！老鴉不飛枯木折，寒月自照牆邊梅。天地不令生意絕，溪堂頓覺春風回。快棄筆硯陳尊罍，低頭兀兀胡爲哉！明朝霽放射蛟臺，吾將舉棹江之隈，安得從容試綠醅！

就詩論詩，永概挺拔，有俊逸之才；永樸清越，得沖澹之味；迭用短長，亦無慚焉。永概交滿海內，好議論天下事；而永樸聲華寂寞，專志讀經三十餘年，不立門户，視唐如漢，視宋元明亦如唐，博稽而約取，會通衆説，有不安，乃下己意；曰："傳經者必守師説；治經則取其通而已。"或問鄭杲："今世爲漢學者幾人？"杲曰："吾未見也。獨如姚仲實者，舍書無他營，舍經無他書，虚心以求真，若將終身焉；其殆庶歟！”嘗客旅順。泰興朱銘盤見其書，大驚曰：“吴越士夫有此，早取聲名一世。君乃掩覆不肯襮，今日見古人矣！”因投詩訂交，而永樸意落落也。永概每太息曰：“余同母兄弟三人。伯也早世，不竟其學。惟仲實及余存。余好爲詩古文辭，而治之不專精；不如仲實耽於書，數十年如一日；每見輒用自慚焉。”方清末造，科舉制廢；永概嘗參皖學政，每以興學育才爲身任；蓋承汝綸之教也。永樸獨慮興學之無以善其後，上學部書，大恉謂：“曩時鄉閭中，蓋家有塾矣；絃誦之聲，遍於四境也。今則自學堂外，其自延師訓課者，乃日少一日。查憲政編查館、資政院會奏憲法大綱，方期逐年籌備，至第九年，人民識字者可得二十分之一。豈知興學之效，人民識字者，且有減無增哉！此其故由於公款未充，學堂不能多設；民間窮困，更無力入學。事之可憂，孰大於是！蓋一學堂之設，其始建築有費，開辦有費；至每年延聘管理員教員及一切雜需，尤爲不訾。將募之人民歟？以徵費之故，釀成他變，屢見報章矣。將索諸求學者歟？今之所定膳費學費，不可謂多；然諸生强半寒畯，往往不任。此創設所以難也。且合羣少年廲集一校，約束稍寬，黠者擾於前，願者和於後。此辦理所以難也。爲今之計，莫若高等小學堂以下，聽民間自爲，勿拘人數多寡以濟其窮，第令開塾初報明提學使立案，及畢業，由提學派員考試，果年限程度與部章合，即給文憑。如是，民之廬舍，即學堂也，何須建築？民之父兄，即管理員也，何須延聘？其爲費僅教員修脯而已。生徒無多，氣習何患不謹？財用即節，教澤何致不周？於一道同風之中，稍爲變通，豈不可大可久哉？”永概無以難也。民國既建，永樸亦受聘爲北京大學教授，因著《文學研究法》，凡二十五篇；每成一篇，輒爲諸弟子誦説，危坐移時，神采奕奕，恒至日昃忘倦；僕御環聽户外，若有會心者；其發凡起例，蓋仿之劉勰《文心雕龍》，而自上古有書契以來，論文要旨，略備於是焉。既以老病南歸，尋受聘爲東南大學教授、安徽大學教授，猶彊學不怠云。

永樸、永概生長桐城；而爲文不矜奇奥，爲詩自然清遒，恪守姚氏家法，顧不以桐城張門户。獨有産匪出桐城，文不盡澹雅，異軍突起，而持桐城姚鼐以爲天下號者，厥有林紓焉。特是姚鼐學歸而袪其庸絮，運實於虚，紆徐委備，以幾永叔之逸，而失之不深厚。林紓學韓而無其雄博，融情於景，鬱結蒼涼，以得柳州之幽，而不免傷纖刻；於湘鄉爲轉手；與桐城爲異調。惟其爲詩曠如奥如，尚清遒而不貴綺錯，則庶乎姚鼐之具體而微焉。

林紓，原名羣玉，字琴南，號畏廬，又自署冷紅生，福建閩縣人也。天性敦摯。年十歲，從同縣薛錫極讀，字之曰徽。一日，錫極讀《檀弓》，至防墓崩，捧卷大哭。紓愕然！錫極曰："若非人子乎？吾哭而若不動，何也？"紓曰："徽重闈在上，不知所哭；雖然，聞先生哭，亦滋悸矣。"錫極歎曰："諒哉徽也！"錫極家絶貧，夏日嘗不舉火。紓歸食既，度先生未炊，乃覓得父襪，實米滿中，負之以獻。錫極大怒，咤曰："徽！若年十一，竟行竊耶？"紓泣曰："先生侵晨授徽書，逾午未食；歸而對食心動，故自以其米來；非竊諸他氏也。"錫極曰："他氏益不可矣！吾已得米，且至，無須此。若將歸，當請杖於若母。吾竟不忍夏楚若矣。"紓歸白母。母笑曰："女以米餉師，奈何以襪？"易以巨橐，重益之，别令人賫以往。錫極乃受，因授紓歐文及杜詩，務於精熟；曰："吾不爲制舉文。若熟此，可以增廣胸次。"然紓貧無所得貲買書，則雜收斷簡零篇，用自摩治。偶發篋，得季父所讀《毛詩》、《尚書》、《左傳》、《史記》四種殘本，則大憙過望。而憙《史記》特甚。嘗語人曰："《史記》之文，純一紀事之文也。然《本紀》、《世家》、《列傳》中，有同時之事，不並叙，無以取證。已往之迹，不插叙，無以溯源。繁賾之文，不類叙，無以醒目。"爲箋識，用力頗鉅。自十三歲及於二十以後，校閲不下二千餘卷。迨三十以後，得與同縣李宗言交，乃盡讀其家所藏書，不下三四萬卷。彊記多聞，爲駢文，慕王曇、金應麟。爲古今體詩，追吴偉業、陳恭尹；能畫。能經世文。才名噪里黨，與林崧祁林某有三狂生之目。久之，一切棄去，爲古文，祈嚮桐城諸老，寢饋昌黎，自謂善闕抑蔽匿，當伯仲吴敏樹、梅曾亮，不敢多讓。或翹其闕，則勃怒於言。中式光緒壬午舉人，再應禮部試不遇，大挑用教諭。以二十六年入京師，爲五城中學國文教員，年五十矣。因得與吴汝綸遇，爲論《史記》竟日。紓曰："《大宛》一傳，不劃斷諸國，融爲長篇；猶散錢貫之以繩，前半貫以張騫，騫卒，續貫以宛馬；於是安息、奄蔡、黎軒、條枝、身毒之通，皆爲馬也；零落不相膠附之國。公然與漢氏聯絡矣。但觀傳首大書曰：'大宛之迹，見諸張騫'，則史公當日用心，因張騫以貫諸國，故能融散爲整。又《絳侯世家》，叙侯功頗簡約；至亞夫事，則文筆婉媚動人；猶歐西人之構宇，集民居爲高樓，擴其餘城成公園，以待游侶。此文字疏密繁簡之法也。《彭越傳》疏率若不經意，不如淮陰之詳，且與魏豹同傳。然世稱漢初功臣。必曰韓彭者，幾不得解，乃不知《高帝本紀》中，累書‘彭越反梁地以牽掣項羽，使不得過成皋’，厥功與韓信垓下之役實同。讀《史記》者，能於不經意中求之，或得史公之妙乎！”汝綸大韙紓説。及讀紓文，稱曰：“是抑遏掩蔽，能伏其光氣者。”日人伊藤氏問漢文高師誰何。汝綸應曰：“吾見惟林琴南孝廉紓。”於是聲名益起。自言：“少時博覽羣書。五十以後，案頭但有《詩》、《禮》二疏、《左》、《史》、《南華》、韓歐之文，此外則《説文》、《廣雅》，無他書矣。”其詔學者，恒令取逕於《左氏傳》及馬之《史》、班之《書》、韓之文，以爲：“此四者，天下文章之祖庭也。自周秦以迄於元明，其間以文名而卒湮没勿章者何限，胡以左、馬、班、韓，巍然獨有千古？正以精神詣力，一一造於峯極，歷萬劫不復漫滅耳。而後人之稱昌黎者，曰‘文起八代之衰’；此專言昌黎一人之文，不屬於唐人之文也。唐之名家，如裴度、李華、獨孤及、段文昌、權德輿、元稹、劉禹錫之流，力摹漢京，自以爲古；然響枵而氣促，體贋而格俗；偶與皇甫湜、李翺、孫樵之文雜陳，則意境神味，迥然不侔，矧能肩隨退之哉？平心而論：六朝之文，去古尚近；而後來則彌不及。范曄、陳壽、魏收三君，較之馬、班，固不能望其項背；然三家之文，咸沈穆方重，饒有古趣。自唐以下則漸殺。至於宋之劉原父、宋子京之倫，力欲求古而彌不古，則時時發爲傖獰之音。迨及明之陳仁錫、李夢陽、王元美，日以贋體侈衆，猶復唾棄南北朝爲凡猥；則不可解矣。天下之理，製器可以日求其新；惟行文則斷不能力掩古人而自侈其厚。六朝時，古書未盡燬，又去漢魏不遠，元氣深厚，製局用筆，斂而不散，精而能卓，雖體格弗高，然能遏光弗揚，亦其精力有獨至者。故文家取材，知窺涉子書，而取其古色；不知六朝人之吐屬名貴，亦故家風範，不能不用以蕩滌其傖氣。”是紓早年崇唐宋，故亦未嘗薄魏晉者。然又謂：“爲文師古人者，亦師其醇於理、精於法、工於言、神於變化者而已。凡是數者，求之古人，或不可得兼；兼者其惟昌黎乎？蓋昌黎之文，理蓄於内，文肅於外，篇同而局不複，則先後處置之適宜也。語激而詞不囂，則吐吞研練之出於自然也。或千旋百繞而不病其繁細。或東伏西挺而愈見其奇崛。”其所以推大韓愈而傾倒之者至矣。唐皇甫湜謂：“圖王不成，其敝猶可以霸。”紓文則學韓不至，其趣乃迫近柳。柳宗元云："漱滌萬物，牢籠百態。"而興化劉熙載著《文概》，以爲："自喻文境。乃若其文如奇峯異嶂，層見叠出；所以致之者有四種筆法：突起，紆行，峭收，縵迴也。"觀紓所譯小説，蹊逕正同。韓愈自言其文亦時有感激怨懟奇怪之辭；而紓之文，多含悲涼凄激之音，怨懟非所敢，奇怪又不能。其論古文，以文氣、文境、文詞爲三大要；三者之中，文境尤重。謂："古文不能造境，即淪於塵濁。方望溪斥錢虞山其穢在骨，即其造境俗也。下至竟陵、公安，匪特不能造境，直以流嫚媟湎之筆，入於古文，則文境尤不堪問。文章惟能立意，方能造境，故謂之'意境'。至於文氣則附理而行，理足則氣堅凝；理亡則氣虚枵，舍理言氣，皆欺人之言。古文，猶人身也；動作言語，皆氣所使；動作言語可見，氣不可見，實則一一皆氣所運動。能多讀書積理，則文氣所發，聲之短長高下皆宜矣。以理遣詞，胡爲不工？然必澤之六經諸子，又湛深於小學，則一字一句，皆有來歷矣。"及自爲文，則矜持異甚。或經月不得一字，或涉旬始成一篇。獨其譯書，則運筆如風落霓轉，而造次咸有裁制，不加點竄。蓋古文者，創作自我，造境爲難；而譯書則意境現成，涉筆成趣已。

初紓與長樂高氏兄弟鳳岐、而謙敦昆弟驩。鳳岐、而謙歷佐大府，爲東諸侯上客有聲，與紓相引重。而謙摯友王壽昌精法蘭西文；亦與紓驩好。紓喪其婦，牢愁寡懽。壽昌因語之曰："吾請與子譯一書，子可以破岑寂；吾亦得以介紹一名著於中國，不勝於蹙額對坐耶？"遂與同譯法國大仲馬①《茶花女遺事》，至傷心處，輒相對大哭。既出，國人詫所未見，不脛走萬本。既而鳳謙主幹商務印書館編譯事，則約紓專譯歐美小説；前後一百五十種，都一千二百萬言；其中多泰西名人著作，若卻而司·迭更司，若司各德，若莎士比亞，均有之；而以譯卻而司·迭更司爲尤高。最先出者爲《茶花女遺事》，致自得意。蓋中國有文章以來，未有用以作長篇言情小説者！有之，自林紓《茶花女》始也。紓迻譯既熟，口述者未畢其詞，而紓已書在紙，能限一時許就千言，不竄一字，見者競詫其速且工。然屬他文，亦坐此率易命筆矣。自以工爲古文辭，雖譯西書，未嘗不繩以古文義法也。其序英哈葛德《斐洲烟水愁城録》曰："哈氏所遭蹇澀，往往爲傷心哀感之詞，以

① "大仲馬"應爲"小仲馬"。

寫其悲；又好言亡國事，令觀者無懽。此篇則易其體爲探險派，言窮斐洲之北，出火山穴底，得白種人部落；且因遊歷斐洲之故，取洛巴革爲導引之人；書中語語寫洛巴革之勇，實則語語自描白種人之智。書與《鬼山狼狹傳》似聯非聯，斬然復立一境界；然處處無不以洛巴革爲針線，何乃甚類我史遷也？史遷《大宛傳》，其中雜沓十餘國。文章之道，凡長編鉅製，苟得一貫串精意，即無慮委散。《大宛傳》因極縣褫，然前半用博望侯爲之引線，隨處均著一張騫，則隨處均聯絡；至半道張騫卒，直接入汗血馬；可見漢之通大宛諸國，一意專在馬；而縣褫之局，又用馬以聯絡矣。哈氏此書，寫白人一身膽勇，百險無憚，而與野蠻并命之事，則仍委諸黑人；白人則居中調度之，可謂自占勝著矣。然觀其著眼，必描寫洛巴革爲全篇之樞紐，此即史遷《大宛傳》篇法也；文心蕭閒，不至張皇無措，斯真能爲文章矣。”序英卻而司·迭更司著《孝女耐兒傳》曰：“天下文章，莫易於叙悲；其次則叙戰；又其次則宣述男女之情；等而上之，若忠臣孝子義夫節婦，決脰絶血，生氣凜然。苟以雄深雅健之筆施之，亦尚有其人。從未有刻畫市井卑汙齷齪之事，至於二三十萬言之多，不重複，不支離，如張明鏡於空際，收納五蟲萬怪，物物皆涵滌清光而出，如憑闌之觀魚鱉蝦蟹焉。則迭更司者，蓋以至清之靈府，叙至濁之社會，令我增無數閱歷，生無窮感喟矣。中國説部，登峯造極者，無若《石頭記》，叙人間富貴，感人情盛衰，用筆縝密，著色繁麗，製局精嚴，觀止矣。其間點染以清客，間雜以村嫗，牽綴以小人，收束以敗子，亦可謂善於體物，終竟雅多俗寡，人意不專屬於是。若迭更司者，則掃蕩名士美人之局，專爲下等社會寫照，奸獪駔酷，至於人意所未嘗置想之局，幻爲空中樓閣，使觀者或笑或怒，一時顛倒，至於不能自已；則文心之邃曲，寧可及耶？余嘗謂古文中叙事，惟叙家常平淡之事爲最難著筆。《史記·外戚傳》述竇長君之自陳，謂：‘姊與我別逆旅中，丐沐沐我，飯我，乃去。’其足生人惋愴者，亦祇此數語。若《北史》所謂隋之苦桃姑者，亦正仿此；乃百摹不能遽至，正坐無史公筆才，遂不能曲繪家常之恒狀。究竟史公於此等筆墨亦不多見；以史公之書，亦不專爲家常之事發也。今迭更司則專意爲家常之言，而又專寫下等社會家常之事，用意著筆爲尤難。此書特全集中之一種，精神專注在耐兒之死；讀者迹前此耐兒之奇孝，謂死時必有一番死訣悲愴之言，如余所譯之《茶花女日記》，乃迭更司則不寫耐兒，專寫耐兒之大父淒戀之狀，疑睡疑死，由昏憒中露出至情；則又於《茶花女日記》外別成一種蹊逕矣。”序迭更司著《塊肉餘生述》曰：“此書爲迭更司生平第一著意之書。分前後二部，都二十餘萬言；思力至此，疑絶頂天①。古所謂鎖骨觀音者，以骨節鈎聯，皮膚腐化，揭而舉之，則全具鏘然，無一屑落者；方之是書，則固赫然其爲鎖骨也。大抵文章開闔之法，全講骨力氣勢，縱筆至於灝瀚，則往往遺落其細事繁節，無復檢舉，遂令觀者得罅而攻。此固不爲能文者之病，而精神終患弗周。迭更司他著，每到山窮水盡，輒發奇思，如孤峯突起，見者聳目；終不如此書伏脈至細，一語必寓微旨，一事必種遠因。手寫是間，而全局應有之人逐處湧現，隨地關合；雖偶而一見，觀者幾復忘懷，而閒閒著筆間，已俯拾即是，讀之令人斗然記憶，循編逐節以索，又一一有是人之行蹤，得是事之來源。綜言之，如善弈之著子然，偶然一下，不知後來咸得其用，此所以成爲國手也。施耐庵著《水滸》，從史進入手，點染數十人，咸歷落有致。至於後來，則如一羣之貉，不復分疏其人，意索才盡，亦精神不能持久而周徧之故。然猶②叙盜俠之事，神奸魁蠹，令人聳懾。若是書特叙家常至瑣至屑無奇之事蹟，自不善操筆者爲之，且懨懨生人睡魔；而迭更司乃能化腐爲奇，撮散作整，收五蟲萬怪，融匯之以精神，真特筆也。史、班叙婦人瑣事，已綿細可味矣，顧無長篇可以尋繹。其長篇可以尋繹者，惟一《石頭記》；然炫語富貴，叙述故家，緯之以男女之豔情而易動目。若迭更司此書，種種描摹下等社會，雖可噲可鄙之事，一運以佳妙之筆，皆足供人噴飯；尤不可及也。”又法森彼得著《離恨天譯餘剩語》曰：“凡小説家立局，多前苦而後甘；此書反之。然叙述島中天然之樂，一花一草，皆涵無懷、葛天時之雨露；又兩少無猜，往來游衍於其中，無一語涉及纖褻者，用心之細，用筆之潔，可斷其爲名家。中間著入一祖姑，即爲文字反正之樞紐，余嘗論《左傳》楚武王伐隨，前半寫一‘張’字；後半落一‘懼’字；‘張’與‘懼’相反，萬不能咄嗟間撇去‘張’字，轉入‘懼’字；幸中間插入‘季梁在’三字；其下輕將‘張’字洗淨，落到‘隨侯懼而修政，楚不敢伐’。今此書叙葳晴在島之娱樂，其勢萬不能歸法，忽插入祖姑一筆；

① “天”爲“矣”之訛字。
② “猶”當作“獨”。

則彼此之關竅已通。用意同於左氏。”如此之類更難僕數，嘗語人曰：“中西文字不同；而文學不能不講結構一也。”即此可以徵已。

紓之文工爲叙事抒情，雜以恢詭，婉媚動人，實前古所未有。固不僅以譯述爲能事也。其自作《冷紅生傳》曰：

冷紅生，居閩之瓊水；自言系出金陵某氏，顧不詳其族望。家貧而貌寢，且木强多怒。少時見婦人，輒踧踖匿隅。嘗力拒奔女，嚴關自捍。嗣相見奔者恒恨之。迨長，以文章名於時，讀書蒼霞洲上。洲左右皆妓寮。有莊氏者，色技絶一時；夤緣求見，生卒不許。鄰妓謝氏笑之；偵生他出，潛投珍餌，館僮聚食之盡。生漠然不聞知。一日，羣飲江樓，座客皆謝舊昵。謝亦自以爲生既受餌矣！或當有情？逼而見之。生逡巡遁去。客咸駭笑，以爲詭僻不可近。生聞而歎曰：“吾非反情爲仇。顧吾褊狹善妒，一有所狎，至死不易志。人又未必能諒之！故寧早自脱也！”所居多楓樹，因取“楓落吴江冷”詩意，自號曰冷紅生，亦用志其僻也。生好著書，所譯《巴黎茶花女遺事》，尤凄惋有情致。嘗自讀而笑曰：“吾能狀物態至此。寧謂木强之人，果與情爲仇也耶！”

又以中日之戰，海軍敗績，用叢詬厲；傷毁者之例以一概也，作《徐景顔傳》曰：

徐景顔，江南蘇州人，早歲習歐西文字，肄業水師學堂；每曹試必第上上。箏琶簫笛之屬，一聞輒會其節奏；且能以意爲新聲。治《漢書》絶熟，雖純史之家，無能折者。年二十五，以參將副水師提督丁公爲兵官。壬辰，東事萌芽時，景顔歸輒對妻涕泣：意不忍其母。母知書，明大義，方以景顔爲怯弱！趣之行。景顔晨起，就母寢拜别；持簫入卧内，據枕吹之，初爲徵聲，若泣若訴；越炊許，乃斗變爲慘厲悲健之音，哀動四鄰；擲簫索劍，上馬出城。是歲，遂死於大東溝之難！

論曰：余戚林少谷都督於大東溝之戰，所領兵艦，碎於敵礮。都督浮沉海中，他舟曳長繩援之，都督出半身推繩，就水上拱揖，俾勿援。如是三四，終不就援以死。又楊雨亭鎮軍軍覆威海時，以手鎗内齦齶之間，彈發入腦，白漿潰出，鼻竅下垂徑尺許，端坐不仆，日人驚以爲神。二公皆閩人，與景顔均從容就義者也。恒人論説，以威海之役，詆全軍無完人，至三公之死節，亦不之數矣。嗚呼！忠義之士，又胡以自奮也耶！

又作《趙聾子小傳》以非相者，其辭曰：

趙聾子，楚人；以相術至閩。三日，閩之薦紳先生集其門，至不可過車馬。納金屏息，聽決於聾子。聾子曰："某頤豐壽耋。"羣客聞之，皆自摩其頤也。"某準隆位相。"羣客聞之，又皆自按其準也。神色惴恐，惟患聾子之詆己者。"若者神木而色朽，當死。"則淚承睫！他客亦蹙然若憫其果死者；更撫其頂，審其頬曰："是紋佳，可勿患。"則淚者笑矣。壽夭貴賤，惟聾子一言。聾子詭譎多智；嘗陰飾姝麗若貴家者而亦至求相。聾子僞叱曰："若倡也，若何相！"相者泚而栗，引去。見者大神之。士之應舉者麕至，聾子皆許售。閩試得售者百有三人耳！聾子許售已百數。榜未出，至於更欲有問者，晨款其扉；而聾子以夜去矣。

畏廬曰：有某公者，擁貲鉅萬，已任方面，事聾子甚恭。聾子策三年必開府；今已後期無驗；病攣，不復良行。公恭儉峻整，親故嚴憚，無敢陳乞；於聾子特厚。嗚呼，聾子亦神於乞矣！

此《畏廬初集》之文也。其它若《先妣事略》，若《周養庵篝燈紗織圖記》，若《蒼霞精舍後軒記》，若《先母陳太宜人玉環銘》，每於閒漫細瑣之處，追叙及母，音吐凄梗，令人不忍卒讀。蓋文章通於性情，不盡關功力也。晚年名高，好爲矜張，或傷於蹇澀；不復如初集之清勁婉媚矣。《初集》出，一時購讀者六千人；蓋並世作者所罕覯焉。

當清之季，士大夫言文章者，必以紓爲師法。遂以高名入北京大學主文科。嘗教學者以作銘之法曰："銘者，有聲之文也；與序事之體異。昌黎爲《鄭君弘之墓誌銘》曰：'再鳴以文進塗闢。佐三府治藹厥績。郎官郡守愈著白。洞然渾璞絶瑕謫。甲子一終反玄宅。'用'闢'字、'藹'字、'謫'字，不特取其字，亦兼取其聲也。顧但用其聲，其中無波折停蓄之態，則聲亦近梠，讀之索然。故每句須用頓筆；用頓筆，則斷不流利，故有'拗'字、'蹇'字、'澀'字之訣。歐公爲《安陸侯墓銘》，亦用七字，其文曰：'思無邪，容則莊！蔚然有儀人所望。學而不止久愈彰。銘昭厥美示不忘！'可謂不

‘拗’不‘澀’矣。然讀之無聲響。廬陵散文能至；而有聲之銘詞未必至。其不能至者，由少拗筆蹇筆與澀筆也。南宋之詞，至白石、草窗，亦皆沈啞；然播以聲律，又復悠揚動聽，如‘暗香疏影’，字字皆啞，亦字字皆圓。填詞小道，尚須沈啞；況銘詞高貴，安可以油滑之調出之？至於昌黎作銘時，不作七古之想；故力求蹇澀，正以斂避七古。”又曰：“或以爲班固《封燕然山銘》用《楚辭》體者，非也。《楚辭》之聲悲；而《班銘》之聲沈。《楚辭》之聲抗；而《班銘》之聲啞。其詞曰：‘鑠王師兮征荒裔！勦凶虐兮截海外！夐其邈兮亘地界！封神邱兮建隆碣！熙帝載兮振萬世！’班氏深知銘體典重，一涉悲抗，便爲失體；故聲沈而韻啞；此訣早爲昌黎所得，爲人銘墓，往往用七字體，省去兮字，聲尤沈而啞。然此體尤難稱；不善用者，往往流入七古。七古在近體中，别爲古體，以不佻也；然一施之銘詞，則立見其佻。法當於每句用頓筆，令‘拗’，令‘蹇’，令‘澀’，雖兼此三者，而讀之仍能圓到，則昌黎之長技也。”紓讀書能識古人用心，抉發闖奥。及其老也，雖散文亦以拗筆、蹇筆、澀筆出之，固非其倫；而名亦漸衰。

初紓論文持唐宋，故亦未嘗薄魏晉。及入大學，桐城馬其昶、姚永概繼之；其昶尤吴汝綸高第弟子，號爲能紹述桐城家言者；咸與紓懽好。而紓亦以得桐城學者之盼睞爲幸，遂爲桐城張目，而持韓、柳、歐、蘇之説益力。既而民國興，章炳麟實爲革命先覺；又能識别古書真僞，不如桐城派學者之以空文號天下。於是章氏之學興，而林紓之説熸。紓、其昶、永概咸去大學；而章氏之徒代之。紓憤甚！《與姚永概書》曰：

僕潛蟄京師久，咫尺之地，不與足下相聞。既見足下南歸，不居大學。有人言校長不直足下；尋校長亦不見直於學子，且不見直於司學之人，而校長行矣。繼其事者不知爲誰。然以足下之鴻學方論，宜其不見容於大學也。夫瞢然不審中國四千餘年之繼紹絶學，則蔽於東人之言；此少年輕剽者所爲，雖力攻吾學，而不即驟墮於其手。敝在庸妄鉅子，剽襲漢人餘唾，以挦撦爲能，以飣餖爲富；補綴以古子之斷句，塗堊以《説文》之奇字，意境義法，概置勿講。侈言於衆：“吾漢代之文也。”傖人入城，購搢紳殘敝之冠服，襲之以耀其鄉里；人即以搢紳目之，吾不敢信也。王、李之相競以能古，震川先生䴖然不之卻；而後來古文之紹其傳者，未聞以滄溟、弇州為正宗，矧弇州晚年之於震川又何如？震川之痛詆弇州，已不以能古屬之，矧今日妄庸之鉅子，其道又左於弇州萬萬也。古人因文以見道；非能文即謂之知道。蓋古文之境地高，言論約；不本於經術，為言弗腴；不出於閱歷，其事無驗。唐之作者林立，而韓、柳傳。宋之作者亦林立，而歐、曾傳。正以此四家者，意境義法，皆足資以導後生而進於古；而所言又必衷之道；此其所以傳也。孔孟之徒，傳之勿替者，以其善誘也。莊、列恃其聰明，高蹠遠步，惟晉人紹之；已而光焰熸然；然莊、列之文，亦豈𢵧撦飣餖，如今日妄庸之鉅子者耶？近者其徒某某騰譟於京師，極力排媢姚氏，昌其師說；意可以口舌之力撓蠛正宗；且黨附於目錄之家，矜其淹博；謂古文之根柢在是也。夫目錄之學，書賈之帳籍也。京師書賈之老暮者，叩以宋、明之槧歷歷然，謂文之有根柢者，必若書賈之帳籍，其可乎？貢父兄弟讀書多於歐公，今日《二劉遺集》，寧足與居士集並立？矧庸妄之謬種，又左於二劉萬萬也。桐城之派，非惜抱先生所自立。後人尊惜抱為正宗，未敢他逸而外軼，轉輾相承而姚派以立。僕生平未嘗言派，而服膺惜抱者，正以取徑端而立言正。若弗務正，而日以𢵧撦飣餖，震眩流俗之耳目，吾可計日而見其敗。離違久，不得足下之書，故拾其所聞以相語；非斤斤與此輩爭短長，正以骨鯁在喉，不探取而出之，坐卧皆弗爽也。

蓋卑卑無甚高論，而持唐以前之古為不可法，立說與前殊矣。既不得志於大學；會徐州徐樹錚為段祺瑞謀主，以北洋軍人魁桀，盜國之鈞；自謂有文武才，憙談桐城之學；以紓三人文章尊宿，遂引之入所辦正志學校。一時言桐城者咸得皈依，而紓尤傾心焉。其撰《徐氏評點古文辭類纂序》曰：

總集昉於《文選》，梁以前未有也。昭明刱立體例，法嚴而律精。迨宋之《文苑英華》出，始舍精而貴多，凌雜失統；柳宗元、白居易、權德輿、李商隱、顧雲、羅隱諸人，至全卷收入。姚鉉輯《唐文粹》，始剷刈繁蕪，師承穆修、柳開一派，而獨孤常州乃列為正宗。顧衡以退之，尚有間也。燕、許宗漢京；四傑尚駢儷；置韓、柳、李、孫四公於全唐文中，翹然莫肖其類。然非深於文者亦不能别。自是以來，吕祖謙之《宋文鑒》、蘇天爵之《元文類》、程

> 敏政之《明文衡》出；謂之備列三朝人之文，可也；謂之鑒别三朝文格之精，不可也。蓋必深於文者，始能去取古人之文。若徒備數而取足；則梅鼎祚之《文紀》，合東西晋、南北朝而盡録之，直彙書耳，寧復謂之選本？故茅鹿門之選八家，失之濫收；儲同人之選八家，亦未必得其傳作。獨惜抱先生沈酣於古文近六十年，獲成是書；心力瘁矣。蜀中趙堯生侍御，稱是書爲"姚氏學"。余曰："惟姚氏始有是學，他氏惡能有者！"姚氏之文，近於歐、歸。夫歐非學韓者耶？韓之變化，不可方物；歐則出之以沖融，顧外融而中矯，如《送徐無黨南歸序》，其中化單而偶，化偶爲單，迹象渾然，讀之不辨其爲韓也。震川沈厚不及歐；而因事設權，能不自襲其舊；是亦解變化者。惜抱則綜二氏之長，潛其脈而永其趣！脈潛則不見其僨張，趣永則彌覺其淵邃，殆所謂陰柔之文也。凡文近於陰柔者，恒深沈而善思；故亦精於鑒别。韓之文，崇義而履忠者，凜乎其陽剛也！叙哀而述情者，粹然其陰柔也！而歐公則寓陽剛於陰柔之中。惜抱近歐而慕韓，故集中所選韓文特多，歐次之。凡余平日所愜於韓、歐者，惜抱則皆録之矣。黎氏王氏均有續集，黎則古今雜收而不審擇；王本專收近人，於桐城之弟子爲多；幸皆不悖於法；然其行世仍不如姚選之盛。吾友徐君又錚崇禮《姚氏全集》，已一一加墨。且集諸家評語標之眉間，間亦出以己意。又錚韜鈐中人，而篤嗜古文如此，較余之駑朽爲甚矣。夫文評始於《典論》，次則摯虞之《流别》，劉勰之《文心雕龍》，然皆自成一集。至宋明諸老，則務求深解，好作高談，非毀前人，毛舉細事，用矜其識，又錚均不以爲可。其刊成是篇，蓋發明古人用心所在，用以嘉惠後學者。嗚呼，天下方洶洶，又錚長日旁午於軍書，乃能出其餘力以治此；可云得儒將之風流矣！

其所以推姚氏學者甚至。顧徐樹錚軍人干政，時論不予；而紓稱爲儒將，或者以莽大夫揚雄《劇秦美新》比之，惜哉！

方清末造，譚詩者既宗宋之西江派，章炳麟既力闢之。而天下之倡宋詩者，如閩縣陳寶琛、鄭孝胥、侯官陳衍之倫，皆林紓鄉人也。顧林紓不以爲然，語於人曰："漢之曹、劉，唐之李、杜，宋之蘇、黄，六子成就，各雄於一代之間，不但沿襲以成家；即就一代之人言，亦意境各别。凡侈言宗派，收合黨徒，流極未有不衰者也。時彦務以西江立派，欲一時之後生小子，咸爲蹇澀之音。有力者既爲之倡，而亂頭粗服，亦自目爲天趣以冒西江矣。識者即私病其鮮味。然宗派既立，亦强名之爲澀體；吾未見其能欺天下也。陳后山之詩，猶寒潭瘦竹，光景清絶；性情稍弗近者，即弗能入。妄庸者乃極意張大之，力闢李、杜，惟此是宗。然閩中文人，在嘉、道間咸彬彬能詩，幾見爲枯瘠之語者！"是紓不惟不主宋詩；且斥閩人之主宋詩者爲"妄庸"，如其以"妄庸鉅子"之斥章炳麟矣。及其老也，自謙其詩，謂少作已盡棄斥；近年始專學東坡、簡齋二家七言律。又稱"方今海内詩人之盛，過於晚明；而余所服膺者，則陳伯嚴、吾鄉陳橘叟、鄭蘇戡而已。"陳伯嚴者，義寧陳三立，而橘叟則陳寶箴、蘇戡則鄭孝胥，皆西江派之健者也。按林紓論文不薄六朝，論詩不主西江，不持宗派之見，初意未嘗不是。顧晚年暱於馬其昶、姚永概，遂爲桐城護法；暱於陳寶箴、鄭孝胥，遂助西江張目。然"侈言宗派，收合徒黨。流極未有不衰"，紓固明知而躬蹈之者，毋亦盛名之下，民具爾瞻；人之藉重於我，與我之所以見重於人者，固自有在；宗派不言而自立，黨徒不收而自合，召鬧取怒，卒叢世詬！則甚矣盛名之爲累也。或者以桐城家目紓，斯亦皮相之談矣。

未幾，績溪胡適自美國可倫比亞大學卒業歸，倡文學革命之論，鄙於廢古文，用白話，以民國七年入北京大學爲教授，陳獨秀、錢玄同諸人和之，斥紓三人爲桐城餘孽。紓心不平，作小説《妖夢》、《荆生》諸篇，微言諷刺，以寫鬱憤。又致北京大學校長蔡元培書曰：

> 大學爲全國師表，五常之所繫屬。近者外間謡詠紛集，我公必有所聞，即弟亦不無疑信。或且有惡乎闒茸之徒，因生過激之論。不知救世之道，必度人所能行；補偏之言，必使人以可信。若盡反常軌，侈爲不經之談，則毒粥朝陳，旁有爛腸之鼠；明燎宵舉，下有聚死之蟲。何者？趨甘就熱，不中其度，則未有不斃者。方今人心喪敝，已在無可救挽之時，更侈奇創談，用以譁衆。少年多半失學，利其便已，未有不糜沸麏至，附和之者。而中國之命如屬絲

矣。晚清之末造，慨世者恒曰："去科舉，停資格，廢八股，斬豚尾，復天足，逐滿人，撲專制，整軍備，則中國必强!"今百凡皆遂矣！强又安在？於是更進一解，必覆孔、孟，剷倫常爲快。嗚呼，因童子之羸困，不求良醫，乃追責其二親之有隱瘵，逐之，而童子可以日就肥澤，有是理耶？外國不知孔、孟；然崇仁、仗義、矢信、尚智、守禮，五常之道未嘗悖也；而又濟之以勇。弟不解西文，積十九年之筆述，成譯著一百二十三種，都一千二百萬言，實未見中有違忤五常之語；何時賢乃有此叛親蔑倫之論！此其得諸西人乎？抑别有所授耶？弟年垂七十，富貴功名，前三十年，視若棄灰；今篤老尚抱守殘缺，至死不易其操。前年梁任公倡馬、班革命之説。弟聞之失笑。任公非劣，何爲作此媚世之言？馬、班之書，讀者幾人？殆不革而自革，何勞任公費此神力？若云"死文字有礙生學術"，則科學不用古文，古文亦無礙科學。英之迭更，累斥希臘、臘丁、羅馬之文爲死物；而至今仍存者，迭更雖躬負盛名，固不能用私心以蔑古。矧吾國人尚有何人如迭更者耶？須知天下之理，不能就便而奪常；亦不能取快而滋弊。使伯夷、叔齊生於今日，則萬無濟變之方。孔子爲聖之時，時乎井田封建，則孔子必能使井田封建一無流弊；時乎潛艇飛機，則孔子必能使潛艇飛機不妄殺人；所以名爲時中之聖。時者，與時不悖也。衛靈問陳，孔子行；陳恒弑君，孔子討，用兵與不用兵，亦正決之以時耳。今必曰天下之弱，弱於孔子。然則天下之强，宜莫强於威廉，以柏林一隅，抵抗全球，皆敗衄無措，直可爲萬世英雄之祖。且其文治、武功、科學、商務，下及工藝，無一不冠歐洲；胡爲懨懨爲荷蘭之寓公？若云成敗不可以論英雄，則又何能以積弱歸罪孔子？彼莊周之書，最擯孔子者也；然《人間世》一篇，又盛推孔子；所謂《人間世》者，不能離人而立之謂；其託顔回，託葉公子高問難孔子，而陳以接人處衆之道；則莊周亦未嘗不近人情而忤孔子。乃世士不能博辯爲千載以上之莊周，竟咆哮爲千載以下之桓魋，一何其可笑也！且天下唯有真學術，真道德，始足獨樹一幟，使人景從。若盡廢古書，行用土語爲文字；則都下引車賣漿之徒，所操之語，按之皆有文法，不類閩、廣人爲無文法之啁啾；據此，則凡京、津之稗販，均可用爲教授矣。若《水滸》、《紅樓》，皆白話之聖，並足爲教科之書。不知《水滸》中辭吻，多采岳珂之《金陀萃編》；《紅樓》亦不止爲一人手筆；作者均博極羣書之人。總之非讀破萬卷，不能爲古文，亦並不能爲白話。若化古子之言爲白話演説，亦未嘗不是。按《説文》：“演，長流也。”亦有延之廣之之義；法當以短演長，不能以古子之長，演爲白話之短。且使人讀古子者，須讀其原書耶？抑憑講師之一二語，即算爲古子？若讀原書，則又不能全廢古文矣。矧於古子之外尚以《説文》講授。《説文》之學，非俗書也；當參以古籀，證之鍾鼎之文，試思用籀篆可化爲白話耶？果以籀篆之文雜之白話之中；是引漢、唐之燕、環，與村婦談心；陳商、周之俎豆，爲野老聚飲；類乎不類？弟閩人也；南蠻鴂舌，亦願習中原之語言；脱授我者以中原之語言，仍令我爲鴂舌之閩語可乎？蓋存國粹而授《説文》，可也。以《説文》爲客，以白話爲主，不可也。大凡爲士林表率，須圓通廣大，據中而立，方能率由無弊。若憑位分勢力，而施趨怪走奇之教育；則惟穆罕默德左執刀而右傳教，始可如其願望。今全國父老以子弟託公，願公留意，爲國民端其趣向。故人老悖，甚有幸焉。愚直之言，萬死萬死！

是時胡適之學既盛，而信紓者寡矣！於是紓之學，一絀於章炳麟，再蹶於胡適。會徐樹錚又以段祺瑞爲奉直聯軍所敗，紓氣益索。然紓初年能以古文辭譯歐美小説，風動一時；信足爲中國文學別闢蹊徑。獨不曉時變，姝姝守一先生之言；力持唐、宋，以與崇魏、晉之章炳麟争；繼又持古文，以與倡今文學之胡適争；叢舉世之詬尤，不以爲悔，殆所謂“俗士可與慮常”者耶？然有繫於一代文學之風會者固匪細；不可不特筆也。性勤事不少休，晚年賣文譯書外，益肆力作畫。自珂羅版書畫盛行，雖家乏收藏，不難見古名人真蹟。珂羅版者，西法用藥水玻璃，照印字畫，毫髮不爽。紓用得飽臨四王、墨井、南田，上及宋、元諸大家傑作，駸駸擅能品；而時出恢詭以發其趣。嘗以二尺小横披，繪二乞兒争食。一乞前立者得食，意頗自得，掀蓋將傾於釜。其一分食不得，意甚憤，自後拔其足使顛。神態栩栩。題其後曰："遇食汝儘前，我拔其足汝便顛。汝遇食，須顧我，汝先我食如何可！乞兒紛紛方争食，林子過子長太息。不讓固非佳，紛争亦何得！官場士品半如此，我今借汝作樣子！"沽者麕至，幅直數十餅金，紙絹塞屋，益以版税版權，歲入鉅萬。版税者，著作稿書坊代印，每書分其價十之幾；版權者，以著作稿售書坊，每千字價若干金；其豐歉壹視其人之聲譽以爲衡；而版税版權之所饒益，並世所覯記，蓋無有及紓者也。紓有書室，廣數筵；左右設兩案：一案高將及脅，立而畫；一案如常，就以作文；左案事暇，則就右案；右案如之；食飲外，少停晷也。作畫譯書，雖對客不輟；惟作文則輟。同縣陳衍戲呼其室爲"造幣廠"，謂動即得錢也。然紓頗疏財，遇人緩急，周之無吝色；中年喪妻，置一妾，愛憐少子，而有不克家者。所著《畏廬文集》、《續集》、《三集》、《詩存》、《筆記》、《春覺齋論文》、《韓柳文研究法》，都若干卷。以民國十二年卒，年七十三歲。

二 詩

1. 中晚唐詩

樊增祥——易順鼎（附：僧寄禪、三多、李希聖、曹元忠）——楊圻（附：汪榮寶、楊无恙）

方今之世，文有古今之殊，而古文之中，又有魏晉、齊梁與唐宋之分，所謂歧之中又有歧焉。惟詩亦然。獨文則唐與宋不分派；而詩則所謂“同光體”者，又喜談宋詩，以别於中晚唐一宗焉。

近來詩派大别爲三宗：清季王闓運崛起湘潭，與武岡鄧輔綸倡爲古體，每有作皆五言，力追魏晉，上闚《風》《騷》，不取宋唐歌行近體。輔綸《白香亭詩》，高秀出《湘綺樓》之上。闓運自謂學二陸，至陶、謝已無階可登；而輔綸和陶，沖淡微遠，深嚌神味。衡陽曾熙學詩輔綸，又奉手闓運，述二人教學詩之法曰：“擬古而已。”蓋以爲六朝詩人，皆有擬古之作，惟其能與古合，斯能與古離也。武陵詞人陳鋭，字伯弢，爲闓運弟子，著《裒碧齋論詩》，稱曰詩中之聖；而自爲詩，初學漢魏選體；晚乃脱然自立，思深旨遠，雖時嫌生硬，尚不失爲楚人之詩也。章炳麟詩不多作，每出一篇，韻古格高，欲軼湘綺。其弟子黄侃，五言頗窺庾鮑，皆屬此宗。張之洞總督兩湖時，嘗謂："洞庭南北，有兩詩人。壬秋五言，樊山近體，皆名世之作。"樊山者，恩施樊增祥也；早歲崇清詩人袁枚、趙翼；自識之洞，皆悉棄去；從會稽李慈銘遊，頗究心於中晚唐；吐語新穎，則其獨擅。龍陽易順鼎，固能爲元、白、温、李者。於是流風所播，中晚唐詩極盛！然學者頗多，而佳者卒尠；何者？蓋此體易入而難精也。至同光體者，閩縣鄭孝胥之倫，所爲題目同、光以來詩人，不專宗盛唐者也；出入南北宋，標舉梅堯臣、王安石、黄庭堅、陳師道、陳與義以爲宗尚，枯澀深微，包舉萬象；蓋衍桐城姚氏、湘鄉曾氏之詩脈，而不屑寄人籬下，欲以自開宗者也。此宗又分爲兩派：一派爲清蒼幽峭，自《古詩十九首》、蘇武、李陵、陶潛、謝靈運、王維、孟浩然、韋應物、柳宗元以下逮賈島、姚合、宋之陳師道、陳與義、陳傅良、趙師秀、徐照、徐璣、翁卷、嚴羽、元之范椁、揭傒斯、明之鍾惺、譚元春之倫，洗鍊而熔鑄之，體會淵微，出以精思健筆；字皆人人能識之字，句皆人人能造之句；及積字成句，積句成韻，積韻成章，遂無前人已言之意，已寫之景；又皆後人欲言之意，欲寫之景。此一派當以鄭孝胥爲魁壘。其同縣陳寶琛，亦此中之健者；而五言佐以孟郊，七言參以梅堯臣、王安石及金之元好問；斯則鄭孝胥之所獨矣。孝胥嘗語斅六朝詩者曰："六朝詩非不佳妙，第陳陳相因，生意索然耳。"蓋學六朝者，能入而不能出；或不失古格而罕出新意，此固孝胥之所不許也。其一派生澀奥衍，自《急就章》、《鼓吹詞》、《鐃歌十八曲》以下逮韓愈、孟郊、樊宗師、盧仝、李賀、梅堯臣、黄庭堅、薛季宣、謝翱、楊維楨、倪元璐、黄道周之倫，皆所取法；語必驚人，字忌習見；此派推義寧陳三立爲鉅子；而嘉興沈曾植作詩喜用僻典，與三立之好用奇字，又少異焉。

樊增祥，原名嘉，字雲門，號樊山，湖北恩施人。父燮，承襲一等輕車都尉，歷官湖南永州鎮總兵，酣飲不事事。巡撫駱秉章將劾之。湘陰左宗棠方以在籍舉人，佐秉章，主其軍政。燮恐，謁求解，伏地拜。宗棠不答，又詬讓燮。燮負武官至紅頂矣，亦慙怒相詬唾而出也。遂以剋餉乘轎被劾，罷官歸，謂增祥曰："一舉人如此，武官尚可爲哉！若不得科第，非吾子也！"增祥天性聰穎，七歲讀唐詩；燮曰："汝能對'開簾見月'否？"則應聲曰："閉户讀書。"燮心喜之而故訶曰："書可對月耶！"時架上所有，自太白、香山、放翁、青丘而外，惟袁、蔣、趙三家詩；增祥不喜蔣而嗜袁、趙，放言高詠，動數百言；長老皆奇賞之。既而燮被議，則課增祥爲舉業，日坐齋中教督；屬文，每數行，必取閱；閱必數數訶罵。中式同治丁卯舉人，而家益貧。先是燮歸，有衣裘數笥，斥賣略盡；則母夫人徐典釵珥繼焉。增祥既鄉舉，即爲人司書記以供菽水。會張之洞視學，至宜昌，見增祥文，奇賞之，延致賓座，詔以治學塗徑；薦爲潛江書院山長，又移主江陵講席，日夕肆力於古。所爲詩文稿草，歲嘗逾寸，旋作旋棄，如剥筍籜，如斷蔗梢；夙昔下筆千言，至是七言八句，或終夕不成。自漢及今名篇俊句，手所甄録者，不下數十卷，蓋於此事，獨得聖解；益以精思博學，手熟心虚，故其所作，稱心而出，如人人意中所欲言，而實人人所不能言。顧食貧自甘；每日薪蔬不過錢三十文；性不肉食，食或不托數枚，或湯餅一器，取諸市肆，併爨火省焉；而盡以所獲奉父母。母徐知增祥好書，每持館金歸，必檢數金畀之曰："爾且可買書。"如是者十年。先是之洞以同治丁卯典浙試，得士稱盛。增祥館之洞久，故與浙士親，因得見李慈銘，深相慕結；及計偕入都，遂受業焉。慈銘嘗曰："今世學人能詩者，皆幽邃要窈，取有别趣。若精深華妙，八面受敵，而爲大家者，老夫與雲門不敢多讓。"增祥驚謝。慈銘歎曰："得失寸心知；子自視寧不佳耶？"以光緒丁丑成進士。之洞適自蜀還京，與增祥别且久，相見歎曰："子其終爲文人乎？事有其大且遠者，而日以風雅自命，孤吾望矣！"增祥皇然請業，盡屏所爲詞章之學，非有用之書不觀。之洞與增祥故皆好談，至是談益劇，達晝夜不止，相與上下千古，舉凡時政得失之由，中外强弱之形，人才消长之數，每舉一事，必往復再三，窮其原始，究其終極。所著《廣雅堂問答》一卷，即當日疏記者也。增祥縱横有機智，五官並用，筆舌所至，顛倒英豪，雕繪萬象。執政畏而惡之！而勝流夙士，推襟送抱，莫不賞其奇逸。時俄事方棘，言者鑫起，增祥亦有論列，益見嫉焉。己卯冬，散館，試列二等，名與湖南孫宗錫相次；而宗錫在湘序第四，增祥在鄂第三。已而宗錫留館得編修；增祥竟改外。時清流方盛，之洞爲之盟主；廣雅堂中，户屨恒滿；而增祥議論雅不附和；

之洞疑其將持異同，故薦剡不及。會以父艱歸，服闋，久之，乃起謁選，得陝西宜川令。將行，李慈銘謂曰："子之詩信美矣；而氣骨少弱。關中，漢唐故都，山川雄奥，感時懷故，當益廓其襟靈，助其奇氣。老夫讓子出一頭矣!"既之官，歷移咸寧、富平、長安三縣。居常服膺宋儒玩物之戒，公事未畢，不得讀書觀畫；及退食蕭然，緑茗一杯，石葉數片，清吟抱膝，入興成章。嘗以《春興》八首寄慈銘，得報曰："子詩日益遒上，曩所許不虚矣。"尋以母喪歸。張之洞方自廣督移鄂，延致之。之洞高掌遠蹠，舉措非常；初以增祥詩人，清談而已；久之，漸與謀議，乃大歎挹曰，"雲門智計過人!"益見親待。服闋，還陝西，授渭南令。其爲政尚嚴，而宅心平恕；所遇大吏，皆推誠相與；故得自行其志。貧賤日久，閲歷世故三十餘年；其於物態詭隨，情僞百變，無不揣摩已熟；又上自節鎮，下至令長，出入賓幕，更事最多；故尤達於吏治。少時好聽人折獄，無當意者；嘗曰："使吾操丹筆從事，故當與此輩小異。"至是，果符曩言。每聽訟，千人聚觀；遇樸訥者，代白其意，適得其所欲言；其桀黠善辯、以訟累人者，一經抉摘，洞中窾要，皆駭汗俯伏，不得盡其詞；乃從容判決，使人人快意而止。以故所至良懦懷恩，豪强屏息；而於家庭衅嫌，鄉鄰争鬭，及一切細故涉訟者，尤能指斥幽隱，反復詳説，科其罪而又白其可原之情；直其事而又擿其自取之咎；聽者駭伏，以爲詗察而得。實則熟於世情，長於鈎較，因此識彼，聞一知十；凡所侔揣，無不奇中。每行縣，一馬一僕，裹糧往返，不費民間一錢。其治盗，皆身自捕逐，立就擒縛；嘗謂人曰："作吏最苦!臨事貴速，若晝寢夜宴，寄權於人，其所亡失，不知凡幾矣。"湘人趙元臣者，善相人。增祥詣之；一見歎曰："終身不得志也!"增祥謾曰："吾寧窮餓死耶!"元臣曰："非也!他人求之不得者，子得之皆若不足，是寧有滿志時耶?"增祥笑撫元臣肩曰："然，子知我!"有日者謂增祥權極重。謾應曰："宰相乎?督撫乎?"則曰："非也!階不過四品。所謂權重者，譬如數人共事，必公一人尸之；人常逸而公獨勞，公常發謀而人皆退聽，此爲權重耳。"增祥亦以爲知我。二十許時，即好聚書；侵尋三十年，所得二十餘萬卷，而書畫碑帖之屬，又十餘巨簏；關内目爲收藏家。增祥嘗曰："意不能無所寄。聲色服玩，非性所嗜；此事差以自娱。若值攻取之場，赴功名之會，視棄此物猶敝屣耳。吾寧作虎頭痴哉?"自再入關，刑名錢穀箋啓會計之屬，皆身自爲之。而鹿傳霖爲陝西巡撫，榮禄爲西安將軍，更以記室參軍見委；他人十口不及詳、十手不及書者，獨從容庀治，咄嗟立辦，而意必警切，辭必宏麗，灝乎沛然，騰躍行墨。蓋自少至老，口誦之書殆逾萬卷；手鈔之牘，不啻百本；腹笥充積，俯拾即是。其代鹿傳霖《視榮禄五旬晉九生日並送還朝祝嘏叙》曰：

光緒二十年，恭遇皇太后六旬萬壽；直省將軍督撫以下奉詔入都祝嘏者四十二人，西安將軍仲華尚書與焉。鸞書紫檢，聽玉殿之宣名。駟鐵華鏕，待金商而啓節。傳霖與君輦下欽風，關中抗手；交蜀公如兄弟，望景倩若神仙；請以奚斯復宇之辭，附於繞朝贈策之誼，可乎？先是，癸巳二月，祝君生日，既嘗鐫詞緑玉，紀德金犀；第於君三朝出入之榮，平生忠亮之節，猶未盡也。粤自皇太后四旬萬壽；君方以工部尚書總管内務府事。上慈寧之徽號，手奉瑶函；進長樂之霞杯，親斟天酒。緑衣舞蹈，升玉階以糾儀；法曲教成，先大常而按拍。月華門裏，指揮萬國之衣冠；上林苑中，輦致三山之花藥。凡茲慶典，並得贊襄。迨慈壽五旬，君年四九。長依日月，近在蓬萊。中更十年，再逢萬壽。方謂奇章第宅，常居金椀之中；鄭公履聲，不離瑶階之上。而乃金馬自遥於萬里，衮衣不見者三年。冠平仲暫出中書，來掌北門之鑰；李衛公相將一妹，遠投西嶽之書。未免周覽黄圖，瞻依丹禦。盼紅雲於香案，想甜露於金莖。而孰知天子徘徊，最憶凌雲之氣；宫嬪笑語，時稱德雨之名。言祝慈釐，首銜明詔。定遠遣材官詣闕，方冀幸於還京。曹參趣舍人治裝，已心知其必召。傳霖以爲瞻天之願，不以中外殊；捧日之心，不以夷險易。方君之值内廷也，累月宿禁近之中，朝夕對平臺之上。黄家騎馬，頻至臣家；侍中珥貂，常拂御手。國事直如家事，重臣復是親臣。縟禮雲繁，明恩露湛。名駒玉帶，特頒錦樹之英；佳果新冰，先賜豫章之第。禁裏喧傳之口敕，日必數番；篋中未繳之詔書，動逾千首。璇閨鬢朵，無非内苑之花；嬌兒乳汁，盡出天廚之饌。諸王駙馬，多總角之交遊；二府三司，若布衣之昆弟。而復以羽林宿衛，領龍武新軍；頗牧出於禁中，孫吴走於帳下。君子貴盛，華裔傳之。君之彊直，朝廷憚之。内務府者，典司御藥，句管金輿，大而朝廟之彝章，細及宫庭之服御，中官宣索，日累百紙，動稱進奉，莫詰從來。君請尚方所需，鈐以小璽。先帝曰‘俞’，遂爲定制。此則東吴哲后，立明鼠矢之奸；南國昭奚，無復虎威之假。既而兩宫顧香山之佛寺，捨布地之金錢，爰詔水衡，規修紺宇，估值白金六十萬兩。君敷宣至理，引喻先朝，感動慈懷，卒得停寢。是則漢文罷露臺之役，所省猶微；昌黎諫佛國之書，厥功非鉅。簾子庫者，地接周阹，人多猥雜；宫中暑寒代嬗，簾簟一新，率用此曹司其除换；依棲靈囿，譬雉兔之羣游；居近液池，善魚龍之百戲。或言於慈聖，以左璫乏人，欲悉召入宫，給掃除之役。君述鐵牌之遺訓，引宫史之明條；雷霆赫然，明争如故。卒使椒庭月朗，蘭掖風清，屏漢室之弄兒，罷齊廷之宫市。從此駿驤冠底，競毁申屠；青雀窠中，争讒斛律；而君遂引疾就第矣。屏居緑野，静卧漳濱，清酒三升，瑶琴數弄。汲淮陽之卧閤，漸就痊平；庾武昌之據床，最工談詠。然且賢王屢顧，百辟紛來。紫微儻失君房，中書奚賴；天策不逢如晦，斷割無人。雖散地之優游，仍忠謀之懇款。周公負扆，終資史佚之規繩；漢將如雲，全賴留侯之卧護。置酒召朔方之諸將，馳書救東林之黨人。北扉翰林，多公門之桃李；外夷館伴，欽上國之楫櫂。皇上褒録忠勛，眷懷耆舊，用伏波以安關隴，起韓琦而知永興。立馬蓮峯，呼鷹紫閣。八千子弟，一一能呼其姓名；百二關河，處處習知其險要。勸學增舉場之額，練兵頒奇器之圖。博訪材賢，力開風氣。徒以去京日遠，戀闕情深。明詔方宣，鋒車待發。御床近接，鄴侯重覩於龍顔；羽扇翩然，諸葛復還於魚水。今者年將週甲，節届生申。阿母蟠桃，未啓瑶池之宴；曲江紅杏，先開旌節之花。百吏稱觥。千軍載軽。深惟贈送之義，無忘忠愛之忱。是以規諫文章，頌武公於淇水；澤袍氣誼。美秦仲於《車鄰》。將軍此行，海内屬望。天子待於西邸，百司候於東門。玉佩穿花，緋衣倚樹。歌卿雲之五色，不盡揄揚；捧金鑒於千秋，依然風度。三分禮絶，仲華特冠崇班；千叟筵開，君實猶居末座。是皆然矣！抑有進焉！朝廷若問玉關内外，饋運艱阻之狀，則願君爲蕭酇侯；若問三輔左右，流離鴻雁之民，則願君爲汲長孺；如欲齊一法令，登崇俊哲，以臻貞觀、開元之盛，則願君為姚元之；如欲調和宫掖，贊成慈孝，以顯光獻宣仁之名，則願君為韓魏國；如欲强國富民，綢繆邊圉，則願君為李贊皇；如欲忠信文武，愶鄰却敵，則願君為富鄭公；若欲慰塞人望，隱慴夷情，擢用老成，躋之樞要，則願君為司馬端明；若欲威加四海，子惠元元，大計英謀，朝諮夕考，則願君為耶律文正；若問柏梁建章，千門萬户之制，知君決不為張茂先；若問方田水利，青苗手實諸法，知君更不屑為王安石也。

陳善責難，以規爲頌，經國至謨，不難以尋常酬酢出之。觀其體贍而律調，志盡而文暢，應物掣巧，隨變生趣，執轡有餘，故能緩急應節矣。刊有《樊山文鈔》四卷，其中有駢有散，辭能舒徐，筆非遒緊，散文非當行。至其駢儷之文，安雅沖粹，無鈎章棘句之形，而情味婉篤，事理曲暢，短書小記，亦有生峭。而酬對賓客，處分庶事，從容文史，若不經意。居渭南久，媇虎改行，風俗清美，他州之民，稱爲仙界。榮禄内調，以中日戰起，幫辦軍務，後三年，總統武衛五軍。增祥適以卓異召對稱旨，記名以道府用，交榮禄差遣。自是增祥居榮禄幕者一年。拳變作，乃款段出都，返西安。既而兩宫西幸，榮禄以樞府秉筆無人，任增祥掌詔勅；罪己之詔，皆增祥削草。累擢陝西督糧道，布政使，移江寧布政使。張之洞七十歲。增祥方布政陝西，以文二千餘言壽之，爲儷體，用電報分日拍發，告之洞；中有四句云："不嘉其謀事之智，而責其成事之遲；不諒其生財之難，而責其用財之易。"蓋之洞志大而才疏，任督撫四十年，凡所興作，多謀少成，而耗費鉅萬萬，一時有"國家敗子"之目也。之洞以其極意斡旋，大聲琅誦，拊几曰："雲門誠可人哉!"增祥又以之洞禁士夫爲文用新名詞；有句云："如有佳語，不含雞舌而亦香。盡去新詞，不食馬肝爲知味。"巧譬生新，亦爲之洞激賞者也。顧增祥所自憙者在詩；刊有《樊山詩鈔》六卷，以時地先後爲次，起同治九年庚午，迄光緒三十二年丙午，前後三十七年；又起宣統三年辛亥，盡民國二年，刊《樊山集外詩文》八卷，身世遇合，朝局滄桑，略可考見。徒以心能超覽，文無苦語，雖感深蒼涼，而辭歸綺麗。自言：弱冠以前，嗜袁子才、趙甌北。庚午，從南皮游，遂捐棄故技，盡焚前作；存稿斷自庚午，猶宋人以《見黄》名集云。然詩境並不與同。遂涉温庭筠、李商隱以溯劉禹錫、白居易，於此事頗具甘苦。今觀所作，隸事穩稱，風華掩映；而骨力未遒，意境欠深，媚而不遒，與文同蹊；性情所關，非可勉强；然而豎義常豐，涉情必顯，圓若流珠，熟於美醞；尤雅負其豔體之作，謂可方駕冬郎，《疑雨集》不足道也。賦《前後彩雲曲》並《序》，最爲時誦；其辭曰：

傅彩雲者，蘇州名妓也；年十三，依姊居滬上，豔名噪一時。某學士銜恤歸，一見悦之，以重金聘爲箆室，待年於外；祥琴始調，金屋斯啓。攜至都下，寵以專房。學士持節使英，萬里鯨天，鴛鴦並載；至英，六珈象服，儼然敵體。英故女主年垂八十，雄長歐洲，尊無與並。彩出入椒庭，獨與抗禮；嘗偕英皇並坐照像，時論榮之。學士代歸，從居京邸，與小奴阿福奸生一女。學士逐福留彩，寖與疏隔。俄而文園消渴，竟促天年。彩故與他僕私，至是遂爲夫婦。居無何，蓄略盡，所歡亦殂。仍返滬，爲賣笑計，改名曰賽金花。蘇人公檄逐之。轉至津門，雖年逾三十，而豔名不減疇昔。已亥長夏，與客談此事，因記以詩。先是學士未第時，爲人司書記，居煙臺，與妓愛珠有齧臂盟；比再至，已魁天下，遽與珠絶。珠冤痛累日，竟不知所終。今學士已矣！若敖鬼餒，燕子樓空。唱《金縷》者，出節度之家；過市門者，指狀元之第；得非霍小玉冥報李十郎乎？余爲此曲，亦如元相所云："甚願知之者不爲，而爲之者不惑耳。"

姑蘇男子多美人，姑蘇女子如瓊英。水上桃花如性格，湖中秋藕比聰明。自從西子湖船住，女貞盡化垂楊樹。可憐宰相尚吴棉，何論紅紅兼素素！山塘女伴訪春申，名字偷來五色雲。樓上玉人吹玉管，波頭桃葉倚桃根。約略鴉鬟十三四，未遣金刀破瓜字。歌舞常先菊部頭，釵梳早入妝樓記。北門學士素衣人，蹔踏毬場訪①玉真。直爲麗華輕故劍，况兼蘇小是鄉親。海棠聘後寒梅喜，侍中居外明詩禮。兩見瀧岡墓草青，鴛鴦絃上春風起。畫鷁東乘海上潮，鳳凰城裏并吹簫。安排銀鹿娱遲暮，打疊金貂護早朝。深宫欲得皇華使，才地容齋最清異；夢入天驕帳殿遊，閼氏含笑聽和議。博望仙槎萬里通，霓旌難得彩鸞同。詞賦環球知繡虎，釵鈿横海照驚

① 訪，一本作"識"。

鴻。女君維亞喬松壽，夫人城闕花如繡。河①上蛟龍盡外孫，虜中鸚鵡稱天后。使節西持婁奉章，錦車馮嫽亦傾城。冕旒七毳瞻繁露，盤敦雙龍贈寶星。雙成雅得君王意，出入椒庭整環佩。妃主青禽時往來，初三下九同遊戲。裝束潛將西俗嬌，語言總愛吴娃媚。侍食偏能饜海鮮，投書亦解繙英字。鳳紙綰來鏡殿寒，玻璃取影御床寬。誰知坤媪山河貌，祇與楊枝一例看。三年海外雙飛後，還朝未幾相如病。香息常教韓壽聞，花枝每與秦宫並。春光漏洩柳條輕，郎主空嗔梁玉清；祇許丈夫驅便了，不教琴客别宜城。從此羅帳怨離索，雲藍小袖知誰託；紅閨何日放金雞，玉貌一春鎖銅雀。雲雨巫山枉見猜，楚襄無意近陽臺；擁衾總怨金龜壻，連臂猶歌赤鳳來。玉棺晝下新宫啓，轉塵玉郎長已矣。春風肯墜緑珠樓，香徑還思苧羅水。一點奴星照玉壺②，樵青婉孌漁童美；繐帷猶掛鬱金堂，飛去玳梁雙燕子。那知薄命不猶人，御叔子南先後死。蓬巷難栽北里花，明珠忍换長安米。身是輕雲再出山，瓊枝又落平康里。綺羅叢裏脱青衣，翡翠巢邊夢朱邸。章臺依舊柳鬖鬖，琴操禪心未許參。杏子衫痕學宫樣，枇杷門榜换冰銜。吁嗟乎！情天從古多緣業，舊事煙臺那可説！微時管蒯得恩憐，貴後萓芳都棄擲！怨曲争傳紫玉釵，春遊未遇黄衫客。君既負人人負君，散灰扃户知何益！歌曲休歌《金縷衣》，買花休買馬塍枝。彩雲易散玻璃脆，此是香山《悟道詩》！

某學士者，吴縣洪鈞，光緒間，出使英、俄、德、奥諸國者也，故增祥以洪容齋影之。嘗語人曰："禍水何能溺人；人自溺之。出入青樓者可以彩雲爲鑒！"厥後彩雲以庚子入京，會八國聯軍至，統師者德國瓦德西，則彩雲前媵洪鈞出使時所私暱也；至是重續墜歡，侍瓦居儀鸞殿。爾時聯軍駐京，惟德軍最酷！留守諸大臣結舌坐視，莫之誰何。而彩雲則言於瓦，止其淫掠。又曰："琉璃廠，中國數千年文物之所萃也；幸毋燬！"凡瓦之欲使中國過於難堪者，彩雲必争之。迨議賠款，則抑減其數；而於是朝局斡旋，

① 河，一本作"海"。

② 壺，一本作"臺"。

民生之利賴，不在諸公之衮衮，而繫彩雲之纖纖。此可謂中國奇耻極辱也。然士大夫之嚮詛罵者，一轉而頌彩雲之能效忠於國矣。雖然，彩雲則何知。一日，謂瓦曰："中國之蒐人材，在八股試帖；將相於是出焉。"瓦用其言，乃於金臺書院集諸生而試之，示期懸榜如制。文題"以不教民戰"；試題"飛旆入秦中"。試之日，人數溢額；瓦爲評定甲乙，考得獎金者，咸欣然有喜色。自此事出，而嚮之譽彩雲者，頌聲未歇，又或大詬以爲喪心辱國也。增祥乃著《後彩雲曲》以叙其事；可以覘國勢之不競，世變之凌夷焉。其辭曰：

納蘭昔御儀鸞殿，曾以宰官三召見。畫棟珠簾靄御香，金床玉几開宫扇。明年西幸萬人哀，桂觀蜚廉委劫灰。虜騎亂穿驛道走，漢宫重見柏梁災。白頭宫監逢人説，庚子災年秋七月。六龍一去萬馬來，柏林舊帥稱魁傑。紅巾蟻附端郡王，擅殺德使董福祥。憤兵入城肆淫掠，董逃不獲池魚殃。瓦酋入據儀鸞座，鳳城十家九家破；武夫好色勝貪財，桂殿秋清少眠卧。聞道平康有麗人，能操德語工德文；狀元紫誥曾相假，英后殊施并寫真。柏靈當日人争看，依稀記得芙蓉面。隔越蓬山十二年，瓊華島畔邀相見。隔水疑通雲漢槎，催妝還用天山箭。彩雲此際泥秋衾，雲雨巫山何處尋？忽報將軍親折簡，自來花下問青禽。徐娘雖老猶風致，巧换西裝稱人意。百環螺髻滿簪花，全匹鮫綃長拂地。雅娘催下七香車，豹尾銀槍兩行侍。鈿車遥遵輦路來，羅韈果踏金蓮至。歷亂宫帷飛野雞，荒唐御座擁狐狸。將軍攜手瑶階下，未上迷樓意已迷。駡賊還嗤毛惜惜，入宫自詡李師師。言和言戰紛紜久，亂殺平人及雞狗。彩雲一點菩提心，操縱夷獠在纖手。胠篋休探赤仄錢，操刀莫逼紅顔婦。始信傾城哲婦言，强於辯士儀秦口。後來虐婢如蝮虺，此日能言賽鸚鵡。較量功罪相折除，僥倖他年免縲首。將軍七十虯髯白，四十秋娘盛釵澤。普法戰罷又經年，枕席行師老無力。女閭中有女登徒，笑捋虎鬚親虎額。不隨槃瓠卧花單，那得馴狐集金闕。誰知九廟神靈怒，夜半瑶台生紫霧。火馬飛馳過鳳樓，金蛇燄䋐燔雞樹。此時錦帳雙鴛鴦，皓軀驚起無襦袴。小家女記入抱時，夜度娘尋鑿壞處。撞破煙樓閃電窗，釜魚籠鳥求生路。一霎秦灰楚炬空，依然别館離宫住。朝雲暮雨秋復春，坐見珠槃①和議成。一聞紅海班師詔，可有青樓惜别情。從此茫茫隔雲海，將軍頗有連波悔。君王神武不可欺，遥識軍中婦人在。有罪無功損國威，金符鐵券趣銷燬。太息聯邦虎將才，終爲舊院蛾眉累。蛾眉終落教坊司，已是琵琶彈破時。白門淪落歸鄉里，緑草依稀具獄詞。世人有情多不達，明明禍水褰裳涉。玉堂鵷鷺愆羽儀，碧海鯨魚喪鱗甲。何限人間將相家，牆茨不掃傷門閥。樂府休歌《楊柳枝》，星家最忌桃花煞！今者株林一老婦，青裙來往春申浦。北門學士最闌渠，西幸叢談亦及汝。古人詩貴達事情，事有闕遺須拾補。不然落溷退紅花，白髮摩登何足數。

讀者至以比清初吴偉業之《圓圓歌》；而《後曲》有當詩史，劇勝《前曲》，嘉興沈曾植以爲的是香山，不衹梅村者也。增祥爲詩甚捷疾，案頭詩稿，用薄竹紙訂厚百餘頁，蠅頭細字，下筆數行，極少點竄，不數月又易本矣。友人侯官陳衍嘗輯《師友詩録》，以增祥之詩多而選難，欲於往來贈答之外，專選其豔體詩；而爲之辭曰："後人見雲門詩者，不知若何翩翩年少。豈知其清癯一叟，旁無姬侍；且素不作狹斜遊者耶！"方增祥遊宦關中時，同官涂少卿，江西宿士；謂其弟子田生曰："子之師，奇男子也。自弱冠至四十，不御内者十七年；此豈易到耶?"蓋增祥二十餘喪妻，至三十九乃續娶也。迨老，聞妻姪納姬，以詩規之云："樊山詞筆擅風華，一世曾無稱意花。冰簟銀床涼雨夜，人生無過獨眠佳！"好色不淫，彌見風趣；輕薄少年，慎無以增祥爲藉口也。生平論詩，以清新博麗爲主；工於隸事，巧於裁對，見人用眼前習見故實，曰："此乳臭小兒耳！"作詩萬首，而七律居其八九；次韻疊韻之作尤多，無非欲因難見巧也。近代詩人，其隸事之精，致力之久，益以過人之天才，蓋無逾於增祥者。入民國，歷任總統府祕書長，顧問。以退宦詩人，寓都下，文酒過從，與周樹模少樸、左紹佐笏卿號楚中三老，而並時楚人中，及與增祥同舉秀才者，衹左紹佐一人而已。紹佐，應山人，一字竹笏，於清季官廣東雷瓊道，有政聲；詩詞均戛戛獨造；所爲日記，密行精楷，數十年如一日；詩在昌黎、東坡之間，與增祥不同，而交期極篤。增祥

① 珠槃，一本作"津門"。

有《與笏卿論詩長歌》，其詞曰：

君不見蘭子七劍兩手中，中有五劍常在空；巧手能虛以運實，開鑿渾沌皆玲瓏。又不見單父種花驪花宫，萬花顔色無一同；匠心能以素爲絢，坐使枯寂回春風。兵家在以少克衆。權家在以輕起重。道家在以静制動。詩家在以獨勝共。能言人所不能言，如山出靈無不宣。能圓人所不能圓，如月三五縣中天。百汲不竭井底泉。任燒不絶香上烟。百花釀作酒一甑。白藥煉成丹一九。五味入口取其甘，五色入目取其鮮，五聲入耳取其和，惟貌不獨取其妍。取之杜蘇根底堅。取之白陸户庭寬。取之温李藻思繁。取之黄陳奥窔穿。言之有物餅中餡。裁之成幅機中練。視之無迹水中鹽。出之則飛匣中劍。無意何能作一經？無筆何以役萬靈？無才何以籠羣英？無學何由躋老成？無法何所謂尺繩？無事何足爲重輕？一字不安衆所議，八面受敵誰則能。老笏雜言咋挑戰，意亦學韓通其變。六十餘年窮生活，爲君一騁雕龍辯。詩林籊籊百尺竿，老年進步如少年。學我者死殊不然，果如我語詩其僊。

增祥之詩，緝裁巧密，尤工隸事；而論詩乃貴虛以運實，素以爲絢；不獨取其妍而已。尤不拘拘宗派，每語於人曰："向來詩家率墨守一先生之集，其他皆束閣不觀；如學韓、杜者必輕長慶；學黄、陳者即屏西崑；講性靈者，則明以前之事不知；尊選體者，則唐以後之書不讀。不知詩至能傳，無論何家，必皆有獨到之處，少陵所謂'轉益多師是我師'也。人所處之境：有臺閣，有山林，有愉樂，有幽憤。古人千百家之作，濃淡、平奇、洪纖、華樸、莊諧、斂肆、夷險、巧拙，一一兼收並蓄，以待天地人物形形色色之相需相感，吾即因以付之；此即所謂八面受敵，人不足而我有餘也。所蓄既富，加以虛衷求益，旬煅季煉；而又行路多，更事多，見名人長德多，經歷世變多，合千百古人之詩以成吾一家之詩；此則樊山詩法也。"初取逕於中、晚唐，而晚年亦爲宋詩，《與蘇戡冬雨劇談》之作，瘦淡倣鄭孝胥體，不爲側豔。而孝胥和詩，亦備極傾倒之。辭曰：

久於南皮坐，習聞樊山名。老矣始一見，趙璧真連城。落筆必典贍，中年越峥嵘。才人無不可，皎若日月明。春華終不謝，一洗窮愁聲。南皮夙自負，通顯足勝情。達官兼名士，此祕誰敢輕！晚節殊可哀，祈死如孤惸。其詩始抑鬱，反似優平生。吾疑卒不釋，敢請樊山評。

嘗序伯嚴詩，持論闢清切。自嫌誤後生，流浪或失實。君詩妙易解，經史氣四溢。詩中見其人，風趣乃雋絶。一語莫非深，天壤在毫末。何須填難字，苦作酸生活。會心可忘言，即此意已達。

窮愁固易工，憂患寧愛好！奮飛抉世網，結習猶煩惱。午詒論詩骨，見謂飢不飽。心知小潺湲，河海愧浩渺。何期樊山老，闢荔喻益巧！荔甘而詩澀，唐突天下姣。庶幾比諫果，回味得稍稍。嗜澀轉棄甘，攢眉應絶倒。原注：夏午詒贈詩云："世人無此骨餐之不療飢。"

説者謂能傳增祥生平，不廑足徵此日之詩派焉。顧增祥自負一代詩伯，從不輕許可人詩。某甲自負能詩，每對增祥誦所作。增祥不耐，一日嗤以鼻曰："君詩多不協韻，且誤用故事，於他人尚不應如此，矧向余賣弄，尤可不必！"甲面發赤，謝曰："小子學殖荒落以致此也。"增祥撫掌狂笑曰："田無一草，不得言'荒'；樹無一果，奚所用'落'。君胸無點墨，猶之無草之田，無果之樹，何荒落之有！"甲不勝慙，發怒。增祥不顧也！獨誦龍陽易順鼎之《初至關中》詩，則傾倒備至。如"翠華西幸周王駿，紫氣東來李叟牛"；"關百二重秦代月，宮三十六漢時秋"，"雲從武帝祠邊散，雨自文王陵下來"，"城堞雉連秦晉樹，關門牡繡漢唐苔"，評云："精麗無匹。""何忍呼他爲禍水，尚思老我此柔鄉"，評云："綺豔。""流殘清灞無情水，畫出阿房不霽虹"，評云："名句。"集句之"詞客有靈應識我，好雲無處不遮樓。河山北枕秦關險，故國東來渭水流"，評云："巧匠運斤。"譚者詫爲得未曾有。然順鼎意殊不足；語於人曰："余《初入關中》詩，精麗綺豔者，寧止此！如'瑶池雪作簾前水，玉井花爲檻外峯。三輔黄圖天下壯，九州黛色此間濃'；'行人立馬羅敷水，仙客乘鸞玉女祠。天地魂銷還有我，漢唐才盡久無詩'；'渭城小雪如朝雨，秦地殘雲似美人。一百二重愁望遠；五三六點欲催春'；詩雖不多，而無一聯不簇簇生新，戛戛獨造。試向漁洋《菁華録》中覓之，恐欲求如此之一聯，亦未必可得也。"順鼎《詠古詩六十首》，偕增祥作，蓋仿西崑體而爲之者。增祥甚賞宋仁宗"西夏不過鱗甲患；長秋微惜爪痕傷"一聯。順鼎曰："樊山未爲知言。余自評以諸葛武侯一聯爲第一。其聯云：‘萬牛回首因龍卧，三馬驚心爲虎來’，蓋詠武侯詩無人不用‘龍’典，而用‘虎’典者，止余一人，可謂工巧精切矣。孫伯符一聯云：‘小弟坐分三足鼎；大喬方稱並頭花’，有此驚才，當爲第二。唐明皇一聯云：‘三郎枉自除安樂，四紀何曾保莫愁’，天生巧對，竟無人對過，當爲第三。此外則西楚霸王云：‘早知秦可取而代；晚歎虞兮奈若何。霸業祖龍分本紀；詩才妾馬入悲歌’；又一首兩聯云：‘二十有才能逐鹿；八千無命説從龍。咸陽宫闕須臾火；天下侯王一手封。’第四句自謂奇絶横絶；非如此不能將項羽爲人寫出。項王可愛！此詩亦可愛！當爲第四。虞姬云：‘死憐斑竹湘妃廟；生笑桃花息國祠。良史他年如作傳；美人當日定能詩’，當爲第五。張麗華云：‘雞臺夢尚愁高熲；馬嵬詩應怨鄭畋’，詠張麗華斷無人能用鄭畋典，當爲第六。明太祖云：‘開國不能降保保；復仇豈意仗圓圓’，當爲第七。至如漢高祖之‘公然亭長能爲帝；奇絶英雄不讀書’，文帝之‘宣室客來湘水外；露臺金出鄧山餘’，賈生之‘黄老學興儒術廢；蒼生對易鬼神難’，光武之‘上界星辰都作將；故人天子不能臣’，劉聰之‘生比季龍先作帝；死同擒虎尚稱王’，晉元帝之‘半壁江山牛易馬；渡江人物鲫隨龍’，王猛之‘家在第三峯下住；孫於重五日間生’，隋文帝之‘普六非常知最早；獨孤誤我悔應遲’，羅隱之‘偕鄭五終唐《雅》、《頌》；討朱三合魯《春秋》’，宋太祖之‘水色碧時留寡婦；火光紅處産孩兒’，神宗之‘面垢臣思追孔子；顙寬君本類高辛’，較之西崑諸公以一二聯膾炙千古者何如！”時兩宫西狩，而順鼎以道員領行在所轉運也。聞者咋舌，以爲順鼎之磊落自憙，軼增祥矣。增祥以民國二十年三月十四日卒於北平。年八十六，遺詩三萬篇。

易順鼎，字仲碩，一字實父，自署曰懺綺齋，又自號眉伽，晚署哭庵，湖南龍陽人。父佩紳，累官江蘇布政使。順鼎天生奇慧，三歲，讀《三字經》，琅琅上口。五歲能作對。其父以“鶴鳴”使對。應聲曰：“犬吠。”父曰：“犬吠再對之。”曰：“猿啼。”“又作何對？”曰：“鳳舞。”曰：“‘鳳舞’更不可無對。”曰：“龍翔。”父大驚喜。有神童之目。自謂張夢晉後身；又自謂張船山、張春水後身；以爲王子晉再世爲王曇首，三世爲夢晉，四世爲船山，五世爲春水，實則春水及見船山，焉得爲其後身？不過天性詭誕，託所心好者以自夸異耳。十五歲補諸生，刻詩詞各一卷，曰《眉心室悔存稿》。其七言律句如“眼界大千皆淚海，頭銜第一是花王”，“生來蓮子心原苦，死傍桃花骨亦香”，“秋月一丸神女魄，春雲三摺美人腰”，“寸管自修香國史，萬花齊現美人身”，“飛龍藥店輸金屋，走馬蘭臺感玉溪”，“僕本恨人猶僕僕，卿須憐我更卿卿”；七言樂府諸篇如“冰蟾走入誰家樓，喚起樓中無限愁”，“貂裘公子氣如虹，十萬金錢擲秋雨”，及《七夕篇》之“紅淚流成無定河，香肩倚倦長生殿”等句，皆傳誦一時，稱曰才子。十六歲，隨父貴東道古州任所，有容園，以榕得名，得句云：“日斜花外紅如此，人立榕陰碧欲無。”中光緒丁丑舉人，時年十七，以是年冬應禮部試北上，取道江南，騎一衛冒大雪入南京城，遍訪六朝及前明遺蹟。一日中成《金陵雜感》七律二十首，其警句如“地下女郎多豔鬼，江南天子半才人”，“淘殘舊院如脂水，住慣降王没骨山”，“桃花士女桃花扇，燕子兒孫燕子箋”，“衰柳緑連三妹水，冰楓紅替六朝花”，“如此江山奈何帝，誤人家國寧馨兒”，哀感頑豔，亦有口能誦者也。忠州李士芬號能詩，爲湘鄉曾國藩總督兩江時所稱，讀《金陵雜感》詩有一聯云：“蔣侯死去留青骨，江令生還負黑頭”，謂曰：“何不改蔣侯死去留青史!”順鼎舉蔣子文青骨成神事告之。士芬大歎服，因贈詩云：“爛熟《南朝史》；瀾翻東海波。”其爲老輩折服有如此者。嘗問業於王闓運。闓運詫歎，與湘鄉曾廣鈞並稱兩仙童；顧不然其詭誕，諷以書曰：“海内有如祥麟威鳳，一見而令人欽慕者；非吾賢與重伯耶曾廣鈞字重伯？然亦惹非笑，不盡滿人意者；重伯好利，仲碩好名故也。好名，不獨好忠孝之名；即母姊皆仙，白呂神交，皆是浮名。見諸行事，害不及人，故無妨也；筆之於書，有目共見，則生同異矣。同必有異，異則必損名；强爲無傷，人必傷之。故吾爲‘仙童’之説，謂夫仙童有玉皇香案者，兄日姊月，所見美富，土苴諸天，遺棄一切，是上等也。有幽居巖穴，草衣木食者；一旦入世，則老虎亦爲可愛，金銀無非炫耀；乃至耽著世好，情及倡優，不惜以靈仙之姿，爲塵濁之役，物欲所蔽，地獄隨之矣。請賢擇於斯二者。”順鼎發書不爲意也。自負才氣，會中日戰起，我軍敗績，乃割遼東、臺灣以媾和。順鼎忼慨上書，請都察院代奏，大旨謂：“遼東者，北洋之藩籬。臺灣者，南洋之門户。天下畏盗之人，必求遠盗；未有揖盗於門内而求其不發篋探囊。天下畏虎之人，未有納虎於室中，而冀其不磨牙吮血。倭既據我内地，且將取我民心；以利誘之，而桀黠者必爲倭爪牙；以威迫之，而駑弱者必爲倭魚肉。行見流民無所依歸，而西晉雄、特之禍起；奸民相與勾結，而嬴秦勝、廣之變生。毆魚爲淵，瞻烏誰屋；中國將來必無可固之人民，可守之山河。”書上，不省；則間關航海，走臺灣，欲贊劉永福軍，爲海外扶餘；既至，見事已不可爲，乃脱身歸國。時論推爲氣節功名之士。年三十，以同知候補河南，尋捐道員。驟冀大用，不得，志意牢落，有句云：“三十功名塵與土；五千道德粕兼糟。”沈滯無所事事，如是者六年，遂棄官入浙，訪詩僧寄禪，偕遊普陀山，賦詩，得“海是空王淚，雲爲織女槎”，“三代以前無貝葉，六經而外有芙蓉，釋典有《蓮華經》。《離騷》注：芙蓉一名蓮華。”“龍來拜佛成童子，客到遊山變女人”諸句，自以爲奇雋。溧陽狄平子者，常喜以禪論詩，見之歎曰：“藴含萬有，超妙極矣！”然以名士談禪，未空色相，不如寄禪一律曰：“到此彌知佛理深，普門日夜演潮音。蓮爲大士出塵相，海是空王度世心。今古滄桑從變幻，魚龍多少任浮沈。喜遊華藏莊嚴刹，吐我生平浩蕩襟。”可謂聿濬道源，得未曾有！不僅禪門本色，不染一塵也。

寄禪者，本湖南薑畲黄姓農家子。幼孤貧，爲人牧牛。十餘歲時，投山寺出家爲僧；燃兩指供佛，故又號八指頭陀；具宿慧，能爲詩，初不識字，以畫代詩；不知“壺”字，輒畫壺形，自言：“初學爲詩，甚苦。其後登岳陽樓，忽若有悟，遂得句云：‘洞庭波送一僧來。’靈機偶動，率爾而成，不謂竟得詩奥。”其後僧衆推主長沙上林寺，爲士大夫所禮重。獨葉德輝郎園謂之曰：“工詩必非高僧。古來名僧，自寒山、拾得以下，若唐之皎然、齊己、貫休，宋之九僧、參寥、石門，詩皆不工；而師獨工。其爲僧果高於唐宋諸人否耶?”寄禪不服。德輝書楹聯贈之，有“正法眼空三教論，中唐音變九僧詩”之句；亦謂其詩自工而僧固不高也。主上林方丈一年，童童僕僕，無一日頃閒。德輝又舉吴菌次諷大汕之語語之曰：“和尚應酬雜遝，何不出家?”寄禪笑頷之，不能答；辭上林席，還薑畲，宿楊度皙子山齋。度出屏紙，强其録詩，十字九誤，點畫不備，窘極大汗，書未及半，言願作詩以求赦免。度許之，命題《擊鉢》，洪編立成。後遊天臺，得“袖底白生知海色，眉端青壓是天痕”一詩；莫不稱誦。未幾，主天童方丈，作《白梅詩》。遠近傳寫，呼之曰白梅和尚。一日，下山，覩流水，憬然有悟，爲詩曰：“流水不流花影去，花殘花自落東流；落花流水初無意，惹動人間爾許愁。”人民國，湘中寺産爲黨人所據，寄禪被推爲中國佛學會會長，以二年入京請願發還，與内務部主管司長某言語牴牾。某怒，起摑其頰。寄禪歸所主法源寺，一夕，憤懣而死。楊度則收其平日詩文遺稿，付刊行世，都十九卷，曰《寄禪上人集》。其詩大抵清空靈妙，音旨湛遠，以視順鼎，一清一豔，有人間天上之别。順鼎溺於綺語，不能出。少年之作，如“星光忽墮岸千尺，水氣平添波一層”等句，綺障日深，不可復覩矣。又入廬山，於三峽澗上，築琴志樓居之，若將終身；而幽憂侘傺，中喪其母，乃作《哭厂①傳》以見其意曰：

哭厂者，不知何許人也。其家世姓名，人人知之，故不述。哭厂幼奇惠，五歲陷賊中，賊自陝、蜀趨鄖、襄，以黄衣繡褓縛之馬背，馳數千里。遇蒙古蕃王大軍，爲騎將所獲，獻俘於王。哭厂操南音，王不能辨，乃自以右手第二指濡口沫，書王掌。王大喜曰：“奇兒也!”抱之坐膝上，趣召某縣令，使送歸。十五歲，爲諸生，有名。十七歲舉於鄉。所爲詩歌文詞，天下見之，僞曰才子。已而治經，爲訓詁考據家言。治史，爲文獻掌故家言。窮而思反於身心，又爲理學語録家言。然性好聲色，不得所欲，則移其好於山水方外，所治皆不能竟其業。年未三十而仕，官不卑，不二年棄去；築室萬山中，居之，又棄去。綜其生平二十餘年内，初爲神童，爲才子，繼爲酒人，爲游俠少年，爲名士，爲經生，爲學人，爲貴官，爲隱士，忽東忽西，忽出忽處，其師與友謔之，稱爲“神龍”。其操行亡定，若儒若墨，若夷若惠，莫能以一節稱之。爲文章亦然，或古或今，或朴或華，莫能以一詣繩之。要其輕天下，齊萬物，非堯舜，薄湯武之心，則未嘗一日易也。哭厂平時謂天下無不可哭，然未嘗哭；雖其妻與子死不哭；及母殁而父在，不得渠殉，則以爲天下皆無可哭；而獨不見其母爲可哭。於是無一日不哭，誓以哭終其身，死後而已，自號曰“哭厂”。

好爲恢詭，素性使然。而闓運則重詒以書曰：“僕有一語奉勸，必不可稱哭厂。上事君相，下對吏民，行住坐卧，何以爲名？臣子披昌，不當至此。

① “厂”同“庵”。

若遂隱而死，朝夕哭可矣。且事非一哭可了；況又不哭而冒充哭乎？闓運言不見重，亦自恨無整齊風紀之權；坐覩當代賢豪，流於西晉；五胡之禍，將在目前。因君一發之，毋以王夷甫識石勒爲異也。”獨兩湖總督張之洞愛其才，又傷其不遇，意頗憐之。招入幕，又畀以兩湖書院分教；亦不自得。二十五年冬，以大臣薦召見，意氣發舒，賦《紀恩詩》，有句云：“金擲民膏二萬萬，珠含天淚一雙雙！”蓋慈禧皇太后諭中日戰敗，賠款鉅萬，爲之淚下也。此聯盛傳都下，謂“二萬萬”極不易對；而順鼎以“一雙雙”對之，可謂神通狡獪矣。又有句云：“股肱周室留黃髮，羽翼商山進紫芝。”不十日而立大阿哥，以尚書崇綺爲師傅，說者謂建儲爲順鼎所請；而商山四皓有綺里季，即影師傅崇綺也。其上宰相王文韶詩云：“北虜亦知司馬相，南人都是卧龍兒。太皇太后嘉申國，天上天孫福子儀。”榮禄詩云：“心捧九重雙日月，手攜二十八星辰。廟堂范老寒西夏，帷幄留侯定奉春。”皆諛非其實；而順鼎脱口無慙。上榮禄詩又有句云：“行地中猶洪水抑，措天下若泰山安。”時增祥在榮禄幕，爲言相公亟賞此聯。順鼎誇稱以爲榮，士論薄之。一出爲廣西右江道，將出都，有句云：“新詞欲賦《賀梅子》，他日應呼易柳州。”以右江道治柳州也。樊增祥調以詩，有“好收側貳作蠻姬”之句。順鼎和韻云：“已辦腰刀思殺賊，未留鬚戟爲謀姬。”或詰謀姬何意，順鼎曰：“‘謀’字有二解：與姬謀，一解也；謀納姬，一解也。”聞者大笑。既抵官，無所展布，尋爲兩廣總督岑春萱劾罷；遂以不振，而益肆力於爲詩。

順鼎詩才綺絶，自少至壯，所作將萬首；尤工裁對，與樊增祥稱兩雄。惟增祥不喜用眼前習見故實；而順鼎則必用人人所知之典。增祥詩境，到老不變；而順鼎則變動不居，學大小謝，學杜，學元、白，學皮、陸，學李賀、盧仝，無所不學，無所不似；而風流自賞，以學晚唐温、李者爲最佳。所刻自《眉心室悔存稿》以後，有《丁戊行卷》、《摩圍閣詩》，及《出都》、《吴蓬》、《樊山》、《沌水》、《蜀船》、《巴山》、《錦里》、《峨眉》、《青城》、《林屋》、《游梁》、《廬山》、《宣南》、《嶺南》、《甬東》諸詩録，蓋足迹所至，十數行省；一行省一集也。而以《四魂集》爲最所自憙。號於人曰：“余所刻《四魂集》，譽之者滿天下，毁之者亦滿天下。湘綺、樊山皆極口毁之者也。然文章千古事，得失寸心知，余自信此集爲空前絶後、少二寡雙之作。蓋毁余者皆以好用巧對爲病；即張文襄亦屢言。不知以對屬爲工，乃詩之正宗。凡開國盛時之詩，無不講對屬者。如唐之初盛，宋之西崑，明之高劉皆然。自作詩者不講對屬而詩衰，詩衰而其世亦衰矣！杜詩亦講巧對；如‘子雲清自守，今日起爲官’，及‘大司馬’‘總戎貂’之類。況余詩對仗皆用成語，且不憙用僻典，而所用皆人人所知之典，又皆寓慷慨、悲歌、嬉笑、怒駡於工巧渾成之中。自有詩家以來，要自余始獨開此派矣。其尤工者，如‘城郭人民丁令鶴，樓臺冠劍子卿羊’，‘雲汝衣裳龍鳥往，風其臣妾馬牛奔’，‘月雲鄂國八千里，冰雪蘇卿十九年’，‘潮州謫宦能驅鱷，汐社遺民有拜鵑’，‘六月圖南海東運，七星在北漢西流’，‘送別五千人檇李，壓裝三百顆離支’，‘東雲龍向西雲路，南海牛從北海風’，‘丁令威真返遼海，申包胥合哭秦廷’，‘鳶肩火色賓王相，鶴唳風聲太傅兵’，此皆無一字無來歷，又無一字用僻典，又無一字稍雜湊而不渾成。必如此方可以講對仗也。《四魂集》中凡用古人名，非屬對甚工者不用，如‘過江兵馬狸終斃，亡國河山鼠亦妖’，‘竟同鵬舉死冤獄，無怪馬遷修謗書’，‘中朝黨誤牛僧孺，西域胡譏馬伏波’，‘喚女惟聞木蘭父，哭夫不顧杞梁妻’，‘李怨牛恩朋黨論，桃生羊死賤貧交’，‘酎金罰已寬荀彘，盈篋書都示樂羊’，‘肯事春農王相國，漫同秋壑賈平章’，‘覓得屠蘇劉白墮，偕來廣柳魯朱家’，‘邊牆故蹟熊經略，幕府高賢鹿太常’，‘中朝舊議封關白，上相新聞使契丹’，‘忍恥滅吳求范蠡，寫憂適越學梁鴻’，‘即墨田單爲守將，睢陽南八是男兒’，‘深州未出牛元翼，浪泊難歸馬伏波’，此皆屬對工巧，而用典隸事，又極精切，所以可貴耳。余嘗有一推倒一時豪傑之論云：無工巧渾成對仗，竟可以不必作詩。蓋塵羹土飯，人云亦云之語，雖數十萬首，亦作不完；何必千首雷同，徒費紙墨乎？雖然《四魂集》中不僅以屬對工巧爲尚也；其隸事之精切，設色之奇麗，用意之新穎，皆兼而有之。如‘殿脚至今多婦女，露筋前代有神人’，‘此日盟猶存白馬，何人塞欲賣盧龍’，‘海上魚龍真跋扈，淮南雞犬豈平安’，‘石馬汗流唐祚永，銅駝淚下杞憂深’，‘星臨吳分堅當敗，雪滿淮西濟可擒’，‘蓬萊海上三千歲，荆杞山中二百州’，‘鶴語今年時令異，烏知屋底達宮空’，‘似聞文帝寬黄屋，每念高皇困白登’，‘棘門、灞上皆兒戲，太液、昆明是水嬉’，‘下澤當騎款段馬，常山枉策率然蛇’，‘似報韓人讎俠累，未聞鄭伯減宣多’，‘肯讓秦人剪鶉首，欲回周紀次天黿’，‘王母有圖呈益地，麻姑無術救揚塵’，‘丹穴生靈薰越翳，烏桓部落奉田疇’，‘泛海零丁文信國，渡瀘兵甲武鄉侯’，‘梳頭逆旅逢張妹，椎髻蠻夷起趙佗’，‘痛哭珠崖原漢土，大呼倉葛本王人’，‘折節太原公子在，感懷真定弟昆多’，‘見説杜鵑啼蜀帝，不妨桀犬吠唐堯’，‘謝公昔欲淩窮髮，葛相今思人不毛’，何其隸事之精切也！‘天吴紫鳳爲奇服，含景蒼龍有佩刀’，‘雌龍雄鳳曾北走，銅駝金狄有東遷’，‘重攀碧柳重魂斷，一步紅橋一淚流’，‘雞唱一聲天已白，馬通三尺地皆黄’，‘黄帝畫圖公玉帶，素王書讖卯金刀’，‘白龍鱗甲爲刀柄，翠鳳翎毛作帚叉’，‘鱗甲玉龍三百萬，觚棱金爵九重雙’，‘鼇騰軸底思掀地，龍入窗中欲攫人’，‘韜略六三羞虎豹，騷詞廿五感龍鸞’，‘白狼元菟都非我，青雀黄龍已贈人’，‘青绿山川圖小李，丹黄村落認諸楊’，‘黄耳音書隔人海，紅毛衣服共雲山’，‘虎齒所居樓十二，鴻毛難載水三千’，‘元蜂赤蟻蒼梧野，紫蟹黄魚白葦莊’，‘南窗朱鳥貽書札，東國青童畏佩刀’，‘麒麟鳳鳥爲先戒，翡翠鯨魚入小詩’，‘胭脂坐令輸胡地，翡翠何曾賺越裝’，‘館問碧蹄平秀吉，城尋赤嵌鄭成功’，何其設色之奇麗也！‘緊急春寒如戰事，遲延花信似家書’，‘露布定寒西夏國，雲臺應畫富春山’，‘軍書竟日如經讀，詩卷他年作史看’，‘墨磨盾鼻爲詩硯，錢掛矛頭當畫叉’，何其用意之新穎也！其實皆人人眼前語，皆人人意中語，他人或眼前有之而意中無之，或意中有之而筆下無之，我不過取他人之眼前者意中者，而出之於我筆下耳。至集成語用虚字爲句者，如《蘇詩》‘君但未知其趣耳，臣今時復一中之’之類，古人亦常有之。《四魂集》中最喜集成語用虚字，而無不渾灝流轉者；所以獨開一派，突過前人也。如‘江潭摇落樹如此，鶗鴂晨鳴草不芳’，‘母兮顧復生成我，某也東西南北人’，‘朝去黄河暮黑水，雲横秦嶺雪藍關’，‘罛濊濊施鱣潑潑，車轔轔過馬蕭蕭’，‘惟民所止畿千里，與汝遊兮古九河’，‘謳歌恐不謳歌汝，笑罵還由笑罵他’，‘蓼蓼者莪應莽我，離離彼黍不關卿’，‘未識明年在何處，請看今日是誰家’，‘藤蘿蘆荻如夔府，薜荔芙蓉似柳州’，‘魂歸來些蘋齊葉，心悦君兮木有枝’，‘錦纜朱簾鷗與鵠，紅頸白項燕兼烏’，字字如抛磚落地，又如生鐵鑄成，不能不謂之絶調矣！更有奇句創格，開古人所未開之境者，如‘慶歷衆賢之進日，元和惟斷乃成年’，‘布衣臣本南陽者，冠冕人皆北斗之’，‘與諸君飲黄龍耳，若有人乘赤豹兮’，此與《四魂集》中‘北海知劉豫州否？南朝有李侍郎無’一聯，及

‘南朝可謂無人矣！北海猶知有備耶’一聯，皆可以横絶千古也。用成語爲句而平仄不調者，如‘曰歸曰歸嗟歲暮！其雨其雨嘆朝陽’，古稱名作。《四魂集》中此體有數首，如‘相頭上冠將腰箭，母手中綫兒身衣’，‘其惟雲乎雨天下，何多日也露泥中’，‘我徂東山别西土，王命南仲城朔方’，成語對仗之工，古今無兩矣！集中更有音節高亮悲壯之作，如‘九葉藩封周正朔，千年禮樂漢衣冠’，‘人料苻堅難勝晉，帝知周勃可安劉’，‘立馬岱宗青未了，聞雞天下白如何’，‘渡河氣壯周王兕，入蔡寒侵晉國貂’，‘生當火色鳶肩上，死不烏頭馬角還’，‘雪窖冰天前路永，雲階月地此生休’，‘裹革尸當糜作粉，衝冠髮亦煉成鋼’，‘無定河邊新鬼在，長安市上故人多’，‘屬國未收蒼海郡，單于猶在白登臺’，‘如龍如虎詩無敵，爲鶴爲猿國有兵’，‘皂帽遼東歸路斷，白衣易水哭聲多’，‘水欲接天天接水，花難如雪雪如花’，‘唐陵漢寢淒翁仲，禹甸堯封媢夜叉’，‘自然流涕如周顗，何以銷憂有杜康’，‘鼉憤龍愁滄海外，猿驚鶴怨草堂前’，‘帆席有情搴海月，褐衣無恙繡天吴’，‘海上星方明太白，天邊月又照流黄’，‘漢棄珠崖非得已，越薰丹穴果何如’，‘廿年賜姓空開國，再世降王已入朝’，‘蠻烟瘴雨添行色，海水天風和哭聲’，‘未許朱三是天子，尚留南八是男兒’，似此之類，亦不可以枚舉也。”蓋高自標置，譽不容口如此。然唐言寡實，又不檢於行；其在仕途，頗工逢迎之術，惟有類飢鷹，飽即颺去；又恃寵而驕，以是見賞如張之洞，亦鮮克有終。嘗以俚語爲詩，上之洞云：“三十三天天上天，玉皇頭戴平天冠。平天冠上豎旗竿，中堂更在旗竿巔”，蓋譏之洞好佞諛也。之洞見之，爲之掀髯笑樂；不之譴也。中年以往，日以詩詞寫其牢騷；然誨淫之作，居什之八九。順鼎自以爲玩世不恭；或俳優畜之，而順鼎彌軼蕩自憙。

會民國更元，歲逢癸丑，新會梁啓超邀都人士於三月三日，修禊京師之萬生園，仿蘭亭故事也。諸名士會而賦詩，而順鼎長歌當哭，可以覘革除之際，都下士夫之用心焉。其辭曰：

噫吁嚱悲哉！今日非同前代崇禎之甲申，今日豈同前代順治之乙酉？我生不幸，逢此前代義熙之甲子；我生何幸，逢此前代永和之癸丑！義熙甲子宜止酒，順治乙酉宜得酒，永和癸丑宜行酒。古人最重三月三、九月九。九月九乃陶元亮所專，三月三爲王逸少所有。吾輩生於古人後，事事皆落古人之窠臼。豈知今日此身一半化爲會稽山陰人，一半化爲彭澤斜川叟。酒在口，筆在手；劍不必懸腰，印不必繫肘。鶯含桃，魚貫柳；冠任汝沐猴，衣任汝成狗。喜有釣台朋，幸少金谷友。昨者樊山寄詩云："蓮社人居晉宋間。"今日吾亦賦詩云："蘭亭禊在清明後。"西直門，萬生園，先朝創造資遊觀，不知曾費幾許水衡錢。中有牡丹廳，采蓮船。如水之車，如龍之馬，奔馳於其外；如斗之花，如鳳之鳥，充牣於其間。我亦嘗攜壺觴，聽管絃。逢初三下九，攜三五二八，銷三萬六千。我昔嘗有句云："照臉臉霞皆北地，壓眉眉黛是西山。"此詩未成僅斷句，此遊亦復不記爲何年。梁夫子，招我何爲至於此？君著書數百萬言，遠過習鑿齒；在外十有六年，將及晉重耳。其學可以左右十三經，貫串廿四史，此才何止上下五千年，縱横九萬里。來從析木津，恰看桃花水。七十二沽春水生，一百五日東風起；東風吹花花怒開，東風吹人人老矣。昔年丁酉，與君相見於湘川；今年癸丑，與君相見於燕市。我已憔悴枯槁，非復神禫吊靡；君之顔色，尚覺女偊如嬰兒，君之容貌，尚覺姑射如處子，況有聖人之才，更如卜梁倚。方持玉杯斷國論，方用鐵函貯《心史》。且傾銅斗洗金罍兮，飲此天寶之詩人，貞元之朝士。或言"不爲無益之事，何以遣有涯之生"；或言"以後種種，譬如今日生；從前種種，譬如昨日死"；或言"前不見古人"，或言"不恨古人吾不見，恨古人不見吾狂耳"；又聞孔云"不曰如之何，吾末如之何"，又聞孟云："然而無有爾，則亦無有爾"。使我茫然莫知其所以，勿令下士聞之聲如蒼蠅笑不止。噫吁嚱悲哉！吾嘗聞堯氏、舜氏之歌辭曰："菁華已竭，褰裳去之。"又嘗聞穆滿氏、西王母氏之歌辭曰："道里悠遠，山川間之。"方今朱干苓落猶可期，白雲黄竹何須悲。且相與采華芝，玩菊籬，餐蕨薇；亦安用談刑天，説精衛，稱欽䲹。梁夫子，與其有朱、虎、熊、羆、伯夷、龍、夔同列廿二人，召風使之南；不如有驊騮、騄駬、山子、盜驪亟行三萬里，追日使不西。所以候人之歌曰："猗"，梁鴻之歌曰："噫"，丁令威之歌曰："城郭猶是人民非，何不學仙冢累累"，楚接輿之歌曰："鳳兮鳳兮，何德之衰！往

> 者不可諫，來者猶可追”，古儒家之歌曰：“青青之麥，生於陵陂。生不布施，死何用含珠爲”，漢田家之歌曰：“種一頃豆，落而爲萁。生不行樂，死何以虛謚爲”，元亮曰：“時運而往矣”，逸少云：“死生亦大矣。”此與“春非我春”、“日新又新”皆爲前哲之良規。然則今日之日兮，當以一刻千金爲要素；明日之日兮，當以寸陰尺璧爲前提。梁夫子，勿我訶！帖不必摹臨河，圖不必仿上河。試問百年之間，癸丑能有幾？正恐中年以後，上巳還無多。何况今日之共和，遠非昔日之共和。國曰支那，土曰婆娑。歷曰婁羅，時曰刹那。捧劍有金人，流觴有玉女。卧冢無石麟，流涕無銅駝。“慶雲爛兮，糺縵縵兮”，再聽明日之國歌，有酒不飲意如何！

蓋詩之詭誕極矣，所以寄鬱勃之思也。時袁世凱爲大總統，次子克文以才捷愛幸，順鼎秉意投契，屢與譚讌，如楊修之於曹植焉。作《寒雲茗話圖記》曰：

> 南海有亭，題額曰流水音者，蓋禁籞勝地，瀛臺比鄰，而在今爲寒雲主人讀書之所也。水隔衣帶，睇儀鸞殿而可招；塢藏畫船，疑倚虹堂之在望。軒檻掩映，房櫳窈深，宜青緑以畫山，非丹朱之罔水。宋人詞云：“檀欒金碧，婀娜蓬萊。”斯境似焉。爰有翠松磊砢，争學虬翔；素瀑潺湲，時窺蝯飲。石皆削立，將睹日觀之峯；泉盡伏流，直探星宿之海。距龍樓鳳闕而近，在鸚洲凫渚之間。主人讀書其中，問寢多暇，於是命儔嘯侶，挈榼提壺，招甫白以論文，延荆關而讀畫。滄江虹月，若登米家之船；紫泉烟霞，不下隋宫之鎖。豈意軒冕之内，有此俊人！但覺圖書以外，無他長物。忘駒陰之移晷，樂麈尾以談玄。老聃所稱：“雖有榮觀，燕處超然”；道林所言：“雖在朱門，如遊蓬户”；以今方古，殆過之矣。時則玄冥司契，旰光執權，驗澤腹而既堅，卜天心而漸復。水失環珮，猶疑有聲；冰成琉璃，誤認爲地。尋詩而緣磴道，如鶴一一以上天；照影而立橋陰，無魚六六之可數。觴詠將倦，談諧復生。鄉環如虎之犬，不使卧乎階前；漢祠如龍之馬，不許駕乎門外。方其攝影也，主人如欲振衣千仞岡；方其臨池也，衆賓如欲濯足萬里流。及執節益恭，則主人匔匔然如冬涉淵；及其推襟盡歡，則衆賓熙熙然如春登臺也。夫尊嚴之所，罕接章縫；華膴之胄，不親山澤。窮魚

濡沫，每相呴於江湖；候蛩感秋，始争吟於圜砌。若乃香草十步，馨桂一山；人望如神仙，自視若寒素。去天不盈尺，而謝韋杜二曲之紛華；爲地僅方丈，而收壺嶠三山之佳勝。寒山千尺雪，奪席宧光；廬嶽一囊雲，争墩寧獻。其相較也，不已多乎？其人乃屬汪子鷗客作圖，而余爲之記。癸丑仲冬十日。

其後袁氏僭帝，而順鼎閒居日下，貧不能自存。克文問：“君能屈志小就否？”對曰：“枯魚入水，豈遑擇流？窮鳥奔林，烏暇問木？”遂薦爲印鑄局参事，兩權印鑄局長，志滿意得，狂喜欲絶。亦作詩以自寫其幸。既而帝制事敗，袁氏發恨死，克文南行，而順鼎侘傺失志，浮泊京師。又以日者言：“壽不過五十九。”歌場舞榭，放蕩益甚。賦《買醉津門雪中》成詠三絶云：

焉知餓死但高歌，行樂天其奈我何？名士一文值錢少，古人五十蓋棺多。

訪戴尋梅意略同，樓臺寂寞水晶宫。小車出没飛花裏，疑是山陰夜雪蓬。

雪水斟來置竹爐，歌姬院裏著狂夫。平生陶穀韓熙載，乞食烹茶畫兩圖。

士夫誦而悲之。以民國九年卒，年五十有九。

順鼎與樊增祥，同一好爲綺語，形諸歌詠。而增祥持躬清謹，不如順鼎之恣娱聲色。然增祥潦倒晚景，一同順鼎之侘傺末路。道路傳言，謂增祥之未病也，國民軍初定北平，有新貴爲母壽；各要人擬製屏，欲得增祥文。增祥老壽，未能戒之在得；世亦知其貧而原之。乃於新貴之母，則以爲特件，索潤甚奢，且須先潤後墨。居間者謂：“送屏諸人，皆有身分；豈有食言不餽之理？若必先潤，未免予人難堪。”增祥乃勉成一文。不意送屏者以此大不快，序成，謂不合格，退還。增祥自以文有大名，遭此奇辱，發憤遂病，倚榻成《罪己》詩，中有“錢可通神亦載鬼，方知文字不療貧”之句。既死，其友人綿竹曹經沅纕衡爲治喪，輓詩曰：“句多詼詭寧諧俗，文漸頹唐祇爲貧。”略迹論心，出以斡旋。而有署快恩讋館主作悼詩，乃云：“傳後原非只易米，潤金兩字誤先生”，直言相規，不祇婉諷矣。

增祥爲詩，驚才絶豔；然祈嚮者不多。杭州三多六橋、丹徒丁傳靖闇公其著也；而三多爲勝。三多稱增祥詩弟子，工於隸事，得其師法。於清末，歷官綏遠都統，庫倫駐防大臣；尤熟於滿蒙各地方言，與故實稍雅馴者，多以入詩；而歌行似增祥，尤似易順鼎；七律似順鼎，尤似增祥。增祥、順鼎愛伶人賈璧雲美，各爲長歌以張之，極侔色揣稱之能事。而三多贈賈詩，獨以少許勝多許；詩云："萬人如海笑相迎，月扇雲衫隱此生。我惜賈郎仍不幸，倘逢劉季亦良平。"以張良貌似婦人女子，陳平美如冠玉，皆子都宋朝之美，非西施鄭旦之美，可謂擬於其倫。又贈羅惇曧詩有句云："人品如西晉，家居愛北平"，穩稱雅切，咸得增祥師法。

增祥與易順鼎詩學温、李，而轉益多師，變化自我。時則有專學李商隱者，當推湘鄉李希聖、吴縣曹元忠兩人爲著。希聖，字亦元，光緒壬辰進士，官刑部主事。庚子之亂，著有《拳匪傳信録》，自肇亂至於西狩，不及萬言，能盡情變，自負可追王闓運《湘軍志》。通籍後，始學爲詩，有作必七律，以玉溪生自許；著有《雁影齋詩存》，中《湘君》一篇，爲光緒帝珍妃而作也。珍妃不悦於慈禧太后，將西狩，呼之出，投井中死；詩以哀之，其辭曰：

> 青楓江上古今情，錦瑟微聞嗚咽聲。遼海鶴歸應有恨，鼎湖龍去總無名。珠簾隔雨香猶在，銅輦經秋夢已成。天寶舊人零落盡，隴鸚辛苦説華清。

希聖每喜自譽其詩，嘗自舉其得意之作，誦一絶句曰：

> □□重逢又十年，雲門風物尚依然。楊花瘦盡桃花落，開到酴醿更可憐！

自言："其鄉雲門寺旁，鄭氏三女，皆有色；長者嫁一兵，次嫁賈人，先死；三者尤豔，感而題壁。"而與後來爲歐陽君重《題吴楚兩生圖》一絶格調相同。辭曰：

> 京兆相逢俠少場，吴生落拓楚生狂。短衣匹馬横門道，一試郊原春草長。

侯官陳衍曰："'吴生'句正好與'楊花'句作對；而後詩尤俊逸。"每許其詩，謂可肩隨元之薩天錫云。

曹元忠，字君直，號夔一，光緒甲午舉人；以詞有名，詩不常作，學玉溪生，工處時出雁影齋上，專事摘艷薰香，託於芬芳悱惻，有《北遊小草》。如《贈天韻閣主》二律曰：

碧玉小家女，青樓大道旁。楊花生命薄，李樹代誰僵。涼笛縈煙思，秋衣怨夕香。南湖好風月，端合住鴛鴦！

誤入華鬘劫，回頭計總差。樓前盡珠翠，門外卓金車。風響衣交串，日嬌裙透花。誰知紅燭夜，背坐泣琵琶。

可謂工整綿麗矣。

順鼎既逝，增祥亦老。而用薰香摘艷之詞，抒感時傷事之旨，由李商隱沿洄以溯白居易、杜甫，而詩史自命，譽滿江左者，則有楊圻焉。

楊圻，原名鑒瑩，字雲史，江蘇常熟人。父崇伊，字莘伯，光緒庚辰進士，授編修，由御史外放漢中府知府。圻少負不羈之譽，與元和汪榮寶、江都何震彝及同縣翁之潤，皆以名公子擅文章，號江南四公子。年十七，娶大學士直隸總督李鴻章女孫，就館甥焉。通州范當世爲幕府上客，見其詩出入温、李，歎曰："楊郎清才!"二十一歲，以秀才爲詹事府主簿，道揚州，遇老伶工蔣檀青，嘗侍文宗於圓明園，追話恩幸，不覺泣數行下；爲賦《檀青引》而弁以傳，自負絶豔警才，不在王闓運《圓明園詞》之下。長沙張百熙誦之，謂江東獨步；遂以詩有盛名，而自署曰江東楊圻云。其辭曰：

蔣檀青，京師人，其先越産也。善彈箏吹笛，工南北曲；文宗時，樂部推第一。長安名士宴賓客，非檀青在座則不歡。初，高宗建圓明園於京師西北，園景宏麗。時海宇宴安，府庫充牣，高臺深地，極遊觀之樂；歲以首夏幸園，冬初還宫；歷仁宗、宣宗以爲例。文宗時，梨園尤盛；設昇平署以貯樂工，内務府掌之；設南府，命樂工教内監之秀穎者習歌舞。當夫棠梨春晚，梧桐秋末，萬幾之暇，輒召兩部奏新曲。檀青發喉，則天顔懌霽，賞賚過諸伶。文宗中葉，粵匪據金陵，捻匪擾皖豫；英法齟齬，與戰不利；東南多事，海内騷然。上抑鬱不樂，稍近聲色。總管圓明園事務大臣文豐方寵盛，承旨遣人采江浙美女以進，更廣治臺沼以居之。諸姬皆漢人，殊色善歌舞。咸豐十年七月，英法聯軍犯天津；勝保與戰，敗績；敵長驅入北京。時秋暑猶盛；上方與諸美人避暑福海，蕩木蘭之舟，歌涼風之曲；聞變，於八月八日，倉猝率后妃皇長子巡幸木蘭。詔恭親王留守京師。奸民李某導聯軍劫圓明園，珠玉珍寶盡出，三朝御府希世之物，不知紀極；掠殆盡，擇其尤者以奉英法軍；縱火焚宫殿，火三日不息；諸美人不知所終。文豐北向再拜，投福海，死之；從者郎員數人。恭親王既議和於禮部；事定，檀青乃赴行在；明年七月，文宗皇帝崩於避暑山莊行殿；梓宫奉安，返京師；嘗於暮春入園，帝所居山高水長、朗吟閣、環碧亭、無邊風月閣、聽鶯館、無盡意軒、麗矚軒、影湖樓及諸美人院，赭壁參差，不可指辨；惟福海潺潺，鳥啼花落而已。慟哭出，不忍再往。從人遊江南；江淮間亂，無所業；檀青抱箏沿門賣曲爲活。迄穆宗中葉，湘淮軍克金陵，平捻匪，東南定，再見中興；而檀青貧，終不得返京師。京師方重靡靡之音，無工崑曲者；於是諸伶中，亦無有知檀青姓氏者矣。朝廷稍稍聞圓明園之燬，禍由李某，下獄窮治，誅之；籍其産以賜文豐家屬焉。後三十餘年，而東吴楊雲史年二十一，游廣陵，宴客平山堂。江山春暮，花絮際天，乃命絲竹以佐詩酒。坐上遇檀青，知余之自京師來也，清歌一聲，彈箏一曲，白髮哀吭，淚隨聲下。問所哀，爲余述宫中事甚悉，言："咸豐九年三月某夕，牡丹堂牡丹盛開。月出，上勅諸美人侍夜宴，置酒賞花於鏤月開雲之臺。春寒未解，以紫貂薦地，寶炬千百，珠翠瑟瑟，靚妝如雲；召宴明皇沈香亭故事數折。花月之下，春光如醉，歌聲遏雲，不能自已。上顧諸美人嗟賞，賜伽楠牟尼、碧玉帶鈎各一事，西洋文錦兩襲。内官引余跪花陰謝恩，春露滴雲鬟，舞衣猶未脱也。由今思之，四十餘年矣。每念先皇恩，如隔世事。"因歎曰："從此以往，無復此樂矣!"言已欷歔。余亦愀然。時光緒乙未四月也。今歲秋，復見之青溪花舫，哀音愴愴，益老矣。嘗讀少陵《逢李龜年》詩，於流離之況，寄國家之感。余悲檀青之與龜年，同一流落也；乃爲傳而長歌之。丁酉冬十月，識於京師。

江都三月看瓊花，寶馬香輪十萬家。一代興亡天寶曲，幾分春色玉鈎斜。玉鈎斜畔春色去，滿川煙草飛花絮。都是尋常百姓家，欲問迷樓誰知處。高臺置酒雨溟溟，賀老彈詞不忍聽；二十五絃無限恨，白頭猶見蔣檀青。雕欄風暖凝絲竹，筵上驚聞朝元曲。其時雨脚帶春潮，江南江北千山緑。朱絃斷續怨滄桑，望帝春心暗斷腸；欲説先皇先墜淚，千言萬語總心傷。坐客相看共嗚咽，金徽彈罷愁難絶；同時傷春事不同，飄零身世何堪説！家在京師海岱門，少年往事不堪論；旗亭舊日多名士，北海當年侍至尊。太行北盡仙園起，靈臺縹緲五雲裏。年年豹尾幸離宫，百官扈從六宫徙。萬户千門魚鑰開，柳煙深淺見蓬萊。妝樓明鏡雲中落，别殿笙歌晝裏來。祖宗旰食勤朝政，百年文物乾坤定。萬方鐘鼓與民同，九重樂事怡天聽。建康殺氣下江東，百二關河戰火紅；猿鶴山中啼夜月，漁樵江上哭秋風。軍書旁午入青鎖，從此先皇近醇酒；花萼樓前春晝長，芙蓉帳裏清宵久。三山清月照瑶臺，夾道珠燈擁夜來。一曲吴歌調鳳琯，後庭玉樹報花開。臨春結綺新承寵，玉骨輕盈珍珠重。避面寧教妒尹、邢，當筵未許憐張、孔。太液春寒召管筵，官家小宴杏花天。昭陽宫裏春如海，五鼓初傳《燕子箋》。鞓紅照睡繁華重，絶代佳人花扶擁。南府新聲妒野狐，昇平獨賜龜年俸。夜半青娥掃落花，深宫月色照羊車。庸知銅雀春深事，留與詞人賦館娃！當時海内勤王事，慨慷誓師有曾、李。未見江頭捷旗來，忽聞海畔夷歌起。避暑温殿夜氣清，宫花露冷月華明。驚心一曲《長生殿》，直是漁陽鼙鼓聲。延秋門外黄昏路，城闕生塵妃嬪去。穆王從此不重來，馬上天顔頻回顧。來朝胡騎繞宫牆，凝碧池頭踞御床。昨夜《采蓮》新製曲，月明多處舞衣涼。太白睒睒欃槍吐，雲房水殿都凄楚；咸陽不見阿房宫，可憐一炬成焦土。和戎留守有賢王，八駿西幸入大荒。金粟堆空啼杜宇，蒼梧雲冷泣英皇。居庸日落離宫暮，北望幽州空煙樹。初聞哀詔在沙丘，已報新君歸靈武。鼎湖龍静使人愁，福海悠悠春水流。山蝶亂飛芳樹外，野鶯啼滿殿西頭。梨園寂寞閉煙雨，百草千花愁無主！漢家仙掌下民間，秦宫寶鏡知何處。玉泉山下少人行，瓊島春陰水木清。獨有漁翁斜月裏，隔牆吹笛到天明。繁華事散堪悲慟，玉輦清游憶陪從。明年重過德功坊，梨花落盡柳如夢。小臣掩面過宫門，犬馬難忘故主恩。檀板紅牙今落魄，尋常風月最銷魂。十年血戰動天地，金陵再見真王氣。南部煙花北地人，天涯那免傷心淚。武帝旌旗滿九州，湘淮諸將盡封侯。兩宫日月扶雙輦，萬國車書拜五洲。獨有開元伶人老，飄泊秦淮鬢霜早。夜夢簾間唱謝恩，玉階叩首依宫草。餬口江淮四十年，清明寒食飛花天。春江酒店青山路，一曲《霓裳》賣一錢。君問飄零感君意，含情彈出宫中事。亂後相逢話太平，咸豐舊恨今猶記。憐爾依稀事兩朝，千秋萬歲恨迢迢。至今煙月千門鎖，天上人間兩寂寥。

情詞哀亂，音節蒼涼，令人低徊欲絶。其後江南詞人盧前字冀野，爲撰《琵琶賺雜劇》者也。自是圻遊宦京師，少年跳踉，遇大俠王正誼，傾心交驩。光緒二十六年庚子，八國聯軍入京；君相以下，逃徙一空；而正誼獨以匹夫禦敵死。乃賦《哀大刀王五》而系以序曰：

王正誼，字子彬，回教人；少爲盜，出没燕豫秦隴間，稱大刀王五，吏莫能得。所取皆贓賄，得財濟貧困，稱義盜。因案自首。有司嘉其義，薄責，釋之。乃設鏢局於京師，以保運輜重爲業；立子彬旗，數千里無警也。折節下士，喜近名流文人。戊戌春，余識之，時過從。余居京師久，習與士大夫游；與子彬言，乃與世殊；豁如也。庚子，死於拳匪之亂。多軼事，世多記載之。長眉豪氣，今拱木矣！

長安誰健兒？王五四海友。高顙貫大鼻，河目膽如斗。策馬過其門，遮客不得走。大臂如巨椽，持我坐並肘。呼妻出見客，布衣椎髻婦。殺雞具麪餅，酌我巨觥酒。大聲談刀劍，眼光忽左右。自言："少年事，談笑殺人夥。天下多奸吏，安得盡授首！悖入不悖出，此理天不取。男兒貴坦白，爲盜何足醜！英雄如落日，忽焉已衰朽。"我時方弱冠，聞言前席久。問以刀劍術，大笑握我手："公子好書生，才智得未有。一人何足敵，六經乃真守。豚兒令讀書，君能教之否？世道促浩劫，飢寒十八九。天下一指掌，有事十年後。"斯言猶在耳，斯人木已秀。真氣見肺肝，愧死肉食臭。乃知山澤間，奇士或一覯。人生共天地，流品何薄厚。苟不知禮義，衣冠有禽獸！

圻頗尚氣好奇，優伶俠少，咸與推誠；而頗不慊意士大夫。二十七歲，爲户部郎中，舉光緒壬寅順天鄉試，爲南元；調郵傳部，主稿，薪優冠京曹。顧默察同官多海内才俊，所爲類胥吏瑣屑事，而干請徵逐，終日皇皇然；覺今日所謂用者，在此不在彼。而矯其弊者，且爲異説詭行，舉倫常禮法制度文物，百世之大防大經，一切摧陷爲快；曰："將以求治也。"才智之士，則揚波而煽焰焉；其勢寖至反道敗德，殆哉岌岌。而執政大吏，且薦拔如不及，以爲斯人不出，如蒼生何！迺歎或者古今事殊，俯仰咸不自得。而聞南洋羣島有海山之勝，中國人數十萬居之，長子孫焉。心壯而慕之，請於外部，奏充英屬南洋領事，駐新嘉坡。所居頗幽勝，水木數里，風月清夜，孤島絶壁，高詠獨嘯，不知人間何世。既而辛亥國變，自以弱冠從政，事德宗者十二年，事幼帝者三年，棄職歸里。常熟山水秀絶吴中。圻於是營繕園林，尤愛種梅，多高出於檐。繼娶徐，豔而有文；夫婦吟嘯，圻有"一囊詩句但謀妻"之句。帶甲滿地，天下無乾淨土。而圻則林卧江鄉，寂寞人外，玩婦弄兒，若將終身焉。江西督軍陳光遠以民國九年十月，延致之幕，請爲祕書。張宗昌方據袁州；光遠患其逼也，謀逐之。圻以重苦民，諫毋用兵。既而宗昌敗走，士民流離數郡。光遠乃以十年正月爲所部陣亡將士開追悼會。圻輓聯曰："公等都游俠兒，我也得幽燕氣，可憐北去滯蘭成，聽鼙鼓一聲，愴然出涕；醉後摩挲長劍，閑來收拾殘棋，慚愧西來依劉表，看春江萬里，别有傷心。"又賦《南昌軍幕感懷》詩，有句云："白骨如山諸將貴，黄金滿地五丁愁。"哀時憂民，人争傳誦。有以告光遠者，謂譏其佳兵而好貨也；且曰："楊祕書欺我輩不識字，至敢以劉表擬公，謂公終如表讓成都耳。"光遠慚怒，拍案起曰："我不薄雲史，何辱我！"方張樂設飲，遽命罷。座客愕然，爲圻解言："讓成都，是璋非表。表官江右，爲漢末八俊。"終不解。一客憤，取《表本傳》趨入，擲案上曰："談何容易做劉表！"光遠閲之，乃釋然曰："我過矣！"圻即草牘乞放歸曰："圻東吴下士；將軍謬采虚聲，致之幕府，時陪閣公之座，遂下陳蕃之榻，頗思盡其愚悃，有裨萬一。得山妻徐書，謂'園梅盛開，君胡不歸！'不禁他鄉之感。復動思婦之懷。清輝玉臂，未免有情；疏影高窗，亦復可念。清狂是其素性，故態因之復萌，敢效季鷹煙波之請，乞徇林逋妻子之情，予以休假，遂其山野。庶白雲在山，靚妝相對，此中日月，亦足爲歡；則將軍之賜也！"明日，遂行。光遠知不可留，則致賮千金。及門，閽者曰："渡江矣！"光遠意亦悵然。圻之行也，道出九江，遠遊匡山之黄龍寺。僧問姓字已；曰："公非别有傷心之楊祕書乎！"會吴佩孚以兩湖巡閲使，奉曹錕之命，督師攻趙恒惕於湖南，駐宜昌；聞圻名，電招入幕。佩孚起家諸生，頗以文字相賞會；自是一心奉事，稱曰主公。佩孚既取岳州，與趙恒惕媾和以解，歸練兵洛陽。而圻以祕書長從，覩盜賊橫行，官利民懦，感懷愴然，賦《哀中原》以獻；辭曰：

賊來復官來，旦夕命如絲。嗟乎大河南，手足將安施！近年盗如毛，數數攻城池。飄忽若風雨，流亡滿澤陂。大郡如臨敵，小縣聞聲馳。飽掠復他去，空城棄如遺。狐狸出以晝，貔貅守其雌。婦女走山谷，老弱化爲胔。千里絶炊煙，午夜無啼兒。大索良家子，獰笑令納貲。贖命妻子切，救子父母慈。置身刀俎上，悉索焉避辭；豈不惜傾家，求免虎口飼；平時聚斂才，驅雀惟恐遲。此時官何往，哀呼寧或知。資賊在苟免，猶得留銖錙。忽聞官已至，民喜忘其飢。官曰“爾通賊”，結舌莫置詞。喘息猶未定，俯就獄吏笞。亂後四壁立，賂贖將何資？賊來官先去，賊去官殺之。獻俘上大吏，加爵功有差。賊去已經年，城中何伏尸。所望父母心，后來乃若茲！死官不死賊。良民理如斯，哀哀河南民，爾曷生今時？爾生不如死，死矣則莫悲！

佩孚讀之震怒，任馬志敏、田維勤、靳雲鶚、丁香玲爲四司令，分區兜勦，誅渠魁張國威、范明新；民稍安枕焉。佩孚方以武力統一爲國是；而圻則哀大盜竊發，彊藩割據，莫不以革命爲名，脅制衆心；遂有詩曰：“歷數豈有歸，英雄徒虛僞。天意本無常，人事亦何爲！得土必殺人，螳雀争覦覬。一姓豈終極，孤城幾易幟；寧令萬骨枯，成我數年事。所謂吊伐心，大盜勝者貴；逐鹿滿今古，心跡豈同異。哀哉衆生靈，浩劫將焉避！”可謂慨乎言之；佩孚亦不罪也。自是山海關之戰，雞公山之役，黄州、岳州之走，佩孚罷於奔命；而圻則間關相從，無役不與。佩孚再起不振，而圻則依佩孚而名益重，詩酒倜儻，每有作，争相傳寫，稱曰“詩史”，媢曰“詩閥”焉。刊有《江山萬里樓詩鈔》十三卷，而佩孚爲之序，分少年、壯年、中年、强年四集；欲以力振唐音，不落宋人啞澀主體。所作七古皆長慶體，自《檀青引》以外，如《金谷園曲》、《天山曲》、《長平公主曲》，緣情綺靡，直欲突過梅村。而《天山曲》長數千字，紀香妃事，自有七古以來，無此長篇也。特是彈冠新朝，猥託攀髯之痛；委身强藩，特多阿諛之辭；進退失據，殊有足爲詩史之玷者焉。此外元和汪榮寶，字袞甫，入民國，爲日本公使多年。在昔嘗官京曹，與曹元忠及常熟張鴻璠隱往還，從事西崑，相戒毋作西江語，有《西磚酬唱》之集；西磚者，張鴻所居胡同名也。故其少壯之作，隱約縟麗，神肖玉溪；及後乃參取異派之長，致力於荆公、山谷、宛陵、后山諸集，其清超遒上，詩境益進；鄭孝胥亦稱其工。然西崑面目，固猶蜕之未盡也。而常熟有楊无恙讓漁者，學玉溪而能變；所刊《无恙吟稿》，隱文譎喻，義歸翰藻，而亦頗擺脱陳法，自出手眼；陳三立蓋亟許之云。

2. 宋　詩

陳三立（附：張之洞、范當世、及子衡恪方恪）——陳衍（附：沈曾植）——鄭孝胥（附：陳寶琛、及弟孝檉）——胡朝梁——李宣龔（附：夏敬觀、諸宗元、奚侗、羅惇曧、羅惇㬈、何振岱、龔乾義、曾克耑、金天羽

陳三立，字伯嚴，江西義寧人；晚築室金陵，署曰散原精舍，又稱三原老人；故湖南巡撫寶箴子也。少而文，有風概，與湖北巡撫譚繼洵之子嗣同，福建巡撫丁日昌之子惠康，提督吴長慶之子保初齊名，天下稱四公子。而三立早爲故侍郎出使英法大臣湘陰郭嵩燾所知，集中《留别墅遣懷詩》所稱“綺歲游湖湘，郭公牖我最；其學洞中外，孤憤屏一世”者也。光緒丙戌進士，官吏部主事，不坐曹，侍父湖南巡撫任。天懷湛發，志意尤瓌瑋，嘗思振挈摧頹，幸贊乃父，作新百度。戊戌政變，三立以名公子與康有爲、梁啓超交關中外作氣勢，聲稱藉甚。而四品卿軍機章京楊鋭、劉光第又皆因寶箴薦以達德宗，既以騈誅；慈禧太后碁之甚，褫父子職。遂侍父歸南昌；而寶箴以光緒二十六年庚子夏，聞拳匪之亂。發憤死。既而兩宫回鑾，黨禁稍解，遂移家金陵；自是肆力爲詩，陶寫情性，呼之欲出。有《遣興》一律云：

而我於今轉脱然，埋愁無地訴無天。昏昏一夢更何事，落落相看有數賢。懶訪溪山開畫軸，偶耽醉飽放歌船。詩聲尚與吟蟲答，老子癡頑亦可憐！

又有《城北道上》一律云：

磊礫新馳道，晴霆疊馬蹄。屋陰銜柳浪，裾色潤瓜畦。詣客能

相避，偷閒亦自迷。歸棲枝上鵲，爲我盡情啼。

又《至滬訪鄭太夷》云：

生還真自負，雜處更能安。意在無人覺，詩稍與世看。所哀都赴夢，可老得加餐。吐語深深地，吹裾海氣乾。

三詩乃庚子以後移寓金陵作，真氣旁薄。不假雕飾，沈憂積毀中，乃能吐屬閒適如此。蓋三立爲詩學韓愈，既而肆力爲黄庭堅，避俗避熟，力求生澀，與薛士龍季宣絶似。然其佳處可以泣鬼神，訴真宰者，未嘗不在文從字順中也。而荒寒蕭索之境，人所不道，寫之獨覺逼肖，而壹出自然，可謂能參山谷三昧者。其題《豫章四賢象搨本》第三絶云：

駞坐蟲語窗，私我涪翁詩。鑱刻造化手，初不用意爲。

世人只知以生澀爲學庭堅，獨三立明其不然，此所以夐絶人人。其《爲濮青士觀察丈題山谷老人尺牘卷子》曰：

我誦涪翁詩，奥瑩出嫵媚。冥搜貫萬象，往往天機備。世儒苦澀硬，了未省初意；麤迹掙毛皮，後生渺津逮。書何獨不然，筆法摹訛僞；九州炫贋本，蛇蚓使眼睇。巖搨亦損真，略具銀鉤勢。望古忝邑子，遺墨期購致。隣寺守傳幅，號稱小三昧。髫髻轉郡國，坐失摩挲地。屬聞散人家，居奇千金利。濮叟騷雅宗，襲珍辱持示。阿誰乞伽佗，想見娱游戲。風日發光妍，珠璣藴温粹。宛窺虞柳全，漸拾羲獻墜。鋒鋭斂沖夷，乃副儒者事。取證内外集，波瀾與莫二。得此誇家難，政爾適寤寐。後有五百年，永寶十行字。劣詠汙敗毫，憑叟哂以鼻。

蓋論定黄氏，有不同人云亦云者。嘗以宣統元年刊《散原精舍詩》二卷，鄭孝胥序其耑曰：

伯嚴詩，余讀至數過，嘗有越世高談自開户牖之歎。己酉春，始欲刊行，又以稿本授予曰："子其爲我擇而存之。"余雖喜爲詩，顧不能爲伯嚴之詩，以爲如伯嚴者，當於古人中求之。伯嚴乃以余爲後世之相知，可以定其文者耶？大抵伯嚴之作，至辛丑以後，尤有不可一世之概。源雖出於魯直，而莽蒼排奡之意態，卓然大家，非可列之江西社裏也。往有鉅公與余談詩，務以清切爲主，於當世詩流，每有"張茂先我所不解"之喻；其説甚正。然余竊疑詩之爲道，殆有未能以清切限之者。世事萬變，紛擾於外；心緒百態，騰沸於内；宫商不調而不能已於聲，吐屬不巧而不能已於辭；若是者，吾固知其有乖於清也。思之來也無端，則斷如復斷，亂如復亂者，惡能使之盡合？興之發也匪定，則倏忽無見，惝怳無聞者，惡能責以有説？若是者，吾固知其不期於切也。並世而有此作，吾安得謂之非真詩也哉！噫嘻，微伯嚴，孰足以語此！

此孝胥贈樊增祥詩所稱："嘗序伯嚴詩，持論闢清切"者也。序中鉅公，即指南皮張之洞也。晚清名臣能詩者，前推湘鄉曾國藩，後稱張之洞。國藩詩學韓愈、黄庭堅，一變乾嘉以來風氣，於近時詩學有開新之功。之洞詩取歐陽修、蘇軾、王安石，宋意唐格，其章法聲調，猶襲乾、嘉諸老矩步，於近時詩學有存舊之思。國藩識巨而才大，寓縱横詼詭於規矩之中，含指揮方略於句律之内，大段以氣骨勝，少琢鍊之功。而之洞則心思緻密，言不苟出，用字必質實，勿纖巧；造語必渾重，勿吊詭；寫景不虚造，叙事無溢辭；用典必精切，不泛引，不闘湊；立意必己出，毋襲故，毋阿世；稱心而出，意不求工；刊落纖濃，寧質勿綺；雖以風致見勝處，亦隱含嚴重之神，不剽滑；其生平宗旨，取平正坦直，最不喜黄庭堅，題其集曰："黄詩多槎牙，吐語無平直；三反信難曉，讀之鯁胸臆。如佩玉瓊琚，舍車徒荆棘；又如佳茶荈，可啜不可食。子瞻與齊名，坦蕩殊雕飾。"幾於徵聲發色，不啻微言諷刺；而見詩體稍僻澀者，則斥爲江西魔派，不當意也。三立嘗從之洞遊南京燕子磯，有《九日從抱冰宫保至洪山寶通寺送梁節庵兵備》一律云：

　　嘯歌亭館登臨地，今日都成隔世尋！半壑松篁藏梵籟，十年心迹比秋陰。飄鬚自冷山川氣，傷足寧爲卻曲吟。作健逢辰領元老，下窺城郭萬鴉沈。

詩在三立爲最清切之作，而之洞誦之，哂曰："元老那能見領於人！"又稱"逢辰"二字爲不經，"逢辰"二字，陳師道、朱熹常用之。蓋亦不解之一。然之洞督鄂之日，嘗聘三立校閲經心兩湖書院卷，先施往拜，備極禮敬。而三立亦稱之洞詩重厚寬博，在近代諸老之上焉。

三立之詩，晚與鄭孝胥齊名；而蚤從通州范當世游，極推其詩；以當世亦學黄庭堅也。當世嘗録示《甲午客天津中秋玩月》之作。三立誦歎絶曰："蘇黄而下，無此奇矣！"因酬以詩稱"吾生恨晚數千歲，不與蘇黄數子游。

得有斯人力復古，公然高詠氣橫秋”者也。當世困阨寡諧，一出客直隸總督李鴻章所，意氣甚驩。既更世難，抑鬱牢愁壹發以詩，有《范伯子詩集》，工力甚深，下語不肯猶人，峻峭與三立同。而三立筆勢壯險，髣髴韓愈、黃庭堅。當世意思牢愁，依稀孟郊、陳師道。顧三立喜之特甚，爲子娶當世女，有《衡兒就滬學須過其外舅肯堂通州率寫一詩令持呈代柬》一律云：

吾嘗欲著藏兵論，汝舅還成問孔篇。此意深微竢知者，若論新舊轉茫然。生涯獲謗餘無事，老去躭吟儻見憐！胸有萬言艱一字，摩莎淚眼問青天。

志意牢落可想。蓋三立名公子，既蹉跌不用，然不能忘情經世，則一發之於詩。其《甲辰感春》詩云：

雜置王霸書，其言綜治亂。慷慨一時畫，指列亦璀璨。世運疾雷風，幻轉無數算。冥冥千歲事，孰敢恣臆斷。况當所遭值，文野互持半。垂示不過物，道苦①就羈絆。又若行執燭，迎距光影判。倍譎勢使然，安能久把玩？巍巍孔尼聖，人類信弗叛。劫爲萬世師，名實反乖謾。起孔在今茲，舊說且點竄。摭彼體合論，差協時中贊。吾欲衷百家，一以公例貫。與之無町畦，萬派益輸灌。國民如散沙，披離數千歲。近儒合羣説，嘵嘵徒置喙。無當下民心，反脣笑以鼻。“痌瘝本非我，我愛焉所寄。”

生今探道本，亦可決向避。天地有與立，綢繆非細事。吾尤痛民德，繁然滋朋僞。東掖蹞於西，寧獨窒厥智！環球懸宗教，始賴繕萬類。厮養煬竈間，上帝臨無二。俗化得基礎，然後圖明備。嗟我號傳孔，梓潼雜兒戲。回釋既浮剽，耶和益相懟。嚮見龍川翁，組織別樹幟。謬欲昌其説，用廣師儒治。惜哉畏彈射，又倚厭世義。徒黨散四方，杳茫竟誰嗣！

咄嗟渤海戰，樓櫓湧山嶽。長鯨掉巨蛟，咋死落牙角。騰挾三島鋭，其勢病②飛雹。立國何小大，呼吸見强弱。稍震邦人魂，酣夢徐徐覺。方今鏖羣雄，萬鈞操牡鑰。之死而之生，妙巧詎苟託。醉飽視息地，一吷颷掃籜。奮起刀俎間，大勇藏民瘼。茲事動鬼

① “苦”爲“若”之訛字。
② “病”爲“疾”之訛字。

神，躍與淚血薄。一士滄瀛歸，蒼黄發裝橐。攜取太和魄，佐以萬金藥。曰"舉國皆兵"，曰"無人不學"！

皆戛戛生新而絶不爲鈎棘者！然辛亥國變以後，則詩體一變，錯於杜、梅、黄、陳間矣。《癸丑由滬還金陵散原别墅雜詩》云：

入門成生還，躊躇顧室廬。凝塵掃猶積，陰蘚侵階除。几案未改位，籤架稍紛拏。檐間新巢燕，似訝客曳裾。貓犬飢不還，帙落乾死魚。紙堆棄遺札，略辨誰某書。因嗟鬨變始，所掠半爲墟。長旗巨刃前，守者對欷歔。就撫手植樹，汝留劫燼餘！

夙戀山水區，辛勤營此屋。草樹亦繁濃，頗欣生意足。移居席未暖，烽燧已在目。提攜卧疾雛，指星庇海曲。棲息屢改火，奮身看新築。四望帶城陴，春氣染花竹。狹巷聞賣漿，居鄰唤黄犢。卸裝此盤桓，倏駭萬霆逐。窗壁爲動摇，坐立幾俱仆。地震兼鳴嘯，平生所歷獨。夜中震復然，破寐叫庸僕。置彼災祥説，一枕百憂續！

鍾山親我顔，鬱怒如不平。青溪繞我足，猶作嗚咽聲。前年恣殺戮，屍横山下城。婦孺蹈藉死，填委溪山盈。誰云風景佳，慘憺弄陰晴。檐底半畝園，界畫同棋枰。指點女牆角，鄰子戕驕兵。買菜忤一語，白刃耀柴荆。側跽素髮母，拏①嬰哀哭并。叱咤卒不顧，土赤血奔傾。夜樓或來看，月黑燐熒熒。

前兩首叙述曲折，後一首鬱怒嗚咽；革命之師，號曰吊民；而兵驕民殘，可謂極繪寫之能；誦者恍若聞覩焉。

初三立之移家金陵也，日從兩江總督端方遊，評品書畫，意氣甚驩。端方將具疏復其官。三立堅辭，慨然知時不可爲，煩冤離慜，一放於詩。而爲文恣肆奇峻，吴汝綸讀之曰："是欲不立宗派，有意爲曾文正者；然譚何容易！"李希聖則稱其文在陳承祚、范蔚宗之間。而三立自言："余少年名習爲文章，與南豐劉君孚京字鎬仲者遊。而君爲之愈嫥且勤，所治書淫於周秦漢諸子雜家；所爲文亦本之，不闌入唐以後體勢及宗派諸説；與余頗持同異，互標舉掎摭爲噱樂。時君以主事廁刑部，奉入微，頗假士大夫責文吊賀，受

---

① "拏"爲"孥"之訛字。

金贍乏絶。一日，君屬草稿，意蹇産良苦；乃取篋中有所謂《續古文辭類纂》者，涸君几案，謾語以：‘且讀且效爲之！惡有日聒劉子政、班孟堅，賤易鹽米至此乎！’未幾，余去都。君以書告曰：‘用公言，吾所賣文果易就；然累吾文益即卑近者，公也。’余大笑。方是時，海内才俊故舊集輦下，過逢絡繹；而日以道義術業相切礦，晨夕暱語，爲余所兄事而弟畜之者，獨君與豐城毛君慶藩字實君兩人而已！”蓋早歲用事於文之劬且久有如此。顧海内争誦其詩，至真知其文者不多。自隨其父廢退居南昌，閲一年，拳禍作，而父以憂死。乃作《崝廬記》以抒憤曰：

西山負江西省治，障江而峙，横亘二三百里，東南接奉新、高安諸山，北盡於彭蠡，其最高峯曰蕭壇，下紛羅諸峯，隆伏緜綴，止爲青山之原，吾母墓在焉。墓旁築屋，前後各三楹，雜屋若干楹，施樓其上，爲游廊，與母墓相望；取“青山”字相並屬之義，名崝廬。初吾父爲湖南巡撫，痛窳敗無以爲國，方深觀三代教育理人之原，頗采泰西富强所已效相表裏者，放行其法。會天子慨然更化力新政，吾父圖之益自憙，竟用此得罪，免歸南昌。因得卜葬其地。明年，遂葬吾母，穴左亦預爲父壙，光緒二十五年之四月也。吾父既大樂其山水雲物，歲時常留崝廬不忍去，益環屋爲女牆，雜植梅、竹、桃、杏、菊、牡丹、芍藥、雞冠、紅躑躅之屬。又闢小坎，種荷蓄鯈魚。有鶴二，犬貓各二，驢一。樓軒窗三面當西山，若列屏，若張圖畫。温穆杳藹，空翠蓊然撲几榻，須眉帷帳衣履，皆暎黛色。廬右爲田家，老樹十餘虧蔽之，入秋葉盡赤，與霄霞落日混茫爲一。吾父澹蕩哦對其中，忘飢渴焉。嗚呼，孰意天重罰其孤，不使吾父得少延旦暮之樂，葬母僅歲餘，又繼葬吾父於是耶！而崝廬者，蓋遂永永爲不肖子煩冤茹含，呼天泣血之所矣。嘗登樓迹吾父坐卧憑眺處，聳而嚮者山耶？演迤而逝者，陂耶、疇耶！繚而幻者，煙雲耶！草樹之深以蔚耶！牛之眠者鬥者耶！犬之吠，雞之鳴，鵲鴟羣雉之噪而啄、呴而飛耶！然滿目凄然，滿聽蕭然瑟然，長號而下。已而沈冥以思：今天下禍變既大矣，烈矣！海國兵猶據京師，兩宫久蒙塵，九州四萬萬人民，皆危蹙莫必其命。乃益大慟，轉幸吾父之無所覩聞於兹世者也。其在《詩》曰：“誰生厲

> 階，至今爲梗！”又曰：“莫肯念亂，誰無父母！”曰：“凡今之人，胡憯莫懲！”然則不肖子即欲朝歌暮哭，顦悴枯槁，褐衣老死於茲廬，以與吾父母魂魄相依，其可得哉！廬後檐下植二稚桂，今差與檐齊。二鶴死其一，吾父埋之廬前尋丈許，親題碣曰鶴塚。旁爲長沙人陳玉田塚，陳蓋從營吾母墓工有勞，病終峙廬云。

蓋傷戊戌政變之無成功以至於斯也，意有與《甲辰感春詩》相發者焉。然而德宗奉慈禧太后西狩回鑾，遂下詔變法，開學堂，練新軍，籌備憲政，言新政者囂然並起，鹵莽滅裂，而革命隨之，以有民國；目擊傷心，寖又悟變法圖治之未可求速效，急功利之無裨於富强，遂見意於《庸盦尚書奏議序》曰：

> 庸盦尚書既退居滬瀆，乃輯生平敭歷所得奏議，區爲十六卷，授刊竟，命三立序其端。竊維國家興廢存亡之數，有其漸焉，非一朝夕之故也。有其幾焉，謹而持之，審慎而操縱之，猶可轉危爲安，銷禍萌而維國是也。吾國自光緒甲午之戰畢，始稍言變法。當是時，昧於天下之大勢，怙其私臆，激盪馳驟，愛憎反覆，迄於無效，且召大釁，窮無復之，遂益採囂陵之説，用矯誣之術，以塗飾海内外耳目。於人才風俗之本，先後緩急之程，一不關其慮。而節鉞重臣，號爲負時望、預國聞者，亦復奮舌摩掌，揚其瀾而張其焰，曲狥下上狂逞之人心，翹然以自異。於是人紀之防墜，滔天之象成，而大命隨之矣。是故今日禍變之極，肇端雖不一轍，而由於高位厚禄士大夫不遏其漸，不審其幾，揣摩求合，無特立之節，蓋十而六七也。豈不痛哉！尚書當官京兆時，值庚子禍作，躬捍大難。旋督漕淮上，遷河南江蘇巡撫，擢督湖廣，最後爲直隸總督。其爲治務培國本，衈民隱。凡所敷陳，常持大體，度勢所能行，不欺其志。於預備立憲①列上諸疏，尤言人所不敢言。往者三立從湘陰郭筠仙侍郎游。侍郎以爲中國侈行新政，尚非其人，非其時，輒引青城道人所稱“爲國致太平，與養生求不死，皆非常人所能。且當守國使不亂，以待奇才之出，衛生使不夭，以須異人之至”，鄭

① “憲”後脱“政”字。

重低徊以寄其意。侍郎，世所目爲通中外之略者也，其所守如此。時少年盛氣，頗忽而不察。今而知老成瞻言百里，驗若蓍蔡，爲不可易。乃觀於尚書疏語中往復於重綱紀、挽學術、誡變更之繁，匡陵躐之弊，類皆切摯戇直，孤忠謇謇，有可揭日月而泣鬼神者。嗚呼，其於青城道人守國使不亂之旨，儻有合歟！儻有合歟！後之治國故者，討其勛績，綜厥終始，愀然於尚書之不幸而垂空文，亦一代得失之林也。

庸盦尚書者，前直隸總督陳夔龍也。三立此序，感慨家國興廢之故。低徊引郭侍郎之言，憂心悄悄，乃深追悔少年之盛氣，變法激盪馳驟之迄於無效，前後易慮，何啻南北馳；此直索解人不得也。

三立諸子皆能詩；而長子衡恪名最著，即三立寫詩柬范當世署曰“衡兒”者也；字師曾，多能藝事，篆刻逼漢人，畫得元人倪瓚、黃公望風味；而爲詩喜斆謝靈運、謝惠連之作，由沈鬱出清迴；尤摯言情。婦范早卒；繼娶汪，又卒，悲之甚，有《春綺卒後百日往哭殯所感成三首》云：

我居西城闉，君殯東郭門。迢迢白楊道，萋萋荒草原。來此盡一哭，淚洗兩眼昏。既不簠簋設，又無酒一尊。焚香啓素幄，四壁慘不温。念我棺中人，欲呼聲已吞。形影永乖隔，目渺平生魂。我何不在夢，時時聞笑言？倏忽已三月，卒哭禮所敦。我哭有已時，我悲鬱難宣。藕斷絲不絶，况此綢繆恩。苦挽已殘月，留照心上痕。

故人九原土，新人三寸棺。相繼前後水，一往不復還。我何當此戚，淚眼送奔瀾。生時入我門，緑髮承珠冠。死別即塵路，靈輀載鳴鑾。忽忽十年事，真作百歲觀。念此常惻愴，凋我少壯顔。少壯能幾何，厭浥朝露團。會當同歸盡，萬事空漫漫！

孑身轉脱然，於我一何忍。相期白首歡，豈意娛俄頃。當時攜手處，一一苦追省。伸紙見遺墨，檢奩得零粉。衣綻何人補，書亂惟自整。亦有庭院花，獨賞不成景。一昨致盆蘭，三日葉枯殞。似我同心人，壽命悋不永。鬱陶對暗壁，淚若繁星隕。天乎何困余，江海吊寒梗。有生有憂患，此味今再領。

侯官陳衍評：“第二首‘冠’‘鑾’二韻，眼前事，人不能道。愈瑰麗，乃愈悲痛，信有不堪回首者。”春綺，其婦字也。又《題春綺遺像》云：

人亡有此忽驚喜，兀兀對之呼不起。嗟余隻影繫人間，如何同生不同死！同死焉能兩相見，一雙白骨荒山裹。及我生時懸我睛，朝朝伴我摩詩史。漆棺幽閟是何物？心藏形貌差堪擬。去歲懽笑已成塵，今日夢魂生淚泚。

《月下寫懷》云：

叢竹緑到地，月明影斑斑。不照死者心，空照生人顔。

詞意悽厲，蓋亦悼亡之作。陳衍謂其真摯處突過乃父。三立詰衍何乃譽兒以抑父？衍應之曰：“此正吾輩求之不得者，恐君詞若有憾，實乃深喜之。向在都，嘗與林宰平推究古今聞人，其子往往趕不上；此與家學濡染之説，豈不大相反？宰平曰：‘此殆諺所謂近廟欺神之故也。’”相與大笑而罷。顧衡恪詩不多作，特以畫名，自稱徐天池轉生，屢夢天池與論畫，且告之曰：“我得年七十有三，汝壽如之。”自許當得大年，而以民國十二年卒，年三十有幾①；士論惜之。

衡恪之弟方恪，字彦通，亦能詩。陳衍贈以詩曰“詩是吾家事，因君父子吟”者也。衍嘗論衡恪真摯，而方恪則名貴，有感於京師南妓，作《梁溪曲》，其詞曰：

曲罷真能服善才，十年海上幾深杯。不知一曲梁溪水，多少桃花照影來。

休言滅國仗鬚眉，女禍强於十萬師。早把東南金粉氣，移來北地奪胭脂。

鐙痕紅似小紅樓，似水簾櫳似水秋。豈但柔情染似水，吴音還似水般柔。

自跋言“前清末年，京師南妓最盛，皇室貴胄，無不惑溺，遂以苞苴女謁亡國。而梁溪亦成北來南去之李師師”云。然方恪詩有酷似其父者，如《爲先母卜兆域至臨安法華山中夜宿蘭若》云：

荒山獨夜自驚神，鼠落鴟騰簌屋塵。燈影撲床疑有魘，松濤如海欲沉身。免懷顧復承家日，換劫艱難拜墓人。明日出門愁雨脚，

① 陈衡恪（1876—1923），享年四十七。此處誤記。

麻鞋跰足仰蒼旻。

陳衍以爲雜諸《散原精舍詩》嵴廬諸作，幾不能辨也。

陳衍，字叔伊，少時，嘗夢至一處，重樓疊閣，闃其無人；有書數百櫥，隨手抽數册閲之，書邊印“石遺某某”，書中似是自己著作；醒時只記如此，書中云何，則忘之矣。時方閲《元遺山集》，因遂自號石遺；蓋以舊字叔伊，“遺”“伊”國語同音；“石”“拾”同音，而“叔”訓“拾”也。中式光緒壬午舉人，官學部主事，歷任京師大學、厦門大學文科教授。生而警敏；四歲誦《千家詩》，喜“花開紅樹”、“緑樹陰濃”、“黄梅時節”、“去年花裏”諸首，别有會心。五歲，父用賓授《四子書》、《毛詩》、《春秋左氏傳》、《尚書》，日必數千言，若《尚書・禹貢》、《左傳》公子重耳之出亡、韓、城濮、邲、鄢陵之戰，皆起訖，限一日背誦。衍則臨睡熟讀，倦極乃寢；詰旦遲明起，奔立案頭，一手披衣，一手翻書朗誦，踰時，廚下晨餐熟，則成誦矣。一日，讀《孟子・不仁者可與言哉》章，一日，讀《小弁小人之詩也》章，喜其音節蒼涼，抗聲往復。父自外歸，聞之色喜曰：“此兒於書理，殆有神會。”九歲，兄書授唐詩，自秋徂冬，王維、孟浩然、韋應物、柳宗元詩皆成誦，上及陳子昂、張九齡之作，次年，乃及李白、杜甫與晚唐諸家，每言：“夜讀時，見案頭瓶中所插折枝菊花梅花，秀色香韻，沁入腦際，胸中一種詩味，不可名言。”十歲以後，畢誦《詩》、《書》、《易》、《春秋》、《左傳》、《周禮》、《禮記》、《爾雅》，習爲制舉之文。然終年學爲詩，日課一首；蓋書之教也。書胸中不滯於物，詩境超逸，於白居易、蘇軾爲近；中間爲陳師道、陸游、楊萬里，爲陸龜蒙、皮日休，雅不以空言神韻，專事音節爲岑參、李頎、孟浩然、韋應物、柳宗元之所爲者爲然。衍秉其教；旁逮考據，以唐、宋、金詩，皆有紀事，而元獨無，遂輯《元詩紀事》。其教人學詩，必因材性之所近，不主一家；而自爲詩，則欲薈萃古人之所長以自名家。如《與默園論詩即送其行》曰：

> 黄生手持荆公詩，密密圈點吟哦之。此中海藏久探索，更無餘地堪因依。君家雙井富書卷，驅使詰屈或汝師。玆行山水入八桂，劍鋩羅帶相參差。柳韓筆力藉磨礪，勿怨世路多崓崎。

又《胡詩廬詩存題後》曰：

君於五七言，氣體均不俗。問其不俗故，服膺在山谷。山谷之爲人，磊砢見節目。生長山水窟，歷皖湘黔蜀。世間清剛氣，貫湊入骨肉。發爲詩文字，可喜不可欲。知者謂堅凝，不知謂嚴酷。君生於其鄉，師又谷之續。今詩盡谷體，谷致杜之曲。别古體爲今，吾國之所獨。音業與古異，貌自爲唐局。李白、賀孟郊不律詩，二杜審言、甫沈陳屬。陳律何鏗然，五古古自復。要知杜與黄，萬卷胸積蓄。當其欲下筆，萬象森瞻矚。春蹂範奇偶，左右罔不足。七言始《騷經》，劉、項節猶促。《式微》云兆端，帝力更高躅。《柏梁》不易韻，杜韓廝二瀆。然實《騷》之流，兩句韻一束。但娍其兮字，一韻自起伏。又視古樂府，長短句盡劚。試將枚蘇李，用韻一細讀。顯與歌曲流，同流而異澳。因君偶放言，敢謂識歸宿。

蓋教黄舍荆公以學山谷；而詔胡勿以山谷自限，而進之以杜韓也。至《論詩一首送覲俞同年歸里》，則曰：

君從故鄉來，忽索我詩看。言逢畏廬説："子詩近所罕。"因得讀君詩，湖上作居半。湖光與山渌，著筆不肯散。自言探詩境，一葉墜浩漫。岷峨在何許，蜀道險不憚。我從學詩來，亦復思之爛。樂天善閒適，柳子工嗟歎。孟郊驁且雄，次山碎何惋。奇兵雙井出，短劍渭南鍛。老樹曲而直，頹雲連復斷。連宵快縱談，歸櫂惜歲晏。何當小旗亭，畫壁賭之涣。

蓋欲集古人之長以自名家也。尤喜翹稱渭南；蓋近人爲詩，喜學北宋，學陸游者特少；故表而出之也。嘗語人曰："放翁七言近體，工妙宏肆，可稱觀止。古詩亦有極工者；蓋薈萃衆長以爲長也。"以光緒二十四年，應兩湖總督張之洞辟召。之洞督鄂久，值中外多故，而武昌居長江上流，形勢扼要；之洞以陶侃自命。衍未許之。有友人同在幕府，酷嗜賭；衍因以詩規之曰："摴蒲運甓等無用，互訟廷尉難爲平。"蓋兼諷之洞也。而衍爲從事久，誦説計學。之洞則維新庶政，方以作業劇而財匱，無所爲計；而用衍之謀，通輕重之權，以鑄銅圓，消息財貨；遂以講武興學，顯名中朝；其議自衍發之也。學則博聞彊記，自經史子集以逮小學、金石、目録、山經、地志，靡所不賅貫，有叩斯應。而泓深渟蓄，久乃不掩，發爲文章以抒胸中之瑰偉，皆不屑屑襲古人窠臼，而異軍别張以自開派。偉辭獨鑄，詩最有名；蓋有會於宋賢梅堯臣之洗鍊，蘇軾之諧暢，楊萬里之拗折，陸游之宏肆，而以上闚韓愈之雄奇詼詭，白居易之蕭閒曠適，鎔裁而出之一手，精思健筆，時有拙語，而氣能運之，成章以達，透闢生峭，與陳三立、鄭孝胥一時爭雄，同出宋賢西江，而蹊逕各别。三立奧峭而出之以磊砢。孝胥枯澀而抒之以清適。衍則奧衍而發之以爽朗，鑿幽出顯，力破餘地，此其所獨也。客武昌，謁嘉興沈曾植。曾植見刺，張目視曰："豈著《元詩紀事》之陳衍耶？是固吾走琉璃廠肆，以朱提一流之所購讀者。"衍曰："吾丙戌在都，聞鄭蘇戡誦君詩，相與歎賞，以爲同光體之魁傑。"蘇戡，鄭孝胥字也。曾植，字子培，號乙盦，浙江嘉興人，光緒庚辰進士，累官安徽布政使。顧是時曾植方以京曹官掌教兩湖書院，博極羣書，於遼、金、元史及輿地，尤精熟；初若不屑意爲詩。衍曰："吾亦耽考據。其實談經説史，皆爲人作計，無與己事；作詩尚是自家意思，自家言説。此外學問皆詩料也。"曾植意動，因言："吾詩學深，詩功淺，夙喜張文昌、玉溪生、山谷内外集，而不輕詆七子詩。""詩學深"者，謂閲詩多；"詩功淺"者，作詩少也。衍曰："君愛艱深，薄平易，則黄山谷不如梅宛陵。"時人無道梅堯臣者，因貽《宛陵集》殘本以贈。時鄭孝胥亦在武昌，投衍詩索和。衍句云："著花老樹初無幾，試聽從容長醜枝。"孝胥曰："此本《宛陵》詩。"因贈衍詩曰："臨川不易到，宛陵何可追。憑君嘲老醜，終覺愛花枝！"自是始有言宛陵者，實自衍一人倡之。所居與沈曾植鄰，譚詩過從極懽。平生論詩，謂"詩莫盛於三元"；三元者，上元開元，中元元和，下元元祐也。曾植戲斅時語應曰："三元，皆外國探險家覓新世界，殖民政開埠頭本領。"衍言："今人强分唐詩宋詩，又咎同光以來舍唐詩不爲而爲宋詩。不知宋詩皆推本唐人詩法，力破餘地耳。歐陽修、梅堯臣、蘇軾、王安石、黄庭堅、陳師道、陸游、楊萬里諸家，唐詩岑參、高適、李白、杜甫、韓愈、孟郊、劉禹錫、白居易之變化也。陳與義、陳傅良、嚴羽及永嘉四靈徐照、徐璣、翁卷、趙師秀諸家，唐詩王維、孟浩然、韋應物、柳宗元、賈島、姚合之變化也。故開元、元和者，世所分唐宋人之樞紐也。若墨守舊説，唐以後之詩不讀，有日蹙國百里而已。"然衍論詩宗宋，而於宋詩之敝，亦極言之，曰："咸同以來，古體詩不轉韻，近體詩不尚聲，貌之雄渾焉爾，其敝也，蓄積貧薄，翻覆只此數意數言，或作色張之，非其人而爲是言，非其時而爲是言，視貌爲六朝、盛唐之言者無以勝之也。余於詩文，無所偏好，以爲惟其能與稱耳。淺嘗薄植，勉爲清雋一二語，自附於宋人之爲；江湖末派之詩耳。”刊有《石遺室詩集》十卷，附《補遺》一卷，《續集》二卷；每語人曰：“江右詩家，五十年來，惟吾友陳散原稱雄海内。後生英俊，謬以余與海藏儕諸散原，方諸北宋蘇王黄三家，以爲海藏服膺荆公，遂以自命，雙井爲散原鄉先哲，散原之兀傲僻澀似之，皆成確證，因以坡公屬余。余於詩不主張專學某家，於宋人固絶愛坡公七言各體，興趣音節，無首不佳，五言則具體而已，向所不喜。雙井後山，尤所不喜。日本博士鈴木虎雄特撰《詩説》一卷，專論余詩，以爲專主張江西派。實大不然。余七古向尠轉韻，七律向不作拗體，皆大異山谷者；故時論不盡可憑。若自己則如魚飲水，較知冷暖矣。至鄙人續刻詩二卷，似近來之我，頗非昔時之我，形容變盡，語音亦變。往嘗爲海藏言之，今則輪到我矣。此外尚有百首詩待刻，亦多非故我。所讀時賢號稱能詩者之詩，多不過癮，如何如何！”日本文學士神田喜一郎慕衍名，過訪，謂：“公所著《尚書》、《周禮》、《禮記》、《考工記》、《説文》諸書尚未讀過；惟見《元詩紀事》、《近代詩鈔》、《詩話》，因談鈴木虎雄博士著《詩説》，謂主江西派，然否?”衍應之曰：“大家詩文，要有自己面目，决不隨人作計。自《三百篇》以逮唐宋各大家，無所不有，而不能專指其何所有。蓋不徒於詩中討生活也。”神田極以爲然。

衍喜説詩，所著有《石遺室詩話前編》三十卷，《續編》六卷，上下古今，靡所不論及，蓋自有《詩話》以來，未有如是之浩博者。其論古今人詩曰：“李習之論文，謂‘六經之創意造言，皆不相師。故其讀《春秋》也，如未嘗有《詩》也。其讀《詩》也，如未嘗有《易》也。其讀《易》也，如未嘗有《書》也。其讀屈原、莊周也，如未嘗有六經也’。古之詩人亦然。一人各具一筆意。謝之筆意，絶不似陶；顔之筆意，絶不似謝；小謝之筆意，絶不似大謝。初唐猶然。至王右丞而兼有華麗、雄壯、清適三種筆意。至老杜而各種筆意無不具備。大曆十子，筆意略同。元和以降，又各人各具一種筆意。昌黎則兼有清妙、雄偉、磊砢三種筆意。北宋人多學杜韓，故工七言古者多。南宋人稍學韋柳，故有工五言者。南渡，蘇黄一派流入金源。宋人如陳簡齋、陳止齋、范石湖、姜白石、四靈輩，皆學韋柳，或至或不至。惟放翁無不學，獨七言古不學韓蘇。誠齋學白，學杜之一體。此其大較也。”

又曰：“詩貴風骨，然亦要有色澤，但非尋常脂粉耳；亦要有雕刻，但非尋常斧鑿耳。有花卉之色澤，有山水之色澤，有彝鼎圖書種種之色澤。王右丞，金碧樓臺山水也。陳後山，淡淡靛青巒頭耳。黄山谷則如赭石，時復著色硃砂。陳簡齋欲自别於蘇黄之外，在花卉中，爲山茶、蠟梅、山礬。‘吴波不動，楚山叢碧’，李太白足以當之。‘木葉微脱，石氣自青’，孟浩然足以當之。‘紛紅駭緑’，韓退之之詩境也。‘縈青繚白’，柳子厚之詩境也。”

又曰：“五律四十字，字字清高，惟初唐至太白爲然。老杜五律，高調似初唐者，以‘國破山河在’一首爲最。自大曆以後，高調者漸少。宋人七律可追唐人，五律罕可誦者，其高者僅至晚唐而止。蓋一句只五字，又束於聲律對偶，難在結響有餘音，易同於排律句調。欲學初唐五律，求之於音節，須求之於用字，音節由用字出也。”

又曰：“嚴滄浪云：‘少陵詩法如孫吴，太白詩法如李廣。’殊爲得之。孫吴有實在工夫，李廣則全靠天分，不可恃也。漁洋於滄浪，不取此二語，而取‘羚羊掛角’之説；蓋未嘗學杜故也。表聖之‘不著一字，盡得風流’，已在可解不可解之間。‘羚羊掛角’，是底言乎？至如禪家所云‘兩頭明，中間暗’，及詩家之‘鴛鴦繡出從君看，不把金針度與人’，竟是小兒得餅，且將作謎語、索隱書而後已乎？漁洋更有‘華嚴樓閣，彈指即現’之喻，直是夢魘，不止大言不慚也。”

又曰：“學古人，總要能變化。曹孟德《苦寒行》中云：“熊羆對我蹲，虎豹夾路啼。’少陵《石龕詩》云：‘熊羆哮我東，虎豹號我西。我後鬼長嘯，我前狨又啼。’蓋變本加厲言之，而用之篇首，與曹公用之篇中者，尤見突兀。《水會渡詩》‘大江動我前’，又用此種句法。《草堂詩》之‘舊犬喜我歸，低徊入衣裾；鄰舍喜我歸，酤酒攜葫盧；大官知我來，遣騎問所須，城郭知我來，賓客隘村墟’，則用《木蘭辭》而小變换之。他人之學少陵者，王荆公《思王逢原》云：“廬山南墮當書案，湓水東來入酒巵。’非從‘溢水流中座，岷山到此堂’少陵《奉觀嚴鄭公廳事岷山沲江畫圖十韻》句來乎？‘青山捫蝨坐，黄鳥挾書眠’，非從‘鈎簾宿鷺起，丸藥流鶯囀’少陵《水閣朝霽奉簡雲安嚴明府》句來乎？但‘廬山’一聯，視‘沲水’一聯無不及。‘鈎簾’一聯，何等自然，‘青山’二語，則所謂‘是底言’矣。山谷之‘悽其望諸葛’，則明用《晚登瀼上堂》之‘淒其望吕葛’耳。”

又曰：“少陵之‘邊秋一雁聲，露從今夜白’，從江淹《別賦》‘值秋雁兮飛日，當白露兮下時’不覺脱化而出。‘月是故鄉明’，亦翻用謝莊‘隔千里兮共明月’意耳。”

又曰：“少陵詩用字之有來歷者，如《甘林》之‘脱粟爲爾揮’，言長老留飯也，‘揮’字，用范彦龍‘恨不具雞黍，得與古人揮’句。”

又曰：“杜陵古詩，往往將後面意撮在前面預説，使人不易看出線索，退之作文之善於蔽掩，即此法也。如《遣懷詩》爲高適、李白敘哀而作，‘芒碭’十字，似登臺語，而寓意極微，語切友生，懷深先帝。上句喻雲馭上賓，時事改易；下句喻庸庸求食，無復功名之想。此二句置在未入‘先帝’之先，故無所閡口，而使人不覺，下面即緊頂先帝好武，敘‘拓境’後，便接以存殁，中間全無曲折，蓋亦倒找勢耳。通篇要指，全在‘氣酣’二十字中，言先皇升遐後，三人皆無望於進取。白徉狂詩酒，懇辭還山，原是避諸楊之禍，集中有《懼讒》一詩，又句云：‘讒惑英主心，恩疏佞臣計。’史稱帝每欲官白，輒爲妃子所沮，適先曾授鉞淮南，爲李輔國所沮毁，改授詹事，後來攝鉞西川，旋經内召，身雖顯於肅代間，特以資格遷官，以云受知則未也！《甘林詩》‘子實’四句，即長老語；卻用‘主人’二句倒押在後，杜詩如此筆法甚多。”

又曰：“少陵《別唐十五誡因寄禮部賈侍郎至詩》，言唐負經濟才，九載相逢，仍舊未遇，豈甘槁餓老死，設其此舉一虚，勢必干謁鎮帥，謀以他途進身。‘胡星’六句，所以著驕將悍帥之夥，末‘念子善師事，歲寒守舊柯’二句，祝其遇合，如其不然，不可改操。後來昌黎《送董召南序》，用意全本此詩。”

又曰：“今人作詩，學元白者視詩太淺，視元白太淺也。學韋柳者視詩太深，視韋柳太深也。學温李者，只知温李之整麗；學韓蘇者，只知韓蘇之粗硬。非直知諸家者也。”

又曰：“濤園説詩，時有悟入處，嘗云：昌黎《南山詩》，連用五十一‘或’字，少陵《北征》已有‘或紅如丹砂，或黑如點漆’之句，實則莫先於《小雅·北山》‘或燕燕居息，或盡瘁事國’，十二句連用十二‘或’字。

余謂《北山》將苦樂不均兩兩相較，視《南山》專狀山之形態，有寬窄難易之不同。《北山》到底竟住，斬截可喜。《南山》則不免辭費，故中多複處，如‘或戾若仇讎’，非即‘或背若相惡’乎？‘或密若婚媾’，非即‘或向若相佑’乎？‘或隨若先後’，非即‘或連若相從’乎？其餘‘或赴若輻輳’與‘或行而不輟’，‘或妥若弭伏’與‘或頹若寢獸’，大同小異之處尚多。故昔人謂《北征》不可無，《南山》可以不作也。且其疊用‘若’字，‘如’字，‘或’字，又本於《高唐賦》之‘愀兮如風，凄兮如雨’，‘若生於鬼，若出於神’，《神女賦》之‘耀乎若白日初出照屋梁，皎若明月舒其光’，‘曄乎如華，温乎如瑩’，《洛神賦》之‘翩若驚鴻，婉若游龍’，‘髣髴兮若輕雲之蔽月，飄飖兮若流風之迴雪’，‘皎若太陽升朝霞，灼若芙蕖出渌波’，‘肩若削成，腰如約素’，‘或戲清流，或翔神渚，或采明珠，或拾翠羽’諸句來也。等而上之，《淇澳》之‘如切如磋，如琢如磨’，‘如金如錫，如圭如璧’，《板》之‘如壎如篪，如璋如圭，如取如攜’，《蕩》之‘如蜩如螗，如沸如羹’，《三百篇》早有之矣。”

又曰：“白樂天《寄韜光禪師》云：‘一山門作兩山門，兩寺原從一寺分。東澗水流西澗水，南山雲起北山雲。前臺花發後臺見，上界鐘聲下界聞。遥想吾師行道處，天香桂子落紛紛。’此七言律創格也。惟靈隱韜光兩寺實一寺，‘一山門實兩山門’者，用此格最合。其餘東西澗，南北峯，前後臺，上下界，無一字不真切，故此詩不可無一，不能有二。惟東坡能變化學之，《遊西菩寺》次聯云：‘白雲自占東西嶺，明月誰分上下池’，略翻樂天意説之。據《咸淳臨安志》，寺前有東西雙峯，寺中有清涼池、明月池，有似靈隱韜光，故東坡亦分‘東西’‘上下’言之。又《贈上天竺辯才師》云：‘南北一山門，上下兩天竺。’又《自普照游二庵》云：‘長松吟風晚雨細，東庵半掩西庵閉。’皆用此例，亦以天竺寺有上下，庵有東西故也。王摩詰《訪吕逸人詩》云：‘城上青山如屋裏，東家流水入西鄰。’又樂天詩所自出。”

又曰：“宛陵古體用意用筆，多本香山，異在香山多用偶，宛陵變化用奇，香山多五言，宛陵變化以七言。東坡意筆曲達，多類宛陵；異在音節，梅以促數，蘇以諧暢，蘇如絲竹悠揚之音，梅如木石摩戛之音。放翁、誠齋皆學香山，與宛陵同源。世於香山，第賞其諷諭諸作，未知其閒適者之尤工。於放翁、誠齋，第賞其七言近體之工似香山，未知其古體常合宛陵、香山以爲工，而放翁才思較足耳。”

又曰：“東坡七言古，全用對句排奡到底，本於老杜《岳麓山》、《道林二寺行》。他如《洗兵馬》、《追酬高蜀州人日見寄》，則全用對句而有轉韻，東坡卻少學。後山七律，結聯多用澀語對收，則學杜而得其皮者。山谷、鐵厓多學杜之七言絶句。”

又曰：“蘇長公之詩，自南宋風行，靡然於金，元明中熄，清而復熾，二百餘年中，大人先生，殆無不濡染及之者。大抵才富者喜其排奡，趣博者領其興會。即學焉不至，亦盤硬而不入於生澀，流宕而不落於淺俗；視從事香山、山谷、後山者受病較尠，故爲之者衆。張廣雅論詩，揚蘇斥黄，略謂：‘黄吐語多槎牙，無平直，三反難曉，讀之梗胸臆，如佩玉瓊琚，舍車而行荆棘，又如佳茶，可啜而不可食。子瞻與齊名，則坦蕩殊雕飾，受黨禍爲枉。’亦可見大人先生之性情，樂廣博而惡艱深，於山谷且然，況於東野、後山之倫？廣雅過蕪湖，吊袁漚簃，則云：‘江西魔派不堪吟，北宋清奇是雅音。雙井半山君一手，傷哉斜日廣陵琴！’不喜江西派，即不滿雙井，特本漁洋説：‘山谷雖脱胎於杜，顧其天姿之高，筆力之雄，自闢門庭。宋人作《江西宗派圖》，極尊之，以配食子美，要亦非山谷意’云云。故陽不貶雙井，而斥江西爲‘魔派’，實則江西派豈能外雙井？雙井豈能高過子美，雄過子美，而自闢門庭哉？漁洋未用功於杜，故不知杜，不喜杜，亦並不知黄，乃爲是言。”

又曰：“余嘗謂達官而足山林氣者，莫如荆公。荆公佳句，皆山林氣重，而時覺黯然銷魂者，所以雖作宰相，終爲詩人也。余嘗語子培，荆公詩甚妖冶。子培曰：‘何以言之？’余曰：‘怊悵俯凌波，殘妝壞難整，不謂之妖冶，得乎！”

又曰：“宋詩人工於七言絶句，而能不襲用唐人舊調者，以放翁、誠齋、後村爲最。大約淺意深一層説，直意曲一層説，正意反一層側一層説。誠齋又能俗語説得雅，粗語説得細；蓋從少陵、香山，玉川、皮、陸諸家中一部分，脱化而出也。如‘歸去江南無此景，未須吃飯且來看’，‘中間不是平林樹，水色天容拆不開’，‘點檢風來無覓處，破窗一隙小於錢’，‘小兒不耐初長日，自織筠籃勝打閒’，‘醉去昏然卧綠窗，醒來一枕好淒涼’，‘皂莢樹陰黃草屋，隔籬犬吠出頭來’。全首如：‘詩人長怨没詩材，天遣斜風細雨來。領了詩材還又怨，問天風雨幾時開’……‘晴明風日雨乾時，草滿花隄水滿溪。童子柳陰眠正著，一牛喫過柳陰西’，‘莫言下嶺便無難，賺得行人錯喜歡。正入萬山圈子裏，一山放出一山攔’，‘風雨掀天浪打頭，只須一笑不須愁。近看兩日遠三日，氣力窮時會自休’。此外以粗語俗語入詩者，未易悉數。善學之，可以上追聖俞、後山；不善學而一味爲之，或流於釘鉸、《擊壤》。後世袁簡齋多學誠齋。近人則竹坡先生寶廷、木庵先生陳書、林暾谷旭亦時爲之。”

又曰：“陳簡齋五言古，在宋人幾欲獨步，以宋人學常建、劉慎虛及韋、柳者尠也。至《夏日集葆真池上》一首，尤爲壓卷之作。厲樊榭平生所心摹力追者，全在此種。”

又曰：“厲樊榭先生《樊榭山房詩》，爲浙派領袖，在前清風行頗久，至近日稍衰。然其參會唐宋，於漁洋、竹垞外自樹一幟；雖以沈歸愚之主張漢魏盛唐，亦盛稱之。實則五言古、七言律、七言絶句，佳者甚多。七言古才力薄弱，局勢平常；五言律殊少神味，非其所長耳。”

又曰：“有清二百餘載，以高位主持詩教者，在康熙曰王文簡，在乾隆曰沈文慤，在道光、咸豐，則祁文端、曾文正也。文簡標舉神韻；神韻未足以盡《風》、《雅》之正變，《風》則《緑衣》、《燕燕》諸篇，《雅》則‘楊柳依依、雨雪霏霏’‘穆如清風’諸章句耳。文慤言詩，必曰温柔敦厚。然孔子删詩，《相鼠》、《鶉奔》、《北門》、《北山》、《繁霜》、《谷風》、《大東》、《雨無正》、《何人斯》以迄《民勞》、《板》、《蕩》、《瞻卬》、《召旻》，遽數不能終其物，亦何嘗‘温柔敦厚’者？而皆勿删。祁文端學有根柢，與程春海侍郎爲杜，爲韓，爲蘇、黃；輔以曾文正、何子貞、鄭子尹、莫子偲之倫，而後學人之言，與詩人之言合而恣其所詣；於是貌爲漢魏六朝盛唐者，夫人而覺其面目性情之過於相類，無以識其若人之言也。夫文簡、文慤，生際承平，宜其詩之爲“正風”、“正雅”；但其才力爲“正風”則有餘，爲“正雅”猶或不足。文端、文正以來，喪亂云膴，迄於今變故相尋而未有届，其去《小雅》廢而《詩》亡也不遠矣。”

又曰：“詩至晚清同光以來，承道咸諸老，蘄嚮杜韓，爲‘變風’‘變雅’之後，益復變本加厲；言情感事，往往以突兀陵厲之筆，抒哀痛迫切之辭，甚且戲笑怒駡，無所於恤。矯之者則爲鈎章棘句，僻澀聱牙，以至於志微噍殺，使讀者悄然而不怡然。皆豪傑賢知之子乃能之，而非愚不肖所及也。道咸以前，則懾於文字之禍，吟咏所寄，大半模山範水，流連景光；即有感觸，決不敢顯然露其憤懣，借詠物詠史以附於比興之體；蓋先輩之矩矱類然也。自今日視之，則以爲古處之衣冠而已。”

又曰：“後山學杜，其精者突過山谷，然粗澀者往往不類詩語。㘅谷學後山，每學此類；在八音中，多柷敔，少絲竹，聽之使人寡懽。若循此春夏行冬令，則四十五十，尚何詩之可爲!”

論作詩之法曰：“詩貴澹蕩，然能濃至，則又濃勝矣。詩喜疏野，然能精微，又精善矣。‘鳴鳩乳燕青春深，落花游絲白日静’，‘雷聲忽送千峯雨，花氣渾如百和香’，可謂濃至。‘穿花蛺蝶輕輕舞，點水蜻蜓款款飛’，可謂精微。”

又曰：“詩要處處有意，處處有結構，固矣。然有刻意之意，有隨意之意；有結構之結構，有不結構之結構。譬如造一大園亭然，亭臺樓閣，全要人工結構；而疏密相間中，其空處不盡有結構也；然此處何以要疏，何以要空，即是不結構之結構。作詩亦然，一篇中某處某處要刻意經營，其餘有只要隨手抒寫者，有不妨隨意所向者。如走路然，今日要訪何人，今夜要宿何處，此是題中一定主意，必須歸結到此者；至於途中又遇何人，立談少頃；又逢何景，枉道一觀；迤邐行來，終訪到要訪之人，終宿到可宿之處而已。若必一步不停，一人不與説話，一步路不敢多走，是置郵傳命之人，擔夫争道之行徑矣。譬之造屋，盡是樓閣構連，亭臺攢簇；並無山花野草生長之方，陂陀迴伏自然之天趣矣。”

又曰：“詩有四要三弊：骨力堅蒼爲一要。興趣高妙爲一要。才思横溢，句法超逸，各爲一要。然骨力堅蒼，其弊也窘！才思横溢，其弊也濫！句法超逸，其弊也輕與纖！惟濟以興趣高妙，則無弊。唐之孟浩然、王摩詰、杜少陵、韋蘇州，宋之東坡、荆公、放翁，皆有真興趣者。孟、韋才思，庸有不及時耳。漁洋自誇學王、孟、蘇州，則非有真興趣，而才思骨力，不足以赴之。”

又曰：“詩最患淺俗。何謂淺？人人能道語是也。何謂俗？人人所喜語是也。”

又曰："蘇戡言律詩要能作高調。余曰：'高調要不入俗調，要是自家語。元裕之多是高調，卻無俗調。高季迪、前後七子喜高調，遂多俗調。'東坡律句極少高調，屬對每以動宕出之；此祕發於沈佺期、王右丞，極變化於老杜。《吴都賦》云：'嶔崎乎數州之間，灌注乎天地之半'，七律中對，要有此二語體勢。"又曰："余言作詩起調不落凡近易，結調不落凡近難。蘇戡言作詩用利筆易，用禿筆難；謂即詩家'折釵脚'、'屋漏痕'之説耳。大抵詩要興象才思，兩相湊泊。有惘惘不甘之情，不自覺其動魄驚心，迴腸蕩氣也。有自然高妙之指，乃使人三日思，百回讀也。"

又曰："宛陵嘗語人曰：'凡爲詩，必能狀難寫之景，如在目前；含不盡之意，見於言外；乃能爲至。'此實至言。前二語，惟老杜能之；東坡則有能有不能。後二語，阮、陶能之；韋、孟、柳則有能有不能。惟宛陵此四語，前二語實難於後二語。姜白石《説詩》云：'僻事實用，熟事虛用，學有餘而約以用之，善用事者也。意有餘而約以盡之，善措詞者也。句中無餘字，篇外無剩語，非善之善者也；句中有餘味，篇中有餘意，善之善者也。始於意格，成於句字。詩有四種高妙：一曰理高妙；二曰意高妙；三曰想高妙；四曰自然高妙。一篇全在結句，如截奔馬，詞意俱盡。如臨水送將歸，盡意不盡詞。若夫意盡詞不盡，剡谿歸櫂，是也。'此言頗盡作詩之妙。惟譬喻盡不盡處，亦有未當。截奔馬，正是詞盡意不盡。奔馬本意不止於是，截之使止於是。臨水送將歸，已是詞意俱不盡。然不過宛陵後二語而已。今人非不能如白石所言約以用之，然而學未嘗有餘矣；非不欲如白石所言約以盡之，然而意未必有餘矣；約又何足貴乎？句中且未能無餘字，篇外且不能無剩語；而遽言句中有餘味，篇中有餘意，亦誰信之？始於意格，成於句字，然後再言高妙。大抵作古體詩，患在無結想，患在結想之不高妙。作近體詩，患在意不足，如七律詩八句，奈無八句之意，則空滑搪塞，無所不至矣。但果是作手，尚張羅得來；八句中有兩三句三四句可味，餘亦可觀耳。意有餘，而後如截奔馬，如臨水送將歸，非施手段，善含蓄不可。意僅足，則剡谿歸櫂，故作從容，故留餘地，工於作態而已。"

又曰："鍾記室作《詩品》，遂謂：'清晨登隴首，羌無故實。明月照積雪，詎出經典。思君若流水，既是即目。高臺多悲風，亦惟所見。'以示宗旨。由是流傳名句，寫景者居多，如老阮之'門外大江横'，陶潛之'傾耳無希聲，在目皓已潔’詠雪，‘往燕無遺影，來雁有餘聲’，‘采菊東籬下，悠然見南山’，大謝之‘池塘生春草，園柳變鳴禽’，‘曉霜楓葉丹，夕曛嵐氣深’，小謝之‘紅藥當階翻，青苔依砌上’，‘餘霞散成綺，澄江淨如練’，‘天際識歸舟，雲中辨江樹’，邱遲之‘風輕花落遲’，謝貞之‘風定花猶落’，何遜之‘夜雨滴空階’，皆寫景也。大約代不數人，人不數語。至隋煬帝忌人能作‘空梁落燕泥’、‘庭草無人隨意緑’句而殺之；亦可知工於寫景之不易矣。唐鄭翼觀崔信明全集，曰只有‘楓落吴江冷’五字。孟浩然‘挂席幾千里，名山都未逢，泊舟潯陽郭，始見香爐峯’四語；王摩詰至寫爲圖。‘微雲淡河漢，疏雨滴梧桐’二語，舉座英華，盡爲閣筆。大曆以降，猶有常建‘曲徑通幽處，禪房花木深’，錢起‘曲終人不見，江上數峯青’諸傳作。韋蘇州之‘春潮帶雨晚來急，野渡無人舟自横’，後人取以建菴，名野渡菴。元和後，並講求於一字兩字，如‘僧推月下門’、‘僧敲月下門’，‘昨夜數枝開’、‘昨夜一枝開’之類，開宋人許多詩説。祖詠《賦終南殘雪》，至‘林表明霽色，城中增暮寒’，自謂意盡，不終篇而止。司空表聖自謂得味外味，亦第舉‘緑樹連村’，‘棋聲花院’二聯，皆寫景也。宋人除陸放翁、范石湖、楊誠齋外，往往寫景中帶著言情，一聯中或一句寫景，一句言情，或兩半句寫景，兩半句言情；豈好景果爲前人寫盡乎？抑亦嫌賦體淺直，不如比興深而曲耳。然景中帶情，六朝盛唐人已有之：如薛道衡之‘人歸落雁後，思發在花前’，杜甫之‘感時花濺淚，恨别鳥驚心’是也。沈休文云：‘相如工爲形似之言。二班長於情理之説’，宋張戒《歲寒堂詩話》云：‘建安、陶、阮以前詩，專以言志。潘、陸以後詩，專以詠物。’此言情與景分者也。劉彦和云：‘因情造文，不爲文造情。’又曰：‘情在詞外曰隱。狀溢目前曰秀。’梅聖俞云：‘含不盡之意，見於言外。狀難寫之景，如在目前。’此言情與景合者也。宋人寫景句，膾炙人口者，如晏元獻之‘梨花院落溶溶月，柳絮池塘淡淡風’，林和靖之‘疏影横斜水清淺，暗香浮動月黄昏’，‘雪後園林纔半樹，水邊籬落忽横枝’，梅聖俞之‘春洲生荻芽，春岸飛楊花’，‘野鳧眠岸有閒意，老樹著花無醜枝’，東坡之‘竹外桃花三兩枝，春江水暖鴨先知’，荆公之‘坐看青苔色，欲上人衣來’，‘細數落花因坐久，緩尋芳草得歸遲’，山谷之‘近人積水無鷗鷺，時有歸牛浮鼻過’，亦不過代數人，人數語；視唐人傳作之多，不及遠甚。此外惟放翁之‘小樓一夜聽春雨，深巷明朝賣杏花’，‘山重水複疑無路，柳暗花明又一村’，‘雲歸時帶雨數點，木落又添山一峯’，‘白菡萏香初過雨，紅蜻蜓弱不禁風’，較多數聯耳。其東坡之‘簾前柳絮驚春晚，頭上花枝奈老何’，‘酒闌倦客唯思睡，蜜熟黄蜂亦懶飛’，陳簡齋之‘客子光陰詩卷裏，杏花消息雨聲中’，詩中皆有人在，則景而帶情者矣。”

又曰：“作詩文要有真實懷抱，真實道理，真實本領；非靠著一二靈活虛實字，可此可彼者，斡旋其間，便自詫能事也。今人作詩，知甚囂塵上之不可娛獨坐，‘百年’、‘萬里’、‘天地’、‘江山’之空廓取厭矣！於是有一派焉，以如不欲戰之形，作言愁始愁之態，凡‘坐覺’、‘微聞’、‘稍從’、‘暫覺’、‘稍喜’、‘聊從’、‘政須’、‘漸覺’、‘微抱’、‘潛從’、‘終憐’、‘猶及’、‘行看盡’、‘恐全非’等字，在在而是，舍此無可著筆。非謂此數字之不可用，有實在理想，實在景物，自然無故不常犯筆端耳。”

凡此之類，皆所謂語無泛設，洞中奥窔者。

衍之爲文，則極意避熟俗，而辭筆奇矯，於孫樵、王安石爲近，瘦硬通神，蓋學韓愈而得其一體。自以生平服事張之洞久，而輓清之新政新猷，無不自之洞發其端；而見聞之真，無如己者，遂爲之傳曰：

> 張之洞，字孝達，一字香濤，直隸南皮人。晚自號抱冰。督兩廣時，創廣雅書院、廣雅書局，故又稱廣雅。父官貴州觀察使，生之洞，軀幹短小，不類北人，廣顙偉鼻，目三稜有光，修髯及腹，行坐揖讓，儀觀秩然。未冠，舉順天壬子鄉試第一。癸亥，始成進士。時粵匪方熾，詔廷對勿拘舊格式。之洞縱陳時事，然終以第三人及第。旋督學湖北，取士提倡樸學，才華次之；建經心書院，選高才生肄業；《校士録》出，天下傳誦。丁卯、庚午，典浙江、四川試，皆徧搜經策遺卷，名下士無一失者。遂督川學，著《輶軒語》、《書目答問》教士。道咸以來，士溺於陳腐時藝，愈益不學；自是後進乃略識讀書門徑。有詆諆《書目》不盡翔實，稿非己出；然不害其勵學愛士懃懃意也。同治間，大亂初定，朝廷尚兢業，開言路。言者競進，頗黨伐同異；久而孝欽太后厭之。獨之洞多上書陳政事，不以參劾爲能。光緒初，由内閣學士簡授山西巡撫。京曹久不放疆吏，倚畀之重，自兹始矣。未幾，法越事起，擢兩廣總

督。沿海驛騷，方修礮臺樓船水戰具；之洞注意陸戰，專力籌軍餉，重顧廣西邊防，兼濟雲南，餘力及福建之臺灣，皆百十萬。以湘淮軍已暮氣，王德榜、潘鼎新輩連戰不利，乃起宿將粵人馮子材，畀以重任；諒山告大捷，爲自來中西搆兵所未曾有。雲南宣光亦捷，法人勢大屈，浼英人議和，急請停戰。政府怵且闇，遂從之。之洞力争，且密飭馮軍速戰；朝旨終連責，不得已，乃退師。粵俗多盜，多海賈，以博爲生；闈姓尤非法，士紳分肥——闈姓者，遇童子試、鄉會試，限稍僻之姓，射其中否，以百十萬爲博注；姓僻者，則有代之作文通關節，使之必中而後已；害亦甚矣。然禁之不易，籌餉無所出，則且因勢而重征之，歲入恒百十萬。中國幣制，銅錢外，向用生銀互市；口岸則用外國所鑄銀圓，漸及内地；乃創鑄龍文銀圓，小銀圓；造兵輪船、商輪船，設水師學堂，諸要務繁然興矣。時鐵路風氣未開；惟臺灣巡撫劉銘傳言之最早，疑阻者衆。之洞以爲："鐵路，國之脈絡。無鐵路，是人身無脈絡也；無幹路，是無督脈也。"乃建議首辦蘆漢幹路，而後西達秦晉，南通湘粵。中朝因調督湖廣。湖廣治武昌，督撫同城；自胡林翼以湘軍戡定武漢，開辦釐金，籌餉察吏，事權一歸巡撫；總督拱手而已。之洞至，興鐵廠、槍礮廠、紡紗、織布、繅絲、製麻、製革各廠；創設官錢局、造幣局，行用鈔票，鑄銀圓，以固根本，劑盈虚；攬鑄東三省、雲、貴、四川各省小銀圓，收其餘利，歲百十萬。用從事陳衍言，仿造外國暗字銀紙，創鑄當十銅圓，當二銅錢，行用南北各省，至數千萬，餘利至千百萬；繼而鄰省競利，分畫行用疆界，而閉塞滯銷矣。又繼而京師集權，禁限各省鑄造，而銅幣業已充斥，值亦貶矣。議者咎銅圓之漁利病民，直不足當十。然一文錢既極敝而乏絶，無銅圓，即無以交易；失在銅價既貴，當用金銀主幣，不當用銅；有主幣，補助幣乃有限制；銅圓特一時濟急，先鑄者蹔獲其利耳。湖北爲數省要衝。若鹽斤加税，土藥加税，罷釐金，行統捐，開富籤票，歲入增數百萬。益以沿江沙田，堤工堅實，漢口後湖漲灘；大冶崇通鐵煤礦，會城内外築馬路、闢商場，生活窮民無算。用以添造槍礮及淺水兵輪，首開速成師範、兩湖完全師範、方言及普通中小各學堂；選派學生，留學東西國，甲於各省，先於各省。其講武則武備將弁各學堂，練軍全鎮，礮隊輜重各營，罔不具備。湖北列在小省，攤京餉，攤賠款，至方駕江南焉。庚子之亂，端王載漪矯旨命各疆吏攻擊居留外人。之洞不奉詔，與兩江總督劉坤一、兩廣總督李鴻章倡互保之策。北方鼎沸，東南晏然。前後坐鎮武昌二十年，中權兩江總督者二年；丁未，乃以大學士入爲軍機大臣，兼管學部。未幾，景帝、孝欽太后相繼崩殂，少帝立。醇王載灃攝政監國，專用親貴，至十部大臣中，惟司法學部屬漢人；以母弟載洵、載濤典水陸軍。載洵招權作威福，日營宫室，天下側目。載澤長度支，無所知；惟與之洞争幣制，袒庇瑞澂以亡其國。之洞力争親藩典兵，至於椎心嘔血，病旬月，以薨；遺疏有"守祖宗永不加賦之規，凜古人不戢自焚之戒"各語，天下誦之。生平獨立無奥援；惟高陽相國李鴻藻稍左右之。李卒，政府皆不以所爲爲然，剛毅、翁同龢尤惡之。戊戌，景帝召，將内用；翁以留辦教案阻之，中途折回。之洞天資稍遲鈍，而精力過人，文章經濟之學，弗得弗措；思深憂長，眼光因之及遠；長慮卻顧，亦間坐此。宏獎知名士，無不羅致；然不與謀政事。所用多雜流奔走承意旨之人，亦無薦剡爲公卿大臣者。

論曰：《傳》曰："長國家而務財用者，必自小人"；此大一統之世之言也。今不能與列强閉關絶約，人富强，已貧弱，猶爲此言，非騃則狂易耳。中國士夫諱言財用，見之洞用財如糞土，從而百端訾病之；然其家固不名一錢也。三十年經營財用，與外國理財家較挈短長，去之尚遠；而中國居高位者，遂未有其人。闈姓籤捐之類固不軌於正；鐵廠紗布絲麻各廠亦折閲相繼，然一易商辦，則贏利巨萬，一擊不中，謗者引爲大戒，豈不誤乎？獨銅圓鈔票暢行時，衍請以中國所自有金鑄造金幣，以數百萬建織呢大廠，可支三十年國用；遲回審顧，未之能從；茲可惜耳。爲專制之説者，至謂開學堂、派游學、練兵造械爲亂階。彼驪山囚徒，又何嘗負笈之學子耶！

其爲文章，遣言造意不屑屑爲含蓄頓挫，以力脱盡桐城畦封。然並世文家，有力脱桐城畦封，與衍同，而取逕適相反。新城王樹枏《陶廬文稿》，造語逼韓退之，陳義師曾南豐，力捄桐城脆薄之弊，有與爲清雋、寧爲繁衍者。而衍之文，取逕於孫可之，用筆似王半山，以矯桐城滑易之失，有與爲妍媚、寧爲峻削者。樹枏力有餘勁而或未雋。衍則氣有餘清而微傷妍。又衍直抒欲言，不事間架，而或失之碎，不成片段者。其鄉人林紓誦説桐城以傳門户；而衍不然。然以矜慎矯平熟，以琢煉捄滑易，則又不同趣而同歸。顧紓矜慎而或爲搔首弄姿，衍琢鍊而不害粗頭亂服，蓋紓用功在鍊辭，而衍著意欲鍊骨也。然以矜慎傷氣，以琢鍊傷格，紓潤澤而不腴；衍清雋而未逸；得趣不得筆，有筆又無氣，則又不同工而同病。刊有《石遺室文集》、《續集》、《三集》、《四集》，自序謂“生平無韻之文，何啻二三千首。教授京師、武昌各學校，説經之文數百首，論史之文數百首，論文之文百十首。佐幕臺北武昌，草奏書札數百首。賣文海上十年，壽言數百首，雜報論説又數百首；而少時里居課經義治事詞章於書院者不與焉，今皆棄不取。尚有數百首，屬於記載告語各類。”下筆纚纚不肯自休。而垂老經意之作，莫如《福建通志》，凡六百餘卷，約一千萬言，皆以一人心力目力經營論篹。其新創門類爲前志所未有者，如《通紀》二十卷，《方言志》二十卷，《藝文志提要》七十六卷，《藝文志附録》五卷，《板本志》八卷，《金石志》三十卷，《山經》三十五卷，《河渠書》十一卷，《儒行傳》六卷，《酷吏傳》、《滑稽傳》、《宦者傳》各一卷，《分類列女傳》七卷；其改名目者，爲《高士傳》五卷，《高僧傳》一卷，《神仙傳》一卷，《道士傳》二卷，而新政不在此論焉。所採取必載出處，皆主廣義，寧繁毋簡，曰：“此史料也，以備後人删節可也。”

嘗讀姚鼐《泰山記》，寂寥短章，故示高簡，不爲題壓，世稱傳作；而衍殊不以爲然。曰：“東漢馬第伯《封禪記》，洋洋二千言，蓋必如是，乃移不到他山去。若《姚記》，則普通高山皆是矣；諸峯或得日，或不得日，最是警語；然以狀衡山，不更善乎！”迨宣統辛亥，遊泰山，作記一篇，二千餘言，所以狀泰山者，特爲窮工盡妍。又得五言律四首，以爲：“古今登岱，未爲傳作。惟少陵《望嶽》一詩，然實未嘗登，乃想像之作；末四句凡高山皆可用，不必岱也。獨余詩廣大雄深，殆無抗手者矣。”衍雅好山水，足跡遍上谷、居庸、昌平、泰岱、嵩山、華山、衡山、匡廬、羅浮、峨眉，京西之香山、翠微，江上之金、焦、北固、鍾山、石鍾、西山、赤壁，漢上之大别、郎官，西湖之南北兩峯，及其它諸名勝，無地不賦詩，無詩不雅切云。

顧以性好説詩；同輩有作，必請論定，而衍抗論得失，謂："趙甌北言：'元遺山才不甚大，書卷亦不甚多，較之蘇、陸自有大小之别；然正惟才不大，書不多，而專以精思鋭筆，清鍊而出；故其廉悍沈摯，勝於蘇、陸。'蘇戡詩七言古今體，酷似遺山；正可引甌北説以爲論耳。"嚴復相告："或以此言告蘇戡，蘇戡愠矣。"衍乃致書孝胥以解之。孝胥答曰："兄叙吾詩許與太過，刻後自視殊不慊；奈何不許知者之評騭乎？僕雖不德，然恩怨恢疏，不介於抱；至友朋相愛之情，老而彌篤；知我有幾人，豈所忍怒哉？"既而孝胥有詩稿一卷，爲衍塗竄。客竊以獻諸孝胥。孝胥鄙之，告衍。衍曰："公乃牛奇章，吾則劉夢得。"蓋唐宰相牛僧孺文字，嘗爲劉禹錫竄點殆盡，厥後二人相見，親好如故相識；故衍以爲況也。

陳衍論詩，當代最推陳三立、鄭孝胥。然三立奇崛雄肆，以山谷爲門户，而根極於韓愈。孝胥悽惋深秀，以柳州樹骨幹，而潤澤以半山。

鄭孝胥者，字太夷，蘇戡其號，福建閩縣人也；中式光緒壬午鄉試榜首，與林紓同榜。紓方治詩古文詞。孝胥問爲詩祈嚮所在。答以《錢注杜詩》、《施注蘇詩》。孝胥曰："何不取法乎上？"意在漢魏六朝也。取蘇軾"萬人如海一身藏"詩意，自名其樓曰海藏，又集其所爲詩曰《海藏樓詩》凡八卷，以年先後爲次。其三十以前，專攻五古，規橅謝靈運而浸淫於柳宗元，又以孟郊琢洗之；沈摯之思，廉悍之筆，一時殆無與抗手。三十以後，乃肆力於七言，自謂爲吴融、韓偓、唐彦謙、梅堯臣、王安石；而最喜王安石。嘗言："作詩工處，往往有在悵惘不甘中者。"此其所爲與樊增祥、易順鼎異趣者也。張之洞誦孝胥詩，亦極推重曰："蘇戡是一把手！"閒適之作，夷曠沖淡；而骨力堅鍊，罔一字涉凡近。詩體百變，咸衷以法，語質而韻遠，外枯而中膏，吐發若古之隱淪；同縣陳寶琛贈以詩曰"蘇盦詩如人，志潔旨彌敻"者也。寶琛，字伯潛，號弢菴，又號橘隱，同治戊辰進士，名輩先孝胥而詩名不如。宣統遜國，官太保，撫時感事，一託於詩，有《滄趣樓集》，尤長於五古，潛氣内轉，真理外融，肆力於韓愈、王安石，出入於蘇軾、黄庭堅，幽思峭筆，略與孝胥相似。顧寶琛樂易長厚，與人爲亡町畦；而孝胥則自負經世之略，好奇計，抵掌談兵，有口辨。於清之季，嘗以道員賞四品京堂，率湖北武建軍，督辦廣西邊防。既柄兵，驟擢用。顧所自憙者在詩，與人書曰："何意以詩人而爲邊帥！"或震邊帥之貴，乃解以詩曰：

高樓先生耽苦吟，廿年來往江之潯。何曾夢見煙瘴地，蠻荒一落顔爲黔？連城三月脱鬼手，龍州還對山嶔嶔。邊關形如馬振鬣，戍卒狀似猿投林。風情收拾付隔世，坐覺老大來相侵。豈無春花與秋月，路絶不到詩人心。終年望饟數不至，欲和《乞食》誰知音？此人此地寧足愛，廟堂用意殊難尋，天高匪高海匪深。平生詩人豈不貴，何以卑我空傷今！

襟抱可想。顧孝胥之乘邊也，著短後衣，親歷戎行，勤放哨，教打靶，振刷士氣，日日儼對大敵，以此坐鎮兩年，威惠甚著。已又不適，以光緒三十一年乞罷歸江南。三十三年，中朝再以安徽按察使、廣東按察使徵，皆不起。宣統二年，東三省總督錫良方營遼瀋；孝胥至，爲策畫十餘事，疏上不報；於是悒悒，至京師，尋南歸。明年，再抵京師，投刺中朝貴人，署曰詩人鄭孝胥。於唐柳宗元、孟郊、韋應物、韓愈、吴融、唐彦謙，宋梅堯臣、王安石諸人詩，皆手寫。《録貞曜先生詩題後》云：

復古孤莫立，佞今羣所褒。初非榮世物，而亦爲名勞。風雅業墜地，士心茲淫慆。先生不偶生，結束歸堅牟。咄嗟浮游子，没齒徒滔滔。

高意屬秋迥，惠心屏春華。手揮海上琴，衣綴巖間霞。詩濤湧退之，束手徒咨嗟。羌以意表論，邈茲神理遐。不爲一世可，坐使千秋譁！

五年南國遊，一卷東野詩。寄余獨往意，重此絶世辭。連城必良玉，三染必素絲。勿驚絢爛文，終與大璞期。夷厚含陶思，超異同謝規。誰言中唐聲，此是《小雅》遺。太息貞懿士，老死山嶷嶷。

端人思無邪，篤行言自文。運思雖匪涯，立義各有云。下士逐紛華，百年心如熏。性情蕩不支，榮枯隨世氛。行跖而言夷，此語非所聞。余表先生節，以振頑懦羣！

畢生獨吟詩，得此物外身。中有感懷篇，惻愴難具陳。玉堂悲玄鳥，故國望星辰。素月忽經天，鵾鴞不可因。憂時匪吾事，遠念何酸辛。位卑思爲罪，言孫遇益屯。"春暉"一終曲，忠孝兩斷斷。咄哉眉山叟，銅斗豈足論！

《録韋蘇州詩題後》云：

達華即沖漠，散性難自整。豈云與俗殊，意獨得沈省。平生一深念，異代愛雋永。三歎古之賢，曾同惜徂景。

《録柳州詩畢題卷後》云：

河東文章伯，童冠拔時選。翻飛觸世網，壯歲坐遷轉。盛名自取病，衆詬實不淺。懲疚辭徒悲，晚景遇益蹇。麗思鬱欲流，驚才跼未展。横經眇心貫，讀《騷》儼躬踐。蓄悲語離奇，取幽氣奥衍。發爲澹蕩作，噓吸出墳典。五言暨七言，老手廢雕篆。每放寂寞遊，偶託釋、老辯。鮑、謝方抗行，李、杜足非靦。以兹夐妙篇，千古解宜鮮。當代競宗韓，北辰故易顯。那知東方曙，啓明上雲巘。晴窗與往復，塵慮得驅遣。心折吊屈文，語息特修謇。偉人不世出，我輩類狂狷。懷哉文先生，吾硯蝕秋蘚！

三詩未收入《海藏樓詩》，然可以徵孝胥詩功所自出。其《書韋詩後》云：

爲已爲人之歧趣，其徵蓋本於性情矣。性情之不似，雖貌合，神猶離也。夫性情受之於天，胡可强爲似者？苟能自得其性情，則吾貌吾神，未嘗不可以不似似；則爲已之學也。世之學者，慕之斯貌之；貌似矣，曰異在神；神似矣，曰異在性情。嗟乎，雖性情畢似，其失已不益大歟！吾終惡其爲佞而已矣！韋詩清麗而傷雋，亞於柳；多存古人舉止，則高於王。遺王而録韋，與其不苟隨時，然亦不可與入古。柳之五言，可與入古矣；以其淵然而有渟也。柳之論文也，曰"得之爲難"。韋之爲韋，亦曰"得之而已矣"。弗能自得其性情而希得古人之得，盡爲人者也。

可以闚其生平論詩之宗旨焉。

生平論詩，以爲寫景視記事、抒情爲難。舉古人名句如柳宗元之"壁空殘月曙，門掩候蟲秋"，"回風一蕭瑟，林影久參差"，白居易之"一道斜陽鋪水中，半江瑟瑟半江紅"，王安石之"南浦辭花去，回舟路已迷。暗香無覓處，日落畫橋西"，趙師秀之"行向石欄立，清寒不可云。流來橋下水，半是洞中雲"，其極超妙者。人不過一聯兩聯。而所自得意者，則"亂峯出没争初日，殘雪高低帶數州"，"月影漸寒秋浩洞，柝聲彌厲夜嵯峨"，"月黑忽驚林突兀，泉枯惟對石嶕嶢"，"楚澤混茫方入夏，暮雲峭崒忽連山"，"白下溪流向人静，紫金山色入春妍"，"入春風色連林覺，過雨山園一半開"，"兩郡楚山臨岸起，一江初日抱樓生"七聯。可謂"夥頤沈沈"矣。

孝胥爲詩，一成則不改。與陳衍書曰："骨頭有生所具，任其支離突兀也。"稟性喜雨，愛誦姜夔"人生難得秋前雨，乞我虚堂自在眠"二句。其《同南通張謇夜坐吴氏草堂賦詩》云：

一聽秋堂雨，知君病漸蘇。欲論十年事，庭樹已模糊。

略用姜詩意也。所作七言絶句，以《子朋屬題山水小幅》兩絶及《吴氏草堂》兩絶爲最工。其《子朋屬題山水小幅》云：

江東顧五倦游還，占取城西水一灣。卷卷清詩皆入畫，底須俗筆汚溪山！

二十風流比阮、嵇，年來物役苦難齊。欲知白下閒蹤跡，只向書堂覓舊題。原注：子朋所居深柳讀書堂中，余舊日題詩最多。

《題吴氏草堂》云：

雨後秋堂足斷鴻，水邊吟思入寒空。風情誰似霜林好？一夜吴霜照影紅。

水痕漸落霜漁汀，秃柳枝疏也自青。唤起吴興張子野，共看山影壓浮萍。

陳衍最喜誦兩題之第二絶；曰："韋蘇州之'獨憐幽草'，蘇東坡之'竹外桃花'，不是過也。"

孝胥之詩，得趣宋之王安石；而論文則推唐之柳宗元，其《海藏樓雜詩》之七云：

幼時學爲文，獨喜柳子厚。《斷刑》與《時令》，熟讀常在口。近人尚桐城，其論深抑柳。陽湖分支派，相襲亦已久。柳文彼所輕，學柳更何有！奇人吾煒士，愛我忘其醜。咨嗟媿室辭，沈至信高手，子亦毘陵宗，胡不憚衆詬？損名勿輕言，意子適被酒。

蓋推柳文如此。及所自作，情文騷楚，則得柳之幽峭紆鬱，有《擬謝靈運怨曉月賦》云：

夢既覺兮心然疑，下匡牀兮搴羅帷。在厭厭之纖月，託夜堂而徘徊。徘徊兮何其？怨綺疏兮天涯。漏促光沈，窗涵影弱。乍訝孤飛，旋愁將落。腹顧菟而誰懷？鎖關山而無鑰。浮雲兮尚羊，羌自寶兮精光。惜殘宵之荏苒，衆星紛其耀芒。奈須臾之流影，悵修途之阻長。山嵒嵒而向曙，海蕩蕩而無梁。寄瑶華於千里，勞引領兮相望。

《誄燕文並叙》云：

初秋早起。牆隅露草間，墜燕，且斃矣；取視幾，俄而遂斃，瘞之東院芭蕉之下，坎深及咫。旬日，草茸茸然合其墟也。誄之以文曰：

惟此一抔，微塵瘞愁。彫梁墜月，老翅傷秋。寒暑幾何，星火既流。恨沈滄海，夢鎖高樓。終古江南，芳草悠悠。鶯唬花落，鴻過庭幽。並隨逝往，杳與今留。

昔人評柳文以爲“豐縟精絶”；如孝胥之《擬謝》《誄燕》兩文，殆庶幾焉。

孝胥詩文之外，喜作書，筆力挺秀，而瘦硬特甚；蓋原本蘇軾而參以變化者。顧於古人書，極推王安石。有《作書久不進憤賦此》一詩云：

此書無難易，要自習之久。苟懷世人譽，俗筆終在手。古今祇此字，點畫别誰某。必隨人作計，毋怪落渠後。但當一掃盡，逸興寄指肘。行間馳真氣，莫復摶土偶。時賢争南北，擾擾吾無取。狂奴薄有態，得者進猨叟。達哉臨川言：“妄鑿妍與醜！”原注：王荆公詩：“誰初妄鑿妍與醜，坐使學士勞筋骸。”

《雜詩》云：

學書欲何爲？坐使百事廢；規規摹古人，久之意不快；冥追愈嚮上，聊以避前輩；人云似某某，竊用引爲愧。雖古亦猶人，面目那可對？作真不如草，稍悟竟奚異。誰道起自運，寫此蓋世氣？每奇王介甫，下筆風雨至。聊爲宋仲温，千紙勿惜費！原注：宋克仲温杜門染翰，日費千紙。

能書由天資，成就在學力。徧搜古人奇，一悟或有得。篆分絶矜嚴，取勢常以逆。草真趨雋永，神味務自適。唐庸宋益弛，晉魏誠造極。掃去殊未能，豈免爲人役。幼年慕從祖，淳古仍宕激。中年觀忠端，獨往深莫測。米顛恨其手，坐受談口厄。縱手且勿談，破柱來霹靂。原注：米元章詩云："有口能談手不隨。"

此可以證其學書之劬，而論書則貴行筆之完。《簡夢華》云：

夢華足下：

屬書高麗紙，輒以奉還。書殊不佳，然亦有所妄見。昔之論書者曰"圓健"。"健"誠是也。"圓"之義乃未了，徒增後生魔障；終無悟入地。必當正之則宜曰"完"，夫書以氣脈爲主。結字之工，在於行筆；如人筋骸百節，面目四肢，都無殘損；充以涵養，成後精神煥發，生韻迥出。結字隨時不同；惟行筆無不足之病，則於長短肥瘠反正之中，各具起伏往來頓擲之觀。每作一筆，神理俱備，合而成字，親於骨肉；所謂"完"也。觀近人作，結字每苦支離，行筆動傷夭札；因無完筆，遂無完字。又其下者，但辨行列，則小史之技爾。然僕爲此言，大不自量。米老曰："有口能談手不隨。"言之不怍，則爲之難；皆吾病也。既爲足下書畢，諦視益慙。姑述代談，即訊文祉。

夢華者，金壇馮煦也；極歎孝胥爲至論。

孝胥之弟曰孝檉，稚辛其字也；能詩如其兄。將之江南，《留題福州西湖禪壁一律》云：

一天離緒望吴門，彳亍湖壖晝易昏。山榭葉黄詞客面，水蘋花瘦女兒魂。上方聽法傳清梵，他日尋詩拂壞垣。誰爲慰留行不得？癡禽著意太温存。

時光緒二十二年也。迨辛亥國變歸里，舊地重游，重賦一律云：

曾聞共命是頻伽，啼落曼陀一樹花。七字題詩猶疥壁，廿年歸客已無家。遠峯掃黛眉如語，舊事成塵眼欲遮。衹有湖波留不盡，照人青鬢點霜華。

題曰："歲丙申將去福州，留詩西湖禪壁，和者數十首。頃歸自吴，滄桑換世，壞壁重題，他日又當若何觸棖也！""山榭"一聯，極似陸游"斷橋煙雨梅花瘦，絶磵風霜槲葉深。""七字"一聯，極似蘇軾"老僧已死成新塔，壞壁無因見舊題"。廉悍不如乃兄，而婉約勝焉。

孝胥之詩，與陳三立齊名。三立弟子，推鉛山胡朝梁爲高第。而學孝胥詩者，則以侯官李宣龔爲最早云。

胡朝梁，字子方，自號詩廬。詩以外無他好。爲人嬲觀劇，自午至酉，萬聲闐咽中，攢眉搜腸，成五言古一篇，蓋和其師陳三立《題聽水第二齋》韻者。其爲詩專學黄庭堅，七言律中二聯，多兀傲不調平仄。《夏日即事》云：

人生快意是會合，盡日好風來東南。芳塘半畝水清淺，茅屋一間人兩三。看水看山殊未厭，栽桑栽竹粗已諳。青雲可致不須致，我願食貧如薺甘！

《寫義寧師詩竟輒書所觸以呈》云：

大塊噫氣幻萬千，上飛下走日月旋。詩人能事通造化，驅使萬物歸新篇。吾師讀書善養氣，胸次浩蕩收百川。作詩不須故作勢，卻自淩厲横無前。

《夏居漫興》云：

雙塘之水明如鏡，一帶垂楊青可攀。得意醉而非醉候，遊身材與不材間。有時嘎啃仰天語，消得尋常負手閒。幸是中年健腰脚，短衣匹馬好還山。

《述懷》云：

年年作計隨人後，短髮長歌衹自疑。來日萬端付之酒，江南片月爲吾私。非關早歲思齊物，合有寒儒瘦到詩。我已窮於孟東野，高天厚地更何之！

疏宕遒雋，大率類是。陳三立許其直造宋賢勝處，而陳衍則告之曰："蓋倣山谷之學杜，得其一體者。在杜如'愛汝玉山草堂静，高秋爽氣相鮮新。有時自發鐘聲響，落日時見漁樵人'，'錦官城西生事微，烏皮几在還思歸。昔去爲憂亂兵入，今來惟恐鄰人非'，如此之類，不過百首之一二。在山谷則十首之三四。然猶廑三四也，君則十之七八矣。不俗在此，廑能不俗亦在此。"朝梁深服其言，而不能改也。

李宣龔，字拔可；早年爲詩，學陳師道。及從鄭孝胥游，乃爲王安石。而孝胥之爲漢口鐵路局總辦也，宣龔實爲記室。時陳衍在武昌，宣龔旬日必過詣衍所，有詩云：

石遺小住藤爲屋，無悶新居竹滿庭。準擬過江尋一憩，午涼容我作詩醒。

不知魚鳥歸何處，卻與蚊蠅共一區。眼底了無芳草色，那能長日閉門書！

蓋最早爲孝胥詩派者。孝胥在日本有詩題曰："決壁施窗，豁然見海，名之曰無悶。"詩中無悶，即指孝胥也。後孝胥去職。宣龔又有《過盟鷗榭有懷太夷奉天一律》云：

庭前病檜自蕭疏，門外驚鷗不可呼。飽聽江聲十年事，來尋陳迹一篇無。投荒坐惜人將老，望魯空嗟道已孤。賴有勝天堅念在，稍分肝膽與枝梧。

盟鷗榭者，蓋漢口鐵路局之臨江一室，而孝胥決壁施窗以爲燕客譚詩之所者也。宣龔之學詩，實於是大成焉。

宣龔詩最工嗟嘆，蓋古人所謂凄惋得江山助者。《題吴文劍隱鑒園圖》云：

事業欲安説！溪邊柳成圍；當時叩門人，百過亦已衰。此園在城東，地偏故自奇。世俗便貴耳，濁醪争載窺！那識賞寂寞，但聞簧與絲。我嚮喜獨遊，扁舟弄漣漪。拊檻一片雲，鍾山遠平籬。花竹不迎拒，魚鳥無瑕疵。豈惟客忘主，青溪吾所私。中間共出處，就官淮之湄。土瘠民力瘁，百無一設施。鄂渚將再覿，征車方北馳。歸途望楚氛，微服鷁退飛。陵谷事已改，變遷到茅茨。相逢忽攬卷，不收十年悲。《鄭記》似柳州，平淡乃過之。夙忝文字飲，可能欠一詩。巷南數椽屋，有枝亦無依。倘免燿燿畏，滔滔還當歸。芳草結忠信，吾言兹在兹！

蓋宣龔少遊金陵，後自築屋青溪旁，小有林亭，經國變，頗遭蹂躪；又目擊武昌兵亂，吟此寄懷，正鄭孝胥稱王安石詩所云"工處有在悵惘不甘中者"。論者謂："此詩二十年青溪鍾阜間交遊蹤迹，直舉孝胥《海藏樓詩》：《吴氏草堂》、《晚登吴園小臺》、《正月二日詩筆》、《上巳吴園修禊》、《濠堂》、《題吴鑒泉新城水榭》、《舟過金陵》諸詩懷抱而萃之一詩"云。

宣龔有詩友二人：曰新建夏敬觀劍丞，曰紹興諸宗元貞壯。宗元審曲面勢，善使逆筆，而造語用意，胥求透過一層者。惜其太少。而宗元以爲得此已足；若必求益，則賣菜傭所爲已。早年隨宦江西，得交敬觀而未譚詩。

及寓滬時，始與敬觀唱和，味雋而永，有“二妙”之目。敬觀生平論詩所服膺者東野、宛陵；及所自爲，則刻意鍛鍊，不肯作一猶人語。陳衍嘗嘲之曰：‘吾子詩卓自樹立，視鄉老陳散原，尚思徐行後長者否也?”因題其詩稿曰：“命詞薛浪語，命筆梅宛陵。散原實兼之，君乃與代興。”蓋追散原之逸軌者。當塗奚侗無識宦金陵久，奉手散原，詩語奇崛，亦爲近之。而順德羅惇曧掞東，羅惇㬊敷庵，二難競爽，咸推詩伯。然而惇曧蒼秀，惇㬊謹嚴；惇曧氣體駿快，得東坡之具體；惇㬊意境老澹，有後山之遺響。迹其成就，其在散原，亦猶蘇門之有晁、張也。侯官黃濬秋岳嘗從陳衍學，詩工甚深；天才學力，皆能相輔，有杜、韓之骨幹，兼蘇、黃之詼詭，其沈著隱秀之作，一時名輩，無以易之。輓乃私淑於三立，氣體益蒼秀矣。其鄉老林紓不以詩名，早歲有作，則學梅村；而六十以後，漸爲蒼秀，自命杜陵詩史，惟結體鬆緩，未能精嚴，寫數十首示陳衍。衍謂工者二三，不工者七八，寓書勸其删汰，媵以一絶，有“鋪張排比杜陵人”之句；“鋪張排比”四字，元稹以贊杜甫。而紓則大不悦；以視於濬，殊覺前賢畏後賢也。長樂梁鴻志衆異有作，必請益陳衍；其詩植骨杜、韓，取逕臨川，工爲嗟歎，頗得介甫深婉不迫之趣；蓋鄭孝胥之同調矣。陳衍言：“鄉人中能爲深微淡遠之詩者，有何振岱梅生，非惟淡遠，時復濃至；其用力於柳州、郊、島、聖俞、後山者，皆頗嚌其胾也。龔乾義惕菴，則詩思窈曲，而辭多僻澀，造語使事，迥不猶人。”蓋乾義於三立爲近，而振岱則孝胥之流也。顧衍又言：“近賢詩清脆者多，雄俊者少。獨閩縣曾克耑履川兀傲不羣，可以走僵籍湜。”克耑論詩主雄深雅健，以謂：“詩之能深者未必雄。能健者未必雅。雄而深，斯爲真雄；健而雅，斯爲真健；此固繆合而不可分。世之視浮囂爲雄，粗獷爲健者不喻焉！疲心於字句之末，自足於艱晦偪仄，而笑縱横悲壯之作爲‘可以驚四筵，不可適獨坐’者不喻焉。”所致力者，陶潛、阮籍、杜甫、韓愈、蘇軾、黃庭堅諸家，要歸之於杜；亦博其趣於孟郊、李賀、李商隱、韓偓、王安石、陸游；宋以下作者，元好問外，涉獵而已。刊有《涵負樓詩》八卷。凡茲所論，咸足以張西江之壁壘，而殿同光之後勁者也。輓近詩派，鄭孝胥以幽秀，陳三立以奥奇，學詩者，非此則彼矣。顧有異軍突起，爲詩壇樹赤幟者，當推吴江金天羽松岑。天羽才氣横肆，極不喜所謂同光體，越世高談，自開户牖；論詩宗旨，可於其答樊山老人一書徵之。以謂：“詩之爲學，根乎性識，成乎服習，性習相守，流别以成。甄綜大要，蓋有三途：劉彦和曰：‘在心爲志，發言爲詩。’夫心之精微，不達於毫素。志之菀結，寧播乎聲樂。是故隱文譎喻，冥心絶迹，哀樂百端，驚聽回視，變雅、《離騷》是其初祖。浣花、東野尤工悴吟。趙宋一代，西江、永嘉遂成瀊調。夫其激音内轉，妙思側出，踠駿足於蟻封，握鷙爪於蟠木，勁折奥邃，良足饜心。而末學滯固，依聲逐影；愛謝傅風流，吟當擁鼻；師德耀高志，出必椎髻；斥崔顥爲輕薄，呼阮籍爲老兵；枝條纖曲，華葉萎悴，空山啄木之響，里巷舂杵之節，勞歌互答，以爲娱賞。論者謂爲山林文學，雖非精詁，良亦近似。此其一也。慘舒異節，弇侈殊音；六藝之道，有隱有顯。是以能文之士，含咀百家，韜會六籍，經典深富，方册隱曖，體憲乎兩漢，考文乎六代，振綺乎徐、庾，駢秀乎盧、駱，訂律乎元、白，緘情乎温、李。至清代梅村，蔚成詩國；碧城、瓶水，亦足附庸。然其蔽也，豐詞少骨，繁采寡情，驅使故實，義隱迹晦。况今梯杭四達，心靈棣通，詩歌文學，同乎政理。是以拜輪、戈德、嚻俄之倫，並馳聲區外，萬口吟風。乃如吾國文學，四傑、七子、西崑、長慶，一經鞮譯，將剽剥儷偶，擺落典制；鴻裁雅什，聲理不爛。‘日角’‘天涯’之句，‘丁年’‘甲帳’之吟，‘生張’‘熟魏’之佳嘲，‘黄祖’‘烏孫’之勁對，味同嚼蠟，或將嗤笑。故知倉頡造文，單音獨體，音通乎律，質有其文；二偶俶落乎《典謨》，四聲萌柢乎《三百》，遷地弗良，永爲國性。此其二也。有清一代，詩體數變。漁洋神韻，倉山性靈，張、洪競氣於輦轂，舒、王騁豔於江左，風流所届，遂成輕脱。夫口饜梁肉，則苦笋生味；耳倦箏笛，斯蘆吹亦韻。西江傑異，甌閩生峭，狷介之才，自成馨逸。纖文弱植，未工模寫，而瓣香無已，標舉宛陵。洎夫臨篇搦翰，乃不中與鍾譚當隸圉。文質兩敝，在乎偏霸；圖霸不成，齊晉分裂。世有大雅君子，張皇墜緒，振起宗風，張樂洞庭之野，敷座靈山之會，九幽覼怪，千仞刷翮；胚胎六義，吐納百家，揖讓莊、馬之庭，出入李、杜之囿，體左、鮑以樹骨，躡顔、謝以振采，服陶、韋以滌志，規韓、孟以厲氣，狎坡、谷以廣志，模陸、范以盡態，此數子者皆情條敷暢，思業高奇，景羨方矩，作程遐域。視彼任昧，雅鄭殊科；安得有縟藻之病，而鈎吻之勞乎。”其所自造，能副所言；自謂：“我詩有漢魏，有李、杜、韓、蘇，有張、王小樂府，有長吉，有楊鐵厓，有元、白，有皮、陸，有遺山、青邱，而皆遺貌取神，不襲形似。自幼學義山，人不知也；學明遠、嘉州，人不知也；學山谷，人不知也；然於此數家功最深。”斯蓋寸心得失之言；刊有《天放樓詩集》、《續集》。陳衍謂：“其才思如礦出金，如鉛出銀，在明則楊升庵，在清則龔定菴，可相仿佛。及其老筆紛披，殊有杜少陵所云絶代佳人，‘摘花不插鬢，采柏動盈匊’之態。”併著於篇以備考論焉。

三　詞

朱祖謀（附：王鵬運、馮煦）——况周頤（附：徐珂、邵瑞彭、王蘊章、龍沐勛）

譚詞學者，匪如詩與文之歧其途也，壹以宋詞之常州派爲宗，蓋詞莫盛於宋，而宋人目詞爲小道，名曰“詩餘”。及讓清而詞學大昌。秀水朱彝尊、錢唐厲鶚先後以博奥澹雅之才，舒窈窕之思，倚於聲以恢其壇寓。浙派流風，泱泱大矣。浙派始於朱彝尊，蓋承明詞之弊，而崇尚清靈，欲以救嘽緩之病，洗淫曼之陋也。然標格僅在南宋，以姜夔、張炎爲登峯造極之境。厲鶚繼之，而好用新事，後生效之，每以捃摭爲工；流極所至，爲餖飣，爲寒乞。其後乃有常州派起。張惠言、董士錫《易》學大師；周濟治《晉書》，號爲良史；各以所學益推其誼，張皇而潤色之，由樂府以上溯《詩》、《騷》，闡意内言外之旨，推文微事著之源，蓋至於是，而詞家之業乃與詩家方軌並馳。而詩之所不能達者，或轉藉詞以達之。張惠言爲常州開山之祖；其論詞以深美閎約爲旨，緣情造端，興於微言，以相感動。董士錫、周濟稍後出，而士錫則惠言甥也。士錫與濟至交，而論説互相短長。士錫初好玉田，而濟謂之曰："玉田意盡於言，不足好。"濟不喜清真，而士錫推其沈著拗怒，比之少陵。牴牾者一年，士錫益厭玉田，而濟遂篤好清真，以爲："初學詞求空，空則靈氣往來。既成格調，求實，實則精力彌滿。初學詞求有寄託；有寄託，則表裏相宣，斐然成章。既成格調，求無寄託；無寄託，則指事類情，仁者見仁，智者見智。北宋詞，下者在南宋下；以其不能空，且不知寄託也。高者在南宋上；以其能實，且能無寄託也。南宋，則下不犯北宋拙率之病，高不到北宋渾涵之詣。"故曰："詞非寄託不入，專寄託不出。一物一事，引而伸之，觸類多通，驅心若遊絲之罥飛英，含毫如郢斤之斲蠅翼，以無厚入有間，既習已，意感偶生，假類畢達，閱載千百，謦欬弗違，斯入矣。賦情獨深，逐境必寤，醞釀日久，冥發意中，雖鋪叙平淡，摹繪淺近，而萬感横集，五中無主；讀於篇者，臨淵窺漁，意爲魴鯉；中宵驚電，罔識東西。赤子隨母笑啼，鄉人緣劇喜怒，抑可謂能出矣。余所望於世之爲詞人者蓋如此。"著有《詞辨》一書，又選《宋四家詞》以爲倚聲之正鵠。四家者曰周邦彦、辛棄疾、王沂孫、吴文英。其所望於詞人之讀是選者，問途碧山，歷夢窗、稼軒以造乎清真。自張惠言有"緣情造端，興於微言以相感動"之論，而詞之體乃尊。自周濟有"非寄託不入，專寄託不出"之論，而詞之學乃大。浙派但事綺藻韻致，已爲下乘，論者渭南宋之作法於涼。要之浙派之詞，朱彝尊開其端，厲鶚振其緒，皆奉白石、玉田爲圭臬，不肯進入北宋人一步，况唐人乎。故南北宋者，世所分浙派、常州之樞紐也。常州以拙、重、大，學北宋之渾涵。浙派以鬆、輕、靈，學南宋之清空。常州派興而浙派替。至輓近世，仁和譚仲修崛起同、光之間，乃衍張惠言、周濟之學以纂《篋中詞》十卷，蓋皆清詞也。又取濟所纂《詞辨》而評之，自謂持論小異，而折衷柔厚則同；所著《復堂詞》，大雅遒逸，深得張惠言深美閎約之旨；而傳其學於杭縣徐珂仲可。由是浙江杭州有常州之學。同時有高密鄭文焯叔問者，奉天鐵嶺人，漢軍；其自稱高密鄭氏者，文焯自詭託於康成之後也；所著詞曰《樵風樂府》，感興微言，澹遠沈著。其人少工側豔，而不盡協律；遊吴中十年，學琴於江夏李復翁，極論古音，乃大悟"四上競氣"之指；於白石自度曲所記音拍，能以意通之。深明管絃聲數之異同，上以考古燕樂之舊譜，撰成《詞原斠律》一書，而能因姜詞以上溯唐譜，推求詞律之本原，爲研求詞學者别闢途徑。文焯既留心於樂律，故其詞亦偏宗周邦彦、姜夔。兩宋詞人號知音，能自製曲者，惟柳永、周邦彦、姜夔最爲大家；而姜詞旁譜，至今猶在，爲其有迹可尋，因求其聲律，而兼及其格調；故文焯中年，於《白石詞》致力尤深；其教人亦舍白石外，並在禁例；而晚乃兼涉夢窗，以上追清真。又謂："東坡詞氣韻格律，并到空靈妙境。"則受臨桂王鵬運之熏染也。鵬運，字佑遐，一作幼霞，自號半塘僧鶩，於光緒朝官禮科掌印給事中，號彊直敢言事；而慈禧太后及德宗常駐頤和園，鵬運争之尤力。卒以不見容去位，之江南，尋客死。鬱伊無聊之概，一於詞陶寫之。所著詞刊爲《半塘定稿》。其詞幻眇而沈鬱，義隱而指遠，蓋導源碧山，復歷稼軒、夢窗以上追東坡之清雄，還清真之渾化；與周濟之説固契若針芥也。由是常州詞派流衍於廣西矣。鵬運死，而文焯寂寞不求聞，乃羣推歸安朱祖謀、臨桂況周頤爲詞宗，二人之學，蓋一出於王鵬運云。

朱祖謀，原名孝臧，字古微，號漚尹。世居浙江歸安之埭溪渚上彊山麓，唐白居易所謂"惟有上彊精舍，與劉商扊之仙知"者也。自號上彊邨民，因題其集曰《彊邨詞》。少時隨宦河南，遇王鵬運，交相得也。鵬運之治詞也，蓋取誼於周濟，而取律於萬樹。萬樹者，於康熙間嘗著《詞律》以糾駁《嘯餘譜》明程明善撰、《填詞圖譜》清賴以邠撰及諸家詞集之譌，即所稱萬紅友者是也。鵬運常語人曰："萬氏持律太嚴，弊失之拘。然使來者之有人，綜羣言於至當，俾倚聲一道，不致流爲句讀不緝之詩，則篳路開基，萬氏實爲初祖。"而祖謀彊識分銖，宗萬氏而益加博究。上去陰陽，矢口平亭，不假檢本；鵬運憚焉，謂之律博士。然祖謀之詞學，實受之鵬運者爲多。祖謀以光緒癸未進士，殿試二甲第一人，授編修。二十二年赴官京師。鵬運方官御史，舉詞社，邀之入。顧鵬運性喜宏獎，於祖謀則繩檢不少貸，微叩之，則曰："君於兩宋途徑，固未深涉；亦幸不覩明以後詞耳。"因貽所刊《四印齋詞》十許家，四印齋者，鵬運所以自署其室者也。又約校《夢窗詞》四稿，謂："以空靈奇幻之筆，運沈博絶麗之才，幾如韓文杜詩，無一字無來歷。"時時語以源流正變之故，旁皇求索，從南宋入手；明以後詞，絶不寓目。如是者三年，則曰："可以視今人詞矣。"示以顧貞觀、厲鶚、蔣春霖等所作。二十六年，拳匪入京師，洶洶將作亂。祖謀以侍讀學士，與太常袁昶、侍郎許景澄上疏力諫，格於端王不得達。慈禧太后召王大臣議攻使館。昶侃侃力争。德宗持景澄而泣。祖謀抗聲曰："拳匪不可恃，袁昶言是也！"太后勃然變色，詢言者爲誰？祖謀徐徐白姓名，語雜浙音。太后不辨，幸不及於難。聯軍入京，都人士駭而走，祖謀則偕修撰劉福姚就鵬運以居。三人者，痛世運之凌夷，知患氣之非一日致，則發憤叫呼，相對太息。既困守窮城，乃約爲詞課，拈題刻燭，喁於唱酬，日爲之無間。一闋成，賞奇攻瑕，詼諧間作，若忘其在顛沛兀䡾中，而自以爲友朋文字之至樂。即世所傳《庚子秋詞》也。鵬運投劾，之上海，講學於南洋公學，而祖謀以太后回鑾，得前疏，讀之流涕；遂擢禮部侍郎，視學廣東，奉詔南下，遇於上海。鵬運則出示所爲詞九集，將都爲《半塘定稿》，約曰："吾兩人作，交相校訂。"祖謀攜其稿之粵，以《彊邨詞》郵致，索删定，鵬運覆以書曰：

大集琳琅，日來料量課事訖，即焚香展卷，細意披吟，宛與故人酬對。昨況夔笙渡江見訪，出大集共讀之，以目空一世之況舍人，讀至《梅州送春》、《人境廬話舊》諸作，亦復降心低首曰："吾不能不畏之矣！"夔笙素不滿某某，嘗與吾兩人異趣，至公作則直以獨步江東相推，非過譽也。若編集之例，則弟日來一再推求，有與公意見不同之處，請一陳之。公詞庚辛之際，是一大界限。自辛丑夏與公别後，詞境日趨於渾，氣息亦益静，而格調之高簡，風度之矜莊，不惟他人不能及；即視彊邨已亥以前詞，亦頗有天機人事之别。鄙意欲以已見《庚子秋詞》、《春蟄吟》者編爲别集，已亥以前詞爲前集，而以庚子《三姝媚》以次，以汔來者爲正集，各製嘉名，各不相雜；則後之讀者，亦易分别。叔問詞刻，集勝一集，亦此意也。自世人之知學夢窗，知尊夢窗，皆所謂"但學蘭亭面"者。六百年來，真得髓者，非公更有誰耶？夔笙喜自詫，讀大集竟，浩然曰："此道作者固難，知之者能有幾人？"可想見其傾倒矣。拙集既用《味黎集》體例，則《春明》、《花事》諸詞，其題目擬《金明池》，下書"扇子湖荷花"題，序則另行低一格，而去其"第一"、"第二"等字，似較大方。公集去之良是；體例決請如此改繕。暑假不遠，擬之若耶上冢，便遊西湖。江干暑濕，不可久留；南方名勝，當亟遊，以便北首。

時光緒三十年夏五月也。祖謀得書之浹月，而鵬運客死蘇州矣。祖謀慟之甚，遂以書弁《彊邨詞》之首，而哭之以詞；即《彊邨詞》卷二、卷三載《木蘭花慢》、《哨徧》、《八聲甘州》諸闋也。而《木蘭花慢》、《八聲甘州》兩闋尤淒絶！

《木蘭花慢》　程使君書報半塘翁亡。翁將之若耶上冢，且爲西湖猿鶴之問，遽逝湖中，賦此寄哀。時方爲翁校刊《半塘定稿》，故章末及之。

馬塍花事了，但持淚，問西冷。信有美湖山，無聊瓶鉢，倦眼難青。飄零，水樓賦筆，要扁舟一繫暮年情。纔近要離冢側，故人真個騎鯨！自注："昔年和翁生壙詞有云：'傍要離穿冢爾，何心長安。'翁笑曰：'息壤在彼'，豈讖耶?"瑶京何路問元亭，九辨總無靈。算浮生銷與，功名抗疏，心事傳經。冥冥、夜臺碎語，咽飄風鄰笛不成聲！恨墨盈牋未理，暗蟲涼墮愁鐙！

《八聲甘州》　暮登靈巖絶頂，叔問爲述半塘翁昔年聯棹之遊，歌以抒哀，用夢窗韻。

倚蒼巖半暝，拂春裾千鬟亂明星。信間僧指點，愁香黏徑，荒翠通城。故國鴟夷去遠，斷網越絲腥。銷盡興亡感，一塔鈴聲。招得秋魂來否？對冷漪空酹，夢難醒。問琴絃何許？飄淚古臺青。好湖山，孤遊翻懶，又咽風哀笛起前汀。把笻去，小斜廊路，雙屧落平。

祖謀按試廣東，務以拔取真才，汪兆銘即出其門。見朝政日非，挂冠歸，買宅蘇州，與鄭文焯商量詞學，並以校刊歷代詞集自任焉。

祖謀之詞，初學吴文英，晚又肆力於蘇軾、辛棄疾二家；而於軾詞尤所嗜喜，遂校刊《東坡樂府》，而屬金壇馮煦序其端曰：

詞之有南、北宋，以世言也；曰秦、柳，曰姜、張，以人言也。若東坡之於北宋，稼軒之於南宋，並獨樹之幟，不域於世，亦與他家絶殊。世第以豪放目之，非知蘇、辛者也。顧二君專刻，世不恒有。坡詞尤鮮善本。古微前輩，詞家之南董也，酷嗜坡詞，乃取世所傳毛、王二刻，訂訛補闕，以年爲經，而緯以詞。既定本，屬煦一言簡耑。煦嗜坡詞，與前輩同。綜其旨要，厥有四難：詞尚要眇，不貴質實；顯者約之使隱，直者揉之使曲。一或不善，鈎輈格磔，比於禽言；撲朔迷離，或儕兔迹。而東坡獨往獨來，一空羈靮，如列子御風以遊無窮，如藐姑射神人吸風飲露而超乎六合之表。其難一也。詞有二派：曰剛與柔；毗剛者斥温厚爲妖冶，毗柔者目縱佚爲粗獷。而東坡剛亦不吐，柔亦不茹；纏綿芳菲，樹秦、柳之前稱；空靈動宕，道姜、張之大輅；唯其所之，皆爲絶詣。其難二也。文不苟作，寄託寓焉。所謂文外有事在也。於詞亦然。然世非懷襄而效靈均《九歌》之奏；時非天寶而擬杜陵《八哀》之篇；無病而呻，識者恫之。而東坡夙負時望，横遭讒口，連蹇廿年，飄蕭萬里；酒邊花下，其忠愛之忱、幽憂之隱，磅礴鬱積於方寸間者，時一流露；若有意，若無意，若可知，若不可知。後之讀者，莫不睪然思，逌然會，而得其不得已之故；非無病而呻者比。其難三也。夫側豔之作，止以道淫；悠謬之詞，或將損性，拘虚小儒，懸爲徽纆。而東坡涉樂必笑，言哀以歎。暗香水殿，時軫舊國之思；缺月疏桐，空吊幽人之景；皆屬寓言，無慚大雅。其難四也！噫，東坡往矣。前輩早登鶴禁，晚栖虎阜。沈冥自放，聊乞玉局之詞；峭直不阿，幾蹈烏臺之案。其如東坡，若合符契。今《樂府》一刻，殆亦有曠百世而相感者乎！若夫校訂之審，箋注之精，則前輩發其凡矣。此不具書。

時宣統二年夏五月也。

馮煦者，母朱，夢僧拈花入室，遂寤而生，字以夢華。少好詞賦，有江南才子之目。累舉不第，至四十五歲，實爲光緒十二年丙戌，成一甲三名進士，授編修。廷對策用雙行，文仿陸宣公《奏議》，書作鍾元常體。閱卷大臣大學士張之萬、侍郎徐郙怪而抑之。而尚書翁同龢、潘祖蔭則力主進呈。臚唱，跪螭㘭①下，慈禧皇太后遥見之，顧謂左右曰："此老名士！"累官安徽巡撫，上疏請核名實，明賞罰，忤朝旨罷斥。入民國，起總纂《江南通志》，年已八十，猶能作蠅頭小楷。著有日記，積六十二年，迄歿之日，皆精楷不苟，都四十五册。所爲駢散文，陶染典籍，衷於物則。詩則無體不工。旁究倚聲，一以南唐、北宋爲則；嘗就常熟毛晉《汲古閣彙刊》之《宋六十一家詞》，擇其尤精粹者，爲《宋六十一家詞選》十二卷。所定

① "㘭"爲"坳"之訛字。

例言，談詞者奉爲模楷。少時嘗以詞質正仁和譚獻。獻故推本周濟之旨，發揮光大，稱詞家名宿；跋其稿曰："閱丹徒馮煦夢華《蒙香室詞》，趨向在清真、夢窗，門徑甚正，心思甚邃，得澀意。惟由澀筆，時有累句，能入而不能出；此病當救以虚渾。單調小令，上不侵詩，下不墮曲，高情遠韻，少許勝多，殘唐北宋後，成罕格。夢華有意於此，深入容若、竹垞之室，此不易到。"雖有微詞，然期於增美釋回，蓋以古作者待煦矣。煦與祖謀有同賦精忠柏，用岳飛《滿江紅》舊韻各一闋，蓋作於民國以寄思者。

《滿江紅》　賦精忠柏，敬用忠武舊韻　　　朱祖謀

大木無陰，渾不是，衆芳彫歇。相望處，靈旗風雨，於今爲烈。亘古心堅如鐵石，何人手植無年月。向南枝，應有舊啼鵑，聲凄切。　奸檜鑄，沈冤雪。幽蘭瘞，仇讎滅。問喬柯幾見，金甌完缺？朱鳥定飄枋得淚，碧苔錯認萇弘血。更空山，玉骨冷冬青，悲陵闕！

《滿江紅》　同古微前輩賦精忠柏，敬踵岳忠武韻　　馮煦

蕭艾披昌，邈今世，衆芳衰歇。留一木，孤撑天宇，寸心尤烈。七百餘年陵谷變，英靈猶戀西湖月。算亭陰，鬼雨怒濤飛，身悲切！　離九節，凌冰雪。傳海外，何生滅！恁撫柯舒嘯，唾壺敲缺。古殿苔封蟲食篆，空枝春盡鵑啼血。問南朝，遺孽檜分屍，孱王闕？

祖謀又有《清明渝樓同夢華》之《高陽臺》、《六么令》兩闋：

《高陽臺》

短陌飛絲，平碾麴①，市簾江柳争青。中酒年光，買春猶有旗亭。綵旛長記花生日，甚綵窗，兒女心情？盡安排，畫幰吴縑，鈿閣秦筝。　白頭未要相料理；要哀吟狂醉，消遣浮生。無主東風，博勞怨不成聲。朦朧幾陣東闌雪，算今年，又看清明。怕相逢，睇燕歸來，猶訴飄零！

《六么令》

① 按詞牌《高陽臺》开头爲两四言句，且上下爲對文。據《彊邨語業》，"平碾麴"應爲"長波皺麴"之誤。

碧紗煙語，恩怨無端的。分明宋牆東畔，簾幕幾重隔？扶夢花燈宛轉，不照傷心色。後期今夕，青天碧海，未道相思是無益。

蠟燭花還有淚，惜别筵前滴。羅帶詩本無題，出意機中織。千萬秦箏素手，莫教危絃急。鳳帷鴛席，能拚憔悴，知否金釵未堪擘？

蓋兩人同調常相酬答也，聲情激楚，有絃外之音焉。既而汪兆銘爲行政院長，以前清補學官弟子出其門；奉手致幣以明束修之敬，而祖謀誼不以受，兆銘亦不之强也。祖謀又有爲《曹君直題趙子固淩波圖》之《國香慢》一闋曰：

一幢湘魂！正捐璫水闊，泛瑟煙昏。江皋幾叢憔悴，留伴靈均。日暮通詞何許？有嬋媛，北渚含顰。國香縱流落，未許東風，换土移根！　經年亡國恨！料銅槃冷透，鉛淚漬痕。故宫天遠，鵝管從此無春。補作宣和殘譜，《宣和畫譜》無水仙。盡消凝，老去王孫。不成被花惱，步入鷗波，滿襪秋塵。

調亦凄咽，殆所謂“絃絃掩抑聲聲思”者矣。曹君直者吴縣曹元忠也。祖謀以民國六年校刻唐、五代、宋、金、元詞總集四種，别集一百六十八家，名曰《彊邨叢書》。蓋詞起晚唐，越三百餘年，而有南宋之刻《百家詞》；據《直齋書録解題》於《笑笑詞》一條下云：“自南唐二主以下，皆長沙書坊所刻，號《百家詞》”。又四百餘年，爲明末造，而有常熟毛晉《汲古閣》之刻；又且三百年，而後有祖謀之校刻也。千禩以來，詞苑於是爲第三結集矣。元忠蓋與有力，遂屬爲之序曰：

彊邨侍郎校刻唐、五代、宋、金、元詞，以元忠嘗助搜討，共挹微尚；約書成爲序其首。今年秋工竣，得别集百有十三家，總集所收，猶不以此數。盛矣哉，自《汲古》以來，至於近時，朋舊若《四印齋》、《靈鶼閣》、《石蓮山房》、《雙照樓》諸刻，皆未足方。雖然，彊邨是刻之所以獨絶者，則尚不因此。蓋嘗取近世所傳《國策》、《管》、《晏》、《荀》、《列》諸子書録，而知其校刻各詞，猶有劉向家法，爲不可及焉。按向所校讎，以中書爲主，尚取太史書，太常書，大中大夫卜圭書，射聲校尉立書，臣富參書，臣向書，校除複重，定著篇數。可見雖據善本，猶待參訂也。而彊邨所校如之。其於誤字：如以“趙”爲“肖”，以“齊”爲“立”，以“盡”爲

"進"，以"賢"爲"形"，以"夭"爲"芳"；"又"爲"備"，"先"爲"牛"，"章"爲"長"，每云："皆已定殺青可繕寫。"可見實事求是，不妨改字也。而彊邨所校又如之。顧彊邨所尤致意者，則在聲律；故於宫調旁譜之屬，莫不悉心校定，或非向之所及。然《漢書·藝文志》既載《河南周歌詩》，又附《河南周歌聲曲折》；既載《周謡歌詩》，又附《周謡歌詩聲曲折》；度向所校，必亦精審如彊邨可知。則又惜其書久亡，並無書録之可證也。且夫唐、五代、宋、金、元之詞，漢、魏、六朝之樂府也。往讀《宋書·樂志·漢鼓吹鐃歌》十八曲，至《有所思》之"妃呼豨"，《臨高臺》之"收中吾"，雖以索解無從；然猶得據王僧虔啓所云："諸調曲皆有聲有辭，辭者歌詩，聲者若'羊吾夷伊那何'之類。"引爲比列。獨至宋《鼓吹鐃歌》、《上邪》、《晚芝田》、《艾如張》諸曲，幾於滿紙皆"幾令吾，微令吾"，令人口呿吞撟，不知其作何語。及考諸《樂府解題》，則云："凡古樂録；皆大字是辭，細字是聲，聲辭合寫致然。"然後知樂工伶官，既無左驥、史妠、謇姐名倡理董其事；士大夫復以非肄業所及而不屑道，又誰爲之刊正者？故自宋迄梁，不過七八十年，而沈約所見已舛駁如此。使當時有如彊邨者出而校勘，豈非《宋史·樂志》、《導引六州》、《十二時》、《降仙臺》之流，縱音節不傳不可歌，寧至不可讀哉！然則漢、魏、六朝樂府，以聲辭雜糅之故，等諸若存若亡；知凡夫唐、五代、宋、元詞之僅存者，欲延墜緒於一線，殆非精校傳刻不可。我彊邨惟有鑒於此，故《夢窗》鋟版者三，而《草窗》亦至於再；餘諸家亦復廣搜珍祕，博訪通雅，必使毫髮無憾而後已。豈不以南宋所傳《望瀛》十二徧散序無拍，《韻語陽秋》能言之，而今不可知矣！《夷則商·霓裳羽衣曲》十一段起第四徧至殺拍，《碧雞漫志》能言之，而今又不可問矣！姑無論大曲也，甚而纏慢小令，若《詞源》所稱張樞《寄問集》旁綴音譜者，今且無自訪求；恐再閱百年，即此總集别集百數十家，亦將灰飛煙滅。不及時整娖，安知不如劉向所言："爲其俎豆管弦之間，小不備，絶而不爲以至大不備，惑莫甚焉。"不得不盡力以爲之乎？則又用心與向相同；不但校讎守其家法已也。元忠故詳言之，以告當世讀《彊邨叢書》者。

蓋近今詞集之校刻，王鵬運《四印齋》造其端，而祖謀實以是書集其大成；志益博而智專，心益勤而業廣，其有功於詞學者不淺也。徒以裒然巨帙，卒業爲難。而闡詞學之閫奥，詔後生以途轍，始宋徽宗皇帝，迄李清照，凡八十七人，人選數首，曰《宋詞三百首》，比之於《唐詩三百首》。中以周邦彦、吴文英爲最多，蓋求之體格神致，以渾成爲主旨也。况周頤嘗翹以語人曰："能循途守轍於三百首之中，必能取精用宏於三百首之外。益神明變化於詞外求之，則夫體格神致間，尚有無形之訢合、自然之妙造。即更進於渾成，要亦未爲止境。無止境之學，必有以端其始，莫如《宋詞三百首》。"蓋甚推其書也。及所自爲，大抵寄綿密於藻麗，抒情感於比興，而融諸家之長，聲情益臻樸茂，清剛雋上，並世詞家推領袖焉！

祖謀以詞名，顧詩亦入能品，《和遠根乞米曲》曰：

宣州詩翁恒苦飢，索米夢持篆窠歸。舉家瞰粥癯不肥，平原筆力弩釋機。先生研田十年饑，溉墨一斗鍵其扉。臨川三昧熒熒暉，濃鋒蹶豈諸城痱。赫蹄紙百不供揮，璽書增俸疇敢睎。月料半流埒茹薇，焉能休糧脱塵鞿？道山延閣接太微，胡不陳書紫宸闈？胡不曼胡短後衣？捷書夜草旄頭飛。何爲顑頷幽篁圍？乾愁漫誕不可磯。諸公遑辨"妃"與"豨"，一邱之貉蒙庶幾。菜傭求益來已稀！牛鐸黄鍾荒是非，栩然者腹負大誹。安用陶胡奴橐敧，逝將著鞭騄子騑。安吴筆訣絶幾韋，他年奇字森煙霏。

又題《胡愔仲金光明勝經卷子》二絶曰：

妙伽佗諦絶傳衣，花雨香中舊捷扉。一逝翩如黄鵠子，刺天海水又羣飛！

江左一流今日盡，詩篇連卷共誰論？不如自撥爐煙坐，饒舌豐干已不言！

詩研鍊似陳三立，而用事下語或失之晦。陳衍稱之曰："詩中之夢窗"，允矣。以民國二十年辛未冬卒，年七十五歲。

臨桂**况周頤**者，名周儀，以諱清宣統溥儀名，遂改周頤；夔笙其字，别號蕙風。官内閣中書。王鵬運致祖謀書所稱"目空一世之况舍人"也。少而察惠，讀書輒得神解；垂髫應府縣學試，冠其曹，舉案首。同考或竊竊低語："何以稚子，獨争上流?"知府事者至榜示謂："廣右以靈淑所鍾毓，誕此英才；所望爲賢父兄者，善爲掖進，俾以有用之身，致國家之用；則宦轍所至，亦復與有榮云。"九歲，補博士弟子員。十三歲，賦詩，有句云："薄酒並無三日醉，寒梅也隔一窗紗。"其姊婿蔣棟材見而誡之曰："童子學詩，何乃作衰颯語!"十八歲舉優貢。一日，往省姊，偶得《蓼園詞選》讀之，試爲小詞，而沈浸者日以深；其集中附有《存悔》一卷，即十七前作也。輕倩流慧，理境兩絶；有曰："春小於人，花柔似汝。雲涯悵望知何處?"每謂神來之筆，若有所感；至於垂老追念，都難爲懷。二十一，舉光緒五年鄉試。迺娶於趙，伉儷綦篤。夫人擅雅樂，因並習操縵，儼然理曲。既而宦遊京國，遵例官内閣中書，與王鵬運同官，益以詞學相砥礪。並治金石文字，凡有碑版無不羅致，得萬餘本，中《龍門造像》千餘本；尤長於許氏《説文》，名聲訓詁，潛造精研；故其治碑版，并爲淵源之學。尋以會典館纂修叙勞，用知府分發浙江，曾參兩江總督端方幕府。端方藏碑版甲於海内，輒屬周頤定之，《陶齋藏石》一記，蓋出手纂。時合肥蒯光典禮卿以進士官道員，分發江南，與周頤學不同；乃薦興化李詳以間之，每見端方，必短周頤而稱詳。一日，端方招飲，光典又及周頤。端方太息曰："亦知夔笙必將餓死。但我端方在，决不容坐視其餓死耳!"周頤聞之，感激涕下，而致怨於李詳。詳以不得志於端方。既而端方入川被殺；詳以詩吊之，有云："輕薄子雲猶未死，可憐難返蜀川魂!""輕薄子雲"，蓋指周頤也。自是有宴會，周頤與詳，必避不相見。而周頤濡古既深，字畫必謹，自以氏況，見人書"況"字只寫兩點爲"况"則必斥其訛謬；而爲之加成三點水焉。又覩文書中"金樽"字，必塗去木旁作"尊"字，諸如此類，崇古不苟。馮煦戲稱之爲"況古人"。而所自喜者尤在詞；嘗自謂："世界無事無物不可入詞。但在余能自運其筆，使宛轉如意耳。"所著曰《第一生修梅花館詞》、《二雲詞》、《香櫻詞》、《蕙風詞》。遜國而後，家國之感，身世之情，所觸日深，而詞格亦日遒上。頓挫排宕，柔厚沈鬱，千辟萬灌，略無爐錘之迹，而又嚴於守律，一聲一字，悉無乖舛。方之古人，庶幾白石；亦自謂五百年後，得爲白石，亦復相類也。録其二詞，聊當舉隅：

《齊天樂·秋雨》

沈郎已自拌憔悴，驚心又聞秋雨。做冷欺燈，將愁續夢，越是宵深難住。千絲萬縷，更攙入蟲聲，攪人情緒。一片蕭騷，細聽不作乎是故園樹！　沈沈更漏漸咽，只簷前鐵馬，幽怨如訴。儻是殘春，明朝怕有，無數飛花飛絮。天涯倦旅，記滴向蓬窗，更加凄苦。欲譜瀟湘，黯愁生玉柱。

《四字令》　南陵徐積雨得小銅印，文曰“石家侍兒”，白文方式，以拓本見詒，報之以詞。

石家侍兒，緑珠宋褘。當年畢竟阿誰，捺銀榆紫泥？香名未知，鄉親更疑。緑珠，廣西博白人，余舊有“緑珠紅玉是鄉親”小印。紅玉，陳文簡侍兒，墓在臨桂棲霞山麓。願爲宛轉紅絲，繫裙腰恁時。

蓋周頤之詞，細膩熨貼，典麗風華，闊大不及祖謀，而綿密則過之焉。然周頤之詞學，實得助於祖謀者不鮮，嘗語人曰：“余之爲詞，二十八歲以後，格調一變，得力於半塘。比歲守律綦嚴，得力於漚尹。人不可無良師友也。”周頤爲詞崇性靈，而或傷尖豔。既與王鵬運同宮中書，鵬運詞夙尚體格，於周頤異趣，多所規誡。又以所刻宋、元人詞屬爲斠讎，自是周頤得窺詞學之深，所謂“重、拙、大”，所謂“自然從追琢中出”，積心領神會之，而體格爲之一變。蓋聲律與體格並重也。周頤之詞，僅能平側無誤；或某調某句有一定之四聲，昔人名作皆然，則亦僅守勿失而已。未能如鵬運之一聲一字，剖析無遺也。鵬運刻詞至三十餘家，周頤任校勘者多。當其時，海宇澄清，人物豐穰，廠肆購書之樂，葦灣清遊之勝，裙屐畢集，似可終古。鵬運笑傲煙霞，一燈斗室。周頤以詞學相砥礪，傳授心法；而亦並傳鵬運之半榻一燈；其煙具，皆鵬運所饋遺也。如是者二十年。既鵬運卒，乃與祖謀相切礪。祖謀於詞不輕作，恒以一字之工，一聲之合，痛自刻繩；而因以繩周頤。周頤亦恍然嚮者之失，斷斷不敢自放，乃悉根據宋、元舊譜，四聲相依，一字不易，其得力於祖謀，與得力於鵬運者同。如《甲午展重陽日遼父招同半塘登西爽閣，子美因病不至》，調寄《蝶戀花》云：

西北雲高連睥睨，一抹修眉，望極遥山翠。誰向西風傳恨字，詩人大抵傷憔悴。　有酒盈尊須拌醉，感逝傷離，自注：端木子疇前輩於數日前謝世。何況登臨地！卽好秋光圖畫裏，黄花省識秋深未？自注：西爽閣在京師土地廟下，斜街山西會館，可望西山。

自跋云："金元已還，名人製曲，如《西厢記》、《牡丹亭》之類，皆平側互叶。幾於句句有韻；付之歌喉，極致流美。溯其初哉肇祖，出於宋人填詞。詞韻平側互叶，於北宋已有之，姑舉一以起例：賀方回《水調歌頭》云：'南國本瀟灑，六代浸豪奢。臺城遊冶，襞牋能賦屬宮娃。雲觀登臨清暇，壁月流連長夜，吟醉送年華。回首飛鴛瓦，卻羨井中蛙。 訪烏衣，尋白社，不容車。舊時王謝，堂前雙燕過誰家？樓外河横斗掛。淮上潮平霜下，檣影落寒沙。商女蓬窗罅，猶唱《後庭花》！'蕙風此作，倘有合者。"又《題徐仲可舍人珂女公子新華山水畫稿》，調寄《玉京瑶》云：

玉映傷心稿，鳳羽清聲，夢裏仙雲幻！自注：用徐陵母五色雲化爲鳳事。故紙依然，韶年容易淒晼。乍洗淨金粉春華，澹絶處山容都换。 瑶源遠，湘蘋染墨，昭華攄管自注：徐湘蘋、徐昭華皆工畫。茸窗舊掃煙嵐。韻致雲林，更楷模北苑。陳迹經年，蟺匳分貯絲繭黯。贈瓊，風雨蕭齋，帶孺子泣珠塵漕。簾不卷，秋在畫圖香篆。

自跋曰："此調爲吴夢窗自度曲，夷則商犯無射宫腔。今四聲悉依夢窗，一字不易。"蓋抗心希古，嚴於守律，大率類此。

周頤論詞最工，細入毫芒，能發前人所未發，所著曰《香海棠館詞話》、《餐櫻廡詞話》。論詞境曰："詞境以深静爲主。韓持國《胡擣練令》過拍云：'燕子漸歸春悄，簾幙垂清曉。'境至静矣；而此中有人如隔蓬山，思之思之，遂由静而見深。蓋寫境與言情非二事也，善言情者，但寫境而情在其中。此等境界，唯北宋人詞往往有之。持國此二句尤妙在一'漸'字"。又曰："《小山詞·阮郎歸》云：'天邊金掌露成霜，雲隨雁字長。緑杯細①袖趁重陽，人情似故鄉。蘭佩紫，菊簪黄，殷勤理舊狂。欲將沈醉换悲涼，清歌莫斷腸。''緑杯'二句，意已厚矣。'殷勤理舊狂'五字三層意。'狂'者，所謂'一肚皮不合時宜'，發現於外者也；'狂'已'舊'矣，而'理'之，而'殷勤理'之，其狂若有甚不得已者。'欲將沈醉换悲涼'，是上句注脚。'清歌莫斷腸'，仍含不盡之意。此詞沈著厚重，得此結句，便覺竟體空靈。"又曰："東坡詞《青玉案·用賀方回韻送伯固歸吴中》歇拍云：'作個歸期天

① "細"疑爲"紅"之訛字。

已許，春衫猶是小蠻鍼線，曾濕西湖雨。’上二句未爲甚豔。‘曾濕西湖雨’是清語，非豔語；與上二句相連屬，便成奇豔絶豔，令人愛不忍釋。”又曰：“詞有淡遠取神，只描取景物，而神致自在言外，此爲高手。然不善學之，最易落套，亦如詩中之假王、孟也。劉招山《一翦梅》過拍云：‘杏花時節雨紛紛，山繞孤邨，水繞孤邨。’頗能景中寓情。”又曰：“羅子遠《清平樂》：‘兩槳能吴語’，五字甚新。楊柳渡頭，荷花蕩口，暖風十里，翦水咿啞，聲愈柔而景愈深。嘗讀《飲水詞·望江南》云：‘江南好，虎阜晚秋天。山水總歸詩格秀，笙簫恰稱語音圓。人在木蘭船！’‘笙簫’句與此‘兩槳’句，同一妙於領會。”又曰：“《空同詞·浪淘沙·別意》，云：‘花露漲冥冥，欲雨還晴。’能融景入情，得迷離惝恍之妙。‘漲’字亦煉。”又曰：“韓子畊《高陽臺·除夕》云：‘頻聽銀籤，重燃絳蠟，年華衮衮驚心。餞舊迎新，能消幾刻光陰？老來可慣通宵飲，待不眠還怕寒侵。掩清尊，多謝梅花、伴微吟。鄰娃已試春妝了，更蜂枝簇翠，燕股橫金。勾引春風，也知芳意難禁。朱顔那有年年好，逞豔遊贏取如今！恣登臨，殘雪樓臺，遲日園林。’此等詞語淺情深，妙在字句之表。便覺刻意求工，是無端多費氣力。”又曰《履齋詞·二郎神》云：‘凝佇久，驀聽棋邊落子一聲聲静。’《千秋歲》云：‘荷遞香能細。’此‘静’與‘細’，亦非雅人深致未易領略。”又曰：“王易簡《謝周草窗惠詞卷慶宫春》歇拍云：‘因君凝佇，依約吴山，半痕蛾緑。’此十二字絶佳，能融景入情，秀極成韻，凝而不佻。”又曰：“填詞景中有情，此難以言傳也。元遺山《木蘭花慢》云：‘黄星幾年飛去？澹春陰，平野草青青。’平野春青，只是幽静芳倩；卻有難狀之情，令人低徊欲絶。善讀者約略身入景中，便知其妙。”又曰：“党承旨《月上海棠·用前人韻》後段云：‘斷霞魚尾明秋水，帶三兩飛鴻點煙際。疏颯秋聲，似知人倦遊無味。家何處？落日西山紫翠。’融情景中，旨澹而遠。又《鷓鴣天》云：‘開簾放入窺窗月，且盡新涼睡美休。’瀟灑疏俊極矣。尤妙在上句‘窺窗’二字。窺窗之月，先已有情。用此二字，便曲折而意多；意之曲折，由字裏生出，不同矯揉鈎致，不墮尖纖之失。”又曰：“段誠之《菊軒樂府·江城子》云：‘月邊漁，水邊鉏。花底風來，吹亂讀殘書。’前調《東園牡丹花下酒酣即席賦之》云。‘歸去不妨簪一朵，人也道看花來。’騷雅俊逸，令人想望風采。《月上海棠》云：‘唤醒夢中身，鵓鳩數聲春曉’。前調云：‘頽然醉卧，印蒼苔半袖'，於情中入深静，於疏處運追琢，尤能得詞家三昧。"又曰："真字是詞骨；情真景真，所作必佳。金章宗《詠聚骨扇》云：'忽聽傳宣須急奏，輕輕褪入香羅袖。'此詠物兼賦事，寫出廷臣入對時情景，確是詠聚骨扇，是章宗詠聚骨扇。他題他人，挪移不得。"又曰："密國公璹詞，《中州樂府》著録七首，姜、史、辛、劉兩派，兼而有之，《春草碧》云：'舊夢回首何堪，故苑春光又陳迹。落盡後庭花，春草碧'，《青玉案》云：'夢裏疏香風似度，覺來惟見，一窗涼月，瘦影無尋處'，並皆幽秀可誦。《臨江仙》云：'薰風樓閣夕陽多；倚闌凝思久，漁笛起煙波'。澹澹著筆，言外卻有無限感愴。"又曰："遺山句云：'草際露垂蟲響徧'。寫出目前幽静之境，小而不纖，妙在'垂'字、'響'字，此二字不可易。"

論詞筆曰："《清真詞·望江南》云：'惺忪言語勝聞歌'。謝希深《夜行船》云：'尊前和笑不成歌'，皆熨帖入微之筆。"又曰："詞亦文之一種。名家詞筆，亦有理脈可尋；所謂蛇灰蚓線之妙。如范石湖《眼兒媚·萍鄉道中》云：'酣酣日脚紫烟浮，妍暖試輕裘。困人天氣，醉人花底，午夢扶頭。春慵恰似春塘水，一片縠紋愁。溶溶洩洩，東風無力，欲皺還休。''春慵'緊接'困'字、'醉'字來，細極。"又曰："潘紫巖詞，余最愛其《南鄉子·題南劍州妓館》一闋，小令中能轉折，其詞筆有尺幅千里之勢。詞云：'生怕倚闌干，閣下溪聲閣外山。空有舊時山共水，依然，暮雨朝雲去不還！相見躡飛鸞，月下時時認佩環。月又漸底霜又下，更闌，折得梅花獨自看。'歇拍尤意境幽瑟。"又曰："詞筆'豔'與'麗'不同。'豔'如芍藥、牡丹，慵春媚景。'麗'若海棠、文杏，映燭窺簾。薛梯飆詞工於刷色，當得一'麗'字。《醉落魄》云：'單衣乍著，滯寒更傍東風作，珠簾壓定銀鈎索。雨弄初晴，輕旋玉塵落。花唇巧借妝梅約，嬌羞纔放三分萼。尊前不用多評泊，春淺春深，紅向杏梢覺。'"又曰："曾宏父《浣溪沙》云：'紫禁正須紅藥句，清江莫與白鷗盟'，尋常稱美語，出以雅令之筆，閱之使不生厭。"又曰："翁五峯《摸魚兒》歇拍云：'沙津少駐，舉目送飛鴻，幅巾老子，樓上正凝佇。'東坡《送子由詩》：'時見烏帽出復没'，是由送客者望見行人，極寫臨歧眷戀之狀。五峯詞乃由行人望見送者；客子消魂，故人惜别，用筆兩面俱到。"又曰："劉伯寵《水調歌頭·中秋》云：'破匣菱花飛動，跨海青光無際，草露滴明璣。''跨海'云云，是何意境！下乃忽作小言。子雲所云：‘大者含元氣，細者入無間’，略可喻詞筆之變化。”又曰“近人作詞，起處多用景語虚引，往往第二韻方約略到題，此非法也。起處不宜泛寫景，宜實不宜虚，便當籠罩全闋，他題挪移不得。唐李程作《日五色賦》，首云：‘德動天鑒，祥開日華’，雖篇幅較長於詞，亦以二句隱括之，尤有弁冕端凝氣象。此恉可通於詞矣。”又曰：“名手作詞，題中應有之義，不妨三數語説盡。自餘悉以發抒襟抱所寄託。往往委曲而難明，長言之不足，至乃零亂拉雜，胡天胡帝。其言中之意，讀者不能知，作者亦不蘄其知。以爲流於跌宕怪神，怨懟激發而不可以爲訓；則亦楚徒之騷些云爾。夫使其所作，大都衆所共知，無甚關係之言，寧非浪費紙墨耶！”又曰：“詞筆固不宜直率，尤切忌刻意爲曲折。以曲折藥直率，即已落下乘。昔賢樸厚醇至，由性情學養中出，何至蹈直率之失？若錯認直率爲真率，則尤大不可耳。”又曰：“黨承旨《青玉案》云：‘痛飲休辭今夕永，與君洗盡滿襟煩暑，别作高寒境。’以鬆秀之筆，達清勁之氣，倚聲家精詣也。‘鬆’字最不易做到。”又曰：“金古齊散汝弼，字良弼，官近侍副使，《風流子·過華清作》云：‘三郎年少客，風流夢，繡嶺蟲①瑶環。看浴酒發春，海棠睡暖；笑波生媚，荔子漿寒。况此際，曲江人不見，偃月事無端。羯鼓數聲，打開蜀道；《霓裳》一曲，舞破潼關。馬嵬西去路，愁來無會處。但淚滿關山，賴有紫囊求進，錦襪傳有。歎玉笛聲沈，樓頭月下；金釵信杳，天上人間。幾度秋風渭水，落葉長安。’正大三年刻石臨潼縣，今存。詞筆藻耀高翔，極慷慨低徊之致。”又曰：“姚成一《雪坡詞·霜天曉角·湖上泛月歸》换頭云：‘煙抹山態活。雨晴波面滑。’五字對句，上句讀作上二下三，‘抹’字叶韻，不勉强，尤饒有韻致。詞筆靈活可喜。”又曰：“宋江致和《五福降中天》句，‘秋水嬌横眼眼，膩雪輕鋪素胸。’以‘鋪’字形容膩雪，有詞筆畫筆所難傳之佳處，無一字可以易之。”又曰：“詞筆能直固大佳。顧所謂‘直’誠至不易，不能直率也。當於無字處爲曲折，切忌有字處爲曲折。”又曰：“雲林《壽彝齋太常引》云：‘柳陰濯足水浸磯，香度野薔薇。芳草緑萋萋，問何事王孫未歸？一壺濁酒，一聲清唱，簾幙燕雙飛。風暖試輕衣，介眉壽遥瞻翠微。’壽詞如此著筆，脱然畦封，方雅超逸。‘壽’字只於結處一點，後人可

① “蟲”當作“蠱”。

取以爲法。”

論詞句曰：“‘詩酒尚堪驅使在，未須料理白頭人’，少陵句也。《梅溪詞·喜遷鶯》云‘自憐詩酒瘦，難應接許多春色’，蓋反用其意。”又曰：“盧申之《江城子》後段云：‘年華空自感飄零，擁春酲，對誰醒？天闊雲閒，無處覓簫聲。載酒買花年少事。渾不似舊心情。’與劉龍洲詞‘欲買桂花重載酒，終不似少年遊’，可稱異曲同工。然終不如少陵之‘詩酒尚堪驅使在，未須料理白頭人’爲倔强可喜。”又曰：“草窗《少年遊·宫詞》云：‘一樣春風，燕梁鶯户，那處得春多’，即‘梨花雪，桃花雨，畢竟春誰主’之意；俱從義山‘鶯啼花又笑，畢竟是誰春’脱出。”又曰：“《竹山詞·虞美人·詠梳樓》云‘樓兒忒小不藏愁，幾度和雲飛去覓歸舟’，較‘天際知歸舟’更進一層。”又曰：“寄閒翁《風入松》云：‘舊巢未著新來燕，任珠簾不上瓊鈎’，用‘待燕歸來始下簾’句意，翻新入妙。《戀繡衾》云‘自不怨東風老，怨東風輕信杜鵑’是未經人道語。”又曰：“宋周端臣《木蘭花慢》句云‘料今朝别後，他時有夢，應夢今朝’，吕居仁《減字木蘭花》云：‘來歲花前，又是今年憶昔年’，命意政同而遣詞各極其妙。”又曰：“仲彌性《浪淘沙》過拍云：‘看盡風光花不語，卻是多情’，語淡而深。《憶秦娥·詠木樨》後段云：‘佳人斂笑貪先折。重新爲翦斜斜葉。斜斜葉，釵頭常帶一段秋風月’，末二句賦物上乘，可謂藥纖滯之失。”又曰：“大卿榮諲《詠梅·南鄉子》云：‘江上野梅芳，粉色盈盈照路旁。閑折一枝和雪嗅，思量，似個人人玉體香。’‘似個’句豔而質，猶是宋初風格，《花間》之遺。”又曰：“宋名詞多尚渾成，亦有以刻畫見長者。沈約之《謁金門》云：‘猶倚危闌清晝寂，草長流翠碧’，又云：‘寒色著人無意緒，竹鳴風似雨’，《如夢令》云：‘忺睡忺睡，窗在芭蕉葉底’，《念奴嬌》刻本無題，當是詠海棠之作云：‘醉態天真，半羞微斂，未肯都開了’，雖刻畫而不涉纖，所以爲佳。”又曰：“陳夢弢《和石湖鷓鴣天》云：‘指剥春葱去采蘋。衣絲秋藕不沾塵。眼波明處偏宜笑，眉黛愁來也解顰。巫峽路，憶行雲，幾番曾夢曲江春。相逢細把銀釭照，猶恐今宵夢似真。’歇拍用晏叔源‘今宵剩把銀釭照，猶恐相逢是夢中’句；恐夢似真，翻新入妙；不特不嫌沿襲，幾於青勝於藍。”又曰：“張武子《西江月》過拍云：‘殷雲度雨井桐凋，雁雁無書又到。’昔人句云：‘江頭數盡南來雁，不寄西風一幅書。’此詞括以六字，彌覺沈頓。”又曰："馬古洲《海棠春》云：'護取一庭春，莫彈花間鵲'，用徐幹臣'悶來彈鵲，又攪碎一簾花影'，可謂善變。"又曰："黄雪舟詞清麗芊綿，頗似北宋名作。其《水龍吟》云：'柔腸一寸，七分是恨，三分是淚'，蓋仿東坡'春色三分，二分塵土，一分流水'之句；所不逮者，以刻鏤稍著痕迹耳。其歇拍云：'待問春怎把千紅，換得一池緑水'，亦從'一分流水'句引申而出。"又曰："吴樂庵《水龍吟・詠雪次韻》云'興來欲唤，羸童瘦馬，尋梅瀧首。有客遮留，左援蘇二，右招歐九。問聚星堂上，當年白戰，還更許，追蹤否'，此詞略仿劉龍洲《沁園春》'斗酒彘肩，醉渡浙江，豈不快哉！被香山居士，約林和靖與坡公等駕勒吾回'云云，而吴詞意較勝。"又曰："填詞之難，造句要自然，又要未經前人説過。自唐五代以還，名作如林，那有天然好語，留待我輩驅遣。必欲得之，其道有二：曰'性靈流露'；曰'書卷醞釀'。性靈關天分，書卷關學力。學力果充，雖天分少遜，必有資深逢源之一日；書卷不負人也。中年以後，天分便不可恃；苟無學力，日見其衰退而已。江淹才盡，豈真夢中人索還錦囊耶?"又曰："易祓《喜遷鶯》云'記得年時膽屏兒畔，曾把牡丹同嗅'，語小而不纖。極不經意之事，信手拈來，便覺旖旎纏綿，令人低回不盡。納蘭成德《浣溪沙》云'被酒莫驚春睡重，覩書消得潑茶香，當時衹道是尋常'，亦復工於寫情，視此微嫌詞費矣。《喜遷鶯》歇拍云：'强消遣，把閒愁推入，花前杯酒'，由舉杯消愁意翻變而出，亦前人所未有。"

論詞與詩之别曰："《吹劍録》云：'古今詩人間出，極有佳句。'陳秋塘詩'不知筋力衰多少，但覺新來懶上樓'，按此二句，乃《稼軒詞・鷓鴣天》歇拍。或者俞文蔚氏誤記耶? 此二句入詞則佳，入詩便覺未合。詞與詩體格不同處，其消息即此可參。"又曰："趙愚軒《行香子》云'緑陰何處? 旋旋移牀'。昔人詩句'月移花影上闌干'。此言移牀就緑陰，意趣尤生動可喜。即此是詞與詩不同處。可悟用筆之法。"

論詞律曰："《梅溪詞・尋春服感念・壽樓春》有句云'幾度因風飛絮，照花斜陽'，又云'最恨湘雲人散，楚蘭魂傷'。'風飛'、'花斜'、'雲人'、'蘭魂'並用雙聲叠韻字；是聲律極細處。"又曰："入聲字於填詞最爲適用。付之歌喉，上、去不可通作，惟入聲可融入上、去聲。凡句中去聲字，能遵用去聲固佳；若誤用上聲，不如用入聲之爲得也。上聲字亦然。入聲字用得好，尤覺峭勁娟雋。”又曰：“上、去聲字，近人往往誤讀；如動静之‘静’，上聲，誤讀去聲；暝色之‘暝’，去聲，誤讀上聲。作詞既守四聲，則於宋人用‘静’字者用上聲；用‘暝’字者用去聲，斯爲不誤矣。顧審之聲調，反蹈聱牙戾喉之失。意者宋人亦誤讀誤用耶？遇此等處，惟有檢本人他詞及他人此詞徵之，庶幾决定從舍。特非精研宫律者之作，不足爲據耳。”又曰：“宋人名作於字之應用入聲者，間用上聲，用去聲者絶少。檢《夢窗詞》知之。”又曰：“詞用虚字叶韻最難。稍欠斟酌，非近滑，即近佻。憶二十歲作《綺羅香》過拍云：‘東風吹盡柳綿矣’，端木子疇前輩採見之，甚不謂然，申戒至再。余詞至今不敢復叶虚字。又如‘賺’字‘偷’字之類，亦宜慎用。‘兒’字尤難用之至，此字天然近俚，用之得如閨人口吻，即亦何當風格。若於此等難用之字，筆健能扶之使堅，意精能練之使穩，庶極專家能事矣。此境未易臻，仍以不用爲是。”又曰：“畏守律之難，輒自逃律外，或托前人不專家未盡善之作以自解，此詞家大病也。守律誠至苦；然亦有至樂之一境。常有一詞作成。自己亦既愜心，似乎不必再改，惟據律細勘；僅有某某數字於四聲未合；即姑置而姑存之，亦孰爲責備而求全者。乃精益求精，不肯放鬆一字。循聲以求，忽然得至雋之字，或因一字改一句，因此句改彼句，忽然得絶警之句；此時曼聲微吟，拍案而起，其樂何如！雖剥珉出璞，選薏得珠，不逮也。彼窮於一字者，皆苟完苟美之一念誤之耳。”

論詞與曲之别曰：“曲有煞尾，有度尾。煞尾如戰馬收繮，度尾如水窮雲起。煞尾，猶詞之歇拍也。度尾猶詞之過拍也，如水窮雲起，帶起下意也。填詞則不然。過拍衹須結束上段，筆宜沈著；换頭另意另起，筆宜挺勁。稍涉曲法，即嫌傷格。此詞與曲之不同也。”又曰：“元人製曲，幾於每句皆有襯字，取其能達句中之意；而付之歌喉，又抑揚頓挫，悦人聽聞，所謂‘遲其聲以媚之’也。兩宋人詞，間亦有用襯字者。王晋卿云：‘燭影摇紅向夜闌，乍酒醒、心情懶’，‘向’字‘乍’字是襯字。”又曰：“兩宋人填詞，往往用唐人詩句。金元人製曲，往往用宋人詞句；尤多排演詞事爲曲。關漢卿、王實甫《西厢記》，出於趙德麟《商調蝶戀花》，其尤著者。就一句一事而審諦之。填詞之用筆用字何若？製曲者又何若？曲由詞出，其淵源在是。曲與詞分，其經途亦在是。曲與詞格迴殊，而能得其並皆佳妙之故，則於用筆用字之法，思過半矣。”

論詞之代變曰："六朝已還，文章有南北之分，乃至書法亦然。姑以詞論：金源之於南宋，時代略同；疆域之不同，人事爲之耳，風會曷與焉？如辛幼安先在北，何嘗不可南？如吴彦高先在南，何嘗不可北？顧細審其詞，南與北確乎有辨。其故何耶？或謂《中州樂府》，選政操之遺山，皆取其近己者。然如王拙軒、李莊靖、段氏、遯菴、菊軒，其詞不入《元選》；而其格調氣息，以視《元選》諸詞，亦復如驂之靳；則又何説？南宋佳詞能渾至。金元佳詞近剛方。宋詞深致能入骨；如《清真》、《夢窗》是。金詞清勁能樹骨，如蕭閑、遯菴是。南人得江山之秀；北人以冰霜爲清。南或失之綺靡，近於雕文刻鏤之技；北或失之荒率，無解深裘大馬之譏。善讀者抉擇其精華，能知其並皆佳妙。而其佳妙之所以然，不難於合勘而難於分觀；往往能知之而難明言之。然而宋、金之詞之不同，固顯而易見者也。"又曰："《清真詞》有句云'多少暗愁密意，惟有天知'，'最苦夢魂，今宵不到伊行'，'拌今生對花對酒，爲伊淚落'，此等語愈樸愈厚，愈厚愈雅。至真之情，由性靈肺腑中流出。不妨説盡而愈無盡。南宋人詞如姜白石云'酒醒波遠，政凝想明璫素韤'，庶幾近似。然已微嫌刷色。明已來詞纖豔少骨，致斯道爲之不尊。竊嘗以刻印比之：自六代作者，以縈紆拗折爲工。而兩漢方平正直之風，蕩然無復存者。"厥辭甚夥，最其要者著於篇。

方清末造，周頤故以文學有大名。端方總督兩江，禮致入幕，又優以税差。既入民國，竄居海上無所事；賃廡一廛，漸以不繼。室人以無米告；占《減字浣溪沙》云：

> 逃墨翻教突不黔，瓶罍何暇恥罍鹽，半生辛苦一時甜。
>
> 傳語枯螢共寧耐，每憐飢鼠誤窺覘，頑夫自笑爲誰憐！

又集《左傳》、《通鑒》語署楹聯曰："余惟利是視晉侯使吕相絶秦，民以食爲天賈閏甫謂李密語。"蓋牢落可想焉。以民國十五年秋卒，年六十有六。

而碩果僅存，獨一朱祖謀矣。然自王鵬運之殁，朱祖謀、況周頤更主詞壇，導揚宗風；而後學者乃趨嚮北宋，以深美閎約爲歸；佻巧奮末之風，自此而殺。餘杭徐珂仲可，淳安邵瑞彭次公、無錫王藴章西神亦皆以詞有名。年輩差次，而歸趣略同；則朱祖謀、況周頤導揚之力也。祖謀旋亦老死；而傳其學於閩縣龍沐勛榆生。蓋以平生校詞朱墨兩硯並爲一匣者與之，而以當衣鉢之傳焉。

四　曲

王國維——吴梅（附：童斐、王季烈、劉富梁、魏﨧、姚華、任訥、盧前）

詞盛於宋，劇起於元。而詞者，劇曲之所自出也。顧能詞者不必識曲。而並世之治詞以進於劇曲者，有海寧王國維、長洲吴梅。

王國維，字静安，亦字伯隅，號觀堂，亦曰永觀。生而歧嶷，讀書通敏，年未冠，文名噪於鄉里。尋入州學，以不喜帖括之文，再應鄉舉，不中程。於時值中日戰役，我師敗績，海内士夫争抵掌言天下事，謀變法。國維方冠年，思有以自試，乃之上海，顧倀倀無所遇。適上虞羅振玉叔蘊與吴縣蔣黼伯斧結農學社於上海，移譯東西各國農學書報；以乏譯才，遂以光緒二十四年戊戌夏，立東文學社，聘日本藤田博士豐八爲教授。國維乃往受學，寫所爲詠史絶句於同舍生扇頭。振玉見而賞異，遂拔之儔類之中，爲贍其家。而國維之知學問塗轍以自發聞名家，皆振玉有以啓之也。國維欲以其間治古文辭；自以所學根柢未深，讀江子屏《漢學師承記》，欲於此求修學塗徑。振玉詔之曰："江氏説多偏駁。本朝學術實導源於顧亭林處士。厥後作者輩出，而造詣最精者，爲戴氏震、程氏易疇、錢氏大昕，汪氏中、段氏玉裁及高郵二王。”因以諸家書贈之。國維雖加流覽，然方治東西洋學術，未遑致力於此。治日文之餘，則從藤田博士受歐文及西洋哲學、文學、美術，尤喜韓圖①、叔本華、尼采諸家之説，發揮其旨趣，爲《静安文集》。歲庚子，既畢業東文學社。振玉適主武昌農學校，以教授多日人，乃延國維任譯授。明年東渡，留學日本物理學校。而其時革命之説大昌。振玉移書，謂：“留學諸生，多後起之秀，其趨向關係於國家者甚大。曷有以匡救之?”國維答書言：“諸生騖於血氣，結黨奔走，如燎方揚，不可遏止。料其將來，賢者以殞其身，不肖者以便其私。萬一果發難，國是不可問矣。”時有閩中薩生均坡與國維同留學，亦入黨籍。國維以書告振玉曰：“薩固賢者；然性高明而少沈潛。彼既入籍，見所爲必非之。惟背之則危身；從之則違心。邇見其居恒鬱鬱，恐以此夭天年也!”已而薩生果夭，如國維言。尋以脚氣病歸，止振玉家。病愈，乃薦之南通師範學校，主講哲學、心理、論理諸學。甲辰秋，振玉主江蘇師範學校；乃移國維於蘇州，凡三年，刻所爲詩詞，駸駸致力於文學。以爲：“生百政治家，不如生一大文學家。何則? 政治家與國民以物質上之利益，而文學家則與以精神上之利益。夫精神之與物質，二者孰重? 物質上之利益，一時的也。精神上之利益，永久的也。前人政治上所經營者，後人得一旦而壞之。至古今之大著述，苟其著述一日在，則其遺澤且及於千百世而未沫。故希臘之有鄂謨爾②也，義大利之有唐旦③也，英吉利之有狹斯丕爾④也，德意志之有格代⑤也，皆其國人人之所尸而祝之、社而稷之者。而政治家無與焉。惟文學家能與國民以精神上之慰藉，而國民之所恃以爲生命者。若政治家之遺澤，決不能如此廣且遠也。”顧獨謂中國無純文學，中國文學無悲劇，闢奇論以砭往古，樹新義而詔後生。其言曰：“‘自謂頗騰達，立登要路津。致君堯舜上，再使風俗醇’，非杜子美之抱負乎? ‘胡不上書自薦達，坐令四海如虞唐’，非韓退之之忠告乎? ‘寂寞已甘

① 韓圖，今譯康德。

② 鄂謨爾，今譯荷馬。

③ 唐旦，今譯但丁。

④ 狹斯丕爾，今譯莎士比亞。

⑤ 格代，今譯歌德。

千古笑，馳驅猶望兩河平’，非陸務觀之悲憤乎？如此者，世謂之大詩人矣。至詩人之無此抱負者，與夫小説、戲劇、圖畫、音樂諸家，皆以侏儒優倡自處，世亦以侏儒優倡畜之；所謂‘詩外尚有事在’，‘一命爲文人，便無足觀’，我國人之金科玉律也。嗚呼，美術之無獨立之價值也久矣；此無怪歷代詩人多託於忠君愛國，勸善懲惡之意以自解免；而純粹美術上之著述，往往受世之迫害而無人爲之昭雪者也！以是之故，所謂詩歌者，則詠史、懷古、感事、贈人之題目彌滿充塞於詩界；而抒情叙事之作什伯不能得一；其有美術上之價值者，僅其寫自然之美之一方面耳。甚至戲曲小説之純文學，亦往往以懲勸爲旨；其有純粹美術之目的，世非惟不知貴，且加貶焉。故曰：‘中國無純文學’也。純文學，以詩歌、戲曲、小説爲其頂點；以其目的在描寫人生故。而所謂描寫人生者，在描寫人生之苦痛與其解脱之道，而使我儕馮生之徒於此桎梏之世界中，離其生活之欲之争鬥而得其暫時之平和。若然者，唯悲劇能之。昔雅里大德勒①於《詩論》② 中，謂：‘悲劇者，所以感發人之情緒而高上之。’而如恐懼與悲憫二者，爲悲劇中固有之物；由此感發而人之精神於焉洗滌。然而我國人之精神，世間的也，樂天的也；故代表其精神之戲劇小説，無往而不著此樂天之色彩；始於悲者終於歡，始於離者終於合，始於困者終於亨；非是而欲饜閲者之心，難矣。若《牡丹亭》之《返魂》，《長生殿》之《重圓》，其最著之一例也。《西厢記》之以《驚夢》終也，未成之作也；此書若成，我烏知其不爲《續西厢》之淺陋也？有《水滸傳》矣；曷爲而有《蕩寇志》？有《桃花扇》矣；曷爲而又有《南桃花扇》？有《紅樓夢》矣；彼《紅樓復夢》、《補紅樓夢》、《繼紅樓夢》者，曷爲而作也？又曷爲而有反對《紅樓夢》之《兒女英雄傳》？故我國之文學中，其具厭世解脱之精神者，僅有《桃花扇》與《紅樓夢》耳。而《桃花扇》之解脱非真解脱也；滄桑之變，目擊之而身歷之，不能自悟，而悟於張道士之一言；且以歷數千里冒不測之險，投縲絏之中所索之女子，纔得一面，而以道士之言，一朝而舍之；自非三尺童子，其誰信之哉！故《桃花扇》之解脱，他律的也，而《紅樓夢》之解脱，自律的也。且《桃花扇》之作者，但借侯、李之事，以寫

① 雅里大德勒，今譯亚里士多德。

② 《詩論》，即《詩學》。

故國之戚，而非以描寫人生爲事。故《桃花扇》，政治的也，國民的也，歷史的也。《紅樓夢》，哲學的也，宇宙的也，文學的也。此《紅樓夢》之所以大背於我國人之精神，而其價值，亦即存乎此。彼《南桃花扇》、《紅樓復夢》等，正代表我國人樂天之精神者也。故曰‘中國文學罕悲劇’也。”具見所著《静安文集》。徒以議多違俗，物論駭之；尋遭禁絶，不行於世。

國維年三十一，而有《静安文集》之刻；是爲光緒三十年丁未也。先一年，振玉奉學部奏調；至是薦國維於尚書榮慶，命在學部總務司行走。入都以後，始治宋、元以來通俗文學，而殫瘁於宋之詞，元之曲。著有《人間詞話》，論詞標舉境界；謂："有境界則自成高格，自有名句。五代、北宋之詞，所以獨絶者在此。而境非獨謂景物也；喜怒哀樂，亦人心中之一境界；故能寫真景物、真感情者，謂之有境界；否則謂之無境界。‘紅杏枝頭春意鬧’，著一‘鬧’字而境界全出，‘雲破月來花弄影’，著一‘弄’字而境界全出。境界有大小，不以是而分優劣。‘細雨魚兒出，微風燕子斜’，何遽不若‘落日照大旗，馬鳴風蕭蕭’？‘寶簾閒掛小銀鈎’，何遽不若‘霧失樓臺，月迷津波①’也？有造境，有寫境，此理想與寫實二派之所由分。然二者頗難分别，因大詩人所造之境，必合乎自然；所寫之境，亦必鄰於理想故也。有有我之境，有無我之境。‘淚眼問花花不語，亂紅飛過秋千去’，‘可堪孤館閉春寒，杜鵑聲裏斜陽暮’，有我之境也。‘采菊東籬下，悠然見南山’，‘寒波澹澹起，白鳥悠悠下’，無我之境也。有我之境，以我觀物，故物皆著我之色彩。無我之境，以物觀物，故不知何者爲我，何者爲物。古人爲詞，寫有我之境者爲多；然未始不能寫無我之境；此在豪傑之士，能自樹立耳。無我之境，人唯於静中得之。有我之境，於由動之静時得之。故一優美，一宏壯也。”更進而辯詞境，有隔不隔之别，而謂："南宋遜於北宋。白石寫景之作，如‘二十四橋仍在，波心蕩，冷月無聲’，‘數峯清苦；商略黄昏雨’，‘高樹晚蟬，説西風消息’，雖格韻高絶；然如霧裏看花，終隔一層。梅溪、夢窗諸家寫景之病，皆在一隔字。即以一人一詞論，如歐陽公《少年遊・詠春草》上半闋云：‘闌干十二獨凭春，晴碧遠連雲。二月三月，千里萬里，行色苦愁人’，語語都在目前，便是不隔。至云‘謝家池上，江淹

① “波”爲“渡”之訛字。

浦畔'，則隔矣。白石《翠樓吟》：'此地宜有詞仙，擁素雲黄鶴，與君遊戲。玉梯凝望久，歎芳草萋萋千里。'便是不隔。至'酒祓清愁，花消英氣'，則隔矣。然南宋詞雖不隔處，比之前人，自有淺深厚薄之别。'生年不滿百，常懷千歲憂。晝短苦夜長，何不秉燭遊'，'服食求神仙，多爲藥所誤。不如飲美酒，被服紈與素'，寫情如此，方爲不隔。'采菊東籬下，悠然見南山。山氣日夕佳，飛鳥相與還'，'天似穹廬，籠蓋四野。天蒼蒼，野茫茫，風吹草低見牛羊'，寫景如此，方爲不隔。古今詞人，詞格之高，無如白石；惜不於意境上用力，故覺無言外之味，絃外之響，終不能與於第一流之作者也。南宋詞人，白石有格而無情，劍南有氣而乏韻；其堪與北宋人頡頏者，唯一幼安耳。幼安之佳處，在有性情，有境界。”此國維論詞之大概也。所爲《人間詞》，自謂境界不隔，足追五代、北宋名家。《蝶戀花·昨夜夢中》，可置之《花間集》中；而《浣溪沙·天末同重①》則頗有李後主氣象，爲論詞者所重焉。

顧所殫心者尤在劇曲，著有《曲録》六卷，《戲曲考原》一卷，《宋大曲考》一卷，《優語録》二卷，《古曲脚色考》一卷；而國維所自愜意者，莫如《宋元戲曲史》，蓋綜生平論曲之旨而集其大成者也。大指以爲：“戲曲之原，蓋始於古之巫，巫者，實以歌舞爲職，以樂神人者也。其後有俳優。晉有優施，楚有優孟，'優'之爲言調戲也。巫與優之别：巫以樂神，而優以樂人。巫以歌舞爲主，而優以調謔爲主。巫以女爲之，而優以男爲之。優孟爲孫叔敖衣冠，而楚王欲以爲相；優施一舞，而孔子謂其笑君，則於言語之外，其調笑亦以動作行之；與後世之優頗復相類。後世戲劇，當自巫優二者出。惟古之俳優，但以歌舞及戲謔爲事。自漢以後則間演故事。而合歌舞以演一事者，則始於北齊，如《蘭陵王入陣曲》、《踏摇娘》，著於《舊唐書·音樂志》，皆有歌有舞以演一事。而前此雖有歌舞，未用之以演故事；雖演故事，未嘗合以歌舞；不可謂非戲之創例也。唐代歌舞戲之外，又有滑稽戲。始於開元，盛於晚唐。其與歌舞戲不同者；則一以歌舞爲主，一以言語爲主。一則演故事，一則諷時事。一爲應節之舞踏，一爲隨意之動作。此其異也。然後代之戲劇，必合言語、動作、歌唱以演一故事，而後戲劇之意義始全；故真戲劇

① “重”當作“雲”。

必與戲曲相表裏；而戲劇實濫觴於宋之歌曲也。宋之歌曲，其最通行而爲人人所知者，是爲詞，亦謂之近體樂府，亦謂之長短句；宋人讌集，無不歌以侑觴，然大率徒歌而不舞。其歌舞相兼者，則謂之傳踏，亦謂之轉踏；亦謂之纏踏。其初恒以一曲連續歌之。然至汴宋之末，則其體漸變，先以引子，引子後只有兩腔迎互循環。此外又有曲破與大曲，則曲之遍數雖多，然仍限於一曲。至合數曲而成一樂者，則自諸宮調始。諸宮調者，小説之支流，而被之以樂曲者也。其所以名諸宮調者；則由宋人所用大曲，傳踏不過一曲，其在同一宮調中甚明；惟此編每一宮調中，多或十餘曲，少或一二曲，即易他宮調；合若干宮調以詠一事，故曰諸宮調。今考周密《武林舊事》載官本雜劇段數二百八十本；其用普通詞調大曲、法曲、諸宮調者，至一百五十本。其用大曲、法曲、諸宮調者，則曲之片數頗多，以敷衍一故事，自覺不難；而單用詞調及曲調者，只有一曲，當以此曲循環敷衍，如傳踏之例。則知南宋劇曲，實綜合種種之樂曲。至成一定之體段，用一定之曲調，而百餘年間無敢逾越者，則元雜劇是也。自有元雜劇而後中國之真戲曲出。元雜劇之視前代戲曲之進步，約而言之，則有二焉。宋雜劇中用大曲者幾半。大曲之爲物，遍數雖多；然通前後爲一曲，其次序不容顛倒，而字句不容增減；格律至嚴，運用不便。其用諸宮調者，則不拘於一曲；凡同在一宮調中之曲，皆可用之；顧一宮調中，雖或有聯至十餘曲者，然大抵用二三曲而止；移宮换韻，轉變至多；故於雄肆之處稍有欠焉。元雜劇則不然。每劇則用四折；四折之外，意有未盡，則以楔子足之；或在前，或在各折之間，每折易一宮調；每調中之曲，必在十曲以上，其視大曲爲自由，而較諸宮調爲雄肆。且於正宮之［端正好］、［貨郎兒］、［煞尾］，仙呂宮之［混江龍］、［後庭花］、［青哥兒］、南呂宮之［草池春］、［鵪鶉兒］、［黃鍾尾］，中呂宮之［道和］，雙調之□□□、［折桂令］、［梅花酒］、［尾聲］，共十四曲，皆字句不拘，可以增損。此樂曲上之進步也。其二則由叙事體而變爲代言體也。宋人大曲，就現存者觀之，皆爲叙事體。金之諸宮調，雖有代言之處；而大體只可謂之叙事。猶元雜劇之爲物，合動作、言語、歌唱三者而成；紀所歌唱者曰曲，紀動作者曰科，紀言語者曰賓曰白；自於科白中叙事，而曲文全爲代言，亦不可謂非戲曲上一大進步也。然元劇所用曲，仍不出宋雜劇，或出普通詞調，或出大曲，或出諸宮調；而諸曲配置之法，亦有如傳踏之以二曲迎互循環者；其事實之取材於宋雜本官劇者尤不少。然則元曲之佳處何在？曰：‘自然而已矣。’古今之大文學，無不以自然勝，而莫著於《元曲》。蓋元劇之作者，其人均非有名位學問也。其作劇也，非有藏之名山，傳之其人之意也。彼以意興之所至，爲之以自娱娱人。關目之拙劣，所不問也；思想之卑陋，所不諱也；人物之矛盾，所不顧也。彼但摹寫其胸中之感想與時代之情狀；而真摯之理與秀傑之氣，時流露於其間。故謂元曲爲中國最自然之文學，無不可也。明以後傳奇無非喜劇；而元則有悲劇在其中；就其存者言之；如《漢宫秋》、《梧桐雨》、《西蜀夢》、《火燒介子推》、《張千贊殺妻》等，初無所謂先離後合，始困終亨之事也。其最有悲劇之性質者，則如關漢卿之《竇娥冤》，紀君祥之《趙氏孤兒》，即列之於世界大悲劇中，亦無媿色也。元劇關目之拙，固不待言，此由當日未嘗重視此事；故往往互相蹈襲，或草草爲之。然如武漢臣之《老生兒》，關漢卿之《救風塵》，其布置結構，亦極意匠慘淡之致。然元劇最佳之處，不在其思想結構，而在其文章；其文章之妙，亦一言以蔽之，曰：‘有意境而已矣。’何以謂之有意境？曰：‘寫情則沁人心脾，寫景則在人耳目，述事則如其口出’是也。古詩詞之佳者，無不如是。元曲亦然。其言情述事之佳者，如關漢卿《謝天香》第三折：

【正宫端正好】我往常在風塵，爲歌妓，不過多見了幾個筵席，回家來仍做個自由鬼。今日倒落在無底磨，牢籠内！

馬致遠《任風子》第二折：

【正宫端正好】添酒力，晚風涼；助殺氣，秋雲暮。尚兀自脚趔趄，醉眼模糊。他化的我一方之地都食素。單則俺殺生的無緣度。

語語明白如話，而言外有無窮之意，又如《竇娥冤》第二折：

【鬭蝦蟆】空悲戚，没理會！人生死，是輪回！感著這般疾病，值著這般時勢；可是風寒暑濕，或是飢飽勞役，各人證候自知。人命關天關地，别人怎生替得；壽數非干一世。相守三朝五夕，説甚一家一計。又無羊酒緞匹，又無花紅財禮。把手爲活過日，撒手如同休棄。不是竇娥忤逆，生怕旁人論議。不如聽咱勸你，認過自家悔氣！割捨的一具棺材，停置幾件布帛，收拾出了咱家門裏，送入他家墳地。這不是你那從小兒年紀指脚的夫妻。我其實不關親，無半點悽愴淚。休得要心如醉，意如癡，便這等嗟嗟怨怨，哭哭啼啼！

此一曲直是賓白，令人忘其爲曲。元初所謂當行家，大率如此。至中葉以後，已罕覯矣。其寫男女離别之情者，如鄭光祖《倩女離魂》第三折：

【醉春風】空服徧暝眩藥，不能痊，知他這腌臢病何日起？要好時直等的見他時，也只爲這症候因他上得！一會家縹渺呵，忘了魂靈；一會家精細呵，使着軀殼；一會家混沌呵，不知天地。

【迎仙客】日長也，愁更長；紅稀也，信尤稀；春歸也，奄然人未歸。我則道相别也數十年，我則道相隔著數萬里。爲數歸期，則那竹院裏刻徧琅玕翠。

此種詞如彈丸脱手，後人無能爲役。至寫景之工者，則馬致遠之《漢宫秋》第三折：

【梅花酒】呀！對著這迥野凄涼，草色已添黄，兔起早迎霜，犬褪得毛蒼。人搠起纓槍，馬負著行裝，車運著餱糧，打獵起圍場。他，他，他，傷心辭漢主；我，我，我，攜手上河梁。他部從，入窮荒；我鑾輿，返咸陽；返咸陽，過宫牆；過宫牆，繞迴廊；繞迴廊，近椒房；近椒房，月昏黄；月昏黄，夜生涼；夜生涼，泣寒螿；泣寒螿，緑紗窗；緑紗窗，不思量！

【收江南】呀！不思量，便是鐵心腸；鐵心腸，也愁淚滴千行。美人圖今夜掛昭陽。我那裏供養，便是我高燒銀燭照紅妝。

尚書云陛下回鑾罷，娘娘去遠了也！駕唱

【鴛鴦煞】我煞大臣行，説一個推辭謊。又則怕筆尖兒那火編修講！不見那花朵兒精神，怎趁那草地裏風光！唱道佇立多時，徘徊半晌。猛聽的塞雁南翔，呀呀的聲嘹亮；卻原來滿目牛羊。是兀那載離恨的氈車半坡裏響。

以上數曲，直所謂‘寫情則沁人心脾，寫景則在人耳目，述事則如其口出’者。第一期之元劇，雖淺深大小不同，而莫不有此意境也。

古代文學之形容事物也，率用古語，其用俗語者絶無；又所用之字數，亦不甚多。獨元曲以許用襯字故，故輒以許多俗語，或以自然之聲音形容之，此自古文學上所未有也。例如《西厢記》第四本第四折：

【雁兒落】綠依依牆高柳半遮。静悄悄門掩清秋夜。疏剌剌林梢落葉風。昏慘慘雲際穿窗月。

【得勝令】驚覺我的是顫巍巍竹影走龍蛇，虚飄飄莊周夢蝴蝶，絮叨叨促織兒無休歇，韻悠悠砧聲兒不斷絶。痛煞煞傷别，意煎煎好夢兒應難捨，冷清清的咨嗟，嬌滴滴玉人兒何處也！

此猶僅用三字也。其用四字者，如馬致遠《黄粱夢》第四折：

【叨叨令】我這裏穩丕丕土坑上迷颩没騰的坐，那婆婆將粗剌剌陳米喜收希和的播，那蹇驢兒柳陰下舒着足乞留惡濫的卧，那漢子去脖項上婆娑没索的摸。你則早醒來了也麼哥，你則早醒來了也麼哥，可正是窗前彈指時光過！

其更奇者，則如鄭光祖《倩女離魂》第四折：

【古水仙子】全不想這姻親是舊盟，則待教襖廟火刮刮匝匝烈焰生，將水面上鴛鴦忒楞楞騰分開交頸。疏剌剌沙鞲雕鞍撒了銷①鞓。廝琅琅湯偷香處喝號提鈴。支楞楞争絃斷了不續碧玉筝，吉丁丁璫精磚上摔破菱花鏡，撲通通東井底墜銀瓶。

又無名氏《貨郎旦》劇第三②折，則所用疊字，其數尤多：

【貨郎兒六轉】我則見黯黯慘慘天涯雲布，萬萬點點瀟湘夜雨；正值著窄窄狹狹溝溝塹塹路崎嶇。黑黑暗暗彤雲布；赤留赤律瀟瀟灑灑斷斷續續，出出律律忽忽魯魯陰雲開處；霍霍閃閃電光星注。正值著颼颼摔摔風，淋淋渌渌雨，高高下下凹凹答答一水模糊，撲撲簌簌濕濕渌渌疏林人物，卻便似一幅慘慘昏昏瀟湘水墨圖。

由是觀之，則元劇實於新文體中自由使用新言語；在我國文學中，於《楚辭》、《内典》外，得此而三，然其源遠在宋、金二代；不過至元而大成。其寫景抒情述事之美，優足以當一代之文學；又以其自然，故能寫當時政治及社會之情狀，足以供史論家論世之資者不少。又曲中多用俗語，故宋、金、元三朝遺語所存甚多，輯而存之，理而董之，自足爲一專書。此又言語學上

---

① “銷”爲“鎖”之訛字。

② “三”應爲“四”。

之事，而非此書之所有事也。”蓋國維之盛推元劇如此。自序其書曰：“一代有一代之文學。楚之騷，漢之賦，六代之駢語，唐之詩，宋之詞，元之曲，皆所謂一代之文學，而後世莫繼焉者也。獨元人之曲，爲時既近，託體稍卑，故兩朝史志與《四庫·集部》均不著録。後世儒碩皆鄙棄不復道。而爲此學者，大率不學之徒；即有一二學子以餘力及之，亦未有能觀其會通，窺其奥窔者。余讀元人雜劇，以爲能道人情，狀物態，詞彩俊拔，而出乎自然，蓋古所未有，而後人不能髣髴也。輒思究其淵源，明其變化之迹，以爲非求諸唐、宋、遼、金之文學，弗能得也。世之爲此學者，自余始。其所貢於此學者，亦以《宋元戲曲史》一書爲多。非吾輩才力過於古人，實以古人未嘗爲此學故也。”識者信其言之匪夸。然國維沈思於宋、元以來通俗文學者，先後不逾三年；蓋未若治哲學之久也；而所獲則遠過之。國維治哲學，未嘗溺新説而廢舊聞；其治通俗文學，亦未嘗尊俚辭而薄雅故。迄辛亥國變，振玉掛冠神武門，避地東渡，航海走日本。國維則攜家相從。振玉乃勸之專研國學，而先於小學訓詁植其基，並與論學術得失，謂：“尼山之學在信古。今人則信今而疑古。本朝學者疑《古文尚書》，疑《尚書孔注》，疑《家語》，所疑固未嘗不當。及大名崔氏著《考信録》，則多疑所不必疑。至於晚近，變本加厲，至謂諸經皆出僞造。至歐西之學，其立論多似周、秦諸子。若尼采諸家學説，賤仁義，薄謙遜，非節制，欲創新文化以代舊文化；則流弊滋多。方今世論益歧，三千年之教澤，不絶如綫；非矯枉不能返經。士生今日，萬事不可爲，拯此横流，舍反經信古末由也。君年方壯，予亦未至衰暮，守先待後，期與子共勉之!”國維聞而憮然，自懟以前所學未醇，乃取行篋《静安文集》百餘册，悉摧燒之；欲北面稱弟子。自是又盡棄所治宋元文學，專攻經史，日讀注疏盡數卷，旁及古文字聲韻之學，如是者數年，所造益深且醇。先振玉三年返國。振玉割藏書十之一贈之，送之神户，執國維手曰：“以君進德之勇，異日以亭林相期矣!”迄以治殷墟龜甲文成名。而國維之學，於是爲三變矣。其治殷墟甲骨文也，考之史事制度與文物以知其時代之情狀；本之《詩》、《書》以求其文之義例；考之古音以通其義之假借；參之彝器以驗其文字之變化。所撰《殷卜辭中所見先公先王考》及《殷周制度論》，義據精深，方法縝密，極考證家之能事；而於周代立制之源，及成王周公所以治天下之意，言之尤爲真切。自來説諸經大義，未有如國維之貫串者。國維之學，於讓清二百餘年中，最近歙縣程瑶田易疇及吴縣吴大澂愙齋。程氏所著書，以精識勝而以目驗輔之；其時古文字古器物尚未大出，故扃途雖啓而運用未宏。吴氏之書，全據近出之文字器物以立言，其源出於程氏，而精博則遜之。國維識力不亞程氏，而步吴氏之軌躅，又當古文字古器物大出之世，故其規模大於程，而精博則過吴，能由文字聲韻以考古代之制度文物，並其立制之所以然；其術在由博而反約，由疑而得信，務在不悖不惑，當於理而止。其於古人之學説亦然。國維嘗謂："今之學者，於古人之制度文物學説無不疑；獨不肯自疑其立説之根據。"有慨乎其言之也。孜孜兀兀，没身而止，都十五六年。生平治學，蓋以考證學爲至劬且久云。而處心積慮，所欲號於天下人人者，又志不在此。嘗以爲："自三代至於近世，道出於一而已。泰西通商以後，西學西政之書，輸入中國，於是修身齊家治國平天下之道，乃出於二。光緒中葉，新説漸勝；逮辛亥之變，而中國之政治學術，幾全爲新説所統一矣。而原西説之所以風靡一世者，以其國家之富强也。然自歐戰以後，歐洲諸强國情見勢絀，道德墮落，本業衰微，貨幣低降，物價騰湧，工資之争鬥日烈，危險之思想日多。甚者如俄羅斯赤地數萬里，餓死千萬人，生民以來，未有此酷。而中國此十餘年中，紀綱掃地，争奪頻仍，財政窮蹙，國幾不國者，其源亦半出於此。嘗求其故，蓋有二焉：西人以權利爲天賦，以富强爲國是，以競争爲當然，以進取爲能事；是故挾其奇技淫巧，以肆其豪强兼并，更無知止知足之心，浸成不奪不饜之勢。於是國與國相争，上與下相争，貧與富相争。凡昔之所以致富强者，今適爲其自斃之具，此皆由貪之一字誤之。此西説之害，根於心術者一也。中國立説，首貴用中。孔子稱過猶不及，孟子惡舉一廢百。西人之説，大率過而失其中，執一而忘其餘者也。試言其尤著者：國以民爲本，中外一也。先王知民之不能自治也，故立君以治之；君不能獨治也，故設官以佐之；而又慮君與官吏之病民也，故立法以防制之；以此治民，是亦可矣。西人以是爲不足，於是有立憲焉，有共和焉。然試問立憲共和之國，其政治果出於多數國民之公意乎？抑出於少數黨人之意乎？民之不能自治，無中外一也。所異者，以黨魁代君主，且多一賄賂奔走之弊而已。孔子言患不均，《大學》言平天下，古之爲政，未有不以均平爲務者；然其道不外重農抑末，禁止兼并而已。井田之法，口分之制，皆屢試而不能行，或行而不能久。西人則以是爲不足，於是有社會主義焉，有共産主義焉。然此均産之事，將使國人共均之乎，抑委託少數人使均之乎？均產以後，將合全國之人而管理之乎，抑委託少數人使代理之乎？由前之說，則萬萬無此理。由後之說，則不均之事，俄頃即見矣。俄人行之，伏屍千萬，赤地萬里，而卒不能不承認私產之制度；則曩之洶洶，又奚爲也？抑西人處事，皆欲以科學之法馭之。夫科學之所能馭者，空間也，時間也，物質也，人類與動植物之軀體也。然其結構愈複雜，則科學之律令愈不確實。至於人心之靈，及人類所構成之社會國家，則有民族之特性，數千年之歷史與其周圍之一切境遇，萬不能以科學之法治之。而西人往往見其一而忘其他，故其道方而不能圓，往而不知反。此西說之弊，根於方法者二也。至西洋近百年中，自然科學與歷史科學之進步，誠爲深邃精密，然不過少數學問家用以研究物理，考證事實，琢磨心思，消遣歲月斯可矣。而自然科學之應用，又不勝其弊；西人兼并之烈，與工資之争，皆由科學爲之羽翼。其無流弊如史地諸學者，亦猶富人之華服，大家之古玩，可以飾觀瞻，而不足以養口體。是以歐戰以後，彼土有識之士，乃轉而崇拜東方之學術；非徒研究之，又信奉之；數年以來，歐洲諸大學議設東方學講座者以數十計。德人之奉孔子老子説者，至各成一團體。蓋與民休息之術，莫尚於黃、老；而長治久安之道，莫備於周、孔；在我國爲經驗之良方，在彼土尤爲對症之新藥；是西人固已憬然於彼政學之流弊，而思所變計矣。我惛不知，乃見他人之落阱而輒追逐其後，争民施奪，處士横議，以共和始者，必以共産終。”垂涕而道，而世人不果所言，則見以爲迂遠而闊於事情；猶稱其考古之學，爲前無古人，後啓來者。然徵文考獻，有裨文學；厥推闡揚元劇，開其篳路之功也。遜帝宣統欽其學行，賞食五品俸，賜紫禁城騎馬，命檢昭陽殿書籍，監定内府所藏古彝器。既而遜帝遯荒天津，國維受聘爲清華研究院教授；以民國十六年四月，感時喪亂，自沈頤和園之昆明湖，於衣帶中得遺墨曰：“五十之年，只欠一死。”海内識與不識，罔不惜其學而閔其愚；使不即死，所造未可量也。特是曲學之興，國維治之三年，未若吴梅之劬以畢生；國維限於元曲，未若吴梅之集其大成；國維詳其歷史，未若吴梅之發其條例；國維賞其文學，未若吴梅之析其聲律。而論曲學者，並世要推吴梅爲大師云。

吴梅，字臞安，一字靈鳷，又號霜崖。少有志治曲學，常曰：“詩文詞曲並稱。余謂詩文固難，而古今名集至多；且論文論詩諸作，指示極精。惟詞曲最難從入；而曲爲尤難。何者？詞自南唐、兩宋，名家著述，易於購取；學者有志，尚可探索。曲則自元以還，關、馬、鄭、白之作，不可全見；吴興百種而外，存者不多。有明一代，名世者不過王于一、阮圓海二三十人；而其所作，已在有無之間。且填詞賓白之法，素乏專書。詞隱之《南詞譜》、玄玉之《北詞譜》不易得，所依據者不過《西厢》、《琵琶》數種而已。”以年十八作《風洞山傳奇》。顧僅爲其詞而已，未能度曲也。心輒怏怏，嘗謂“欲明曲理，須先唱曲；《隋書》所謂‘彈曲多，則能造曲’是也。”吴中里老多善謳者，乃從問業；往往就曲中工尺旁譜，教以輕重疾徐之法。進叩所以。則曰“非余之所知也；且唱曲者可不問此。”顧梅意有不慊，遂取古今雜劇傳奇，博覽而詳覈之，積四五年，出與里老相問答，咸駭卻走。里老中有俞宗海粟廬者，工爲書，而度曲尤臻神妙；獨與親交。梅從之遊，途徑斯闢。會康有爲、梁啓超變政，事敗，而有爲之弟廣仁與楊深秀、楊銳、林旭、劉光第、譚嗣同六人，駢戮都市；所謂六君子是也。梅聞而哀焉；爲譜傳奇，名曰《血花飛》。昭文黄振元爲之序，而梅大父懼以文字賈禍，遂取其稿焚焉。既能度曲，乃覈審律。所自得意者，嘗爲吴江陳去病題《徐寄鹿女史西泠悲秋圖》，圖爲悲紹興女子秋瑾之以革命被戮平墓而作者，用越調《小桃紅》一套，其中《下山虎》，固舉世所稱難作者也。嘗誦《幽閨記》中一支云：“大家體面，委實多般，有眼何曾見，懶能向前。他那里弄盞傳杯，恁般腼腆；這裏新人忒煞虔。待推怎地展，主婚人不見憐。配合夫妻事，事非偶然。好惡姻緣總在天！”曲中“大”字及“懶能向前”句，“待推怎地展”句，“事非偶然”句，四聲一字不可移易，而自以爲題此一支之能因難見巧也，其辭曰：

> 半林夕照，照上峯腰。小塚冬青少；有柳絲數條。記麥飯香醪，清明拜掃。怎三尺孤墳，也守不牢！這冤怎樣了！土中人，血淚拋；滿地紅心草，斷魂可招。你敢也俠氣陰風在這遭！

以較《幽閨記》，自詑青出於藍焉。又嘗作《雙淚碑》傳奇，僅成四折，未成書也。丹徒丁傳靖者，亦工詩詞；作《滄桑豔》、《霜天碧》二曲，詞采葩發，才名甚盛；輒以貽梅。獨梅規其不律，與之書曰：

琇甫足下：

承惠《滄桑豔》、《霜天碧》二曲，循誦再三，渲染點綴，雅近《倚晴》之境。就文而論，無可獻疑。弟敢瀆進一言於左右者；則以足下之才之大，苟範之以韻律而不逸於先正之規，雖玉茗百子，猶將斂手，而惜夫出之之易也。夫雜劇之名，濫觴《宋志》。傳奇之作，發軫金源。顧當時管器，專力絃索；所陳樂色，間以胡聲；嘈雜緩急之間，南人至不能按。迨及元季，永嘉乃興，揚關、馬之流風，創爲院本；而伶官舊格，不盡饜一時士夫之心。於是君美、菊莊之徒，斐然有作；樂府聲調之遺，户工嘌唱之法，規模略具，堂奥斯成。然而對山募國工以正音，天池拜德明而按拍，齗齗刌黍，非故爲其難也，蓋鄭重之也。足下麗藻天授，敢不心傾；弟所樂與足下商榷者，宫調與音韻之際耳。宫調者，六宫十一調也。音韻者，五音十九部也。凡所謂曲，必隸屬於一宫一調；而聲之抑揚高下，又各視其所隸之宫調以爲衡。而此一宫一調之中，所隸諸曲，雖多至百數，其聲之抑揚高下，能者早辨之於無聲，初不必製譜而知之也。惟此宫調之意，尤各有所歸。黄鍾宜富貴纏綿也，則詞之富麗者屬之。仙吕宜清新綿邈也，則詞之雋逸者屬之。是故爲詞者，必先審其情勢之哀樂而定之於一宫；復酌其牌名之繁簡而歸之於一套；然後晰其陰陽，辨其清濁，審其板之疏密，稱其詞之美惡；要歸諸自然而已矣。能如是，則神而明之，存乎其人；即小德出入，明者亦無所吹求，此凌次仲所謂"傳奇無定法"；而"清遠四夢"所以終難見諸場上也。至於音韻要守中州；周德清之説，惟供北詞；范昆白之書，僅利南曲。真文庚清之分，齊微魚模之辨，運用變化，惟在一心，深甫《大典》不足法焉。雖然，猶有難至者在也。引子過曲，人所盡知；而過曲有長短剛柔之殊，有近慢緩快之别；鼓色板格，又有疾徐正贈之不同。則志於斯者，惟因時制宜，操縱合度，不囿於勢，不逸於範，竭吾力焉已耳；局促之與䩭駕，安得謂之良馬哉？弟少喜度曲，輒復倚聲。往者劉君子庚屢述盛意，不圖並世尚有斯人；豈知握手之期，即在此日，其愉快以爲何如耶？用略陳其愚，惟垂察焉。

蓋嚴於覈律如此。顧虚衷博采，有工度曲者，輒造論得失。嘗訪仇淶之於金陵。金陵言度曲，仇爲最，爲歌《渡江》、《彈詞》二折。梅以爲口齒不如吴人；而轉調换氣，有廣陵先正之規。仇意慊然。時民國初定，金陵以大都再遭兵禍；爲語秦淮舊事。梅感其言，作北詞《折桂令》曰：

記秦淮載酒曾過，畫舸迴燈，水榭聽歌，慊事無多。河橋依舊，花月消磨。走青樓，捺不住新亭風火；渡清溪，填不平故國風波。回首蹉跎，十載如梭，説甚麽金粉南朝，倒變做春夢東坡！

因即訂譜歌之，一時聞者皆惘惘也。

初梅以精詞曲，任北京大學文科教授，尋轉任東南大學，廣州中山大學，南京中央大學，所著有《顧曲麈談》、《百嘉室曲選》、《南北九宫簡譜》等書，皆論曲之作。其論詞與曲之遞變曰："我國文學改變之迹，皆由自然，非一二大文豪所得左右其間也。自樂府不能按歌，而唐人始有詞；太白、香山開其先，至飛卿而其藝遂著。南唐、兩宋，更發揮光大之。於是詞學乃獨樹一幟矣。金、元入主中原，舊詞之格，往往於嘈雜緩急之間，不能盡按，遂糅雜方言，別立一格，名之曰曲；創始於董解元，而關漢卿、馬東籬、鄭德輝、白仁甫乃達其變。然則曲也者，爲宋、金詞調之别體。當南宋詞家慢近盛行之時，即爲北調榛莽胚胎之日。一時中原絃索，披靡天下；非復垂虹橋畔，淺斟低唱光景矣。'然則詞之變而爲曲，亦有端倪可尋乎?'曰：'有之，即宋時大曲是也。'宋人宴集，無不歌以侑觴；其歌以詞一闋爲率，其有連續歌此一闋者，如趙德麟之商調《蝶戀花》十章，詠《會真》之事，亦徒歌而不舞。其所以異於普通之詞者，不過將此詞牌疊用成套，以詠一事而已。宋時官本雜劇，皆以詞牌叠用成套，而《東京夢華録》載雜劇隊舞之制極詳；是已具搬演戲劇之性質矣。至《樂府雅詞》又備録董穎《薄媚》大曲一套；其曲牌有"排遍"、"十攧"、"入破"、"虚催"、"衮徧"、"催拍"、"歇拍"、"煞衮"等名；更與《董西厢》及元人雜劇相類。而東坡《哨徧》檃括《歸去來辭》，雖開代言之體，然以數曲代一人之言。且專賦吴越故事者，實自董穎此套爲始。要之德麟《蝶戀花》十曲開董解元之先聲；此套則爲元套數雜劇之祖。故戲曲之極盛於金、元，實自宋詞變化中來；而大曲尤爲詞與曲嬗蜕之顯而易見者也。始也承兩宋詩餘之格，而移易其聲調，出辭淵雅，有類秦柳，是曰小令；趙閑閑《青杏子》、元遺山《驟雨打新荷》是也。繼則沿宋人大曲之制，擇同調各曲，聯綴成篇；寫懷賦物，各稱其才；是曰散曲；張禄之《詞林摘豔》，郭蒼嵒之《雍熙樂府》，凡所輯録者皆是也。此皆有辭而無科白者也。董解元《西厢》爲諸宫調體，有白語矣；而科介則闕焉。科介具者有二：作北曲者爲雜劇，作南曲者爲傳奇，至是戲劇之用始備矣。北劇極盛於元，南戲繼起有明。而原南戲之興，當在宋光宗朝。永嘉人作《趙貞女》、《王魁》二傳，實爲首唱。或云宣和間已有萌芽，至南渡時則盛行，號曰“永嘉雜劇”；其文字即本宋人詞，而益以里巷歌謡，不協宫徵；士大夫罕有傳習者。至元時，北劇蔚興，南戲衰熄。迨高則誠《琵琶傳》出，盡洗胡元古魯兀剌之風，而易之以纏綿頓宕之聲；又得明高皇帝獎許，於是海内向風，别名爲南曲；以元套雜劇爲北曲，而相驂靳。此一時也。澉川楊康惠公梓得貫雲石之傳，嘗作《豫讓》、《霍光》、《尉遲敬德》諸劇，流傳宇内，與中原絃索抗行。而長子國材復與鮮于去矜交遊，以樂府世其家，總得南聲之祕奥，别創新音，號爲海鹽調；江西兩京間翕然和之。此一時也。嘉、隆間，太倉魏良輔、崑山梁辰魚以善謳名吴下。良輔探討聲韻，坐卧一小樓者十餘年，考訂琵琶板式，造水磨調，辰魚作《浣紗記》付之，流麗穩協，天下始有清音，號曰崑曲；歷世三百，莫不頫首傾耳，奉爲雅樂。此猶宋代嘌唱家用就舊聲而加以泛豔者也。此又一時也。明之中葉，雜劇亦用南詞，傳奇間取北曲者，此又事之變也，不可繩之以法也。自明以來，南詞特盛；論其高下，派别攸分：《荆》、《劉》、《拜》、《殺》，諧俗者也；《香囊》、《玉玦》，藻麗者也。湯奉常之新穎，沈壽寧之古拙，吴石渠之雅潔，范香令之工練，協律修詞，並足爲法。逐清一代，高莫如東塘，大莫如昉思。藏園、湖上，雖雅鄭不同，非二家之敵也。夫聲歌之道，遠本風詩。體格之尊，嚴若樂府。自豔語贈答，動乖典章；才士寄情，不辭猥褻；君子觀之，輒復鄙棄。抑知雕繢物情，模擬人理，極宇宙之變態，爲文章之奇觀；又烏可以小技薄之也哉！”

又論詞與曲之别曰：“今人言聲歌之道，輒將詞曲並舉，一若二者無異；此不知音者之言也。七音十二律，互乘爲八十四調；以宫乘律爲宫，以其他六音律爲調，而以限定樂器管色之高低，無論詞曲一也。惟按歌則大不同。諸詞皆一字一音，初無繁聲介乎其中，與朱子所述《鹿鳴》、《四牡》等十二章詩譜，按之相合；是與北曲之馳驟，南曲之柔峭，絶不相類。此其異於按歌者一也。至於用韻，曲尤謹嚴。蓋填曲之韻，既非詩韻，又非詞韻，其間去取分合，大抵以入聲分派三聲，而各將一韻分清陰陽；如世傳之《中原音韻》與《中州音韻》皆是也。大凡詞韻與曲韻相異者，詞中所用入韻，有協入三聲者，有獨用入聲者，故萬不可守入派三聲之例，則入聲一部，斷不能缺；此曲家所以不可用詞韻也。且詞韻支思與齊微合併爲一；居魚、蘇模二韻，寒山、桓歡、先天三韻，家麻、車遮二韻，監咸、廉纖二韻，亦合而爲一。而曲則各判畛域，不可假借；以開口與閉口出音各殊，鼻音與顎音吐字宜細。蓋不分析，則發音不純，起調畢曲，無所歸宿矣。惟曲韻亦有較詩詞寬者，詩則東與冬不能混，蕭與豪又不能相合。詞雖略寬，顧如魂元之類，有時亦稍當區別。而曲則江陽一致，庚亭不分；宜合平上去三聲而共用之，選韻尤綽有餘地，固詩與詞所萬萬不能者也。此其異於用韻者二也。詞之長調，意内言外。自宋以來，作者雖多，而論其體例，止有小令、中令、長調之分耳。按諸起調畢曲之説，則首韻與兩結韻，各宜慎重下字。然曲則注重在尾格；而每注之起畢，反不必斤斤焉。一支者名小令；二支四支者名重頭；全套有尾者名散套；其繁簡多寡，與詞大異。此其異在結構者三也。詞之作法，不論小令、中調、長調，一言以蔽之，曰雅而已矣。曲則有雅有俗。何也？詞無角目，曲有角目也。兩宋名詞具在，大抵主賓酬酢，皓齒一轉而已；但冀一牌脱稿，即可引吭發聲，初無套數之多少，更無忠佞之分配也。曲則有清曲、戲曲之分。清曲與詞尚近，無容費辭；劇曲則邪正賢奸，最宜分析。然而生旦之神情易寫，淨醜之口吻難描。舊傳奇中，淨醜諸曲，往往失之太雅，不合本相；不知淨醜多市井小人，非若生旦之可以文言見長；身不讀書，何能以才語相向乎？是誤以作詞之法作曲也。此其異在填詞者四也。今人混曰‘詞曲’，寧非與於不知言之甚者耶!”

又論南曲與北曲之别曰：“王元美曰：‘南曲重板眼，北曲重絃索。南字少而調緩，緩處見眼；北字多而調促，促處見筋。南主柔媚，北主剛勁。南宜獨奏，北宜和歌。’此説極是。惟北曲有倍難於南者：北詞調促而辭繁，下詞至難穩愜；而襯字無定法，板式無定律，初學填詞，幾於無從入手。不如南曲之襯字不多，且有一定格式。檢南詞定律，正襯分明；若北曲，則諸家所定之譜，頗有出入，偶一較對，何去何從。清初如《大成宫譜》、《欽定曲譜》之類，雖多所發明；而按諸名家之説；其間尚費斟酌。至《嘯餘譜》、《吴騷合編》等書，於北詞往往不點板式；而以襯作正，以正誤襯，不一而足；令人無從遵守。惟近來時伶，熟習諸套，若者爲襯，若者爲正；譜中聚訟之處，可就脚本之工尺旁譜中決之。此其難在填詞者一也。且北曲不尚詞藻，專重白描；胡元方言，尤須熟悉；句法字法，別有一種蹊徑；與南曲之温柔典雅，大相懸絶。如《西厢》'繫春心情短柳絲長，隔花陰人遠天涯近'，語妙今古。顧在當時，不甚以此等豔語爲然，謂之行家生活，即明人謂'案頭之曲'，非'場中之曲'也。實甫如'顛不剌的見了萬千，似這般可喜娘罕曾見'，及'鶻伶渌老不尋常'等語，卻是當行出色。故作南曲，詞章佳者尚易動筆；若作北曲，則語語不可夾入詞賦話頭，以俚俗爲文雅；雖詞章才子，對此無所措手矣。試遍檢明、清傳奇，南曲佳者至多，北詞佳者絶少，皆坐此病。昔洪昉思與吴舒鳧論填詞之法。舒鳧云：'須令人無從濃圈密點。'時昉思女在座曰：'如此則天下能有幾人可造此詣!'此其難在本色者二也。且北曲無唱入聲，而以入聲諸字俱派入三聲；蓋以北人言語，本無入聲；故唱曲亦無入聲也。然必分派入三聲者，何也？北曲之妙，全在於此；蓋入聲本不可唱，唱而引長其聲，即是平聲。南曲唱入聲無長腔，出字即斷；其間有引長其聲者，皆平聲也。何則？南曲唱法以和順爲主，出聲吐腔，重在字頭，不必四聲鑿鑿，故可稍爲假借。至北曲則平自平，上自上，去自去，字字清真，出聲、過聲、收聲，守定《中原音韻》，分毫不可假借；故唱入聲，亦必審其字勢該近何聲，及可讀何聲，派定唱法；出聲之際，歷歷分明，亦如三聲之本音不可移易；然後唱者有所執持，聽者分明辨别。此其難在唱入聲者三也。故曰'南曲易，北曲難'也。然亦有北曲可不求工，而南曲不可不求工者，即賓白一事是。元人雜劇，以賓白敘事，以詞曲寫情，故每折之首，先將一折中人出場齊備，説明事迹何若，而後作大套長曲；及其演串登場，歌者自歌，白者自白；一人居中司歌，其賓白諸人環侍左右；先令賓白者出場，兩旁分立；待此一折中人齊集以後，然後正末登場，引吭而歌；衆人或和歌，或介白。是故賓白在元劇僅爲點清眉目而設，不必求工；即每折抹去賓白，亦無不可。崑調悠揚，一字可數轉，雖數人分唱，而仍苦其勞；故曲中賓白，萬不可少；一則節唱者之勞，二則宣曲文之意；非若元劇止供和聲介曲之用也。且元人各曲，善用騰挪之法；每一套中，其開手數曲輒盡力裝點飽滿；而於本事上，入手時不即擒題；須四五曲後方纔説到；是一套之曲，不啻一篇文字；不必换一曲牌，更另换一意思也，故視賓白爲無足輕重。南曲則一套之中，唱者既繁多人，意境勢難合一；不獨生旦同場，必須分清口角；即同是一生，同是一旦，措詞亦各有分寸；名爲一套，實則一曲之意；而於關捩轉折之際，能顯其優美之趣者，則全在乎賓白。曲中詞曲，歌時絲竹嗷嘈，一時未必即能領會；十分佳妙，只顯七分；而賓白則一時一語，人人皆知，不分雅俗；每當筆酣墨飽之時，常有因得一二句好白，而使詞曲亦十分暢達，加倍生色者。如《牡丹亭·驚夢》折白曰：'好天氣也。'以下便接《步步嬌》'裊晴絲吹來閑庭院'一曲，可謂妙矣。試思若無'天氣'二字，此曲如何接得上？又云'不到園林，怎知春色如許'，以下便接《皂羅袍》'原來姹紫嫣紅開遍'一曲；試思若無'不到園林'二語，曲中'原來'云云，如何可接？斯其顯而易見者矣。"

又論北曲之宜知務頭曰："務頭者，曲中平上去三音聯串之處也，如七字句，則第三第四第五之三字，不可用同一之音；大抵陽去與陰上相連；陰上與陽平相連，或陰去與陽上相連，陽上與陰平相連亦可；每一曲中，必須有三音相連之一二語，或二音相連之一二語，此即爲務頭處。周德清《中原音韻》論務頭曰：'要知某調某白某字是務頭，可施俊語於其上。'蓋填詞家宜知某調某句某字作務頭，而施以俊語也。換言之，謂當先自定以某句某字爲務頭，定其去上，析其陰陽，而用俊語實之；不可拘牽四聲陰陽之故，遂致文理不順也。"

又論南曲之宜檢板式曰："板拍所以爲曲中之節奏。北曲無定式，視文中襯字之多少以爲衡，所謂死腔活板，是也。南曲則每宫每支，除引子及《本宫賺》、《不是路》外，無一不立有定式。如仙吕宫之《河傳序》共三十二板，《桂枝香》二十三板，其下板處，各有一定不可移動之處，謂之板式。文人善歌者少，往往不明板式之理，或任意多加襯字；以致上一板與下一板相隔太遠，遂令唱者趕板不及，甚者落腔出調者，皆填詞時不檢板式之病也。未填詞之先，必先將欲填之曲檢出，細察此曲之板式，其疏密若何；若板式至簡，或上句之末一板與下句之第一板中間間隔多字者，則下句之首，萬不可再加襯字矣。"

又論字音與曲調之殊曰："聲中字音，以上聲爲最高；而在曲調中則上聲諸字，反處極低之度。又去聲之音，讀之似覺最低；不知在曲調中，則去聲最易發調，最易動聽。故逢去上兩字連用之處，用去上者必佳，用上去者次之；所謂卑亢之間，最難聯貫也。凡事自上而下較易，自下而上較難：自去聲至上聲，由上而下也；自上聲至去聲，由下而上也。所以去上之聲，必優美於上去。總之就曲調之高低，以律字音之卑亢。調之低者，宜用上聲字，調之高者，宜用去聲字；而上聲字能少用，則所填諸詞，無不可被管絃者矣。”嘗怪古今曲家自金源以迄今日，其間享大名者不下數百人；所作諸曲，其膾炙人口者亦不下數十種。而獨於填詞之道則闕焉不論，遂使千古下人，欲求一成法而不可得。於是宗《西厢》者以妍媚自喜，宗《琵琶》者以樸素自高，而於分宫配調、位置角目、安頓排場諸法，悉委諸伶工，而其道益以不彰；雖有《中原音韻》及《九宫曲譜》二書，亦止供案頭之用，不足爲場上之資。自以少時潛心於此，叩之曲家，卒無人曉示本末者。

既鑽究有會，迺喟然曰：“曲學之所以不昌者，無他，在識曲者之務自祕而已矣。從來文章之事，就其高深言之，各有見到之處，父不能傳諸子，師不能傳諸弟，此固難言；惟規矩準繩，必須耳提面命，才能有所步趨。今一切不講，使人暗中捫索，在祕而不宣者，以爲填詞之法，非盡人所能；且此法無人授我；我豈肯獨傳於人？寧箝吾舌，使人莫名其妙，而吾略爲指點之，則人將以關、馬、鄭、白尊我矣。此所以迄無成書也。夫文章，天下之公器，非我之所能獨私；何必靳而不與至如是哉？”故不憚罄竭所曉，苦心分明，啓曲學之徑途，詔來者以不誣焉。爰斥專知，擷共喻，而撰其要著於篇。

梅藏曲之富，一時無兩。蓋南北遨遊，手自搜羅者垂二十年，益以朋好所詒，弟子所録，架積日多，蓋六百種。嘗謂：“曲雖小伎，藝兼聲文。往昔明嘉、隆間金陵唐氏有《富春堂演劇百種》，萬曆中吴興臧氏有《雕蟲館元曲選》，崇禎末，海虞毛氏有《汲古閣六十種曲》，近二十年中，貴池劉世珩、武進董康復有《彙刻傳奇》及《十段錦》、《盛明雜劇》等諸刊本。網羅放失，可謂勤矣。顧《富春》、《汲古》二本，稀如星鳳，未易購求。《雕蟲》舊槧，雖有覆刊，而流傳未廣。劉、董兩家，刊印頗精，而散曲不多，終嫌漏略。”因輯所藏，刊其尤者，曰《奢摩他室曲叢》，凡一百五十種，分散曲、雜劇、傳奇三類。臧、毛等輯，僅具一體。固未足與擬；而《散曲叢書》，自來無刊。茲分别集、總集兩目，體類大備；蓋著録之所未睹也。

凡散曲之屬十一：曰《小山小令》，曰《夢符小令》以上乾隆重刻嘉靖本，曰《樓居樂府》嘉靖常評事集本，曰《碧山樂府》，曰《南曲次韻》以上崇禎張宗孟本，曰《浮海堂詞稿》影鈔嘉靖本，曰《擊筑餘音》舊鈔本；此散曲别集之屬也。曰《詞林摘豔》嘉靖吴江張氏本，曰《南詞韻選》吴江沈氏原本，曰《吴騷合編》武林張楚叔刻本，曰《太櫷新奏》影鈔江南圖書館藏崇禎刻本，此散曲總集之屬也。

凡雜劇之屬六十五：曰《風雲會》，曰《藍采和》，曰《赤壁賦》，曰《埜猿聽經》，曰《豫讓吞炭》以上影鈔嘉靖本，曰《桃源景》，曰《常椿壽》，曰《香囊怨》，曰《復落娼》，曰《得騶虞》，曰《仗義疏財》，曰《踏雪尋梅》，曰《團圓夢》，曰《牡丹品》，曰《牡丹園》，曰《牡丹仙》，曰《繼母大賢》，曰《僊官慶壽》，曰《慶朔堂》，曰《悟真如》，曰《曲江池》，曰《煙花夢》，曰《豹子和尚》，曰《小桃紅》，曰《喬斷鬼》，曰《半夜朝元》，曰《八仙慶壽》，曰《蟠桃會》，曰《辰鈎月》以上宣德憲藩本，曰《不伏老》，曰《僧尼共犯》以上影鈔嘉靖本，曰《遊春記》，曰《中山狼》以上崇禎張宗孟本，曰《歌代嘯》影鈔本，曰《罵座記》，曰《寒衣記》以上影鈔嘉靖本，曰《紅紗》，曰《碧紗》，曰《挑燈劇》以上倘湖小築本，曰《鴛鴦夢》午夢堂本，曰《西樓劍嘯》鈔袁籜菴自訂西樓本，曰《祭皋陶》安雅堂全集本，曰《坦菴四種》坦菴自刻本，曰《後四聲猿四種》舊鈔本，曰《春水軒九種》賜錦樓本，曰《四大癡四種》山水鄰本。

凡傳奇之屬七十六：曰《琵琶》，曰《幽閨》以上陳眉公評本，曰《荆釵》李卓吾評本，曰《三元》，曰《和戎》以上富春堂本，曰《葵花》，曰《劍舟》以上廣慶堂本，曰《青樓》，曰《目連救母》以上富春堂本，曰《鳳求凰》，曰《花筵賺》，曰《長命縷》以上山水鄰本，曰《還魂》冰絲館本，曰《紫釵》竹林堂本，曰《邯鄲》獨深居本，曰《南柯》玉茗堂集本，曰《紫簫》汲古閣本，曰《紅梅》玉茗堂評本，曰《碧珠》萬曆刊本，曰《東郭》，曰《醉鄉》以上白雪齋本，曰《紅梨》洛誦生原刻本，曰《紅梨》快活庵評本，曰《新灌園》，曰《女丈夫》，曰《夢磊》，曰《灑雪堂》，曰《精忠旗》，曰《量江記》，曰《酒家傭》，曰《楚江情》，曰《雙雄》，曰《萬事足》以上墨憨齋重訂本，曰《緑牡丹》，曰《畫中人》，曰《西園》，曰《療妬羹》以上兩衡堂本，曰《情郵》粲花齋初刻本，曰《快活三》乾隆内府鈔本，曰《息宰河》且居初印本，曰《異夢》玉茗堂評本，曰《題塔》萬曆刻本，曰

《彩舟》，曰《投桃》以上環翠堂原刻本，曰《珊瑚玦》，曰《雙忠廟》，曰《元寶媒》以上容居堂原刻本，曰《廣寒香》書帶草堂本，曰《眉山秀》一笠庵原刻本，曰《雙金榜》，曰《燕子箋》，曰《春燈謎》，曰《牟尼合》以上石巢園原刻本，曰《偷甲》，曰《雙錘》，曰《魚籃》，曰《萬全》，曰《十醋》，曰《雙瑞》，曰《四元》以上金陵坊刻，曰《乞巧》康熙刻本，曰《香草吟》，曰《載花舲》以上曲波園原刻本，曰《芙蓉樓》雙溪原刻本，曰《空青石》，曰《念八翻》，曰《風流棒》以上粲花别墅原刻本，曰《揚州夢》，曰《雙報應》以上葭秋堂原刻本，曰《珊瑚鞭》穿柳堂原刻本，曰《稱人心》，曰《蝳歸樓》以上舊鈔本，曰《報恩緣》，曰《才人福》，曰《文星榜》以上古香林原刻本，曰《伏虎韜》奢摩他室鈔本。

盡發所藏，播之儒林。百五十種中，如《詞林摘豔》、《太霞新奏》、《誠齋諸劇》、《桐威四種》，皆詞林逸品，曲苑鴻篇，向傳其名，罕睹其籍，而梅蒐采所及：别集總集，則取才尚精；雜劇傳奇，則選録從廣。作者寓意，不厭詳求，遺事軼聞，附書簡末。朱祖謀之《彊村詞編》，及梅之《曲叢》一刻，咸稽古葺佚，蔚爲鉅觀，而駢峙於當代。文章之囿，於是爲不落寞矣。所自爲曲，曰《霜厓四劇》：一《湘真閣》，二《無價值》，三《西臺慟哭記》，四《惆悵爨》。而《惆悵爨》子目又四類：一云《香山老出放楊柳枝》，一云《湖州守乾作風月司》，一云《高子勉題情圍香曲》，一云《陸務觀寄怨釵鳳詞》。模寫物態，雕繪人事，濡染既廣，吐屬自俊。而弟子傳其學者，有江都任訥仲敏，從梅遊，就奢摩他室居，盡發藏曲讀之，纂《讀曲概録》五册。江寧盧前冀野，亦梅弟子也；著有《飲虹五種曲》，曰《琵琶賺》、《茱萸會》、《無爲州》、《仇宛娘》、《燕子僧》。梅爲序之曰："近世工詞者或不工曲：至北詞則絶響久。君五折皆俊語，不拾南人餘唾，高者幾與元賢抗行。"民國二十一年一月，日人犯我上海，以焚商務印書館；而梅之《奢摩他室曲叢》燬焉，精槧中輟，學者所惘。而前則承其緒業，專治令套，蒐羅孤本，彙刊二十七種，曰《飲虹簃所刻曲》云。宜興童斐伯章，亦以文人而工度曲，引商刻羽，細校毫芒；纂有《中樂尋原》一書，備論八十四調之原，樂器絃管之法，以及聆音作譜之方，復取古代舊譜，一一爲之厘訂，上自《關雎》，下至唐詩宋詞南北曲，粲然畢具。梅讀之而稱曰："蘇祇婆琵琶入中國，適當雅樂亡佚之時，四旦二十八調，爲後世言燕樂者之祖。惟七角調名，大氏居吟宫之位，非角調之正聲，嘗疑而不得其解；及讀斐所著《論琵琶借角》之説，始悟南北詞之角調，皆沿琵琶舊稱，而古時七角正音，轉多堙晦。得斐一言而深谷峭壁，夷爲康莊，不亦大可快耶！昔凌氏《燕樂考原》，陳氏《聲律通考》，所論金元樂名之異同，宫調正犯之要妙，多有前人未發者。顧釋理而遺器，審音而略譜，未能如斐之明且備。”然斐於梅十年以長，而致推梅爲能自力，非己所逮也。又有梅同縣人曰王季烈君九者，嘗論崑曲之在今日，其優於他種歌曲者：一曰文詞之典雅，二曰音調之紆徐，三曰字音之正確，四曰口訣之細密。顧此四端，一人之精力，未必能悉行精究，則不妨分途程功。長於文藻者任製曲之事。精於音律者任譜曲之事。耳聰口敏嗓亮者任度曲之事。合此三種人才精心研究，始得盡崑曲之能事也。論構成崑曲之次第，則先填詞，次製譜，而後度曲。然論習崑曲之次第，則須先習度曲，而後學填詞製譜；蓋不習度曲，則曲牌之選擇，襯字之安放，四聲之布置，決不能得其宜；縱使曲文極佳，而不能被之管絃。因著《螾廬曲談》四卷。先度曲，次製曲，次譜曲，終乃論其源流沿革。而尤精審曲譜。以俗工沿誤，有乖正音，與嘉興劉富樑鳳叔輯《集成曲譜》一書，都四百餘折：選戲劇，則采曲律詞章之兼善；訂宫譜，則求古律俗耳之並宜；曲文曲牌，皆悉心訂正；小眼賓白，一一詳載；鑼段笛色，無不注明；斯足集曲譜之大成，示學者以指南。而吴梅《奢摩他室曲叢》之刊，則嘗索序季烈，而以冠編首焉。蓋吴中曲學；啓篳路自俞宗海；而金聲玉振以吴梅及季烈；歌場壇坫，大江以南，莫與京也。山陰魏戫鐵三、貴筑姚華茫父，亦以能文章、審曲律有名當世。姚華纂《菉猗室曲話》，校訂毛晉刻《六十種曲》極覈也。而王季烈之刻《集成曲譜》，魏戫序焉。然皆不如梅之著名。

梅爲南社社員之一。而南社者，創始於讓清光緒己酉，爲東南革命諸巨子所組合；雖衡政好言革命，而文學依然篤古。詩唱唐音，不尚江西；文喜掞藻，亦非桐城；無一定宗派，初以推倒滿清爲主，故多叫囂亢厲之音。又一派則喜學爲龔自珍之體，徒爲貌似而失其勝概！其下者，更辭無涓選，殊足爲玷。但就其錚錚者而論，亦足各自成家。其尤著者：慈利吴恭亨悔晦、醴陵傅熊湘鈍根、成都吴虞又陵、吴江陳去病佩忍、柳棄疾亞子、涇縣胡蘊玉樸庵以詩文；香山蘇玄瑛曼殊、山陰諸宗壯貞長、順德黄節晦聞、番禺沈宗畸太侔、潘飛聲蘭史以詩；淳安邵瑞彭次公、餘杭徐珂仲可、無錫王蘊章西神以詞；順德蔡有守哲夫以金石書畫；而梅以曲；各以所能擅聞於世，稱矯矯者，亦文章之淵藪，而儒者之林囿也。始發起者，陳去病、柳棄疾及松江高旭天梅；而柳棄疾連被推爲社長。春秋佳日，必爲文酒之會。其地則在上海之愚園者爲多；歲彙所著，出《南社叢刊》。兩巨帙，分詩文詞選三種，已刊至二十餘集。其中多憤世嫉時，慷慨悲歌之作。與少陵詩史相近也。它如善化黃興克强、桃源宋教仁漁父、三原于右任、廣東汪兆銘精衛之徒，皆一時政雄，而隸籍南社，焜耀斯世焉。謹援《明史・文苑傳》附紀復社、幾社之例，附於末。

下編 新文學 XINWENXU

一　新民體

康有爲（附：簡朝亮、徐勤）——梁啓超（附：陳千秋、譚嗣同）

當代之文，理融歐亞，詞駁今古，幾如五光十色，不可方物！而要其大别：曰古文學，曰今文學，二者而已。談古文學者，或遠祧中古以上，或近禰近古而還。王闓運、章炳麟、劉師培、李詳、孫德謙、蘇玄瑛之文與詩，蓋遠祧中古以上者。其近禰近古而還者，文則有王樹枏、賀濤、馬其昶之爲湘鄉，姚永樸、永概兄弟及林紓之爲桐城派焉。詩則有易順鼎、樊增祥、楊圻之中、晚唐，陳三立、鄭孝胥、陳衍之宋詩焉。詞則有朱祖謀、況周頤之爲常州派焉。曲則有王國維、吴梅之治元劇焉。此古文學之流别也。論今文學之流别：有開通俗之文言者，曰康有爲、梁啓超。有創邏輯之古文者，曰嚴復、章士釗。有倡白話之詩文者，曰胡適。五人之中，康有爲輩行最先，名亦極高，三十年來國内政治學術之劇變，罔不以有爲爲前驅。而文章之革新，亦自有爲啓其機括焉。

有爲，康氏，原名祖詒，字廣廈，號長素，廣東南海人。世以理學傳家，爲粵名族。祖贊修，官連州教諭，治程朱之學；多士矜式。父達初，早卒，迺受教於大父，授以書，過目不忘。七歲，能屬文，有志於聖賢之學，里黨傳以爲笑，戲號之曰“聖人爲”；蓋以其開口輒曰“聖人聖人”，故冠於名以爲謔也。有爲以十九歲喪大父。年十八始遊同縣朱次琦之門，受學焉。次琦，粵中大儒也；湛深經術，其學根柢於宋儒，而以經世致用爲主；窮理治事，刮磨漢宋紛紜之見，惟尚躬行。一出爲山西襄陵令，出則徒步，入則齏鹽，朝饔夕飧，皆三十錢；終身布袍；樸學高行，學者翕然宗之。其弟子有名者，厥稱順德簡朝亮及有爲。朝亮堅苦篤實，壹慕其師；所注《論語》、《尚書》，折衷漢宋而抉其粹，最爲次琦高弟。而有爲則詭誕敢大言，異於朝亮；言學雜佛耶，又好稱西漢今文微言大義，能爲深沈瑰偉之思；實思想革新者之前驅。而發爲文章，則糅經語、子史語，旁及外國佛語、耶教語，以至聲光化電諸科學語，而冶以一爐，利以排偶；桐城義法至有爲乃殘壞無餘；恣縱不儻，厥爲後來梁啓超新民體之所由昉。學問文章，不盡類次琦也。然生平言學必推次琦。次琦著書，晚歲皆自焚之；既卒三十年，其子之紱輯佚，凡詩二十卷，文數十篇；而有爲乃序之以顯大其學。其辭曰：

以躬行爲宗，以無欲爲尚，氣節摩青蒼；窮極問學，舍漢釋宋，原本孔子，而以經世救民爲歸；古之學術有在於是者，則吾師朱九江先生以之。先生令山西襄陵百九十日，政化大行。以巡撫某爲某親王嬖人，拂衣歸。講學於其九江鄉禮山草堂垂三十年。先生爲先祖連州公之友，先君知縣公與伯叔父兩廣文公皆捧杖受業。有爲未冠，以回、參之列，辟咡受學，則先生年垂七十矣。望之凝凝如山嶽；即之温温如醇酒；碩德高風，不言而化，興起奮發於不自知焉；乃知以德化人之遠也。先生授學者以四行五學。四行：一曰敦行孝弟，二曰崇尚名節，三曰變化氣質，四曰檢攝威儀。五學：一曰經，二曰史，三曰掌故，四曰義理，五曰詞章。日一登堂講學，諸生敬侍，威儀嚴肅。先生博聞强記，不挾一卷，而徵引羣書，貫穿諷誦，不遺隻字；學者録之，即可成書一卷；今所傳《禮山講義》，是也。然十不能得六七。至夫大義所關，名節所繫，氣盛頰赤，大聲震堂壁；聽者悚然。爲才質無似，粗聞大道之傳，決以聖人爲可學，而盡棄俗學；自此始也。先生天才敏儁，少以神童聞於粵。方十三齡，儀徵阮文達督粵而召之，試詩而大驚！辟學海堂，授爲都講。沈浸經史掌故詞章之學。凡吾粵長老，若曾勉士之經，侯君謨之史，謝蘭生之詞章，皆翕受而自得之；旁及金石書畫，罔不窮精極微。當是時，漢學方盛，飽飣爲上，獵瑣文而忘大誼，矜多聞而遺躬行。先生夐識高行，獨不蔽於俗；厲節行於後漢；探義理於宋人。既則舍康成，釋紫陽，一一以孔子爲歸。其行如碧霄青雲，懸崖峭壁；其德如粹玉馨蘭，琴瑟彝鼎；其學如海；其文如山；高遠深博，雄健正直；蓋國朝二百年來，大賢巨儒，未之有比也。黎洲精矣，而奇佚氣多；船山深矣，而矯激太過；先生之學行，或於亭林爲近似；而平實敦大過之。著書滿家，以爲所知，有《國朝學案》、《國朝名臣言行録》凡百卷；《蒙古記》、《晉乘》各數十卷；詩文數十卷；晚歲皆自焚之，世多疑焉。意者先生疾世之嘩囂，多以文學炫寵，而以身爲法耶？夫言之不足化人久矣，文人之亡實多矣。天下無我是書，而教化遂以陵夷，人心遂以熄絶，則其書必當存也；天下無我是書，而教化亡大損，人心未至滅；則先聖先哲之遺書具在，循而行之，大道可宏，生民可救，則何以著作炫世乎？孔子曰："予欲無言。"子思述《中庸》之末曰："聲色之以化民末也。上天之載，無聲無臭，至矣！"先生之德，於是至矣。後之人受不言之教，以躬行爲歸，何必遺書！否則著書等身而中心藪慝，其書愈多，其名愈章，其壞風俗，敗國家愈甚，是毒吾民也，奚取焉！予小子稍有所述作，每念先生焚書之旨，未嘗不反省而悚然曰："吾豈有心歟？抑出不得已不忍人之心歟？其昔人曾發之而亡待己之喋喋歟？否則宜焚之也！"先生卒於光緒壬午之春，年七十五。詩文既盡焚，無一傳，同門友嘗祠墓畢，議遺文。簡廣文竹居、胡茂才少愷皆博學高行，以先生惡表襮嘩囂，紹述遺旨，相約勿刻；至於今又垂三十年矣。雖然，令先生無一字流於後世，於先生至人之德，不言之教，則不背矣，於後人思慕之意，則非也。先生嗣子之紱明敏克家，搜輯先生佚詩文於鄉里中，得《是汝師齋詩》一卷，《大足堂詩集》一卷，皆三十歲前作；及

> 佚文數十篇，皆書札爲多；蓋皆流傳於外，先生無從焚者。先生之文雄深雅健，深入秦漢之奥；爲今所爲文，皆受法於先生。此率爾之文，少日之作，誠不足以見先生之萬一。然丹鳳一羽，夏鼎一足，得之亦爲至寶；與其棄之，無寧過而存之。且大義亦時見焉。後之學者，稍聞遺訓而瞻文采，不猶愈於無耶？故敢違先生之旨，負同門之約，刻而布之；誠知罪戾，不遑避矣。先生諱次琦，號稚圭，又字子襄，南海縣人；道光丁未進士，行事詳於《平陽水利碑》。用弁卷端。其《是汝師齋詩》，刻於粤之學海堂。光緒三十四年秋九月，弟子康有爲記。

蓋誦說次琦如此。然有爲之學，從次琦入，而不從次琦出。次琦制行謹篤；而有爲權奇自喜。次琦學宗程朱；而有爲旁騖西漢，稱微言大義，自負可爲帝王師，言天下大計。早歲酷好《周禮》，嘗貫穴之，著《政學通義》。後見井研廖平所著書，乃盡棄其舊說。廖平者，王闓運弟子。闓運以治《春秋公羊》聞於時。平受其學，著《四益館經學叢書》十數種，闡今文家法，開蜀學，嘗以其間來分校廣雅書院。而有爲之通《公羊》，明改制，蓋染於平之説者爲多也。有爲最初所著書曰《新學僞經考》。"僞經"者，謂《周禮》、《逸禮》、《左傳》及《詩》之《毛傳》，凡西漢末劉歆所力争立博士者。"新學"者，謂新莽之學。時清儒誦法許、鄭者，自號曰漢學。有爲以爲此新代之學，非漢代之學，故正其名曰新學；而《新學僞經考》之作，最其要旨：一曰："西漢經學，並無所謂古文者；凡古文皆劉歆僞作。"二曰："秦焚書，並未厄及六經，漢之十四博士所傳，皆孔門足本，並無殘缺。"三曰："孔子時所用字，即秦漢間篆書，即以文論，亦絶無今古之目。"四曰："劉歆欲彌縫其作僞之迹，故校中祕書時，於一切古書，多所羼亂。"五曰："劉歆所以作僞經之故，因欲佐莽篡漢，先謀湮亂孔子微言大義。"而微言大義之所寄，則在於《春秋公羊》。有爲之治《公羊》也，不斷斷於其書法義例之小節，專求其微言大義，即何休所謂"非常異義可怪之論"者。定《春秋》爲孔子改制創作之書，謂文字不過其符號，如電報之密碼，如樂譜之音符，非口授不能明。又不惟《春秋》而已。凡六經皆孔子所作，昔人言孔子"述而不作"者誤也。孔子蓋自立一宗旨，而憑之以進退古人，去取古籍。孔子改制，恒託於古。堯舜者，孔子所託也；其人有無不可知；即有，亦至尋常，經典中堯舜之盛德大業，皆孔子理想上所構成也。又不惟孔子而已，周秦諸子，罔不改制，罔不託古，老子之託黄帝，墨子之託大禹，許行之託神農是也。近人祖述何休以治《公羊》者，若劉逢禄、龔自珍、陳立輩，皆言"改制"，而有爲之説，實與彼異。有爲所謂"改制"者，蓋稱"政治革命"、"社會改造"而言也。故喜言"通三統"；"三統"者，謂夏、商，周三代不同，當隨時因革也。喜言"張三世"；"三世"者，謂"據亂世"、"升平世"，"太平世"愈改而愈進也。孔子之改制，上掩百世，下掩百世，故尊之爲教主。謂歐洲之尊景教，爲治强之本；故恒欲儕孔子於基督，乃雜引讖緯之言以實之；於是有爲心目中之孔子又帶有神祕性矣。具見所著《孔子改制考》。教人讀古書，不當求諸章句、訓詁、名物制度之末，當求其義理，所謂義理者，又非言心言性，乃在古人創法立制之精意。於是漢學宋學，皆所唾棄。《僞經考》既以古文經爲劉歆所僞造；《改制考》又以今文經爲孔子託古之作；於是今文古文，皆待考定！數千年共認神聖不可侵犯之經典，於是根本發生疑問，引起學者之懷疑批評，而國人之學術思想，於是乎生一大變化。有爲言孔子託古改制；而所以學孔子者，亦必出託古改制。孔子之託古改制，見其義於《春秋》；而有爲之託古改制，則託其説於《禮運》。有爲以《春秋》三世之義説《禮運》；謂"升平世"爲"小康"，"太平世"爲"大同"。《禮運》之言曰："大道之行也，天下爲公。選賢與能，講信修睦。故人不獨親其親，不獨子其子；使老有所終，壯有所用，幼有所長，鰥寡孤獨廢疾者皆有所養；男有分，女有歸。貨惡其棄於地也，不必藏諸己。力惡其不出於身也，不必出①爲己。……是謂'大同'。"有爲謂此爲孔子之理想的社會制度。曰："天下爲公，選賢與能"，後世之所謂"民治主義"存焉。曰："講信修睦"，後世之所謂"國際聯合主義"存焉。曰：'人不獨親其親"，"使老有所終"，"鰥寡孤獨廢疾者皆有所養"，後世之所謂"老病保險主義"存焉。曰："不獨子其子"，使"幼有所長"，後世之所謂"兒童公育主義"存焉。曰："壯有所用"，曰"男有分"，後世之所謂"職業國定主義"存焉。曰："貨惡其棄於地，不必藏於己"，後世之所謂"共產主義"存焉。曰："力惡其不出於身，不必爲己"，後世之所謂"勞作神聖主義"存焉。

① "出"爲衍字。

謂《春秋》所謂“太平世’者即此。乃衍其條理爲《大同書》，凡若干事：(一）無國家，全世界置一總政府，分若干區域。(二）總政府及區政府，皆由民選。(三）無家族，男女同棲不得逾一年，届期須易人。(四）婦女有身者入胎教院，兒童出胎入育嬰院。(五）兒童按年入蒙養院及各級學校。(六）成年後，由政府指派分任農工等生産事業。(七）病則入養病院，老則入養老院。(八）胎教、育嬰、蒙養、養病、養老諸院，爲各區最高之設備，入者得最高之享樂。(九）成年男女，例須以若干年服役於此諸院，若今世之兵役然。（十）設公共宿舍、公共食堂，有等差，各以其勞作所入，自由享用。(十一）警惰爲最嚴之刑罰。(十二）學術上有新發明者，及在胎教等五院有特別勞績者，得殊獎。(十三）死則火葬，火葬場比鄰爲肥料工廠。《大同書》之具體計劃如是。全書數十萬言，於人生苦樂之根原，善惡之標準，言之極詳辯；然後説明其立法之理。其最要之關鍵，在毀滅家族。有爲謂：“佛法出家，求脱苦也；不如使其無家可出。謂私有財産爲争亂之源；無家族，則誰復樂有私産，若夫國家，則又隨家族而消滅者也；夫而後大同之世，不蘄而自至。”有爲懸此鵠爲人類進化之極軌，於齊家治國平天下而外，獨樹新義，固一無依傍，一無剿襲；著書立説在三十年前，而其理想與今世所謂“世界主義”、“社會主義”者多合符契，而國人之政治思想，於是乎又生一大變化。凡此皆次琦所不敢道、不知道者也。初有爲從學次琦，凡六年而次琦卒；又屏居獨學於南海之西樵山者四年；迺出而有事於四方：北走山海關，登萬里長城；南遊江漢，望中原；東詣闕里謁孔林；浪跡於燕、齊、楚、吴、荆、襄之間，察其風土，交其士大夫；西泝江峽，如桂林。疇昔山中所修養者，一一案之經歷實驗。如是者五六年。嘗以其間道香港、上海，見西人殖民政治之完整；屬地如此，本國之更進可知！因思其所以致此者，必有道德學問以爲之本原。乃悉購江南製造局及西教會所譯出各書，盡讀之。時所譯者皆初級普通學，及工藝、兵法、醫學之書，否則耶穌經典論疏耳。於政治哲學，毫無所及。而有爲以其天稟學識，别有會悟，能舉一以反三，因小以知大，自是於其學力中别辟一蹊徑。有爲自言：“上海製造局譯印新書，始於同治三年，其書經所購自讀及送人者共三千餘册，綜計製造局開辦以來，三十年間鬻書總額，不過一萬一千餘册。而其一人所購，竟達四分一以上。”可見當日風氣之不開；而有爲能自任以開風氣也。既而造京師，迺上書乞見尚書師傅翁同龢，請問言事，不納。時同龢以毓慶宫師傅，爲户部尚書，兼管國子監事，清德雅望，重於朝廷。有爲又因國子監祭酒盛昱以通於同龢，具封事，極陳時局艱危，請及時變法以圖自强，乞爲代奏。同龢惡其訐以爲直；曰："無禆時局，徒長亂耳。"書格不達。獨户部侍郎曾紀澤於有爲變法之議，相親莫逆。而有爲獻議，以朝鮮辟爲萬國公地，紀澤尤爲賞歎云。然無術以進之。有爲既鬱無所舒，迺遊心藝事，於廠肆間，蒐得漢、魏、六朝、唐、宋碑版數百本，從容玩索，學爲書，其執筆本得法於朱次琦，主虚拳實指，平腕豎鋒；其用墨浸淫於南北朝，而知氣韻胎格。迺廣涇縣包世臣所著《廣藝舟雙楫》，論篆隸變化之由，派别分合之故，世代遷流之異，而序其端曰：

可著聖道，可發王制，可洞人理，可窮物變；則刻鏤其精，冥縩其形爲之也。不劬於聖道、王制、人理、物變、魁儒勿道也。康子戊己之際，旅京師，淵淵然憂，悁悁然思，俛覽萬極，塞鈍勿施，格絀於時，握髮摮然，似人而非。厥友告之曰："大道藏於房，小技鳴於堂，高義伏於牀，巧奰顯於鄉。標枝高則隕風，累石危則墜牆。東海之鼇，不可入於井；龍伯之人，不可釣於塘。汝負畏壘之材，取桀杙，取櫚櫨，安器汝？汝不自克以程於窮，固宜哉！且汝爲人太多，而爲己太少；徇於外有而不反於内虚；其亦闇於大道哉！夫道，無小無大，無有無無。大者，小之殷也。小者，大之精也；蟭螟之巢蚊睫，蟭螟之睫又有巢者。視虱如輪，輪之中虱復傅緣焉。三尺之畫，七日遊，不能盡其蹊徑也；拳石之山，丘壑嵒巒，窅深窅曲，蟣蠓蚋生，蛙蠙之夜，蒙苴①茂焉；一滴之水，容四大海，洲島烟立，魚龍波譎，出日没月。方丈之室，有百千億獅子廣坐，神鬼神帝，生天生地。反汝虚室，遊心微密，甚多國土，人民豐實，禮樂黼黻，草木蘢鬱。汝沖禫其中，弟靡其側，復何騖哉？盍黔汝志，鋤汝心，息之以陰，藏之無用之地以陸沈！山林之中，鐘鼓陳焉。寂寞之野，時聞雷聲。且無用者，又有用也。不龜手之藥，既以治國矣。殺一物而甚安者，物物甚安焉，蘇援一技而

---

① "苴"爲"茸"之訛字。

入微者，無所往而不進於道也。”於是康子翻然捐棄其故，洗心藏密，冥神卻掃，攤碑摛書，弄翰飛素，千碑百記，鈎午是富，發先識之覆疑，竅後生之宧奥。是無用於時者之假物以遊歲暮也。國朝多言金石，寡論書者；惟涇縣包氏鉱之揚之，今則孳之衍之，凡爲二十七篇；論書絶句第二十七。永維作始於戊子之臘，實購碑於宣武城南南海館之汗漫舫，老樹僵石，證我古墨焉。歸歟於己丑之臘，迺理舊稿於西樵山北銀塘鄉之澹如樓；長松敗柳，侍我草玄焉。凡十七日，至除夕，述書訖，光緒十五年也。述書者，西樵山人康有爲也。

有爲論書絶精，顧强不知以爲知，夸誕其詞；所作又不能稱是；而轉折多圓筆，六朝轉筆無圓者；儻所謂“吾眼有神，吾腕有鬼”。《廣藝舟雙楫·述學篇》語。不足以副之歟？有爲固自知之矣。

有爲既以上書言變法，被放歸西樵山。鄉人目爲怪。新會梁啓超方與南海陳千秋同學於學海堂，獨好奇，相將謁之；一見大服，遂執業爲弟子；共請有爲開館講學。而以光緒十七年，於長興里設黌舍焉；則所謂萬木草堂是也。二人者，既夙治漢儒許、鄭之學，千秋尤精洽，聞有爲説，則盡棄其學而學焉。《新學僞經考》之作，二人者多所參議也。有爲經世之懷抱在大同，而其觀現在以審次第，則起點於小康撥亂。有爲論政之鵠的在民權，而其揆時勢以謀進步，則注意於君主立憲。雖著《大同書》，然祕不以示人，其弟子最初得讀此書者，陳千秋、梁啓超，讀則大樂，鋭意欲宣傳其一部分。有爲弗善也，而亦不能禁其所爲。後此萬木草堂學徒多言大同矣。而有爲謂：“今方爲據亂之世，只能言小康，不能言大同，言則陷天下於洪水猛獸。”其教弟子，以孔學、佛學、宋明學爲體，以史學、西學爲用。其教旨專在激厲氣節，發揚精神。其學綱，曰志於道，格物克己，勵節慎獨。據於德，主静出倪，養心不動，變化氣質，檢攝威儀。依於仁，敦行孝弟，崇尚任恤，廣宣教惠，同體飢溺。遊於藝，禮、樂、書、數、畫、槍。其學目，曰義理之學，孔學、佛學、周秦諸子學、宋明學、泰西哲學。考據之學，中國經學、史學，萬國史學、地理學、數學、格致科學。經世之學，政治原理學、中國政治沿革得失、萬國政治沿革得失、政治實際應用學、羣學。文章之學，中國詞章學、外國語言文字學。其課外作業，曰演説，每月朔望課之。曰劄記，每日課之。行之校内者也；曰體操，每間一日課之。曰遊歷，每年假時課之。行之校外者也。而其組織則有爲自爲總教授，而立學生中三人或六人爲學長，曰博文科學長，主助教授及分校功課。約禮科學長，主勸勉品行、糾檢威儀。干城科學長，主督率體操。其圖書儀器之室，亦委一學生專司之，曰書器庫監督。凡學生人置一劄記簿；日記讀書治事所心得以自課，月朔則繳呈之，而有爲爲之批評焉。每日在講堂演述必四五小時；論一事，必上下古今以究其沿革得失，又引歐美以比較證明之；又出其理想之所窮，及懸一至善之鵠以進退古今中外，蓋使學者理想之自由日以發達，而別擇之知識亦以生焉。方是時，義烏朱一新鼎甫以御史言事罷官，主廣州之廣雅書院。既舊學高望，重實行而屏華士，聞有爲之敢爲高論，而心不然焉，乃貽書規曰："君之熱血，僕所深知。然古來惟極熱者，一變乃爲極冷，此陰陽消長之機，貞下起元之理。純實者甘於淡泊，遂成石隱；高明者率其胸臆，遂爲異端；此中轉捩，祇在幾希。故持論不可過高，擇術不可不慎也。君伏闕上書，僕蓋心敬其言，而不能不心疑其事。孔子之贊艮卦，孟子之論蚳蛙，其義可深長思耳。莊生之書，足下所見至確，而其言汪洋恣肆，究足誤人。凡事不可打通後壁。老莊、釋氏皆打通後壁之書也。愚者既不解，智者則易溺其心志，勢不至敗棄五常不止，豈老莊、釋氏初意之所及哉？然吾夫子則固計及之矣，以故有'不語'，有'罕言'，有'不可得而聞'。凡所以爲後世計者，至深且遠。今君所云云，毋亦有當'罕言'者乎？讀書窮理，足以自娱；樂行憂違，貞不絕俗；願勿以有用之身，而逐於無涯之知也。漢學家治訓詁而忘義理，常患其太淺。近儒知訓詁不足盡義理矣，而或任智以鑿經，則又患其太深。夫淺者之所失，支離破碎而已，其失易見；通儒不爲所惑也。若其用心甚銳，持論甚高，而兼濟之以博學，勢將鼓一世聰穎之士顛倒於新奇可喜之論；而惑經之風，於是乎熾。戰國諸子，孰不欲明道術哉？好高之患中之也。僕故不敢不罄其愚：冀足下鏟去高論，置之康莊大道中，使坐言可以起行；毋徒鑿空武斷，使古人銜冤地下，而①仍不得六經之用也。道也者，如飲衢尊然，無知愚賢不肖，人人各如其量挹之而不窮。世之人，以其平澹無奇也，往往喜爲新論以求駕乎其上，遂爲賢智之過而不之悟。竊恐大集流傳，適爲毀棄六經張本耳。足下

① "而"後脱"吾"字。

兀兀窮年，何可倒持太阿而授人以柄？始則因噎廢食，終且舐糠及米，其殆未之思乎？原足下之所以爲此者，無他焉，蓋聞見雜博爲之害耳。其汪洋自恣也取諸莊，其兼愛無等也取諸墨，其權實互用也取諸釋，而又炫於外夷一日之富强，謂有合吾中國管、商之術，可以旋至而立效也；故於聖人之言燦著六經者悉見爲平澹無奇，而必揚之使高，鑿之使深；惡近儒之言訓詁，破碎害道也，則蕩滌而埽除之。以訓詁之學，歸之劉歆，使人無以自堅其說，而凡古書之與吾說相戾者，一皆詆爲僞造；夫然後可以唯吾所欲爲，雖聖人不得不俛首而聽吾驅策。噫！足下之用意則勤矣；然其所以爲說者，亦已甚矣！足下不信壁中古文，謂《史記·河間、魯共王傳》無壁經之說。夫當史公時，儒術始興，其言闊略，《河間傳》不言獻書，《魯共傳》不言壞壁，正與《楚元傳》不言受詩浮丘伯一例。若《史記》言古文者，皆爲劉歆所竄，則此二傳，乃作僞之本；歆當彌縫之不暇，豈肯留此罅隙以待後人之攻？足下謂歆僞《周官》，僞《左傳》，僞《毛詩》、《爾雅》，互相證明，并點竄《史記》以就己說；則歆之於古文爲計固甚密矣；何於此獨疏之甚乎？史公《自叙》"年十歲，則誦古文"；《儒林傳》有"古文尚書"，其他涉"古文"者尚夥；足下悉以爲歆之竄亂。夫同一書也，合己說者則取之，不合者則僞之；此宋元儒者開其端；而近時漢學家尤甚；雖有精到，要非僕之所敢言也。"有爲送難往復，再三不休。迨二十年秋，以著書講學，被御史奏參，下粵督查究；避居桂林之風洞，而過桂山書院，撰《桂學答問》以答士夫之來問學者。

有爲之學，以《孔子改制考》樹骨幹，以《新學僞經考》張門户，而《答問》爲開示途轍。其論經學，一裁以《公羊》；由《公羊》以通六經，由孟子而學孔子，而欲以孟子通《公羊》，以《荀子》通《穀梁》，由《春秋繁露》以發《公羊》之義例，由《白虎通》以觀禮制之折衷。《大戴禮記》當與《小戴禮記》同讀，皆孔門口說。《尚書大傳》、《韓詩外傳》，亦皆孔門口說，與《繁露》、《白虎通》並重。《七經緯》亦皆孔門口説，中多非常異義。然後由《五經異義》用陳壽祺疏證本以讀《新學僞經考》，而別古今，分真僞；然後知孔子所以爲聖人，以其改制而曲成萬物，範圍萬世也。其心爲不忍人之仁，其制爲不忍人之政。仁道本於孝弟，則定爲人倫；仁術始於井田，則推爲王政；孟子發孔子之道最精，而大率發明此義，蓋本末精粗舉矣。

《春秋》所以宜獨尊者，爲孔子改制之迹在也；《公羊》、《繁露》所以宜尊信者，爲孔子改制之説在也；能通《春秋》之説，則六經之説，莫不同條而共貫；而孔子之大道可明矣。其治諸子，亦如治經；孔子以六經改制。諸子亦各以所學改制。諸子改制，正可明孔子之改制也。《吕氏春秋》、《淮南子》爲雜家，諸家之理存焉。尤可窮究。其論宋學：以爲宋儒專言義理，《宋元學案》薈萃之，當熟讀。《明儒學案》，言心學最精微，可細讀。《近思録》爲朱子選擇，《小學》爲做人樣子，可熟讀。千年之學，皆出於朱子，《朱子大全集》及《語類》，宜熟讀。數書皆宜編爲日課，與經史並讀。《小學》尤爲入手始基也。

其論讀史，二十四史宜全讀，而以《史記》、兩《漢》爲重。《史記》多孔門微言大義。《漢書》雖爲劉歆僞撰，而考漢時事，舍此不得。《後漢》爲孔子之治，風俗氣節至美，范蔚宗又妙於激揚，皆有經義，皆妙文章，故三史宜熟讀。秦漢間日改用孔子之制，可細心考之，當日有悦懌也。三史破，餘史可分政事人文四者讀之，自易。然讀史當知史例；《史通削繁》可讀；《十七史商榷》、《廿二史考異》、《廿一史四譜》可參考；而《廿一史劄記》尤通貫，並詳掌故治亂，不止史例矣；宜熟讀。讀史尤貴貫串。編年之史，莫如《資治通鑒》、《續資治通鑒》。紀事則有《左傳紀事本末》、《通鑒紀事本末》、《宋元紀事本末》、《明史記事本末》，皆貫串羣史之書，可熟觀精考。掌故則“三通”並稱。杜佑《通典》，鄭樵《通志》，馬端臨《文獻通考》，而《通考》最詳，宜與《通鑒》同讀，可改稱爲“二通”也。若《通典》詳於禮而多僞説；《通志》惟二十略爲精，餘皆史文，故應不如《通考》。

其論詞章之學：文先讀《楚辭》，次讀《文選》，則材骨立矣。《文選》當全讀，讀其筆法、調法、字法，兼讀《駢體文鈔》，則能文矣。讀《古文辭類纂》，韓、柳集，則有法度矣。若欲成家數，當浸淫秦漢子史，乃有得。桐城派褊薄，不足師也。詩則導源《文選》，《唐宋詩醇》所選極精，可全讀。王、孟、韋、柳、李、杜、韓、白、蘇、陸各大家集，均隨性之所近學之；而杜爲宗。《杜詩鏡詮》最佳，宜全讀。此外二李宜學；玉谿之綿麗，昌谷之奇麗，真所謂“不廢江河萬古流”者。賦亦導源《文選》，而《賦彙》爲巨觀。唐賦以王粲、黄滔爲宗，選本無佳者；當於《文苑英華》

求之；不得已，則律賦必以國朝賦，以吴錫麒、顧元熙爲宗；大要樹骨於六朝，研聲於三唐而已。

其論學書，以爲楷法率宗唐碑，歐顔爲尚。唐《石經》尤爲有益，既供摹臨，尤資考證。若欲以書名，則包慎伯《藝舟雙楫》及吾之《廣藝舟雙楫》，遍見千碑乃能之；初學未易語此！博學詳説，津逮後學，亦宏通，亦平實。

其論朱子《小學》爲做人樣子，入手始基；楷法須摹唐碑歐顔，而不遽教以《藝舟雙楫》；皆極平實之論也。後學騖其宏通而忽其平實；有爲又放言高論，益之以怪。朱一新更諍以書曰："學術在平澹，不在新奇。宋儒之所以不可及者，以其平澹也。世之才士，莫不喜新奇而厭平澹；導之者復不以平澹而以新奇。學術一差，殺人如草；古來治日少而亂日多，率由於此。世亟需才，才者有幾？幸而得之，乃不範諸準繩規矩之中，以儲斯世之用；而徒導以浮夸，竊恐詆訐古人之不已，進而疑經；疑經之不已，進而疑聖；至於疑聖，效可多矣。"顧有爲不爲動。入京師，以《新學僞經考》獻同龢；欲以微感其意，而同龢狃於故常，驚詫不已；以爲真説經家一野狐也，益不欲見之矣。方是時，我敗於日，海軍殲焉。迺率其徒從禮部試，公車入都者凡數千人，上書申變法之議，世所傳"公車上書"者是也。中國之有羣衆的政治運動，於是乎託始。及赴禮部試，題爲"達巷黨人曰大哉孔子"，而有爲試文，結語曰："孔子大矣，孰知萬世之後，復有大於孔子者哉！"蓋隱以自況也。房考閲之，咋舌棄去。至二十一年乙未成進士，出侍郎李文田之門。文田惡其敢爲詭誕，殿試得有爲卷，抑置三甲；遂授職工部主事，不得翰林，有爲大恨，竟削門生之籍。自是四年之間，凡七上書，申前議。而有爲自負其口，工捭闔；於古今中外史迹，及人名年號統計之數目字，皆能歷舉無訛，見者驚其强記；而論議縱横，放得開，收得住，波瀾極壯，首尾條貫；上説下教，雖天下不取，强聒而不舍者也。既通籍，住上斜街，仍顔其室曰萬木草堂；僕從十許人，夾陛侍立，如王公貴人。久宦京朝，賓朋雜遝，争以望見顔色爲幸。徒從既衆，乃立强學會於京師，繼設分會於上海，尋復開保國會於北京。朝論漸變，聲生勢張；旬日之間，必遍謁當國貴臣，見輒久談，或頻詣見；時翁同龢最號得君，在毓慶宫授帝讀久，以户部尚書協辦大學士，又爲軍機大臣，在總理各國事務衙門行走，以忠誠結主知，以和平劑羣囂。天下之士，奔走其門，而亦有爲之所欲借重以要君者也；乃謁同龢於總理衙門，高睨大談，其大要歸於變法；所具封事，曰立制度，新政局，練民兵，開鐵路，借外債數大端。同龢心憤其狂而無以難也，爲遞折上。有爲七上書而姓名達帝聽；其最後書，請告天祖，誓羣臣，以變法定國是。德宗誦之感憤；詔以有爲前後摺並《俄皇彼得變政記》皆呈慈禧太后覽，而命同龢宣索有爲所進書，令再寫一分遞進。同龢對“與有爲不往來”。帝問：“何也？”曰：“此人居心叵測。”帝曰：“前此何以不說？”對曰：“臣頃見其所著《孔子改制考》知之。”帝默然。間日，帝又宣索有爲書。同龢對如前。帝發怒詰責。同龢對傳總署令進。帝以同龢老臣，又師傅；必欲藉以進有爲而間執諸大臣之口，不許，曰：“着汝詣張蔭桓傳知。”同龢曰：“張蔭桓日日進見，何不面諭？”帝終不許。同龢退，乃告蔭桓。同龢既不悦於有爲；而有爲則故固不知，日日揚言於朝曰：“翁師傅薦我矣，謂康某才百倍老臣也。”德宗則既激發於有爲之上書，迺以光緒二十四年戊戌四月二十四日下詔誓改革，其詔章則仍以屬同龢；而同龢先以示其門生南通張謇者也。顧二十七日，即下詔斥同龢攬權狂悖，開缺回籍。同龢則聞駕出，亟趨赴宫門，伏道旁碰頭，帝回顧無言，神采極凋索也。於是文武一品官及滿漢侍郎補缺者，咸具摺謝太后。太后則已有疑於帝矣，特逐同龢以示警耳；而帝不爲意。二十八日，召見有爲；詔悉進所著書：曰《日本明治變法考》，曰《俄大彼得變政致强考》，曰《突厥守舊削弱記》，曰《波蘭分滅記》，曰《法國革命記》，曰《孔子改制考》，曰《新學僞經考》，曰《董子春秋學》，凡八種。德宗既讀所進《波蘭分滅記》一種，淚承於睫，汍瀾濕紙；曰：“吾中國幾何不爲波蘭之續矣！”特賞給編書銀二千兩。又以有爲言，顯擢内閣候補侍讀楊鋭，刑部候補主事劉光第，内閣候補中書林旭，江蘇候補知府譚嗣同四人，均著賞四品卿銜，在軍機章京上行走，參預新政事宜；所謂“四新參”者是也。廢八股，開學堂，汰冗員，廣言路，凡百設施，不循故常；而有爲發縱指示，實筦其樞。内閣學士闊普通武又以有爲指，奏請行憲法而開國會。廷議不以爲然，德宗決欲行之。大學士孫家鼐諫曰：“若開議院，民有權而君無權矣。”帝喟然曰：“朕但欲救中國耳；若中國得救，朕雖無權無害！”於是大臣不悦。大學士榮禄既出爲直隸總督，謁帝請訓。適有爲奉旨召見，因問：“何辭奏對？”有爲答曰：“殺二品以上阻撓新法大臣一二人，則新法行矣!”榮禄唯唯，循序俯伏，因問：“皇上視康有爲何如人?”帝歎息不早用也。已而榮禄赴頤和園謁辭皇太后。時李鴻章新失職，放居賢良祠；謝皇太后賞食物，同被叫入。榮禄奏：“康有爲亂法非制。皇上如過聽，必害大事，奈何?”因顧鴻章，謂：“鴻章多歷事故，不可不爲皇太后言之。”太后問曰：“鴻章意云何?”鴻章即叩頭稱皇太后聖明。太后歎息：“兒子長大，寧知有母？我問不如不問。汝爲總督，憑汝所知好爲之，勿負我!”榮禄即退出。有爲告人：“榮禄老辣，我非其敵也。”太后既以榮禄言益疑德宗。而德宗珍妃、瑾嬪皆編修文廷式女弟子。珍妃尤得寵，既慫恿帝大考翰詹，預知賦題爲《水火金木土穀》，以告廷式，使宿構考取第一，並代妃兄捉刀，列高等。既而與太后争諧價鬻官，先鬻廣州織造於玉銘，又鬻上海道於魯伯陽。旨下，兩江總督劉坤一不識伯陽何如人，電奏詰問。爲太后所知，召珍妃訊實，撻而幽之。母子間嫌隙益深矣。於是譚嗣同進密計，説帝召見武衛軍統領袁世凱，好言撫之，擢兵部侍郎；而嗣同夜馳謁世凱，傳帝旨，詔以勒兵廢太后，誅榮禄。世凱患嗣同躁，又憚榮禄，不即發也。榮禄則微有聞，伺世凱來謁，卒問之。世凱既不得隱，則以歸誠於榮禄。事泄，太后怒，臨朝訓政，奪帝柄而錮諸。急逮御史楊深秀及譚嗣同、林旭、楊鋭、劉光第與有爲之弟曰廣仁者，駢戮焉，世所謂“戊戌六君子”。廣仁以康有爲弟，而深秀以常言得三千桿毛瑟圍頤和園有餘也。各省惟湖南行新政最認真，得罪最甚，巡撫陳寶箴、學政江標、巡警道黄遵憲皆革職。然太后終疑帝之任有爲，以翁同龢故；乃下詔罪同龢，著地方官嚴加管束，禁交關賓客；其詞以薦康有爲也。獨有爲先期得帝旨，令逃走，且曰：“他日更效馳驅，共建大業”，則微行之上海，得英人以兵艦迎護，至香港，僅乃免於難也。遂署號曰更生。自是亡命海外，作汗漫遊者十六年，隨從奴子皆頂戴如戈什。華僑望見，疑爲中國大臣，輸款佽左，日盈於門；則以其間糾合海内外同志，名其會曰保皇會，一以聲援在幽之德宗，一以消殺革命之勢力。卒無有成功。而意氣不衰。足迹所之，遍十三國；率以爲莫吾中國若也，作《愛國歌》以見意曰：

登地頂崑崙之墟，左望萬里，曰維神洲。東南襟滄海，西北枕崇丘。嶽嶺環峙，川澤匯流。中開天府之奥區，萬國莫我侔。

我江河浩浩萬餘里，其餘百川無涯涘。江南十里必有川，深廣可以泛汽船！新頭、恒河與密士失必，淺窄僅比我小泉；來因、多鏡、泰吾士、先河、泰擺，皆是短小流涓涓！幼發拉的、底格里兩河，難比江河之長源！萬國無我水利專。

巨山廣澤，大野深林，原隰陵衍，江河溪潯；千百里間，必備崇深。相彼印度與北美，萬里平原無寸岑。埃及、波斯、阿拉伯，沙漠沉沉。地形自歐洲之外兮，無與我並駕而掎衿。

地兼三帶，候備寒暑。川嶽含珍，原野平楚。五金薈萃，萬寶繁廡。以花爲國，燦爛天府。横覽大地，莫我能與！

鳥獸昆蟲，果蓏草木；億品萬彙，物産繁毓。羽毛齒革，錦繡珠玉。衣食器用，内求自足。五色六章，袨絲爲服！飲饌百品，美備水陸。冠絶萬國，猶受多福！

巍巍我祖，懿惟黄帝；天啓神靈，創始治世。監視萬國，無如赤縣地。自崑崙西，東徙臨莅。時巡鎮撫，師兵營衛。有苗蚩尤，鐵額銅頭。是戮是平，乃統九洲①。力牧開闢，風后宣猷。倉頡制字，文明休休。

惟我文明，曰五千年。歷史緜遠莫我先！埃及金字陵，中絶文明②不傳；印度九十六道，微妙多不宣。惟我聖作文字遠而存。堯舜讓帝創民主，孔子改制文教宣。漢唐開闢益光大，東亞各國皆我文化權。希臘與周末，文章盛賀梅。羅馬更是强漢世，皆秖當我雲來孫，何況歐洲諸國之後生，島陸羣蠻種屬更何言！

我同胞兮祖軒轅，《世本》族譜百世傳！皆諸侯大夫遺子孫，金枝玉葉布中原。於今兄弟五萬萬同一源。地球之大姓，莫我遠原；萬國之人民，莫我庶繁！

中華地大比全歐，全國同文東亞洲。日本、高麗、安南，皆我語言文字之遺留。雖有閩、粤音稍轉，十六省語能通郵。印度文二十，語言分四流。歐洲十餘國，國國語文殊異難搜求：奥國十四文③；英之威路士與愛爾蘭，語言殊異難講聞。彼偏設鐵路尚如

① “洲”當作“州”。
② “明”爲衍字。
③ 後脱“德國内亦分”。

此，我無鐵路乃能同語文。大地同化之力，無如我神。

神禹開華夏，秦漢大一統。長城萬里壓龍嵸，張騫西域遠鑿空！漢武唐太鞭四夷，南朔東西皆入貢。郭侃百日滅波斯，天朝自古諸蠻重。亞洲國土我最尊，上國之人衆所奉。至今安南、印度稱阿叔，二千年內神威動。

我人相好端金色，我人聰明妙神識。我國制作最先極，據几着袴持箸飲①。突厥、印度、埃及號文明，不袴手食坐地席；英用刀匕二百年，倍根之世尚不識。惟我聖賢豪傑多如鯽，文化武功如交織。我心怦怦起感激，大地文明世家我第一！

我若生高麗兮，一時脅罷兵而亡！噫！我若生阿富汗、暹羅之小國寡民兮，雖自厲而無能强！噫！我若生印度兮，久爲奴而無鄉！噫！我若爲波斯、突厥之人兮，教力壓而難揚。噫！我即爲荷蘭、比利時、瑞典、丹墨之國民兮，蕞爾强善而難張。噫！我又爲德、法、奧、意諸强之民兮，争雄於歐，而難逞大力於太平洋。噫！方霸義之相競兮，非有廣土衆民難回翔。唯我有霸國之資兮，横覽大地無與我頡頏。我何幸生此第一大國兮，神氣王長！

我之哲學包東西！我無壓力無所迷。我欲自强兮，一號而心齊！大呼而奮發，氣鋭神横飛。

我速事工藝汽機兮，可以歐美爲府庫！我人民四五萬萬兮，選民兵可有千萬數。我金鐵生殖無量兮，我軍艦可以千艘造。縱横絶五洲兮，看黄龍旗之飛舞！

有爲不以詩名；然辭意非常，有詩家所不敢吟，不能吟者。蓋詩如其文，糅雜經語、諸子語、史語，旁及外國佛語、耶教語；而出之以狂蕩豪逸之氣，寫之以倔强奥衍之筆，如黄河千里九曲，渾灝流轉，挾泥沙俱下，崖激波飛，跳踉嘯怒，不達海而不止；返虚入渾，積健爲雄；權奇魁壘，詩外常見有人也。

自負爲先知先覺，及爲文章，譽己如不容口。言大道，則薄後進而以爲不如我知。論政俗，則輕歐、美而以爲不及中國，每語人曰：“未遊歐洲者，

① “飲”當作“食”。

想其地皆瓊樓玉宇，視其人若皆神仙才賢；豈知其放僻邪侈，詐盜遍野。故謂百聞不如一見也。”時亦以此召鬧取怒。然筆墨通於情性；而怪奇偉麗，往往震發於其間，此所以使好奇愛博者不卒棄也。方居外國爲亡人，受其保護，而議論常輕之，自矜自重。尤喜以孔子學説衡量歐、美一切宗教、道德、政治、風俗，猶之林紓以古文義法，衡量歐、美文學也。所言之韙不免於非；而要期於輔世長民，拂俗匡時，足以資論證、備考鏡。

其論宗教曰：“吾於二十五年前，讀佛書與耶氏書，竊審耶教全出於佛。其言靈魂，言愛人，言異術，言懺悔，言贖罪，言地獄天堂，直指本心，無一不與佛同。其言一神創造，三位一體，上帝萬能，皆印度外道之所有；但耶改爲末日審判，則魂積空虚，終無入地獄、登天堂之一日；不如説輪回者之易聳動矣。其言養魂甚粗淺，在佛教中，僅登斯陀含果，尚未到羅漢地位。考印度九十六道之盛，遠在希臘開創之先；則七賢中畢固他拉之言靈魂，戒殺生，已有所自。蓋希臘之與印度，僅隔波斯，舟車商賈大通，則文學教化，亦必互相輪轉。波斯已侵印度，至亞力山大半吞印度，印之高僧人士，必多有入波斯、希臘而行於巴勒斯坦、猶太之間，此尤淺而易徵者矣。且以外儀觀之，耶教亦無一不同於佛教焉。不娶妻，一也。出家不仕宦，二也。堂上供像以敬禮，或木像金像畫像，三也。左右設白蠟燭多對，燒香，四也。案上陳花瓶，五也。神前設壇，几案布席，六也。供酒食，七也。僧衣袈裟亦有斜條，八也。合掌跪拜，九也。肩掛數珠，或手弄之，乃至人民多然；女子頸皆掛之，與蒙滿俗同，而今施之中國長官矣，十也。神前晝夜點長明燈，十一也。鳴鐘磬，十二也。神前跪誦經，十三也。朝夕禮拜諷誦，十四也。有食齋日，斷肉，十五也。僧居寺中修習，十六也。女尼，十七也。出遊着法服，十八也。削髮之一部，十九也。有僧正法王統之，二十也。路德之娶妻改像法，猶日本親鸞之改真宗，西藏蓮華生之娶妻改紅教，雖人情盛行，實非教主正義。考其内心外禮，無一不同；其爲出於印之教無可疑。英之學士多證其然。惡士佛大學教習麥古士米拉作《宗教起元論》，以《新約》證之《佛典》皆同，尤可爲據矣。佛兼愛衆生，而耶氏以鳥獸爲天之生以供人食，其道狹小不如佛矣。然其境詣雖淺，而推行更廣大者，則以切於愛人而勇於傳道。其傳道者曾以十三代投獅矣，耐勞苦，不畏死而行之。而又不爲深山枯寂閉坐絶人之行，日爲濟人之事，强聒不舍，有此二者，此其雖淺易而彌大行歟？夫道在養魂，行在醫濟，身神並有以養，而又以大仁大勇推之，蔑不濟矣。雖近者哲學大盛，哥白尼、奈端重學日出，達爾文物體進化之說日興，其於一神創造上帝萬能之理，或多有不信。然方今愚夫多而哲士少，尚當神道設教之時；設無畏警，則盡藉人力，其於遷善改過者必不勇。蓋觀於朱子爲無鬼論而可證矣。耶教以天爲父，令人人有四海兄弟之愛心，此其於歐、美及非、亞之間，其補益於人心不尠。但施之中國，則一切之說，皆我舊教之所有。孔教言天至詳，言遷善改過，言鬼神，無不備矣；又有佛教補之；民情不順，豈能强施。因救人而兵爭，至於殺人盈城野，未能救之而先害之，此則不可解者矣。求之中國，獨墨子傳道於鉅子以爲後，至死百餘人而争之，可謂重大矣。鉅子，即教皇也，墨子尊天明鬼，尚同兼愛，無一不與耶同。使墨子而成教主，中國亦有教皇出矣。但墨子有妻而多鬼，此則不同。其道太觳，夫不言魂而尚苦行，此必不可行者也。莊子以爲去於王遠，豈不宜哉？夫古之爲教主者，多有異術以聳人心；觀佛之服大迦葉及諸梵志，皆以異術；耶穌亦然。墨子乃從哲學者，王陽明亦直指本心，頗與耶同；然皆有道而無術。于吉之流有術無道。惟張道陵尊天尚仁，又有符呪之術，道術全備，殆與耶同。其張角三十六方同日起，幾成教皇矣；而一敗不振。而晉名臣謝安、郄鑒等尚奉其道，盧循亦然，必有可觀者。若寇謙之所挾大矣；然又有術無道。推諸子所以致敗，則以中國孔子之道，無所不備；雖以佛教之精深，尚難大行，況餘子哉？其中虛者，外得侵之；其中實者，外物不入。中國本自有至精美之教，此諸子之所以難大盛也。故佛教至高妙矣，而多出世之言，於人道之條理未詳也。基督尊天愛人，養魂懺惡，於歐、美爲盛矣；然而今中國人也，於自有之教主如孔子者，而又不尊信之，則是絶教化也。夫雖野蠻，亦有其教；則是爲逸居無教之禽獸也。今以人心之敗壞，風俗之衰敝；稍有識者，亦知非崇道德不足以立國矣。而新學之士，不能兼通中外之政俗，不能深維治教之本原；以歐、美一日之强也，則溺惑之。以中國今兹之弱也，則鄙夷之。溺惑之甚，則於歐、美敝俗粃政，歐人所棄餘者，摹仿之，惟恐其不肖也。鄙夷之極者，則雖中國至德要道，數千年所尊信者，蹂躪之，惟恐少有存也。於是有疑孔教爲古舊不切於今者，有以爲迂而不可行者。吁！何其謬也！夫倫行或有與時輕重之小異，道德則豈有新舊中外之或殊哉！而今之新學者，竟嚣嚣然昌言曰：方今當以新道德易舊道德也。嗟夫！仁、義、禮、智、忠、信、廉、恥，根於天性，協於人爲，豈有新舊者哉！《中庸》之言德，曰聰明睿智，寬裕温柔，文理密察，齋莊中正，發强剛毅；而仁智勇爲達德；豈有新舊者哉！豈有能去之者哉！歐、美之賢豪，豈有離此德者哉！即言倫行父慈子孝，兄友弟恭，君仁臣忠，夫義婦順，朋友有信，豈如韓非真以孝、弟、忠、信、貞、廉爲‘六蝨’乎？則必父不慈，子不孝，兄不友，弟不恭，君不仁，臣不忠，夫不義，婦不順，朋友欺詐而不信，然後爲人而非蝨，爲新德而非舊道乎？推彼之言新道德者，蓋以共和立國，君臣道息，因疑經義中之尊君過甚也，疑爲專制壓民之不可行也。豈知先聖立君臣之義，非專爲帝者發也！《傳》曰：‘王臣公，公臣卿，卿臣大夫，大夫臣士，士臣僕，僕臣隸，隸臣皂，皂臣輿，輿臣臺。’由斯以觀，士對大夫爲臣，而對僕爲君；僕對士爲臣，而對隸爲君矣；故嚴其父母曰家君，尊家長曰‘君’，此庶人亦爲君之證也。故秦漢人相謂爲‘君’‘臣’。漢、晉時，郡僚對郡將稱‘臣’，且行君臣之義焉。而今人與人言，尚尊人爲‘君’，自謙爲‘僕’焉。蓋‘君臣’云者，猶一肆一農之有主伯亞旅云爾。其司事總理之主者，君也。其奔走分司百執事之亞旅，臣也。總理待百執事，當仁而有禮。百執事待總理，當敬而盡忠。豈非天然至淺之事義，萬國同行之公理者哉？豈惟歐、美力行之，其萬國前有千古，後有萬年，豈能違之哉？藉使總理之待百執事，不仁而無禮；百執事之待總理，不忠而傲慢；其可行乎？若以是爲道，恐一商肆一工廠一農場之不能立也。自梁以後，禁屬官不得稱臣，改稱下官；於是臣乃專以對於帝者。今若不以君臣爲然，則攻梁武帝，可也！以疑孔子，則無預也。孔子之作《春秋》也，各有名分，其道圓周；故書‘君’，君無道也；書‘臣’，臣之罪也。莒人弑其君庶其。《公羊》曰：‘書人以弑者，衆弑也，君無道也。’豈止誅臣弑君而已哉？故孟子曰：‘聞誅一夫紂矣，未聞弑君。’孔子曰：‘湯、武革命，順乎天而應乎人。’今之言革命者，實紹述於孔子。若必如宋儒尊君而抑臣，則孔子必以湯、武爲篡賊矣。蓋孔子之道，溥博如天，並行不背，曲成不遺，乃定執君臣一義以疑聖，豈不妄哉！孔子於《禮》設三統，於《春秋》成三世，於亂世貶大夫，於升平世斥諸侯，於太平世去天子。故《禮運》孔子曰：‘大道之行也……某未之逮也，而有志焉。’‘大道之行也，天下爲公，選賢與能。’孔子之所志也，但歎未逮其時耳。孔子何所不備！法國經千年封建壓制之餘，學者乃始倡人道之義，博愛、平等、自由之説。新學者言共和、慕法國者，聞則狂喜之，若以爲中國所無也；揭竿樹幟以爲新道德焉，可以易舊道德也。夫人道之義故美也。《中庸》曰：'仁者人也。'孟子釋之曰：'仁者人也，合而言之道也。'故人與仁合，即謂之道。孔子曰：'道二；仁與不仁而已矣。'故《中庸》又曰：'道不遠人，人之①而遠人，不可以爲道……故②以人治人，改而止。'則'人道'之義，乃吾《中庸》、《孟子》之淺説，二千年來，吾國負床之孩、貫角之童皆所共讀而共知之。昔日八股之士，發揮其説，鞭辟其辭，無孔不入，際極天人；是時歐人學説未出未發，但患國人不力行耳，不患不知也。乃今得'人道'二字奉爲舶來之新道德品，而以爲中國所無也，真所謂家有文軒而竇人之敝䡅也！夫《中庸》、《孟子》，孔子之學也，非僻書也；而今妄人不學無知，而欲以舊道德爲新道德也。人有醉狂者，見妻於途，驚其美而摟之，以爲絶世未見也。及歸而醒，乃知其爲妻也。今之所謂新道德者，無乃醉狂乎！《論語》曰：'仁者愛人'，'泛愛衆'，韓愈《原道》猶言'博愛之謂仁'。《大學》言平天下，曰：'絜矩之道。'《論語》子貢曰：'我不欲人之加諸我也，吾亦欲無加諸人。'豈非所謂博愛、平等、自由而不侵犯人之自由乎？《論語》、《大學》者，吾國貫角之童、負床之孩所皆共讀而共知之；昔日八股之士，發揮其説，鞭辟其義，際極人天。是時歐人學説未出未發，患國人不力行也。乃今得'博愛''平等''自由'六字，奉爲西來初地之祖訣，以爲新道德品，而以爲中國所無也，真所謂家有錦衣而竇人之敝屣也。夫《論語》、《大學》，孔子之學也，非僻書也，而今妄人不學無知，而欲以新道德爲舊道德也。貧子早迷於異國，遇父收恤撫養之而不知也；謬以爲他富人贈以瓔珞也。今之妄人，不學無知，奚以異是也！以《論語》、《大學》、《中庸》之未知未讀，而妄攻孔子爲舊道德。夫孔子，以人爲道者也，故《公羊》家以孔子爲與後王共人道之始。蓋人有食味、被服、别聲、安處之身，而孔子設爲五味五色五聲宫室之道以處之。人有生我，我生，同我並生，並遊並事偕老之身，而孔子設爲父子、夫婦、兄弟、朋友、君臣之道以處之。内有身有家，外有國有天下；

① 下脱"爲道"二字。

② 下脱"君子"二字。

孔子設修身、齊家、治國、平天下之道以處之。明有天地、山川、禽獸、草木，幽有鬼神；孔子設爲天地、山川、禽獸、草木、鬼神之道以處之。人有靈氣魂知死生運命，孔子於明德養氣，窮理盡性以至於命，無不有道焉。所謂人道也，上非虛空之航船道，下非蛇鼠之穿穴道；孔子之道，凡爲人者不能不行之道。故曰：‘何莫行斯道也。’凡五洲萬國，教有異，國有異；而惟爲僧出家者，不行孔子夫婦之一道而已。此外乎？凡圓顱方趾號爲人者，不能出孔子之道外者也。夫教之道多矣：有以神道爲教者，有以人道爲教者，有合人神爲教者。要教之爲義，皆在使人去惡而爲善而已；但其用法不同，聖者皆是醫王，並明權實而雙用之。古者民愚，陰冥之中，事事物物，皆以爲鬼神；聖者因其所明而怵之，則有所畏而不爲惡，有所慕而易向善；故太古之教，必多明鬼；而佛、耶、回乃因舊説，爲天堂地獄以誘民。獨孔子敷教在寬，不語神怪，不尚迷信，故教以仁讓，務民之義；不如佛、耶、回之天志明鬼。然治古民用神道；漸進，則用人道。吾昔者視歐美過高，而以爲漸至大同；由今按之，則升平尚未至也。孔子於今日猶爲大醫王，無有能易之者；而病者乃欲先絶醫，殆死矣。”則是歐洲宗教道德，不如中國者一也。

論政治曰：“人民之性，有物則必争，平等則必争；至於國土尤争之甚者。故自種族而並成部落，自部落而合成國家，自國家而合成一統之大國，皆經無量數之血戰，僅乃成之。故自分而求合者，人情之自然。孔子倡大一統之説，孟子發‘定於一’之論，蓋目覩争地以戰，殺人盈野，故大倡統一以救之。李斯紹述荀卿之儒學，預聞微言，故丞相綰等請立諸子以爲侯王；始皇用李斯言不行，乃分天下以爲三十六郡。自是封建廢；中國遂以二千年一統，民安其生；比之歐洲千年黑暗之亂禍，其治安多矣。然我國幸而一統得以久安；不幸則以無競争而退化。求所由然，則我國地形，以山環合；歐西地形，以海迴旋。山環，則必結合而定一。海迴，則必畸零而分峙。故馬其頓、羅馬之一統，實年不過六七百；而戰國、三國、六朝、五代之分裂，亦不過六七百年。我國數千年，以合爲正，以分爲變。歐洲數千年，以分爲正，以合爲變。此則其大同而相反之故；而一切政俗因之。嗚呼，豈非地形哉！我昔堯、舜咨嶽，盤庚進民，豈非憲政公諸庶民之具體？而中國亙古乃無議院政體，民舉之司者，國民非不智也，地形實爲之也。蓋民權之起，必由小國寡民，或部族酋長之世，地方數十里十餘里不等；人民自千數百至數萬，人多相識；君不甚尊，去民不遠；而貴族争政，君位難久，迭代爲君，而漸陵夷以臻議院政體出焉。而歐洲數千年時之有國會者，則以地中海形勢使然；以其港島槎枒，山嶺錯雜，其險易守，故易於分立而難於統一。分立，故多小國寡民，而王權不尊，而後國會乃能發生焉。若印度則七千里平陸，文明已數千年，在佛時雖分立多國而皆有王，人民繁多，君權極尊，國體久成，非同部落。若波斯則自周時已爲一統之大國，帝體尤嚴。埃及、巴比倫、亞西里亞更自上古已爲廣土衆民之王國。至阿剌伯起立更後，不獨染於舊制，亦其教理已非合羣平等之義，益無可言。凡此古舊文明之國，則必廣土衆民而後能産出文明；既有廣土衆民，則必君權甚尊，而民權國會皆無從孕育矣。况我中國之一統，已當黄帝、堯、舜之世；蓋古號九州爲‘中國’者，在大江以北，太行以南，曠野數千里，地皆平陸，無險可守；故爲一統帝國之早之遠，在萬國之先。不止成國體，立君權而已；既爲數千里之大國衆民，則君權必尊，無可易者。統全大地論之：他國野番之部落，會議蓋多；但無從得文明以立國。亞洲之文明立國已久，則以大國衆民，君權久尊而堅定，無從誕生國會。惟歐洲南北兩海，山嶺叢雜，港汊繁多。羅馬昔者僅辟地中海之海邊，未啓歐北之地；至歐北既啓，則無有能統一之者。以亞洲之大，過歐十倍，而蒙古能一之。而歐洲之小，反無英雄定於一，故至今小國林立。而意大利、日爾曼中自由之市，若喱呢士①、漢堡之類時時存焉。至英以條頓種與挪曼人同漂泊於不立顛，傳其舊俗而世行之。至西一千二百六十五年，約翰王時，遂定大憲章，日益光大，以至今日而推行於天下。英國世有王，而國會不廢，久之且全奪王權，而成爲立憲最堅之政體；而大地立憲政體皆法之。此爲大地最奇特之事，亦絶無而僅有之事。蓋考英當威廉由荷蘭入主英國之時，當我清康熙二十七年，而是時英全國人口不過五百萬，區區小國寡民，故克林威爾之革命，亦不過如春秋時列國之廢逐其君，晉厲、宋殤之弑，魯昭、衛輒之出，若是者不可勝數。衛人立晉，乃出於衆，貴族柄政，蓋視爲常。蘇格蘭、阿爾蘭之混一不久，上溯約翰世又四百年，計其時英國僅英倫一隅，當西一千二百六十五年，人民必不過二百餘萬；如威廉第一之世，不過百余萬耳；立國於宋世，亦不過人口數萬或十數萬；

① 喱呢士，今譯威尼斯。

名雖有王，不過如今滇、黔土司之酋長耳。蓋民數甚少，則君不尊大；地僻海隅之一島，則羅馬及東方大一統之宏規不見，故能傳其舊俗而不至滅絶。及文明大啓，則國會已堅；而又有希臘、羅馬議會故事，傅會之以爲民治之極隆；而國會之制，遂爲大地之師焉。故日耳曼之分國雖多，而獨能傳其舊俗者。日耳曼開創之始，攘辟山林，粗開部落，未成國土，未有君王，部落既多，羣族相鬥，必開會謀之。凡稱戈之卒皆得預議，不能荷戈者不得預會。所議者，公舉頭目將軍及編兵之事。而預會者亦只有贊成可否之權，無發言之權。焚火射矢以集衆，集於邱陵林叢，可者舞蹈，不可者擊器以亂之；其大不願者則投戈於地。此種集會，實爲英倫國會制之俶落權輿矣。不屬他國而屬英倫，則以邊海之小島寡民故也。故曰地形使然也。然則中國之不爲議院先進，非中國人智之不及，而地勢實限之也。吾又遊法國烟弗列武庫，正室有各國戎衣，吾國御用甲胄及將士之服存焉。御用甲繡龍，銅片蔽足二，玉如意夾之；咸豐十年，法、英聯軍入京得之者也。惟兵士衣寬袖褂，背心博袴，直非武服，置之各國兵服比校中，非止慚色，亦覺異觀，不倫不類，鮮有不以爲笑者。豈知吾國一統久矣，養兵僅爲警察，只以捕内盜，原非以敵外侮，故謂通國數百年無兵可也。夫苟如歐洲之羣雄角立，安得不治兵？觀吾戰國時，魏有蒼頭，秦有武騎，齊有武士，可見矣。惟爲一統，天下一家；環我小夷，皆悉主臣，聽吾鞭笞，無敢抗行者，故可罷兵息民，僅存巡警；此真一統天下之宏規，而非歐人諸小競争所能望我治平者也。然則兵衣寬博，乃益見吾一統、久安不競之盛規。但今者汽船大通，萬國溝合，吾已夷爲列國，非復一統，冬夏既更，裘葛殊異，而猶用昔者一統之規以待强敵，則大謬矣。然歐人經千年黑暗戰争之世，苦亦甚矣。今讀《五代史》，五十餘年之亂殺，尚爲不忍；而忍受千年之黑暗亂争乎？今中國遲於歐洲之治强，亦不過讓之先數十年耳。吾國方今大變，即可立取歐人之政藝而自有之；豈可以數十年之弱，而甘受千年之黑暗乎！”則是歐洲分争，不如中國統一者又一也。

論法治曰：“中國奉孔子之教，固以德禮爲治者也。孔子曰：‘道之以德，齊之以禮，有耻且格。道之以政，齊之以刑，民免而無耻。’太史公曰：‘法者，制治之具，而非制治清濁之原也；故法出而奸生，令下而詐起。’中國數千年不設辨護士，法律疏闊而獄訟鮮少。戴白之老，長子抱孫；自納税外，未嘗知法律。蓋以半部《論語》治天下，國民自以禮義廉恥，孝弟忠信，相尚相激，而自得自由故也。今南洋華人父子兄弟之間，開口即曰‘沙拉’‘沙拉’，歐化哉。‘沙拉’者，法律也；蓋以個人獨立之義，有國而無家，故薄恩義而但尊法律。然奸詐盜僞，大行於奉法之中。誠哉其免而無恥也！法治乎，何足尊！”則是歐洲法治，不如中國禮治者三也。

論自由曰：“中國人之生長於自由而忘自由，猶之其生長於空氣而不知空氣爲何物耳。世之浮慕共和自由平等者，必稱法國。夫法國之所以不得不革命者，以法國王者之下，尚有羣侯大僧之交爲壓制也。夫法之小當吾兩省耳，而建侯十萬。當時德國封建三十萬。奥封建二萬。英尤至小，封建六萬餘。一侯之下，分地主無數。地主皆爲封君，有治民之權。其税也，王取十之五，僧取十之四，侯則聽其所取，乃至刈麥之刀，燒面之鍋，必租於侯而不能自由。營業職工，皆有限禁；物價皆聽發落；民之物産，隨意没取，聚會言論，皆有禁限。違舊教者焚之。民刑皆無定律，惟判官之所輕重；而君大夫之夫人公子女公子，皆得擅刑訊罰而置私囚焉。民禁不得爲吏，禁不得適異邦，但充封君之奴。女子惟封君之所取；其嫁也，必待封君之宿而後得配夫焉。民久苦壓制之酷毒，故大呼‘不自由，無寧死’也。所求自由者，非放肆亂行也；求人身之自由，則免爲奴役耳；免不法之刑罰、拘囚、搜檢耳；求營業之自由，免除一切禁限耳；求所有權之自由，不能隨意没取耳；求聚會言論信教之自由，今煌煌著於憲法者是矣。求平等者，非絶無階級也；求去其奴佃而得爲官吏，預公議、民刑裁判、納税，皆同等而已。試問吾中國何如？中國之爲小地主，聽人民自有田地；蓋自戰國以至於今，乃在羅馬未出現之前，不止日耳曼矣。自秦、漢已廢封建，人人平等，皆可起布衣而爲卿相；雖有封爵，只同虚銜；雖有章服，只等徽章。刑訊到案，則親王宰相與民同罪。租税至薄，今乃至取民十分之一，貴賤同之。鄉民除納税訴訟外，與長吏無關。除一二儀飾黄紅龍鳳之屬，稍示等威，其餘一切皆聽民之自由，凡人身自由，營業自由，所有權自由，集會、言論、出版、信教自由，吾皆行之久也矣。法大革命所得自由平等之權利，凡二千餘條；何一非吾國人民所固有，且最先有乎？但有之已數千年，而忘之不知誇耳。今吾國欲再求自由，除非遇店飲酒，遇庫支銀，侵犯人而行劫掠，必更無自由矣。今法人尚存世爵數萬，仍有尊稱，吾乃無之；吾國突進於法多矣。今吾國欲再求平等，則將放肆亂行，絶無階級。法之平等、自由，果若此乎？嗟乎！紀綱盡破，禮教皆微，何以爲治！故中國之人早得自由之福已二千餘年。而今之妄人，不察本末，以歐人一日之强，乃欲併其毒病醫方而並欲效法而服之。昔有貴人，有癰而割之，血流殷席，命幾不保。有貧子美好無病，慕貴人之舉動，乃亦引刀自割，貌爲呻吟，已而剖傷難合，卒以自斃。今吾國妄人媚外者，自以爲取法於法、德，發狂呼號，日以革命自由爲事；不幾類美好貧子引刀自割，貌爲呻吟，卒以創傷自斃者？豈止見笑於歐、美之識者，無病服毒，不其傷乎！”則是歐洲平等自由，不如中國先進者四也。

論婦女獨立曰：“巴黎之以繁麗聞於大地者，在其淫坊妓館、鏡臺繡闥，其淫樂竟日徹夜。已領牌之妓凡十五萬，未領牌者不可勝數。若其女衣詭麗，百色鮮新，爲歐土冠。各國王子，寧舍帝王之位而流戀巴黎之妓樂。而貴家婦女，亦多有出而爲妓者。法人自由既甚，故婦女多不樂産子，有胎則墮之，以故户口日少。蓋自同治九年，德法戰時，法人已逾三千萬，迄今亦不過三千餘萬，就此二三十年間，德之人，增至六千二百餘萬，英增至四千餘萬，而法乃日衰。若仍此不變，法可自絶滅，不待人滅絶之也。此其故何哉？一薄於教孝也。夫婦女之生子，自孕娠至誕育撫養，至苦矣。當其娠也，行動飲食，卧起皆不便，男女之道又絶；至娠成而産，則痛苦呻吟如割，或有害及生命者；幸而母子無恙，則撫嬰劬勞，乳之哺之，提之攜之；夜則轉側號啼，病則撫摩按抱，時而竟夕不寐，當餐不食。以其生育之撫養之勞苦之甚也。故孔子立法尚孝，教子報之；故《詩》曰‘欲報之德，昊天罔極’也。以中國之厚於父母，故父母樂於生子而望倚養於終身，報之於耆老。是故女有生子之望，人無墮胎之俗；故中國人民繁多，過於萬國，蓋有由也。今歐、美之俗：人人自立，父母不能有其子；劬勞而撫子，子長而嫁娶，别父母而遠居，積財而不養父母；歲時省親，僅同作客；其父困絶而不必養；其母病而不之事。既無得子之報，然則爲婦女者何所望於子？安所肯捨性命、忍嗜欲、耐勞苦，而生之撫之；無寧預絶其萌以省事耶？一婦女自立也。凡天下之忍苦耐勞待人者，必其不能自立，不得已而出之者也。苟能自立，則自由綽綽，何事忍苦耐勞而待無所爲之人哉？今婦女之於子也，産之至苦也，撫之至勞也，育之至艱也，不知若何艱苦，然後得子之成立，則待我之老而子養焉，待子之富貴而我尊榮焉，甘耐無窮之勞苦，而思有以易之。今我自能養，我自能富貴尊榮，無事於求人待人，然則何爲竭十餘年之力，忍苦耐勞而生子養子哉？無寧預絶其萌而先墮之。美國墮胎之俗，有同於法，婦人居常之論，皆不願有子矣。美之禁墮胎也，罰銀六千元，囚三年，然不足以禁之。德、英婦女之好淫樂而自立，今雖未至於法之地位；然獨立之風既扇，亦必不能久矣。其婦女爲教習者，且多不願嫁人。然則歐、美之人口，不其危乎？嗟夫！天下萬事，皆賴人類爲之；若人類減少，則復愚。人類滅絶，則大地復爲狉獉草昧之世。而人之生也，皆賴婦女。故婦人不願有子，乃天下之大變，洪水猛獸不烈於此者也。而法、美以文明自由聞，乃先有之，且盛行焉。立法之難，得乎此則失乎彼。抑女而過甚，則非男女平權之義；矯之以獨立，又有生人道盡之悲。談何容易，得其宜乎！今之學者，不通中外古今事勢；但聞歐人之俗，輒欲捨棄一切而從之，謬以彼爲文明而師之。豈知得失萬端，盈虛相倚，觀水流沙轉而預知崩決之必至。苟非虛心以察萬理，原其始而要其終，推其因而審其果者，而欲以淺躁一孔之見，妄爲變法，其流害何可言乎！”則是歐洲婦女獨立，不如中國教孝者五也。

論衣服曰：“中國飲食衣服之美，實冠萬國，他日必風行萬國。凡美者，人情之所愛。絲服之美，自在優勝劣敗之例；不能以歐人一日之長而見屈也。吾國地兼三帶，衣服亦備寒暑，既無印度之薄縠，天衣無縫；亦非歐土之厚絨，緊迫其身，不寬不緊，易減易增，披服簡便，過於歐、美遠矣。歐土多寒，故西衣用絨，緊束其身。若我温帶，施於盛暑，汗淋如漬，尤損衛生，限以三襲，大寒不能加，盛暑不能減，於觀不美，於體不宜。吾昔病於紐約，美醫謂我曰：‘中國服制最宜。曾有千人大會，莫不感寒，惟中國公使獨無恙。若他日變法，一切可變，惟服制必不可變！’吾謂歐服以絨，中服以絲，取材不同。歐服尚披禽獸之毛，羶腥未除；而絲則我天産至美之物也。若吾國舍其天産而從人，則一國四萬萬人皆服氈絨之服，一人四襲，一襲至賤者二十金，並革履氈帽，人必百金而後可。是我舍數萬萬金之絲，無所用之，而須購絨革之服料於外。以人百金計之，是費四五萬萬兆而納貢於外，過於八國聯軍之賠款尚百倍也。且吾中國乃大地絲産國也，民之衣食於絲織者以數千萬計也。今一易服，全國衣履冠帶之絲①皆盡失業，絲織者彷徨而不知所措矣。何爲變本加厲，傾民之所有以自敝乎？萬國皆不産絲，而絲爲中國獨有之天産；上考《禹貢》，蠶桑絲篚，已在四千

① “絲”當作“人”。

年前，故服物之五色六章，最爲妙麗。此天以最厚吾中國者，寧可棄天貺乎？棄天貺者不祥，棄土産者自敝，服氈絨者退化，隨人後者無恥。印度豈不變服，益爲奴耳！於自立何有！將欲以此爲親；吾面既黄，雖欲親而安能親？日本小島耳，炮聲隆隆，則歐、美畏媚之。近各國王宫，多爲日本裝殿，而美人暑時，亦多爲日本服，但使内政修明，物質精美，炮艦大横庚庚，則中國絲服，自爲大地所美而師之。若徒改服乎，則印度人與黑人之改服，何見親之有？吾奴吾奴耳。何有堂堂數千年文明之中國，撫有天産吾絲，文章之美，而自棄之，以俛從深林後起日耳曼之氈服！”則是歐服氈絨，不如中國絲服者六也。

論膳食曰：“膳食之美，必地爲大陸而後得之。大地之國，吞大陸者四域，歐土、波斯、印度及中國耳。印度諸教盛行，多所戒禁，或不食豕，不食羊，或不食牛，不食鳥，或全戒殺生，若此，則食不能美。且其地奇熱，好食苦辣腥臭之味，尤爲印人所獨，而外人不能入口焉。波斯信回教與火教，亦多所禁食。歐土自中世紀黑暗世後，侯國競争，國境小或十數里，界關隔絶，百貨難通，則食品難集；至今尚臠而不切，醬齊之和後加焉；其食之未精，可知也。惟中國自漢一統，地兼三帶，百貨駢集，品兼水陸；故八珍之美，自周已精，故用醬以和齊人味，先切而用箸棄刀，已在周時矣。今歐洲美食，皆稱巴黎；然法國之食，皆出自西班牙，班人僻鄉亦解調和，吾遊班及墨，覺其價賤而精，尚過於法也。班之食學，又出於葡；吾遊葡京理斯本，聞其饌名，有與粤同。蓋葡自一千四百九十年，科侖布尋得美洲，至一千五百三十餘年，遂得澳門。是時英培根之世，尚用手食而未用刀割，其未能調和，不待言也。葡人以東方之食味，移植葡京，乃大變焉。是時推班與葡並驅海外，撫有全美，民大富而備海陸之珍，故班首學葡食。法路易十四遺孫非特臘第五王班，貴婦宫女、大臣從者數千人，及王長而後歸法，乃移班食味於法。路易十四盛陳宫室服食以懷柔十萬諸侯，於是食饌之美大進，風行歐、美焉。然葡食實我所出，班食爲吾孫，法食爲吾曾孫，歐、美爲吾雲來；突厥日本切食，尤爲吾嫡嗣。蓋吾食之博而至精，冠於萬國，且皆師我者也。歐食美否不論，但今尚設五味架，從後加味，味不能入，其爲不知和可見矣。而今吾國乃反盛行西食。若以同食不潔，則吾明以前無不異食者，上考宋之

《武林遺事》，下考戲劇，猶可推見；何不每人異器，如日本然？既可得潔，又保己國之美食，而何事棄己萬國最美之饌而退化從人哉？”則是歐人膳食，不如中國先進者七也。

論酗酒曰：“法人之好酒極矣。吾遊巴黎，入店不飲。酒家請曰：‘吾巴黎無不飲酒者。’乃爲飲之，則法人之沈湎可見矣。《書・酒誥》曰：‘羣飲，汝勿佚，盡執拘以歸於周，予其殺！’此與道光年間重懲鴉片之刑同。夫飲酒小過，何至懲以殺刑？蓋當時風俗沈湎之極，故欲以嚴懲之。吾觀歐、美人醉酒之風：夜卧於道而譁於市，歸毆其妻而争殺開槍致死者，比比也。所經小市大衢，酒店相望；竟日作工所入，盡付酒家，而導淫演殺，與酒爲鄰。若此敗風，惟吾國無之。歐、美皆然，惟法人爲尤甚耳。蓋吾國酒俗爲過去世矣。不知者開口媚歐、美人爲文明；試入賣酒壚，觀其喧譁，與我孰爲文明哉？近世鴉片之毒，弱人體質，厥害爲中國數千年所無。然其毒自外來，去之不難，不如酒之甚也。即以鴉片店之患，一榻横陳，亦豈有譁争鬥殺之害乎？天下人道之大患，莫甚於相殺，故以酒煙相比，酒之害爲尤烈也。”則是歐人嗜酒，不如中國吃鴉片者八也。

論宫室曰：“吾昔聞羅馬文明，尤聞建築妙麗，傾仰甚至。及親至羅馬而遍歷名王之古宫，乃見土木之惡劣，僅知用灰泥與版築而已。其最甚者，不知開户牖以導光。以王宫之偉壯，以尼羅之窮奢，而猶拙蠢若此；不獨無建章之萬户千門，直深類於古公之陶復陶穴。吾國山西富人，尚有穴山作屋，僅取中霤以通光，穿室數十重，壁蓋厚數尺，乃極似羅馬古帝宫焉。若法路易十四之宫，誇爲世界第一者，雕鏤固精，然僅此一大座；比之吾國帝居禁城之宏壯，相去尚十百倍。突厥波斯之宫殿，吾未之見；印度壯麗亦未極閎。若除此外，則中國帝室皇居之壯大，實爲大地第一。蓋萬里大國，二千年一統致然。自建章、未央千門萬户，由來久矣。此其雄規，實關文明；不得以專制少之。今以《三輔故事》所述漢武帝之宫比之：建章宫，度爲千門萬户；其東則鳳闕，高二十餘丈；上有銅鳳凰；立神明臺，井幹樓，皆高五十丈，輦道相屬焉，其上有九室，形或四角八角。張衡賦謂‘井幹叠而百層’，與巴黎之銅樓何異？其北大液池，中有漸臺，高二十餘丈，中有蓬萊、方丈、瀛洲、壺梁，象海中三神山，龜魚之屬；其南有玉堂、壁門、大鳥；承露盤高二十丈，大七圍，以銅爲之；上有金銅仙人掌，至唐尚存，李賀尚見之，有

《金銅仙人辭漢歌》。其甘泉宮之通天臺，高三十丈，可望長安城，其上林苑連綿四百餘里，離宮別館三十六所。《漢書》稱成帝之昭陽殿，中庭彤朱，赤壁青瑣，殿上髹漆，砌皆銅沓，黄金途，白玉階，壁帶往往爲黄金釭，函藍田璧，明珠翠羽飾之。班固《西都賦》所謂‘雕玉瑱①以居楹，裁金璧以飾璫’，‘屋不呈材，牆不露形，裛以藻繡，絡以綸連；隨侯明月，錯落其間；金釭銜璧，是謂列錢；翡翠火齊，流燿含英’是也。此不過偶舉一二耳。若《漢書》稱秦之驪山，高五十餘丈，周回五里，石槨爲遊館，人膏爲燈燭，水銀爲江海，黄金爲鳧雁，珍寶之藏，機械之變，棺槨之麗，宮館之盛，不可勝原。而阿房宮三百餘里，作者七十萬人；破各國，寫其宮室；門列金人十二，每重二十四萬斤，門以磁石爲之；前殿東西五百步，南北五十丈，可坐萬人，下可建五丈旗；二百里内，宮觀二百七十，甬道複道相連，帷帳鐘鼓不移而具；周馳爲閣道，自殿抵南山，表南山之顛以爲闕；復爲複道，渡渭，至咸陽，北至九嵕、甘泉，南至長陽、五柞，東門至河，西門至汧渭，東西八百里，離宮相望。甘衣綈繡，土被朱紫。宮人不徙，窮年不能徧。由此觀之：吾國秦皇、漢武時宮室文明之程度，過於羅馬不可以道里計矣。惟羅馬亦有可敬者：二千年之頹宮古廟，至今猶存者無數，危牆壞壁，都中相望，而都人累經萬劫，争亂盜賊，經二千年，乃無有毁之者。今都人士，皆知愛護，皆知嘆美，皆知效法，無有取其一磚，拾其一泥者，而公保守之以爲國榮。令大地過客皆得遊觀，生其歎慕，覩其實蹟，拓影而去，足以爲憑。而我國阿房之宮，燒於項羽，大火三月。未央、建章之宮，燒於赤眉之亂。仙掌金人爲魏明帝移於鄴，已而入於河北。齊高氏之營高二十六丈者，周武帝則毁之。陳後主結綺、臨春之宮，高數十丈，咸飾珠寶，隋滅陳則毁之。餘皆類是。故吾國絶少五百年之宮室。即如吾粵巨富若潘、盧、伍、葉者，其居宅園林皆極精麗，幾冠中國。吾少時皆嘗遊之。即若近者十八甫伍紫垣宅，一門一窗，一欄一楯木，皆别花式，無有同者；而以伍家不振，忽改爲巷，遂使全粵巨宅，無一存者。夫以諸巨富之講求土木，不惜巨貲；其玲瓏窈窕，皆幾經匠心。若如日本之日光廟及奈良廟，遊者收貲，歲入數十萬。而所存美術精品，後人得由此益加改良進步；則其美術豈不更精焉？乃不知爲公衆

① “璞”當作“瑱”。

之寶。而一旦掃除，後人再欲講求，亦不過僅至其域，談何容易勝之乎？故中國數千年美術精技，後人或且不能再傳其法。若宋偃師之演劇木人，公輸墨翟之天上門鳶，張衡之地動儀，諸葛之木牛流馬，北齊祖恒之輪船，隋煬之圖書館，能開門掩門、開帳垂帳之金人，宇文愷之行城，元順帝之鐘表，皆不能傳於後，至使歐、美今以工藝盛强於地球。此則我國人不知保存古物之大罪也。不知保存古物，則真野蠻人之行爲，而我國人乃不幸有之；則雖有千萬文明之具，亦可耗然盡矣。”則是歐人宮室，不如中國宏偉者九也。

論浴房曰：“歐人浴房，但分男女室，男與男赤體同浴。女與女赤體同浴，日本則男女同浴，吾國粤人廉恥最重，無赤體相對者，故粤無浴室。歐人尚樂，故雕刻皆尚赤體，宜其浴無擇也。然今則頗尚恥，以短布褲遮其下體。瑞典與日本同，並不用短褲矣。蓋浴爲潔體之大事，可以祛病。浴爲樂魂之妙術，可以暢懷。獨樂不如同樂，故多同浴。各國多同之，《史記》譏‘於越之俗，男女同川而浴’；蓋人道之始必如此。及其後廉恥日進，則男女異浴；又進而惡其穢也，不肯裸以相見，則人人異室矣。吾遍觀大地各國，人情無不好浴者。惟西藏、布丹、廓爾喀人不好浴，故最不潔；則以難得水之故，且極寒之故也。野蠻不浴。據亂同浴，升平之世，廉恥與亂世異，則尚異浴。太平大同之世，人各自立，人各自由，則復歸於同浴耶。”則是歐人據亂同浴，不如中國異浴之爲升平者十也。

凡此之類，度長絜大，極世界之美，無逾中國。未嘗不發憤而道曰：“吾國人不可不讀中國書，不可不遊外國地，以互證而兩較之；當不至爲人所恐嚇而自退處於野蠻也。日本著書多震驚歐、美者。此在日本之小島國則然，豈吾五六千年地球第一文明古國，而若此之淺見寡聞乎？”因彙所覩記，成《歐洲十一國遊記》，而序其端曰：

> 將盡大地萬國之山川、國土、政教、藝俗、文物，而盡攬掬之，采別之，掇吸之，豈非凡人之所同願哉？於大地之中，其尤文明之國土十數，凡其政教、藝俗、文物之都麗郁美，盡攬掬而采別掇吸之，又淘其粗惡而薦其英華焉，豈非人之尤所同願耶？然史弼之征爪哇也，誤以爲二十五萬里。元卓朮太子之入欽察也，馬行三年乃至。博望鑿空，玄奘西遊，當道路未通，汽機未出之世，山海

阻深，歲月澶漫，以大地之無涯，而人力之短薄也；雖哥倫布、墨志領、岌頓曲之遠志毅力，而足跡所探遊者，亦有限矣。然則欲攬㨹也，孰從而攬㨹之？故夫人之生也，視其遇也。芸芸衆生，閱億萬年，遇野蠻種族部落交爭之世，居僻鄉窮山之地，足跡不出百數十里者，蓋皆是矣。

進而生萬里文明之大國，而舟車不通，亦亡由覩大九洲而遊瀛海；吾華諸先哲，蓋皆遺恨於是。則雖聰明卓絶，亦爲區域所限。英帝印度之歲，南海康有爲以生；在意王統一前三年，德、法戰之前十二年也。所遇何時哉？汽船也，汽車也，電線也，之三者，縮大地促交通之神具也。汽船成於我生之前五十年；汽車成於我生之前三十年；電線成於我生之前十年。而萬物變化之祖，爲瓦特之機器，亦不過先我八十年。凡歐、美之新文明具，皆發於我生百年之内外耳。萃大地百年之英靈，竭哲巧萬億之心精，奔走萶萃，發揚蜚鳴，磅礴浩瀚，積極光晶，滙百千萬億泉流而成江河湖海，以注於康有爲之生也①。大陳設以供養之，俾康有爲肆其雄心，縱其足跡，窮其目力，供其廣長之舌，大饕餮而吸飲焉。

自四十年前，既攬㨹華夏數千年之所有；七年以來，汗漫四海。東自日本、美洲，南自安南、暹羅、柔佛、吉德、霹靂、吉冷、爪哇、緬甸、哲孟雄、印度、錫蘭，西自阿剌伯、埃及、意大利、瑞士、奥地利、匈加利、丹墨、瑞典、荷蘭、比利時、德意志、法蘭西、英吉利，環周而復至美。嗟乎！康有爲雖愛博好奇，探賾研精，而何能窮極大地之奇珍絶勝，置之眼底足下，攬之懷抱若此哉？縮地之神具②，不自我先，不自我後；特製竭作以效勞貢媚於我。我幸不貴不賤，亡所不入，亡所不睹；俾我之耳目聞見，有以遠軼於古之聖哲人。天之厚我乎，何其至也！

夫中國之圓首方足，以四五萬萬計。才哲如林，而閉處内地，不能窮天地之大觀。若我之遊蹤者，殆未有焉。而獨生康有爲於不先不後之時，不貴不賤之地，巧縱其足跡、目力、心思，使徧大

① “也”爲“世”之訛字。
② 後脱“文明之新製”。

地；豈有所私而得天幸哉？天其或哀中國之病，而思有以藥而壽之耶？其將令其攬萬國之華實，考其性質色味，别有良楛，察其宜否，製以爲方，采以爲藥，使中國服之而不誤於醫耶？則必擇一能①不死之神農，使之徧嘗百草；而後神方大藥可成，而沈疴乃可起耶？則是天縱之遠遊者，乃天責之大任；則又既皇既恐，以憂以懼，慮其弱而不勝也。

雖然，天既强使之爲先覺以任斯民矣；雖不能勝，亦既二十年來晝夜負而戴之矣。萬木森森，百果具繁，左捋右擷，大嚼横吞，其安能不别良楛，察宜否，審方製藥，以饋於我四萬萬同胞哉？方病之殷，當羣醫雜沓之時，我國民分甘而同味焉，其可以起死回生，補精益氣以延年增壽乎？吾之謂然，人其不然耶？

吾於歐也，尚有俄羅斯、突厥、波斯、西班牙、葡萄牙未至也。於美也，則中南美洲未窺，而非洲未入焉。其大島若澳洲、古巴、檀香山、小吕宋、蘇禄、文萊未過。則吾於大地之藥草，尚未盡嘗；而製方豈能謂其不謬耶？抑或惡劣之醫書可以不讀；或不龜手之藥可以治宋國；而猶有待於徧遊耶？康有爲曰："吾猶待於後徧遊以畢吾醫業。"今歐洲十一國遊既畢，不敢自私，先疏記其略以請同胞分嘗一臠焉。吾爲廚人，而同胞坐食之，吾爲畫工，而同胞遊覽也；其亦不棄諸！

其自任以天下之重如此。自稱"童而好諷詩；顧學以經世，至在撢理，不能彫肝嘔肺以爲詩人。而嗜杜甫詩若出性生，能誦《全杜集》，一字不遺。又性好遊，玩山水，愛風竹；船唇馬背，野店驛亭，不暇爲學，則餘事爲詩。及戊戌遘禍，遁迹海外，五洲萬國，靡所不到，風俗名勝，託爲永歌；若拔抑塞磊落之懷，日行連犿奇偉之境，臨睨舊鄉，遭回故國，閲劫已夥，世變日非。靈均之行吟澤畔，騷些多哀；子卿之嚙雪海上，平生已矣。河梁隴首，遊子何之；落月屋梁，水波深闊，嗟我行邁，皆寓於詩。"既而遊突厥，道出所謂耶路撒冷者，猶太人哭所羅門城壁，男婦百數，日午憑城淚下如縻，誠萬國所無也。喟然曰："惟有教有識，故感人深遠。吾念故

① "能"爲"耐"之訛字。

國，爲《愴然賦》。”凡一百韻。其辭曰：

崇壁巖仡仡，圍山上摩天；巨石大盈丈，瑩滑工何妍。築者所羅門，於今三千年。城下聚男婦，號哭聲咽闐。日午百數人，曲巷肩駢連；憑壁立而啼，涕淚湧如泉。慘氣上九霄，悲聲下九淵。始疑沿具文，拭淚知誠縣。電氣互傳載，真哀發中宣。一人向隅泣，不樂滿堂緣。借問猶太亡，事遠難哀憐；萬國有興廢，遺民同銜冤！譬如父母喪，痛深限年旬；豈有遠古朝，臨哭旦夕酸？羅馬後起强，第度揚其鞭；雖殺五十萬，流血染城闉。當時嚴上帝，清廟金碧鮮。我來瞻遺殿，華嚴猶目前。珍寶移羅馬，痛心亦難諠。正當吾漢時，渺茫何足云。吾國二千載，亡國破京頻；劉石亂中華，洛陽慘風雲；侯景圍臺城，一切文物焚；耶律執重貴，雅樂遂不聞；暨至宋徽欽，汴京虜君民。豈無思古情，頗感騷人魂。或作懷古詩，亦傳哀弔文。未有憑城哭，至誠逮野人；婦嬰同灑淚，千載慟遺民。吾迹遍萬國，奇駭何感因。答言：“祖摩西，奉天創業勤；艱苦出埃及，轉徙紅海濱。帝降西奈山，特眷吾家春。十二以色列，奄有佐頓川。大闢所羅門，兩王尤殊勳。拓邊大馬色，築廟耶路顛。武功與文德，焜耀死海湄；餘波躍耶回，大地遍遵循。人種我最貴，天孫我最親。豈意滅亡後，蹂躪最慘辛！羅馬與薩遜，蹈藉久紛紜；英暴當中世，俄虐今尚繁。遺種八百萬，飄蕩大地魂；有家而無國，處處逐辱艱。被虐誰爲護？蒙冤誰爲伸？傳言上帝愛，我呼彼充填。窮途無控訴，憑城啼吾先。”言罷又再啼，四壁啼益喧；哀哀不忍聞，吾亦爲垂漣。亡國人皆恨，惟汝有教賢！他國不知愁，同化久忘筌。汝誠文明民，文明成瘴愆。區區此遺黎，艱苦抱守艱。雖然猶太教，今猶立世間。吾遊墨西哥，文字皆不傳；英哲與圖器，泯滅咸無存；讀學皆班文，性俗忘祖孫；豈比汝猶太，能哭尚知原！哀哀念遠祖，仁孝無比援。他日買故國，獨立可復完。先啕必後笑，物理固循环。吾哀猶太人，吾回睨中原：四萬萬靈胄，神明自羲軒；唐虞啓大文，禹湯文武聯；孔聖寶文王，製作大禮尊。聖哲妙心靈，圖器文史篇。後生坐受之，枕胙忘其源。如胎育佳兒，如釀蘊良醇。我形胡自來？我動胡自還？我識與我神，明覺胡爲先？喜怒胡自起？哀樂胡所偏？我詠歌舞蹈，我飲食文言。一一英哲人，化我同周旋。忘之我坐忘，悟之大覺圓。一往情與深，思古吾翩躚。莊周夢化蝶，吾實化國魂。若其國竟殤，哀慟不知端。凡亡非我亡，畸士託古詮。吾未免爲人，多情猶爲牽。吾爲有國故，身家頻棄捐；哭弟哀友生，柴市埋冤雲。哭墓已不獲，先骸掘三墳。十死亡海外，讒侮百險煎。受詔久無功，纏身萬苦難；十載逋亡人，拂逆痛心肝。我本澹蕩人，方外樂談玄。胡事預人國，誤爲不忍纏。今既荷擔之，重遠難釋肩。地獄我甘入，爲救生民艱；受苦固所甘，忍之復忍焉。久忍終難受，去去將舍旃。浩蕩諸天遊，歡喜作散仙。天外不能出，大地不能捐。國籍不能去，六鑿不能穿。猶是中國人，臨睨舊鄉園。睊睊涕被席，眈眈①傷我神。類②告愛國者，猶太是何人。

其辭磊落而英多，其意激切而孤憤；揆之古人，獨《湛然居士集·西遊詩》、長春真人《西遊記》中詩，陳剛中《交州集》可相仿佛；然有其俶詭，而無此忼慨也。嘗以爲中國不可行民主；傅會孔、孟，旁援歐、美，其大要歸於强國庇民，因時制宜。故曰："天下無萬應之藥；無論參木苓草之貴，牛溲馬渤之賤，但能救病，便爲良方。天下無無弊之法；無論立憲、共和、專制、民權、國會一切名詞，但能救國宜民，是謂良法。執獨步單方者，必非良醫。執一政體治體者，必非良法。故學莫大乎觀其會通，識莫尚乎審其時勢。《禮運》曰：'時爲大，順次之，體次之。'協於時，宜於人，順於地，庶幾良法矣。孟子曰：'民爲貴，社稷次之，君爲輕。'社稷者國也；國權、民權、君權三者迭遞代興而時爲輕重者也。專制之世，則君權重。太平之世，則民權重。此皆自然之勢，而克當其宜者也。歐洲民權君權之争，在百年前矣；至數十年來，君權之説已絶，餘波蕩於亞洲。若民權乎？則在百年前歐美最盛之時，而數十年來國權之説忽盛；俾斯麥以此强德國，雖以美國平民之政，羅斯福亦大倡霸國之義，而各國亦皆鼓吹之。處列强並峙，日事競争，少不若人，即至夷滅；故霸國之義，不得不倡者，時爲之也。昔在春秋戰國之時，

---

① "眈眈"當作"耿耿"。

② "類"當作"願"。

管、商之學，專以國權爲重。孔、孟意存一統，則專以民權爲先。義各有爲也。凡學説之盛衰，視其時宜。倡國權説於法國革命之時，則無當矣；倡民權説於德國既强之後，尤爲大謬矣。以美國之富盛，昔無海軍時，則德人極輕之；近年大治海軍，則德人重之。日本以戰俄之故，重人民之賦税；然日之威稜震於全球矣。儻使美、日猶主重民之義；則日税太重，民難負擔；美而治兵，尤悖華盛頓、孟禄之訓。然而美、日不得不重國而輕民者，誠察時勢之宜，不得已也。故重民而張民權之説，乃歐、美百年前之舊論，於藥則爲渣滓，於制則爲芻狗，於米則爲粃糠，於花則爲落瓣。乃吾國通明之士，號稱新學，而拾歐、美之殘羹冷炙以爲佳饌新烹，於胃則不宜，於體則不協；小之致病，大之致死。蓋失其時，悖其順，非其宜故也。”

既斥民權而崇國權，國權所寄，必在君主。其初戊戌變政，則進君主立憲之説。及至辛亥革命，益倡虚君共和之論。終莫之用，而革命有成功，建號民國；於是發憤而道曰：“南方之魁桀何嘗無帝制自爲之心？而矯爲民主共和之説以餌於民曰：‘貧富共産也’，‘人人可爲總統議員也’，‘若入吾黨，可得富貴也’，甚至謂‘改民主共和後，米價可賤也，可不納税也’。此與‘迎闖王可免錢糧’何異哉？愚民樂其便己也，信而從之。强豪傑頡者輟耕壠上，倚嘯東門，平寧已久，無從發憤，藉爲亂具，徼幸圖成。風氣所鼓，四海之人習見梟雄誇詐之夫，能爲共和之大言，能爲自由之謬論，因時乘勢，襲據土壤，紛紛攀附，各藉權勢。其誇壘尤甚者，中分天下，指揮風雲；政府則敬畏之，乃至借外款千百萬以媚事之。其次亦復上將勳位，剖土分藩。下之竈養市魁，皆一蹴而秉麾紆組，列鼎鳴鐘，呼叱而金帛盈山，顧盼而聲色列屋；其車馬、宫室、服食之豪侈過於王公；其頡頏、横暴、跋扈、肆睢之氣勢行於州縣。鄉之偷兒、里盜、椎埋剽竊之夫，進稱雄於州邑，退亦爲政於鄉里，横行攘據，武斷鄉曲。然則誰不慕之？誰不展轉效之？權利之思想已溢，自由之勢力彌充，進無所慕於古，退有以榮於人，時風衆勢，捲而成俗，人所羡慕，皆在此徒，苟不破法律，作奸欺，謀亂略，營黨私，何以充塞其權利之私，彌滿其自由之壑乎？即有廉讓之士，而風俗既成，坐而相化，則織衣大幘，謹厚者亦復爲之。故當今之世，人不謀亂，更復何事，而塗澤以歐、美之文明。羣衆所尚，報紙所譁，則新世界之所謂“共和’、‘平等’、‘自由’、‘權利思想’諸名詞也。夫‘自由’者，縱極吾欲云爾。‘權利思想’

者，日思争拓其私云爾。所謂‘平等’者，非欲令人人有士君子之行，不過鋤除富家貴族，而聽無量數之暴民横行云爾。所謂‘共和’者，倒帝者之專制，自餘則兩黨相争，陳兵相殺，日爲犯上作亂云爾。以風俗所尚，孕育所成，則只有爲洪水猛獸布滿全國而已。今夫地方自治，至美之良法也，而中國行之，則惟資豪猾武斷鄉曲，未見能於地方興利也。設辨護士，豈非保護貧弱者之美意哉？而中國行之，則劫賊横行；及被捕獲，則亦將延辨護士而解脱，於是盜劫日滋。其他辨護士之日誘人訟以破人産者無論也。若夫官制棄資格而聽長官自拔，則惟有引用親私；負販牛醫，皆上列大位，下綰銅墨；甚至一丁不識，人皆懷非分之想；人情既不能無私利，則官方何自而整。任官若此，而望其牧民任職，豈非欲入而閉之門哉？若廢科舉而用學校，則學者自聽講義、讀課本外，束書不觀，乃至中國相傳之名物日用之書，亦不之識；其愚閉喬塞殆甚於八股之時；而八股之士尚日誦先聖之經，得以淑身而善俗。今學校之士則並聖經而不讀，於是中國數千年之教化掃地；而士不悦學，惟知貪利縱欲，無所顧忌，若禽獸然。其他舉議員，入政黨，則惟有挾勢鬻金以把持縱肆、敗風壞俗而已。然則所謂‘共和’、‘民權’，‘平等’、‘自由’者，實不過此十數萬之暴民得之耳。此十數萬暴民之‘民權’、‘平等’、‘自由’，誠肆睢儻蕩，無所不用其極矣。試問吾四萬萬同胞，誰則實得民權乎？民權託之代議，夫誰能代我民者？其立義已爲大謬。况我所欲舉者未必被舉，既爲多金所買，又爲大力所擠；而吾民實俯首歎恨而無所與焉。故民權者，大黨十數要人之權；而於我四萬萬同胞何與焉。又試問，吾四萬萬同胞，誰實得平等、自由乎？彼千百暴民之魁，憑權據勢，占領土壤，汽車聽其盤遊，女色惟其所擇，車馬流水，金帛堆山；發言有權，一電而各省嚮應；横行如意，舉步而開會驩迎；總統則畏其亂而羅籠之，報館則借其勢而張皇之，隨意居遊，惟所欲適，無不平等，無不自由。故平等、自由者，彼千數百暴民之平等、自由！吾民宛轡於虐政之下，一言有誤而槍死，一事見誣而槍死，薄言往愬，普天無告。然則吾四萬萬同胞，誰實得平等、自由乎？夫使吾四萬萬同胞，果皆得民權、平等、自由，則個人各得其權利，而國權必屈。方今列强並争之世，猶非所宜也。然四萬萬人果真得民權、平等、自由，則少屈國權，而伸個人之權利，猶之可也；無如四萬萬人皆無所得於民權、平等、自由，而僅令千數百之暴民得民權、平等、自由；是排除一人之專制，而增設千數百人之專制也。名稱‘共和’，實曰結黨而圖共亂；號爲‘民主’，實以少數而行專制；戴假面，則朱唇玉貌；揭暗幕，則青面獠牙。”言之若有餘悸也。情不能以自禁，辭不免於過訐，播所欲言，署曰“不忍”。

或訟共和之美，在揚民權。則正告之曰：“人實誑汝！共和者，歐制況稱之辭；且大誑於中國。夫號稱‘共和’者，乃凡在國民人人得發其意之謂。民意昭宣，民權發皇；盧騷之流大發其義。此在歐洲，古之希臘，中世之威尼士、致那華，及德之漢堡、罕伯雷、伯來問、佉倫、佛蘭拂及今之瑞士，蕞爾之國，百數十萬之民：而大事，則人民共議，則誠得民意矣。選舉則人人有權，則亦庶幾民權矣。盧騷亦謂‘二萬人之國，可行共和’。若二萬人者，或可真得民意，真行民權矣；此不過如吾粵之大鄉云爾。吾粵南海之九江、沙頭，順德之龍山、容奇、桂州，新會之外海，番禺之沙灣。皆聚十數萬人爲一鄉，比於盧騷之二萬人已過之；其立鄉約，行鄉法，能得民意與民權與否？尚不可知也。南美洲之各共和國也，若玻理非、委内瑞拉、烏拉圭、巴拉圭，皆以數千人舉一議員。即巴西、阿根廷、祕魯、智利之大，亦不過以萬人舉一議員。塞維、布加利牙、希臘、羅馬尼亞，亦略皆以萬人舉一議員。若比利時、荷蘭、那威、丹麥亦不過以萬人舉一議員。即英國之大，爲憲法選舉之祖，亦不過以三萬人選一議員。然當威廉第三入英之際，英民不過四百萬；至與拿破侖交戰之時，亦不過五百萬，是時英最盛昌，亦不過萬人選一議員耳。夫尊民意民權者，不能直達，而以‘代議’名之；苟不能如瑞士之直議，何權之有！人與人面目既殊，心意必異；父子師弟，亦難强同。而謂所舉之人能達我意，必無是理矣。故以一人舉一人，已不能得其意；況以萬數千人而舉一人？人人異意；而謂能以一人曲肖萬數千人之意，代達萬數千人之意，有是理乎？故萬數千人選一議員之國，號稱代議，其説已大謬矣。雖然，若英國三萬人選一議員。三萬人者，亦如吾粵一巨鄉耳；既以代議爲制，勢不能不選於衆。三萬人之鄉，其有才賢，鄉人略皆知之，則雖不能得民意，發民權；然既自民之耳目心思所自舉者，則亦可謂之民舉也。德、法以十萬人舉一人；日本以十三萬人舉一人；更不能比於英矣。然十萬之鄉縣，耳目亦近；彼憲政既久，選舉既熟，或能知其人者，謂之民舉焉，亦未嘗不可也。至於中國之大，人民之多，今之選舉法也，以八十萬人選一人。夫八十萬人之多數，地兼數縣，或則數府，壤隔千里，少亦數百里；吾國道路不通，山川絶限，人民無識，交遊未盛，選舉不習；則八十萬人之中，渺渺茫茫，既爲大地選舉例之所無；而曾謂八十萬人者，能知其人而舉之；其人又能代達八十萬人之意乎？此尤必無之理也。然則在今大地中，凡百有國，皆可言‘民意’‘民權’；惟我中國能言‘民意’‘民權’，則無之也，徒資數萬之暴民而已。是大妄也，是欺人也；惟國民真愚，乃受其欺耳。夫歐、美之説，知直議不可得，則詭以代議爲民以欺人。然曰‘代議’，雖不得民意民權，告朔餼羊，猶有其名也。而今選舉之學説，則猖狂而大言曰：‘代議者，乃代一國之政，非代民個人之意也。’此説也，則明明非代民之意矣。以實事言之，彼議員自議國政，非代民之意。以虛名言之，則此學説亦大聲疾呼非代達民之意；然於其憲法也，於其國會也，於其選舉法也，則大書特書曰‘代議院’也，‘代議員’也。名實相反，言議相乖；實而案之，不過欺民而已，不過豪猾之士欲攘奪國政，借民權民意以欺人而已。無論議員之選，出於金錢與勢脅也，難於得民望也；即不然，要必非民權民意而代民議，則可斷斷言也。夫既非民意民權，非代民議，則今之國會大聲疾呼曰‘代議’者，豈不大謬哉！代金錢而議，則有之矣；代勢力而議，則有之矣；代民意而議，則未之見也。故在歐人之説，已是辭窮而爲欺民誘衆之計矣！我國地等全歐，人民倍之，國與民相去甚遠。民意民權必不可得，而學歐、美人之舌，大聲疾呼曰‘民意’、‘民權’。我今質問四萬萬人，‘汝有何權？’‘所選舉者，誰爲汝意？’‘議員所陳，誰得汝心？’吾意真選舉之人，必不及四千；而得其心意者，必不及千也。若云權乎權乎，誰則有之？欺人自欺，無俟言矣。”

或謂民主之治，託之政黨。又激論之曰：“人實欺汝！政黨者，歐治積弊之俗；且大戾於中國。夫以英國政體之美，爲萬國之最。其爲政黨也，武人不得入，法官不得入，諸吏不得入，非學人富商尋常工商不得入。其本黨之得權也，獲官者不過六十人，餘皆無所報酬。全國官吏皆不動，工商皆安業。其爲政黨者，不過如買馬票者之視鬥馬；所買票之馬得勝，則爲之撫掌大喜，歡忭舞蹈，不知其然而然。雖然，買馬票者，猶有所獲利也；此政黨中之六十者得官者也，其他政黨人絶無報酬而奚樂爲之？蓋彼積數百年之風俗，貴人罷居，富人無事，以爲游戲博獵之舉而爲歡娛者耳。譬如昔之試得科第者，其本省人得狀元，本府縣人得翰林，本鄉人獲舉貢青衿；其省府縣鄉之人無所分杯酒肉羹之惠也；更無所謂報酬也；而接聞報時，莫不欣然色喜，莫解其所以然者。又若觀競渡焉，兩曹之觀競者無所報酬也，而咸樂捐賞執花擊鼓以助競事；於其曹之勝也，大喜若狂；若是云爾。然英人之攻之者，猶謂政黨爲奸詐之府，腐敗之藪也。若夫美國平民政治之政黨，則各地方皆有波士握權，把持黨事，魚肉良善，武斷一切，納賄作奸，甚者殺人。其爲禍害，美人已痛心疾首之矣。我不得美之長，而先收其短，今且學而青出於藍焉。以吾所覩：非其黨不官。入其黨，則可無法。藉其黨以徧握權要，魚肉良善，出入罪惡，吞踞財産，殺戮人民，禁錮異黨，封禁報館，强佔選舉，萬惡皆著矣。蓋未有政黨之前，中國有法律；既有政黨之後，中國無法律。未有政黨之前，人民生命財産得保全；既有政黨之後，人民生命財産不保全。未有政黨之前，人民言論身體得自由；既有政黨之後，人民言論身體不自由。吾夙昔仰慕歐、美首創政黨，曾不意政黨之害至是也。夫政黨豈無佳士？然既入其中，則爲大勢所驅而不能自拔矣。政黨愈大，則薰蕕愈雜，整率愈難。若其爲法之山嶽黨乎？挾勢橫行，斯爲屠伯矣。”極言急論，若有不得已。

而袁世凱爲總統，致書稱國老，其大旨謂：“京洛故人，河汾弟子，咸占彙進，宏濟艱難。愛國如公，寧容獨善！”厚幣卑禮，款致之京師而一見焉。有爲謝勿赴也。然國權之論，進步黨遂襲之以相袁世凱盜國制制；久之，國民黨熸，而進步黨亦傾，卒以釀洪憲之禍也。世凱既殂，有爲彌用自喜；昌言無忌，好惡怫人之性。久之，漸爲論政持國是者所不喜，獨長江巡閱使張勳有貳心於民國，陰贊其説而加隆禮焉，則以遜帝復辟之説進也。勳則曰：“諾，是吾志也。汝其問諸馮華甫。”馮華甫者，副總統領江蘇省督軍馮國璋也。有爲迺以勳意贊於國璋及故廣西督軍陸榮廷；皆無違言。國璋且曰：“張紹軒豈能辦此？儻君出，我則執鞭弭以從。”有爲則大喜，迺屬周樹模以致告於段祺瑞。時祺瑞方以國務總理，不得志於總統黎元洪，而元洪又挾國會自重，鞅鞅以失職；則應曰：“民主日争，非君主不能已亂。但衹可有其形式，不可用其精神。”有爲曰：“此我之所謂‘虚君共和’者也。段芝泉同我矣，我則問諸徐菊人。”徐菊人者，東海徐世昌，民國之元老，遜帝之太傅，一時稱爲巨人長德者也；既聞有爲之言，而協贊焉。有爲則以復於張勳曰：“衆謀僉同矣。”於是十四省督軍以六年五月，會議徐州，謀復辟，署盟書，信誓旦旦，畫諾惟謹，而推勳爲主盟，以親卒三千入京師解散國會；於七月一日迎遜帝溥儀號宣統者出復辟。溥儀年十一歲，初聞復辟之謀，問師傅曰："我即出，將置民權何地?"師傅曰："權仍在民；皇上即君臨天下，亦無權。"溥儀曰："即如是，何必復辟?"師傅曰："民意也。"溥儀曰："事之不成將集衆謗，必集以詬厲於我矣。"師傅無以應也。至是勳挾溥儀以行大事，既逐黎元洪避日本使館，而不戒於段祺瑞。祺瑞既藉勳手以逞志黎元洪；迺徐起乘勳之敝，一舉而覆其軍，再造共和；以收民望。馮國璋以副總統代元洪爲總統。段祺瑞再起柄國。自勳之復辟僅十二日，而事敗，走荷蘭使館，既知見紿於祺瑞、國璋，而利用之爲驅除大難者，則大憤曰："此一役也，豈吾一人意，而用集謗於我也!"將公布所署盟書以告於國人，而探篋則無有矣。有爲既以勳謀主，被名捕，逃而免。則憤而致書徐世昌，累五千言，發其事焉；然後知所謂"復辟"者，凡段祺瑞、馮國璋及世昌咸與於謀。世所傳與《徐太傅書》，刊見《不忍》第九第十之合册者也。顧有爲議論堅持中國宜虛君共和，不宜民主如故。既蹶不振，重草共和平議，條其利害，凡九萬言，而叙其端曰：

吾二十七歲著《大同書》，創議行大同者。吾兩年居美、墨，加七遊法；吾居瑞士，一遊葡，八遊英，頻遊意、比、丹、那；久居瑞典；十六年於外，無所事事。考政治，乃吾專業也。於世所謂共和，於中國宜否，思之爛熟矣。其得失，關中國存亡，至重也。不揣愚昧，以爲邦人君子，百爾所思，不如我所知；以所見聞，草成《共和平議》四卷，數十篇。昔《吕氏》《淮南》之成，懸之國門，有能易一字者，予以千金。吾今亦懸此論於國門，甚望國人補我不逮，加以詰難。有能證據堅確，破吾論文一篇者，酬以千圓!

其果於自信如此。然發生民之疾苦，扶共和之極敝，至謂："搔首問天，惟民國之鞠凶。今惟創業之偉人，争權之政客，藉以掠民争利者，數百人外，無不厭民主者矣。或者外國之遊學生，中下階級之軍官，各學校之學生，蔽於近見而無遠識，寡於閲歷而侈聽聞；與夫海外華商，空慕共和之美名，未受共和之實害，亦或安焉。自爾之外，數萬萬國民，無不聞民主而談虎色變，畏之惡之，苦之厭之，但不敢公然筆之於書，以告我國民耳；則恐獲罪云爾。"其言爲人人所欲吐，其意則人人之所囁嚅，未嘗不可爲世之大人先生當頭一棒喝也。自是不問世事，創天遊學院於上海。盛名所招，從遊無算，獨稱鄉人林奄方。每語人曰："吾昔講學萬木草堂，門下最高材者，爲曹泰與陳千秋二人。梁卓如之思路，常賴二子濬發爾。非其匹也。惜皆夭死，年不過二十五六，爲吾生第一恨事。今林生茂才力學，意態與著偉絶似，而行純無疵且又過之。"奄方年二十，而文筆奇警，思力亦偉，投函《甲寅周刊》，爲長沙章士釗所稱道；字迹矯健，尤似有爲。顧貧無所得食，投考上海郵局以執事，不能竟學也。有爲尤以爲恨云。

有爲稟賦絶異，老而不衰。雖擯不容於世，然無所屈於人。復辟既敗，所至見嫉，而有爲未嘗以自挫。其垂殁之年，實爲民國之十五年，以事至天津；人頗議其陰謀再復辟也。漢文《泰晤士報》訾之尤甚，標題康有爲大逆不道字，連載數日不休。有爲讀之無怍色。長沙章士釗亦避地天津；往過焉，談次及之。有爲微喟曰："書云：'兼弱攻昧。'今吾國士夫之昧，真是駭聞。共和國以民意爲從違。民意多數曰何者，政即何從；其中並無獨禁君政不談之理。法蘭西有君政黨，赫然列席國會，豈是祕事？何吾人之昧，一至於此！"然言下亦無遽色，徐曰："吾生平不喜攻人，惟著《新學僞經考》，爲辨學術源流，有所詆諆，如箭在弦，不得不發耳。此外則一聽人毁我，我決不毁人，士君子爲國惜才，以誠接物，其道應爾。"士釗爲神移者久之。而有爲年則七十二矣。口辨懸河，聲若洪鐘，精神矍鑠，見者辟易。士釗退語人曰："二十年前，聞之服南海者曰：'天下之醜詆南海者，其人直未嘗見之耳；見之，未有不易侮爲敬者也。'吾嘗舉其語以爲笑。而今見之，乃信異人。"其明年，國民軍再奠江南；有爲走死於青島，年七十三。

有爲自以生平擔荷斯道之重，比於孔丘；抗顏爲人師，無所於讓。方講學萬木草堂，弟子著籍者衆；尤賞南海曹泰、陳千秋。曹泰，字著偉，年二十二，署語壁柱曰："我輩耐十年寒，供斯民暖席；朝廷具一副淚，聞天下笑聲。"最耽哲理，思想淵淵入微；嘗爲《儒教平等義》十餘篇，未成。晚年欲窮魂學之精髓，以爲佛教密咒，必有特別妙諦，捐棄百學以冥索之；居羅浮歲餘，以暴病卒。其文豪放連犿，波譎雲詭，能肖其心思。從有爲作八比文，題爲《天地之大也人猶有所憾》，凡二千餘言，萬怪皇惑，不可思議。末兩比云："《同人》以咷爲始，則憂患已伏於生時；可知泣血漣而，即降孕已受天囚之慘。""《未濟》以火爲歸，則乾坤必毁於灰燼，可知亢龍有悔，即上帝難爲乞命之身。”有爲亟賞其名理。侍有爲遊桂林，題詩厓壁曰：“大地權輿我到遲，也曾歌泣也懷思。深山大澤堪容劍，天老地荒獨有詩。龍蛇昔曾歸覺想，涅槃今欲證心期。我行幸有微風舵，元氣舟中任所之。”蓋亦哲人之詩也，其精神意趣可想矣。陳千秋，字通甫，與曹泰同縣，累見姓氏於梁啓超著書。啓超以辛卯計偕試入京師。千秋贈以詩，有句云：“非無江湖志，跌宕恣遊遣。蒼生慘流血，敝席安得暖！”又爲啓超題簽數語曰：“伊川賞‘夢魂慣得無拘檢，又踏楊花過斜①橋。’通甫賞‘蝴蝶上階飛，風簾自在垂。’二詞誰工？請問知者。”好學能文，才望甲於一邑。以諸生推主西樵鄉局，練民團五百人，興一學校，建一藏書樓，治盜禁賭，風化肅然。鄉中十餘萬人，奉令惟謹；而爲豪强不便，起而訐之，千秋則發憤嘔血以死也。嘗爲《仁説》一書，其持論略與瀏陽譚嗣同之《仁學》相出入；又著《性論》、《教宗平議》等書，皆未及成，臨殁，則手取摧燒之。年二十二；有爲尤慟之。其後有爲命草堂諸子彙刊日課劄記，繫以詩三絶曰：“萬木森森散萬花，垂珠連璧照紅霞；好將遺寶同珍護，勿任摧殘毁瓦沙。”“春華秋實各爲賢，幾年傷逝化風烟。偶登羣玉山頭望，八萬珠瓔總可憐。”“萬木森森萬玉鳴，隻鱗片羽萬人驚。更將散布人間世，化身萬億發光明。”於時陳千秋曹泰則已逝矣；故第二絶云云，蓋傷之也。刻竟不成，而兩人所著散佚既盡，其名氏亦漸湮没以無聞於世。世所知名者，首梁啓超，其次三水徐勤。勤之從有爲遊者二十有四年，與有爲共患難者十有五年；其待有爲至忠且敬也。美、墨、非、澳、亞環海之國民黨二百埠，皆附有爲而隸屬於保皇者；定名於丙午，因以丙午國民黨名；皆勤總護之以秉成於有爲。有爲之居東也，日本前文部大臣國民黨魁犬養毅，議員柏原文太郎同遊於熱海，驅車於湯河，俛仰海山，縱論人物，問於有爲曰：“吾識先生門弟子多矣，若徐勤者，德行第一，至誠不息；其爲孔門之顔淵耶？若梁啓超之文學，其爲門下之子夏乎？”獨梁啓超文章駿發，傳誦海内，尤善論議，名高出於徐勤云。

梁啓超者，字卓如，别署任公，廣東新會人也。六歲畢業五經。八歲學爲文。九歲能日綴千言。顧家貧，無它書可讀，惟有《史記》、《綱鑒易知

① “斜”當作“謝”。

録》、唐詩諸書，日以爲課，咸成誦。老輩有愛其慧者，贈以《漢書》、《古文辭類纂》；則大喜，讀之卒業焉。十二歲，補新會縣學生。十三歲，始治段、王訓詁之學，遂負笈入省城之學海堂。學海堂者，讓清嘉慶間總督阮元所立，以訓詁詞章教學粤人者也。十七歲中式光緒辛卯廣東鄉試舉人。主考李端棻奇其文，以女弟歸之。年十八，計偕入京師。報罷歸，重肄業學海堂；乃得與陳千秋交。千秋語之曰："吾聞康先生在京師上書請變法；不報，被放南下。吾往謁焉。其學乃爲吾與子所未夢及，吾與子師之矣。"康先生者，康有爲，喜持《公羊》家所謂"非常異義可怪之論"。時人故迂怪少之，而啓超聞千秋言，獨好奇，介以謁。啓超自以少年擢科第，且於時流所重難之訓詁辭章，咸闚塗轍，以此沾沾自憙。有爲一見，則一一斥其非學。至是啓超乃盡失所恃，惘惘然歸，竟夕不得寐；明日再謁，請何學而可。有爲乃告以陸、王心學，而並及史學、西學之梗概。啓超則大服，願執業爲弟子。自是決然舍去舊學，自退出學海堂，而間日請益於萬木草堂。顧有爲不輕以所學授人；草堂常課，《公羊傳》以外，則點讀《資治通鑒》、《宋元學案》、《朱子語類》等書，又時時習古禮。啓超勿嗜也，則與千秋相偕治周、秦諸子及佛典，亦涉獵清儒經濟書及譯本西籍；皆就有爲決疑滯。居一年，乃聞所謂"大同義"者，喜欲狂，鋭意謀宣傳。有爲謂非其時，然不禁也。啓超治《僞經考》，時復不慊於其師之武斷；後遂置不復道。其師好引緯書，以神祕性説孔子，啓超亦不謂然。啓超謂"孔門之學，後衍爲孟子、荀卿二派，荀傳小康，孟傳大同。漢代經師，不問爲今文家古文家，皆出荀卿；二千年間宗派屢變，壹皆盤旋荀學肘下。孟學絶而孔學亦衰。"於是專以絀荀申孟爲標幟；引孟子中指責"民賊"、"獨夫"、"善戰服上刑"、"授田制産"諸義，謂爲大同精義所寄，口倡道之。又好《墨子》，誦説其"兼愛"、"非攻"諸論。啓超屢遊京師，漸交當世士大夫；而其講學最契之友，前稱陳千秋。千秋既早死，乃交錢唐夏曾祐、瀏陽譚嗣同。曾祐方治龔自珍、劉逢禄之所謂今文家言，每發一義，輒相視莫逆。而嗣同則治王夫之之學，喜談名理，談經濟；及交啓超，亦盛言大同，著《仁學》。而啓超之學，受夏、譚影響亦至巨。其後啓超舍講學而有志從政；創一旬刊雜誌於上海，曰《時務報》。自著《變法通議》，批評秕政；而救敝之法，歸於廢科舉，舉學校，亦時時發民權，但微引其緒，未敢昌言；厥爲啓超投身論政之發軔也。已而嗣同與黄遵憲、熊希齡等設時務學堂於湖南長沙，聘啓超主講席。啓超至，則承有爲之學，以《公羊》、《孟子》教，課以劄記。學生僅四十人，而蔡鍔最稱高材生焉。啓超每日在講堂四小時，夜則批答諸生劄記每條或至千言，往往徹夜不寐，所言皆傅會古學以闡民權；又多言清代故實，臚舉失政，盛倡革命。其論學術，則自荀卿以下，漢、唐、宋、明、清學者，掊擊無完膚。時學生皆住堂，不與外通，議論激張，人無知者；及年假。諸生歸省，出劄記示親友。全湘大嘩。顧宛平徐仁鑄方爲湖南學政，尤禮異啓超，著《輶軒今語》，獨申引其説，頒之學官。士論益不服。而首發難者，長沙葉德輝煥彬著《翼教叢編》數十萬言，將康有爲所著書及啓超批劄記以至《時務報》諸論文，逐條痛斥。而張之洞方總制湖南北，則著《勸學篇》以折衷新舊；旨趣亦與啓超不同。於是啓超寢不安於位。既則隨有爲走京師，上書論變法之宜亟；開强學會，開保國會，啓超咸與贊畫有力。尋以侍郎徐致靖薦，總理衙門薦，被召見。詔辦大學堂譯書局事務。啓超既有爲高第弟子，參聞祕計；方造譚嗣同，有所議討；而抄捕南海館之報至。南海館者，康有爲之所居也。嗣同從容語啓超曰："昔欲救皇上，既成蹉跌；今欲救康先生，亦恐無及。吾已智盡能索，惟有一死以報知己耳。雖然，天下事知其不可而爲之。足下盍入日本使館，謁伊藤氏，請致電上海領事而救先生焉?"啓超則以是夕宿日本使館；而嗣同竟日不出門以待捕者。捕者既不至，則於其明日入日本使館，與啓超見，勸東遊。日使從旁諷曰："不如君偕!"嗣同不可。再三强之。嗣同曰："各國變法無不從流血而成。今中國未聞有因變法而流血者，此國之所以不昌也。有之，請自嗣同始!"因顧啓超曰："不有行者，無以圖將來；不有死者，無以酬聖主。今康先生之生死未可知。程嬰杵臼，月照西鄉，吾與足下共勉之!"而不知有爲之先期跳遁也；嗣同既不免於難；而啓超則乘日本大島兵艦以東，遂亡命日本，作《去國行》以見志曰：

嗚呼，濟艱乏才兮儒冠容容，佞頭不斬兮俠劍無功。君恩友仇兩未報，死於賊手毋乃非英雄！割慈忍淚出國門，掉頭不顧吾其東。

東方古稱君子國，種俗文教咸我同。爾來封狼逐逐磨齒瞰西北，唇齒患難尤相通。大陸山河若破碎，巢覆完卵難爲功。我來欲作秦廷七日哭，大邦猶幸非宋聾。

> 卻讀東史説東故，卅年前事將毋同！城狐社鼠積威福，王室蠢蠢如贅癰；浮雲蔽日不可掃，坐令螻蟻食應龍。可憐志士死社稷，前僕後起形影從。一夫敢射百決拾，水户、薩長之間流血成川紅。爾來明治新政耀大地，駕歐凌美氣葱蘢。旁人聞歌豈聞哭，此乃百千志士頭顱血淚迴蒼穹！

時日本新變法圖强有成功。而啓超師弟謀改制，乃不容於中國，故有所激發。自是啓超避地日本，既作《清議報》醜詆慈禧太后；復作《新民叢報》痛詆專制，導揚革命。章炳麟《訄書》、鄒容《革命軍》先後出書，海内風動，人人有革命思想矣。而其機則自啓超導之也。啓超蚤年爲詩如其文；詞旨不甚修飭，而淋漓感慨，惻惻動人，此固所長，然非所論於詩界革命之詩也。詩界革命之説，始倡於夏曾祐，而譚嗣同和焉。嗣同有詩詠《金陵聽説法》云："綱倫慘以喀私德，法會盛於巴力門。"喀私德之爲言，即Caset之譯音；蓋指印度分人爲等級之制也。巴力門，即Parliament之譯音；蓋英國議院之名也。所爲詩喜撏撦舶來新名詞以自表異，大率類此。而啓超不謂然，曰："過渡時代，必有革命。然革命者，當革其精神，非革其形式。吾黨近好言詩家革命。雖然，若以堆積滿紙新名詞爲革命；是又滿洲政府變法維新之類也。能以舊風格，含新意境；斯可以舉革命之實矣。"譚嗣同既死，啓超獨稱夏曾祐與嘉應黄遵憲，諸暨蔣智由，並推爲新詩界三傑。其實三人皆取法古人，並未能脱盡畦封。中國與歐美諸洲交通以來，持英簜與敦槃者，不斷於道；而能以詩鳴者，惟黄遵憲，毅然有改革詩體之志，模山範水，關於外邦名蹟之作，頗爲夥頤；其成就雖未能副其所期；然規模既大，波瀾亦宏，世稱"硬黄"，一時巨手矣。蔣智由、夏曾祐皆喜摭用新理西事入詩，而智由則宗李翰林，風格固規模前人；是啓超所謂"以舊風格，含新意境"者也。惟三人皆頗摭用新理西事以潤澤其詩，與譚嗣同同；而啓超則頗以傷格爲譏耳。

啓超既被放海外，而時時以文字牖導國人，前後爲《清議報》、《新民叢報》、《新小説》、《政論》、《國風報》諸雜誌，暢其旨意；而《新民叢報》播被尤廣，國人競喜讀之，銷售至十萬册以上。清廷雖嚴禁，不能遏也。其間亦爲革命排滿之論。而其師康有爲深不謂然，屢責備之；繼以婉勸，兩年之間，函札數萬言。啓超亦不慊意當時革命家之所爲，懲羹而吹齏，持論稍變矣。初，啓超爲文治桐城；久之舍去，學晚漢、魏、晉，頗尚矜練；至是酣放自恣，務爲縱横軼蕩，時時雜以俚語、韻語、排比語及外國語法，皆所不禁，更無論桐城家所禁約之語録語，魏、晉、六朝人藻麗俳語，詩歌中雋語，及《南》、《北》史佻巧語焉。此實文體之一大解放。學者競喜效之，謂之"新民體"；以創自啓超所爲之《新民叢報》也。老輩則痛恨，詆爲"文妖"。然其文晰於事理，豐於情感。迄今六十歲以下四十歲以上之士夫，論政持學，殆無不爲之默化潛移者。可以想見啓超文學感化力之偉大焉。録《俾士麥與格蘭斯頓》一文。其辭曰：

歐洲近世大政治家，莫如德之俾士麥，英之格蘭斯頓。俾士麥之治德也，專持一主義，始終以之。其主義云何？則統一德意志列邦是也。初以此主義要維廉大帝而見信用；繼以此主義斷行專制，擴充軍備；終以此主義挫奥蹶法，排萬難以行之。畢生之政略，未嘗少變。格蘭斯頓則反是，不專執一主義，不固守一政策；故初時持守舊主義，後乃轉而爲自由主義；壯年極力保護國教，老年乃解散愛爾蘭教會；初時以强力鎮壓愛爾蘭，終乃倡愛爾蘭之當自治；凡此諸端，皆前後大相矛盾；然其所以屢變者，非爲一身之功名也，非行一時之詭遇也，實其發自至誠，見有不得不變者存也。夫世界者，變動不居者也。一國之形勢與外國之關係，亦月異而歲不同也。二三十年前所持之政見，至後年自覺其不適用而思變之；智識日增之所致乎，庸何傷焉！故能如格蘭斯頓者，可謂之真守舊矣。俾公堅持其主義，而非剛愎自用者所得藉口。格公屢變其主義，而非鼠首兩端者所可學步。曰：惟至誠之故。

凡任天下大事者，不可無自信力。每處一事，既見得透，自信得過，則以一往無前之勇氣以赴之；以百折不回之耐力以持之；雖千山萬壑，一時崩坼，而不以爲意；雖怒濤驚瀾，驀然號鳴於脚下，而不改其容；猛虎舞牙爪而不動；霹靂旋頂上而不驚；一世之俗論囂囂集矢，而吾之主見如故。若此者，格蘭斯頓與俾士麥正其人也。格公倡議愛爾蘭自治之時，自黨分裂，腹心盡去；昨日股肱，今日仇敵；而格公不少變，乃高吟曰："捨慈子兮涕滂沱，故舊絶我兮涕滂沱，嗚呼，綿綿此恨兮恨如何！爲國家之大計兮，我終自信而不磨！”俾公爲行德國之合邦，或行專斷之政策，或出壓制之手段；幾次解散議院而不顧；幾次以身爲輿論之射鵠而不懼；嘗述懷曰：“以我身投於屠肆，以我首授於國民；我之所以謝天下蒼生者，盡於是矣。雖然，我之所信者終不改之，我之所謀者終不敗之！”嗚呼，此何等氣概，此何等肩膀！非常之原，黎民懼焉。非有萬鈞之力，則不能守一寸之功。

啓超之文，篇幅之巨，亦創前古所未有。古人以“萬言書”爲希罕之稱，而在啓超無書不萬言，習見不鮮也。《俾士麥與格蘭斯頓》一文，洋洋六百餘言，在古人不爲短幅；而在啓超則劄記小品耳。然紆徐委備，往復百折，而條達疏暢，無所間斷；氣盡語極，急言竭論，而容與閒易，無艱難勞苦之態；遣言措意，切近的當；能令讀者尋繹不倦，如與曉事人語，不驚其言之河漢無涯。嗚呼，此啓超之文之所爲獨辟一徑者也。啓超自東渡以來，已絶口不談“僞經”，亦不甚談“改制”；而其師康有爲大倡設孔教會，定國教祀天配孔諸議，國中附和之者衆；而啓超不謂然。常以爲“中國思想之痼疾，在‘好依傍’與‘名實混淆’，而有爲亦未能自拔。其大同之學，空前創獲；而必謂自出孔子。及至孔子之改制，何爲必託古？諸子何爲皆託古？則亦‘依傍’、‘混淆’也已。此病根本不拔，則思想終無獨立自由之望！”啓超蓋於此三致意焉。於是啓超之學術思想，别出於康有爲而自樹一派，屢起而駁之，語具《新民叢報》。

啓超見世之學爲新民體者，學其堆砌，學其排比，有其冗長，失其條暢，於是自爲文章，乃力趨於洞爽軒闢。《國風報》已臻潔淨，樸實説理，不似《新民叢報》之渾灝流轉，挾泥沙俱下；然排比如故，冗長如故。既，清廷遜國，啓超自海外歸，欲以言論與國人相見。而革命黨人不悦；以爲“啓超曾主張君主立憲。在今共和政體之下，不應有發言權；即欲有言，亦當先自引咎以求恕於疇昔之革命黨。”而啓超歸國之日，正黄興出都之日；其時國民黨本部已決議不攻啓超，且願與民主黨合；以爲啓超，民主黨之暗中黨魁也。其時國民黨人方痛罵之；而黨魁黄興則殷勤願見梁某顏色；以啓超在大沽遇風阻滯，候至數日而未得見，遂遺書痛罵，危言激論，謂其不慊於共和，希圖破壞。而啓超之徒，亦有疑於平昔所主張，與今日時勢不相應，舍己從人，近於貶節；因囁嚅而不敢出言。獨啓超意氣洋洋，不欲授革命黨人以間；而獨居深念，知不盡言且無幸。既抵京師，出席報界歡迎會，歷陳二十年辦報之經過，而卒言之曰："我欲以言論與國人相見，不可不以我之爲我，自陳於國人之前。我則立憲黨人也；我尤不可不以立憲黨之爲立憲黨，剖析以陳國人之前。即以近年立憲黨所主張，對於國體，主維持現狀；對於政體，則懸一理想以求必達；此志固可皎然與天下共見。夫國體與政體本不相蒙；稍有政治常識者，類能知之矣。當去年九月以前，君主之存在尚儼然爲一種事實；而政治之敗壞，已達極點。於是憂國之士，對於政治前途發展之方法，分爲二派；其一派則希望政治現象日趨腐敗，俾君主府民怨而自速滅亡者，即諺所謂苦肉計也；故於其失政，不屑復爲救正，惟從事於祕密運動而已。其一派則不忍生民之塗炭，思隨事補救，以立憲一名詞，套在滿政府頭上，使不得不設種種之法定民選機關，爲民權之武器，得憑藉以與一戰。此二派所用手段，雖有不同，然何嘗不相輔相成？去年起義至今，無事不資兩派人士之協力，此其明證也。然則前此曾言君主立憲者，果何負於國民？在今日亦何嫌何疑而不敢爲國宣力？至於强誣前此立憲派之人爲不慊共和，則更無理取鬧。立憲派人，不爭國體而爭政體。其對於國體主維持現狀，吾既屢言之：故於國體，則承認現在之事實；於政體，則求貫徹將來之理想。夫於前此障礙極多之君主國體，猶以其現存之事實而承認之，屈已以活動於事實之下；豈有對於神聖高尚之共和國體，而反挾異議者？夫破壞國體，惟革命黨始出此手段耳。若立憲黨，則從未聞有以摇動國體爲主義者也。故在今日擁護共和國體，實行立憲政體，此自論理上必然之結果。若夫吾儕前此所憂革命後種種險象，其不幸而言中者十而八九；事實章章，在人耳目，又寧能爲諱？既能發之，則當思所以能收之。自今以往，其責任之艱巨，視前十倍。今激烈派中人，其一部分則謂吾既已爲國家立大功、成大業矣；疇昔爲我盡義務之時期，今日爲我享權利之時期；前此所受窘逐戮辱於清政府者，今則欲取什佰倍之安富尊榮於民國以爲償，此種人自待太薄，既不復有責備之價值。其束身自好者，則謂吾前此亦已盡一部分之責任，進國家於今日之地位矣；自今以往，吾其可以息肩，則翛然塵外而已。而所謂温和派者，則忘卻自己本來爭政體，不爭國體；因國體變更，而自以爲主張失敗，無話可説；如鬥敗之雞，垂頭喪氣，如新嫁之娘，扭扭捏捏。而不知現在政治之絶未改良，立憲主張之絶未貫徹。若謂前此曾言君主立憲之人，當共和國體成立後，即不許其容喙於政治；吾恐古往今來，普天率土之共和國無此法律。吾儕惟知中國爲中國人之中國，盡人有分，而絕非一部分人所得私。前清政府以國家爲其私産，以政治爲其私權，其所以迫害吾黨，不使容喙於政治者，無所不用其極。吾儕未敢緣此自餒而放棄言責也。況在今日共和國體之下，何至有此不祥之言?”聞者莫不動容；即革命黨亦無以難之。乃爲《庸言報》以儆戒於國人；而覩國人忻於共和之名而昧其實也。作《罪言》曰：

無其實而尸其名，君子曰不祥，而狂愚鶩焉。天下鶩名之民，則未有過今日之中國者也。英人以守舊聞天下，我亦以守舊聞天下。彼舊其名而新其實，我舊其實而新其名。今英之王，非猶乎昔之王也，然固名曰王。其卡邊匿内閣非猶乎昔之卡邊匿也，其巴力門國會非猶乎昔之巴力門也，然固名曰卡邊匿、巴力門。乃至一切法制禮俗，實質日日蜕變，轉瞬陳迹；而千百年前之名，抱守勿棄也。我則反是，實莫或察，而惟名之齗齗。鈞是人也，名曰嫫母，相望卻走，易名嬙施，則嘖嘖共道其美也。廐無馬，指鹿，錫以馬名，則相慶曰吾有馬矣。忽焉榜於國門曰“立憲”，國遂爲立憲國，民遂爲立憲國民也。忽焉榜於國門曰“共和”，國遂爲共和國，民遂爲共和國民也。門以内勿問也，而日以所榜自豪。人所有者，我勿容無有也。有責任内閣乎？曰有。有政黨乎？曰有。有獨立法庭乎？曰有。有自治團體乎？曰有。有學校乎？曰有。有公司乎？曰有。有能參政之女子乎？曰有。有能征討之軍士乎？曰有。乃至有曠世間出之偉人乎？曰有。“朝”弗善也，易以“府”；“諭”勿善也，易以“令”；“軍機處”弗善也，易以“祕書廳”；“内閣”弗善也，易以“國務院”。“尚”、“侍”弗善也，易以“總、次長”；“督撫”弗善也，易以“都督”；“鎮”、“協”弗善也，易以“師”、“旅”。“爵秩”弗善也，易以“勳位”；“大人”、“老爺”弗善也，易以“先生”。他人積百數十年而僅聞者，或更積百數十年而猶懼未致者，我一旦而盡有之。疇昔共指爲萬惡之藪者，一易其稱而衆善歸焉。偃師陳戲，魚龍曼衍；瞿曇説法，樓臺彈指。集事之易，進化之速，殆莫吾京也。狙公賦芧，朝三暮四，名實未虧，喜怒爲用，我不喜怒於實而喜怒於名，其智抑加狙一等矣。久假不歸，安知非有？名不足以欺天下，固可聊以自娛。雖然，啖名不飽，殉名自賊。及並其名而墮焉，則實落材亡，固已久矣。嗚呼！

他所論説稱是也。誦其文者比之東坡之嬉笑怒罵，俱成文章焉。時國内士夫，人人效爲啓超文，而啓超轉自厭倦所爲，時時以詩古文辭質正於望江趙熙、閩縣陳衍諸人；而趙熙尤所心折。趙熙，字堯生。遜清宣統末，由翰林院編修轉江西道監察御史，奏劾郵傳部尚書盛宣懷借債賣路，直聲震朝寧。而詩功湛深，蒼秀密栗，成之極易。見者莫不以爲苦吟而得，其實皆脱口而出，不加錘鍊者也。嘗與同官楊增犖及陳寶琛、陳衍數人聯句，意思蕭閑，若不欲戰；而占句特多，下筆則纚纚不自休。同輩樊增祥、易順鼎、陳三立外，莫與比捷。而詩格各不同；尤工言山水。增犖改官將之蜀，熙成《竹枝詞》三十首送行，專寫入蜀山水，自鄂渚至成都者。陳衍誦而愛之，請書一横幅見畀。熙立增首尾四詩爲贈云：“石遺老子天下絶，談詩愛山無世情。大好金華讀書處，聞風心到錦官城。”“送客魂銷下里詞，故人楊子最能詩。遲君一縱巴山櫂，細雨迎秋唱竹枝。”“千山萬水三生約，好句親題送子雲。西向定將人日報，草堂花發最思君。”“水驛山程約略齊，并應漁具手中攜。閒吟爲伴陳無己，一夜鄉心到蜀西。”次日，衍相過，熙送行詩，又增爲六十首矣。衍以告增犖，無不歎其敏捷。增犖在京師，詩名甚盛；高秀似放翁；閒適出右丞；其風骨峻峭之作，又時近文與可、米元章；詩境時與熙不同；而致歎熙之縋幽鑿險，範山模水，出以歌詠，直有抉天心、探地肺之奇；不徒以捷給見長也。熙自言：“三十前學詩。三十後專治小學古文。年近五十又學詩。文章高下之境，一一懸量胸中，求以自立；迺知世之馳逐虚聲者，政隳若海也。有知以來，荷交海内通人，其性好大都不一。今老矣；追數一生聞見，仍以仁者爲至難。若詞采蔚然，或周知雅故，鳳皇之異於凡鳥，毛羽固殊；然自别有和盛之德也。”每觀近人刻集多空陋；心嗤其鶩名而無本，遂自戒不輕付刻。問學道義，相知者無不愛敬。而啓超聞聲愾慕，致其相思，每不自覺長言永歎，感慨之深也。方其遯荒海外，有《庚戌秋冬間因若海納交於趙堯生侍御，從問詩古文辭，所以進之者良厚，顧羈海外，迄未識面，輒爲長謡以寄遐憶》一詩；其辭曰：

道術無古今，致用迺爲貴。交親無新舊，相尚在風義。我以古人心，納交當世士。夙慕蜀多才，捧手得數子；直節劉子政，粹德楊伯起。原注：裴村、叔嶠兩京卿。其人與其言，磊磊在青史。蚤年所往還，尤敬延陵季；諸郎盡麟鳳，暱我逾昆季。原注：吴季清先生及德嗣鐵樵、仲弢、子發兄弟。料簡心相宗，研索象數旨。執御汔無成，哭寢但頮泚。觥觥周孝侯，剛果通大理。官節遍三川，氣骨横一世。此並趙侯友，夙昔不我棄。趙侯雲中鶴，軒軒抗高志；名節樹藩籬，藝林厚根柢。峨眉從西來，去天尺有咫，終古孕冰雪，元精逼象緯。御風問真源，獨往恣所止。八十四盤陂，陂陂印屐齒。蕩胸極雄深，即境領新異。所以其文行，邈與俗殊致。開元及元和，去今各千禩；君獨遵何轍，接彼將墜紀。詩撼少陵律，筆摩昌黎壘。擇言轉氣盛，刊華得神擬。浩浩揚天風，郁郁斐蘭芷，幽幽繚洞壑，漠漠弄洲沚。詄蕩天門開，恢詭蜃市起。迅健駿下坂，澹宕魚戲水。有時一篇中，攝受萬態備；探源析正變，證詣愜醇肆。自從同光來，斯道久陵替。豈期萬人海，復聽九皋唳。固知言皆宜，要在中有恃；文章雖小道，可以覘識器。釋褐及中年，簪筆作諫議。上策皆賈晁，陳義必牧贄；遥遥千聖心，落落天下計；昔昔勤論思，字字迸血淚。亦知逆耳言，夙干道家忌；黎元正倒懸，斧鑕安得避？回天精衛痞，逐惡鷹鸇鷙；諫草留御牀，直聲在天地。自我出國門，交舊半棄置。逖聽隔雲天，懷想空夢寐。何期絶塵姿，盼睞及下駟。羣動蟄三冬，尺素枉千里。我學病馳騖，所養失端委。皇皇求助友，懇懇得礱砥；商量到刌分，往復累百紙。吁嗟末俗心，相應以矯僞。豈聞傾蓋交，乃辱百朋賜！① 天步正艱難，民生日憔悴；銜石念海枯，入淵援日墜。吾徒乘願來，爲此一大事。君其體堅貞，走也將執轡。燕市風蕭蕭，須浦月瀰瀰。相望不相即，歌答雜商徵。閒居潘安仁潘若海，就我方謀醉。聊因天末風，一訊君子意！

時民國建元之前二年庚戌也。民國既建，入都；則時時與林紓、陳衍、易順鼎過從；述志言情，間出儷體。答《宋伯魯書》曰：

① 下脱“感激别有託，詎獨在文字”。

芝棟先生几下：

蕭瑟平生，哀時淚盡；從軍書劍，雙鬢飄零。仰靈光其嵯峨，標清流之眉目；關西稱爲夫子，天下唯有使君。憶昔春明之遊，夢如隔世。撫今感往，下淚如縻。鈎黨西京，朝衣東市；蘭摧瓜蔓，骨折心驚；蜚語載以百車，知名盡於一網；投井其洶洶下石，戴盆則鬱鬱瞻天；獄急同文，令嚴大索。公既註議，僕亦遯荒。或削跡柏臺而荷戈，或竄身櫻島而橐筆。解手背面，星紀再更。私謂此生，無再相見。不意命懸虎口，誓驗烏頭；整頓乾坤，二三豪俊。吴竟鹿遊目覩，梁以魚爛自亡。至於僕者，皮骨已空，文字不死。公迺以口舌之先聲，比廓清於武事。見譽其過，烏敢承哉！帝社既屋，公名如山。每念履綦，苦探息耗。茲承錫以咳唾，慰其索離。重喜高賢，謀參闔幄；畢緘咨答邊防，近見頗牧；山濤言議兵事，暗合孫吴。方之古人，風采與匹。又假麾下之餘閒，度秦中之支部。導宣政略，藻鏡人倫。從者如雲；所居成市。從此蓮花千葉，觀山先拜主峯；神木萬年，設治不遺邊縣。同人拜賜，吾道西行。疏示經用不充，故黨務多蹇。已如尊旨，轉告同儕。苟活水之有源，必分支以普潤。仍煩棘手，共矢素心。譬猶河導龍門，天擎華嶽，茲事非公莫屬矣。僕叨冒時譽，因緣幸會，無才試吏，有路妨賢。倘獲拭目昇平，屏身隴畝，釋禽魚於籠縛，訪蓑笠之交遊，親覿燕私，追談憂患，尋求白渠之故址，考訂黑水之真源，登龍首而盛緬未央，涉輞川而遐瞻杜曲，賦詩灑酒，一覽千秋；蓋不勞域外之遊蹤，而自極生人之奇趣者矣。頃閒主國即真，兵釁鏖靖。特公私掃地，禮教横流；正俗救貧，驟無長計。即僕所司刑獄，有策亦付懸談。財力窟空，人才消竭；在昔白雲宿吏，坐曹猶鮮專家；今則黄領稚年，筮仕即爲長令。師門甫别，宦牒同榮，更事未深，攫謗奚免。此欲案無留牘，獄鮮冤聲；亦恐貌飾維新，口慚諛頌。不剪茲弊，奚以臨民！伏維我公學行絶人，經綸冠世，前所云云，治本攸繫。是用頓首上請，爲國乞言；庶幾日照潼關，不吝分明逮僕矣乎。南海師頃奉家諱，未計出山。後有所聞，續日郵報。即今世網偪側，願公珍嗇自壽，黄髮相期，下情豈勝向往之至。不宣。

宋伯魯者，昔官御史，與啓超驩好，而以預於戊戌變政謫戍者也。方戊戌政變之無成也，梁啓超以致怨於袁世凱。及世凱當國，爲臨時大總統，則曲意以交驩於啓超。啓超既不慊於革命原動力之所謂國民黨者；於是擁其徒從以組進步黨而自爲之魁。世凱遂用之以傾國民黨也。而進步黨者，則共和黨之所自出。迨事之急，長沙章士釗遇武進楊廷棟翼之於江蘇都督程德全所。廷棟則共和黨員也。士釗爲言："項城杖視共和黨，杖南方狗。狗斃，杖亦隨手棄耳。"不聽。國民黨之初計，既欲破進步黨與世凱之連合，以孤世凱之勢；又欲破啓超與進步黨之連合，以孤進步黨之勢。卒不得逞，而有寧滬之役，以資袁世凱削平東南，擯國民黨而放流之，當選爲第一任大總統，蓋多藉重於啓超。國民黨既覆，袁世凱以鳳凰熊希齡爲國務總理。希齡不可。啓超以大義敦勸，謂"苟利國家，何恤小己！"希齡不得已起，欲成第一流經驗與第一流人才之内閣，而以啓超長教育。啓超堅辭。希齡大不懌，詰曰："我不欲出，而公責以犧牲。我既犧牲，而公乃自潔；豈熊希齡三字，不抵梁啓超三字之值價耶？公且不出，其他何望！"聲色俱厲。而世凱聞啓超之堅不出，昌言："大局如此，社會責我不用新人；及竭誠相推，而新人復望望然。"啓超乃親見世凱，自明出處之義。會希齡入謁，世凱乃謂："總理在此，君可自與商之。"苦辭往復，不得要領出。希齡黯然。總統府祕書等愓然。世凱乃語人曰："任公不任，成何說話！"啓超不得已起，爲司法總長，顧無所設施，爲世凱撰擬文字，出入諷議。會遜國隆裕皇太后卒；代表大總統致祭《清德宗帝后奉安文》曰：

中華民國二年十二月十二日，大總統袁世凱謹代表國民遣官趙秉鈞、梁啓超、朱啓鈐、蔭昌、峴源、陸建章、馬龍標等，致祭於大清德宗景皇帝、大清孝定景皇后之靈曰："嗚呼！遏密而如喪考妣，已韜天山之羲娥；聞善而若決江河，同頌女中之堯舜。三千牘神功聖德，民不能忘，卅六宫懿範徽音，史猶可述。惟我德宗景皇帝冲齡踐祚，變法圖强。孝思不廢於寢門，儉德彌彰於卑服。龍髯遽逝，鼎湖棄烏號之弓，馬鬣未封，橐泉待魚膏之燭。望蒼梧而叫虞帝，不返六螭；歌《黄竹》而吊周王，難回八駿。孝定景皇后堯門表瑞，嬀屋垂型。傷别鵠於離絃，感門麟於失鏡。神器不私一姓，大同則天下爲公；惠澤流於千春，讓德則萬邦惟憲。方冀翟褕日暢，慈竹長青。何期鸞掖風淒，柰花竟白。銜哀二聖，永痛重泉。在天之靈爽倘憑；率土之哀思彌切。雖配天配地，無改駿奔之容；而葬陰葬陽，未合鮒魚之象。今者靈輔並舉，吉壤同安；六合霜淒，萬人雨泣。拜漢家之陵墓，長對南山；降弟子之靈旂，倘逢北渚。鬱葱佳氣，定産夏黄之芝；邃密幽扃，豈愴冬青之樹。再窺松柏，應見雲飛；遲薦櫻桃，佇看春熟。九夏飲帝臺之水，象爲耕而馬爲耘，八方懷女几之山，鸞自歌而鳳自舞。尚饗！

一書一文，於啓超中年以後爲别調；儻初年學晚漢、魏晉，綺習未除，而有忍俊不禁者耶。於是之時，啓超亦時時斅爲桐城文以應人請；而因事抒慨，亦致深切動人；是其天性善感，終非描頭畫角所可幾也。跋周印昆所藏《左文襄書牘》曰：

《左文襄公書牘》三册，皆公上其外姑周太君及致其妻弟汝充、汝光兩先生者也。公殁後三十餘年，汝光先生之孫印昆始搜綴裝池之，自寶襲焉，且以遺子孫。啓超謹按：公微時，館甥於周者且十歲。其間常計偕如京師；授學陶文毅家，撫其孤，理其産；後乃入駱文忠幕，漸與聞國家事矣。而筠心夫人猶依母而居；女公子亦育於外氏。故公與周氏昆弟，分雖姻婭，而愛厚過骨肉；其視周母若母也。此三册者，則當時十餘年間所相與往復也。其間以學業相砥礪，以功名相期許者，固往往概見；而其泰半乃家人語，謀所以治生産作業，計農畜出入至纖悉。蓋文襄自始貧無立錐地，其儼然成家室，無恤飢寒自此時也。昔劉玄德論人物，以謂“求田問舍，爲陳元龍所羞”。而躬耕之孔明，則三顧之；抑何以稱焉？吾又嘗讀《曾文正公家書》，其訓厲子弟以治生産作業，計農畜出入至纖悉，殆更甚於左公書；又何以稱焉？蓋恒産恒心之義，豈惟民哉？士亦有然。士不至以家計攖慮，乃可以養廉，可以壹志。而恃太倉之米以自贍畜者，其於進退之間既鮮餘裕矣。印昆與啓超同生亂世，不能爲畸處岩穴之行；寒苦盜廩，而以任天下事自解嘲；其視昔賢所以善保金玉者何如哉！吾跋斯册而所感僅此；後之攬者，亦可以知其世也。

跋尾署甲寅四月，蓋民國之三年也。於是啓超既一出爲袁世凱之司法總長，尋轉幣制局總裁，以無所事事辭職；貽書世凱曰："以不才之才，爲無用之用。"世凱笑曰："卓如非不才，總裁實無用！"自以平日所懷政略，百不施一二；而徒食於官以自愧厲，故感激而發若此。會歐戰初起，遂假館西郊之清華學校，作《歐洲戰役史論》以詔國人，意甚自得。有《甲寅冬假館清華學校，著書成〈歐洲戰役史論〉，賦示校員及諸生》一詩；其辭曰：

在昔吾居夷，希與塵容接。箱根山一月，歸裝藁盈篋。雖匪周世用，乃實與心愜。如何歸乎來，兩載投牢筴；愧俸每顙泚，畏譏動魂懾。冗材憚享犧，遐想醒夢蝶。推理悟今吾，乘願理夙業。郊園美風物，昔遊記逌怗。願言賃一廡，庶以容孤笈。其時天逢凶，大地血正喋；蘊怒夙争鄭，導舋忽刺歙。解紛使者標，合從載書歃。賈勇羞目逃，鬬智屢踵躡。遂令六七雄，傞舞等中魘。瀾倒竟疇障，天墜真已壓。狂勢所簸薄，震我卧榻鼾；未能一丸封，坐遭兩鯨挾。吾衰復何論，天僇困接摺。猛志落江湖，能事寄簡牒；試憑三寸管，貌彼五雲疊。庀材初類匠，詗勢乃如諜。遡往既纚纚，衡今逾喋喋。有時下武斷，快若髭赴鑷；哀哉久宋聾，持此餉葛餂。藏山望豈敢，學海願亦輒。月出天宇寒，攜影響廊屧。苦心碎池凌，老淚潤階葉。咄哉此局棋，圻角驚急切；錯節方余畀，畏途與誰涉。莘莘年少子，濟川汝其楫。相期共艱危，活國厝妥帖。當爲雕鶚墨，莫作好龍葉。夔空復憐蚿，目若不見睫。來者儻暴棄，耗矣始愁堞。急景催跳丸，我來亦旬浹。行袖東海石，還指西門堞。慚非徙薪客，徒效恤緯妾。晏歲付勞歌，口呿不能嗋！

綜前所述，可知啓超歸國以來，則亦時時憙治所謂詩古文辭者；蓋其時在京師投簡札而與過從者，大率治詩古文辭者多也；最折服爲趙熙，每有所爲，常以質正焉。又有《寄趙堯生侍御以詩代書》一篇；其辭曰：

山中趙邠卿，起居復何似？去秋書千言，短李爲我致。生客覩欲敓，我怒幾色市。此復憑羅隱，寄五十六字。把之不忍釋，旬浹同卧起。稽答信死罪，慚報亦有以。昔歲黄巾沸，偶式鄭公里。豈期薑桂性，遽攖魑魅忌；青天大白日，横注射工矢。公憤塞京國，豈直我髮指；執義別有人，我僅押紙尾。怪君聽之過，喋喋每掛齒；謬引汾陽郭，遠拯夜郎李。我不任受故，欲報斯輒止。復次我所歷，不足告君子。自我别君歸，嘐嘐不自揆；思奮軀塵微，以救國卵累。無端立人朝，月躔迅逾紀。君思如我戇，豈堪習爲吏？自然枘入鑿，窘若磨旋螘。默數一年來，至竟所得幾。口空痡罪言，骨反銷積毁。君昔東入海，勸我慎衽趾。戒我坐垂堂，歷歷語在耳。由今以思之，智什我豈翅；坐是欲有陳，操筆此赧泚。今我竟自拔，遂我初服矣。所欲語君者，百請述一二。一自繫匏解，故業日以理；避人恒兼旬，深蟄西山阯；冬秀餐雪檜，秋豔摘霜柿；曾踏居庸月，眼界空夙滓；曾飲玉泉水，冽芳沁痓脾。自其放遊外，則溺於文事；乙乙蠶吐絲，汩汩蠟泫淚；日率數千言，今略就千紙；持之以入市，所易未甚菲；苟能長如兹，餒涷已可抵。君常憂我貧，聞此當一喜。去春花生日，吾女既燕爾；其壻夙嗜學，幸不橘化枳；兩小今隨我，述作亦斐亹；君詩遠垂問，紉愛豈獨彼。諸交舊蹤跡，君儻願聞只！羅瘦跌宕姿，視昔且倍蓰；山水詩酒花，名優與名士；作史更制禮，應接無停晷。百凡皆芳潔，一事略可鄙！索笑北枝梅，楚璧久如屣。曾蟄蟄更密，足已絶塵軌。田居詩十首，一首千金值；原注：蟄庵躬耕而喪其貲。豐歲猶調飢，騫舉義弗仕；眼中古之人，惟此君而已。彩筆江家郎，原注：翊雲。在官我肩比。金玉兢自保，不與俗波靡；近更常爲詩，就我相礱砥。君久不見之，見應刮目視。三子君所篤，交我今最摯。陳林黄黄梁，原注：陳徵宇、林宰平、黄孝覺、哲維、梁衆異。舊社君同氣。而亦皆好我，襟袍互弗閡。更二陳，原注：弢庵、石遺。一林，原注：畏廬。老宿衆所企。吾間一詣之，則以一詩贄。其在海上者，安仁原注：潘若海嘻顣頞。顧未累口腹，而或損猛志。孝侯原注：周孝懷特可哀，悲風生陟屺；君曾否聞知，備禮致弔誄？此君孝而愚，長者宜督譬。凡兹所舉似，君或稔之備；欲慰君索居，詞費兹毋避。大地正喋血，毒螫且潛沸。一髮之國命，懔懔馭朽轡。吾曹此餘生，孰審天所置？戀舊與傷離，適見不達耳。以君所養醇，宜夙了此旨。故山兩年間，何藉以適己。篋中新詩稿，曾添幾尺咫？其他藏山業，幾種竟端委？酒量進抑退，抑遵昔不徙？或言比持戒，我意告者詭。豈其若是恝，辜此郫筒美！所常與釣遊，得幾園與綺？門下之俊物，又見幾騄駬？健脚想如昨，較我步更駛。峨眉在户牖，賈勇否再擬？瑣瑣此問訊，一一待蜀使。今我寄此詩，媵以《歐戰史》；去臘青始殺，敝帚頗自憙。下走代班籍，將勿笑遼豕？尤有《亞匏集》，我嗜若膾截；謂有清一代，三百年無此。我見本井蛙，君視謂然否？我操兹豚蹄，責報乃無底。第一即責君，索我詩瘢痏；首尾塗肥之，益我學根柢。次則昔癸丑，禊集西郊沚；至者若而人，詩亦雜瑾玭；丐君補題圖，賢者宜樂是。復次責詩卷，手寫字櫛比；凡近所爲詩，不問近古體；言多斯益善，求添吾弗恥。最後有所請，申之以長跪。老父君夙敬，生日今在邇；行將歸稱觴，乞寵以巨製。烏私此區區，君義當不諉。浮雲西南行，望中蜀山紫。懸想詩到時，春已滿杖履。努力善眠食，開抱受蕃祉。桃漲趁江來，竚待剖雙鯉。歲乙卯人日，啓超拜手啓。

趙熙以外，啓超又盡裒生平所爲詩數百首，畀之陳衍曰："子爲我正之。"衍亦奮其筆削，未嘗有所遜謝退讓諉避也。曰："任公詩如其文，天骨開張，精力彌滿。顧任公《庚戌秋冬間，因若海納交於趙堯生侍御，從問詩古文辭，輒爲長謡以寄遐憶》一詩，'銜石念海枯'句，與上'回天精衛痞'句事複；不如易'精衛'爲'鴟鴞'，與'痞口''回天'意均合。大抵古體長於近體；惟七律中對時有未工整處；古體詩用韻有上去聲通押者，似非所宜。"啓超亦不爲嫌也。此四五年中，厥爲啓超文學之復古時期焉。

啓超既相袁世凱以蓈國民黨，國民黨盡，袁世凱專政，啓超亦不用事，遂返粵而省其父。既而入都，道南京。江蘇將軍馮國璋告之曰："我聞總統將帝制自爲；我輩不力争，無以謝天下！"遂偕啓超俱入京以謁袁世凱也，將以諫。既入見，世凱知二人欲有言，即稱曰："外論欲我稱帝以定民志。然天下盡人可更變共和國體；惟我不可變更共和國體。我爲民國元首，就任之日，信誓旦旦，爲民國永遠保存此國體。我若渝誓，人即不言，我何面目以臨民上！"辭氣慷慨。尋又曰："我已小築數椽於英倫；若國民終不見舍，行將以彼土作汶上。"兩人噤不發一言而出。啓超行且顧國璋微語曰："我觀總統意無他；訛傳耳。"國璋憮應曰："然，訛傳耳。"國璋南歸；而啓超則赴天津，杜門讀書，若示無意於天下，信世凱之果不爲帝也。俄而總統府憲法顧問美博士曰古德諾者，昌言共和國體不適中國國情，著爲《共和與君主論》，歷舉中美、南美、墨西哥諸共和國之卒以壞國殘民，以大戒於國。羣情震沸。於是參政院參政楊度遂發起籌安會，以研討君主民主國體二者之於中國孰爲適也。啓超既誦古德諾之論，以語其徒，且罵且哂曰："此義非外國博士不能發明耶！則其他勿論，即如鄙人者，雖學説譾陋，不逮古博士萬一，然博士今茲之大著，直可謂無意中與我十年舊論，同其牙慧。特恨透闢精悍，尚不及我十分之一、百分之一耳。此非吾妄自夸誕，坊間所行《新民叢報》、《飲冰室文集》，何啻百十萬本？可覆按也。獨惜吾睛不藍，吾髯不赤，故吾之論宜不爲國人所傾聽耳。嗚乎，前事豈復忍道！吾願國中有心人，試取甲辰、乙巳兩年《新民叢報》之拙著一覆觀之。凡辛亥迄今數年間，全國民所受苦痛，何一不經吾當時層層道破！其惡現象循環迭生之程序，豈有一焉能出吾當時預言之外！然而大聲疾呼，垂涕婉勸，遂終無福命以荷國民之嘉納；而變更國體所得之結果，今則既若是矣。夫孰謂共和利害之不宜商榷？然商榷自有其時。當辛亥革命初起，其最宜商榷之時也。過此以往，則殆非復可以商榷之時也。嗚呼，天下重器也，可静而不可動也。豈其可以反覆嘗試，廢置如弈棋；謂吾姑且自埋焉，而預計所以自搰之也？吾自昔常標一義以告於衆，謂吾儕立憲黨之政論家只問政體，不問國體。蓋國體之爲物，既非政論家之所當問，尤非政論家之所能問。方當國體彷徨歧路之時，政治之一大部分，恒呈中止之狀態，殆無復政象之可言；而政論更安所麗！苟政論家而牽惹國體問題，政導之以入彷徨歧路；則是先自壞其立足之基礎，譬之欲陟而捐其階，欲渡而舍其舟。故曰'不當問'。何以言乎'不能問'？凡國體之一彼一此，其驅運而旋轉之者恒存夫政治以外之勢力。其時機未至耶，絶非緣政論家之贊成所能促進。其時機已至耶，又絶非緣政論家之反對所能制止。以政論家而容喙於國體問題，實不自量之甚。故曰'不能問'。豈惟政論家爲然。常在現行國體基礎之上，而謀政體政象之改進，此即政治家惟一之天職；苟於此範圍外越雷池一步，則是革命家或陰謀家之所爲；豈堂堂正正之政治家所當有！故鄙人生平持論，無論何種國體，皆非所反對；惟在現在國體之下，而思以異議鼓吹他種國體；則無論何時，皆必反對！"世凱既藉啓超以讟國民黨而無所於憚；獨畏啓超有異議，則餽之十萬金，曰："敢以爲太公壽也。"將以餌而間執啓超之口。顧啓超則謝不受，而著《異哉所謂國體問題》一文，以復於世凱，以播之國中，而清議漸彰。卒出祕計以脱其弟子蔡鍔於羈，俾之出走，而起兵雲南，討袁世凱之罪。蔡鍔之走，啓超則與把臂約曰："行矣勉旃！事幸而捷，吾黨毋以寵利居成功，不獵官，不怙權，還讀我書。敗則以死殉之，不走租界，不奔外國！"蔡鍔諾，請如命。袁世凱既失蔡鍔，所以偵啓超者嚴甚。啓超愳不免，微服行；中宵與婦訣，婦送之門曰："上自君舅，下逮兒女，我一身任之。君但爲國死，毋反顧也！"容烈而辭壯，啓超爲神王焉。既抵上海，則航海走安南，間關千里，之南寧，說廣西將軍陸榮廷舉兵北出，取湖南以應蔡鍔。而廣東將軍龍濟光既受袁世凱之命，引兵西嚮，示欲攻榮廷，牽之不得北。而蔡鍔久困瀘州，兵頓勢絀；啓超計無所出，則隻身走廣州，撫龍濟光而柔之，卒殪世凱，而奠民國，啓超之力也。世凱既死，副總統黎元洪代爲大總統。國民黨再起用事，迺制憲法，於是啓超在北京虎坊橋演說《憲法之綱領》，大旨懲前失，戒師心，按時立論，聞者震悚。

會歐戰停，美、英、法、日、意五强國開和會於巴黎，而日本方要盟是利，以謀侵佔我山東。我以陸徵祥、顧維鈞爲和會代表。而啓超則以私人往。既至，萬國報界方設俱樂部於巴黎，則以啓超之爲中國報界名主筆也，輒盛饌具宴焉。蓋和會開時，萬國報界俱樂部嘗宴饗者四人：一美之國務卿蘭辛，一英之外交大臣巴爾福，一希臘首相維亞柴羅，皆一代之英；而其一則中國名主筆梁啓超也，顧以日人之狡焉啓疆於我也，僉議不邀日本。而日本新聞記者五人，則志願參加焉。於是啓超輒即席以演說山東問題曰："假有一國而欲承襲德人在吾山東侵略主義之遺産者，此和平之公敵，而爲世界第二大戰之媒者也！"四座爲之鼓掌，日記者無如何。美記者賽蒙氏以著《戰史》有名者也，則問於啓超曰："汝回國將何以？豈欲攜西洋之所謂科學文明以歸餉遺國人耶？"啓超曰："然！"賽蒙太息言曰："汝毋然！西洋競富强。中國尚仁義。富强者，科學之所致也。仁義者，經典之所遺也。然而争民施奪，末日將至！西洋文明則破産矣。噫，甚矣憊！"啓超愕曰："然則公將何以？"賽蒙曰："我歸杜門不事事，静俟公之輸中國文明以相救拔爾。"啓超爲之憮然。顧此一役也，啓超之於國事裨補也鮮，而學問文章之轉變也甚大。其文學轉變之足徵者，即由復古文學而駸駸迴嚮新民體；又捨詩古文辭不爲，而時時爲語體文也。在英京《與弟仲策書》曰：

仲弟鑒：

半載無書，知缺望者不獨吾弟也，淹法三月，昨日又來英矣。今日最稱清暇，草草寄此紙，地遠訊疏，殆恒情耶。默計一書往復，例須三月，甫執筆而興已減；吾書固稀，弟亦不數；餘親朋幾無一字。以云缺望，彼此均也。而此間之忙，又爲乏書之最大原因，弟宜察之。

今當首述吾四月來之狀況，以慰遠懷，簡單言之，則體氣日加强，神志日加發皇也。起居雖非嚴格的有節制；然視國内生活較有秩序；運動及呼吸空氣時較多；故體胖而顔澤。最近影相，曾次第奉寄，試以較去歲病後所影，殆如兩人矣。至内部心靈界之變化，則殊不能自測其所屆；數月以來，晤種種性質差別之人，聞種種派别錯綜之論，覩種種利害衝突之事，炫以範像通神之圖畫彫刻，摩以回腸蕩氣之詩歌音樂，環以恢詭蒽鬱之社會狀態，飫以雄偉嬌變之天然風景。以吾之天性富於情感，而志不懈於向上，弟試思之，其感受刺激，宜如何者。吾自覺吾之意境，日在醖釀發酵中；吾之靈府，必將産生一絶大之革命，惟革命産兒爲何物，今尚在不可知之數耳。

數月來，主要之功課，可分爲四：一曰見人。二曰聽講義。三曰遊覽名所。四曰習英文。法國方面之名士，已見者殆十之七八，其多見者，則政治家及哲學家、文學家也。政治家除專制怪傑之克里曼梭外，殆皆已見。克氏專派一屬員來相接待，惟兩度約見皆以忙而訂後期。大約此人須待彼下野後始見矣。法之政黨以十數，自極右黨至極左黨，其首領皆已見，覺氣味最好者爲社會黨，次則王黨，次則天主教黨；所謂温和共和黨，急進共和黨者最占勢力，而最爲無聊；中庸君子之性質，萬方同概也。學者社會極爲沆瀣。第一流之哲學家三人，皆已見，且成交契。其文學家則第二流者略已見。最著名之兩人以不在巴黎，未獲見，將來必當見也。巴黎人最富於社交性，每赴茶會一次，可得友無算。吾於其他茶會多謝絶；惟學者之家，有約必到；故所識獨多，若再淹留半年，恐全巴黎之書獃子，皆成知己矣。所見人最得意者有二：其一爲新派哲學鉅子柏格森。其二爲三國協商主動人大外交家笛爾加莎。二人皆爲十年來夢寐願見之人，一見皆成良友，最足快也。笛氏與克里曼梭，兩雄相厄，今方爲失敗者；然其人精悍諳練，全法之政界殆罕儔匹，將來必有活動無疑。彼之外交，精通歐洲情狀；而對於遠東實多隔膜。他日再見，當有以進之。吾輩在歐訪客，其最矜持者，莫過於初訪柏格森矣。吾與百里、振飛三人，一日分途預備談話資料；徹夜讀其所著書，檢擇要點以備請益。振飛翻譯有天才，無論何時，本皆縱横自在，獨於訪柏氏之前，戰戰慄慄，惟恐不勝。及既見，爲長時間之問難，乃大得柏氏褒歎，謂吾儕研究彼之哲學極深邃云，可愧也。吾告以吾友張東蓀譯彼之《創化論》，已將成，彼大喜過望，索贈印本，且允作序文，乞告東蓀努力成之，毋使我負諾責也。除法人外，則美國人最多見。五全權已見其四，爲威爾遜、蘭辛、何斯大佐、槐德。惟英人甚寡緣，其要人皆未得一面也。此外小國名士見者甚多。希臘各當局尤稔熟，因歸途欲遊雅典，特與結驩也。芬蘭、波蘭人極力運動我往遊彼國，然交通太不便，未必能成行。遊歷地方頗少，初到時，曾以十日之力遊戰地及萊因河左岸聯軍佔領地，其後復遊北部戰地，又一遊克魯蘇大鐵廠；除此三次外，未嘗出巴黎一步。將來法國南部農工業最盛處，非遊不可。惟在法遊歷，有一難題，因其政府招待太殷勤，每遊一次，必派數員隨伴，且旅費皆政府供給，吾受之滋愧，因此頗阻遊興也。住巴黎雖有數月，然遊覽名勝頗少，因每日太忙，惟來復稍得休暇，則盡一日之力以流連風景，故所得殊少。其間有可特別相告者三事：其一遊隧道内，陳髑髏七百萬具，皆大革命時發掘累代古墳，羅列此間者，當爲世界獨一無二之壯觀，入之勝讀佛經七百萬卷也。其二遊盧騷故居，即著《民約論》處；其閽人言亞洲人來遊者，以吾輩爲嚆矢也。其三有一七十八歲之老女優，當拿破侖第三時已負盛名者，多年不登場矣。某日爲一文豪紀念，特以義務獻技，其日吾本約往參議院旁聽，臨時謝絶，改往聽之，因得一瞻西方譚叫天之顔色，實此行一段奇事也。又曾乘飛機騰空五百基羅米突，曾登最大之天文臺，窺月裏山河，土星光環。此皆足記者。至博物館、圖書館、美術館等，皆匆匆①而已。最苦者，每詣一處，其政府皆先知照該館，館長職員等全部官樣迎送，甚感局促也。生平不喜觀劇，弟所知也；至此乃不期而心醉，每觀一次，恒竟夜振蕩不怡，而嗜之乃益篤。雖然爲時日所限，往觀尚不逮十度也。

吾在此發憤當學生，現所受講義：一、戰時各國財政及金融。二、西戰場戰史。三、法國政黨現狀。四、近世文學潮流。即此已費時日不少矣。其講義皆精絶，將來可各成一書也。他日復返法，尚擬請柏格森專爲講授哲學，不審彼有此時日否耳。此行若通歐語，所獲奚啻十倍；前此蹉跎，雖悔何裨，今惟汲汲作補牢計耳。故每日所有空隙，盡舉以習英文，雖甚燥苦；然本師丁在君獎其進步甚速，故興益不衰。吾弟讀至此，則吾每日之起居注，可以想象得之矣。質言之，則數月來之光陰，可謂一秒一分未嘗枉費。所最鞅鞅者，則中國人之拜往寒暄，飲食徵逐，奪我寶貴時間不少，此亦無可如何也。弟察此情形，則我書稀闊之罪，當可未減耶？所最負疚者，此行與外交絲毫無補也。平情論之，失敗之責任，什之七八在政府，而全權殊不足深責。但據吾所見：事前事後，因應失當者亦正不少，坐視而不能補救，付諸浩歎而已。

三四月間謡言之興，懸想吾弟及同人不知若何怫怒。爾來見京滬各報爲我訟直者，亦復多方揣測，不得其真相。其實此事甚明瞭，製造謡言，只此一處，即巴黎專使團中之一人是也。其人亦非必特有所惡於我；彼當三四月間，興高采烈，以爲大功告成在即，欲攘他人之功，又恐功轉爲人所攘，故排亭林，排象山。排亭林，妒其辭令優美，驟得令名也。排象山者，因其首領，欲攻而代之也。又恐象山去而别有人代之也，於是極力謀毁其人，一紙電報，滿城風雨。此種行爲，鬼蜮情狀，從何説起。今事過境遷，在我固更無勞自白。最可惜者，以極寶貴之光陰，日消磨於内訌，中間險象環生，當局冥然罔覺，而旁觀者又不能進一言。嗚呼！中國人此等性質，其何以自立於大地耶？

---

① 後脱“一覽”。

蓋啓超遊歐時，學問思想之變，具詳所著《歐遊心影録》。此文僅引其緒而已。大抵啓超爲人之所以異於其師康有爲者：有爲執我見，啓超趣時變；其從政也有然，其治學也亦有然。有爲常言："吾學三十歲已成，此後不復有進，亦不必求進。"啓超不然，常自覺所學於時代爲落伍，而懔後生之可畏；數十年日在彷徨求索中。故有爲之學，跕定脚跟，有以自得者也；啓超之學，隨時轉移，巧於通變者也。方啓超之遊歐洲而歸也，驟見軍閥稱兵，黨人横議，民不聊生，事益無可爲，乃宣言不談政治，意以文學自障，舍一時而争百年之業。少年有績溪胡適者，新自美洲畢所學而歸，都講京師，倡爲白話文，風靡一時；意氣之盛，與啓超早年入湘主時務學堂差相埒也。啓超則大喜，樂引其説以自張，加潤澤焉。諸少年噪曰："梁任公跟著我們跑也。"以視民國初元，啓超日本歸來之好以詩古文詞與林紓、陳衍諸老相周旋者，其趣嚮又一變矣。顧啓超出其所學，亦時有不"跟著諸少年跑"，而思調節其横流者。諸少年排詆孔子，以"專打孔家店"爲揭幟；而啓超則終以孔子大中至正，模楷人倫，不可毁也。諸少年斥古文學以爲死文學；爲駢文乎，則斥曰選學妖孽；儻散文乎，又謚以桐城謬種；無一而可。而啓超則治古文學，以爲不可盡廢，死而有不盡死者也。啓超論文之旨，則具見於《論中國韻文裏頭所表現的情感》、《中學以上作文教學法》兩文。蓋一爲清華學校之文學的課外講演，而一則演講於東南大學者也。嘗謂："文章之大别爲三：一記載之文。二論辨之文。三情感之文。"其《論中國韻文裏頭所表現的情感》一文，所以治情感之文。而《中學以上作文教學法》，則論記載之文與論辨之文者也。其《論中國韻文裏頭所表現的情感》曰：

韻文是有音節的文字；那範圍從《三百篇》、《楚辭》起，連樂府、歌謡、古近體詩、填詞、曲本乃至駢體文都包在内，我這回所講的，專注重表現情感的方法有多少種。是希望諸君把我所講的做基礎，拿來和西洋文學做比較；看看我們文學家表示情感的方法缺乏的是那幾種。先要知道自己民族的短處去補救；纔配説發揮民族的長處。這是我講演的深意，現在請入本題。

向來寫情感的，多半是以含蓄藴藉爲原則，像那彈琴的絃外之音，像喫橄欖的那點回甘味兒，是我們中國文學家所最樂道。但是有一類的情感，是要忽然奔迸一瀉無餘的；我們可以給這類文學起一個名，叫做奔迸的表情法。例如碰著意外的過度的刺激，大叫一聲，或大哭一場，或大跳一陣；在這種時候，含蓄蘊藉是一點用不着；凡這一類都是情感突變，一燒燒到白熱度，便一毫不隱瞞，一毫不修飾，照那情感的原樣子，迸裂到字句上。這種表現法，十有九是表悲痛；表別的情感，就不大好用。我勉强找，找得《牡丹亭·驚夢》裏頭："原來是姹紫嫣紅開遍，似這般都付與斷井頹垣！"這兩句確是屬於奔迸表情法這一類。他寫情感忽然受了刺激，變換了一個方嚮，將那霎時間的新生命，迸現出來；真是能手。我意悲痛以外的情感，並不是不能用這種方式去表現。他的訣竅，衹是當情感突變時，捉住他"心奥"的那一點，用强調寫到最高度。那麽，别的情感，何嘗不可以如此呢？蘇東坡《水調歌頭》便是一個好例："明月幾時有？把酒問青天。不知天上宫闕，今夕是何年。我欲乘風歸去，又恐瓊樓玉宇，高處不勝寒！"

這全是表現情感一種亢進的狀態，忽然得著一個"超現世的"新生命，令我們讀起來，不知不覺也跟著到他那新生命的領域去了。這種情感的表現法，西洋文學裏頭恐怕很多，我們中國卻太少了。我希望今後的文學家努力從這方面開拓境界。

第二種叫做回蕩的表情法，是一種極濃厚的情感蟠結在胸中，像春蠶抽絲一般把他抽出來。這種表情法，看他專從熱烈方面儘量發揮，和前一類正相同。所異者，前一類是直線式的表現。這一類是曲線式或多角式的表現。前一類所表的情感，是起在突變時候，性質極爲單純，容不得有别種情感攙雜在裏頭。這一類所表的情感，是有相當的時間經過；數種情感交錯糾結起來，成爲網形的性質。人類情感在這種狀態之中者最多，所以文學上所表現，亦以這一類爲最多。這種表情法，我們中國人也用得很精熟，能穀盡態極妍。

現在講第三種是含蓄蘊藉的表現法。這種表情法，向來批評家認爲文學正宗，或者可以説是中華民族特性的最真表現。這種表情法，和前兩種不同：前兩種是熱的，這種是温的；前兩種是有光芒的炎焰，這種是拿灰蓋著的爐炭。這種表情法，也可以分三類：

第一類是情感正在很强的時候，他卻用有很節制的樣子去表現他；不是用電氣來震，卻是用温泉來浸；令人在平淡之中慢慢的領略出極淵永的情趣。他是把情感收斂到十足，微微發放點出來；藏著不發放的還有許多。但發放出來的，確是全部的靈影；所以神妙。這類作品，自然以《三百篇》爲絶唱。

第二類的蘊藉表情法，不直寫自己的情感，乃用環境或别人的情感烘托出來。這一類詩，我想給他一個名字，叫做"半寫實派"。他所寫的事實，是用來做烘出自己情感的手段，所以不算純寫實。他寫的事實，全用客觀的態度觀察出來，專從斷片的表出全部，正是寫實派所用技術，所以可算得半寫實。

第三類的蘊藉表情法，索性把情感完全藏起不露，專寫眼前實景或是虚構之景；把情感從實景上浮現出來。這種寫法，《三百篇》中很少。北齊有一位名將斛律光，是不識字的，有一天，皇帝在殿上要各人做詩。他沖口做了一首，便成千古絶調，那詩是：

"敕勒川，陰山下，天似穹廬，籠蓋四野。天蒼蒼，野茫茫，風吹草低見牛羊。"

這時是獨自一個人騎匹馬在萬里平沙中所看見的宇宙，他並没説出有甚麽感想。我們讀過去，覺得有一個粗豪沈鬱的人格活跳出來。須知這類詩，和單純寫景詩不同。寫景詩以客觀的景爲重心，他的能事在體物入微，雖然景由人寫，景中離不了情，到底是以景爲主。這類詩以主觀的情爲重心，客觀的景，不過借來做工具。

第四類的蘊藉表情法，雖然把情感本身照原樣寫出，卻把所感的對象隱藏過去，另外拿一種事來做象徵。這類方法，起自《楚辭》，篇中許多美人芳草，純屬代數上的符號，他意思别有所指。若不是當作代數符號看，那麽，屈原到處調情，到處拈酸吃醋，豈不成了瘋子？自《楚辭》開宗後，漢、魏五言詩，多含有這種色彩。中、晚唐時，詩的國土被盛唐大家佔領殆盡，温飛卿、李義山、李長吉諸人，便想專從這裏頭闢新蹊徑。這一派後來衍爲西崑體，專務撏撦詞藻，受人詬病。近來提倡白話詩的人，不消説是極端反對他了。但就唯美的眼光看來，自有他的價值。就如《義山集》中《碧城三首》的第一首：

“碧城十二曲闌干，犀辟塵埃玉辟寒。閬苑有書多附鶴，女牆無樹不棲鸞。星沈海底當窗見，雨過河源隔座看。若使曉珠明又定，一生長對水晶盤。”

這些詩他講的甚麼事，我理會不著。拆開一句一句的叫我解釋，我連文義也解不出來。但我覺得他美，讀起來令我精神上得一種新鮮的愉快。須知美是多方面的；美是含有神祕性的。我們若還承認美的價值，對於這種文學，是不容輕輕抹煞呵。

現在要附一段專論女性文學。近代文學寫女性，大半以“多愁多病”爲美人的模範。古代卻不然。《詩經》所贊美的是“碩人其頎”，是“顔如舜華”。《楚辭》所贊美的是“美人既醉朱顔酡，娭光眇視目層波。”《漢賦》所贊美的是“精耀華燭，俯仰如神”，是“翩若驚鴻，矯若遊龍”，凡這類形容詞，都是以容態之豔麗，和體格之俊健合構而成；從未見以帶著病的懨弱形態爲美的。以病態爲美，起於南朝，適足以證明女①學界的病態。唐、宋以後的作家，都汲其流；説到美人，便離不了病，真是文學界一件恥辱。我盼望往後文學家描寫女性，最要緊先把美人的康健恢復纔好！

此啓超論情感之文學也。論非情感之文學曰：

文章作用，和語言一樣，都是要把自己的思想傳達給人家。但是所謂思想，實具有兩種條件：（一）有内容的；譬如令小兒爲文，他胸中本來一無所有，强令執管，決不成文。又如考試的八股文章，和駢體的應酬文字，雖然成文，還是没有内容的，所以於文章上絶無價值。（二）有系統的。雖然有了種種思想，還須加以有條理的排列纔好。否則如亂石一堆，不能成文。古人説“言之有物”，就是有内容；“言之有序”，就是有系統。傳達思想亦有兩條件：（一）須適中。所言嫌多或嫌少，都不合。吾們做文章，須要言所欲言，不多不少；意盡則言止，到恰好的地位才興。（二）須明晰。傳達思想，須使人能明白。孔子云：“辭達而已矣”，可知辭貴乎

① “女”爲“文”之訛字。

“達意”。復加“而已”兩字，可知“達意”之外，無事他求也。大凡做成功一篇文章，總須具備此四種條件才好。

至於做文章的功夫，可分做兩步：

（一）結構；（二）修辭。結構可以學而致，修辭則要在天才。同一意思，或説來索然無味，或説來妙趣環生，此全在天才。孟子云：“大匠能予人以規矩，不能使人巧。”我説：“教師能夠教人做文章的一個結構；未必能教人做文章修辭一定修得好。”但是文章有有結構而不好的，斷乎没有無結構而能好的。我今天講的就是怎樣整理思想成一個結構。

結構也各種文章不同。文章種類，可以思想途徑之不同而區分爲兩類：（一）將客觀的事物取入以充吾思想之内容者，爲客觀的，屬記述文。（二）以我之思想發出者，爲主觀的，屬論辨文。然而人人不能不用功夫做客觀之敘述，不必人人能做主觀的論辨。因爲主觀的論辨須要自出主張；有識見，才有議論，這不是容易的。就是主觀的論辨，也離不掉客觀的事實做材料。倘使我們一切事物，見見聞聞都像影戲一樣閃過去就算；不能做客觀的敘述功夫；那就要做主觀的論證，也全没有把鼻。所以客觀的敘述最要緊，也最有用。

客觀的敘述可分兩種：（一）記静態。（二）記動態。静態是一事物已經完全或比較的已成固定狀態，或前後均有變動而中間一部已歸静止。記静態，和繪畫一樣；一人形狀，儘管前後無定，那繪畫者，只取現在一定之形狀來畫。又如山水風景，儘管氣象萬千，畫的人只取在所呈之景象來畫一樣。舉個例，就像一種書之提要是。動態是人、物、事的活動狀况。記動態，系記人、物、事活動之過程；如留聲機，各人曲調不同，而高下疾徐，皆能傳出；又如電影，僅視其一片，不成形象；及統合演放，可成一完全戲劇；如傳記及記事本末等皆是。大抵記述文，不外記静態與動態。或記静中之動，或記動中之静，或記静中之静，或記動中之動，皆不外静動兩種。

静態有單純的，有複雜的。如做一種書之提要，系單純的；做幾種書之提要，則爲比較的複雜。又如記一山一河，爲單純的；記許多山，許多河，則爲複雜。動態亦然，如一人在一時間有一種動作，爲單純的；記多數人在一時間有種種動作；或在不同時間爲一種動作，爲複雜的。文章難易之分，即在於是。記單純者較易。記複雜者較難。惟無論記何種狀態，精神須顧到兩方面：（一）外表的。（二）内容的。如敍一種書共幾篇幾頁，爲外表的；而是書之要義在何處，則爲内容的。又如作戰記，孰勝孰敗，爲外表的；而其人之性格品行等，均能借以看出，爲内容的。

作文有以簡馭繁之法，即收空間與時間之關係而整理之。凡空間發生一事，或時間發生一事，均有不並容性；即在一時間發生之事，在空間必不相容；反之在空間發生之事，在時間亦必不相容。記静態以空間爲主，時間爲輔。記動態以時間爲主，空間爲輔。但無論記空間與時間，尤有一種原則，即不能單記平面；必須有一部甚詳，一部較略，配搭成文；這就是所謂思想的整理。

此其大略也。《中學以上作文教學法》並非據《改造》四卷九號刊載梁氏手定講稿，乃録自《時事新報》通信中，以較簡賅也。啓超自歐遊歸，壹屏嚮者新民體之政論不爲；而周遊講學，歷任東南大學、清華研究院教授，時時爲語體文之學術論著以餉遺我國人。又欲創設國學院，其設計可得而陳者六事：第一，編審國學叢書。以一百種爲一集，其目分學術思想（以校理闡發先哲某家某派之學説爲主，其譯述外國書及自己創作皆不采）、文藝（以詮述批評前代作家或作品爲主，自己創作不采）、歷史（一、各科專史，爲中國文學史、中國音樂史之類，題目或總或分，或大或小，皆不拘。二、時代史，如有史以前史、春秋史、兩漢史等）、地理、自然科學（例如中國礦物學、中國生物學等）、社會現狀等項。此叢書由本院擬定題目，聘請專家編著，或收已成之稿；其海外著作可采，或亦譯登；每年最少出二十四種；除專聘所編外，其投著稿、譯稿者，或優給酬金，或受其版權，或量給獎勵金，版權仍歸作者。第二，編輯近代學術文編及國學海外文編。略師賀氏《經世文編》之例，廣搜清初迄今學者專集及雜誌中所發表凡研究國學有價值之文字專書不録，分類編録，使學者可以盡見難得之資料，且省翻檢之勞。此書以一年完成之。海外文編，則專譯歐、美、日本研究中國學術事情之著者。

第三，編製大辭書。一百科總辭書，二分科專門辭書。第四，校理古籍。凡古籍有不朽價值而較難讀者，例如六經、諸子、四史、《通鑒》等，擇出二三十種，精校簡擇，加圈點符號，補圖表，冠以詳核之解題，令青年學子人人能讀，且引起興味，擬於五年内將最重要的古籍校理完竣。第五，續輯四庫全書。搜輯四庫未收書及乾、嘉以後名著，編定目録，撰述提要。第六，重編佛藏。精擇各宗派代表之經論，删僞删複，再益以續藏中之主要論疏，約淴成三千卷，各書附以提要。造端宏大，以語掌邦教者，徒驚其言之河漢無涯而已。每自叙曰："啓超學問慾極熾；其所嗜之種類亦繁雜。每治一業，則沈溺焉，集中精力，盡拋其他；歷若干時日，移於他業，則又拋其前所治者。以集中精力故，故常有所得。以移時而拋故，故入焉而不深。嘗有詩題其女令嫻《藝蘅館日記》云：'吾學病愛博，是用淺且蕪；尤病在無恒，有獲旋失諸。百凡可效我，此二無我如。'顧啓超雖自知其病而改之不勇；中間又屢爲無聊的政治活動所牽率，耗其精而荒其業。識者謂啓超若能永遠絶意政治，且裁斂其學問慾，專精於一二點，則於將來之思想界，當更有所貢獻，否則亦適成清代思想史之結束人物而已。"可謂有自知之明者也。用以卒吾篇。其最近刊布著書：有《中國歷史研究法》、《先秦政治思想史》、《清代學術概論》、《梁任公近著》、《梁任公學術演講集》諸書，兹不具論；而著其涉於文學者。以民國十七年卒，年五十七。

二　邏輯文

嚴復——章士釗

自衡政操論者習爲梁啓超排比堆砌之新民體，讀者既稍稍厭之矣；於斯時也，有異軍突起，而痛刮磨湔洗，不與啓超爲同者，長沙章士釗也。大抵啓超之文，辭氣滂沛，而豐於情感。而士釗之作，則文理密察，而衷以邏輯。邏輯者，侯官嚴復譯曰“名學”者也。惟士釗爲人，達於西洋之邏輯，抒以中國之古文；績溪胡適字之曰“歐化的古文”；而於是民國初元之論壇頓爲改觀焉。然中國言邏輯者，始於嚴復，而士釗邏輯古文之導前路於嚴復，猶之梁啓超新民文體之開先河自康有爲也；故叙章士釗者宜先嚴復，猶之叙梁啓超者必溯康有爲。然而康有爲、梁啓超之視嚴復、章士釗，其文章有不同而同者；籀其體氣，要皆出於八股。八股之文，昉於宋、元之經義，盛於明、清之科舉，朝廷以之取士者逾六百年。而其爲之工者，無不嚴於立界，犯上連下，例所不許。巧於比類，截搭釣渡。化散爲整，即同見異，通其層累曲折之致；其心境之顯呈，心力之所待，與其間不可亂、不可缺之秩序，常於吾人不識不知之際，策德術心智以入慎思明辨之境涯，而不墮於鹵莽滅裂。每見近人於語言精當，部分辨晳，與凡物之秩然有序者，皆曰合於邏輯矣；蓋假歐學以爲論衡之繩墨也。然就耳目所覩記，語言文章之工，合於邏輯者，無有逾於八股文者也。此論思之所以有裨；而數百年來，吾祖若宗德術心智之所資以砥礪而不終萎枯也歟？迄於清末，而八股之文隨科舉制以俱廢；而流風餘韻猶時時不絶流露於作者字裏行間。有襲八股排比之調，而肆之爲縱横軼宕者；康有爲、梁啓超之新民文學也。有用八股偶比之格，而出之以文理密察者；嚴復、章士釗之邏輯文學也。論文之家，知本者尠。獨章炳麟與人論文，以爲嚴復氣體比於制舉；而胡適論梁啓超之文，亦稱蛻自八股；斯不愧知言之士已。若論邏輯文學之有開必先，則不得不推嚴復爲前茅；叙章士釗而先嚴復，庶幾先河後海之義云。

嚴復，原名宗光，字又陵，一字幾道，福建侯官人也。早慧，師事同里黄宗彝，治經有家法，飫聞宋、元、明儒先學行。讓清同治間，同縣沈葆楨號知兵，以巡撫居憂在里，奉詔創船政，招試英髦，儲海軍將才；得復文，奇之，用冠其曹；則年十四也。五年卒業，分派揚武軍艦爲練習生。艦長爲英人德勒塞，英之海軍中校也；攜之周歷南洋黄海及日本各口岸。是時日本方籌辦海軍；揚武至，聚觀者萬人空巷。既而德勒塞歸國，瀕行，謂復曰："君之海軍學術，已卒業矣。然學問一事，並不以卒業爲終點，此後自行求學之日方長。君如不自足自封，則新知無盡。"復之所以終身盡瘁於學者，謂德勒塞啓之云。光緒二年，派赴英國海軍學校，肄戰術及炮臺建築諸學。是時日本亦始遣人留學西洋，伊藤相、大隈伯之倫皆其選；而復試輒最上第。湘陰郭嵩燾以侍郎使英，時引與論析中西學同異，窮日夕不休。比學成歸，葆楨已薨，無用之者。於是發憤治八比，冀以科第顯；納粟爲監生，應南北鄉試者再，俛得復失。而合肥李鴻章方總督直隸，領北洋大臣。器復之能，逌辟教授北洋水師學堂。復見朝野玩愒，而日本同學歸者，既用事圖强，徑翦琉球，則大戚。常語人不三十年，藩屬且盡，繯我如老牸牛耳。聞者弗省。鴻章亦嫌其危言激論，不之親也。法越事裂；鴻章爲德璀琳輩所紿，皇遽定約；惎言者摘發，疑忌及復。復亦憤而自疏。及鴻章大治海軍，以復總辦學堂；不預機要，奉職而已。甲午之戰，海軍熸於日，割地賠款，僅以無事。德宗大恨，鋭欲變法，特詔遴人才。復被薦，以二十四年戊戌秋召對稱旨；退上皇帝萬言書，大略言："中國積弱，於今爲極；此其所以然之故，由於內治者十之七，由於外患者十之三耳。而天下洶洶，若專以外患爲急者，此所謂爲目論者也。今日各國之勢，與古之戰國異。古之戰國務兼并；而今之各國謹平權；此所以宋、衛、中山不存於七雄之世；而荷蘭、瑞士、丹麥尚瓦全於英、法、德、俄之間。且百年以降，船械日新，軍興日費，量長較短，其各謀於攻守之術也亦日精，兩軍交綏，雖至强之國，無萬全之算也；勝負或異，死喪皆多；且難端既構，累世相仇；是以各國重之。使中國一旦自强，與各國有以比權量力，則彼將隱銷其侮奪覬覦之心；而所求於我者，不過通商之利而已；不必利我之土地人民也。惟中國之終於不振而無以自立，則以此五洲上腴之壤，無論何國得之，皆可以鞭笞天下，而平權相制之局壞矣。慮此之故，其勢不能不争；其争不能不力。然則必中國自主之權失，而後全球殺機動也。雖然，彼各國豈樂於是哉？争存自保之道，勢不得不然也。今夫外患之乘中國，古有之矣。然彼皆利中國之弱。而後可以得志。而今之各國，大約而言之，其用心初不若是；是故徒以外患而論，則今之爲治，尚易於古叔季之時。夫易爲而不能爲，則其故由於內治之不修，積重而難反；而外患雖急，尚非吾國病本之所在也。其在內治云何？法既敝而不知變也。今日吾國之富强，民之智勇，無一事及外洋者；其所以然之故，所從來也遠。大抵建國立羣之道，一統無外之世，則以久安長治爲要圖；分民分土，地醜德齊之時，則以富國强兵爲切計；此不易之理也。顧富强之盛，必待民之智勇則後可幾；而民之智勇，又必待有所争競磨礱而後日進；此又不易之理也。歐洲國土，當我殷、周之間，希臘最盛，文物政治皆彬彬矣。希臘中衰，乃有羅馬。羅馬者，漢之所謂大秦者也。庶幾一統矣；繼而政理放紛，民俗抵冒，上下征利，背公營私。當此之時，峨特、日耳曼諸種起而乘之，蓋自是歐洲散爲十餘國焉，各立君長，種族相矜，互相砥礪，以勝爲榮，以負爲辱。蓋其所争，不僅軍旅疆埸之間而止；自農工商賈至於文詞學問，一名一藝之微，莫不如此。此所以始於相忌，終以相成，日就月將，至於近今百年；其富强之效，遂有非餘洲所可及者。雖曰人事，抑亦其地勢之乖離破碎使之然也。至我中國則北起龍庭、天山，西緣葱嶺、輪臺之限，而東南界海，中間數萬里之地，帶山礪河，渾整綿亙，其地勢利爲合，而不利爲分；故當先秦、魏、晉、六朝、五代之秋，雖暫爲據亂，而其治終歸於一統。統既一矣，於此之時，有王者起，爲之内修綱維而齊以法制，外收藩屬而優以羈縻，則所以禦四夷而撫百姓，求所謂長治久安者，事已具矣。夫聖人之治理不同；而其求措天下於至安而不復危者，心一而已。聖人之意，以謂天下已治已安矣，吾爲之彌綸至纖悉焉，俾後世子孫謹守吾法，而有以相安養、相保持，永永樂利，不可復亂；則治道至於如是，是亦足矣。吾安所用富强爲哉？是故其垂謨著誡，則尚率由而重改作，貴述古而薄謀新。其言理財也，則重本而抑末，務節流而不急開源；戒進取，敦止足，要在使民無凍餓，而有以制豐歉，供租税而已。其言武備也，則取詰奸宄，備非常，示安不忘危之義；外之無與爲絜長度大之勁敵，則無事於日講攻守之方，使之益精益密也；内之與民休息，去養兵、轉餉之煩苛；則無由蓄大支之勁旅也。且聖人非不知智勇之民之可貴也，然以爲無益於治安而或害吾治；由是凡其作民厲學之政，大抵皆去異尚同；而旌其純良謹愨；所謂豪俠健果、重然諾、與立節概之風，則皆懲其末流而黜之矣。夫如是，數傳之後，天下靡靡馴伏，易安而難危，亂民無由起，而聖人求所以措置天下之方，於是乎大得。此其意非必欲愚黔首、利天下、私子孫也，以爲安民長久之道莫若此耳。蓋使天下常爲一統而無外，則由其道而上下相維，君子親賢，小人樂利，長久無極，不復亂危；此其爲甚休可願之事，固遠過於富强也。不幸爲治之事，弊常伏於久安之中；而謀國之難，患常起於所防之外；此自前世而已然矣。而今日乃有西國者，天假以舟車之利，闖然而破中國數千年一統之局；且挾其千有餘年所争競磨礱而得之智勇富强以與吾相角；於是吾所謂長治久安者，有儳然不終日之勢矣。今使中國之民，一如西國，則見國勢傾危若此，方且相率自爲，不必驚擾倉皇，而次第設施，自將有以救正；而數稔之間，吾國固已富已强矣。顧中國之民有所不能者，數千年道國明民之事，其處勢操術與西人絶異故也。夫民既不克自爲，則其事非倡之於上，固不可矣。然所以成其如是者，率皆經數千載自然之勢流衍而來，對待相生，牢不可破；故今日審勢相時而思有所變革，則一行變甲，當先變乙，及思變乙，又宜變丙，由是以往，膠葛紛紜。設但支節爲之，則不特徒勞無功，且所變不能久立。又况興作多端，動糜財力，使其爲而寡效，則積久必至不支，此亦事之至可慮者也。”所論通達治體，而出之以至誠悱惻；徒以其後言變法而推極論之，必先破把持之局。語爲大臣所嫉，格不得上。而政局亦變，德宗被幽。後二年拳匪禍作。自是避地居上海者七年。

復既擯不用，則殫心著述，蘄於匡時拂俗。既於學無所不窺，舉中外治術學理，靡不究極原委，抉其失得，證明而會通之；壹治之以名學而推本於求誠。誠者非他，真實無妄之知是已。名學者，求誠之學也。顧其所重尤專在求；據已知以推未知，席既然以覩未然。其已知既然，爲公例可也，爲散著可也。名學所辨論，非所信者也；在據所徵以爲信。蓋信一理一言者，必不徒信也，必有其所以信者；此所以信者，正名學所精考微驗而不敢苟者也。顧吾國所謂學，告吾以所以信者則如何？自晚周、秦、漢以來，大經不離言詞文字而已；求其仰觀俯察，近取諸身，遠取諸物，如西人所謂學於自然者，不多遘也。夫言詞文字者，古人之言詞文字也；乃專以是爲學，故極其弊爲支離，爲逐末，既拘於墟而束於教矣；而課其所得，或求諸吾心而不必安，或放諸四海而不必準；如是者，轉不若屏除耳目之用，收視反聽，歸而求諸方寸之中，輒恍然而有遇；此達摩所以有廓然無聖之言，朱子晚年所以恨盲廢之不早，而王陽明居夷之後，亦專以先立乎其大者教人也。惟善爲學者不然；學於言辭文字以收前人之所以得者矣；乃學於自然。自然者何？內之身心，外之事變，精察微驗，而所得或超於向者言辭文字外也；則思想日精，而人羣相爲生養之樂利，乃由吾之新知而益備焉；此天演之所以進化，而世所以無退轉之文明也。知者，人心之所同具也。理者，必物對待而後形焉者也。吾心之所覺，必證諸物之見象，而後得其符也。王陽明謂："吾心即理。"使六合曠然無一物以接於吾心；當此之時，心且不可見，安得所謂理者哉？此中國言明心見性，而不本之格物致知者之所以爲修辭不立其誠也。然執是遂謂中國言詞文字之所著者，一切無當於學，則亦不可也。古書難讀，中國爲甚。英國名學家穆勒約翰有言："欲考一國之文字語言而能見其理極，非諳曉數國之言語文字者不能也。"豈徒言語文字之散著者而已！即至大義微言，古之人殫畢生之精力以從事於一學，當其有得，藏之一心則爲理，動之口舌，著之簡策則爲詞；固皆有其所以得此理之由，亦有其所以載焉以傳之故。自後人之讀古人之書，而未嘗爲古人之學；則於古人所得以爲理者，已有切膚精憮之異矣。又況歷時久遠，簡牘沿譌；聲音代變，則通假難明，風俗殊尚，則事意參差；夫如是，則雖有故訓疏義之勤，而於古人詔示來學之旨，愈益晦矣。故曰："讀古書難。"雖然，彼所以託焉而傳之理，固自若也。使其理誠精，其事誠信，則年代國俗無以隔之。其故不傳於茲，或見於彼，事不相謀而各有合，考道之士以其所得於彼者，反以證諸吾古人之所得，乃澄湛精瑩，如寐初覺；其親切有味，較之佔畢爲學者萬萬有加。而生今日者，乃轉於西學得識古之用焉。此可與知者道，難與不知者言也。夫以西學識古，以實驗治學，後來胡適倡新漢學者之所持以爲揭幟；而實導之於復。復常以爲中西二學，兼涂並進，或者藉自它之耀，祛舊知之蔽。譯有英哲赫胥黎《天演論》、斯密亞丹《原富》、耶方斯《名學淺説》、穆勒約翰《名學》、《羣己權界論》、斯賓塞爾《羣學肄言》、甄克思《社會通詮》、法人孟德斯鳩《法意》諸書。凡譯一書，與他書有異同者，輒旁考博證，列入後案，張皇幽眇，以補漏義，尤能以古文辭達奥旨，而不斷斷於字比句次之間。國人之言以古詩體譯西詩者，自蘇玄瑛；言以古文辭譯小説者，自林紓；而言以古文辭譯歐西政治、經濟、哲學諸科，蓋自復啓其機鐍焉。自以生平師事服膺者，厥惟桐城吴汝綸；每譯一書，必以質正。汝綸既高文碩望，常以"晚周以來，諸子各自名家。其大要有集録之書，有自著之言。集録者，篇各爲義，不相統貫；原於《詩》、《書》者也。自著者，建立一幹，枝葉扶疏，原於《易》、《春秋》者也。漢之士争以撰著相高；其尤者，《太史公書》繼《春秋》而作；楊子《太玄》，擬《易》而爲之；是皆所謂一幹而枝葉扶疏者也。及唐中葉，而韓退之氏出，源本《詩》、《書》，一變而爲集録之體；宋以來因之。是故漢氏多撰著之編；唐、宋多集録之文，其大略也。集録既多，而向之所謂撰著之體不復多見，間一見之，其文采不足以自發，知言者擯焉勿列也。獨近世所傳西人書，率皆一幹而衆枝，有合於漢氏之撰著。"又惜吾國之譯言，大抵弇陋不文，不足傳載其義；獨推復博涉兼能，文章學問，奄有東西數萬里之長；揚子雲筆札之功，趙充國四夷之學，美具難並，鍾於一手，求之往古，殆邈焉罕儔。復常虚心請益，而汝綸則自謙不通西文；顧亦時有獨見。嘗答書於復以論譯西書曰：

來示謂新舊二學，當並存具列，且將自它之耀，以祛蔽揭翳，最爲卓識。某前書未能自達所見，語輒過當。本意謂中國書猥雜，多不足行遠；西學行，則學人日力奪去大半，益無暇瀏覽向時無足輕重之書；而姚選《古文》則萬不能廢，以此爲學堂必用之書，當與六藝並傳不朽也。若中學之精美者，固亦不止此等。往時曾太傅言："六經外有七書，能通其一，即爲成學。七者兼通，則間氣所鍾，不數數見也。"七書者，《史記》、《漢書》、《莊子》、《韓文》、《文選》、《説文》、《通鑒》也。某於七書皆未致力，又欲妄增二書，其一姚公此書，餘則曾公《十八家詩鈔》也。但此諸書，必高材秀傑之士乃能治之。若資性平鈍，雖無西學，亦未能追其涂轍。獨姚選《古文》，即西學堂中亦不能棄去不習，不習則中學絶矣。世人乃欲編造俚文以便初學；此廢棄中學之漸，某所私憂而大恐者也。區區妄見，敬以奉質。别紙垂詢數事，某淺學不足仰副明問，謹率陳臆説，用備采擇：歐美文字與我國絶殊；譯之，似宜别創體製，如六朝人之譯佛書，其體全是特創；今不但不宜襲中文，並不宜襲用佛書。竊謂以執事雄筆，必可自我作古。又妄意彼書固自有體製，或易其辭而仍其體，似亦可也。不通西文，不敢意定。獨中國諸書無可仿效耳。來示謂"行文欲求爾雅，有不可闌入之字，改竄則失真，因任則傷潔"，此誠難事。鄙意與其傷潔，毋寧失真。凡瑣屑不足道之事，不記何傷。若名之爲文，俚俗鄙淺，薦紳所不道；此則昔之知言者，無不懸爲戒律，曾氏所謂"辭氣遠鄙"也。文固有化俗爲雅之一法，如左氏之言"馬矢"，莊生之言"矢溺"，公羊之言"登來"，太史之言"夥頤"，在當時固皆以俚語爲文，而不失爲雅。若《范書》所載"鐵脛尤來"、"大槍"、"五樓"、"五蟠"等名目，竊料太史公執筆，必皆芟薙不書。不然，勝廣項氏時，必多有俚鄙不經之事，何以《史記》中絶不一見？如今時"雅片館"等比，自難入文，削之自不爲過；倘令爲林文忠作傳，則燒雅片一事，固當大書特書；但必叙明原委，如史公之記《平準》，班氏之叙《鹽鐵論》耳！亦非一切割棄，至失事實也。姚郎中所選文，似難爲繼；獨曾文正《經史雜鈔》能自立一幟。王、黎所續，似皆未善。國朝文字，姚春木所選《國朝文録》，較勝於《二十四家》。然文章之事，代不數人，人不數篇。若欲備一朝掌故，如《文粹》、《文鑒》之類，則世蓋多有。若謂足與文章之事，則姚郎中之後，止梅伯言、曾太傅及近日武昌張廉卿數人而已，其餘蓋皆自鄶也。來示謂"歐洲國史，似中國所謂'長編'、'紀事本末'等比”。然則欲譯其書，即用曾太傅所稱《叙記》、《典志》二門，似爲得體。此二類，曾云“於姚郎中所定諸類外，特建新類”；非大手筆不易辦也。歐洲記述名人，失之過詳；此宜以遷、固史法裁之。文無剪裁，專以求盡爲務，此非行遠所宜。中國間有此體，其最著者，則孟堅所爲《王莽傳》；若《穆天子》、《飛燕》、《太真》等傳，則小説家言，不足法也。歐史用韻，今亦以韻譯之，似無不可，獨雅詞爲難耳。中國用韻之文，退之爲極詣矣。私見如此，未審有當否？

復致服其言，常語人曰：“不佞往者每譯脱稿，輒以示桐城吴先生；老眼無花，一讀即窺深處；蓋不徒斧落徽引，受裨益於文字間也。故書成必求其讀，讀已必求其序。”已而汝綸卒；復感傷不已，集玉溪、劍南詩句爲挽曰：“平生風義兼師友。天下英雄惟使君！”每言：“吾國人中，舊學淹貫，而不鄙夷新知者，吴先生一人而已。”初復之譯書最先出者，赫胥黎《天演論》。汝綸讀，歎絶曰：“自中土翻譯西書以來，無此鴻制；匪直天演之學，在中國爲初鑿鴻濛；亦緣自來譯手無似此高文雄筆也。顧蒙意尚有不能盡無私疑者：以謂執事若自爲一書，則可縱意馳騁；若以譯赫氏之書爲名，則篇中所引古書古事，皆宜以原書所稱西方者爲當，似不必改用中國人語。以中事中人，固非赫氏所及知。法宜如晉、宋名流所譯佛書，與中儒著述顯分體制，似爲入式。”顧復自以志在達旨，不盡從也。定爲《譯例》三事：

一譯事三難：信、達、雅。求其信，已大難矣。顧信矣不達，雖譯猶不譯也，則達尚焉。海通以來，象寄之才，隨地多有，而任取一書，責其能與於斯二者，則已寡矣。其故在淺嘗，一也；偏至，二也；辨之者少，三也。今是書所言，本五十年來西人新得之學，又爲晚出之書。譯文取明深義，故詞句之間時有所顛倒附益，不斤斤於字比句次，而意義則不倍本文，題曰“達恉”，不云“筆譯”，取便發揮，實非正法。什法師有云“學我者病”，來者方多，幸勿以是書爲口實也。

一西文句中名物字，多隨舉隨釋，如中文之旁支，後乃遥接前文，足意成句。故西文句法，少者二三字，多者數十百言。假令仿此爲譯，則恐必不可通；而删削取徑，又恐意義有漏。此在譯者將全文神理融會於心，則下筆抒詞，自然互備。至原文詞理本深，難於共喻，則當前後引襯，以顯其意。凡此經營，皆以爲達，即所以爲信也。

一《易》曰："修辭立誠。"子曰："辭達而已。"又曰："言之無文，行之不遠。"三者乃文章正軌，亦即爲譯事楷模。故信達而外，求其爾雅。此不僅期以行遠已耳；實則精理微言，用漢以前字法句法則爲達易；用近世利俗文字，則求達難。往往抑義就詞，毫釐千里。審擇於斯二者之間，夫固有所不得已也，豈釣奇哉！不佞此譯，頗貽艱深文陋之譏，實則刻意求顯，不過如是。又原書論説，多本名數格致及一切疇人之學，儻於之數者向未問津，雖作者同國之人，言語相通，仍多未喻。矧夫出以重譯也耶？

它所譯大率似此。大抵不肯於汝綸所稱"與其傷潔，毋寧失真"而已。顧復自言："《原富》之譯，與《天演論》不同。下筆之頃，雖於全節文理，不能不融會貫通爲之；然於辭義之間無所顛倒附益，獨於首部篇十一《釋租》之後，原書旁論四百年以來銀市騰跌，文多繁贅，而無關宏旨；則概括要義譯之。"又言："穆勒約翰《羣己權界論》，原書文理頗深，意繁句重。若依文作譯，必至難索解人；故不得不略爲顛倒。此以中文譯西書定法也。"質言之，曰"譯意"而已！故不斷斷於字比句次之間也。雖至名義亦然。顧謹於造辭，矜慎不苟，自謂："一名之立，旬月踟躕。"譯赫胥黎《天演論》曰："新理踵出，名目紛繁，索之中文，渺不可得；即有牽合，終嫌參差。譯者遇此，獨有自具衡量，即義定名。顧其事有甚難者，即如此書上卷《導言》十餘篇，乃因正論理深，先敷淺説；僕始繙卮言，而錢唐夏穗卿曾佑病其濫惡，謂：'内典原有此種，可名懸談。及桐城吴丈摯父汝綸見之，又謂：'卮言既成濫詞，懸談亦沿釋氏，均非能樹立者所爲，不如用諸子舊例，隨篇標目爲佳。'穗卿又謂：'如此則篇自爲文，於原書建立一本之義稍晦。'而'懸談'、'懸疏'諸名，'懸'者系也，乃會撮精旨之言，與此不合，必不可用。於是乃依其原目，質譯'導言'；而分注吴之篇目於下，取便閲者。此以見定名之難；欲避生吞活剥之誚，有不可得者矣。他如'物競'、'天擇'、'儲能'、'效實'諸名，皆由我始。"譯斯密亞丹《原富》曰："'計學'西名葉科諾密；'葉科'此言'家'，'諾密'爲聶摩之轉，此言

‘治’、言‘計’；則其義始於治家，引而申之，爲凡料量經紀撙節出納之事；擴而充之，爲邦國天下生食爲用之經。蓋其訓之所包至衆，故日本譯之以‘經濟’，中國譯之以‘理財’。顧必求吻合，則經濟既嫌太廓，而理財又嫌過陋。自我作古，乃以‘計學’當之；雖計之爲義不止於地官之所掌，平準之所書；然考往籍‘會計’、‘計相’、‘計偕’諸語，與常俗‘國計’、‘家計’之稱，似與希臘之聶摩，較爲有合。故《原富》者，‘計學’之書也。然則何不徑稱‘計學’而名原富？曰：‘從斯密氏之所自名也。’且其書體例，亦與後人所撰計學，稍有不同：達用多於明體，一也。匡謬急於講學，二也。其中所論，如部丙之篇二、篇三，部戊之篇五，皆旁羅之言，於計學所涉者寡，尤不得以科學家言例之。云‘原富’者，所以察究財利之性情，貧富之因果，著國財所由出云爾。故《原富》者，計學之書，而非講計學者之正法也。計學於科學爲内籀之屬。内籀者，觀化察變，見其會通，立爲公例者也；如斯密、理嘉圖、穆勒父子之所論者，皆屬此類。然至近世，如耶方斯、馬夏律諸書則漸入外籀，爲微積曲線之可推，而其理乃益密。此二百年來計學之大進步也。計學以近代爲精密；乃不佞獨有取於是書而以爲先事者：蓋温故知新之義，一也。其中所指斥當軸之迷謬，多吾國言財政者之所同然，所謂從其後而鞭之，二也。其書於歐、亞二洲始通之情勢，英、法諸國舊日所用之典章，多所纂引，足資考鏡；三也。標一公理，則必有事實爲之證喻；不若他書勃窣理窟，潔淨精微，不便淺學，四也。”譯穆勒約翰《名學》曰：“‘邏輯’此翻‘名學’。其名義始於希臘，爲‘邏各斯’一根之轉。‘邏各斯’一名兼二義；在心之意，出口之詞，皆以此名；引而申之，則爲論爲學；故今日泰西諸學，其西名多以‘羅支’結響，‘羅支’即‘邏輯’也；如‘裴洛羅支’之爲字學，‘唆休羅支’之爲羣學，‘什可羅支’之爲心學，‘拜訶羅支’之爲生學，是已，精而微之，則吾生最貴之一物，亦名‘邏各斯’；此如佛氏所舉之‘阿德門’，基督教所稱之‘靈魂’，老子所謂‘道’，孟子所謂‘性’，皆此物也。故‘邏各斯’名義最奥衍，而本學之所稱爲‘邏輯’者，以如貝根言，是學爲一切法之法，一切學之學；明其爲體之尊，爲用之廣，則變‘邏各斯’爲‘邏輯’以名之，學者可以知其學之精深廣大矣。‘邏輯’最初譯本，爲固陋所及見者，有明季之《名理探》，乃李之藻所譯；近日税務司譯有《辨學啓蒙》。曰‘探’曰‘辨’，皆不足與本學之深廣相副，必求其近，姑以‘名學’譯之，蓋中文惟‘名’字所函，其奥衍精博與‘邏各斯’字差相若；而學問思辨，皆所以求誠；正名之事不得舍其全而用其偏也。”譯穆勒約翰《羣己權界論》曰：“或謂舊翻‘自繇’之西文‘里勃而特’，當翻‘公道’；猶云事事公道而已，此其說誤也。謹按‘里勃而特’，原古文‘里勃而達’，乃自由之神號，其字與常用之‘伏利當’同義；“伏利當”者，無罣礙也，又與‘奴隸’、‘臣服’、‘約束’、‘必須’等字爲對義。‘公道’西文自有專字曰‘札思直斯’，二者義雖相涉，然必不可混而一之也。中文‘自繇’，常含放誕、恣睢、無忌憚諸劣義；然自是後起附屬之話，與初義無涉。初義但云不爲外物拘牽而已；無勝義，亦無劣義也。夫人而自繇，固不必須以爲惡；即欲爲善，亦須自繇。其字義訓，本爲最寬。‘自繇’者，凡所欲爲，理無不可，此如有人獨居世外；其自繇界域，豈有限制；爲善爲惡，一切皆自本身起義，誰復禁之。但自入羣而後，我自繇者，人亦自繇；使無限制約束，便入强權世界而相衝突。故曰：‘人得自繇，而必以他人之自繇爲界。’此則《大學》絜矩之道，君子所恃以平天下者矣。穆勒此書，即爲人分别何者必宜自繇，何者不可自繇也。斯賓塞《倫理學·説公》一篇，言：‘人道所以必得自繇者，蓋不自繇則善惡功罪皆非己出，而僅有幸不幸可言，而民德亦無由演進，故惟與以自繇而天擇爲用，斯郅治有必成之一日。’佛言：‘一切衆生，皆轉於物；若能轉物，即同如來。’能轉物者，真自繇也。是以西哲又謂：‘真實完全自繇，形氣中本無此物，惟上帝真神，乃能享之；禽獸下生，驅於形氣，一切不由自主，則無自繇而皆束縛。獨人道介於天物之間，有自繇，亦有束縛。治化天演，程度愈高，其所得以自繇自主之事愈多。’由此可知‘自繇’之樂，惟自治力大者爲能享之；而氣稟嗜欲之中，所以纏縛驅迫者，方至衆也。盧梭《民約》其開宗明義，謂‘斯民生而自繇’此語大爲後賢所呵。亦謂初生小兒，法同禽獸，生死飢飽，權非己操，斷斷乎不得以自繇論也。名義一經俗用，久輒失真。如老氏之‘自然’，蓋謂世間一切事物，皆有待而然；惟最初衆父，無待而然；以其無待，故稱‘自然’，惟‘造化’、‘真宰’、‘無極’、‘太極’爲能當之；乃今俗義，凡順成者皆‘自然’矣。又如釋氏之‘自在’，乃言世間一切六如變幻起滅；獨有一物，不增不減，不生不滅；以其長存，故稱‘自在’。惟力質本體，恒住真因，乃有此德。乃今欲取涅盤極樂引伸之義，而凡安閑逸樂者皆‘自在’矣，則何怪‘自繇’之義，始不過謂自主而無以罣礙者；乃今爲放肆、爲淫佚、爲不法、爲無禮；一及其名，惡義坌集；而爲主其説者之詬病乎？穆勒此篇所釋名義，祇如其初而止，柳子厚詩云：‘破額山前碧血流，騷人遥住木蘭舟。東風無限瀟湘意，欲采蘋花不自由。”所謂‘自由’，正此義也。‘由’、‘繇’二字，古相通假。今此譯皆作‘自繇’字，不作‘自由’者，非以爲古也，蓋其字依西文規例，本一系名，非虚乃實；寫爲‘自繇’，欲略示區别而已。”凡此之類，皆幾經籀討，而後定一名，下一義。學者稱之曰“侯官嚴先生”。自是士大夫多傾向西人學説；而復則以爲“自由”、“平等”、“權利”諸説，由之未嘗無利；脱靡所折衷，則流蕩放佚，害且不可勝言，其究必有受其弊者。獨居深念，嘗謂近者吾國以世變之殷，凡吾民前者所造因，皆將於此食其報。而淺譾剽疾之士，不悟其所從來如是之大且久也；輒攘臂疾走，謂以旦暮之更張，將可以與勝我抗也；不能得，又搪撞號呼，欲率一世之人，與盲進以爲破壞之事。顧破壞矣，而所建設者，又未必其果有合也！則何如稍審重而先咨於學之爲猶愈也。每於廣衆中陳之，急言極論。顧聞者不以爲意，輒謂復之過計也。以光緒三十一年，因事赴倫敦，孫文適在英，聞復之至，造訪焉。復乃爲痛陳中國民品之劣，民智之卑，即有改革，害之除於甲者，將見於乙；泯於丙者，將發於丁。如不從教育下手，更新何日。文曰：“俟河之清，人壽幾何。君思想家，我乃實行家也。”遂不復見云。

復既以海軍積勞叙副將矣；盡棄去，入貲爲同知，洊擢道員。宣統元年，海軍部立，特授協統，尋賜文科進士出身。其鄉人鄭孝胥調以二詩，其一曰：“嚴侯本武人，科舉偶所慕。棄官更納粟，被刖嘗至屢。平生等身書，絃誦遍行路。晚邀進士賜，食報一何暮。回思丙丁間，春闈我猶赴；都門有文會，子作必寄附；傳觀比九王，一讀舌俱吐。誰知厄場屋，同輩空交譽。天傾地維絶，萬事逐烟霧；八股竟先亡，當時殊不悟。寒窗抱卷客，億兆有餘詛。吾儕老更黠，檢點誇戲具。煩君發莊論，習氣端如故。”其二曰：“左侯左宗棠居軍中，歎息謂歐齋林壽圖以進士出身，官陝西布政使。時左官陝甘總督也：‘屈指友朋間，才地有等差。進士勝翰林，舉人有過之。我不得進士，勝君或庶幾。’歐齋奮然答：‘霞山劉蓉以諸生從戎，累官陝西巡撫語益奇。舉人何足道，卓絶惟秀才！’言次輒捧腹，季高怒豎眉。觀君評制藝，折肱信良醫。少年求進士，得之特稍遲。風味如甘蔗，倒嚼境漸佳。何可遽驕滿，持將傲吾儕！不穀雖不德，自知背時宜。三十罷應試，庚寅直至斯。暫抱季高説，不顧歐齋嗤。君詩貌煩冤，内喜堪雪悲。官裏行皆促，老蒼仗頭皮。八股縱已亡，身受伏餘威；知君不忘故，得意還見思。”亦以證復曩昔之治八股者劬耳。旋充學部名詞館編纂。其後章士釗董理其稿，草率敷衍，乃彌可驚，歎復藉館覓食，未抛心力爲之也。旋以碩學通儒徵爲資政院議員。三年，授海軍部一等参謀官。

袁世凱與復本雅故；其督直隸，招復不至，以爲恨。既罷政，詆者蠭起。復獨抗言折之，謂："世凱之才，一時無兩。"則又感復。及被舉爲臨時大總統，遂聘復長京師大學堂，充公府顧問，參政院參政及憲法起草委員。復恒昌言："國人識度不適於共和。"又言："自由平等者，法律之所據以爲施，而非云民質之本如此也。夫言自由而日趨於放恣，言平等而在在反於事實之發生。此真無益，而智者之所不事也。大抵治權之施，見諸事實，故明者著論，必以歷史之所發見者爲之本基；其間籀取公例，則必用内籀歸納之術而後可存。若夫向壁虚造，用'前有'、'假如'之術；立爲原則，演繹之；及其終事，罔不生心害政。盧梭之《民約論》出。以自由平等爲天下號，適會時世，民樂畔古；而盧梭文辭又偏悍發揚，語辨而意澤，能使聽者入其玄而不自知。顧所謂'民居之而常自由、常平等'者，盧梭亦自言其爲歷史之所無矣。夫指一社會，考諸前而無有，求諸後而不能，則安用此華胥、烏託邦之政論而毒天下乎？况今吾國人之所急者，非自由也，而在人人減損自由，而以利國善羣爲職志。至於'平等'，本法律而言之，誠爲平國要素，而見於出占投票之時；然須知國有疑問，以多數定其從違，要亦出於法之不得已；福利與否，必視公民之程度爲何如。往往一衆之專横，其危險壓制，更甚於獨夫，而亦未必遂爲專者之利。是以其書名爲救世；於窮簷編户，嫗煦燠咻，而其實則慘刻少恩，恣睢暴戾。”乃著《民約平議》一文，其説本之英哲家赫胥黎。而戴袁世凱者，利復有言，又以復雄文高名，欲資之以稱帝。始發其謀者楊度。憲法顧問美博士古德諾氏《共和與君主論》既發表之第三日，楊度訪復於西城舊刑部街之居，侈陳其比來博塞之利；謂"數日前，挾二千金之天津，訪所眷某姬，約友作雀戲，以千元作底，加旺子百元，和與翻無限制；會吾輪莊牌，作餅子清一色，案上碰出八九餅；手中一餅三枚，二五餅對碰等和；旁家發一餅，以常情論，吾無開槓理。顧吾欲藉以卜吾運之亨塞，乃舉手中牌七枚，翻以示人曰：'吾既杠一餅，已無異自宣吾蘊，尚何祕爲？苟吾運果佳者，所需二五餅，終當摸索自得之；天緣湊巧，或且槓上開花矣。'不意翻取諸槓頭之牌視之，果爲二餅；遂以一色全對成和，作五翻計算，合旺子之數，一次所贏，已逾萬金也。吾以是知吾運已入亨通之境；意有所圖，必當如願。近謀組織一公司，朋輩争相附股，羣思託蔭於吾，冀有所膏潤"云。復聞度言之津津，若有至味，頗不識何所取意。

次日，度復相過，問："見古德諾《君主論》乎？"曰："見之。"問："公視今日政治，何如前清？共和果足以使中國臻於富强興盛乎？"復喟爾而言曰："此一時殊未易答。辛亥改革之頃，清室曾頒佈憲法信條十九，誓以勿渝。僕於其時主張定虚君之制，使如吾言，清室怵於王統之垂絶幸續，十九信條必將守之惟謹，不敢或背，而君臣之義未全墮地，内外百官猶有所慴。國事之壞，當不至如今日之甚，或得如英國國君端拱無爲而臻於上理，未可知也。"度曰："惟然；我將與同志諸人組合一會，名曰籌安，專就吾國是否宜於共和，抑宜於君主，爲學理之研究。古德諾引其端，吾等將竟其緒。國中士庶，向惟公之馬首是瞻。請公爲發起人，可乎？"復瞿然作色曰："適吾所云，不過追維既往，聊備一説。國經改革，原非一蹴可期其大治。君主之制，所賴以維繫者，厥惟人君之威嚴。今日人君威嚴既成覆水；貿然復舊，徒益亂耳。僕持重人所共知，居恒每謂國家革故鼎新，爲之太驟；元氣之損，往往非數十百年不易復。故世俗所謂革命，無問其意在更民主抑君主，凡卒然盡覆已然之局者，皆爲僕所不取。國家大事，寧如弈棋，一誤豈容再誤？吾國之宜有君而輿尸征凶，此雖三尺童子知之；而所難者，孰爲之君？此在今日，雖爲聖者，莫知適從，鄙意誠所重憚。"度磨之曰："而公曾不聞之乎？德皇威廉一再語梁崧生公使、袁芸臺公子梁士詒、袁克定：'中國非君主不治；長此不更，爲害必且累及世界。'其言誠洞中肯綮。以公之明，詎尚見不到此？且吾輩但事研究，可耳。至君主應否規復之議一決，吾輩之責任已畢。若夫實施，别有措置。爾時水到渠成，尚何重憚之有？"復又曰："若然，則欲君主便君主可耳。自古覬覦大位者，一惟勢力是視；何嘗有待於研究哉？"度乃以大義相勸，正色告曰："政治之弛張，不本之學術，於理未融，即於情不順。公宿學雅望，士林瞻仰，既知共和國體之無補於救亡，即不宜苟安聽其流變！”復意不能無動，乃曰：“籌安會，足下必欲成之；僕入會爲會員，貢一得之愚，固未嘗不可。特以研究相號召，度不能强人主張以必同也。”度乃起告别，尋語曰：“日者相者俱判吾鵬程萬里，行且將扶摇上青天。吾不已告公博塞之微，其通亨且若彼？公果降心相從，何鰓鰓慮夭閼也？”復至是始悟昨之侈言博塞，意在以諷喻，爲今日遊説張本耳。

明日，度具柬邀復晚餐，柬叙同座，則孫毓筠、劉師培、李燮和、胡瑛姓名赫然在焉，皆度所要給以發起籌安會者也。復既以疾辭。至晚宴散，度復相過。復固辭不見。度怏怏去。夜逾半，度忽遣使以一書相詒，謂：“籌安會事，實告公，蓋承極峯旨。極峯諭非得公爲發起人不可，固辭恐不便。事機稍縱即逝。發起啓事，明日必見報。公達人，何可深拒？已代公署名，不及待覆示矣。”緘尾並綴“閲後付火”四字。復得書，倉卒不知所爲。明日籌安會啓事出；而復列名發起人第三。閽者啓：“門首晨出，即有壯士二人荷槍鵠立，詢之，則謂長官恐匪黨或相擾，遣來警衛也。”於是復杜門不出；籌安會召議事，輒稱疾謝之；直至籌安會解散，未嘗一蒞石駙馬街，望籌安會之門。

及梁啓超有異議，其論一出，風動海内。而世凱謀所以折其議者，迺以爲非復莫屬，署券四萬金，令内史夏壽田持以謁復，請爲文以難啓超。復卻其幣，告壽田曰：“吾苟能爲，固分所應爾。若以貨取，其何以昭信天下？非主座見命之意也。容吾徐圖之以報命。”壽田唯唯退。而復得要脅之書，無慮二十通，或諷以利害，或脅以刺殺，或責其義不容辭而詭稱天下屬望。所署姓字真僞不得知，要皆謂復非有以折啓超而關其口不可，復籌慮數日。乃詣壽田，舉所得諸函示之曰：“梁氏之議，吾誠有以駁之。惟吾思主座命爲文，所祈以祛天下之惑而有裨於事耳。閩中諺云：‘有當任婦言之時。有姑當自言之時。’時勢至今，正當任婦言之。吾雖不過列名顧問，要爲政府中人，言出吾口，縱極粲花之能事，人方視之爲姑所自言；非惟不足以祛天下之惑，或轉爲人藉口，吾以是躊躇不輕落筆，非不肯爲也。爲之而有裨於事，吾寧不爲哉？至於外間以生死相恫嚇，殊非吾所介意。吾年逾六十，病患相迫，甘求解脱而不得；果能死我，我且百拜之矣！”壽田以白世凱。世凱知其意不可奪，駁梁啓超之文乃改命孫毓筠爲之。是故名與籌安發起之列者六人，世謂之“籌安六君子”，語含諷嘲。餘五人皆有美新之作，勸進之文，而楊度《君憲救國論》，最傳誦人口。獨復學問文章，冠絶後輩，未嘗有隻字著論；而語於人曰：“大總統宣誓就職之後，以法律言，於約法有必守之義務。不獨自變君主不可訓，且宜反抗餘人之爲變。堂堂正正，則必俟通國民之要求。顧民意之於吾國，乃至難出現之一物；使不如是。則共和最高國體，亦無所云不宜者矣。”徒以名高爲累，遂爲世凱所浼，英人多辣司氏謂其友曰：“世凱苟具卓犖之識，積學如嚴先生輩，正不應牽令入政治漩渦，摧毁國之精英。然未嘗以不如己意而殺其身；賢於貴國古代奸雄遠矣。”

世凱既失志以死。而黎元洪代爲總統，知復之不與謀也，故緝治籌安肇首，復不與焉。顧明令未頒之先，頗有傳復不爲元洪所諒者。林紓至泣涕以迫復宵遁。復慨然曰：“吾俯仰無愧怍，雖被刑，無累於吾神明；庸何傷!”夷然處之。然千夫所指，清望頓減矣。顧復通知古今，善於覘國；既感時驚心，有所切論；知之者以爲警世之危言，不知者以爲遜朝之殷頑也。然談言微中，不爲茍同，足以資監觀、裨國是者，不尠焉。

方袁世凱之爲大總統也，國人震其威名，以爲可遺大投艱。而復則殊不謂然；曰：“中國之弱，其原因不止一端；顧其大患，在下習凡猥，而上無循名責實之政。齊之强以管仲，秦之起以商鞅，其他若申不害、趙奢、李悝、吳起，降而諸葛武侯、王景略，唐之姚崇，明之張太岳，凡爲强效大抵皆任法者也。吾國人學術既不發達，而於公中之財，人人皆有巧偷豪奪之私，如是而增國民負擔，誰復甘之！草衣木食，潛謀革命，則痛哭流涕，訾政府窮兇極惡！一旦竊柄自雄，則舍聲色貨利，别無所營；平日愛國主義，不知何往。以如是之國民，雖爲强者奴隸，豈不幸哉！是故居今而言救亡，惟申韓庶可用。除卻綜名覈實，豈有他途可行！試觀歷史，無論中外古今，其稍獲强效者，何一非任法者耶？項城固一時之桀，顧吾所心憾不足者，無科學知識，無世界眼光；又過欲以人從己，不欲以己從人；一切用人行政，未能任法而不任情也。望其轉移風俗，奠固邦基；嗚呼，非其選爾！顧居今之日，平情而論，於新舊兩派之中，求當元首之任而勝項城者誰乎？此國事之所以重可歎也。財匱民窮，不爲根本救濟之法，方戚戚以斷炊破産爲憂，刻意聚斂，以養君爲最急之事，尚何能爲民治生計乎？教育强國根本，而革命以後，此論久不聞矣。”

及世凱之敗也，國人怒其稔惡，又以亟去之爲快。而復意又不然；曰："項城此時去，則天下必亂，而必至於覆亡。德人有言：'祖國無上；爲此者，一切無形有形之物，皆可犧牲。'復之不勸項城退位，非有愛於項城也；無他，所重在國故耳。夫項城非不可去，然必先爲其可以去。蘇明允謂：'管仲未嘗爲其可以死，其於國爲不忠。'使項城而稍有天良，則前事既差，而此時爲一國計，爲萬民計，必不可去。而他日既爲可去之後，又萬萬不可以留。蓋使項城今日而去，則前者既爲其不義，而今日又爲其不仁。使項城他日而留，則前者既爲其寡廉，而他日又爲其鮮恥。故曰'今日必不可去，他日必不可留'也。歷觀各報，函電旁午，壹以迫項城退位爲宗。顧退位矣，而用何道出之，使神州中國得以瓦全？則又毫無辦法。故復常謂中國黨人，無論帝制共和兩派，蜂起憤争；而跡其行事，誅其居心，要皆以國爲戲以售其權利憤好之私，而爲旁睨胠篋之傀儡。以云愛國，遏乎遠矣！夫中國自前清之帝制而革命，革命而共和，共和而一人政治，一人政治而帝制復萌，誰實謂之，至於此極！彼項城固不得爲無罪；而所以使項城日趨於專，馴至握此大權者，夫非辛壬黨人、參衆兩院之搗亂，靡所不爲，致國民寒心，以爲寧設强硬中央，驅除洪猛，而後元元至息肩喘喙之地故耶？不幸項城不悟，以爲天下戴己，遂占亢龍，遽取大物；一著既差，威信掃地。嗚呼，亦可謂大哀也已！然所謂帝制違誓種種，特反對者所執之詞；而項城之失人心，一敗至於不可收拾者，固别有在，非帝制也。蓋項城之失敗衆矣；而最制其死命者，莫如財政；項城之敗著夥矣，而莫厲於暗殺。項城自柄政以還，於中交兩行，其虧負顯然可指者過四千萬；而黯昧通挪，經梁士詒、葉恭綽爲之騰攫者，尚過此數。不得已，梁士詒倡停止付現之院令，蓋以逢項城之意，欲取中國銀行預備金以爲濟急之計。乃京、漢而外，舉不奉令；則事已全反其所期，而徒爲益深益熱之敗著。嗚呼，吾曹終日憂歎，爲國懷破産之懼；而項城則長作樂觀，泥沙揮霍；小人逢長，因而啜叶促訾，是其敗宜久矣！就職五年，民不見德；不幸又值歐戰發生，工商交困，百貨瞢騰，而國用日煩；一切賦税，有加無減。社會侈靡成風，人懷非望。此即平世，已不易爲；乃國體適於此時議變更，遂爲羣矢之的。且項城自辛亥出山以來，得以首出庶物者，無他，舊握兵權而羽翼爲盡死力故也。生性好用詭謀以鋤異己。往者勿論，乃革命軍動，再行出山，至今若吴禄貞、若宋教仁、若趙秉鈞、若應桂馨，最後若鄭汝成、若張思仁，若黄遠庸，海宇譁然，皆以爲項城主之。夫殺吴、宋，雖公孫子陽而外之所不爲；然猶可爲説。至於趙秉鈞、鄭汝成，皆平日所謂心腹股肱，徒以洩祕密之口，忍於出此，又况段祺瑞以不同意稱帝，杜門不動，數見危機。人間口語，怪怪奇奇，則羣下幾何其不解體乎！夫求之財政則如彼；察之人心又如此；雖以魏武、劉裕當之，殆難爲力；矧非其倫！而自就職以來，於中國根本問題，毫末無所措注。即以治標而論，軍旅素所自許，而悍兵驕將，軍實戰械，皆未聞有統一之規。徒以因緣際會，羣龍無首，爲衆所推，遂亦予聖自雄，以爲無兩。而以參衆兩院擣亂之太過，於是救時之士，亦謂中國欲治，非强有力之中央政府不可。新修約法，於法理本屬無當；而反對者少。無他，冀少獲救國之效已耳。而誰謂轉厚項城之毒乎？籌安會之起，私衷本不贊同。然丈夫行事，既不能當機決絶，登報自明；則今日受責，即亦無以自解。惟於此日取消帝制之後，而欲使我勸項城退位，則又萬萬不能。”

袁世凱既殂；而黎元洪代起爲大總統；國人推長者，謂其可息世囂、夷大難。而復意又不然，曰：“吾讀中西歷史，小人固覆邦家，而君子亦未嘗不失敗。大抵政治一道，如御舟然，如用兵然；履風濤，冒鋒鏑，各具手眼，以濟以勝爲期；能濟能勝而後爲羣衆所託命。道德之於國君，譬之如財政家之信用，非是固不可行；然而乃其一節，而非其全能也。黎公道德，天下所信。然救國圖存，斷非如此道德所能有效。何則？以柔闇故。遍讀中西歷史，以謂天下最危險者，無過良善闇懦人，下爲一家之長，將不足以庇其家。出爲一國之長，必不足以保其國。古之以暴戾豪縱亡國者，桀紂而外，惟楊廣耳，至於其餘，則皆煦煦姝姝，善良謹慤者也。又况今日邦基隉杌，其能宏濟艱難撥亂世而反之正者，决非僅僅守正高尚如今人所謂道德者，足以集事。當是之際，能得漢光武、唐太宗，上之上者也；即不然，曹操、劉裕、桓宣武、趙匡胤，亦所歡迎。蓋當國運飄摇，干犯名義是一事，而功成治定，芟夷頑梗，得以使大多數蒼生安居樂業，又是一事。此語若對衆宣揚，必爲人人所唾罵。然細思之，今日政治惟一要義，其對外能强，其對内能治，所用方法，則皆其次。孟子謂：‘行一不義，殺一不辜；雖得天下不爲。’此自極端高論，殆非世界所能有。然吾所患於袁氏者，以其多行不義，多殺不辜，而於外强内治兩言，又復未嘗夢到。觀其在位四年，軍伍之不統一，財政之紛亂；夫治標乃渠儂最急之圖，尚是如此；至其他根本問題，如教育、司法，尤不必論。綜其行事，所最爲中外佩服者，即其解散國會一事，謂其有利刃斬亂麻之能；而抵制日本要求不與焉。嘗觀陝西教士著一《見聞録》，謂："袁世凱大罪，不在規圖帝制；在於不審始終。至於事敗，轉使强盗羣稱守正，匪人皆居成功；而民國之苦痛遂極。"此真針針見血之語。夫國亂如此，北洋系經一番酣豢之後，既成暮氣而無能爲。則使有政黨焉，以其魄力盤踞把持，出而爲一切之治，鋤誅異己，號令出於一門，人曰'此暴民專制'也，而吾則曰'猶有賴焉'。而乃好惡拂人，貪酷無厭。假令一旦異己者亡，而同室之中，又乖離分張，芽孽萌動，而争雄長矣。夫盗賊匪人，豈有久合之道？欲其利國，不益遠乎？此吾國前途所爲可痛哭也。"

其時梁啓超方以政論負天下望，而袁世凱之殇，又發難於啓超之一論，國人仰之如景星卿雲。而復意又不然，曰："國家欲爲根本改革之計，其事前皆須有預備。而今之人，則欲一蹴而幾，又焉可得？少年人大抵狂於聲色貨利之際；即其中心地稍淨者，亦聞一偏之説，鄙薄古昔，而急欲一試，以謂必得至效。逮情見勢屈，始悟不然；此時即有次骨之悔，而所亡已多。今日之事，不如是耶？但問今日局面不可收拾之所由來，則其原因至衆，項城不過因其勢而挺之而已，非造成此勢者也。若論造成此勢，則清室自爲其消極；而康、梁以下諸公爲其積極，二者合，而大亂遂爲不得不成之勢。至於元二諸公，所謂推波助瀾，而其身亦在漩渦滚浪之中，欲不爲然，或不可得。夫滿清入關，以東胡種人而爲中國之主，比較而論，其暴君亂政，以視朱明、胡元要爲稀少。而一旦權臣欺其寡孤以與人市，臣民之中絶少爲之太息扼腕者，雖曰自取；而向來執筆出報諸公，不得不謂其大有效力耳。嗟嗟，吾國自甲午以來，變故爲不少矣。而海内所奉爲導師，以爲趨向標準者，首屈康、梁師弟。顧衆人視之以爲福首；而自僕視之，則以爲禍魁。何則？政治變革之事，蕃變至多，往往見其是矣，而其效或非；羣謂善矣，而收果轉惡。是故深識遠覽之士，愀然恒以爲難，不敢輕心掉之，而無予智之習。而彼康、梁則何如？生長粤東，爲中國沾染歐風最早之地。而粤人赴美者多，赴歐者少，其所捆載而歸者，大抵皆十七八世紀革命獨立之舊義。其中如洛克、米勒登、盧梭諸公學説，驟然觀之，而不細勘以東西歷史、人羣結合開化之事實，則未有不薰醉顛狂，以其説爲人道惟一共遵之途徑，仿而行之，有百利而無一害者也。而孰意其大謬不然乎！平生於《莊子》累讀不厭，因其説理語打破後壁，往往至今不能出其範圍。其言曰：‘名，公器也，不可以多取。仁義，先王之蘧廬也，止可以一宿，而不可以久處。’莊生在古則言‘仁義’，使生今日。則當言‘平等’、‘自由’、‘博愛’、‘民權’諸學説矣。莊生言：‘儒者以詩書發冢。’而羅蘭夫人亦云：‘自由自由，幾多罪惡，假汝而行！’甚至‘愛國’二字，其於今世最爲神聖矣。然英儒約翰孫有言：‘愛國二字，有時爲窮兇極惡之鐵礮臺。’西國文明，自今番歐戰掃地遂盡。英國看護婦某氏正命之頃，明告左右，謂：‘愛國道德爲不足稱。何則？以其發源於私，而不以天地之心爲心故也。’此等醒世名言，必垂於後，正如羅蘭夫人論刑時，對自由神謂‘幾多善惡，假汝而行’也！可知談理論一入死法，便無是處。是故孔子絶四，而釋迦亦云：‘如筏喻者，法尚應舍，何況非法。’而彼康、梁則何如？於道徒見其一偏而出言甚易。南海文筆沈悶。至於任公妙才，下筆不能自休；其自甲午以後，於報章文字，成績爲多，一紙風行，海内觀聽爲之一聳。僕嘗寓書戒之，勸其無易出言，致成他日之悔。當日得書，聞頗意動；而轉念乃云：‘吾將憑隨時之良知行之。’由是昌狂無忌，暢所欲言；至學識稍增，自知過當，則曰：‘吾不惜與自己前言宣戰。’然而革命、暗殺、破壞諸主張，並不爲悔艾者留餘地也。其筆端又有魔力，足以動人；言‘破壞’，則人人以破壞爲天經；倡‘暗殺’，則人人以暗殺爲地義；敢爲非常可喜之論，而不知其種禍無窮。往者唐伯虎詩云：‘閒來寫得青山賣，不使人間造業錢。’以僕觀之，梁任公所得於雜誌者，大抵皆造業錢耳。今夫亡有清二百六十年社稷者，非他，康、梁也。何以言之？德宗固有意向之人君。向使無康、梁，其母子未必生釁。西太后天年易盡，俟其百年，政權獨攬，徐起更張；此不獨祖宗之所式憑，而亦四百兆人民之利賴。而康乃踵商君之故智，卒然得君，鹵莽滅裂，輕易猖狂，馴至於幽其君而殺其友；已則逍遥海外，立名目以斂人財，恬然不爲恥。夫曰保皇，試問其所保今安在耶？必謂其有意作亂，固屬大過；而狂謬妄發，自許太過，禍人家國，而不自引咎；則雖百儀、秦，不能爲南海作辯護也。至於任公，則自竄身海外以來，常以摧剥征伐政府爲能事；《清議》、《新民》、《國風》，進而彌厲；至於其極，詆之爲窮兇極惡，意若不共戴天。以一己之新學，略有所知，遂若舊制一無可恕，其辭具在，吾豈誣哉？於是頭腦簡單之少年，醉心《民約》之洋學生，至於自命時髦之舊官僚，乃羣起而爲湯武順天應人之事；迨萬弩齊發，隄防盡隳，而天下洶洶，莫適誰主。蓋至辛亥壬子之交，天良未昧，任公悔之晚矣。於是熏穴求君，思及朱明之愘孫，曲阜之聖裔。乃語人曰：'吾往日議論，止攻政府，不詆皇室。'嗟嗟，任公生爲中國之人，讀書破萬卷，尚不知吾國之制，皇室政府不得歧而二之；於其體誠欲保全，於其用不得不稍留餘地，亦可謂枉讀一世之中西書矣。今夫中國立基四千餘年，含育四五百兆，是故天下重器，不可妄動；動則積屍成山，流血爲渠。古聖人所以嚴分義而威亂賊者以此，伊尹之三就桀者以此，周發之初會孟津而復散歸者以此，操、懿之久而後篡者亦以此。英人摩理有言：'政治爲物，常擇於兩過之間。'法哲韋陀虎哥有言：'革命時代，最危險物，莫如直線。'任公理想中人，欲以無過律一切政法，而一往不回，常行於最險直線者也，故其立言多可悔。迨悔而天下之災已不可救矣。今夫投鼠忌器，常智猶能與之。彼有清多罪，至於末造之親貴用事，壞法亂政，誰不知之。然使任公爲文痛詈之時，稍存忠厚，少斂筆鋒；不至天下憒興，流氓童騃盡可奉辭與之爲難，則留一姓之傳，以內閣責任漢人，爲君主立憲；所全豈不甚多？而無如其一毀而無餘何也。至於今日，事已往矣。師弟翩反，復覩鄉枌，强健長存，仍享大名，而爲海内之巨子；一詞一令，依然左右羣倫；而有清之社，則已屋矣。《黄台瓜》辭曰：'種瓜黄台下，瓜熟子離離。一摘使瓜好，再摘使瓜稀，三摘猶爲可，四摘抱蔓歸。'康、梁之於中國，已再摘而三摘矣。耿耿隱憂，竊願其慎勿四摘耳。大抵任公操筆爲文時，其實心救國之意淺，而俗諺所謂'出風頭'之意多。莊生謂：'蒯聵知人之過，而不知其所以過。'而德文豪哥德劇曲中，載有鮑斯特者，無學不窺，最後學符咒神祕術；一夜召地球神，而地球神至，陰森獰惡，六種震動。問欲何爲，鮑大恐屈伏；然而無術退之。嗟乎，任公既以筆端攪動社會至如此矣，然惜無術再使吾國社會清明；則於救亡本旨，又何濟耶？時局至此，當日維新之徒，大抵無所逃罪。僕雖心知其危，故《天演論》既出之後，即以《羣學肄言》繼之，意欲盪氣者稍爲持重。不幸舍其舊而謀其新，風會已成。而鄭蘇戡《五十自壽長句》有句云：'讀盡舊史不稱意，意有新世容吾儕。'嗟乎，新則新矣，而試問此爲何如世耶！大抵吾人通病，在覩舊法之弊，以爲一從夫新，如西人所爲，即可以得無弊之法；而孰意不然。專制末流，固可爲痛；則以爲共和當佳；而孰知其害乃過於專制。始知世間一切法舉皆有弊；而福利多寡，仍以民德民智高下爲歸。使其德智果高，將不徒新法可行，即舊者亦何嘗遂病。儻德與智，未足心知其意，即民權亦復何爲。其最受病，在用共和而不知選舉權之重，放棄販賣，匪所不爲。根本受病，此樹不能久矣。所以嘵嘵者：即以億兆程度，必不可以强爲；即自謂有程度，其程度乃真不足；目不見睫，常苦不自知耳。辛亥革命，而段祺瑞執梃袁門，摟合武人以爲兵諫，宣統遜政，共和以成。八九年來，常以保障共和自任；然而於所以爲共和者，段氏寧夢見也？國會之惟利是視，摧剥民生，殆吾國有歷史來所未有。舊有風憲之官，言西法者皆以爲非善制；今則以其權畀國會矣。由是明目張膽，植黨營私；當國者只須有錢以豢養此輩議員，便可以諸善勿作，諸惡奉行，而身名仍復俱泰。嗚呼，真不圖我生不辰，乃見如此世界也！間嘗深思世變，以爲物必待極而後反。前者舉國闇於政理，爲共和幸福種種美言夸辭所炫，故不惜破壞舊法從之。今之民國近十年矣，而時事如此，更復數年，勢必令人人親受苦痛，而惡共和與一切自由平等之論如蛇蝎，而後起反古之思，至於其時，又未必不太過。此社會鐘擺原例，無可奈何者也。往者突厥，羣稱近東病夫，至十九稘末造，毅然變法；於是有"少年突厥"之特稱，列邦拭目觀其變化，僉謂自茲歐、亞接壤中間，將必有崛興之强國矣。顧乃大謬不然。數年之間，埃及、巴爾幹羣屬幾盡；而最後乃不量德力，爲德所利用，屈指年月，更繪輿圖；不獨歐洲必無回部，即在安息、大食中間，亦不知佔得幅員幾許。是故變法而興者，日本也。變法而亡者，突厥也。天時、地利、人事三者交匯以爲其因；此中消息至微，惟狂妄者乃欲矢口高論耳。吾輩託生東方，天賦以國；國者，其尊如君，其親如父。今乃於垂老之日，目擊危亡之機，欲爲挽救之圖，早夜思維，常苦無術。又熟知世界大勢，日見半開通少年，於醉夢中求漿乞酒，真使人祈死不得。所絕對不敢信者，以中國之地形民質，可以共和存立；梁任公亦謂：'共和必至亡國。'而求所以出此共和者，又斷然無善術。嗚呼，今乃知當日肆口擊排清室，令其一毀無餘者，爲可恨也。《傳①》曰：'無易由言。'人人自詭救國，實人人皆抱火厝薪之夫。一旦及

① "傳"應爲"詩"。

之後知，履之後艱，雖痛哭流涕，戟指呵罵其所崇拜盲從之人，亦已晚矣。悲夫！”

既而喪亂頻仍，國人意又稍苦共和。康有爲乃與長江巡閱使張勳陰謀復辟。而復意又不然！曰：“九年鹵莽共和，天下事至於如此。自常識而論，復辟豈非佳事？惟君主之治，必須出於自力；其次亦須輔佐。況當武人擁兵時代，非聰明神武，豈能戡禍亂而奠治安。此時中國已患無才，至於滿人，更不消説。此正合歷史一姓不再興公例。儻鹵莽滅裂以圖之，非惟無補於蒼生；抑將叢詬於清室。名爲愛之，適以害之；蔑叔違天，烏足尚乎！須知清室若可再興，則辛亥必不失國。當時天子聲靈，尚自赫耀；故家遺老猶有存者；手握雷霆萬鈞之勢。乃親貴亂政，授人口實，壞此山河；而謂今日憑藉鴟張武夫，可以光復舊物；必不然矣。此議果行，大非舊朝之福！”

於時天下洶洶，一分而不可復合；北洋之軍閥，南方之民黨，紛紜角訟，各有藉詞。而復則兩不以爲然！曰：“吾國革命之後，占勢力者不過兩系：軍人，一也；所謂民黨，二也。時局至此，民黨則被罪於軍閥之干政；而北洋軍人，則歸獄於萬惡之國會。互相抨擊，殆無休時。顧我輩平情論之，恐兩派均難逃責也。數千年文勝之國，所謂兵者，本如蘇明允所稱：‘以不義之徒，操殺人之器。’武人當令，則民不聊生；乃歷史上之事實。近數十年來，憤於對外之累敗，由是項城諸公得利用之，起而言尚武，言練兵。所以練兵；自唐以來，朝廷於有兵封疆，必姑息敷衍；清中興以後尤甚，此項城所以刻志言兵也。雖然，武則尚矣，而教育不先，風氣未改，所謂新式軍人，新於服制已耳。而其爲‘不義之徒，操殺人之器’自若也。雖然，此類軍人亦惟在中國始能存立耳；稍與節制師遇，無不披靡。日本有某將官嘗言：‘軍人娶得美妻，殖産至數十萬金，其人即非軍人。’然則歌童舞女，列屋環侍；偷糧蝕餉，積貲數百千萬；其人尚有軍人資格耶？以如是之人而秉國成，淫佚驕奢，争民施奪，國帑安得而不空虚？民生安得而不憔悴？由是浸淫成五季之局，斯爲幸耳。吾國原是極好清平世界。外交失敗，其過亦不盡在兵。自光、宣間，當路目光不遠，亦不悟中西情勢大殊，倜然主張練兵，提倡尚武；而當日所稟令者，依然是‘以不義之夫，執殺人之器’。此吾國今日所由紛紜大亂，萬劫不復也。若夫民黨，尤爲可哀。侈言自由，假途護法。其在野也，私立名字，廣召黨徒，無事則以報紙爲機關，有事則藉電報爲風雷，把持倡和，運動苞苴。一日登臺，所用者必其黨徒，曰：‘此固美、法先進民主國之法程也。’蜂屯蟻聚，雖二十二行省全國官僚，不足以敷其位置；而徒黨之中，驢夫走卒，目不識丁，但前有摇旗吶喊之功，則皆有一臠分嘗之獲。吏治官方，掃地而盡。至其所謂‘護法’者，亦不過所奉之辭而已。一旦手握重權，則破法者亦即此輩。軍人誠惡；然尚有統系紀律之存，其爲害或稍勝狂愚謬妄之民黨也。北洋軍人之奢驕淫佚，夫豈不知？然孰使此類之人，於社會有勢力而猶爲人心所繫者；民黨諸公宜自反也。民黨諸公，所畏忌無過北系軍人；顧識其真際者，竊以爲不足畏。蓋北系名爲軍人，養尊處優，大抵暮氣。而民黨仰取俯拾，方在進行一是，無所忌憚，以必得爲主；故當勝也。然於‘福國利民’四字，皆爲無望。羣不逞志，太息俟時。而中央失政，方鎮恣睢，既授以可乘之隙，則羣起而挺之。至於成事，則得位行權，各出其鈎爪鋸牙，以攘拏國帑、魚肉吾民者，猶吾大夫，未見君子。《詩》曰：‘譬彼舟流，不知所届。’吾國今日所最苦者，在於乏才。十年前，志士以政府腐敗之故，日日鳴鼓攻之，致令身無完膚；然於事無濟，徒假極無價值人，甚至强盜流氓以隙，使得借以爲資，生稱偉人，死鑄銅像。目下舉國若狂，是非自無定論。然我輩去後三十年，人心稍定時，回觀今日，不識當如何歎恨，如何齒冷耳。從來歷史當國是國體大更動時，必呈此種現象；俟種種經歷喪失，流血已多，而後人天厭亂，漸趨正軌。合歐洲已事觀之，此時正佛家所謂浩劫，未見黄人之遂臻平世也。俄雖歐之大國，民物土地，泱泱雄風；而其間大公竊權，女謁弄政，寵賂苛法，與夫其民之不學，較之吾國，殆有甚焉。故雖蠶食亞洲，而一遇强對，輒復不振。比者其國半明之民，乘機革命，亦復定制共和。不知國之治亂强弱，初不繫此。蓋革命所制鋤者，特貴族耳；而民之愚闇，初不能一蹴而躋休明。而舊法提防既墮，逞忿縱欲，二者必大横決。故法經八十年而始有可循之軌，猶不足以盛强。最近者俄，方且由革命而造成恐怖，由共和而流爲過激；其宗旨行事，實與百年前革命一派絶然不同。其人極惡平等自由之説，以爲明日黄花，過時之物；所絶對把持者，破壞資産之家與爲均貧而已。殘虐暴厲，據所記載，真令人有天地末日之悲。故中國亂矣，而俄羅斯比之則加酷焉。此如中國明季政窳而有闖、獻，斯俄之專制末流而結此果，真兩間劫運之所假手。與我中國，均不知何日始有向明之機！此時佇苦停辛，所受痛楚，要皆必循之階級。極端自由平等之説，殆如海嘯颶風，其勢固不可久，而所摧殺破壞，不可億計。此等浩劫，内因外緣兩相成，故其孽果無可解免。使可解免，則吾黨事前不必作如許危言篤論矣。”

黨競既烈，迺藉辭外交，段祺瑞爲國務總理，以對德宣戰，不爲黎元洪所可，發憤走天津；而國會則佑元洪以逐祺瑞，僉謂德人無敗理也。而復則獨不謂然，曰：“西方一德，東方一倭，皆猶吾古秦，知有權利，而不信有禮義公理者也。德有三四兵家，且借天演之言，謂戰爲人類進化不可少之作用。顧以正法眼藏觀之，殊爲謬説。戰真所謂反淘汰之事，羅馬、法國則皆受其敝者也。故使果有真宰上帝，則如是國種，必所不福。又使人性果善，則如是學説必不久行。德意志聯邦自千八百七十年來，可謂放一異彩：不獨兵事船械，事事見長，起奪英、法之席；而國民學術，如醫、如商、如農、如哲學、如物理、如教育，皆極精進，乃不幸居於驕王之下，輕用其民以與四五列强爲戰；而所奉之辭又多漏義，不爲人類之所通韙。目論者徒見其摧堅破强，鋭不可當。惟是兵戰之道，必計成功，不重鋒鋭：項羽百戰百勝，而卒蹶於漢高。今之德皇，殆如往史之項羽，即勝巨鹿，即燒咸陽，終之無救於垓下。德皇即殘比利時，即長驅入巴黎，恐亦終無補於危敗也。蓋德皇竭力繕武二十餘年，用拿破侖與其祖維廉第一之術，欲以雷霆萬鈞，迅霆不及掩聰，用破法擒俄，而後徐及於英國，故其大命懸於速戰而大捷。顧計所不及者，英人之助比、法也，列日起致死爲抗也。德國極强，然孟賁、烏獲，力有所底，飆發雷奮，所齏粉者，比國耳；浸淫而及於法之北疆，顧咫尺巴黎，經百日而不能破；東不能入俄境；南不能庇奥鄰。至馬蘭之挫衄，而無成之局兆矣。及踰二年，則正蹈曹劌三竭之説。而英人則節節爲持久之畫；疏通後路，維持海權，聯合三國，不許單獨媾和。曹劌以一鼓當齊之三，以爲彼竭我盈；英人之術，正復如是。大抵德人之病，在能實力而不能虚心。故德、英皆驕國也；德人之驕，益以剽悍；英人之驕，濟以沈鷙。然則勝負之數，不待蓍蔡矣。嘗謂今日之戰，動以國從。戰事之起，於人國猶試金之石；不獨軍政兵謀關乎勝負，乃至政令、人心、道德、風俗，皆倚爲衡。俄廣土衆民，天下莫二；然以蠶食小弱有餘，至與强對作戰，則無往不敗。昔之於日本，今之於德，皆其已事之明效也。此其故不在兵而在國之政俗。據今策之，縱横二系，非一仆不止。而德意志國力之强，固可謂生民以來所未有；東西二面，敵三最强國矣；而比、塞雖小，要未可輕。顧開戰十閱月，民命則死傷以兆計；每日戰費不在百萬鎊以下，來頭勇猛，覆比入法，累敗俄人；至今雖巴黎未破，喀來未通，東則瓦騷尚爲俄守；海上無一國徽，殖民地十亡八九，然而一厚集兵力，則盡復奥所亡城，俄人退讓，日憂戰線之中絶；比境法北之間，聯軍動必以數千傷亡，易區區數基羅之地；所謂死齘不得入尺寸者也！不獨直抵柏林。雖有聖者，不能計其期日；即此法北肅清，比地收復，正未易言。此真史傳之所絶無，而又知人事之大可恃也。英人於初起時，除一二兵家如羅勒、吉青納外，大抵皆以爲易與。及是始舉國憂悚，念以全國注之。而於政治，則變政黨之内閣而爲羣策羣力；於軍械子藥，則易榴彈以爲高炸；取締工黨，向之以八時工作者，至今乃十一時；男子衽兵革，女子職廠工；國債三舉，數逾千兆鎊，而猶苦未充。由此觀之，則英人心目之中，以條頓種民爲何等强對，大可見矣。故嘗謂國之實力，民之程度，必經苦戰而後可知；設未經是役，則德之强盛，不獨吾輩遠東之民不窺其實；即彼與接壤相摩者，舍三數公外，亦未必知其真際也。使彼知之，則英人徵兵之制必且早行，法之政府於平日軍儲必不弛然怠缺而爲之備，明矣。今夫德以地形言，則處中央散地四戰之境；猶戰國之韓、魏也。顧自伏烈大力以來，即持强權主義；雖中經拿破侖之蹂躪，而民氣愈益深沉。千百八十年累勝之餘，一躍千丈；數十年磨厲以須，以有今日之盛强。由此而知：國之强弱無定形；得能者爲之教訓生聚，百年之中，由極强可以爲巨霸；觀於德，可徵已。德人之於英、法，文明程度相若，而政俗則大不同。德人雖有議院，然實尚武而專制，以戰爲國民不可少之聖藥；外交則尚夸詐；重詗偵；其教民以能刻苦、厲競争爲本；其所厲行，乃盡吾國申、商之長而去其短。日本竊其緒餘，遂能於三十年之中，超爲一等强國。而英、法則皆民主。民主於軍謀，最不便；故宜戰後，其政府皆須改組。不然，敗矣。日本以島國而爲君主立憲，然其經國訓民，不取法同型之英，而純以德爲師資者，不僅察其國民程度爲此；亦以一學英、法，則難以圖强故也。年來英國屢經失敗，其自救而即以救歐洲者，在幡然改用徵兵制之一著；否則至今尚未知鹿死誰手耳。世變正當法輪大轉之秋，凡古人百年數百年之經過，至今可以十年盡之。蓋時間無異空間，古之程度，待數年而後達者，今人可以數日至也。故一切學説法理，今日視爲金科玉律，轉眼已爲蘧廬芻狗，成不可重陳之物；譬如平等、自由、民權諸主義，百年以往，真如第二福音；乃至於今，其弊日見，不變計者且有亂亡之禍。老夫年將七十，暮年觀道，什八九殆與前不同；以爲吾國舊法斷斷不可厚非。今有一證在此：有如英國十四年軍興以來，内閣實用人才，不拘黨系；足徵政黨，吾國歷史所垂戒者，至於風雨飄摇之際，決不可行，一也。最後則設立戰時内閣；而各部長不得列席；此即是前世中書、樞密兩府之制，與夫前清之軍機處矣，二也。英人動機之後，俄、意諸協商國靡然從之。夫人方日蜕化，以吾制爲最便；而吾國則效顰學步，取其已唾棄之芻狗而陳之；此不亦大異也耶？方戰事勃發之初，以德人新興之鋭，乘英、法積弛之政，實操十全勝算。爾乃入巴黎不能，趨卡來不至，僅舉比境與法北徼而不得過雷池半步者，此其中殆有天焉。及至曠日持久而不得志，則今日之事，其決勝不在戰陣交綏之中，而必以財政兵衆之數爲最後。德雖至强，而兵力固亦有限。試爲約略計之，則一年中，其死傷或云達三百萬，即令少此，二百餘萬當亦有之。而其東陲對俄之兵，報稱三百五十萬衆；如此則六百萬矣。而西面比、法之間，至少亦不下二百萬，是德之勝兵八百萬也。方戰之初，德人自言兵有此數，羣詫以爲夸誕之言；乃今此衆已全出矣。英、法之海衆未燔，而財力猶足以相持。軍興費重，日七八兆鎊；久之，德必不支。要而言之：德之霸權，終當屈於財權之下。又知此後戰爭，民衆乃第一要義。吾國之繁庶如此，假有雄桀起而用之，可以無對。而日操戈同室，殘民以逞，爲足痛也。”

時論方趨歐化而訾讀經。而復則甚不謂然，曰：“吾垂老親見支那七年之民國，與歐羅巴四年亙古未有之血戰。覺歐人三百年之進化，只做到‘利己殺人，寡廉鮮恥’八個字。回觀孔、孟之道，真覺量同天地，澤被寰區。此不獨吾言爲然，往聞吾國腐儒議論，謂孔子之道必有大行人類之時，心竊以爲妄語。乃今聽歐、美通人議論，漸復同此。彼都人士研究中土文化之學者亦日益加衆，學會書樓，不一而足。即此可知天下潮流之所趨矣。士於國學，茫乎未有知，斯已耳。如其不然也，聆他國學説，觀他國國政民風，必益信吾國先聖之言爲不可易；而以其新知發揮舊學，轉足使之盛大而不窮。蓋心愈瀹者知愈通；量愈拓者氣愈平；而聖人之道，實已立其極也。中國目前危難，全由人心之非；而異日一線命根，仍是數千年來先王教化之澤。讀經之在學校，當特立一科；而所占時間，不宜過多。寧可少讀，不宜删節；期以熟讀，亦不必悉求領悟；而要必於童蒙之教植其基；非不知辭奥義深，非小學生所能領解；然如祖父容顏，總須令其見過；至其人之性情學識，自然須俟年長，乃能相喻。‘四子’、‘五經’亦然。皆中國數千年人倫道德之基，此時不妨先教諷誦；能解則解，不能解則置之，俟年長學問深時，再行理會，有何不可。若少時不肯盲讀一過，則終身與之枘鑿；徐而理之，殆無其事。雖然，其中有歷古不變者焉，有因時利用者焉；使讀書者自具法眼，披沙見金，則新陳遞嬗之間，轉足爲原則公例之鐵證。老夫行年將近古稀，竊嘗究觀哲理，以爲耐久無敝，尚是孔子之書。‘四子’、‘五經’，固是最富礦藏，惟須改用新式機器，發掘淘鍊而已。顧古聖賢人所講學而有至效者，其大命所在，在實體而躬行；今日號治舊學者，特訓詁文章之士已耳，故學雖成，其於人羣社會無裨益也。其次莫如讀史，當留心細察古今社會異同之點。古人好讀‘四史’，亦以其文字佳耳。若研究人心政俗之變，則趙宋一代歷史最宜究心。中國所以成爲今日現象者，爲善爲惡，姑不具論，而爲宋人之所造就，什八九可斷言也。”

時論方戒早婚而崇自由。而復則亦不謂然，曰：“吾國前者以宗法社會，又以男女交際不同歐人，遂有早婚之俗，而末流或至病國，誠有然者。而今日一知半解之年少，莫不以遲婚爲主義，若有志於化民善俗。顧細察其情，則實不爾：蓋少年得此可以抵抗父母，奪其舊有之權；一也。心醉歐風，於配偶求先接洽，既察姿容之美惡，復測情性之淺深，以爲自由結婚之地；二也。復次凡今略講新學少年，莫不以軍國民自居，於古人娶婦所以養親之義本已棄如涕唾，至兒女似續尤所不重；則方致力求進之頃，以爲娶妻適以自累；假一不知誰氏女子以與之商終身不二之權利，則私計亦所不甘，則何若不娶單居？他日學成，幸而有百金以上之入；吾方挾此遨遊，脱然無累；羣雌粥粥，皆爲肉欲之資；孰與挾一伉儷而啼寒號飢，日受開門七件之累乎？此其三也。用此三因，於是今之少年，其趨於極端者不但崇尚晚婚，亦多傫然不娶；又覩東西之俗，通侻踰閑，由是怨曠既多，而夫婦之道亦苦。不如中國數千年敬重女貞；男子娶婦，於舊法有至重之名義，乃所以承祭祀，事二親，而延似續。而用今人之義，則舍愛情俗欲而外，羌無目的之存；女色衰則愛弛，男財盡則義絶；中道仳離者往往而有。今試問二者之中，何法爲近於禽獸？則將悚然而知古禮之不可輕議矣。婚嫁舊法，至以子女爲禽犢，言之傷心。而新法自由，男女幸福，乃以益薄。今夫舊法之弊，時流類能言之。至一趨於新而不知所裁制，其害且倍蓰於舊，彼昏不知也。”

時論方廢文言而倡白話。而復則亦不謂然，曰：“北京大學陳獨秀、胡適、錢玄同諸君，主張言文合一而作白話文，意謂西國然也。不知西國爲此，乃以語言合之文字；而陳、胡諸君則反是。以文字合之語言。今夫文言文之所以爲優美者，以其名辭富有，著之手口，有以導達奥妙精深之理想，狀寫奇異美麗之物態耳。如劉勰云：‘情在辭外曰隐。狀溢目前曰秀。’沈約云：‘相如工爲形似之言。二班長於情理之説。’梅聖俞云：‘含不盡之意，見於言外。狀難寫之景，如在目前。’今試問欲爲此者，將於文言求之乎，抑於白話求之乎？詩之善述情者無若杜子美之《北征》；能狀物者無若韓吏部之《南山》。設用白話，則高者不過《水滸》、《紅樓》；下者將同戲曲中簧皮之脚本。就令以此教育易於普及，而遺棄周鼎，寶此康匏，正無如退化何耳！世間萬事，無逃天演，革命時代，學説萬千；然而施之人間，優者自存，劣者自敗，雖千陳獨秀，萬胡適、錢玄同，豈能劫持其柄？則亦如春鳥秋蟲，聽其自鳴自止可耳。林紓輩與之較論，亦可笑也。”

好爲危言抗論，不爲隨俗，大率類此。而老病頹唐，感時發憤，無可告語，常自嘆恨曰：“我生之後，世界泯紛；眼見舉國飲狂，人理幾絶，而袖手旁觀，不能爲毫末補救。雖有透頂學識，何益人己之間！然則徒言學術，亦何與人事？此羊叔子所以不如銅雀伎也。吾人不善讀書，往往爲書所誤，是以以難進易退爲君子，以隱淪高尚爲賢人。不知榮利固不必慕，而生爲此國之人，即有爲國盡力之天職。往者孔子固未嘗以此教人，故公山、佛肸之召，皆欲往矣。而於沮溺之譏，則云：‘天下有道，某不與易。’孔子何嘗以消極爲主義也？世事朝局，所以敗壞不可收拾如今日者，正坐吾輩自名讀書明理，而純用消極主義，一聽無數纖兒，撞破家居之故。使吾國繼此果亡，他年信史，平分功過，知亦必有歸獄也。吾六十之年又加四矣，羸病掃軌，自力不能，惟有浩嘆。向使年僅知命，抑雖老未衰，將鞭弭櫜鞬出而從事；殺身亡家，所不顧耳！”

英使朱爾典歸國；而復往送之，與談朝局，撫今感昔，不覺老淚如綆。朱慰之曰：“君毋然！吾觀中國四千餘年蒂固根深之教化，不至歸於無效。天之待國猶人，眼前顛沛流離，即復甚苦；然放開眼孔看去，未必非所以玉成之也。君其勿悲!”復聞其言，稍爲破涕也。中年以來，既以文學爲天下所仰；雜文散見，不自留副；僅存詩三百餘首，樹骨浣花，取徑介甫，偶一命筆，思深味永，不僅西學高居上流也。其爲學一主於誠，事無大小無所苟，雖小詩短札，皆精美，爲世寶貴。而其戰術炮臺建築諸學，則反爲文學掩矣。以民國十年九月二十七日卒，年六十九。遺書三事，以詔子孫：一、中國必不亡，舊法可損益，必不可叛。二、新知無盡，真理無窮，人生一世宜勵業求知。三、兩害相權，輕己重羣。其用心端可知矣。

章士釗，字行嚴，湖南長沙人。少好文章，於唐宋八家，獨稱柳宗元，每語人曰：“子厚《答韋中立書》，自道文章甘苦，有曰：‘參之《穀梁》以厲其氣。參之《孟》、《荀》以暢其支。參之《老》、《莊》以肆其端。參之《國語》以博其趣。參之《離騷》以致其幽。參之《太史》以著其潔。’夫於氣則厲，於支則暢，於端則肆，於趣則博，於幽則致，於潔則著，相引以窮其勝，相劑以盡其美，凡文章之能事，至此始觀止矣。就中‘潔’之云者，尤爲集成一貫之德；有獲於是，其餘諸德自帖然按部而來，故子厚殿以爲文章之終事。自來文家，美中所感不足，蓋莫逾‘潔’字之道未備。韓退之《致孟東野書》，一篇之中，至連用‘其’字四十餘次，此科以助詞未甚中程，似不爲過。蘇子瞻論文，謂‘宜求物之妙，使了然於口於手’，此獨到之見，恒人所無。然東坡之文，往往泥沙俱下；‘氣盛’誠有之，‘言宜’每不盡然，爲宜之道則奈何？曰：凡思之未慊於意者，勿著於篇。凡字之未明其用者，勿廁於句。力戒模糊，鞭辟入裏，洞然有見於文境意境，是一是二；如觀遊澗之魚，一清見底；如察當簷之蛛，絲絡分明。命意遣詞，所定腕下必遵之律令，不輕滑過，要其歸於‘潔’而已矣。”此士釗論文之旨也。讀書長沙東鄉之老屋，前庭有桐樹二：東隅老桐；西隅少桐。老者葉重蔭濃，蒼然氣古。少者皮青幹直，油然愛生。時士釗年二十耳，日夕倚徙其間，以桐有直德，隱然以少者自命；喜白香山有“一顆青桐子”之句，因自號青桐子。二十一歲，負笈來南京，學於江南陸師學堂，總辦山陰俞明震恪士素擅學問，尤工爲詩，感物造端，攝興象空靈杳藹之域；晚益託體簡齋，句法間追錢仲文；嘗言“詩人非有宏抱遠識，必無佳構。”其爲人和雋兩至，飄然絶俗；能獎掖後生，尤重士釗。而士釗鄉人馬晉羲惕吾則主講國文，兼授史地。時校律嚴，爲士釗敬憚；然以此爲躁妄者不便。時值上海南洋公學大罷學後，陽湖吴敬恒稚暉主《蘇報》，特置《學界風潮》一欄，恣意鼓吹，士氣驟動，風靡全國。中國學生之以罷學爲當然，自敬恒之倡也。當時知名諸校，莫不有事，陸師亦不免焉。時士釗既以能文章，爲校士魁領，則何甘於不罷課而以示弱諸校。一日，毅然率同學三十餘人，買舟之上海，求與所謂愛國學社者合，並心一往，百不之恤。三十餘人者，校之良也，此曹一去，菁華略盡。俞明震知士釗魁率多士，函勸不顧，馬晉羲垂涕示阻，亦目笑存之也。自以爲壯志毅魄，呼嘯風雲，吞長江而吹歇潮矣。然三十餘人，由此失學者過半，或卒以惰廢不自振。中年以後，士釗每爲馬晉羲道之，往往有刺骨之悔；曰："罷學之於學生，有百毀而無一成；何待他徵？愚所及身親驗，昭哉可覩，既若此矣。"事在遜清光緒二十八年壬寅也。

方是之時，革命之説稍起，而孫文名字未著。章炳麟、吴敬恒及善化秦鞏黄力山、山陰蔡元培孑民之徒，次第張之。鞏黄掉臂緑林，潛蹤女閭，自爲風氣，罕與士夫接。而炳麟、敬恒、元培皆籍愛國學社。炳麟挾《駁康有爲書》一册，沾沾自喜，儕類亦以此推之。敬恒以辯才聞於時；安塏第之演説，大擅江海；然其所言，能得人之耳，而未必得人之心。元培退然若不勝衣，與之言事，類有然諾而無諷示。士釗既罷學之上海，與諸公者合，周旋其間，獨抵掌説軍國民之義焉。炳麟則大喜，以爲得一奇士也。時滄州張繼博泉、巴縣鄒容蔚丹方以劫取日本留學監督姚某之辮，走上海，亦居愛國學社。而容著《革命軍》一書；士釗則潤澤之，初版簽書《革命軍》三字，乃士釗筆也，而容以序屬炳麟。一日，炳麟挈士釗與張繼及容同登酒樓，痛飲極酣，曰："吾四人當爲兄弟，僇力天下事。"炳麟年最長，自居爲伯；而仲士釗，叔繼，季容；自是士釗弟畜二人而呼炳麟曰兄也。容十九歲，年最幼，而氣陵厲出士釗上，卒然問曰："大哥爲《駁康有爲書》；我爲《革命軍》；博泉爲《無政府主義》；子何作？"士釗笑謝之而已；顧自内慚，乃據日本宫崎寅藏所著《三十三年落花夢》爲底本，成一小册子，顔曰《孫逸仙》。而自序其端曰：

> 孫逸仙，近今談革命者之初祖，實行革命者之北辰，此有耳目之所同認。吾今著録此書，標之曰《孫逸仙》，豈不尚哉？而不然。孫逸仙者，非一氏之新私號，乃新中國新發露之名詞也。有孫逸仙

而中國始可爲，則孫逸仙者，實中國過渡虛懸無薄之隱針。天相中國，則孫逸仙之一怪物，不可以不出世。即無今之孫逸仙，吾知今之孫逸仙之景與魍魎，亦必照此幽幽之鬼域也。世有疑吾言乎？則請驗孫逸仙之原質爲何物，以孫逸仙之原質而製作之又爲何物。此二物者，非孫逸仙之所獨有，不過吾取孫逸仙而名吾物，則適成爲孫逸仙而已。既知此義，談興中國者，不可脱離孫逸仙三字。非孫逸仙而能興中國也，所以爲孫逸仙者而能興中國也。然則孫逸仙與中國之關係，當視爲克虜伯炮彈成一聯屬詞，而後不悖此書本旨。吾，黄帝之子孫也，有能循吾黄帝之業者，則視爲性命所在，且爲此廣義，正告天下；以視世之私誼相標榜、主張僞説、迷惑天下者，讀此書當能辨之矣。共和四千六百一十四年八月二十日。

其時天下固瞢然不知孫氏爲誰何者。上海同志與孫氏有舊者，獨一秦蛩黄，尤誦而喜焉。爲之序曰："四年前，吾人意中之孫文，不過廣州灣一海賊也，而豈知有如行嚴所云云者？吾東洋人最好標榜，彼得毋又蹈此病？蛩黄閲人多矣；吾父理刑名，少小隨侍往來宦場中；繼又訪吾國之逋臣於東南羣島；復求草澤無名之英雄於南部各省。龔璱人曰：'烏覩所謂奇虬巨鯨大珠空青者耶！'我行僕僕，亦若是則已矣。大盗移國，公私塗炭。秦失其鹿，喪亂弘多；而孫君乃於吾國腐敗尚未暴露之甲午乙未以前，不惜其頭顱性命，而虎嘯於東南重立之都會廣州府，在當時莫不以爲狂。而自今思之，舉國熙熙皥皥，醉生夢死，彼獨以一人圖祖國之光復，擔人種之競爭，且欲發現人權公理於東洋專制世界；得非天誘其衷而錫之勇者乎？吾曾欲著此書；而以三年來與孫君有識，人將以我爲名也，復罷之。今讀行嚴之書，與吾眼中耳中之逸仙，其神靡不畢肖。喜而爲之序。"蛩黄又曰："熱心家初出門任事，其進誠鋭；意若曰：'以齊王猶反手。'而不知前途有無限之荆天棘地。一旦失敗，則又徜徉歧路。是以朝秦暮楚，比比皆是。此則孫君之所以異乎尋常志士。讀者之所當注意，吾輩之極宜自勵者。"炳麟則爲題詞曰："索摶披昌亂禹績，有赤帝子斷其嗌之籀文。掩迹鄭洪爲民辟，四百兆民視此册。"自是孫文、孫中山著爲文章，寖喧於士人之口矣。時孫文易名中山樵以避邏者，士釗著録，用孫中山三字，綴爲姓字稱之。覩者大詫，謂無真僞兩姓駢舉成名之理。然孫中山之名自此稱。而亦以其間時時投稿上海《蘇報》及

《國民日日報》，中有署名青桐之詩歌，即士釗作也。會清廷遣俞明震以江蘇候補道來檢察革命黨。章炳麟、鄒容皆就逮；而士釗得脱，則以明震之厚重之也。士釗既免於難，乃還湖南，隨善化黄興克强，糾合湖南革命人物，創立華興會於長沙，又與洪幫哥老會合，舉事不成。士釗乃亡命日本，走江户；則頓悟黨人無學，妄言革命，禍發且不可收拾，功罪必不相償。漸謝孫文、黄興，不與交往，則發憤自力於學；二十四歲，初習英文字母而不以爲恥。於是黄興以華興會並入孫文所主之興中會，及留學生有志革命者，合組同盟會於日本之赤坡；中分八部，各有專職，而以驅除韃虜，恢復中華，建立民國，平均地權爲信條。會衆三百餘人，舉孫文爲總理。已而章炳麟亦脱獄來會，一日在新宿寓廬，與壽州孫毓筠少侯迫士釗署約入同盟會，共圖大事。士釗不許，則動之以情，更劫之以勢，非署名者不得出室廬一步，如是者持兩晝夜，卒不許也。世風乍起，革命之説鼎盛一時。女子之教，且由外言不入，一躍而藩籬盡撤。士釗遯荒域外，見名門淑女，年十七八，無父兄師保自隨，獨遊異邦，呼朋嘯侶，男女無別，行止自便者無算，尤不謂然。顧於其中得一人焉，曰吴弱男，蓋廬江吴保初君遂之女也。保初爲清故提督長慶謚武壯次子，爲四公子之一。保初文弱穎異，長慶以爲非將種，使入都師事故侍郎宗室寶廷。寶廷文章直節，早擅重名；方罷官，無以自存。長慶歲資助之而屬以保初。保初則濡染爲清折閑肆之詩，遂識沈曾植、陳衍之倫；鄭孝胥至都，獨請業學詩稱弟子。孝胥素不主張弟子之説，堅拒之。而廬江陳詩者，年長於保初，又從而稱詩弟子焉。保初尚氣好文章，事事效法寶廷，爲詩千百言立就；前後千百首，刊有《北山樓集》；音節悲壯，遣詞命意時近王安石；其回腸蕩氣之作，亦不亞《海藏樓》也。時剛毅方長刑部，自命刑名家，保初以蔭補主事，與争一獄，讞稿反復詻詻持不下，至擲稿於地，自褫公服出署去。既棄官居上海；慈禧太后臨朝，報効麕集，政日敝。保初乃電請歸政，康有爲、梁啓超謀變法；保初奔走號召，助張目；而唐才常起事漢口，相傳保初與謀焉。兄保德懼連，將告密；又與保初婦謀紿而坑之；嗣子世炎具以告，逃之日本；逾年歸。袁世凱方爲北洋大臣，以蚤爲長慶所識拔，而謀得當於保初，月致二百金，使居金陵，勿得至上海；繼益百金，要以三事：不入都，不言朝政，不結交新黨，若圈禁於天津焉，恐其及禍也。世炎有神童之目，書過目不忘，十餘歲喉疾卒。保初傷之甚。唯二女弱男、亞男，遣遊學日本，勖女以詩，有“西方有美人，貞德與羅蘭”之句；而弱男倜儻好事，通中英文，足有才藻，至是邂逅士釗，自由締婚焉。弱男時爲同盟會英文書記，與孫文上下議論，持極端歐化之説，又謂：“非平等自由，不足徵歐化”，氣焰萬丈。士釗初解字母，不能讀西書，雅不然之；然天下盛稱西方美人貞德羅蘭如是，無以難也。未幾，偕遊英倫。初至，與王小徐論賢母良妻，不協，憤而趨浝北淀。居之三年，至是親接彼中婦女，往來大學教授及名牧師之家庭間，盡得其忠勤端静，持家教子，非成年之女，無督不得獨出諸狀。乃徵賢母良妻，無礙歐化；歐化亦不盡於自由平等；而刮棄昔日之所輕信謬執，一以親炙於西賢者爲歸，而漸化焉。自是以迄歸國，絶不問外事，尤鄙女子參政論，閉户理家政、修文學；非親故，外間獲見其面者且罕。士釗每喟然曰：“嘻，歐化真似之辨，吾妻今昔之殊，誠不料其相違之度如此之大也！然亦貴有人善體認焉而速改其度耳。庸詎知吾輩鬚眉男子之論西政西學，不與吾妻未遊歐前之言社會革命者同其謬妄耶？吾思之，吾重思之。”

士釗既之英，乃入倫敦大學，習政治經濟之學。顧最喜者邏輯，又通古諸子名家言，杷櫛梳理而觀其通。自國中言名學者，嚴復而後，莫之或先也。自是衡政論文，罔不衷於邏輯。每謂：“文自有邏輯獨至之境。高之則太仰，低焉則太俯；增之則太多，減之則太少；急焉則太張，緩焉則太弛。能斟酌乎俯仰多少張弛之度，恰如其分以予之者，惟柳子厚爲能；可謂宇宙之至文也！”黄花崗既敗，志士殉者七十二人，而至友楊守仁篤生同客英倫，自恨不與其役，發憤蹈海死。士釗旅居無憀，黯然有秋意；感於詩人秋雨梧桐之意，遂易“青”而“秋”焉！其時北京《帝國日報》屢徵士釗文，士釗則爲《英憲》各論，皆署秋桐二字與之。辛亥八月，革命突起，不數月而清帝遜位，共和告成，推孫文爲臨時大總統，奠都南京。然革命黨人所能依稀髣髴以涣然大號者，惟立國會、興民權，廓然數大事耳。其中經緯百端，及中西立國異同本義，殆無一人能言。士釗歸自英倫，晤桃源宋教仁遯初於遊府西街。教仁以能文善辯説有造於共和，而爲孫總統所倚重者也，則坦然相告曰：“子歸乎？吾幸集子所言，以時考覽，藉明憲政梗概。”士釗問其故。教仁出示一帙，蓋士釗投寄北京《帝國日報》《英憲》各論，教仁次第裁取，已裒然成一册也。於是士釗乃以明憲法，通政情，爲革命黨人所欲禮羅。吴敬恒、張繼、于右任之徒，聯翩而至，邀之入同盟會，士釗卒婉謝之。于右任方主《民立日報》，乃委已以聽。《民立日報》者，同盟會之機關報也。同盟會既得勢，不知所爲，唯四出觝排人。梁啓超嘗持立憲以與同盟會牾；至是歸國，求不見絶於同盟會，因揚言於衆曰："吾夙昔言立憲者，手段也；目的同爲革命。"同盟會不聽，而訌益急；又不能持論，唯指與立憲黨有連，則莫不關其口而奪之氣。其湖北同盟會員王慕陶侃叔者，至抗辯於衆曰："吾非妄八蛋，焉爲立憲黨！"海上羣言，以次屏息。顧士釗習於邏輯，持論不爲詭隨。獨謂："政黨政治成功之第一要素，在於黨德。黨德云者，即認明他黨爲合法團體，而聽其並力經營於政治範圍以内，以期相與確守政争之公平律也；即英儒梅依所言'聽反對黨意見之流行'一語也。凡一時代急激之論，一派獨擅之以爲名高，因束縛馳驟人，使慴於其勢，不顯與爲抗，一遭反詰，甚且囁嚅無敢自承；於是此一派者，氣焰獨張，或隱或顯，壟斷天下之輿論而君之。久之他派盡失其自守之域，軒豁之態，如彈簧然，一唯外力之所施者以爲受；不論久暫全闕，天下大勢終統於一尊。然理詘不伸，利害情感鬱結無自舒發；羣序既不得平流而進，國家社會之元氣，乖戾過甚，卒亦大傷。蓋不認反對黨之行爲爲合法；凡所争執，隱之走入偏私，顯之流於暴舉，乃爲事勢之所必然。十七世紀，英倫之政争紀録，凡號爲陰謀史或流血史，有時總理退職，得安然亡命以去，且稱幸運焉者，即以此也。是故以和平改革四字，導領政治，使兩黨相代用事；非認反對黨之所爲有益於國，萬萬不可。且政黨不單行。凡一黨欲其黨内之常新，他黨忽爾消滅，或日形削弱，均非所利；蓋失其對待，已將無黨可言；他黨力衰，而己黨亦必至蟲生而物腐也。"壹本其平素所篤信而由衷者，質焉劑焉，持説侃侃，於同盟會意壹不瞻徇。以此大韙於國人，然亦以此失同盟會歡。同盟會既改組爲國民黨；黄興緟要隸籍。士釗又不許，國民黨人大讙。士釗主《民立報》所爲文，以本字"行嚴"標識，未用"秋桐"，國民黨人既與士釗見相左，因訐前之投稿《帝國日報》署"秋桐"，而今匿情，若有隱圖；又揭楊守仁與士釗書，以明士釗故與立憲黨有連，不宜資《民立日報》以隱爲立憲黨道地。士釗則憤發舍去，楊□□①懷中者，楊守仁之兄弟也，自柏林致書詢

① 闕文當爲"昌濟"。

所以。士釗則復以書曰：

懷中學長左右：

得書，知由瑞士復抵柏林，此行飽看山水，得詩幾何？以爲念也。公見《神州日報》與弟抗論，頗覺不快，以爲政争生涯，如是如是，恐弟以之灰心。想公決不料新聞記者之卑劣，日甚一日。在今日望公所見之《神州日報》，轉在天上也。《民立報》夙爲革命黨機關，光復時，聲光最盛。南京政府既立，同盟會人執政，南方新聞羣以立憲派嫌怨，遇事不敢論列，《時報》至數周不載社論。當時惟《民立報》有作諍友之資地，于右任復以言論獨立頌言於人。弟因緣入該社，與右任要約，務持“獨立”二字不失，冀於同盟會炙手可熱之時，以中道之論進，使有所折衷，不喪天下之望。此種設想，本不自量，至其心則無他也。自從①《民立報》與同盟會提攜之道，不出於朋比，而出於扶掖。弟意有所不可，輒不妄爲假借；有時持論，勢不得不與黨人所見，取義互有出入；而卒以此傷同盟會人之心。夫傷其心宜也，弟決不以爲彼等咎。蓋弟非同盟會人，彼毁弟借該會機關傾軋該會，面質右任何事出此自殺之愚計，並何厚於章某而薄於本黨？如此等語，皆非在情理之外，故彼輩造作誣詞，百計罵弟，弟概置之不問，而獨此等語不得不聽。何也？嫌疑所在，道德上説不過去也。弟既去《民立報》，謗詞復連載十餘日不休，若謂中國可亡，而章行嚴之名譽不可使存。公當不信行嚴返國，胡乃陡增如許聲價。夫天地之大，何所不容？弟涵養工夫雖不如公，此等流言，尚能包含下去，故彼等如何毁弟，無取爲公述之。惟篤生遺書一通，近發布於《中華民報》，中詆弟語甚衆；彼等遂引爲口實以中傷弟；是不得不有所質於公，冀得公一言以祛煩惑。篤生於公至親，於弟至友，在英時，三人形影相吊，自始未離一步。凡弟有負篤生，公必知之。篤生暮年，感慨過多，好持無端厓之論以抹殺人，與吾二人意多不合，此當爲公所能憶。弟於篤生，風義本在師友之間。有所論議，因故避其鋒，而篤生輒斷斷不

① “從”爲“後”之訛字。

已。一日，以小事閧於弟寓，頓失常度。弟婦吴弱男，至爲之駭走。弟以篤生忽有此意外之舉，中心痛之；而其事弟亦有失檢處，尤難爲懷；譬説之餘，至於雪涕。弟生平未嘗爲人流淚，獨此次不能忍；此景公親見之，諒未忘也。若而事者，篤生書中俱屑屑道之。罪弟負友，頗爲良證。然此尚非同盟會人發表遺書之意，彼意所在，乃欲實弟爲保皇黨耳。原書有"弟疑彼原注：篤生不忠革命，借詞責之；而己乃徘徊於梁卓如，楊晳子之間，既在《帝國日報》投稿，《國風報》上復有大作一首，又安足以服其心".云云，凡玆所言，實爲篤生末日褊狹之態造一肖像；弟實哀之之不暇，安忍以其言爲過？特未許他人竊之以妄罵人耳。弟與南海康氏未謀一面。自弟稍解政治，康之足迹即不見於國内。且篤生書中並未及康，以爲言者，則《國風報》上曾有大作一首，遂斷其依傍梁卓如耳。所謂大作者，乃論翻譯名義，見該報二十九期中，公熟知之。此事弟自始未以爲當諱，在《民立報》略談邏輯，首及譯名，並屢引前論，使爲左證。有蔡君爾文，至據原論與弟馳辨，其書赫然在投函欄内，可考也。此於彼等，誠以謂最脆弱可攻處；而在弟則固久矣坦懷置之。以共和之邦，文網爾密，弟決不願更争旦夕之命也。至何以作此文者，則弟在東京，曾撰《雙枰記》小説求鬻；彭希明爲攜前半至梁處支取稿費百元，乃稿未成而弟西渡。逾年，弟狀更窘，議重鬻焉；而前半在梁處，且百元亦無虚受理，乃與梁一通書，並以大作一首寄之，此其大略也。此外與梁有關，則彼創"政聞社"時，介於徐佛蘇、黄與之，曾在東京晤談一次，特寒暄數十語耳，未及政治；以其時弟以文學自衒，方鄙政治不談，且將西行，亦未遑及之也。此種關聯，較之某君即發書者與《新民叢報》之親切，實無可言，即較之篤生自身與梁之紀念，亦無可言。楊梁關係爲中國革命史上一大紀念，誼當爲表之。篤生以此責弟，由於神經刺激過甚，遂乃舉社會一切事情而惡絶之。黄花崗敗後，什匿克之心理尤亢，吾輩日與之習，又是政見不合，因首承其蔽，而爲彼病態動作之目的物焉，殆不足奇，涉思及此，弟固不忍爲篤生過。惟弟與梁卓如並無密交，事實具在於是，一覽而知。弟爲此言，決不許彼輩妄度弟意，以梁君方爲民國不韙之人，而弟必望望然去之，前此交誼，概置不顧。世風凉薄，此種隨處皆是。弟夙昔痛恨之。弟果與梁君締交彌篤，雖難解於儇薄少年之口語，斷不肯以夙昔所痛恨者反而效之；匪惟不效，弟猶且用力表出以爲反復小人激勸。夫梁君自丁酉以還，於舉世醉夢之中，獨爲汝南晨雞，叫喚不絶，亙十餘年不休；一國迷妄，爲彼揚聲叫破者，豈在少量？此今日革命黨人捫心而自知者也。雖彼未嘗躬親革命之業，以致爲急激派所借口；而平心論事，彼昔年開導社會之功，自有其獨立自存之值，無取與後來功罪相提並論。且立國之業大矣，所有人才，奚必出於一途？以彼之學之才，稱爲本邦建樹之資，其所成就，將非餘子可望。急激者必欲排而去之，諒是怠與忌之兩念驅之使爲。社會之公德心，如是缺乏，此弟與公言之所爲長太息者也。推彼等用心，以弟與康、梁有祕密交誼，而特畏爲人所發，故陽與同盟會人交驩，俾掩厥迹；今其穢史，出於與弟最暱，道德最高之楊篤生，弟必無顔更在民國言説短長焉矣。見地如此淺鄙，真足令人噴飯。弟自癸卯敗後，審交接長江哥弟，非己所長，因絶口不論政事。竊不自量，欲遯而治文學以自見。此凡與弟習者皆能言之，十年來之革命事迹與弟無關，此自事實。弟固未圖以是示異，並向何所妄有所稱説。弟苟欲掛革命黨招牌，則昔年談革命於東京，較之上海，尤爲太平；何章太炎、孫少侯閉弟於室，强要入會而弟不許，此猶得曰熱心利禄，洋翰林非異人任，作黨人終未便也。今民國既建，革命已成，險阻艱難，變爲榮華，依附末光，此其時矣；胡乃以吴稚暉、張博泉、于右任之敦勸，而弟不入同盟會；以黄克强、胡經武之推挽，而弟復不入國民黨。弟始終持此，弟自有其一人之見，人盡議其剛愎，盡訾其别有用心，而以明弟不借革命黨之頭銜自重，要爲有餘。弟被罵甚，革命黨中之知弟者，每舉弟昔年實行諸迹以謀間執，無論彼等可曰弟始革命而終保皇，其口仍不可以間執也。即間執矣，而弟謂大是隔靴搔癢之事。夫民國者，民國也，非革命黨所得而私也。今人深體輓近國民權利，自有爲於其國，寧有以非革命黨之故而受人非禮之排擊者，弟固不爲保皇黨，而請讓一步承之，弟固不爲政聞社員，而亦讓一步應之。凡此俱不足以使弟自生慚怍，退然無動；且正以革命黨貪天之功，於稍異己者妄挾一順生逆死之見以倒行而逆施，行見中華民國汨没於此輩驕横卑劣者之手而不可救，愈不得不困心横慮，謀有以消其焰。吾舌可斷，斯言不可毁也。嗚呼篤生，留英之年，神經亢不可階，往往小故，在他人宜絶不經意者，而篤生視與地坼天崩無異，卒至親其所疏，疏其所親，顛倒誤亂，一至於是。諒公聞之，當不禁爲之長歎也。偶有所觸，書之不覺滿幅。若以此書有累篤生盛德，公責言至，亦所樂受。彼手寫遺詩，尚未付印，以正覓舊友作跋，欲並印爲一册。今謗言日至，此舉或不足傳篤生之名，而轉以敗之，故弟頗復悵怏躊躇爾。餘不白。士釗頓首。

士釗既失職於國民黨，而法理政論，一時推爲宗盟。既痛當日輿論縛於黨見，意皆有所鬱結不得抒；則發憤爲《獨立週報》以暢欲言；又怒國民黨人間執“秋桐”二字以爲口實也，大書特書以示無畏。其發端辭引英國文家艾狄生所主撰之周報《司佩鐵特》；司佩鐵特者，袖手旁觀人之謂也，艾狄生實以自況，而士釗則藉以致其企慕，隱寓旁觀者醒之意。而謚之曰“獨立”者，所以揭持論不爲苟同之旨也。士釗既名重一時，出其凌空之筆，抉發政情，語語爲人所欲出而不得出，其文遂入人心，爲人人所愛誦，不啻英倫之於艾狄生焉。

時袁世凱爲臨時大總統，方圖專政，而欲藉途憲法以謀稱制。既知士釗之通憲法，而聞其不得志於國民黨也，則以孫毓筠爲介，招入見，館之錫拉胡同，禮意稠疊，壹惟士釗之意，欲總長，總長之；欲公使，公使之；舍館廣狹惟擇，財計支用無限；所責於士釗者，亦憲法爲之主持而已。士釗則大窘。顧袁氏則以吴保初父子雅故，又嘗有恩；士釗，其親女夫，意可託大事也。促膝深談，具悉其所以爲帝制者，其計井然，則尤大駭。宋教仁既見賊，士釗意自危，而其妻吴弱男又戒以勿受暴人羈縻；則盡遺其行李僕從，孑然宵遁。既抵上海，造黄興，方圖舉兵南京，士釗則袖出《討袁之檄》，而與章炳麟先後之武昌，説黎元洪同圖大事。元洪隱持兩端，而二次革命之役猝起。於是國民黨乃重認士釗爲政友；岑春萱亦起而聲討袁世凱以稱大元帥，士釗則爲之祕書。

既不克，士釗亦被名捕，東竄日本，知袁氏不可與争鋒，而欲藉文字以殺其焰；乃組《甲寅雜誌》社於日本之東京小石川區林町七十番地，以中華民國三年五月十日出版第一期；言不迫切，洞中奥會。袁氏之徒方以大難初夷，唯集權足以奠定；而士釗則揭聯邦論以持之。

聯邦論者，自民國初元，意已萌動，經癸丑二次革命之役，以集權制之反響，勢尤潛長；徒慴於袁氏之淫威，國内談士如丁佛言、張東蓀輩，詞旨可見，而無敢尸其名。截斷衆流，嚴立界説，毅然翹聯邦論以示天下，自士釗始也。袁氏之徒，方以大總統總攬治權，制爲約法；而士釗則説統治權以折之。統治權者，出於歐文薩威棱帖。薩威棱帖者，猶言一國最高之權也；國而無此最高之權，則不國；此最高權而無國，則不詞。是故國家與統治權合體者也；從其凝而言之，爲國家；從其流而言之，爲統治權；之二物者，非二物也，一物而兩象者也。然而大總統非國家也，何能總攬統治權而與之合體？而欲明此別也，當先嚴國家與政府之分，國家者，統治權之本體也；政府者，領受國家之意思以敷陳政事者也。國家者，無責任者也；而政府不得不有之。今若以統治權之總攬者屬之政府，則爲之首長者勢將行其絶對無限之權而莫能制之；苟制止之，其事即等於革命。由前之説，是無國家；由後之説，是危政府。二者皆大不可也。惟釐國家、政府而二之，使各守其防，不相侵越，而後國政可得而理。國家之權無限；而政府之權則不得不有限。蓋政府者，國家所創置者也；苟政府之權而無限焉，則惟有通國家政府之藩，而反乎專制無藝之實；若而國者，並非絶無可以成立之道；惟憲法一物，不當存在。何也？憲法云者，其在歐文首以限制爲義，而政權所使，舉有一定之範圍，不得逾越。設或逾越，而即有法督乎其後。由斯以談，國家自有憲法以後，則政權無論大小要有限制；既有限制，即不得冒統治權之一名詞。今則以統治權之總攬者屬之大總統矣。吾聞行權絶對無限者，最後必有所以限之，其權亦與之爲絶對無限。限之如何？即法皇路易之頭之所以砍，英王查爾士之首之所以懸，桀、紂、幽、厲、經歷朝以迄前清之所以死、所以流、所以滅、所以亡也。國民黨人既遁荒海外，而袁氏之徒務屏絶之不與同中國；士釗則曉之以政力向背論。政力向背論者：昔者英儒奈端治天文稱宗匠，斷言太陽系中有二力於焉運行，日者，全系之心也；一力吸行星而向之；一力復曳行星而離之；前者曰向心力；後者曰離心力；斯律既著，質學大進。後蒲徠士覃精史學，深明律意；以奈端之説，可通於政治，極言作政當保持兩力平衡之道。其説曰："社會號有組織，必也合無數人無數團體而範圍之。其所以使此人若團體共相維繫，則向心力也；反之，人若團體因而瓦解，則離心力也。凡曰社會，無不有前力爲之主宰，此至易明；然謂後力可以悉量免除，自有社會以來完美亦決不至是。蓋社會者，乃由小團體組織而成，而小團體中之個體，莫不各自有其中心環之而走，無論何之，不盡離宗。此種趨勢，對於他團體及其個體，其爲離立，決非調融，可不俟辨，且也社會過大，人人之意見、希望、利益、情感，斷無全歸一致之理。彼之所以爲康樂，此或以爲冤苦；彼受如斯待遇而以爲足，此或受之而不能平。緩則別求處理，急且決欲舍去；社會之情，一傷至此。久而久之，勢且成爲中堅，所有憂傷疾苦，環趨迸發，羣體不裂，又復幾何!"夫所謂羣體裂者何？即革命之禍之所由始也。然則欲禍之不起，惟有保其離心力於團體以内，使不外崩；斷無利其離而轉排之之理，苟或排焉，則力之盛衰原無一定；强弱相倚，而互排之局成；輾轉相排，輾轉相亂，人生之道苦，於國家之命亦將絶矣。由是兩力相排，大亂之道。兩力相守，治平之原。當民軍一呼，滿廷解紐，昔日之主張君憲者，轉而表同情於革命。此較之拿破侖第三既敗，共和政府已宣佈於巴黎，而君憲之聲威，尚公然揚於全國；國民會議，以君黨名義而得選舉者，至居多數；因日在共和會議，昌言恢復帝政者，其爲勢順逆難易何似，不難想見。於法蘭西共和先烈，有道以立於楚歌四面之中；而吾首義諸君，乃不知利用衆山皆向之勢。

十三省代表集於漢口，議創臨時政府，其中多昔日主持立憲之徒，遂大爲革命黨人所齮齕，鳥獸散去，實則此諸人者爲執役民軍而來。其後唐紹儀南下議和，從行者多一時俊髦之士，而俱以昔日見黨不同，接洽未遑，即欲仇以白刃，致彼倉皇投止，狼狽北歸。保皇黨者，乃過去之名詞；當事者以欲張其鼓吹革命之功，乃日尋敵黨之宿慝以相媒孽。凡此數端，求於前舉政，則乃離心力之可轉爲向心力者；既爲所排而去，而國内所有一切離心力更不識所以位之使得其所，而日以獨伸向心力爲事。卒之離心力驟然潰決，全體以解，已竟陷於絶地而不自覺焉。以言今政府之所爲；彼既利用國民黨窮追離心力之勢，悉收之以向己，而人心以得，而同時乃不審籌一相當之地，以置不可收之離心力，使運行於法制之内，借圖政治劑質之用，而措國家於和平之域也。劉廷琛、勞乃宣、宋育仁、章梫之徒，昌言復辟；輿論排之，指爲邪説；政府惎之，欲興大獄；士釗則進之以《政本論》。爲政有本，本何在？曰在有容。何謂有容？曰不好同惡異。近世立國，不外將國中所有意見情感利害希望維持而調護之，使一一各得其所。惟所謂各得其所，其所必異；異則黨派以生。君政者，亦黨派之得以爲幟者也；苟吾守異説至堅，斷無禁其存在之理。於是有爲事實之談者曰："國體何事？既云確立，復容他説以叛之，視國家如弈棋，又焉可尚？"不知此正所以固國本也。蓋對抗國體之論，張之則爲頑詞，閉之則爲祕計。頑詞之張，誰則聽之；而一部分之孤懷野性，有所寄託；反側之志，既銷於言詞；寬大之名，復歸於民國；名曰張之，其實弛之，非失計也。反是叛國之辭，懸爲厲禁；感情既鬱，詭祕横生，國基縱不以是而顛，而鯱甿時聞，大有害於和平進步之序。議者得無謂吾爲共和，有倡言復辟者，即當執而戮之，肆諸市朝，以儆有衆。則法蘭西之山嶽黨，曾爲之於百餘年前矣；不僅王黨被戮，即有通王之嫌，或温和而可被以是嫌者皆上斷頭臺。彼豈不曰："王孽絶，共和之花當百年不凋？"乃死事之血未乾，王政之基復起，中經數王，往復數十載；至師丹敗後，拿破侖第三被鹵，而共和始慶更生。時則建國諸賢深明治體，對於尊王反動之徒不加壓迫，轉與提攜議會之中，君政黨公然列席，初爲多數，逐年遞減，至今日仍存二十餘席焉。如此優容，轉不聞共和爲其所壞。此誠一孔之士所不可解；而明理之夫以爲自然者也。蓋其時君政黨跋扈於議會；國家之運命，彼實操之；帝政之不復蘇，其間不能以寸。幸而其黨自有内訌，所擁各異，未能即決。苟民政黨過張其理想，迫之以不能堪，則反動立成，彼惟有自泯其争端，相攜以制共和之死命已耳。倡共和者知其然也，相與讓之；只須保存共和之名以上；一切制度，自審其無可抗議，即惟其所欲，善養帝政餘孽之鋒，而待其自挫；聽其自然，卒未聞於共和有害。於以知褊狹者不可以謀國，浮淺者不可與議法。此誠觀於法蘭西之往事，而當著爲炯戒者也。且一説之起，必有其所由起。今復辟説之所由起者何也？此在稍明時勢之人，可以一言斷之，曰僞共和也。僞共和者何也？帝政其質，而共和其皮者也。質不異矣，我之質，胡乃獨貴於人之質？人求其質，而我必自貴，强人以從我，此安足以服之！今人痛排帝政，並不自認帝政之嫌，而輒翹共和以對。意謂共和之名，一出吾口，即有鬼神呵護，帝政邪説法當退聽。則拿翁設祭，華聖頓之靈翩然來格，斯可耳。不然，則我露其質，乃朝四而暮三；我蒙厥皮，亦朝三而暮四；名實未虧，而冀其喜怒爲用。狙公誠智，劉、勞、章、宋之徒，未見有若衆狙如莊生所稱也。《傳》曰："堯舜率天下以仁，而民從之。桀紂率天下以暴，而民從之。其所令反其所好，而民不從。"今所令者共和也；而所好則不在是。凡民且爲離心，焉論俊秀！董子曰："詰其名實，觀其離合，則是非之情，不可以相讕已。"愚固共和論中之走卒，而興言及此，對於復辟論者蓋不知所以爲情。由斯以談，復辟論非其本身足以自存；乃僞共和有以召之，明白甚矣。其因既得，攻復辟者惟有證明今日之共和非僞，或促進今後之共和使不爲僞而已。盍亦反其本矣！嚴復著《民約平議》一文，揭之天津《庸言報》以痛詆盧梭，而袁氏之徒張之以爲民權自由，羣治之所由不進；士釗則折之以《讀民約平議》。《民約平議》者，嚴氏之所號稱自造，蓋全出於赫胥黎《人類自然等差》一文。赫氏爲生物專家，近世寡其輩流；而以拘墟於科學之律特甚，扞格不通，自相牴牾；是故以言物理，赫氏誠爲宗工；以言政理，時乃馳於異教；術業專攻，勢使然也。自有《民約論》以來，論者百家，名文林立，持説無論正負，要有不盡不竭之觀。嚴氏作爲平議，體亦大矣。乃皆外而不求，略而不論，獨取一生物學者之赫胥黎先入以爲之主；不知赫胥黎固非不認民約之説者；特其所謂約，不如盧梭作界之嚴耳。盧梭曰："約以意，不以力。"而赫胥黎則曰："無意無力，兩造相要，舉謂之約。"嚴氏今以產業見奪於人，吾無力與之相抗，因俯首帖耳從其條件，疑即盧梭之所謂"約"，反詞以詰之；冀崇拜民約者，無敢置對，詞窮而去。是殆先熟赫胥黎之論於胸。請得更誦盧梭之言曰："約以想，不以力。屈於力者，乃勢之事，非意之事也。"然赫胥黎究非能堅守己説，而得其所以言約者，嚴氏蓋敷陳其意以入乎所譯《天演論》下卷嚴意第四；而撮其大旨，取數點焉：一曰民既合羣，必有羣約。一曰其爲約也，實自立而自守之，自諾而自責之。一曰尊者之約，非約也，約行於平等。一曰民權日伸，公治日出，亦復其本所宜然而已。茲數説者，皆不啻爲盧梭之書下以鐵板注脚，與赫胥黎他日之所以攻盧者，其意不符。赫氏之論平等，其説從體智身分而入，謂智愚强弱貴賤貧富之不同，自然而然，無法齊之。其言不爲無理。然當知此種不同，盧梭非無所見；以此間執盧梭，寧非無謂之尤。盧梭撰《民約論》，論產業終，結以一語曰："吾今此語，當用以爲羣制之本源，是何也？是乃民之初約，在不違反天然平等之性，而以道德法律之平等，取體質之不平等而代之。以體質之不平等，乃造物以加於人無可解免者也；由是民力民智縱或不齊，而以有約之故，其在法律乃享同等之權利。”是則智愚强弱之不一，盧梭已有説處此。至貴賤貧富之所由異，有時乃屬賢愚勤惰之結果；盧梭寧不知之？故其言曰：“以言平等，其慎勿以爲若權若富，吾人皆當保持同等之量。斯語之所謂，不外有權者不當使之爲暴；其行權也，務准乎位，依於法。富者不當使之足以買人；反之，貧不當使人不足自存，至於自鬻；如是而已。”是盧梭所以配置貴賤貧富之道，亦不如俗論所云，彼於權位財産，必芟夷蘊崇，絶其本根，然後快也。嗚呼，世人一耳盧梭之名，幾相驚以伯有矣！乃夷考其實，言之平正通達如此，且時時戒人勿作極端之思焉。英儒鮑生蔡嘗病盧梭之書爲人妄解，而發憤一道曰：“凡偉人之意見，一入常人之口，其所留意戒備，視爲不可犯者，輒犯之不已；甚且假其名以行焉。”此誠有慚乎其言之。袁氏稔惡，既以稱帝。梁啓超則領袖進步黨以與國民黨合而討袁；君子有清流大同盟之頌。而蔡鍔者，啓超高第弟子也，有雲南首義之功，意國民黨當下之。國民黨不樂。於是肇慶之軍事剛終，滬上之訌聲復起。方蔡鍔之起雲南也，岑春萱實人肇慶以爲兩廣都司令，辟士釗爲祕書長。啓超亦來會。士釗建議辟新運以别立政統，至少亦決不復國會。啓超韙之，春萱亦以爲然。而湯化龍，吴景濂之徒大會滬上，以民意相劫持；天下重足而立，敢怒而不敢言；約法國會表裏唱和之局，咄嗟立成，春萱、啓超愓息莫敢動。世凱既殂，春萱釋兵以歸於滬，士釗則勸以從容養望，不可妄動，詞旨切至。春萱頷之。士釗即求入北京大學講邏輯，以三年不聞政相期。居頃之，春萱惑於人言，以爲桂軍必奉令，又欲恢復國會以收民望；一年之中，三約士釗之滬議行止。每議，釗輒力沮之；春萱則怏怏。士釗貽書痛陳桂軍不足恃，並言國會黷貨長亂，恢復無當國人意狀。春萱偶發其函於趙世鈺，議士大恨。春萱亦卒走粤，召國會，立軍府，而自爲總裁，急電相召，無立異餘地。士釗則降心相從。

自後啓超附於段祺瑞以征南。而春萱遮蔽民黨，用事於粤；士釗實爲上佐，言：“議員宜課資格，受試驗。”聞者大譁。又在上海揭論，主憲法不由國會訂立。其文流傳，兩院中人指爲叛逆；而以士釗之亦爲議員也，張皇號召，削其籍。又以附之者衡政必曰學理，謚之爲政學系，時人爲之語曰：“北有安福，南有政學”，以爲大詬。曹錕乘之，用吴佩孚以敗段祺瑞；而岑春萱不容於孫文，亦以奔走失職。居無何，孫文亦爲其將陳炯明所放逐。士釗覩事無可爲，而疑代議之無裨治制；又懾於斯制惰力之未全去，所稱憲政祖國之英倫，尤如北辰所在，時論拱焉。乃於十年二月，於役歐洲，親加考覽，長途萬里，所懷百端，即紅海舟中，草致章炳麟書，歷陳國會之亂政，而謂："有人民神聖、國會萬能諸説，稗販政治者流，得以奔走張皇，莫能頌言其非。惟兄集中有《代議然否》一論，造於遜清末年，主不設國會。其説建於未立本制之先，始爲人人所不能言，中爲人人所不敢言，卒爲人人所欲言而不知所以爲言。此誠不能不蒲伏於兄先識巨膽之下，不勝歡喜，深用自壯者也。”既抵英倫，歷訪其文人政士，而小説家威爾思，戲劇家蕭伯訥，皆於民治有貶詞。威爾思約士釗赴其鄉園，納涼池畔，從容談及中國國政，慨然曰："民主主義，吾人擊之使無完膚，只須十分鐘耳。但其餘主義脆弱，且又過之；持辯至五分鐘，便是旗靡轍亂。是民主政治之死而未僵，力不在本身，而在代者之未得其道。世間以吾英有此，羣效法之，乃最不幸事。中國向無代議制，人以非民主少之，不知歷代相沿之科舉制，乃與民主精神深相契合；蓋白屋公卿，人人可致，豈非平等之極則？辛亥革命，貿然廢之科舉之廢不待革命，威氏之言微誤，可謂愚矣。吾欲著一書曰《事能體合論》，意在闡明何事需用何能，何能始爲何事；事能之間，有一定之揀選方法，使之體合。中國民治，其病在事能之不體合也。”爲太息者久之。而蕭伯訥之所以語士釗者，意尤恢詭。其言曰："能治人者始可治人。林肯以來，政壇有恒言曰：'爲民利，由民主之民治。'然人民果何足爲治乎？如劇，小道也，編劇即非盡人能之。設有人言'爲民樂，由民編之民劇'，語之不詞，至爲章顯。蓋劇者，人民樂之而不審其所由然。苟其欲之，不能自製，而必請益於我。惟政府亦然。英、美之傳統思想，爲人人可以治國。中國則反是。中國人而躋於治人之位，必經國定之試程；試法雖未必當，而用意要無可議。今所當講，亦如何而使試符其用耳。”士釗又以所爲《業治論》質正於羣家潘悌。潘悌舊爲工程師，乃樹立基爾特社會主義之先覺，而倡業治以矯巴力門制者也；則詔於士釗曰："中國自立代議制，政事棼不可理。蓋所謂代議者，並未嘗代人民而議。且以選區如彼其遼闊，凡所以爲選者，其權例操於少數黨人之手；此曰代表，詞直不通。以此之故，凡政客下選區爲演説，其政綱類由自擇。人民於不自我起之争論中，迫而指名一造，代己謀國；而其争論又爲性至複，非深知其内容，是非莫明；即深知之矣，所列問題每浮僞不切事情，無關民福；選民縱英爽能斷，亦無所用。要之黨人所標政策，徒於己黨朋分政權而見爲利；以云利國，直去萬里。彼輩初挾理想而學爲政，而一例以騎牆派終，非無故也。蓋選區之分劃，絶不與實際相符。試思一區之中，利害百出，包舉於一人之身，如何可能？吾英謀矯此弊，因有基爾特制之創議。斯制非他，即所以運政治於實際者也。夫代議制之虛僞，以機體不立；故基爾特首祛是病，乃舉一國之人，類聚而羣分之。如此爲分，其最自然之尺度曰業；誠以業者，人所相依爲命者也。彼談國政，恒不免於無意識；而本業夫惟不談，談則不離乎意識者近是。何以故？問題較簡，而己與之相習故。自有基爾特運動以來，發軔於英倫，風靡於歐、美大陸，使言政之家，論思一變，蓋以其説深抵巴力門制之創痛。而予意尤以中國爲饒有施行業治之機會。蓋所謂七十二行，氣力不足而行會未亡，以新治加於其上，爲勢甚順。中國果其實行，尤且得促西方之反省，使奉爲矩範，起而效法。此徵於今日西方人心之大覺，予語良非泛然。何也？以其厭惡今制，信念全失，思古幽情，油然以生；舉凡生活方式，使人由之，心差安而理差得爾。然吾之基爾特，於資本制未興以前即已消失；今以業治期之，宜先有準備工夫以資過渡。是何也？即計議資本如何可去，而基爾特如何可復也。中國斲喪未久，猶有存焉者；而在西方，則不反而求諸過去，不可得見也。”潘悌持之以正言莊論，威爾思、蕭伯訥出之以嬉笑怒駡；而要歸於然否代議則一。於是士釗之政治信念全變。遂返國，道出法之里昂，而吴敬恒方爲里昂大學校長。士釗論議文章，敬恒所重；每謂寶山張嘉森君邁曰：“章行嚴之一骿毛，無非佳者。”至是邀講演。將登壇；有粤生起指士釗大駡，詞不可堪，其大指影射粤軍政府，無關問學。横逆之來，士釗默爾。而敬恒噤聲拊掌，不知所出。粤生興盡自去，廑乃得講。私詢知爲陳炯明黨也；炯明資之來校，同伴凡數十人。時惟粤生多金，校費從出，號貴族，故跋扈如此。士釗私心自計，不審敬恒平日馭貴族何術者。

後數月，諸生哄而驅敬恒，布詞醜詆。敬恒則大憤絶去，歸國以後，誓不更與辦學事。私居聚議，每嚴顔斥若輩青年無望，恨恨不已。然敬恒持論大廷，建言新聞，則又大神聖而特神聖其新中國之新青年者，壹是有褒而無貶，有書而無伹；且制爲通律曰："學生與教習鬥者，學生必勝；猶之人民與政府戰者，人民必勝。"藉是長養天下學生暴動，會不動色。士釗嘗引以爲怪焉。

士釗之歸國也，會曹錕以直隸督軍脅總統黎元洪而逐之。其大將吴佩孚練兵洛陽，申討軍實以爲奔走禦侮之臣。曹錕彌洋洋自得，又欲藉重議士餌誘以選爲總統。士釗既未甘以自貨，遂遁而之滬，橐筆已久，輒復思動，而聯邦自治之説，士釗實倡之。趙恒惕遂據湖南以制省憲，自命爲湖南自治省長；其宣佈大政之就職文，即士釗筆也。既爲《新聞報》有所撰述，其尤著者，曰《論威爾遜》、《論列寧之死》、《論麥克道納内閣》、《農治述意》，皆爲時所稱誦。士釗自以《甲寅》得大名，益油然生嗣興前迹之思，名仍《甲寅》，刊則以周，招賫授事，計議粗定，而軒波以大起。江蘇督軍齊燮元用吴佩孚之命，起兵以逐盧永祥於浙江，吴佩孚自將大軍出山海關以攻張作霖；馮玉祥隨吴佩孚出師而有貳志；取間道歸以襲北京，取曹錕而幽諸，殺其嬖人李彦青；遂與張作霖聯軍以夾擊吴佩孚，盡俘其衆；欲推一人以主國事。

段祺瑞既失職居天津，圖起用事，而以士釗能文善論思，有聲南北，請以爲謀主。士釗乃置《甲寅周刊》不論而奔命以赴，與祺瑞左右謀以何道而起。士釗曰："吾向主毁法造法，逆料有一時期，約法既壞，新法未生，總統舊稱無所用之；非别立一名不可。以前軍務院之撫軍長，及軍政府之總裁，獨是一隅自限之號；建位北京，軍民並治，取義當有未同。因念西史紀元前，羅馬初設民主，署曰公薩，譯家如嚴幾道、林琴南均取吾籍'執政'兩字當之，宏義雅名，向往彌切。曹錕竊國，黎黄陂移節上海，議立政府。愚不取法統説，以臨時執政制進；議雖未成，而竊以爲段公再起，誼必出此。"於是段祺瑞以執政建號，開府北京；遂以士釗爲司法總長，尋兼教育總長，自以習熟情僞，奮欲更張；於是涣然號於衆曰："吾國興學許久，而校紀日頽，學績不舉。學生謀便曠廢，致倡不受試驗之議；即受試矣，或求指範圍，或脅加分數，醜迹四播，有試若無。爲教授者，以所講並無切實功夫，復圖見好學生以便操縱，虚應故事，亦固其然。他國大學教授，在職愈久，愈見一學之權威；而吾國適得其反。夫留學生初出校門，講章在抱，雖無成業，條貫粗明；而又朝氣尚好，汙俗未染，驟膺教職，彌覺兢兢；此類人選他國至多置之研究院内、助教室中，而在吾國則爲上品通材，良足矜貴；何校得此，生氣立滋，過此以往，漸成廢料；新知不益，物誘日多；内諂學生，外干時事，標榜之術工，空疏化爲神聖；獷悍之氣盛，一切可以把持。教風若斯，誰樂治學？北京八校；教授多至數百人，年耗庫款少亦二百萬元以上；歲終至無百頁可讀之書、三年可垂之籍，以登學府而版國門。獨念吾華號爲文化古國。海通以還，學術途徑益形擴大。除舊籍所當加意整理外，近世應用科學及各邦文史政俗種種著録，爲學子所萬不可忽者，所涉尤繁。使先輩講學之精神得存一二，今時述作將百倍於古而未有已。乃自上海製造局倡議譯書以還，垂四五十年，譯事迄無進步；而文字轉形蕪俚，所學未遑探索；鸞刀妄割，謬種流傳。無其書，有斯文將喪之憂；有之，轉發不如無書之歎。昔徐建寅、華蘅芳、李善蘭、徐壽、趙元益、江衡輩，所譯質、力、天算諸書，貫通中西，字斟句酌；由今視之，恍若典册高文，攀躋不及；即下而至於格致書院課藝，其風貌亦非今時碩博之所能幾。以云進化，適得其反。髦士以俚語爲自足，小生求不學而名家；黄茅白葦，一往無餘。學者自捫，寧誠不怍？而爲之學生者：讀西籍，既乏相稱之功能；質本師，又乏可供之著述。幾紙數年不易、破碎不全之講義，尸祝社稷，於是出焉。此云興學，寧非背道！且也大學爲學術總集之名，猶之内閣爲政治總集之名。内閣有長財政者，不聞稱財政内閣；有長司法者，不聞稱司法内閣。今大學宜講農工業，竟自號農業大學與工業大學；大學宜講法律政治，復自號法政大學；甚至師範美術，文科中之一部耳，亦分别獨立，各稱大學；幹爲支滅，别得類名，邏輯所不能通，行政所大不便。部落思想横被學林。卒之兼課紛紜，師生旁午，學統盡壞，排娼風生。欲求首都有一宏深精進，條幹分明之大學，與倫敦、巴黎競爽，俟之百年，將亦難得。欲圖易俗，乃畫三策：一、本部設考試委員會，仿倫敦大學成例，學生入學畢業諸試，概由部辦。二、本部設編譯館，要求各大學教授通力合作，優加獎勵，期於必成，務使期年之間，有新著數十百種，布之黌舍，辭理並當，饜人取求。三、合併八校。”驟議之日，士釗持説侃侃，無所避就，莫之能難。

然而風聲所播，訴謗乃叢。部試諸生，青年自視爲大逆不道，先生長者陽持静默而陰和之，潛勢極張。宏獎著述，竟訛傳爲甄别教員，不加考詢，頑然抗議。合併八校，施受之間，暗潮不可終日。士釗又以其間重刊《甲寅》，論列時賢，於吴敬恒、胡適之倫，多所譏切；好惡拂人，彌以叢怨。而五月七日之事起。五月七日者，歲歲以紀念愛國爲循例者也；惟警廳以歲必滋事，禁止遊行，咨請教育部，轉知各校。士釗亦例照辦，黠者乃造轉知一文以揭於報，且甚其辭曰："摧殘教育，阻撓愛國。"於是學生大恨，以爲"不撲殺此獠，賣國賊其何所懲"！建旗呐喊以趨魏家胡同十三號，欲得士釗而甘心焉。士釗遁，而毁其室也，士釗既知其後有大力者負之而趨，未可深究，則置不問。而獨居深念，意忽忽不樂；因吟白香山《孤桐》詩曰："'直從萌芽拔，高見毫末始；四面無附枝，中心有通理。寄言立身者，獨直當如此！'孤桐孤桐，人生如此，尚復何恨！"因易字孤桐。其時北京女子師範大學學生，逐其校長楊蔭榆。蔭榆至，則持木棍磚石，叫罵追逐，無所不至。撕其布告，而易以學生求援宣言。北京大學學生從而應之，聲生勢張，男女嘯聚，鎖閉辦公室，把守校門，阻止校長教職員不許入。諸生跳梁於内，校長僑處在外。

士釗大怒，請於段祺瑞曰："士釗少負不羈之名，長習自由之説。名邦大學，負笈分馳；男女同班，亦嘗親與。所有社會交際，兩性銜接之機緘締構，一一考求：其中流以上之家，凡未成年之女子，殆無不惟家長阿保之命是從，文質彬彬，至可愛敬。從未見有不受檢制，竟體忘形，聚嘯男生，蔑視長上；家族不知所出，浪士從而推波，僞託文明，肆爲馳騁；謹願者盡喪所守，狡黠者毫無忌憚；學紀大紊，禮教全荒，如吾國今日女學之可悲歎者也！以此興學，直是滅學；以此尊重女子，直是摧辱女子！釗念兒女乃家家所有，良用痛心。當此女教絶續之秋，宜爲根本改圖之計。不如查照馬前次長處理美術專門學校成例，將女子師範大學停辦解散爲便。"祺瑞可其請。

部令一出，士論譁然。於是號稱代表九十八校之學生聯合會，登報以聲討士釗之罪，曰："章士釗兩次長教，摧殘教育，禁止愛國，事實昭然。敝會始終表示反對。乃近日復受帝國主義之暗示，必欲撲滅學生愛國運動而後快。不特不謀美專之恢復，且復勾結楊蔭榆，解散女師大，以數千女同學爲犧牲。此賣國媚外之章賊不除，反動勢力益將氣焰日高。不特全國教育前途受其蹂躪，而反帝國主義之運動亦將遭其荼毒矣。故敝會代表九十八校，不特否認章賊爲教長；且將以最嚴厲之手段，驅之下野。望我國人其共圖之。"誦者同然和之。

北京大學教授李石曾會士釗於廣座，攘臂起曰：“余本不欲言。惟今日京師女學，有一極悲慘之紀念，頗欲藉以警告教育當局使知：女子師範大學學生，有爲警察毆傷者若干人。其導因爲外交問題，其表見爲摧殘女學。如此痛心之事，演於首都。已成之國學而不能保；何暇計及地方私立女學之成毁盛衰乎！”語甚悲壯，合座動色。士釗從容詰之曰：“石曾所稱警察毆傷女生若干人，果何所見而云然乎？石曾曾身親焉否乎？若僅以告者爲憑，則凡來教部駭告，及所告負責任之呈報，適得君言之反。當日警察，蓋絶未敢侵學生，徒見學生紛持木棍磚石，追逐校長，而爲從中調解而已。以北京學界見嫉之甚，保護弱者聲浪之高，而女師大又向爲一切教聯、學聯休戚與共之大彀。豈有女生傷及多人，事越三日，並一紙聲訴書而不得見；而魏家胡同十三號之門庭，復寧静乃爾矣乎？石曾平旦視愚，豈求摧壓學生以爲己利者哉？諸君抹殺事實，廣構虚詞，鳥瞰先機，務鋤異己。狙使血氣未定之學子，恣爲一切壞亂之祕謀。此其用心，直不使有讀書種子留連京府，董理教務，以氣類之相感，爲學問之遠圖；而寧禽視鳥息於軍閥官僚之下，伺其顔色，倚爲奸利；偶有沖激，尋釁有名。而凡手持毛瑟，或腰帶指揮刀者，諸君乃立爲第二天性所暗示，不復正覰；而惟使夙稱同類同情，決不肯濫用政力侵陵學府者，不復有旋足吐氣之餘地。以愚不明心解，苦昧其故。石曾思之，亦能示我轉語否乎？”石曾無以應也。

於是吴敬恒揚言於衆曰：“整頓學風，宜也。顧章行嚴何人，足言整頓學風乎？足解散女師大乎？若蔡孑民，斯可矣。”蔡孑民者，北京大學校長蔡元培也。兩公既高名宿學，不快士釗，沸騰羣口。而士釗又以司法總長審查金佛郎案而予通過；事發，士論益譁，以爲夥同受賄有據，再毁士釗之室，肆力而擣，盡量以攫；卒掃聚所餘，相與火之。呼嘯千百衆學生，十餘人爲之發蹤指示，自門窗以至椅凳，凡木之屬無完者；自插架以至案陳，凡書之屬無完者；由笥而椸，無鍵與不鍵，凡服用之屬無完者；蕩焉盡焉，以得肆志爲快。吴敬恒爲講其義曰：“此誠作官者之業報也。”士釗乃不得一日安於其位，相應而解官。然而士釗則以號於人曰：“吾官可解，吾道不可易也！由今之道，無變今之俗，擾攘終年，羌無一是，政益見其渾亂，學益趨於荒落。雖有聖方，祇速人死！”士釗解官而衆怒未已。

士釗好盡言而與衆立異，又工臧否人物。吴敬恒者，一世之人震而驚之，以爲人倫模楷，稱曰吴先生者也；而士釗則以與梁啓超、陳獨秀同譏切，以爲："國人圖新之第一大病，在無辦法。其自謂有辦法者，其無尤甚。近世革新，分立憲、革命、共産三期，以梁先生尸立憲，吴先生尸革命，陳先生尸共産，允爲適當之代表人物。之三人者，各有所長，亦各有所短。以物爲喻：稚暉自始聞政以迄今茲，所領蓋爲遊擊偏師；己既絶意勢位，復無何種作政綱領，惟於意之所欲擊者而恣擊之爾。蓋如盤天之雕，志存擊物，始無所不擊，終乃一無所擊，回旋空中，不肯即下。任公者，知更之鳥也。凡民之欲，有開必先；先之祕息，莫不知之；且凡所知，一一以行，乃致今日之我，紛紛與昨日之我戰而無所於恤。獨秀則不羈之馬，奮力馳去；言語峻利，好爲斷制；性狷急不能容人，亦輒不見容於人，則别樹一幟，爲馬克思之説以自寵異，回頭之草弗齧，不峻之坡弗上，盡氣途絶，行與凡馬同蹓。如此等人，豈非世所謂魁異奇傑之倫？而各各所事之爲無裨於國，則如十日並出之所共照，無可詆讕。任公曰'立憲立憲'，今時憲安在者？稚暉曰'革命革命'，無命不革，己命且莫之逸，遑言其他。獨秀曰'共産共産'，試問民窮財盡，尚復何産可共？於是語其義也，莫不粹然成章，聞者悦服。至語其效，則同是亂天下有餘。何以故？曰無辦法故。蓋以主義而言主義，天下固未有持之而無故者；其見爲善不善，當以爲之之若何而定，不當以本身之存值而定。庚子而降，凡吾國魁異奇傑者之所爲倡，只圖倡之之時，快於心而便於口；至爲之偏何在而宜補，弊何在而宜救，事前既講之無素，事至復應之無方，魯莽滅裂，以國嘗試；一摘再摘，三摘四摘，以至今日空抱蔓歸，猶是一無辦法，了無進步。吾意無辦法矣，與其僞爲有辦法，四出繳繞，治絲益棼，以覆其國，無寧自承無辦法，少安無躁，使國家復其元氣，徐圖興造。稚暉、任公、獨秀以及不肖，皆試藥醫生，喪人之命至夥者也。"然而敬恒弗承也。敬恒尤喜言物質救國，自謂弄斧頭之年齡已過，未能爲勞工之神聖；入與倫敦西南工人爲鄰，習植鉛字數千；出擕柏林廊大克一具，以意攝取天然諸美，服勞自給，庶幾無負此生。其辭博辯雄偉，雜出莊諧，口無擇言，少年宗尚以爲一家。而士釗則以爲："稚暉富於玄想，巍然大師。語其高，可與希臘諸哲抗席；語其低，乃不足與中學畢業生程材。英之威爾士，文行與稚暉相仿。顧稚暉薄威爾士不爲，筆陣偶張，旋復棄去。稚暉試思之，入植鉛字數千，出擕廊大克一具，食力不過百錢，爲烈不逾一手足者，此誠滿街皆是，何勞吴稚暉爲之？稚暉爲之，亦既二十年矣；語其所獲，果何益於盛衰成敗之數？”然而敬恒弗服也。憤懣之余，習爲激宕；由是論鋒横溢，毛舉細故。此其士釗得罪世所謂賢人君子者一矣。

新文化、新文學者，胡適之所以譁衆取榮譽，得大名者也；而士釗則以爲：“新文化者，亡文化也。夫文章，大事也；曩者窮年矻矻，莫獲貫通；偶得品題，聲價十倍。今適之告之曰：‘此無庸也。凡口所道，俱爲至文；被之篇目，聖者莫易！’彼初試而將疑，後倡焉而百和，如蚊之聚，雷然一聲。而其所謂白話，亦止於口如何道，筆如何寫；韻味之不明，剪裁之不解，分位之不知，道誼之不協，横斜塗抹，狼藉滿紙，媸妍高下無力自判。已與徒黨輒悍然號於衆曰：‘文學革命也！文學革命也！’以鄙倍妄爲之筆，竊高文美藝之名；以就下走壙之狂，墮載道行遠之業。跳踉以喜，風靡一時；處勢差比前清之談革命；而其縱闊之深至，更遠過之；何也？以運動之式可以公開，少年竊此以自便其不學，恣斯世盗名之圖。河流急轉，一瀉千里，又較之前清革命黨人艱貞爲國，前仆後起，如馬十駕乃登峻坡者，爲勢順逆不可比數也。而有一事相同；則持其故者，一切務爲劫持；凡異議之生，不察以理而制以勢，天下之人因亦競爲選愞以應之。老師宿儒如梁任公者，聞之且大喜，盡附其説以自張，尤加甚焉。諸少年噪曰：‘梁任公跟著我們跑也！’有不肯跑者，則羣訾曰‘落伍落伍’，千人所指，不疾自僵。有不肯跑而稍稍匡救焉者，則羣版其名曰反動；發爲口號曰‘槍斃槍斃’，國人皆殺，時或不遠。而國家之教育機關不盡操縱於若輩之手不止。歷來之教育長官所不爲若輩頤使，位不安。京滬規模較大之書局所不遵若輩之教條出書，書不售。語其表也，似天下之論已歸於一；至語其裏，則不學者少數人發縱指示，强令夫天下之學者默焉以屈於己而已。如金在冶，不躍爲常，復假定天下之學者，自默焉屈於己外，無他道而已。爲問此默而屈者，其將與之終古否乎？與之終古，中國之文也化也將至何境矣乎？四五年來，自非無目，莫不見倫紀之淩夷，文事之傾落，如水就下、獸走壙，日蹙千里而未艾也。吾嘗澄心求之，以謂人本獸也；人性即獸性，其苦拘囚而樂放縱，避艱貞而就平易，乃出於天賦之自然，不待教而知，不待勸而能者也。使充其性而無道以節之，則人欲不得其養，争端不知所届，禍亂並至，而人道且熄。古之聖人知其然也，乃創爲禮與文之二事以約之，一之於言動視聽，使不放其邪心；

著之於名物象數，使不窮於外物；復遊之以《詩》、《書》六藝，使舒其筋力而瀹其心靈。初行似局，浸潤而安，久之百行醇而至樂出，彬彬君子；實爲天下之司命；默持而善導之，天下從風，炳焉如一；夫是之謂禮教，夫是之謂文化。斯道也，四千年來，吾國君相師儒續續用力以恢弘之，其間至焉而違，違焉而復至，所經困折，不止一端。蓋人心放之易而正之難；文事弛之易而修之難；質性如是，固無可如何者也。今乃反其道而行之；距今以前所有良法美意、孕育於禮與文者，不論精粗表裏，一切摧毀不顧；而惟以人之一時思想所得之，口耳所得傳，淫情濫緒，彈詞小說所得描寫，袒裼裸裎，使自致於世，號曰至美。是相率而返於上古獉獉狉狉之境，所謂苦拘囚而樂放縱，避艱貞而就平易，出於天賦之自然，不待教而知，不待勸而能者也。”然而胡適弗服也。適之言曰：“舊文學者，死文學也，不能代表活社會，活國家，活團體。”而士釗則曰：“此最足以聳庸衆之聽，而無當於理者也。凡死文學，必其迹象與今羣渺所不相習，僅少數人資爲考古而探索之，廢興存亡，不繫於世用者也！今之歐人，於希臘、拉丁之學爲然，而吾也豈其儔乎？且弗言異國古文也，以英人而治趙瑟 Chaucer，十四世紀之詩人即號難讀；自非大學英文科生，解之者寥寥。吾則二千年外之經典，可得琅然誦於數歲兒童之口，韓昌黎差比麥考黎英十九世紀之文家；而元白之歌行，且易於斐 Byron，裴倫謝 Shelley，謝烈與裴同爲十九世紀詩人之短句，莎米更非其倫。‘死’之云者，能得如是之一境乎？且文言貫乎數千百年，意無二致，人無不曉；俚言則時與地限之。二者有所移易，誦習往往難通。黄魯直之詞及元人之碑碣，其著例也。如曰‘死’也，又在彼而不在此矣。”然而胡適仍弗服也，謂：“若社會一切書籍，均用文言著述，平民概不瞭解，必且失趣而廢然以返。吾人必一致努力爲白話文，以造成白話文之環境。”而士釗則曰：“白話文之環境，萬無造成之理。可以世界語 Esperanto 爲喻。夫世界之學問，包涵於英、德、法三國之文字者，爲量至大。而三國自身不能互通；有時英人有求於德，德人有求於法，猶且盡力迻譯，彌其缺陷。今一旦舉三國之全量而廢置之，惟以瓠落無所容之世界語，使人之耳目心思，從而寄頓；道德學術，從而發揚。他文著録，全譯既有所不能，能亦韻味全失，無以生感。同時嫻於他文者，復不能嚴爲之界，使俱屏而不用，乾枯雜沓，情見勢絀。此世界語之卒無能爲役也。惟白話文亦然。吾之國性羣德，悉存文言；國苟不亡，理不可棄。今舉九家百流之書，一一翻成白話，當非適之力所能至。適之殫精著作，將《水滸》、《三國演義》、《西遊記》之心思結構，運用無遺；亦未見供人取求，應有而儘有。而又自爲矛盾，以整理國故相號召；所列書目，又率爲愚夫愚婦頑童稚子之所不諳。己之結習未忘，人之智慾焉傅？環境之説，其慮彌是，而無如其法之無可通也。夫文之爲道，要在雅馴。俚言之屏於雅，自無待論，而其蔽害之深切著明者，尤在不馴。凡説理層累之文，恒見五六‘的’字，貫於一句，亙二三十言不休；耳治既艱，口誦尤澀；運思至四五分鐘，意猶莫明。請遣他詞，源乃不具；謀易他句，法亦不習；臃腫堆垛，語不成章。以今去文未遠，白話多出能文者之手，茅塞已呈是境。更越若干年，將所謂作文爲一事，達意又爲一事，打成兩橛，不見相屬。尤不僅此，文事之精，在以少許勝人多許；文簡而當，其品乃高。計世界文字之中，此點以吾文爲獨至。而白話文則反之。胎息《水滸》、《紅樓夢》之白話尤反之。其參入‘的’‘嗎’‘哩’‘咧’，及其他借撼聽覺，羌無意義之輔字而自成爲贅，尤不待言也。是文貴剪剔紛淆；而白話以紛淆爲尚。文貴整齊駁冗，而白話以駁冗爲高。立言無範，共喻爲艱，獷悍相師，如獸走壙。冥冥中文化瀕於破産，中國人且失其所以爲中國人而不自知，此誠斯文之大厄，而適之努力造成之環境也。”是其得罪當世所謂賢人君子者又一矣。

吴敬恒、胡適倡歐化以振垂亡之勢，而士釗則曰：“唯唯，否否，不然。歐洲者，工業國也；工業國之財源存於外府即各國商場，伸縮力絶大；國家預算得量出以爲入；故無公無私，規模壯闊，舉止豪華，一一與其作業相應，無甚大害；一切社會惡德，出於其制之不得不然，所云 Necessary evils 是也。而吾爲農國；全國上下百年之根基可得以工業意味釋之者，蕩焉無有。無有，而不論精粗大小，一惟工業國之排場是騖，衣服器用，起居飲食，男女交際，黨會運動，言必稱歐、美，語必及台賽，變本加厲，一切恣行無忌，實則比歐、美之 Necessary merits 毫髮未具；而其 evils 在歐、美之國，所蘊而未發、或發而未盡者；而吾也由放依而馳騁，由馳騁而氾濫，赤裸裸地一無遮阻；轉使碧眼黄鬚兒，卷舌固聲於側，歎弗如焉。此在國家，勢不得不舉外債、鬻國産，以彌其濫支帑金之不足！在私人，勢不得不貪婪詐騙、女淫男盗，以保其肆意揮霍之無藝。其至於今，圖窮匕見，公私塗炭，國之不亡，殆與行尸無異。而冥冥中人道隳壞，凡一羣中應有同具之恒德，且不得備；其損失尤不堪言。昨年水災，地域之廣，難民之衆，災情之慘，自來所希聞也；而幸免之人，熟視無覩，將伯之呼莫應，同情之淚不揮。軍閥也者，争城奪地如故！官閥也者，恒舞酣歌如故！學閥也者，甚囂塵上如故。上海《密勒評論》有 Impeg 者，論次其事，且及前代防潦工事之差完，四方捐輸之彌急，而一語曰："中國博施濟衆之精神，近三十年，已不存矣。"是何也？即僞歐化有以尅制之也。偶舉一證，可概其餘。民德之澆，滔滔皆是，乃至父無以教子，兄無以約弟，夫婦無以相守，友朋無以相信。羣紐日解，國無與立。昔班嗣稱有學步於邯鄲者，曾未得其髣髴，又復失其故步，遂爾匍匐而歸。嗚呼，吾人今後，亦求得匍匐而歸爲幸耳!"吴敬恒、胡適倡革新以袪舊染之汙，而士釗則曰："唯唯，否否，不然。新者對夫舊而言之。彼以爲反乎舊之即所謂新。今即求新，勢且一切舍舊；舍舊，何有歷史？而歷史者，則在人類社會諸可寶貴之物之中，最爲寶貴。今人競言教育；不知教育所以必要，旨在以前輩之所發明經驗，傳之後人，使後人可以較少之心力，博得較大之成效，不更似前輩走卻許多迂道，費卻許多目力，慘淡經營，纔得築成僅可流傳之基礎而已。又嘗譬之，社會之進程取連環式；其由第一環以達於今環，中經無數環與接爲構。而所謂第一環者，見象容與今環全然不同；且相間之時，窵焉不屬。然諸環之原形，在邏輯依然各在，其間接又間接與今環相牽之故，俱可想象得之。故今環之人以求改善今環之故，不得不求知原環及以次諸環之情實，資爲印證。此歷史一科所由立；而知新者早無形孕育於舊者之中；而決非無因突出於舊者之外。蓋舊者非他，乃數千年來巨人長德、方家藝士之所殫精存積，流傳至今者也。思想之爲物，從其全而消息之，正如《墨經》所云：'彌異時，彌異所。'而整然自在；其偏之見於東西南北，或古今旦莫，特事實之適然；決無何地何時，得天獨全，見道獨至之理。'新'云、'舊'云，特當時當地之人，以其際遇所環，情感所至，希望嗜好所逼桚，惰力生力所交乘，因字將謝者爲'舊'，受代者爲'新'已耳。於思想本身何所容心？若升高而鳥瞰之，新新舊舊，蓋往復流轉於宇與久間，恒相間而迭見。其所以然，則人類厭常與篤舊之兩矛盾性，時乃融會貫通而趨於一。蓋凡吾人久處一境，飫聞而厭見，每以疲苶惱亂，思有所遷。念之初起，必且奮力向外馳去，冀得嶄新絶異之域以爲息壤；而盤旋久之，未見有得！於時但覺祖宗累代之所遞嬗，或自身早歲之所曾經，注存於吾先天及無意識之中。向爲表相及意志之所控抑而未動者，今不期乘間抵罅肆力，奔放而未有已。所謂‘迷途知反’，反者斯時；‘不遠而復’，復者此境；本期開新，卒乃獲舊。雖云舊也，或則明知爲舊而心安之；或則竟無所覺而仍自欺欺人，以爲新不可階。此誠新舊相銜之妙諦，其味深長，最宜潛玩者也。今之談文化者，不解斯義，以爲躁者乃離舊而僢馳，一是仇舊，而唯渺不可得之新是鶩；宜夫不數年間，精神界大亂，鬱鬱伥伥之象，充塞天下。躁妄悍然莫明其非，謹厚者菑然喪其所守，父無以教子，兄無以詔弟。以言教化，乃全陷於青黄不接、轅轍背馳之一大恐慌也。不謂誤解一字之弊，乃至於此。”如此之類，難以僕陳；既以新舊相持，紛紜莫決；乃作《説輯》以解之，語詳《甲寅週刊》。

或以規曰：“子一年中所遺政迹，時議紛紜，都不必在念。蓋學風扇發，天下病焉，父兄之教莫先，整飭之方宜講，子營此事，且有同情。即金佛郎案，牽連國交，遲速必辦；爲國任重，得謗乃常，既寵賂之不章，奚怨毒之難解？世所期期以爲不可，而君坐以市天下之怨，絶友朋之好，行且蹈不測之罪，貽無窮之羞者，惟辦《甲寅週刊》一事耳。天下事，未可以口舌争，胡嘵嘵以蒙恥召怒爲也？”士釗應之曰：“吾行吾素，知罪惟人。若其中散放言，刑踵華士；伯喈變容，罰同邪黨；生命既絶，詞旨自空。如其不爾，壹任自然。愚生不工趨避之義，夙志不干違道之譽。天爵自修，人言何恤？懷君子而居易，遵輿誦之本務而已。”既而段祺瑞不得志於馮玉祥，又失張作霖之援。吴佩孚再起湖南，與張作霖聯兵以逼京師。段祺瑞出走，士釗隨之蹉跌以不振。而於是士釗之名，儒林所不齒。士釗之文，君子以羞道！然其後國民軍再奠江南，建號南京；而掌邦教者，併合諸大學，厲行考試，取締學生運動，頗用士釗計，蓋不以人廢言云。

士釗始爲《甲寅雜誌》於日本，以文會友，獲二子焉：一直隸李大釗，一安徽高一涵也。皆摹士釗所爲文，而壹以衷於邏輯，掉鞅文壇，焯有聲譽。而一涵冰清玉潤，文理密察，其文尤得士釗之神。其後胡適著《五十年中國文學史》，乃以高一涵與士釗駢稱，爲甲寅派。及是唾棄甲寅不屑道，而習爲白話，倒戈以嚮，罵士釗爲反動，助胡適之張目焉。

三　白話文

胡適（附：黄遠庸、周樹人、徐志摩等）

胡適，原名洪騂，字適之，安徽績溪人。父□[1]，諸生，以嚴正爲邑里所憚；尤究心宋儒理學，嘗用四言韻語，著《學爲人詩》及《原學》兩書以授適誦；歷官臺東直隸州知州；中日戰起，我割臺灣以和；乃棄官歸，歿於厦門；生適三歲矣。母馮，爲繼室，僅二十三歲，以適早孤，督教極嚴；每日昧爽，即促之披衣起坐，爲縷述父志業，且曰："我一生祇見汝父一完人耳，汝好學之！"往往涕隨聲下。跬步必謹；五歲，即就外傅，授《孝經》，朱子《小學》、四書、《易》、《書》、《詩》三經及《禮記》，皆能背誦；尤喜朱子《小學》。課餘則瀏覽《水滸傳》、《三國演義》、《紅樓夢》、《儒林外史》、《聊齋志異》小説家言，爲諸姊妹誦説，以爲笑樂。而母望之深，有不檢，未嘗不教誡，或罰跪；以故適畏母甚，客至，或爲兒嬉戲，母色禁目喻，遂慑不爲也。自謂涉世三十年，律己不敢不謹，接物不敢不恕者，非惟乃父理學

① 闕文當爲"傳"。

之遺傳使然；抑亦母教爲之也。

十四歲，乃以母命負笈之上海求學，歷梅溪學堂、澄衷學堂、中國公學、中國新公學，遂以其間讀梁啓超主編之《新民叢報》，嚴復譯之赫胥黎《天演論》，振奮感動，而思想爲之鋭變；乃取“優勝劣敗，適者生存”之意，更名曰適，而以適之爲字焉。始作白話文，暢所欲言，以載《競業旬報》。又從詩人胡朝梁學詩；讀陶淵明、杜甫、白居易諸家集；而喜白居易特甚，因録明李東陽《懷麓堂詩話》於筆記中云：“作詩必使老嫗都解，固不可；然必使士大夫讀而不能解。此何故耶?”

以宣統二年赴北京，應賠款留學官費考試；三年七月，遂赴美國留學；讀歐、美人詩集漸多，因歎：“吾國作詩，每不重言外之意，故説理之作極少。求一樸蒲 Pope 已不可多得，何況華茨活司 Wordsworth、貴推 Goethe、白朗吟 Browning 矣！”乃作詩以贈其友人安徽梅光迪曰：“梅君梅君毋自鄙！神州文學久枯餒，百年未有健者起。新潮之來不可止，文學革命其時矣，吾輩勢不容坐視。且復號召二三子，革命軍前杖馬箠，鞭笞驅除一車鬼，再拜迎入新世紀。以此報國未云菲，縮地戡天差可擬。梅君梅君毋自鄙!”光迪誦而非之，以書相規。而適持之益堅，以謂：“文學革命，在吾國史上，非創見也。即以韻文而論：《三百篇》變而爲《騷》，一大革命也。又變爲五言七言，二大革命也。賦變而爲無韻之駢文，古詩變而爲律詩，三大革命也。詩之變而爲詞，四大革命也。詞之變而爲曲，爲劇本，五大革命也。何獨於吾所持文學革命論而疑之？文亦遭幾許革命矣！自孔子至於秦漢，中國文體，始臻完備。六朝之文，亦有可觀者；然其時駢儷之體大盛，文以工巧雕琢見長，文法遂衰。韓退之所以稱‘文起八代之衰’者，其功在於規復散文，講求文法；此一革命也。宋人談哲理者，深悟古文之不適於用，於是語録體興焉。語録體者，禪門所常用，以俚語説理記言，此亦一大革命也。蓋吾國言文之背馳久矣。自佛書之輸入，譯者以文言不足以達意，故以淺近之文譯之，其體已近白話；其後佛氏講義語録，尤多用白話爲之者。及宋儒以白話爲語録，遂成講學正體。至元人之小説，白話幾成文學的語言矣。總之，文學革命，至元而極盛；其時之詞也、曲也、劇本也、小説也，皆第一流之文學，而皆以白話爲之。其時吾國真可謂有一種‘活文學’出現。儻此革命潮流，不遭明代八股之劫，不遭前後七子復古之劫，則吾國之文學已成白話的文學，而吾國之語，早成爲言文一致之語言，可無疑矣。但丁之創意大利文學，卻叟輩之創英文學，路德之創德文學，未足獨有千古矣。惜乎，五百餘年來半死之古文，以及半死之詩詞，復奪此‘活文學’之席；而半死之文學，遂得苟延殘喘以至於今日。嗚呼，文學革命，何可更緩耶？文學革命，何可更緩耶？”而於是文學革命之論，始自適發其機械。初，梁啓超創新民之文體，章士釗衷邏輯爲論衡，斯亦我行我法，脱盡古人恒蹊者矣。然襲文言之體，或有明而未融之處。而士釗之邏輯文學，淺識尤苦索解，故當第一次《甲寅》風行之日，北京《亞細亞日報》記者黄遠庸致書士釗以相切論；曰：“居今論政，不知從何説起。遠意當從提倡新文學入手。綜之當使吾輩思潮，如何能與現代思潮相接觸而促其猛省；而其要義，須與一般之人生出交涉；法須以淺近文藝，普遍四周。史家以文藝復興爲中世改革之根本，足下當能悟其消息盈虚之理也。”士釗答曰：“提倡新文學，自是根本救濟之法；然必其國政治差良，其程度不在水平線下；而後有社會之事可言。文藝，其一端也。”觀其辭有抑揚，殆未以遠庸之言爲盡然。然胡適則謂：“士釗邏輯文學之大病，在不能‘與一般之人生出交涉’，如遠庸所云也。”

遠庸，名爲基，以字行，江西九江人。父儒藻，文采秀發，諸生不第，遂薄宦浙江。母姚，漢上名族，習禮明詩。遠庸問學夙成，實資母教。年十六，補諸生。二十歲，舉於鄉。明年連捷，中前清光緒甲辰進士，以知縣即用。時朝廷設進士館。新第之授京職者，得入館肄業，或遊學外國，三年程其功課以爲高下而遷除之。遠庸不得京職，而有志於遊學，請於當國，再三乃許。於是赴日本，入中央大學習法律科，黽勉研索，昕夕無間；且以餘力旁及英吉利文字。己酉秋，學成回國，實爲宣統元年。調郵傳部，奏改員外郎。時掌部者爲尚書徐世昌、侍郎汪大燮、沈雲沛，咸相引重，派參議廳行走兼編譯局纂修官。會部纂《郵電航路四政條例》成。將奏御前，缺例言；諸曹郎皆以時促，不敢任，獨以屬遠庸，給札郎署，不逾晷，成數千言，敘述詳贍，文詞淵雅，見者服其工捷。遠庸之東遊而歸也，同里李盛鐸亦歸自歐洲，同僦居於海岱門内，遠庸方肆力於文學，又有志於朝章國故。盛鐸告之曰：“吾見歐士之譜近世掌故者，多爲新聞撰述家。以君之方聞博涉，必爲名記者。”而遠庸從事新聞記者之業，實基於此。國變以後，部長留之曹署；而遠庸絶意進取，謝不往也。時京滬諸報各以新聞論著相屬。遠庸文章，典重深厚，胎息漢、魏；及是爲洞朗軒闢，辭兼莊諧；尤工通訊，幽隱畢達；都下傳觀，有紙貴之譽。然論治不能無低昂，論人不能無臧否，而於國民黨尤多砭戒；以故名益盛而仇者忌者日益滋。及袁世凱爲帝，屬爲文以贊；而遠庸高名迹近，不欲膺，不敢不膺，草一文若諷若嘲。世凱既心不喜。而傳者遽言遠庸勸進也。徒以言論文章，觀聽所繫，世凱必欲用之，而仇袁者，則必欲殺之。袁世凱欲使遠庸之上海，主幹《亞細亞日報》以爲帝制張目。遠庸心知不可，久遲且無幸，亟浮海避日本。居數日，若有人蹤；東渡美洲，抵桑港，遇刺而死，年三十二歲。遠庸風神朗澈，和易近人。簪舄交錯之時，遠庸一至，則談諧汎演，四座春生。居日本久，縞紵彌廣，每當讌集，輒促致辭；音響方終，贊歎盈耳。聞遠庸之死，咸奔走告語，太息彌襟，謂此才之不易得也。

生平持論，以爲："文藝家之能獨立者，以其有人生觀。人生觀之結果，乃至無解決，無理想；乃至破壞一切秩序法律及世俗之所謂道德綱常；而文藝家無罪焉。彼其職在寫象；象如是現，寫工不得不如是寫；寫工之自寫亦復如是。故文藝家第一義在大膽；第二義在誠實不欺。技之工拙，存乎其人，天才亦半焉。吾國人之文學家好稱文以載道；而所謂古文學者，什有七八如此。大抵論教必尊孔，論倫禮必尊禮教；論文必尊所謂古文，皆吾所謂專制一孔之見，其於今日決當唾棄。"海鹽朱聯沅芷青誦説其文而大賞歎曰："是能談新文藝者，吾生幾見?"遂相交歡。而遠庸自謂每見芷青，則一見一心醉，見即與談所謂新文藝者，其大指以爲："吾人今日思想界，乃最重寫實及內照之精神；雖甚粗糙而無傷也。余既不能修飾其思想，則亦不能修飾其文字；若真有見之發怒而冷笑者，則即余文之價值也。"聯沅輒泠然善焉。聯沅既以早夭，遠庸又不良死，而於所謂新文藝者，徒託諸空言，未及見諸行事之深切著明也。然論文之貴寫實，薄古文；論教之非尊孔，斥禮教；若爲適之俶落權輿焉。

既而適入哥倫比亞大學，師事杜威博士，得聞所謂"實驗主義"者而大悦服之，每語於人曰："我之思想，惟受兩人之影響最大：一赫胥黎，一杜威先生。赫胥黎詔我以疑，無徵則不信。而杜威先生則詔我以思，思必驗諸實。而所謂思必驗諸實者，有三説焉：一、從具體之事實與境地下手。二、一切學説與理想，不過爲待證之假設，而非天經地義。三、一切學説與理想，須以實行爲試驗。惟實驗爲真理之惟一試金石。”又以杜威講學，每一制度或學説之起，必就歷史而闡其因時制宜之所以，以明法不虛立。於是適之所以傳授心法，而説明杜威“實驗主義”者，約以二事：一歷史的方法，一實驗的方法。遂用實驗的方法，以談國故之整理，而表彰清代學者的治學方法，以明休寧、高郵之言考據於科學精神有合。用歷史的方法，以言文學之革命，而盛唱歷史的文學觀念論，以見桐城之治古文與歷史進化相反。其大指以爲：“文學者，隨時代而變遷者也。一時代有一時代之文學。周秦有周秦之文學。漢魏有漢魏之文學。唐宋元明有唐宋元明之文學。此非吾一人之私言，乃文明進化之公理也。左氏、史公之文奇矣；然施耐庵之《水滸傳》，視《左傳》、《史記》何多讓焉；《三都》、《兩京》之賦富矣；然以視唐詩宋詞，則糟粕耳。此可見文學因時進化，不能自止。吾主張‘歷史的文學觀念’，而古文家則反對此觀念也。吾以爲今人當造今人之文學；而古文家則以爲今人作文，必法馬、班、韓、柳；其不法馬、班、韓、柳者，皆非文學之正宗也。吾之攻古文家，正以其不明文學之趨勢，而强欲作一千年、二千年以上之文；此説不破，則白話之文學，無有列爲文學正宗之一日。”會陳獨秀主編《新青年》雜誌，誦其説而張之；一紙不脛，四海波動；大儒噤口，後生傾風。又進而薄仁義，廢禮教，乃至如黄遠庸所云：“破壞一切秩序法律及世俗之所謂道德綱常。”所以鼓盪天下之人心，而轉移一代之風氣者，以視當日梁啓超之《新民叢報》，且什伯過之不啻焉。及適自美國畢所學而歸，遂任北京大學文科教授，倡爲白話文；登高之呼，所以自號於天下者有三：曰八不主義一須言之有物，二不摹仿古人，三須講求文法，四不作無病之呻吟，五務去爛調套語，六不用典，七不講對仗，八不避俗字俗語也。曰歷史的文學進化觀念也，曰文學的試驗精神也。質言之曰“國語的文學，文學的國語”而已。稽其著述，言八不主義者，有《文學改良芻議》、《建設的文學革命論》焉。言歷史的文學進化觀念者，有《歷史的文學觀念論》、《五十年來之中國文學史》焉。至文學之試驗精神，則表以《嘗試集》之一序焉。《嘗試集》者，適所爲之詩集也，其爲文章，坦迤明白而無迴瀾；條理清楚而欠跳蕩；闡理有餘，抒情不足。而詩亦傷於率易，絶無纏綿悱惻之致，耐讀者之尋味。昔人論詩文之妙，謂不厭百回讀；而適之爲詩，則衹耐一回讀；幸尚清順明暢，不爲爛套惡俚耳。録一二篇以見一斑：

《病中得冬秀書》

病中得他書，不滿八行紙，全無要緊話，頗使我歡喜！

我不認得他，他不認得我，我總常念他，這是爲什麼？

豈不因我們，分定長相親，由分生情意，所以非路人？

豈不愛自由？此意無人曉，情願不自由，也是自由了！

《新婚》

十三年没見面的相思，於今完結。把一樁樁傷心舊事，從頭細說。你莫説你對不住我，我也不説對不住你，且牢牢記取這十二月三十夜中天明月！

其詩由有韻而爲無韻，由五言七言之整齊句式，而爲長短隨意，自豪曰："此詩體之大解放。"所云冬秀者，其妻江氏也。方適之未出國也。問名未娶；又江氏未受學校教育。而適遊美洲自由之邦，少年才俊，自由戀愛，匪無豔遇，而適不忍相負，矢志無他，卒歸娶焉。然於友朋之離婚再娶者，則必以婚姻自由，放言高論，而特贊之。適天性敦厚，誦念母教，又頌其父治理學，可以儀刑子孫，爲刊《鈍夫先生年譜》；而言必非孝。每語於人曰："吾人欲擁護民治，則不得不反對孔教之舊倫理。欲提倡科學，則不得不反對舊藝術、舊宗教。易言之，欲擁護民治與科學，即不得不反對國粹與舊文學耳。"章炳麟制言未嘗不平正，而舉止偏若佯狂。胡適律己未嘗不謹篤，而論議僻好新奇。然一時男女青年之蕩閑逾檢、放佚不可制者，何嘗不以適論議爲藉口焉。一時和之而首爲驅除難者，陳獨秀及浙江錢玄同也。林紓、馬其昶之倫，皆文章老宿，而紓尚氣好辯，尤負盛名；爲適所嫉，摭其一章一句，縱情詆毀；復嗾其徒假名曰王静軒①者，佯若爲紓辯護；同時並刊駁難而聳觀聽。及紓弟子李濂鏜，欲訪所謂王静軒者而與之友，則烏有先生也。歎曰："昔人所謂不信之至欺其友；不意鏜親見之！"紓則憤氣填膺而無如何，既以摧抑不得伸喙。獨梅光迪及江西胡先驌故偕適留學美國，稱驩交；然論文學則斷斷不相下。適倡革命，而光迪、先驌主存古，與適相持。先驌尤褒彈不遺餘力。胡適以仿古之文言文爲死文學，而新倡之白話文爲活文學，文學有死活，無雅俗。胡先驌曰："不然。文學之死活，以其自身之價

---

① 静軒，應爲敬軒。

值而定，而不以其所用之文字之今古爲死活。故荷馬之詩，活文學也，以其不死不朽也。喬塞 Chaucer 之詩，活文學也，以其不死不朽也。梭和科 Sophocle 之戲劇，活文學也，以其不死不朽也。席西羅 Cicero 之演説，活文學也，以其不死不朽也。蒲羅大 Plutarch 之傳記，活文學也，以其不死不朽也。反而論之：Edgar Lee Masters 之詩，死文學也，以其必死必朽也，不以其用活文字之故而遂得不死不朽也。陀司妥夫士忌、戈爾忌之小説，死文學也；不以其轟動一時，遂得不死不朽也。適之君之《嘗試集》，死文學，以其必死必朽也；不以其用活文字之故而遂得不死不朽也。物之將死，必精神失其常度，言動出於常軌。適之君輩之詩之鹵莽滅裂，趨於極端，正其必死之徵耳。一種運動之價值，初不繫於成敗，而一時之風行，亦不足爲成功之徵。舍以古今爲死活，則是世間無不朽之著作；而每種名著，時過境遷，至多亦不過流傳二三百年矣。天下寧有是理耶！”胡適以爲歐洲中古時，各國皆有俚語，而以拉丁文爲文言，凡著作書籍皆用之，如吾國之以文言著書也。其後意大利有但丁諸文豪，始以其國俚語著作，諸國踵興。今日歐洲諸國之文學，在當日皆爲俚語，迨諸文豪興，始以“活文學”代拉丁之死文學；有活文學而後有言文合一之國語也。胡先驌曰：“不然。語言若與文字合而爲一，則語言變而文字亦隨之變。故英之 Chaucer 去今不過五百餘年；Spencer 去今不過四百餘年，以英國文字爲諧聲文字之故，二氏之詩已如我國商周之文之難讀。而我國則周、秦之書，尚不如是。蓋歐文諧聲，中文辨形。諧聲之文字，必因語言之推遷而嬗變。辨形之文字，則雖語言逐漸變易，而文字可以不變。故吾國文字不若歐洲各國文字之易於變易也。向使言文合一，文隨語變。宋、元之文，已不可讀；況秦、漢、魏、晉乎？此正中國言文分離之優點。夫《盤庚》、《大誥》之所以難於《堯典》、《舜典》者，即以前者爲殷人之白話；而後者乃史官文言之記述也。故《元曲》之白話，於今不多可解。然宋、元人之文章，則與今日無別。論者不思其便利，而欲故增其困難乎？抑宋、元以上之學，已可完全拋棄而不足惜，則文學已無流傳於後世之價值，而古代之書籍可完全焚燬矣？斯又何解於西人之保存彼國之古籍耶？且西人言文何嘗合一？其他無論矣！即以戲曲論：夫戲曲本取於通俗也；何莎士比亞之戲曲所用之字至萬餘，豈英人日用口語須用如此之多之字乎？小説亦本以白話爲本者也；今試讀 Charlotte Bronte 之著作，則見其所用典雅之字極夥。其他若 Dr. Johnson 之喜用奇字者，更無論矣。且歷史家如 Macawlay，Prescott，Green 等，科學家如達爾文、赫胥黎、斯賓塞爾等，莫不用極雅馴、極生動之筆以記載一代之歷史，或敘述辯論其學理，而令百世之下，猶以其文爲規範；此又何如耶？大抵口語所用之字句多寫實，而文學所用之字句多抽象；用白話以敘説高深之學理，而欲期以剴切簡明，難矣。今試用白話以譯 Bergson 之創製《天演論》，必致不能達意而後已；若欲參入抽象之名詞、典雅之字句，則又不爲純粹之白話矣。又何必不用簡易之文言，而必以駁雜不純之口語代之乎？”胡適以爲“五言七言之詩，句法整齊，不合語言之自然，而有截長補短之病。故詩體之大解放，在打破一切枷鎖自由之枷鎖鐐梏。五七言之整齊句法，亦枷鎖詩體自由之一種枷鎖鐐梏也。”胡先驌曰：“不然。中國之有五七言詩，猶西國之有 Meter 也。惟歐語複音多，故不能如中國四言五言七言之整齊；然必高音低音錯綜而爲 Meter，而限定每句所含 Feet 之數；自希臘荷馬以來即然。主張解放之大詩家威至威斯 Wordsworth，以爲：‘可悲之境況與情感，寫以句法整齊之韻文，以視用散文之效力爲久遠。’又謂：‘由整齊之句法所得之快樂，蓋謂由不同而得有同之感覺之快樂。’辜勒律 Coleridge 已謂：‘詩與文之别，即在整齊之句法與叶韻。’德昆西 De Quincey 以爲：‘整齊之句法，可輔助思想之表現。’漢特 J. H. Leigh Hunt 以爲：‘詩之佳處，在全體整齊，而各部分變異。’波 Poe 以爲：‘整齊句法與音節皆不容輕易拋棄者。’英詩人德來登 Dryden 以爲：‘韻之最大之利益，即在限制範圍詩人之幻想。蓋詩人之想像力，往往恣肆而無紀律；無韻詩，使詩人過於自由，常作多數可省，或可更加錘煉之句。苟有韻以爲之限制，則必將其思想以特種字句申説之，使韻自然與字句相應，而不必以思想勉强趁韻。思想既受有此種限制，審判力倍須增加，則更高深更清晰之思想，反可因之而生矣。’豈非句法之整齊與叶韻，爲詩體之不可廢者耶？考之歌謡，靡不以整齊句法爲之：‘月光光，姊妹妹’；三言也。‘月亮光光，照見汪洋’；四言也。‘打鐵十八年，賺個破銅錢’；五言也。‘行也思量留半地，睡也思量留半牀’；七言也。此外，二、三、六言、八言、九言、十言特稀。蓋二言氣促，六言突兀，八九十言過長。八九十言即有之，亦必分爲三四五言小段，如‘太夫人，移步出堂前’，雖爲八言，然爲三言與五言所合成；‘蔡鳴鳳，坐店房，自思自想’，雖爲十言，然爲兩三言一四言所合成。可見四言五言七言者，中國語中最適宜之句法也。惟四言詩衹盛於周，而五言古詩則自漢、魏以至於齊、梁，幾爲唯一之詩體；其時七言詩雖有作者，然不及五言之重要。即至唐、宋以還，雖七言古興，而律詩大盛，然五言古始終占第一重要位置。直至今日，學詩者猶以爲入手之塗境，最後之規則；其間豈無故哉？蓋五言古既可言志，復能抒情；既可叙事，復能體物。阮步兵之《詠懷》，陳子昂之《感遇》，李太白之《古風》，皆言志之詩也。《孔雀東南飛》、《木蘭詞》，皆叙事之詩也。謝靈運之作，大半皆寫景之詩也。詩之能事，五言古幾盡能之。所不能者，爲七言古詩之剽疾流利、抑揚頓挫，與夫五七言近體詩之一唱三歎，音調鏗鏘耳。七言古以剽疾流利、抑揚頓挫爲本，故宜於筆力矯健之作；故雖説理言志不及五言，而跌宕過之；然以七言古之跌宕委婉，一調叶其聲調，使之諧婉，則七言古詩中之長慶體，又爲叙事之良好工具矣。蓋叙事貴婉轉盡致，因之音節亦尚諧婉。長慶體全用律句以作古詩，其聲調之鏗鏘，情韻之纏綿，遂較平常之七言古詩出一頭地。元白不論，即梅村之能嗣響長慶，亦正以其用長慶體故也。至五七言律詩，以八句四韻之短幅，復以對偶爲要旨，自不能如五七言古極縱橫闊大、盡理窮物之能事。胡適之君必以不講對仗爲改良詩體之一事，則又與於不知詩之甚者也。夫天地間事物，比偶者極多，俯拾即是。雖在周、秦之世，諸子名理之言，亦尚排偶。而古詩十九首之'青青河畔草，鬱鬱園中柳'，'胡馬依北風，越鳥巢南枝'，蘇李詩之'昔爲鴛與鴦，今爲參與辰'，'燭燭晨明月，馥馥秋蘭芳'，'征夫懷往路，遊子戀故鄉'，皆爲對仗。至謝靈運之詩，則幾於自首至尾皆爲對仗。以後無論五七言古詩，皆寓偶於奇，雜以對仗。雖適之君所推崇之白香山、陸放翁之五七言古詩，亦對仗極多。放翁之五古，且有自首至尾，皆用對仗者。古來名人中之喜用單行以作古詩，惟元遺山一人耳。近體詩惟五言七言排律不耐誦讀，其原因初不盡在對仗；蓋音調之過於諧婉，實爲一大原因，故雖以老杜五排之波瀾壯闊，而喜讀之者卒鮮也。在古詩之諧暢，作者能錯落其句法以救單調之害耳，此即漢特所謂'全體整齊而各部變異'，正所以'達到美之最後之目的'者也。夫單行與對仗，各用效用。單行句法，雄渾嚴整，厚重緩和；故不求流動而欲端整之作宜之。言非一端，亦各有當，寧必以去對仗爲盡作詩之能事乎？"先驌字步曾，江西南昌人，美國加利福尼亞大學農科學士，歷廬山森林局副局長，東南大學植物教授。顧先驌治植物學而好譚文學，與胡適友善，而論文不爲唯阿。“時代精神”者，胡適之所鶩也。先驌曰：“勿鶩於‘時代精神’，須知文學之最不可恃者，厥爲時代精神；以其事過境遷，不含‘不朽’之要素也。”“文學創造”者，胡適之所夸言也。先驌曰：“勿夸言‘創造’，而忘不可免之摹仿。須知茹古者深，含英咀華；‘創造’即在摹仿之中也。”著有《中國文學改良論》、《文學之標準》、《評〈嘗試集〉》、《評胡適五十年來中國之文學》，具載《學衡雜誌》，皆難適而作。寖以失驩，絶交於適焉。

在前清光、宣之際，北京大學之文科，以桐城家馬其昶、姚永概諸人爲重鎮。民國新造，浙江派代之而興，章炳麟之徒乃有多人登文科講席，至是桐城派乃有式微之歎。著於林紓《畏廬文集》者，可覆按也。然自陳獨秀爲文科學長，用適之説，一時新文學之思潮，又復澎湃於大學之内，浙士錢玄同者，嘗執業於章炳麟之門，稱爲高第弟子者也；爲人文理密察，雅善持論；至是折而從適，爲之疏附。適驟得此彊佐，聲氣騰躍；既倡新文藝以摧毁古文；又講新文化以打倒禮教。而學生運動，亦適一力提倡以臻極盛，然而無以持其後！動而得謗，名亦隨之！老成持重者，詆爲洪水猛獸；而少年景從，以爲威麟祥鳳不啻。梁啓超清流夙望，亦心畏此咄咄逼人之後生，降心以相從。適亦引而進之以示推重；若曰：“此老少年也！”啓超則彌沾沾自喜，標榜後生以爲名高。一時大師，駢稱梁、胡。二公揄衣揚袖，囊括南北。其於青年實倍耳提面命之功，惜無扶困持危之術。啓超之病，生於嫵媚；而適之病，乃爲武譎。夫嫵媚，則爲面諛，爲徇從；後生小子喜人阿其所好，因以恣睢，不悟是終身之惑，無有解之一日也。武譎則尚詐取，貴詭獲，人情莫不厭艱巨而樂輕易，畏陳編而嗜新説。使得略披序録，便膺整理之榮；纔握管觚，即遂發揮之快；其倖成未嘗不可樂，而不知見小欲速，中於心術；陷溺既深，終無自拔之一日也。然當是時，白話文乘新興之運，先之以《新青年》之摧鋒陷陣，胡適、陳獨秀、錢玄同諸人實爲主幹。而風氣所鼓，繼起應和者，北京則有《新潮月刊》、《每週評論》，上海則有《民國日報》附張之《覺悟》，《時事新報》之《學燈》，推波助瀾，一以“國語的文學，文學的國語”十字爲宣傳；是則適建設的文學之樹以爲鵠者也。於是教育部以民國九年頒“小學課本改用國語”之令；而白話文之宣傳，益得植其基於法令焉。刊有《胡適文存》三集。

適才高而意廣，既以放廢古文，屏斥舊學，放言無忌；而又不耐治科學，則詡詡焉談“科學方法”，欲以整理國故；又著《一個最低限度的國學書目》一文以詔天下學者；予智自雄。老師大儒，既震於科學方法，莫爲牴牾；又驚其言之河漢無涯涘。獨慈谿裘毓麐著論明科學方法之不足以治國學，又斥《一個最低限度的國學書目》之不免大言欺人。其論科學方法之不能以治國學曰：“吾東方固有之學術，其性質與今之所謂科學者迥別。研究科學及一切形質之學者，如積土爲山：進一簣，有一簣之功；作一日，得一日之力；論其所得之高下淺深，可以計日課程而爲之等第也。治心性義理之學者，如掘地覓泉：有掘數尺即得水者，有掘數丈始得水者，有掘百數十丈然後得水者，有掘百數十丈而終不得水者，有所掘深而得水多，亦有所掘深而得水反少者，有所掘淺而得水少，亦有所掘淺而得水反多者。而所得之水，又有清濁之分，甘苦之别，不能尅日計工，而衡其得水之多寡清濁也。其一旦得水也，固由於積日累功而成；然當其未及泉也，則無論用力如何勤苦，經營如何之久，若欲預計其成功之期，則固無人能言其明確之時日者也。所謂‘掘井九仞而不及泉，猶爲棄井’也。治心性義理之學，亦猶是矣。當其體察鑽研，沈潛反復，雖志壹氣凝，用力極其勤奮；苟未至於一旦豁然貫通之日，則無論用力如何勤苦，杳不知其成功之究在何時也。且此所謂一旦者，不能以日計，不能以月計，亦不能以年計；但由正知正見而入，至於用力之久，則終當有此一旦已耳。然亦有用力既勤且久而終無此一旦者，亦正不尠。就其大别言之，有得人一言之啓發而即大悟者；有積數年數十年之力學苦參而始悟者，有勤奮終身而仍未大悟者，有勤奮終身而終不悟者。蓋學之偏於實者，其程效可以計功計日；學之偏於虚者，苟非實有所悟，則決無漸臻高深之望。語其成功，不聞用力之多寡，爲時之久暫也。明陳白沙先生論學曰：‘學有由積累而至者，有不由積累而至者；有可以言傳者，有不可以言傳者。’大抵由積累而至者，可以言傳也；不由積累而至者，不可以言傳也。東西學術之别視此矣。凡西哲之學問，莫不重系統，有階級，故其學皆由積累而至，皆可以言語文字傳授者，若吾東方之學術則異乎是。不特性命之根源，精微之義理，本非可以積累而至，可以言傳；即九流末伎如醫卜星相之徒，苟語及精微之處，設於道一無所知，則終身亦決無自臻於高明之境。道如一大樹，聖賢得其根幹，方伎得其枝葉；此中道妙，父不能傳之於子，師不能授之於弟；亦不由積累而至，亦非可以言語傳授者也。聖賢相傳之道，非古聖能創作也；不能因其固有之道舉以告人耳。如黄山、天台之景，天下之奇觀也；然此境非吾曹所能創造，亦非吾曹所能建設。天地間原有此境；欲知此境，衹須親到親見。聖賢不過先到此境，先見此境而已。吾人能篤信古聖之所指示，孳孳日進，終必有實到此境，實見此境之一日；迨已到已見之後，方知此境本爲古今人人之共有，既非先聖所能創作，亦非後聖所能改造。而如黄山、天台，天地間既實有此山，此山終古不改，則凡曾到此山者，其所見即無一不同。千萬年以前，曾見此山者，所説如是；千萬年以後，凡見此山者，所説亦必如是。決不能於實際增益分毫，亦決不能於實際減削分毫，以稍有增減，即與固有者、本然者不合也。歷聖所傳之道亦猶是矣。道既無二，道既不變，歷聖既同傳此道，宜所見無不同，所説亦無不同矣。不獨堯、舜、禹、湯、文、周、孔、孟同此道也，即推至羲、黄以前，下至後世程、朱、陸、王之所見，旁及柱下、漆園之所説，亦無不同也。不特中國諸聖之道同也，即西方大聖人所説，若語道之根源，亦無一不同也。蓋地無分東西，時無分今古，凡聖人設教之本心，無非欲世人共知此道，共明此道而已。此道範圍天地，無古無今，先天不違，後天奉時；諸聖之所明者明此，諸儒之所學者學此。不明此，不足以爲聖；不知此，不足以爲學；所謂唯此一事實，餘二即非真之大道，無論何時何人，決非可以憑一己之心思才智，創立新説異見者也。以孔子之大聖，猶云‘述而不作’。竊嘗論之，既爲聖人，必明大道；既明大道，即無可作。孔子祖述堯舜，無所謂作也；即堯舜亦不得謂之作，不過祖述堯舜以上之聖人而已；推而至於羲、黄以來，均述而非作；即推而至於羲、黄以上，亦無人可稱作者，何也？所謂聖學者，蓋天地間實有如是一件道理，聖人不過知此、見此、覺此、説此，欲人人共明此而已。此實際之道理，聖人不能增益分毫，亦不能減損分毫；如天地間既實有黄山、天台等山，前人曾遊此山者，既説山之高低遠近以示世人矣。山既經古人無稍改變，寧有後人見此山者，其所説竟與前人異乎？且此道不因世生聖人而有，亦不因世無聖人而滅；故道因聖人之存亡而分晦明，非因聖人之存亡而生有無；猶山初不因遊人之多少有無而少改變其原有狀態也。若云聖人有所創作，則此道不啻已爲聖人所私有；已不能謂之‘先天而天不違，後天而奉天時’之大道矣。故曰：‘先聖後聖，其揆一也。’又曰：‘東海西海有聖出，此心此理同’也。西儒之言哲學，則全與之相反。哲學派別既多，意見各異。一説既興，則必有絶對相反之説與之並立；故既有一元説，則即有二元説起而與之抗；既有唯心論，則更有唯物論出而與之争；各是其是，無所折中。而研此學者亦必兼收并包，莫定一尊。既無同揆之可言，更難期收一貫之效。是故西儒之治哲學，如人造園庭，各人所作各各不同。一人所作之園庭，可由一人之意匠經營而爲建設布置；故後人所作之園庭，不必同於前人，亦不難勝於前人。是以西儒之治哲學，往往後勝於前，今密於古；不同東方人之學道者，先聖既造其極，決無後可勝前之理。無論後人用力如何勤奮，悟道如何深遠，謂所見同於先聖，可也；謂所見等於先聖，可也；若謂所見異於先聖，或謂其過於先聖，則非愚即妄矣。爲學之道，惟信爲能入。孔子曰：‘信而好古。’又曰：‘篤信好學。’子張曰：‘執德不宏，信道不篤，焉能爲有，焉能爲亡!’而以今日學者之淺陋，讀聖賢精微之經傳；苟非信至極處。決難望有所得也。無論天資如何高明，用工如何勤奮，願十年之内萬不可輕言有疑。惟當以全身靠在聖賢語言上，然後虚心静氣，優遊玩索，以身體之，以心驗之，從容默會於幽閒静一之中，超然自得於書言象意之表。如口之於味，鼻之於臭，吾人欲知味臭之區别，設非親嘗之，親臭之，則決無真知確見之可言。論味則蜜與糖同甘，而糖之甘自異於蜜；梅與醋同酸，而醋之酸不同於梅。論臭則蘭蕙與旃檀之香同而復有别；鮑魚與屎溺之臭同而不相混；若欲詳辨四者之分别，雖使善文者覃思深慮而出之，仍不過得其髣髴而已；若復令讀其文者，即可辨其異同，則雖上智亦決不能也。然使其人一嘗其味，一嗅其臭，則雖愚夫，亦能立辨之而無爽焉。此即陽明所謂‘啞子吃苦瓜，與爾説不得，爾要知此苦，還須爾自吃’。悟即自吃之謂也；可知不自吃，則終不知味；不自悟，則終於道無所得也。由信得悟。由悟證道。古人之論悟道也，曰：‘言語道斷，心行處滅。’又曰：‘口欲言而辭喪，心欲思而慮亡。’又曰：‘窮諸玄辯，若一毫置於太虚。竭世樞機，似一滴投諸巨壑。’非古人好爲微妙幽深之語，使世人難於窺測也。蓋有以見道體本質如此。故曰：‘此事極奇特，極玄妙，而又極平庸，極真實。’其入手最要之方，則莫若静，静而後能定；既静且定，然後能發慧；則吾心廣大、本體靈光發見，然後方可期有得耳。由信得悟，由静生明，惟静而後能虚靈。宋儒言心以虚靈爲貴，此言亦善；必虚而後能靈；既虚且靈，方能默契先聖精微之旨。若專以博學多聞爲貴，終其身皇皇然以搜求捃摭爲務，如清中葉漢學家之所爲，則此心已實而窒矣。實而窒，又焉能悟道妙哉？所以學道者，決非博觀强記、探賾索深之謂；必澄心息念，收視返觀而後期有得。其未得也，不能尅日計功，由於積累而成；其已得也，先覺者亦不能以言語文辭傳之後進；學者苟非真參實悟，無由知其妙微。若西儒之治哲學，則不外博覽羣書，廣采物情，全憑意識以爲推求，歷舉事例以爲比較，無所謂澄心返觀之法也。大抵西人治學之塗徑，不外分别、比較二術；名數質力，日擾其心，終日思索，神勞則昏，尚安有心體靈光發見之一日耶？聖賢之學，全由聖賢心體靈光發見，非由外得。故言道學者，前聖已造其極，決無後可勝前之理。故學儒者決無人能過孔孟，學道者決無人能過老莊，學佛者決無人能過釋迦。學者既明此理，則但當終身安心作孔、孟、老、莊之信徒，不當妄思欲作孔、孟、老、莊之試官。若近日淺人之所爲，字意未明，句讀未真，便欲評其高下，論其是非，是無異人人可作孔、孟、老、莊之試官矣。人人欲作孔、孟、老、莊之試官，勢必至無人復能解孔、孟、老、莊之真意矣。”

其論青年修習國學方法曰：“余見胡適所開《國學書目》，標曰‘最低限度’。而所列之書，廣博無限：經學小學，則清代名家之大部著述，以及漢、魏、唐、宋諸儒之名著，無不列入。理學則宋、元、明、清學案及《二程全書》、《朱子全書》、《朱子大全集》、《陸象山全集》、《王文成全集》，復益以宋、元、明、清儒專集數十種。子則二十二子及其注解，復益以周秦後諸家所作、爲世所傳誦者。佛典則《華嚴》、《法華》等經，《三論》、《唯識》等論禪宗語録，相宗注疏，廣爲搜羅。此所謂思想部也。若文學則歷代名人詩文專集百數十家，宋元來通行之詞曲小説多種。凡此皆胡氏之所謂‘最低限度’書目也。然論其數量，則已逾萬卷；論其類别，則昔人所謂專門之學者，亦已逾十門。凡古來宏博之士，能深通其一門者，已爲翹然傑出之材，若能兼通數門，則一代數百年中，不過數人。若謂綜上所列諸門而悉通之者，則自周孔以來，尚未見其人。何也？人生數十寒暑，心思材力，究屬有限，而人之天資，語其所近，不過一二種；兼通數門，已稱多材。長詞章者未必兼通考據，有得於心性之學者未必樂鑽故紙。故精漢學如閻、戴、段、王，若語以宋明諸儒精微之說，未必能解也。工詩文者如韓、柳、歐、蘇，若與之辨訓詁音韻之微，則非所習也。文人談禪，不過供臨文時捃摭之資，若進而與之論教相，辨判科，則茫然矣。宋元詞曲鉅子，若與之論經傳之大義，談老莊之玄旨。則瞠目結舌矣。天之生人，決無付以全知全能之理，而人之於學，非專習決不能精。凡人於一種學問，已得門徑，意趣日出，則所讀者必多同類之書；長經學者，必多讀經傳之注解；工文辭者，必多讀名家之專集。若舍其素習而讀他種書，則雖宿儒，無異初學；苟非以全力攻破其難關，將見始終格格不入。語曰：'讀書萬卷'，實則讀萬卷書尚非難事；而多讀門類不同之書以明其大義者，古今無幾人也。紀昀於近儒中讀書最富，然余讀其評理學之語，開口即錯；經學亦有隔膜。《曾文正公日記》有云：'閱《宋元學案》中《百源學案》，於邵子言數之訓，一無所解，愧憾之至。'陳蘭甫先生與友人書，自言：'生平未曾讀宋儒書；晚歲猶思補讀。'曾公命世之英，蘭甫博學而享大年，猶有未盡讀、未盡通之書。凡自謂於學無所不通，此僅可欺淺學無識之輩；若通儒則決無此論。而自漢唐以來，未聞有一人而兼經學、小學、性理、考據、佛典、詞章、詞曲之長者也。今以古今鴻儒碩士所萬不能兼通者，某先生乃標其名曰'最低限度'。吾不解某先生所謂'高等'者，其課程復將奚若。其將盡龍宮鐵塔之藏，窮三洞四輔之祕乎？凡此皆欺人之甚。而言者悍然不慚，聞者茫然莫辨。世人既多妄人，復多愚人；非妄人無以益愚人之愚；非愚人無以長妄人之妄。余讀近人著作，胸中輒作二疑。觀其繁稱博引，廣列羣書，則疑其人無書不讀。及見其立論之淺謬，往往於古人極淺近之旨，尚未明了，則又疑其人實未曾讀過一書。今日學術界之大患，幾於無事不虛僞，無語不妄；且愈敢於妄語者，則享名亦愈盛。然而文人詭誕，自古有之！如清毛西河、戴東原二氏，二百年來，學者仰如泰斗；然二子均喜欺人，其生平示人之語，殆無一由衷之談。試翻《全謝山集》中之《蕭山毛檢討別傳》，及章實齋《文史通義》之《朱陸篇書後》兩篇，歷舉毛戴二人種種欺人妄語之事實，其例甚多。大抵文人好名而性復詭詐，其對於後進欽風慕名而向之請益者，則必廣舉艱深宏博之書多種以告，又復恍惚其詞，玄之又玄，令人無從捉摸。其實彼所舉之書，或僅知其書名，或得其梗概於書目提要中，其書固未曾入目也；或涉獵之而未得其大意，猶之未讀也。然在初學，震其高論，貿然從之；始爲好名喜功之心所歆動，尚能振奮一時；迨鑽研不久，久無所得，鋭氣一消，頽然廢學，猶以爲彼自高明，我則昏昧，無由趨步；不知被其所欺，誤盡一生而不自知也。又凡人治一種學問，其入手之處，大抵得力於淺近之書；惟因其淺近，往往近俗，每爲通人所不屑道。故在好名之人，雖最初得力於淺近之書，往往終身諱莫如深，雖親友亦不輕洩。設有人問入手方法，則决不肯告人以己最初所讀之得力者，必别舉一艱深之書，聽者不察而深信之，始則扞格不入，繼則望洋生歎，終亦必至甘於自暴自棄而已。余近年讀書稍多，見理稍明，覺今昔文人所説，大抵夸而不實，高而不切，欺世之意多而利人之心少，自炫之意多而作育之心少。余十數年前，思温習四書，以應讀何種注解，詢之章太炎先生，當世所謂經學大師也。章先生即以劉寶楠《論語正義》、焦循《孟子正義》對。余讀之年餘，毫無所得，以其博而寡要也。翻然改計，日取朱子《四書集注》温一二章，令可默誦，參以《四書反身録》、《困勉録》、《四書大全》、《松陽講義》、《四書近指》、《中庸集解》、《論語集解》、《論語義疏》、《論語後案》及《通志堂經解》中宋元諸儒集釋，自覺年有進境。此余身歷之事。余深疾近世文人之誣誕，生平論學，誓不作欺人之語，學者但信吾言，終身自有受用真實之處，切勿尚虚名而受實害也。修習國學，必以誦讀古書爲本，不外聖經賢傳及周秦諸子而已。自來學人苟於經子根柢之學無所闚見，雖文辭華贍，記誦醜博，終不免爲無源之末學，不足貴也。而自秦漢以來，論誦讀古書之法，無逾於朱子。朱子教人讀書之法，散見於《朱子語類》及文集者不下百數十條。而最其指要，可分五端：書須熟讀；熟則義理融浹，胸中不期效而效自至；一也。讀書時貴端身静慮，意不外馳，則氣凝心明，義理自出；二也。心貴純一，業尚專精；泛濫羣書，不如精一；少得多惑，古訓昭然；三也。聖意幽遠，未易窺測；凡情淺鄙，懸隔天壤，偶有所見，未必即是；一有執著，即塞悟門；四也。吾生有涯，義理無窮，虚心觀書，本意自見，穿鑿强通，必多誤謬；五也。古來名儒論學者衆矣，求其精當近切，收效廣而流弊少者，自以朱子之説爲最。何也？詞章考據之士或規規於考訂訓詁之細，或沈溺於聲調格律之中，不復探求經傳之大義，心性之微旨，故其説瑣細淺陋，終無當於聖賢之學。陸王言學，掃去一切枝葉，直截根源。上智之士聞其言而頓契微旨，自較徑捷。然世多中人而少上智，精微幽玄之旨，自非常人所易領悟，稍有差誤，天壤懸隔；强加附會，誤人益深。朱子論學，以熟讀精思，循序漸進爲的。學者但循循不已，自有豁然貫通之一日。凡古人之書，讀之，覺中庸平直，無矜才使氣之語，而多忠厚惻怛之思者，必真實語也。初讀之甚覺新奇可喜，繼讀之則無精意，其立説專求勝人，而惟以見知於世爲務者，必多僞言也。嘗見某禪師語録，有佛兵魔光之辨；謂見之令人清涼安適者，佛光也。見之使人震耀蕩惑者，魔光也。其説甚辨。讀古人書亦猶是矣。然非曾經一番苦工，於學問根源處有所窺見者，亦未易辨其誠僞也。吾國舊書自六經外，後儒説理精深者，殆無過於周、邵、程、張諸子矣，此稍有識者所公認也。然吾讀數先生之書，若不能明者，甚深微妙之義耳！至於字句之間，顯明極矣，並無僻字奥語，予人以難解者。反之，如近人龔定庵、湯海秋輩，舉世所驚爲奇才碩學者也。余誦其書數過，亦實無過人之見地；惟喜以奇字僻典困人，淺學者自覺難解。若以顯明之筆出之，其意亦人所易知者也。誣世惑民，好名之過，於是著書者揀難的字以炫人；讀書者揀難的讀以誤己。蘇子瞻謂揚雄揀難的説以驚世釣名，往往'以艱深文其淺陋'，此實語也。凡讀古昔聖賢心性之書，就余一己經歷言之，至少有二種感覺：一曰觸發，讀之如觸電氣，全身震動。如《孟子・告子篇》中之《牛山》章、《魚與熊掌》章、《放心》章，其啓發人天良之語，均極痛切透闢；讀之如當頭棒喝，通體汗下；如深夜聞鐘，發人猛省。凡古人之書，讀之能觸發我性靈者，雖欲不好，不可得也。讀之而無所觸發，必其書無深意之可言；或讀者鈍根人，麻木不仁者也。二曰融合，即杜元凱所謂'若江海之浸，膏澤之潤，涣然冰釋，怡然理順，然後爲得'也。讀之，覺古人所説者，無不恰好；又彼所言者，皆爲我胸中所欲説，卻被他句句先我道出；更覺書中所説，添一字不得，減一字不得，一字不多，一字不少；當讀之時，讀者之心與作者之心融洽一片，無少間隔。上所説兩種境界，凡讀心性之書者，必同具此感覺；若始終無此感者，必其人頑鈍無知者也。"蓋毓廖自道所得如此。

毓廖，字匡廬，舊譯學館畢業，升入京師分科大學；以民國二年赴美，留學加利福尼大學，習政治經濟，五年而歸。自謂："三十歲以前，爲一純粹學校之學生，所喜研究者，厥爲西儒之科學。吾以聖經賢傳，向不注意。及出國，目覩歐美社會之崇勢利而薄仁義，終無以善其後；而不如孔孟之道爲可大可久。"著有《遊美見聞録》，刊登《時報》。方以新思潮澎湃，而適之焰高張於論壇，莫之省也。適既高談國故，而又鄙棄爲無用。或問："若然，與其談國故，何如治科學?"則又膺曰："吾人爲學，何可挾功利之見?當視其性之所近，以治所學；爲真理而求真理，發明一字之古義，何必不與天文家之發見一恒星，其功相等?而清代漢學家之所以能於國故學有發明者，正以其所用方法，與科學方法暗合耳。"既則施施曰："我之整理國故，欲以摧滅國故耳。"吴敬恒者，以科學爲天下號者也；乃贊之曰："中國之線裝書，衹有適之配讀!"適則彌以自喜；而讀之之法，衹有一途；即用清代漢學家之校勘訓詁方法，以求本子之訂正與古義之考定，是也。且曰："古義亦衹是古義而已，無裨於今也。"著有《中國哲學史》，最爲世所傳誦。梁漱溟者，著《東西文化及其哲學》者也；讀之，則曰："依胡先生之説，中國哲學，亦不過如此而已。"而適則譎膺之曰："我之所以整理國故者，只欲人人知所謂國故者'亦不過如此而已'。"裘毓麐曰："學術之放廢，一至於此，尚何言哉!"於是閉門讀書二十年。精究程朱，旁參釋典，積久有得而著爲書。獨以生平服膺，最在太倉陸世儀《思辨》一録，恨其未覩今日之極變，而不及與之論證也；遂以《思辨廣録》題其篇。凡稿本三十餘册。日本人有節譯本。

自適《嘗試集》出，詩體解放，一時慕效者，競以新詩自鳴。適乃作豪語曰："中國詩界，必有大放光明之一時期!"又謂："少年新詩人之中，康白情、俞平伯之起最早。自由詩之提倡，白情、平伯之功不少。白情只是要自由吐出心裏的東西。而平伯則主張努力創造民衆化之詩。假如吾人以此讀平伯之詩，則不能不謂之失敗。平伯之詩，往往索解不得，何能民衆化。"夫以"有什麽話，説什麽話；話怎麽説，就怎麽説"之白話詩，而云索解不得；此可知深入顯出，文學别有事在；而不在白話與非白話也。厥後新體之詩，始僅蔑棄舊詩規律，猶未脱舊詩之音節，再變而爲無韻之詩，三變而爲日本、印度之俳句短歌，四變而至西洋體詩。李思純譏其"在單音獨體之漢字下而强用之，以造作拼音文字式之詩，其去常識已遠"詳《學衡》。然作者彌衆，陸離光怪，方且未休，章士釗謂"今之束髮小生，握筆登先；名流巨公，易節恐後。詩家成林，作品滿街"，將毋"詩界之光明時期"已至乎?學者亦久而無以饜厭心。縱有徐志摩之富於玄想，郭沫若之迴腸盪氣，謝冰心之親切動人，王統照之盡情哭笑，而陳勺水且言"中國新詩，至今未上軌道"《樂羣》矣。揆厥原因：以"新詩無脚韻、平仄、音數三者，故體貌未具。深有慨於習作者，僅效西國少數之自由詩，而未覩英、德、俄、法之詩，大都有其嚴定之韻律，如吾國舊詩之所重”。聞一多亦言：“惟不能詩者，方以格律爲束縛。”梁宗岱談詩：引姜白石“難處見作者”，與馬拉美“不難的就等於零”，爲中外古今之同見。且大呼曰：“誰謂典故窒塞情思？誰謂規律桎梏性靈？”此皆最近新詩運動者之論詩也。及朱湘《石門集》出，其第三編，嘗試十四行意體，十四行意體，凡七十一首。趙景深評之曰：“我國之作新詩，能嚴守十四行脚韻，作而多者，當以朱湘爲第一。”並見《人間世》今合陳、聞、梁三人之論，證以朱湘之習作，可知作新體詩之窮而當變，思復其初矣。女詩人黄廬隱《讀詩偶得》謂：“詩不可學，然亦不能不學。蓋不可學者，詩人鋭敏之知覺，熱烈之情感，豐富之想像耳。而不可不學者，則其描寫之技巧，如音調之鏗鏘，聲律之和協等，皆由於鍛鍊而成。”又曰：“太白五言，擬古學劉公幹，寫景效謝玄暉。以太白大才，尚分而學之，則吾人學詩，尤不能不揣摹各家之長。俟既得之，不難融化而自成風格。”又曰：“詩不可繩之以邏輯。其絶不通處，正其絶妙處。”嗚呼，凡茲所陳，皆合舊説。使十年以前而言者，當無不目爲迂腐，斥爲狂惑。曾幾何時，窮則反本。不式古訓久矣，今乃轉聞諸素習新詩之作家，嘗試未成，悔其可追！不用典而頓悟用典之妙，不摹仿而轉羨摹仿之功，悠悠蒼天，此何心哉！詩道如此，散文何如？

白話文之散體。有寫以中國之普通話，而文言雜厠，在所不禁者；適及梁啓超，是也。有摹仿歐文而謚之曰“歐化的國語文學”者，始倡於周樹人之譯西洋小説，以順文直譯爲尚；斥意譯之不忠實，而摹歐文以國語，比鸚鵡之學舌，託於象胥，斯爲作俑。效顰者乃至造述抒志，亦競歐化。《小説月報》盛揚其焰，然而佶屈聱牙，過於《周誥》；學士費解，何論民衆。上海曹慕管笑之曰：“吾儕生願讀歐文，不欲見此妙文也！比於上海時裝婦人，著高底西式女鞋，而跬步傾跌，益增醜態；崇效古人，斥曰奴性；摹仿外國，獨非奴性耶？”反脣之譏，或諕近虐。然始之創白話文以期言文一致，家喻户曉者；不以“歐化的國語文學”之興而荒其志耶？斯則矛盾之説，無以自圓者矣。或者以白話之盛而有周樹人之“歐化的國語”，比之文言之盛而有章士釗之歐化的古文云。周作人論：“中國散文，適之、仲甫，清新明白，長於説理講學。平伯、廢名，澀如青果。志摩、冰心，流麗清脆。”而周樹人者，世所稱魯迅，周作人之兄也。論其文體，則以歐化國語爲建設；而朱自清則品之曰："有中國名士風，有外國紳士風，有隱士，有叛徒，在思想上是如此。"然而胡適之創白話文也，所持以號於天下者，曰："平民文學也，非士夫階級文學也。"一時景附以有大名者，周樹人以小説，徐志摩以詩，最爲魁能冠倫以自名家。而樹人著小説，工爲寫實，每於瑣細見精神，讀之者哭笑不得。志摩爲詩，則喜堆砌，講節奏，尤貴震動，多用疊句排句，自謂本之希臘；而欣賞自然，富有玄想，亦差似之；一時有詩哲之目。樹人擅寫實，志摩喜玄想，取逕不同，而皆揭"平民文學"四字以自張大。後生小子始讀之而喜，繼而疑，終而詆曰："此小資産階級文學也，非真正民衆也。樹人頹廢，不適於奮鬬。志摩華靡，何當於民衆。志摩沈溺小己之享樂，漠視民之慘沮，唯心而非唯物者也。至樹人所著，祇有過去回憶，而不知建設將來；祇抒小己憤慨，而不圖福利民衆。若而人者，彼其心目中，何嘗有民衆耶！"若其漸由小己而轉嚮民衆以爲青年所推者，曰郭沫若、郁達夫。郭沫若代表青年抵抗一派；郁達夫代表青年頹廢一派；而其所以可貴，則要在意趣之轉嚮勞動階級。而於是所謂新文藝之新而又新者，蓋莫如第四階級之文藝，謚之曰普羅文學，其精神則憤怒抗進，其文章則震動咆哮，以唯物主義樹骨幹，以階級鬬争奠基石，急言極論，即此可徵新文藝之極左傾嚮。而周樹人、徐志摩，則以文藝之右傾，而失熱血青年之望。其集會結社，則有文學研究會、新月社以代表右傾。而左傾者，則有所謂左翼作家聯盟、自由運動大同盟、無産階級文藝俱樂部、國際文化研究會、馬克斯主義文藝理論研究會、普羅詩社、社會科學作家聯盟，風起雲湧，萬竅怒號；其不知者，尚闕如也。既以普羅文學不容於政府，而幽默大師林語堂因時崛起，倡幽默文學以爲天下號；其爲文章，微言諷刺，以嬉笑代怒駡，出刊物，號曰《論語》；而周樹人、徐志摩、郭沫若、郁達夫之流，胥有作焉。一册風行，學子争誦，其盛况比於《新青年》。更進而爲小品文之提倡，有《人間世》之刊行。不知者疑將追蹤莊周，欲謬悠荒唐，以廣俗士之心胸。顧其開宗明義，則曰："十四年來，中國現代文唯一之成功，小品文之成功也。創作小説，即有佳作，亦由小品散文訓練而來"發刊詞。或又疑今之爲散文者，豈僅止此？此未悟《魯論》"道不同，不相爲謀也"。阿英有現代十六家小品之選。自作人迄語堂，附以小序，詳其流變；吾讀之而有感，喟然曰：此豈“今文觀止”之流乎？作人閉户讀書，談草木蟲魚，有“田園詩人”之目。然流連廠甸，精選古版，未知與“短褐穿結，簞瓢屢空”之淵明何如？苦茶庵中又不知有否“田父野老”之往還也？樹人《阿Q正傳》，譯遍數國，有法、俄、英及世界語本。《吶喊》、《徬徨》，彌見苦鬬。然張若谷訪郁達夫於創造社，歎其月入之薄，告知“魯迅年可坐得版税萬金”，以爲盛事。語堂方張“小品”，魯迅則視爲有“危機”，謂：“在風沙撲面，虎狼成羣之時，誰還有閑功夫，玩琥珀扇墜，翡翠指戒？即要悦目，當有大建築，堅固而偉大，用不着雅。”然語堂則“論小品文筆調”矣！“怎樣洗煉白話文”矣！《論語幽默文選》，雜采古史古集，近且編印《有不爲齋叢書》，先選《袁中郎集》，冠以一序，有曰：“東家是個普羅，西家是個法西，洒家則看不上這些玩意兒，一定要説什麽主義，咱只會説是想做人罷。今日之人，不讀聖賢書，又只懂得西洋文化之皮毛，難怪其矯性更甚。最有名的英文叢書，名爲《摩登叢書》，有選至西歷紀元前三五世紀者。現代中國人，只肯讀一九三四的西洋書，哪裏會懂得西洋文化之底蘊？又不肯讀古書，又何從知中國文化之底蘊？”準此以談，“書非三代兩漢不讀”之韓退之，尤爲摩登先師矣。語堂又本周作人《新文學源流》，取袁中郎“性靈”之説，名曰“言志派”。嗚呼，斯文一脈，本無二致，無端妄談，誤盡蒼生！十數年來，始之非聖反古以爲新，繼之歐化國語以爲新，今則又學古以爲新矣。人情喜新，亦復好古，十年非久，如是循環；知與不知，俱爲此“時代洪流”疾捲以去，空餘戲狎懺悔之詞也。報載美國孟禄博士論：“中國在政治上，文化上，尚未尋著自己。”惟不知有己，故至今無以自立。而王新民等，乃有《中國本位的文化建設宣言》，以今後當努力自求相詔。吾又不禁回憶章士釗《説輯》之作，曰：“兩軍相抵，則奈何？曰惟輯以濟之而已。輯者，還也，車相避也。相避者又非徒相避也，乃乍還以通其道，旋乃復進也。”今之相抵，不僅文學，而文學之必通其道，爲一切文化建設之先聲，有不容疑者。自是以後，果皆“尋著自己”，“輯”而後造乎？予故著其異議，窮其流變，而以俟五百年後之論定焉。

跋

無錫國學專門學校諸生，索余所著《現代中國文學史長編》稿，而集貲以鉛字排印貳佰部，索跋於後。余蒐討舊獻，旁羅新聞，草創此編，始民國六年，積十餘歲，起王闓運以迄胡適，裒然成鉅帙，人不求備，而風氣變遷，大略可覩。其中陳石遺衍、康南海有爲兩老人，梁任公啓超、章行嚴士釗兩先生，皆曾以稿相示。惟任公晤談時，若有不愉色然；輒亦無以自解也。嗚呼！革命成功，此諸公者，或推或挽，多與有力！然冒寵利以居成功者，所在多有；而曾不圖革命之何以善其後。獨章太炎炳麟革命之文雄；而自始於革命有過慮之譚；長圖大念，不自今日。然而論者徒矜其博文，罕體其深識。康南海，維新之先鋒；而垂老有篤古之論，著《歐洲十一國遊記》，然疑歐化，若圖晚蓋；回首前塵，能無惘然。獨梁任公沾沾自喜，時欲與後生相追逐，與之爲亡町畦；若忘老之將至，而不免貽落伍之譏；耗矣哀哉！乃知推排成老物，此亦無可如何之事。任公嫵媚動人，南海權奇自喜，一師一弟，各擅千秋。嚴又陵復與南海、任公同時輩流，早年聲氣標榜，抵掌圖新，倡予和汝；而臨絶哀音，乃力詆康、梁，以爲“社會紀綱之滅裂，少年心行之浮薄，誰生厲階，二公實尸其咎”，感慨惻愴，言之雪涕！嗚呼！神器不可以一端闕；愚民不可以浮議擾；嚴叟國士，抑何見之晚也！章行嚴少小鬧學，意氣無前；而整飭學風，行嚴乃不自我先，不自我後，首發大難，不憚以今日之我，與昔日之我戰，召鬧取怒，功罪與天下人共見之；可謂磊落丈夫已！其它難以更僕數，余爲一一著於篇。於戲！舉壹世之人，徒見諸公者文采炤映，傾動當時，而不知柴棘滿胸，中有難言之隱，捫心不得，抱慙何窮。讀者以此一帙爲現代文人之懺悔録可也。民不見德，唯亂是聞；觥觥諸公，高文動俗，徒快一時，果何爲乎？余文質無底，抱樸杜門，論治不緣政黨，談藝不入文社；差幸服習父兄之教，不逐時賢後塵。獨念東漢黨人，千古盛事。然鄭康成經師人師，模楷儒冠；而名字不在黨籍，談者高之。自惟問學不中爲康成作奴僕；唯此一事，粗堪追隨。然而士無靖志，論喜驚衆。前人悔之，後來不悛！波隨流轉，漫漫安竭；長寫不測，知其何故哉！昔元微之撰《會真記》，叙張生崔女事，所望知之者不爲，爲之者不惑。嗚呼！女用色媚，士以文淫。所操不同，惑志一也。知之不爲，爲之不惑，諸公已矣，來者監諸！至於載筆之法，次第之義，具詳叙目，此不論焉。

中華人民造國之二十一年十二月十五日

無錫錢基博跋於上海光華大學之西院

四版增訂識語

拙著《現代中國文學史長編》出版以還，自柳詒徵、胡先驌、鄭桐蓀、陳灨一、劉麟生、陳毖濤、潘式、王利器、郭斌佳諸君，或識或不識，莫不致書通殷勤，匡我不逮。而胡先驌、郭斌佳兩君，更有批評紹介之文，見於報章，纚纚千百言，獎勖交至。劉麟生君則全書校讀，拾遺補闕，以校勘記見遺。文章之契，通於性命。博文質無底，常愧無以答諸君厚我之雅。何圖萬本流傳，三版書罄，敢不融貫諸君之意，而就聞見之所及，重爲增訂；其有不知，蓋闕如也。從今歲五月二十日屬稿，迄今卒事，歷時一月又二十二日。

有舊有其人而傳改作者；如散文之馬其昶、姚永概、永樸、林紓；詩中晚唐之樊增祥，同光體之陳三立、陳衍；白話文之胡適；是也。有舊無其人而今增入者；如魏晉文王闓運之增附廖平、吴虞；駢文孫德謙後之增黄孝紓；散文馬其昶之增附葉玉麟，又增王樹枏、賀濤附張宗瑛、李剛己、趙衡、吴闓生；詩中晚唐樊增祥、易順鼎之增附三多、李希聖、曹元忠，又增楊圻附汪榮寶、楊无恙；同光體之增附奚侗、何振岱、龔乾義、曾克耑，又增異軍突起之金天羽；以及詞朱祖謀之增附龍沐勛，曲吴梅之增附盧前；是也。其它諸人，雖仍舊貫，各有增訂；以視原書，材料增十之四，改竄及十之五；而要蘄於詳略互見，脈絡貫通；神明不減，而翔實過之！

此次增訂，有鄭重申叙，而爲原書所未及者三事：第一，疑古非聖。五十年來，學風之變，其機發自湘之王闓運；由湘而蜀廖平，由蜀而粤康有爲、梁啓超，而皖胡適、陳獨秀，以匯合於蜀吴虞；其所由來者漸矣，非一朝一夕之故也！第二，桐城古文，久王而厭。自清末以逮民國初元，所謂桐城文者，皆承吴汝綸以衍湘鄉曾文正公之一脈，暗以漢幟易趙幟，久矣！惟姚永概、永樸兄弟，恪守邑先正之法，載其清静，而能止節淫濫耳！第三，詩之同光體，實自桐城古文家之姚鼐嬗衍而來；則是桐城之文，在清末雖久王而厭，而桐城之詩，在民初頗極盛難繼也。此三事，自來未經人道，特拈出之。

方清之季，吴汝綸之在北直，張之洞之在東南，雖用事不用事、得位得勢攸異；而開風氣之先，綰新舊之樞，則兩公如出一轍也！特兩公者早死，未可以入現代。茲舉賀濤文，以《吴先生行狀》爲代表作品；馬其昶文，以《吴先生墓誌銘》爲代表作品；而陳衍文，則以《張之洞傳》爲代表作品；匪惟以徵數公之文事，亦欲讀吾書者知學風士氣之有開必先也。其它諸人詩文，代表作品，匪有關國家之掌故，即以驗若人之身世。廖平論文，謂："欲爲有才識之文，宜從史書中所録文觀之，然後能詳其此文之關係何在，而其文之妙處始可求；但看選本則不能。如屠京山爲文，專學《宋書》，是其例也。史書所録之文，非於當時有關係之作，必當時最有名者，讀之增人才識。"博雖不敏，請事斯語，其人其文，必擇最有關係者。

會稽章學誠論《文史通義》，以謂："文人記叙，往往比志傳修飭簡淨；蓋有意於爲文也。志傳不盡出於有意，故文不甚修飭；然大體終比記事之文遠勝。蓋記事之文，如盆池拳石，自成結構。而志傳之文，如高山大川，神氣包舉，雖咫尺而皆具無窮之勢；即偶有文理乖剌，字句疵病，皆不足以爲累。"博草創是書，未能竟體修飭；而自謂大力控摶，神氣包舉，由一人以貫十數人，摶數十人如一人，有往必復，無垂不縮。潘式君貽我書，以謂："此書斷自現代，部勒精整，叙次貫串，其宛委相通之法，良得史公之遺；而摛辭雅潔，尤爲獨出冠時。""雅潔"愧曰未能，"部勒"則所經意，得失寸心，不敢自誣！如云"宛委相通，史公之遺"，雖不能至，然心嚮往之矣！

余讀《太史公書·商君列傳》，敘鞅欲變法，備列羣臣廷辯之議；又著鞅自歎爲法之敝以終於篇，而爲後世監戒；可謂有慨乎其言之。是書論列諸公，亡慮皆提倡宗風以開一代之新運；然利未形而害隨之！昔賢詠“一將功成萬骨枯”；吾則謂一儒成名，百姓遭殃。我生不辰，目覩諸公衮衮，放言高論，喜爲異説而不讓，令聞廣譽施於身，而不自知諸公之高名厚實，何莫非億兆姓之含冤茹辛，有以成之。今吾儕小民，呻吟憔瘁於新政制之下，疾首恫心，求死不得；末學小生，叫囂跳踉於新學説之中，急言竭論，迷復何日。而諸公聲名日高，慮無反顧。昔法國羅蘭夫人太息於“自由自由，天下人許多罪惡，假汝以行”！博則深致慨於“維新維新，中國人許多涕淚，隨汝以來”！誰生厲階，至今爲梗。然有自始爲之而即致其長慮卻顧者，章炳麟是也。有自始舍舊謀新，如恐不力，而晚乃致次骨之悔以明不可追者，陳三立、王國維、康有爲、嚴復、章士釗是也。有唯恐落伍，兢兢焉日新又新以爲追逐；而進退維谷，卒不掩心理之矛盾者；梁啓超、胡適是也。博檮昧無知曉，但掇拾排比諸公之行事及言論，散見於數十年中各報章，而參證之於本集，敘次之以系統。追憶昔年誦説王樹枏之抗論詆廖平，朱一新之貽書規南海，馬其昶之上疏論新政，方在弱冠，少年盛氣以爲頑朽，斥其昏庸；及今覆之，何乃不幸言中。生民道盡，驗於蓍蔡。然後知“利不百不變法”之爲老成瞻言也！時迫事近，其在今日，溺於風尚，中於意氣，必有以余論列爲不然者。吾知百年以後，世移勢變，是非經久而論定，意氣閲世而平心，事過境遷，痛定思痛，必有沈吟反覆於吾書，而致戒於天下神器之不可爲，國於天地之必有與立者；此則硜硜之愚，所欲與天下後世共白之者已！嗟嗟諸公，抵掌掀髯，日騖聲氣之中；而博則抱樸守愚，寂處聲氣之外；用敢著旁觀之清，昭後車之鑒。金玉爾音，多言多敗，無易由言，慎之哉！吾聞嚴復之歿也，遺書戒子孫，謂：“中國必不亡，舊法可損益，必不可叛。”一言爲智，可懸日月。伯爾君子，尚哀吾言。

時在中華人民造國之二十五年七月十一日

錢基博自識於光華大學

校訂後記

錢基博先生一生治學範圍極廣，博通四部之學，而尤以“集部之學”見稱於世，有“集部之學，海內罕對”的美譽。《現代中國文學史》堪稱錢先生“集部之學”的代表作。它不僅是首部以“現代”爲名的中國文學史，更重要的是，作爲一代國學大師和江南學人的代表，作者對本民族文化的高度自信，對傳統國學義無反顧的堅守使本書成爲一部獨具一格的文學史。

文學史成爲我國學人的著述，本是西學東漸的結果，五四以後，隨着新文學對傳統舊文學的決定性勝利，我國文學史的叙述更形成了以西方文學理念爲指導，以白話文學爲核心的話語系統，從而，今天見到的有關現代中國的文學史多以新文學作家爲中心人物，涉及的文學體裁則以建立於西方“四分法”之上的小説、戲劇、詩歌、散文爲主。然而，錢先生這部文學史卻置時代潮流於不顧，毅然以中國傳統文化爲根柢，以個人興趣爲導向，立足於中國文化本位“闡述中國現代文學興衰得失遞變的軌跡”，於是，王闓運、馬其昶、王樹枏、孫德謙、李詳、姚永樸、陳三立、鄭孝胥這些被主流文學史淡忘和忽視的文學家赫然成爲主角；書中涉及的文學體裁也依循中國的慣例，以詩、文、詞、曲爲主，作爲“新文學”的白話小説和戲劇則未予論列。這種做法顯然有違於今天的學術常軌，然而正是先生的正學以言，異於時流，這部文學史才使我們得以知曉現代中國文學的另一重要卻常被遮蔽的面向，從而獲得對中國近現代文學的更加客觀而全面的瞭解。

在撰述體例和方式上，本書同樣富於中國傳統特色——儘量採用我國舊文學固有的概念和範疇，注重於考辨“文章流別”、“知人論世”等傳統文藝批評樣式，較多地借鑒正史中的紀傳體，集部中的詩文評的手法，“搜討舊獻，旁羅新聞”，將敘事、記人、析理、個人感悟和議論融爲一體，廣泛涉及晚清民國以來的學術文化、政制民俗，是一部廣義的文學史。誠如先生自己評說的：“讀者以此一帙爲現代文人之懺悔録可也。”作者的摯友錢穆先生也盛讚此書：“凡其所鈎稽稱引，將見當時之中國，實不如吾儕今日之所想像。憂深慮遠，發爲違眾好、逆時趨之昌言正論，尚復多有。豈不足以長吾儕今日之志氣，而啟示吾儕以此下應循之途徑。此固本書作者之微意所在，深慮所寄，而又豈徒齗齗於爲古文學、新文學爭一日之短長乎！”

這部《現代中國文學史》還承續了以我國歷來以文言述學的傳統，通篇以莊重典雅的文言文寫成。錢先生本就是一代古文名家，九歲已能背誦《四書》、《周易》、《尚書》、《禮記》、《儀禮》、《左傳》、《古文翼》等典籍；他的文章，初學《戰國策》，喜縱橫馳騁不拘繩墨，後受曾國藩的影響，又取法揚雄、司馬遷，字矜句煉；敘事學陳壽，議論學蘇軾，抑揚爽朗，自謂所著文章“植骨似揚馬，馭篇似遷愈”。清末狀元兼實業家張謇讀罷先生的文章後，曾慨歎：“大江以北，未見其倫！”吴江費樹蔚亦云：“豈惟江北，即江南寧複有第二手！”無怪乎本書的語言沉鬱頓挫，筆勢雄健，讀來有金石鏗鏘之聲了。

也許正因爲特色鮮明，錢先生的這部《現代中國文學史》早在問世之初，便受到學界和讀書界的關注，連續兩年再版，後又出了增訂本。我整理編校此書依據的底本就是世界書局一九三六年九月的增訂本，同時參考了一九三三年的初版本。爲保存歷史原貌，作者原譯名、原用字，均未作改動；標點符號也依從作者習慣。底本有少數錯訛和脱字、衍文，則以脚注標明。限於學力，本書的編校錯誤在所難免，懇請讀者諸君批評教正。

2011 年 3 月

郭璋識於武昌桂子山